KATHARINE McGEE

Beautiful
Liars

GEFÄHRLICHE SEHNSUCHT

KATHARINE McGEE

Beautiful Liars

GEFÄHRLICHE SEHNSUCHT

Band 2

Deutsch von Franziska Jaekel

Ravensburger Buchverlag

Bibliografische Information der Deutschen Nationalbibliothek:

Die Deutsche Nationalbibliothek verzeichnet diese Publikation in der Deutschen Nationalbibliografie. Detaillierte bibliografische Daten sind im Internet auf www.dnb.d-nb.de abrufbar.

1 2 3 4 5   E D C B A

Deutsche Erstausgabe
© 2018 Ravensburger Buchverlag Otto Maier GmbH
Copyright © 2017 by Alloy Entertainment and Katharine McGee
Published by arrangement with Rights People, London
Die englischsprachige Originalausgabe erschien unter dem Titel »The Dazzling Heights« bei HarperCollins Children's Books.

Produced by Alloy Entertainment, LLC
Redaktion: Svenja Wulff
Umschlaggestaltung: Carolin Liepins, München
Verwendete Fotos von © Spa Chan/Shutterstock, © conrado/Shutterstock, © Matipon/Shutterstock, © Nagy Mariann/Shutterstock, © Jesus Cervantes/Shutterstock

Alle Rechte dieser Ausgabe vorbehalten durch
Ravensburger Buchverlag Otto Maier GmbH, Postfach 1860, 88188 Ravensburg

Printed in Germany
ISBN 978-3-473-40164-2

www.ravensburger.de

Für meine Eltern

Prolog

Es sollte einige Stunden dauern, bis man die Leiche des Mädchens fand.

Es war spät, so spät, dass man es schon wieder früh nennen konnte – diese unwirkliche, verzauberte Dämmerungsstunde zwischen dem Ende einer Party und dem Erwachen eines neuen Tages. Die Stunde, in der die Realität sich trübt und an den Rändern verschwimmt, sodass fast alles möglich zu sein scheint.

Das Mädchen trieb mit dem Gesicht nach unten im Wasser. Über ihr ragte eine Stadt in den Himmel, gesprenkelt mit glühwürmchengleichen Lichtern, jeder nadelstichkleine Punkt eine Person, ein zerbrechliches Fleckchen Leben. Der Mond starrte teilnahmslos hinab wie das Auge einer antiken Gottheit.

Etwas trügerisch Friedliches lag über der Szenerie. Das Wasser umhüllte das Mädchen wie ein glattes dunkles Laken, sodass es aussah, als würde sie bloß ruhen. Ihr Haar umrahmte ihr Gesicht wie eine zarte Wolke. Der Stoff ihres Kleides schmiegte sich an ihre Beine, als wollte er sie vor der kühlen Morgenluft schützen. Aber das Mädchen würde nie mehr frieren.

Ihr Arm war ausgestreckt, als würde sie jemanden erreichen wollen, den sie liebte, oder auch eine unausgesprochene Gefahr abwehren oder vielleicht etwas bedauern, das sie getan hatte. Das Mädchen hatte in seinem viel zu kurzen Leben bestimmt genug Fehler gemacht. Aber sie hätte nicht ahnen können, dass diese Fehler sie heute Nacht auf diese Weise einholen würden.

Denn niemand, der auf eine Party geht, rechnet damit zu sterben.

Mariel

Zwei Monate vorher

Mariel Valconsuelo saß im Schneidersitz auf ihrer gesteppten Tagesdecke in ihrem beengten Zimmer in der einhundertdritten Etage des Towers. Sie war von unzähligen Menschen umgeben, von denen sie nur ein paar Meter und ein oder zwei Stahlwände trennten: ihre Mutter in der Küche, ein paar Kinder, die den Flur hinunterrannten, ihre Nachbarn nebenan, die sich wieder einmal mit gesenkten, erhitzten Stimmen stritten. Doch Mariel hätte in diesem Moment auch ganz allein in Manhattan sein können, so wenig Aufmerksamkeit hatte sie für ihre Umgebung übrig.

Sie beugte sich vor und drückte ihren alten Plüschhasen fest an die Brust. Das trübe Licht eines schlecht übertragenen Holo-Videos flackerte über ihr Gesicht, beleuchtete ihre leicht schräg stehende Nase und das markante Kinn. In ihren dunklen Augen standen Tränen.

Vor ihr flackerte das Bild eines Mädchens mit rotgoldenem Haar und einem durchdringenden Blick aus goldgesprenkelten Augen. Ein Lächeln umspielte ihre Lippen, als würde sie eine Million Geheimnisse kennen, die niemand jemals erraten könnte. Was wahrscheinlich sogar stimmte. Am Rand des Holo-Videos stand in winzigen weißen Buchstaben: *International Times Sterbeanzeigen.*

»Heute betrauern wir den Verlust von Eris Dodd-Radson«, begann der Begleitkommentar der Sterbeanzeige – gesprochen von Eris' Lieblingsschauspielerin. Mariel fragte sich, welche absurd hohe Summe Mr Radson *dafür* wohl ausgegeben hatte. Die Stimme der Schauspielerin klang für diesen Anlass viel zu munter, sie hätte genauso gut über ihr Yoga-Workout plaudern können. »Eris wurde uns durch einen tragischen Unfall genommen. Sie war erst achtzehn Jahre alt.«

Tragischer Unfall. Mehr habt ihr nicht zu sagen, wenn eine junge Frau unter ungeklärten Umständen vom Dach fällt?, dachte Mariel.

Eris' Eltern wollten den Leuten damit wahrscheinlich nur verdeutlichen, dass Eris nicht gesprungen war. Als könnte irgendjemand, der sie gekannt hatte, das für möglich halten.

Mariel hatte sich diesen Nachruf schon unzählige Male angesehen, seit das Video letzten Monat veröffentlicht worden war. Inzwischen kannte sie jedes Wort auswendig. Oh, wie sie dieses Video hasste! Es war zu glatt, zu sorgfältig produziert, und Mariel wusste, dass es nicht die wahre Eris zeigte. Aber sie hatte sonst kaum etwas, das sie an Eris erinnerte. Also drückte Mariel ihr abgenutztes altes Kuscheltier an die Brust und quälte sich mit dem Video über ihre Freundin, die viel zu jung gestorben war.

Das Holo-Video schaltete jetzt zu Aufnahmen um, die Eris im Laufe ihres Lebens zeigten: wie sie als Kleinkind in einem magnalektrischen Tutu herumtanzte, das in grellen Neonfarben leuchtete; wie sie als kleines Mädchen mit knallgelben Skiern einen Abhang hinunterjagte; wie sie als Teenager mit ihren Eltern an einem märchenhaften, sonnenüberfluteten Strand Urlaub machte.

Mariel hatte nie so ein Tutu besessen. Im Schnee war sie nur gewesen, wenn sie sich in die Randgebiete von New York oder auf eine der öffentlichen Terrassen in den unteren Etagen nach draußen gewagt hatte. Ihre Welt war ganz anders als die von Eris, aber als sie ein Paar gewesen waren, hatte das überhaupt keine Rolle gespielt.

»Eris hinterlässt ihre geliebten Eltern, Caroline Dodd und Everett Radson, sowie ihre Tante Layne Arnold, ihren Onkel Ted Arnold, ihre Cousins Matt und Sasha Arnold und ihre Großmutter väterlicherseits, Peggy Radson.«

Kein Wort über ihre Freundin Mariel Valconsuelo. Dabei war Mariel die Einzige in diesem ganzen traurigen Haufen – mit Ausnahme von Eris' Mom –, die Eris wirklich geliebt hatte.

»Die Trauerfeier findet am Dienstag, den ersten November, in der St. Martin's Kirche in der neunhundertsiebenundvierzigsten Etage statt«, fuhr die Schauspielerin fort, wobei sie sich um einen etwas sachlicheren Tonfall bemühte.

Mariel hatte an der Trauerfeier teilgenommen. Sie hatte mit einem Rosenkranz in der Hand ganz hinten in der Kirche gestanden und sich zusammengerissen, um beim Anblick des Sarges neben dem Altar nicht in Tränen auszubrechen. Es war alles so unwiederbringlich endgültig gewesen.

Im Video erschien eine offenherzige Aufnahme von Eris auf einer Bank in der Schule. Sie hatte die Beine unter ihrem Schuluniformrock perfekt übereinandergeschlagen und neigte lachend den Kopf nach hinten. »Spenden im Gedenken an Eris können an den neu eingerichteten Stipendium-Fonds der Berkeley Academy entrichtet werden, dem *Eris-Dodd-Radson-Gedächtnispreis* für benachteiligte Schüler mit besonderen Lebensumständen.«

Besondere Lebensumstände. Ob eine Liebesbeziehung zu der verstorbenen Namensgeberin des Preises auch dazu zählt?, fragte sich Mariel. Gott, sie hätte fast Lust, sich für das Stipendium zu bewerben, nur um zu beweisen, wie verkorkst diese Leute hinter all dem Glanz aus Geld und Privilegien waren. Eris hätte dieses Stipendium bestimmt lachhaft gefunden, wenn man bedachte, dass sie überhaupt keine Lust auf die Schule gehabt hatte. Eine Modenschau für Ballkleider wäre viel eher ihr Stil gewesen. Eris hatte nichts mehr geliebt, als Spaß zu haben und glitzernde Kleider zu tragen, vielleicht noch die passenden Schuhe dazu.

Mariel streckte eine Hand aus, als wollte sie das Holo-Video berühren. Die letzten Sekunden des Nachrufs bestanden aus weiterem Filmmaterial von Eris – wie sie mit ihren Freundinnen lachte, dieser Blonden, die Avery hieß, und ein paar anderen Mädchen, an deren Namen sich Mariel nicht erinnern konnte. Sie liebte diesen Abschnitt des Videos, weil Eris so glücklich aussah, hasste ihn gleichzeitig aber auch, weil sie nicht Teil davon war.

Das Logo der Produktionsfirma lief kurz über die letzte Aufnahme, dann wurde das Video ausgeblendet.

Das war's, die offizielle Geschichte von Eris' Leben, abgestempelt mit einem verdammten Gütesiegel der *International Times*. Nur Mariel kam darin nirgends vor. Sie war stillschweigend aus der Geschichte gelöscht worden, als hätte Eris sie nie gekannt. Bei diesem Gedanken lief eine stille Träne über Mariels Wange.

Sie hatte entsetzliche Angst davor, das einzige Mädchen zu vergessen, das sie je geliebt hatte. Schon jetzt wachte sie manchmal mitten in der Nacht mit dem panischen Gefühl auf, dass sie nicht länger vor Augen hatte, wie sich Eris' Mundwinkel zu einem Lächeln gehoben hatten oder wie sie eifrig mit den Fingern geschnipst hatte, wenn ihr eine neue Idee gekommen war. Nur deshalb schaute sich Mariel dieses Video immer wieder an. Sie durfte ihre letzte Verbindung zu Eris nicht verlieren. Sie lehnte sich in ihr Kissen zurück und begann ein Gebet zu sprechen.

Normalerweise beruhigte sie das Beten, tröstete ihre aufgewühlten Gefühle. Doch heute war sie zu zerstreut. Ihre Gedanken sprangen in die verschiedensten Richtungen, rastlos und schnell wie die Hover-Taxis auf dem Expressway. Sie bekam nicht einen davon zu fassen. Vielleicht sollte sie stattdessen in der Bibel lesen. Sie griff nach ihrem Tablet und öffnete den Text, tippte auf den blauen Kreis, mit dem sich ein zufälliger Vers öffnen ließ – und blinzelte erschrocken, als sie sah, an welcher Stelle sie gelandet war: das fünfte Buch Mose.

Du sollst kein Mitleid zeigen: sondern du sollst geben Auge um Auge, Zahn um Zahn, Brandmal um Brandmal, Wunde um Wunde ... *denn das ist die Rache des Herrn ...*

Mariel beugte sich vor, ihre Hände umklammerten fest den Rand ihres Tablets.

Eris' Tod war kein Unfall unter Alkoholeinfluss gewesen. Davon war Mariel instinktiv überzeugt. Eris hatte an jenem Abend nicht *ein* Glas angerührt – und sie hatte Mariel erzählt, dass sie noch etwas erledigen müsse, »um einem Freund zu helfen«. Dann war sie aus unerfindlichen Gründen auf das Dach von Avery Fullers Apartment gestiegen.

Mariel hatte sie nie wiedergesehen.

Was war in dieser kalten, windigen und so unfassbaren Höhe tatsächlich geschehen? Mariel hatte von angeblichen Augenzeugen gehört, die die offizielle Geschichte bestätigten – dass Eris betrunken gewesen, ausgerutscht und in den Tod gestürzt war. Aber wer waren diese Augenzeugen? Bestimmt gehörte Avery dazu, aber wie viele Personen waren noch dabei gewesen?

Auge um Auge, Zahn um Zahn. Die Worte hallten wie ein Echo in ihrem Kopf wider.

Sturz um Sturz, fügte eine innere Stimme hinzu.

Leda

»Wie hättest du den Raum denn heute gern, Leda?«

Leda Cole verdrehte erst gar nicht die Augen. Sie saß einfach stock-steif auf der graubraunen Psychologencouch, auf der sie sich nie hin-legte, egal wie oft Dr. Vanderstein ihr das schon vorgeschlagen hatte. Er irrte sich gewaltig, wenn er glaubte, dass eine liegende Position sie ermutigen würde, sich ihm zu öffnen.

»Das passt schon so.« Leda machte eine kurze Handbewegung, um das Hologramm-Fenster vor ihr zu schließen, das Dutzende Gestal-tungsmöglichkeiten für die Farbmodifikationswände anzeigte – einen englischen Rosengarten, einen heißen Wüstenabschnitt der Sahara, eine gemütliche Bibliothek. Also behielt der Raum seine nichtssagende Grundausstattung – beigefarbene Wände und ein kotzfarbener Tep-pichboden. Sie wusste, dass das vermutlich ein Test war, bei dem sie jedes Mal versagte, aber sie empfand eine krankhafte Freude, den Arzt dazu zu zwingen, eine Stunde in dieser deprimierenden Umgebung mit ihr zu verbringen. Wenn sie diese Sitzungen schon über sich erge-hen lassen musste, sollte er eben auch ein bisschen leiden.

Wie üblich kommentierte er ihre Entscheidung nicht. »Wie fühlst du dich?«, fragte er stattdessen.

Sie wollen wissen, wie ich mich *fühle?*, dachte Leda wutentbrannt. Wo sollte sie da anfangen? Zunächst einmal war sie von ihrer besten

Freundin und dem einzigen Jungen hintergangen worden, für den sie je wirklich etwas empfunden und mit dem sie ihre Unschuld verloren hatte. Jetzt waren die beiden *zusammen*, obwohl sie Adoptivgeschwister waren. Als wäre das nicht schon schlimm genug, hatte sie ihren Dad beim Fremdgehen mit einer ihrer Klassenkameradinnen erwischt – Leda konnte sich nicht dazu durchringen, Eris als Freundin zu bezeichnen. Oh, und dann war Eris *gestorben*, weil Leda sie aus Versehen vom Dach des Towers gestoßen hatte.

»Ich fühle mich gut«, sagte sie knapp.

Sie wusste, dass »gut« nicht ausreichte und sie etwas mitteilsamer werden musste, wenn sie ohne große Schwierigkeiten aus dieser Sitzung rauskommen wollte. Leda war schließlich in einer Entzugsklinik gewesen, sie kannte die Abläufe. Sie atmete tief durch und startete einen zweiten Versuch. »Ich meine, ich erhole mich langsam, in Anbetracht der Umstände. Es ist nicht leicht, aber ich bin dankbar für die Unterstützung, die ich von meinen Freunden bekomme.« Nicht dass sich Leda tatsächlich um irgendjemanden aus ihrem Freundeskreis scherte. Sie hatte auf die harte Tour gelernt, dass sie keinem von ihnen trauen konnte.

»Hast du mit Avery darüber gesprochen, was passiert ist? Ich weiß, dass sie dabei war, als Eris gestürzt –«

»Ja, Avery und ich haben darüber geredet«, unterbrach Leda ihn schnell. Und wie wir das getan haben, fügte sie in Gedanken hinzu. Avery Fuller, ihre sogenannte beste Freundin, hatte sich als die Schlimmste von allen entpuppt. Leda konnte es nicht ertragen, wenn jemand laut aussprach, was Eris passiert war.

»Und das hat geholfen?«

»Ja, hat es.« Leda wartete darauf, dass Dr. Vanderstein eine weitere Frage stellte, aber er runzelte nur die Stirn und richtete den Blick ins

Leere, während er sich in irgendeine Projektion vertiefte, die nur er sehen konnte. Leda wurde plötzlich übel. Was, wenn der Arzt einen Lügendetektor benutzte? Nur weil es keine sichtbaren Anzeichen dafür gab, bedeutete das nicht, dass der Raum nicht trotzdem mit unzähligen Vitalscannern ausgestattet war. Selbst in diesem Moment könnte er ihre Herzfrequenz oder ihren Blutdruck messen, die höchstwahrscheinlich gerade wie verrückt in die Höhe schossen.

Der Psychiater seufzte. »Leda, seit deine Freundin gestorben ist, besuchst du mich regelmäßig, aber wir sind noch keinen Schritt weitergekommen. Was glaubst du, wie lange es dauern wird, bis du dich besser fühlst?«

»Ich fühle mich doch besser!«, protestierte Leda. »Dank Ihnen!« Sie warf Dr. Vanderstein ein schwaches Lächeln zu, aber er nahm es ihr nicht ab.

»Wie ich sehe, nimmst du deine Medikamente nicht«, wechselte er das Thema.

Leda biss sich auf die Lippe. Sie hatte in den letzten Monaten gar nichts genommen, keine einzige Xenperheidren oder sonst irgendwelche Psychopharmaka, die die Stimmung verbesserten, nicht mal eine Schlaftablette. Sie vertraute sich nicht, was synthetische Mittel anging, nach dem, was auf dem Dach passiert war. Eris mochte eine geldgierige, familienzerstörende Schlampe gewesen sein, aber Leda hatte nie gewollt –

Nein, stoppte sie sich und ballte die Hände zu Fäusten. Ich habe sie nicht umgebracht. Es war ein Unfall. Es war nicht meine Schuld. Es war nicht meine Schuld. Sie wiederholte den Satz wie die Yoga-Mantras, die sie in Silver Cove gelernt hatte.

Wenn sie die Worte oft genug wiederholte, würden sie vielleicht wahr werden.

»Ich versuche, es ohne Medikamente zu schaffen. Wegen meiner Vorgeschichte und so.« Leda hasste es, ihre Entziehungskur zur Sprache zu bringen, aber sie fühlte sich in die Ecke gedrängt und wusste nicht, was sie sonst sagen sollte.

Vanderstein nickte mit einer Art Respekt. »Ich verstehe. Aber es ist ein wichtiges Jahr für dich. Das College liegt in greifbarer Nähe und ich möchte nicht, dass diese … Situation sich ungünstig auf deine akademische Laufbahn auswirkt.«

Es ist mehr als eine *Situation*, dachte Leda bitter.

»Laut der Aufzeichnungen deines Raumcomputers schläfst du nicht besonders gut. Ich mache mir zunehmend Sorgen«, fügte der Arzt hinzu.

»Seit wann haben Sie Zugriff auf meinen Raumcomputer?«, rief Leda aufgebracht und vergaß für einen Moment ihren ruhigen, gefassten Ton.

Wenigstens besaß der Arzt den Anstand, verlegen zu wirken. »Nur auf die Daten zu deinen Schlafgewohnheiten«, sagte er schnell. »Deine Eltern haben das genehmigt. Ich dachte, sie hätten mit dir darüber gesprochen …«

Leda nickte nur kurz. Das würde sie später mit ihren Eltern klären. Nur weil sie noch minderjährig war, bedeutete das noch lange nicht, dass die beiden einfach in ihre Privatsphäre eingreifen durften. »Mir geht es wirklich gut«, versicherte sie dem Arzt noch einmal.

Vanderstein schwieg wieder. Leda wartete und überlegte. Was konnte er sonst noch tun? Ihre Toilette autorisieren, ihren Urin zu kontrollieren, wie es in der Entzugsklinik üblich war? Tja, das konnte er gerne machen. Er würde nicht das Geringste finden.

Der Arzt drückte auf einen Spender an der Wand, der zwei kleine Pillen ausspuckte. Sie hatten ein fröhliches Pink – wie die Farbe von

Kinderspielzeug oder wie Ledas Lieblingskirscheis. »Das sind rezeptfreie Schlaftabletten mit der geringsten Dosierung. Vielleicht probierst du die heute Abend mal, wenn du wieder nicht einschlafen kannst?« Er runzelte die Stirn, während er die dunklen Ringe unter ihren Augen musterte, die scharfen Konturen ihres Gesichts, das noch schmaler wirkte als sonst.

Natürlich hatte er recht. Leda schlief wirklich nicht gut. Ehrlich gesagt hatte sie Angst davor einzuschlafen. Sie versuchte absichtlich so lange wie möglich wach zu bleiben, denn sie wusste, welche schrecklichen Albträume sie erwarteten. Wenn sie irgendwann doch eindöste, wachte sie kurz darauf in kalten Schweiß gebadet wieder auf, gepeinigt von den Erinnerungen an diese Nacht, die sie vor allen anderen verheimlichte.

»Sicher.« Sie nahm die Pillen und steckte sie in ihre Tasche.

»Ich wäre auch sehr froh, wenn du eine unserer anderen Möglichkeiten in Betracht ziehen würdest – unsere Lichterkennungstherapie oder vielleicht die Trauma-Rückführungstherapie.«

»Ich bezweifle stark, dass es hilfreich wäre, das Trauma noch einmal zu durchleben, wenn man bedenkt, was hinter meinem Trauma steckt«, konterte Leda. Sie hatte nie an diese Theorie geglaubt. Warum sollte es dabei helfen, über ein Trauma hinwegzukommen, wenn man die schmerzhaften Momente in einer virtuellen Realität noch einmal durchleben musste? Außerdem wollte sie im Moment nicht unbedingt irgendwelchen Maschinen erlauben, sich in ihr Gehirn einzuschleichen, für den Fall, dass sie die Gedanken lesen konnten, die tief darin vergraben lagen.

»Was ist mit deinem Traumweber?«, beharrte der Arzt. »Wir könnten ein paar auslösende Erinnerungen an diese Nacht hochladen und abwarten, wie dein Unterbewusstsein darauf reagiert. Du weißt, dass

Träume aus den Tiefen deines Gehirns kommen und dir helfen, zu begreifen, was du erlebt hast, ob es nun glückliche oder schmerzvolle Erfahrungen waren ...«

Er sagte noch etwas anderes, nannte Träume die »sicheren Orte« des Gehirns, aber Leda hörte nicht mehr zu. In ihren Gedanken war eine Erinnerung an Eris aus der neunten Klasse aufgetaucht, wie sie damit prahlte, dass sie die Kindersicherung an ihrem Traumweber geknackt und nun Zugriff auf die ganze Auswahl an Träumen mit »Erwachseneninhalt« hätte. »Es gibt sogar eine Promi-Einstellung«, hatte Eris mit einem überheblichen Grinsen ihrem andächtigen Publikum erklärt. Leda fiel wieder ein, wie minderwertig sie sich gefühlt hatte, als Eris davon erzählte, wie sie in heiße Träume mit irgendwelchen Holo-Stars eintauchte, während sie selbst sich noch nicht einmal *Sex* vorstellen konnte.

Abrupt stand sie auf. »Wir müssen diese Sitzung früher beenden. Mir ist gerade etwas eingefallen, um das ich mich noch kümmern muss. Bis zum nächsten Mal.«

Als sie kurz darauf durch die mattierte Flexiglastür der Lyons Klinik trat, die sich auf der East Side der achthundertdreiunddreißigsten Etage befand, plärrten die Mikroantennen in ihren Ohren mit einem unverschämt lauten Klingelton los. Ihre Mom. Leda schüttelte den Kopf und lehnte den Anruf ab. Ilara wollte bestimmt wissen, wie die Sitzung gelaufen war, und kontrollieren, ob sie schon auf dem Heimweg zum Abendessen war. Aber Leda hatte im Moment nicht den Nerv für diese gezwungen fröhliche Normalität. Sie brauchte einen Moment für sich, um ihre Gedanken und ihre Schuldgefühle zum Schweigen zu bringen, die in einem wilden Tumult durch ihren Kopf jagten.

Sie betrat den C-Lift und stieg ein paar Haltestellen weiter oben wieder aus. Kurz darauf stand sie vor einem gigantischen Torbogen, der Stein für Stein von einer alten englischen Universität hierher transportiert worden war. BERKELY ACADEMY stand in riesigen Blockbuchstaben darauf.

Leda atmete erleichtert auf, als sie durch den Torbogen trat und ihre Kontaktlinsen sich automatisch abschalteten. Vor Eris' Tod hätte sie nie gedacht, dass sie einmal dankbar für das Tech-Netz an ihrer Schule sein würde.

Ihre Schritte hallten in den leeren Gängen wider. Es war ein wenig unheimlich, so spät am Abend hier zu sein, denn alles war in trübe, blaugraue Schatten gehüllt. Leda beschleunigte ihre Schritte. Sie lief am Seerosenteich und an den Sportanlagen vorbei bis zu einer blauen Tür am Ende des Schulgeländes. Normalerweise war dieser Raum schon seit Stunden abgeschlossen, aber Leda hatte eine Zugangsberechtigung für die gesamte Schule, weil sie im Schülerrat war. Sie trat näher, damit das Sicherheitssystem ihre Netzhaut scannen konnte, und die Tür schwang gehorsam auf.

Seit ihrem Astronomie-Kurs im Frühjahr war sie nicht mehr in der Sternwarte gewesen. Aber alles sah immer noch genauso aus, wie sie es in Erinnerung hatte: ein gewaltiger, kreisförmiger Raum, gesäumt von Teleskopen, hochauflösenden Bildschirmen und unzähligen Datenprozessoren, deren Funktionsweise Leda nie begriffen hatte. Über ihr erhob sich eine geodätische Kuppel und in der Mitte des Fußbodens befand sich das Glanzstück: ein glitzernder Flecken Nacht.

Die Sternwarte war einer der wenigen Orte des Towers, die sich über den Rand der Etagen darunter *hinaus* erstreckten. Leda hatte nie verstanden, woher die Schule die bauliche Genehmigung bekommen hatte, aber sie war froh darüber, denn nur deshalb gab es das Oval Eye: ein gewölbtes Oval aus dreifach verstärktem Flexiglas im Boden, etwa drei Meter lang und zwei Meter breit – ein flüchtiger Eindruck der unglaublichen Höhe, in der sie sich so nah an der Spitze des Towers befanden.

Leda näherte sich dem Oval Eye. Es war dunkel dort unten, nichts als Schatten waren zu erkennen. Ein paar verstreute Lichter funkelten herein, wahrscheinlich aus den öffentlichen Parks in der fünfzigsten Etage.

Wieso nicht?, dachte sie euphorisch und trat auf das Flexiglas.

Das war definitiv verboten, aber Leda wusste, dass die Konstruktion sie halten würde. Sie sah nach unten. Zwischen ihren Ballerinas war nichts als Leere, der unglaubliche, endlose Raum zwischen ihr und der leuchtenden Dunkelheit in der Tiefe.

Das hat Eris gesehen, als ich sie gestoßen habe, dachte Leda voller Selbstverachtung.

Sie sank auf den Boden, völlig gleichgültig der Tatsache gegenüber, dass nur ein paar Lagen geschmolzenes Karbonit sie davor bewahrten, zwei Meilen tief hinabzustürzen. Sie zog die Knie an die Brust, senkte den Kopf und schloss die Augen.

Ein Lichtstrahl durchschnitt den Raum. Ledas Kopf schoss panisch in die Höhe. Niemand sonst hatte Zugang zur Sternwarte, nur die restlichen Schülervertreter und die Astronomielehrer. Wie sollte sie erklären, was sie hier machte?

»Leda?«

Ihr rutschte das Herz in die Hose, als sie die Stimme erkannte. »Was machst *du* denn hier, Avery?«

»Wahrscheinlich dasselbe wie du.«

Leda fühlte sich ertappt. Sie war seit jener Nacht nicht mehr mit Avery allein gewesen – seit sie Avery damit konfrontiert hatte, dass sie von ihrer Beziehung zu Atlas wusste, seit Avery sie aufs Dach geführt hatte und dann alles so gewaltsam außer Kontrolle geraten war. Leda suchte verzweifelt nach Worten, aber ihr Verstand war wie eingefroren. Was *sollte* sie auch sagen angesichts all der Geheimnisse, die sie und Avery miteinander verbanden, die sie gemeinsam hüteten?

Leda war schockiert, als sie einen Moment später Schritte näher kommen hörte. Avery kam zu ihr herüber und setzte sich an das gegenüberliegende Ende des Oval Eye.

»Wie bist du hier reingekommen?« Leda konnte sich die Frage einfach nicht verkneifen. Ob Avery noch Kontakt zu Watt hatte, dem Hacker aus den unteren Etagen, der Leda dabei geholfen hatte, Averys Geheimnis aufzudecken? Leda hatte auch mit ihm seit jener Nacht nicht mehr gesprochen. Aber mit seinem geheimen Quantencomputer konnte Watt im Prinzip alles hacken.

Avery zuckte mit den Schultern. »Ich habe den Direktor gefragt, ob ich Zugang zur Sternwarte haben darf. Es hilft mir, hier zu sein.«

Natürlich, dachte Leda bitter, sie hätte sich denken können, dass es so einfach war. Für die perfekte Avery Fuller war nichts verboten.

»Ich vermisse sie auch, weißt du«, sagte Avery leise.

Leda blickte in die stille Weite der Nacht hinab, um sich davon abzulenken, was sie in Averys Augen sah.

»Was ist an diesem Abend passiert, Leda?«, flüsterte Avery. »Was hattest du genommen?«

Leda dachte an die verschiedenen Pillen, die sie an dem Tag eingeworfen hatte, während sie immer tiefer in einen brodelnden, wütenden Strudel aus bitterem Selbstmitleid hineingezogen worden war. »Es war ein harter Tag für mich. Ich hatte die Wahrheit über eine Menge Leute herausgefunden – Menschen, denen ich vertraut habe. Menschen, die mich *benutzt* haben«, sagte sie schließlich. Als sie sah, wie Avery bei diesen Worten zusammenzuckte, empfand sie eine perverse Freude.

»Es tut mir leid«, erwiderte Avery. »Aber bitte, Leda, rede mit mir.«

Leda hätte Avery so gern alles erzählt – wie sie herausgefunden hatte, dass ihr Vater, dieses miese Schwein, eine heimliche Affäre mit Eris hatte; wie schlecht sie sich gefühlt hatte, als ihr klar geworden war, dass Atlas verdammt noch mal nur mit ihr geschlafen hatte, um Avery zu vergessen, und wie sie Watt unter Drogen gesetzt hatte, um diese Wahrheit aufzudecken.

Aber wenn man die Wahrheit erst einmal kannte, war es unmöglich, sie wieder zu vergessen. Egal wie viele Pillen Leda auch nahm, die Wahrheit war immer noch da, lauerte wie ein ungebetener Gast in jeder Ecke ihres Verstandes. Es gab nicht genug Tabletten auf der Welt, um sie wieder loszuwerden. Leda hatte Avery damit konfrontiert, hatte sie auf dem Dach angeschrien, ohne sich richtig bewusst zu sein, was sie da eigentlich sagte, denn in der sauerstoffarmen Luft hatte sie sich noch desorientierter und benommener gefühlt. Dann war Eris plötzlich aufgetaucht und hatte sich bei Leda *entschuldigt*. Als könnte eine verdammte Entschuldigung den Schaden wiedergutmachen, den sie in Ledas Familie angerichtet hatte. Warum war Eris immer weiter auf sie zugekommen, obwohl Leda sie aufgefordert hatte, stehen zu bleiben? Es war nicht Ledas Schuld, dass sie sich Eris vom Hals halten musste und sie deshalb weggestoßen hatte.

Sie hatte nur zu fest geschubst.

Wie gern würde sie ihrer besten Freundin das alles gestehen und sich dann einfach fallen lassen und wie ein Kind weinen.

Aber ihr dickköpfiger, unnachgiebiger Stolz erstickte die Worte in ihrer Kehle. Sie verengte die Augen und hob trotzig den Kopf. »Du würdest es sowieso nicht verstehen«, sagte sie müde. Was spielte es auch für eine Rolle? Eris war tot.

»Dann hilf mir, es zu verstehen. Es muss zwischen uns nicht so sein,

Leda – dass wir uns auf diese Art drohen. Warum erzählst du nicht einfach allen, dass es ein Unfall war? Ich weiß, dass du ihr nie etwas antun wolltest.«

Genau diese Gedanken waren Leda schon oft durch den Kopf gegangen, doch sie jetzt aus Averys Mund zu hören, weckte eine kalte Panik, die sich wie eine Faust um Leda schloss.

Avery kapierte es einfach nicht. Für sie war immer alles so einfach. Aber Leda wusste, was ihr blühte, wenn sie mit der Wahrheit herausrückte. Es würde wahrscheinlich zu einer Untersuchung des Falls und zu einer Gerichtsverhandlung kommen. Dass Leda zuerst gelogen hatte, würde alles nur noch schlimmer machen – und es käme ans Licht, dass Eris mit Ledas Dad geschlafen hatte. Ledas Familie, vor allem ihre Mom, würde durch die Hölle gehen. Und Leda war nicht dumm. Genau diese Geschichte würde wie ein verdammt triftiges Motiv aussehen, Eris in den Tod zu stoßen.

Woher nahm Avery überhaupt das Recht, hier hereinzuschneien und ihr wie eine Art Göttin die Absolution erteilen zu wollen?

»Wage es ja nicht, irgendjemandem davon zu erzählen. Wenn du das tust, wirst du es bereuen, das schwöre ich.« Eiskalt zerschnitt die wütende Drohung die Stille. Leda kam es in der Sternwarte plötzlich ein paar Grad kälter vor.

Sie stand auf und wollte nur noch hier weg. Als sie vom Oval Eye auf den Teppich trat, merkte sie, wie etwas aus ihrer Tasche fiel. Die beiden leuchtend pinken Schlaftabletten.

»Gut zu sehen, dass sich nichts geändert hat.« Averys Stimme klang völlig leer.

Leda machte sich gar nicht erst die Mühe, ihr zu erklären, wie falsch sie lag. Avery würde die Welt immer so sehen, wie sie wollte.

An der Tür blieb Leda stehen und sah sich noch einmal um. Avery kniete jetzt in der Mitte des Oval Eyes, die Hände auf das Flexiglas gedrückt, den Blick in die Tiefe gerichtet. Die Geste wirkte makaber und sinnlos, als hätte sie sich zum Gebet hingekniet, um Eris wieder zum Leben zu erwecken.

Erst einen Moment später merkte Leda, dass Avery weinte. Sie war wahrscheinlich das einzige Mädchen auf der Welt, das *noch* schöner aussah, wenn es weinte. Ihre Augen leuchteten in einem noch helleren Blau, die Tränen auf ihren Wangen betonten ihre erstaunlich perfekten Gesichtszüge. Und in diesem Augenblick fielen Leda all die Gründe wieder ein, aus denen sie Avery hasste.

Sie wandte sich ab und ließ ihre ehemals beste Freundin auf diesem winzigen Stück Himmel mit ihren Tränen allein.

Calliope

Das Mädchen betrachtete sein Spiegelbild in den hohen Smart-Spiegeln, die die Wände der Hotellobby säumten, und verzog die rot geschminkten Lippen zu einem zufriedenen Lächeln. Sie trug einen kurzen, marineblauen Jumpsuit, der mindestens seit drei Jahren aus der Mode war, aber das war volle Absicht. Sie genoss es, wie die anderen Frauen im Hotel neidisch ihre langen, gebräunten Beine beäugten. Das Mädchen warf die Haare zurück. Das warme Gold ihrer Ohrringe betonte ihre karamellfarbenen Strähnchen und sie klimperte mit ihren falschen Wimpern – nicht die implantierten, sondern echte organische, die nach einer schmerzhaften genetischen Repair-Prozedur in der Schweiz aus ihren eigenen Augenlidern gewachsen waren.

Mit all diesen Attributen sah sie glamourös und sexy aus, ohne dass es aufgesetzt wirkte. Ganz Calliope Brown, dachte das Mädchen mit einem angenehmen Schauer.

»Ich heiße diesmal Elise. Und du?«, fragte ihre Mom, als hätte sie ihre Gedanken gelesen. Sie hatte dunkelblondes Haar und eine künstlich glatte, cremefarbene Haut, die sie zeitlos jung erscheinen ließ. Niemand, der die beiden zusammen sah, war sich ganz sicher, ob sie die Mutter oder die etwas erfahrenere ältere Schwester war.

»Ich dachte an Calliope.« Das Mädchen zuckte dabei mit den Schultern, als wollte sie in ein altes, bequemes Sweatshirt schlüpfen. Calliope Brown war schon immer eins ihrer Lieblingspseudonyme gewesen. Und der Name fühlte sich irgendwie passend an für New York.

Ihre Mom nickte. »Ich mag diesen Namen auch, obwohl man ihn sich kaum merken kann. Aber er klingt nach … einer Draufgängerin.«

»Du könntest mich auch Callie nennen«, bot Calliope an. Ihre Mom nickte gedankenverloren, dabei würde sie Calliope sowieso nur mit irgendwelchen Kosenamen anreden. Sie hatte einmal das falsche Pseudonym benutzt und damit alles ruiniert. Jetzt hatte sie panische Angst davor, denselben Fehler noch einmal zu machen.

Calliope sah sich in dem teuren Hotel um. Sie betrachtete die vornehmen Sofas, die passend zum Farbton des Himmels mit golden und blau leuchtenden Streifen durchzogen waren; die in Grüppchen zusammenstehenden Geschäftsleute, die ihren Kontaktlinsen Sprachbefehle zumurmelten; das verräterische Schimmern der versteckten Sicherheitskamera in der Ecke, die alles beobachtete. Calliope unterdrückte den Impuls, der Kamera zuzuzwinkern.

Plötzlich stieß sie mit der Schuhspitze irgendwo an und fiel hin. Sie landete auf ihrem Hüftknochen, fing sich gerade noch mit den Armen ab und spürte, wie ihre Handflächen zu brennen begannen.

»O mein Gott!« Elise ging neben ihrer Tochter in die Knie.

Calliope stöhnte schmerzhaft auf, was nicht schwierig war, denn der Sturz hatte tatsächlich wehgetan. In ihrem Kopf pochte es wütend. Hoffentlich waren die Absätze ihrer Stilettos nicht völlig zerschrammt.

Ihre Mom schüttelte sie und Calliope jammerte noch lauter, Tränen stiegen ihr in die Augen.

»Ist alles in Ordnung mit ihr?« Es war die Stimme eines Jungen. Calliope hob leicht den Kopf, um ihm durch halb geschlossene Lider einen verstohlenen Blick zuzuwerfen. Mit seinem glatt rasierten Gesicht und dem leuchtend blauen Holo-Namensschild an der Brust musste er ein Rezeptionsmitarbeiter sein. Calliope war schon in genügend Fünfsternehotels gewesen, um zu wissen, dass die wirklich wichtigen Leute ihre Namen nicht auf Schildern zur Schau trugen.

Ihre Schmerzen ließen langsam nach, aber Calliope konnte trotzdem nicht widerstehen, noch etwas mehr zu stöhnen und ein Knie an die Brust zu ziehen, nur um ihre Beine besser zur Geltung zu bringen. Zufrieden sah sie, wie eine Mischung aus Bewunderung und Bestürzung – beinahe Panik – über das Gesicht des Jungen huschte.

»Natürlich ist nichts in Ordnung! Wo ist der Manager?«, brauste Elise auf.

Calliope schwieg. Sie überließ das Reden lieber ihrer Mom, wenn es erst mal darum ging, das Netz auszuwerfen. Außerdem sollte sie ja sowieso die Verletzte spielen.

»Es tut mir l-leid, ich rufe ihn sofort …«, stammelte der Junge. Als kleine Zugabe wimmerte Calliope noch ein wenig, obwohl das gar nicht nötig war. Sie spürte, wie sich alle Aufmerksamkeit in der Lobby auf sie zu richten begann, eine Zuschauermenge bildete sich. Die Nervosität hing an dem Rezeptionsjungen wie ein billiges Parfum.

»Ich bin Oscar, der Manager. Was ist hier passiert?« Ein übergewichtiger Mann in einem schlichten dunklen Anzug kam herangetrottet. Calliope bemerkte erfreut, dass er teure Schuhe trug.

»Was hier passiert ist? Meine Tochter ist in *Ihrer* Lobby gestürzt. Wegen dieses verschütteten Getränks!« Elise deutete auf eine Pfütze am Boden, in der sogar noch eine verloren wirkenden Zitronenscheibe lag. »Sparen Sie etwa beim Reinigungsservice?«

»Ich bitte aufrichtig um Entschuldigung! Ich kann Ihnen versichern, dass so etwas hier noch nie vorgekommen ist, Mrs …?«

»Ms Brown«, näselte Elise. »Meine Tochter und ich hatten eigentlich vor, eine Woche hier zu verbringen, aber jetzt bin ich mir nicht mehr sicher, ob wir das noch möchten.« Sie beugte sich ein wenig tiefer. »Kannst du aufstehen, Liebling?«

Das war Calliopes Stichwort. »Es tut so weh.« Sie rang nach Luft und schüttelte dann den Kopf. Eine einzelne Träne lief an ihrer Wange hinab und ruinierte ihr ansonsten perfekt geschminktes Gesicht. Sie hörte, wie ein mitfühlendes Raunen durch die Zuschauermenge ging.

»Ich werde mich sofort um alles kümmern«, bot Oscar beschwörend an, während er vor Unbehagen knallrot anlief. »Ich bestehe sogar darauf. Und Ihr Zimmer ist für Sie natürlich kostenlos.«

Fünfzehn Minuten später hatten es sich Calliope und ihre Mutter in einer Suite bequem gemacht, die sich in einer der Ecken des Towers befand. Calliope lag im Bett – ihr Knöchel wurde von einem kleinen Dreieck aus Kissen gestützt – und stellte sich schlafend, als der Hotelpage ihr Gepäck abstellte. Auch nachdem sie die Tür hinter ihm zugehen hörte, hielt sie die Augen geschlossen und wartete, bis sich die Schritte ihrer Mutter ihrem Schlafzimmer näherten.

»Die Luft ist rein, Süße«, rief Elise.

Mit einer ruckartigen Bewegung stand Calliope auf, sodass die Kissen auf den Boden purzelten. »Echt jetzt, Mom? Du lässt mich ohne Vorwarnung stolpern?«

»Tut mir leid, aber du weißt doch selbst, wie schlecht du bei einem vorgetäuschten Sturz bist. Dein Selbsterhaltungstrieb ist einfach zu stark ausgeprägt«, erwiderte Elise vom Wandschrank aus. Sie sortierte bereits ihre enorme Auswahl an Kleidern, die in farbkodierten Transporttaschen steckten. »Wie kann ich es wiedergutmachen?«

»Ein Stück Käsekuchen wäre kein schlechter Anfang.« Calliope griff an ihrer Mom vorbei nach dem weichen weißen Bademantel, der an der Tür hing und an der Brusttasche mit einem blauen N und einer winzigen Wolke bestickt war. Sie schlüpfte hinein und die Gürtelenden schlossen sich sofort von selbst.

»Wie wäre es mir Käsekuchen *und* Wein?« Elise rief mit ein paar raschen Handbewegungen das Holo-Zimmerservice-Menü auf und tippte auf verschiedene Bilder, um Lachs, Käsekuchen und eine Flasche Sancerre zu bestellen. Nur wenige Sekunden später erschien der Wein in ihrem Zimmer, geliefert von dem hoteleigenen temperaturgesteuerten Luftrohrsystem.

»Ich hab dich lieb, Süße. Entschuldige noch mal, dass du meinetwegen auf die Nase gefallen bist.«

»Ja, ich weiß. Das ist der Preis für unser Geschäft«, lenkte Calliope mit einem Schulterzucken ein.

Ihre Mom füllte zwei Gläser und stieß mit Calliope an. »Auf einen Neuanfang!«

»Auf einen Neuanfang!«, wiederholte Calliope lächelnd, während ihr ein aufgeregter Schauer über den Rücken lief. Diese Worte benutzten sie und ihre Mom jedes Mal, wenn sie an einem neuen Ort angekommen waren. Und es gab nichts, was Calliope mehr liebte, als irgendwo neu anzufangen.

Sie ging durch das Wohnzimmer auf die gewölbte Flexiglasscheibe zu, mit der die Ecke des Gebäudes verkleidet war. Von hier aus hatte man einen atemberaubenden Blick über Brooklyn und das dunkle Band des East River. Ein paar Schatten, wahrscheinlich Boote, tanzten auf der Wasseroberfläche. Die Abenddämmerung senkte sich über die Stadt und ließ alle Linien weicher erscheinen. Verstreute Lichtflecken blinkten in der Ferne wie vergessene Sterne.

»Das ist also New York«, sinnierte Calliope laut. Nachdem sie jahrelang mit ihrer Mom durch die Welt gereist war, in so vielen Luxushotels an ähnlichen Fenstern gestanden und über so viele Städte geblickt hatte – Tokios neonfarbenes Raster, Rios fröhliches und pulsierendes Wirrwarr, Mumbais kuppelförmige Wolkenkratzer, die wie Knochen im Mondlicht schimmerten –, waren sie nun endlich in New York.

New York, die erste Stadt mit einem genialen Supertower, die ursprüngliche Stadt in den Wolken. Calliope spürte schon jetzt eine zärtliche Verbundenheit.

»Eine traumhafte Aussicht«, sagte Elise, die neben ihre Tochter getreten war. »Erinnert mich fast an den Blick von der London Bridge.«

Calliope hörte auf, sich die Augen zu reiben, die nach der letzten Netzhauttransplantation immer noch ein wenig juckten, und sah ihre Mom verwundert an. Bisher hatten sie kaum über ihr altes Leben gesprochen. Doch Elise ging auch nicht weiter auf das Thema ein. Sie nippte an ihrem Wein, ihr Blick war starr auf den Horizont gerichtet.

Wie wunderschön Elise war, dachte Calliope. Inzwischen hatte ihre Schönheit aber auch etwas Steifes und ein wenig Plastikartiges – das Ergebnis unzähliger Operationen, mit denen sie ihr Äußeres verändert hatte und jedes Mal unerkannt geblieben war, wenn sie sich wieder einen neuen Ort ausgesucht hatten. »Ich tue das für uns«, sagte sie oft zu Calliope. »Für dich, damit du das nicht tun musst. Zumindest jetzt noch nicht.« Calliope durfte in ihren Betrügereien immer nur eine Nebenrolle spielen.

Seit sie London vor sieben Jahren verlassen hatten, waren Calliope und ihre Mutter ständig von einem Ort zum nächsten gezogen. Sie blieben nie irgendwo lange genug, um geschnappt zu werden. Und in jeder Stadt gingen sie nach demselben Muster vor: Sie schummelten sich in das teuerste Hotel in der nobelsten Gegend und kundschafteten ein paar Tage die Lage aus. Dann wählte Elise ihr Ziel aus – eine Person mit zu viel Geld, als gut für sie wäre, und dumm genug, jede Geschichte zu glauben, die Elise ihm oder ihr auftischte. Wenn die Zielperson merkte, was wirklich vor sich ging, waren Elise und Calliope längst verschwunden.

Calliope wusste, dass einige Leute sie und ihre Mom als Hochstapler, Trickbetrüger oder Schwindler bezeichnen würden. Sie selbst betrachtete sich und ihre Mom jedoch lieber als besonders clevere und charmante Frauen, die genau wussten, wie man überall punkten konnte. Reiche Leute bekamen ständig alles umsonst. Warum sollten sie nicht auch davon profitieren?

»Bevor ich es vergesse, das ist für dich. Ich habe gerade den Namen Calliope Ellerson Brown hochgeladen. Den hast du dir doch gewünscht, oder?« Ihre Mom reichte ihr einen glänzenden neuen Handgelenkcomputer.

Hier ruht Gemma Newberry, geliebte Diebin, dachte Calliope begeistert und begrub damit in stillem Gedenken ihr jüngstes Pseudonym. *Sie war genauso schamlos wie wunderschön.*

Calliope hatte die schrecklich makabre Angewohnheit, sich jedes Mal eine Grabinschrift auszudenken, wenn sie wieder eine Identität ablegte. Ihrer Mom hatte sie noch nie davon erzählt. Sie hatte das Gefühl, Elise würde das nicht besonders lustig finden.

Sie tippte auf den neuen Handgelenkcomputer, öffnete ihre Kontakte – eine wie immer noch leere Liste – und stellte überrascht fest, dass auch keine Schule aufgeführt war. »Du willst diesmal nicht, dass ich zur Schule gehe?«

Elise zuckte mit den Schultern. »Du bist achtzehn. Möchtest du denn noch zur Schule gehen?«

Calliope zögerte. Sie war auf unzähligen Schulen gewesen und hatte immer die Rolle gespielt, die das jeweilige Drehbuch ihrer Mutter von ihr verlangte – eine lange verloren geglaubte Erbin, ein Opfer irgendeiner Verschwörung oder einfach nur Elises Tochter, wenn Elise eine brauchte, um auf ihr nächstes Opfer attraktiver zu wirken. Sie hatte ein nobles englisches Internat besucht, eine französische Klosterschule und eine tadellose staatliche Schule in Singapur. Und jedes Mal hatte sie vor purer Langeweile die Augen verdreht.

Deshalb hatte Calliope ein paar Betrügereien auch schon auf eigene Faust abgezogen. Es waren keine großen Dinger, wie Elise sie drehte, wo es um hohe Geldsummen und Wertgegenstände ging, aber wenn Calliope die Gelegenheit bekam, machte sie sich nebenbei einen Spaß daraus. Elise hatte nichts dagegen, solange Calliopes Projekte sie nicht daran hinderten, ihrer Mom jederzeit auszuhelfen. »Es ist gut, wenn du ein paar Erfahrungen sammelst«, sagte Elise immer und erlaubte Calliope, alles zu behalten, was sie sich selbst erschwindelte – was vor allem ihrem Kleiderschrank zugutekam.

Normalerweise versuchte Calliope, das Interesse eines reichen Teenagers zu gewinnen und ihn dann dazu zu bringen, ihr eine Kette oder eine neue Handtasche oder wenigstens ein Paar Designer-Wildlederstiefel zu kaufen. Ein paarmal hatte sie es sogar geschafft, sich nicht nur Geschenke an Land zu ziehen, sondern Bargeldbeträge zu kassieren. Sie musste nur so tun, als stecke sie in ernsten Schwierigkeiten, oder die Geheimnisse der Leute herausfinden, um sie zu erpressen. Calliope hatte im Laufe der Jahre gelernt, dass die Reichen eine Menge Dinge taten, die sie vor anderen lieber geheim hielten.

Sie überlegte, ob sie wieder zur Highschool gehen und ihre übliche Masche abziehen sollte, doch sie verwarf den Gedanken rasch. Diesmal wollte sie etwas Größeres planen.

Oh, es gab so viele Möglichkeiten, sich ein Opfer zu angeln – ein »zufälliger« Zusammenstoß, ein mehrdeutiges Lächeln, ein heißer Flirt, eine Konfrontation, ein Unfall – und Calliope war Expertin auf jedem Gebiet. Sie hatte bis jetzt jeden Trickbetrug erfolgreich abgeschlossen.

Mit einer Ausnahme: Travis. Die einzige Zielperson, die Calliope verlassen hatte anstatt andersherum. Calliope hatte den Grund nie herausgefunden, und das ärgerte sie immer noch, zumindest ein bisschen.

Aber das war nur ein Fehltritt bei *einer* Person gewesen und hier gab es Millionen. Calliope dachte unwillkürlich an die Menschenmassen, die sie vorhin gesehen hatte. Sie waren aus den Fahrstühlen geströmt, nach Hause oder zur Arbeit oder zur Schule geeilt. Jeder von ihnen war mit seinen eigenen kleinen Sorgen beschäftigt, klammerte sich an seine eigenen unerreichbaren Träume.

Niemand wusste, dass Calliope überhaupt existierte, und selbst wenn es jemand wüsste, wäre es ihm gleichgültig. Und genau das machte das Spiel so spannend: Calliope würde dafür sorgen, dass sie einem dieser Menschen nicht mehr gleichgültig war, dass sie ihm etwas bedeutete, und zwar sehr viel bedeutete. Bei diesem Gedanken überkam sie eine herrlich rücksichtslose Vorfreude.

Sie konnte es kaum erwarten, sich ihr nächstes Opfer auszusuchen.

Avery

Avery Fuller legte die Arme noch fester um sich. Der Wind zerrte an ihrem Haar, zerzauste es zu einem unbändigen, blonden Wirrwarr, peitschte den Stoff ihres Kleides wie eine Fahne um sie. Ein paar Regentropfen begannen zu fallen, stachen sie, stachen in ihre nackte Haut.

Aber Avery war nicht bereit, das Dach zu verlassen. Das war ihr geheimer Ort, an den sie sich zurückzog, wenn sie die grellen Lichter und Geräusche der Stadt dort unten nicht mehr ertragen konnte.

Sie betrachtete den violett dämmernden Horizont und das tiefe und unergründliche Schwarz des Himmels über ihr. Hier oben – fern von allem und allein – fühlte sie sich wohl, hier waren all ihre Geheimnisse sicher. Nichts ist sicher, meldete sich ein quälendes Gefühl, als sie Schritte hörte. Nervös drehte Avery sich um – und begann zu lächeln, als sie sah, dass es Atlas war.

Aber die Falltür flog erneut auf und plötzlich stand Leda da, ihr Gesicht war vor Wut verzerrt. Sie wirkte hager und angespannt und gefährlich, ihre Haut war wie ein Panzer.

»Was willst du, Leda?«, fragte Avery misstrauisch, obwohl sie gar nicht fragen musste. Sie wusste, was Leda wollte. Sie wollte Atlas und Avery auseinanderbringen. Aber Atlas war das Einzige, was Avery niemals aufgeben würde. Sie schob sich ein Stück vor ihn, als wollte sie ihn beschützen.

Leda bemerkte die Bewegung. »Wie kannst du es *wagen?*«, schrie sie und streckte den Arm aus, um Avery wegzustoßen.

Avery drehte sich der Magen um, sie ruderte verzweifelt mit den Armen, um irgendwo Halt zu finden, aber alles war plötzlich zu weit entfernt, selbst Atlas. Die Welt verwandelte sich in einen Strudel aus Farben, Geräuschen und Schreien, der Boden raste immer schneller auf sie zu.

Abrupt setzte Avery sich auf, kalter Schweiß stand auf ihrer Stirn. Sie brauchte einen Moment, um im Dämmerlicht Atlas' Zimmereinrichtung zu erkennen.

»Aves?«, murmelte Atlas. »Alles okay?«

Sie zog die Knie an die Brust und versuchte, ihren unregelmäßigen Herzschlag zu beruhigen. »War nur ein Albtraum«, sagte sie.

Atlas zog sie zu sich und legte die Arme von hinten um sie, bis sie sich in seiner warmen Umarmung sicher und geborgen fühlte. »Willst du darüber reden?«

Avery *wollte* darüber reden, aber sie konnte es nicht. Also drehte sie sich nur um und brachte ihn mit einem Kuss zum Schweigen.

Seit Eris gestorben war, schlich sie sich jede Nacht in Atlas' Zimmer. Sie wusste, dass sie mit dem Feuer spielte, doch mit dem Jungen zusammen zu sein, den sie liebte – mit ihm zu reden, ihn zu küssen, seine Gegenwart zu spüren –, war das Einzige, was Avery davon abhielt, völlig durchzudrehen.

Aber sogar mit Atlas an ihrer Seite war sie nicht ganz sicher vor sich selbst. Sie hasste das Netz aus Lügen und Geheimnissen, in das sie sich verstrickt hatte, denn es trieb einen unsichtbaren Keil zwischen sie und Atlas. Und er hatte nicht die geringste Ahnung.

Er wusste nichts von Averys und Ledas heiklem Drahtseilakt. Ein Geheimnis für ein Geheimnis, dachte Avery bitter. Sie hatte mitangesehen, wie Leda Eris in jener Nacht vom Dach gestoßen hatte. Aber Leda wusste über Avery und Atlas Bescheid. Und nur wegen Ledas Drohung, ihre geheime Beziehung zu Atlas in die Welt hinauszuposaunen, wenn sie nicht den Mund hielt, war Avery nun gezwungen, auch die Wahrheit über Eris' Tod geheim zu halten.

Sie konnte sich nicht dazu durchringen, Atlas von all dem zu erzählen. Es würde ihn nur verletzen, und wenn sie ehrlich war, wollte sie gar nicht, dass er erfuhr, was tatsächlich auf dem Dach geschehen war. Wenn er wüsste, was sie getan hatte, würde er sie bestimmt nicht mehr so ansehen – mit dieser bedingungslosen Liebe und Hingabe.

Sie vergrub die Finger in den Locken an Atlas' Nacken und wünschte, sie könnte die Zeit anhalten, um in diesem Moment zu verschwinden und für immer darin zu leben.

Als Atlas sich von ihr löste, spürte sie, dass er lächelte, auch wenn sie es nicht sehen konnte. »Keine schlimmen Träume mehr. Nicht, wenn ich hier bin. Ich halte sie von dir fern, versprochen.«

»Ich habe geträumt, dich zu verlieren«, platzte es aus ihr heraus. Ein ängstlicher Unterton lag in ihrer Stimme. Allen Widrigkeiten zum Trotz waren sie endlich zusammen, und es war ihre größte Angst, von Atlas getrennt zu werden.

»Avery …« Er legte einen Finger unter ihr Kinn und hob sanft ihren Kopf, bis sie ihm in die Augen sehen musste. »Ich liebe dich. Du wirst mich nie verlieren.«

»Ich weiß«, erwiderte sie, denn er meinte es auch so. Aber es gab so viele Hindernisse auf ihrem Weg, so viele Kräfte, gegen die sie ankämpfen mussten, dass sich alles manchmal unüberwindbar anfühlte.

Sie kuschelte sich auf den weichen, warmen Platz neben ihm, aber innerlich war sie immer noch aufgewühlt. Sie fühlte sich wie in einem Teufelskreis, aus dem sie sich nicht mehr befreien konnte.

»Hast du dir jemals gewünscht, eine andere Familie hätte dich adoptiert?«, flüsterte sie und sprach damit einen Gedanken aus, der ihr schon unzählige Male durch den Kopf gegangen war. Wäre er bei einer anderen Familie gelandet und sie stattdessen mit einem anderen Adoptivbruder aufgewachsen, wäre Atlas für sie nicht verboten. Sie hätte ihn in der Schule kennengelernt oder auf einer Party, ihn mit nach Hause bringen und ihren Eltern vorstellen können.

Alles wäre so viel leichter.

»Natürlich nicht«, sagte Atlas. Sein vehementer Tonfall erschreckte sie. »Aves, wenn ich von einer anderen Familie adoptiert worden wäre, hätte ich dich vielleicht nie getroffen.«

»Vielleicht …« Sie verstummte, aber sie war sich sicher, dass sie und Atlas füreinander bestimmt waren. Das Universum hätte einen Weg gefunden, sie zusammenzubringen. Es hätte dafür gesorgt, dass ihre gegenseitige Anziehungskraft sie zusammenführte, auf die eine oder andere Weise.

»Okay, vielleicht doch«, lenkte Atlas ein. »Aber dieses Risiko wäre ich nicht eingegangen. Du bist für mich das Wichtigste auf der Welt. Der Tag, an dem deine Eltern mich zu sich genommen haben – an dem ich dich zum ersten Mal gesehen habe –, war der zweitschönste Tag in meinem Leben.«

»Ach ja? Und welcher war der schönste?«, fragte sie lächelnd.

Sie ging davon aus, dass es der Tag war, an dem sie sich ihre Liebe gestanden hatten. Aber Atlas überraschte sie.

»Heute«, sagte er schlicht. »Und danach wird morgen der schönste Tag sein. Denn jeder Tag mit dir ist noch schöner als der Tag davor.« Er beugte sich über sie, um sie zu küssen, als es an der Tür klopfte.

»Atlas?«

Für einen schrecklichen Augenblick erstarrte jede Zelle in Averys

Körper. Als sie zu Atlas aufblickte, spiegelte sich ihr eigenes Entsetzen in seinem Gesicht.

Seine Tür war verschlossen, aber wie überall im Apartment konnten sich Mr und Mrs Fuller auch hier über die Einstellung des Raumcomputers hinwegsetzen.

»Sekunde noch, Dad«, rief Atlas übertrieben laut.

Avery stolperte aus dem Bett. Sie war nur mit ihren elfenbeinfarbenen Satinshorts und einem BH bekleidet und taumelte atemlos auf Atlas' Wandschrank zu. Mit ihren nackten Füßen wäre sie fast über einen Schuh gestolpert.

Sie hatte gerade die Tür hinter sich zugezogen, als Pierson Fuller das Zimmer seines Adoptivsohns betrat. Das Licht an der Decke schaltete sich ein.

»Ist hier alles okay?«

Hörte sie einen argwöhnischen Unterton in seiner Stimme oder bildete sie sich das nur ein?

»Was gibt's, Dad?«

Typisch Atlas, eine Frage mit einer Gegenfrage zu beantworten. Aber es war ein gutes Ablenkungsmanöver.

»Ich hatte gerade eine Rückmeldung von Jean-Pierre LaClos aus dem Pariser Büro«, sagte Averys Dad langsam. »Sieht so aus, als würden die Franzosen unser Bauvorhaben neben ihrem antiken Schandfleck doch noch genehmigen.« Seine Umrisse waren durch die Lamellen in der Schranktür gut erkennbar. Avery rührte sich nicht. Sie stand mit vor der Brust verschränkten Armen an einen grauen Wollmantel gepresst da. Ihr Herz schlug so heftig, dass sie fürchtete, ihr Dad könnte es hören.

Atlas' Wandschrank war viel kleiner als ihr. Sie konnte sich nirgendwo verstecken, falls Pierson auf die Idee kam, die Schranktür zu

39

öffnen. Es gab auch keine plausible Erklärung dafür, was sie in BH und Pyjamashorts in Atlas' Zimmer zu suchen hatte – bis auf den wahren Grund natürlich.

Ihr pinkfarbenes Shirt lag noch im Zimmer auf dem Boden wie ein leuchtendes Hinweisschild.

»Okay«, erwiderte Atlas und Avery hörte die unausgesprochene Frage. Warum kam ihr Dad mitten in der Nacht vorbei, um Atlas etwas mitzuteilen, das nicht besonders dringend klang?

Nach einem viel zu langen Schweigen räusperte sich Pierson. »Du wirst morgen früh am Projektmeeting teilnehmen. Wir müssen eine komplette Analyse des Straßennetzes und der Wasserwege aufstellen, damit wir mit den Vorbereitungen beginnen können.«

»Ich werde da sein«, sagte Atlas knapp. Er stand direkt auf dem Shirt und versuchte es diskret mit einem Fuß zu verdecken. Avery betete, dass ihr Dad die Bewegung nicht bemerkt hatte.

»Klingt gut.«

Einen Moment später hörte Avery, wie die Tür zum Zimmer ihres Bruders ins Schloss fiel. Sie lehnte sich an die Rückwand des Schranks und sank kraftlos nach unten, bis sie auf dem Boden saß. Es kam ihr vor, als würden winzige Nadeln überall auf ihrer Haut kribbeln wie bei ihrem Vitamin-Check beim Arzt, nur dass sie diesmal voller Adrenalin war. Sie fühlte sich aufgewühlt und leichtsinnig und merkwürdig berauscht, als wäre sie in Treibsand gelandet und irgendwie unverletzt wieder herausgekommen.

Atlas riss die Schranktür auf. »Alles okay, Aves?«

Das Licht im Schrank war angegangen, als er die Türen geöffnet hatte, aber für einen unglaublich kurzen Moment hatte Avery noch in der Dunkelheit gehockt, während Atlas von hinten angestrahlt wurde. Das Licht umströmte ihn, vergoldete seine Umrisse, sodass er fast übernatürlich wirkte. Und plötzlich kam es ihr so vor, als könnte er unmöglich echt sein, und hier und bei ihr.

In Wahrheit war es auch unmöglich. Ihre ganze Beziehung hatte sich als unmöglich erwiesen, auch wenn sie sich noch so sehr wünschten, dass es funktionierte.

»Ja, alles okay.« Sie stand auf und ließ die Hände über seine Arme wandern, bis sie auf seinen Schultern lagen, doch er trat reflexartig einen Schritt zurück und bückte sich nach ihrem Shirt, das immer noch auf dem Boden lag.

»Das war verdammt knapp, Aves.« Atlas hielt ihr mit besorgter Miene das Shirt hin.

»Er hat mich doch nicht gesehen«, hielt Avery dagegen, aber sie wusste, dass es nicht darum ging. Keiner von ihnen erwähnte, was ihr Dad vielleicht vorher schon entdeckt hatte: Averys Zimmer auf der anderen Seite des Apartments, ihr makellos weißes Bett zerwühlt, aber eindeutig leer.

»Wir müssen vorsichtiger sein.« Atlas klang resigniert.

Avery zog sich das Shirt über den Kopf und blickte zu ihm auf. Ihre Brust schnürte sich bei dem Gedanken zusammen, was er nicht aussprach. »Kein gemeinsames Übernachten mehr, oder?«, fragte sie, obwohl sie die Antwort bereits kannte. Das durften sie nicht riskieren, nicht mehr.

»Nein. Aves, du musst gehen.«

»Das werde ich. Gleich morgen«, versprach sie und zog seinen Kopf zu sich. Avery war sich mehr als jemals zuvor bewusst, wie gefährlich das Ganze war, aber das machte jeden Moment mit Atlas nur noch unendlich kostbarer. Sie kannte die Risiken. Sie wusste, dass sie sich auf einem schmalen Grat befanden und jeden Moment zu fallen drohten.

Wenn das ihre letzte gemeinsame Nacht war, sollte sie auch etwas bedeuten.

Sie wünschte, sie könnte ihm alles erzählen, doch stattdessen küsste sie ihn. Und mit diesem Kuss schenkte sie ihm all die stummen Entschuldigungen, die Geständnisse, das Versprechen, ihn für immer zu lieben. Wenn sie es ihm schon nicht mit Worten sagen konnte, musste sie ihm ihre Gefühle wenigsten auf diesem Weg mitteilen.

Sie umklammerte Atlas' Schultern, zog ihn mit sich, und er folgte ihr in den Wandschrank, während das Deckenlicht ausging.

Watt

Watzahn Bakradi lehnte sich auf dem harten Hörsaalstuhl zurück und studierte das Schachbrett. *Bewege Turm drei Felder nach links.* Entsprechend veränderte sich die Anordnung auf dem Schachbrett, das gespenstisch weiß und schwarz auf seine hochauflösenden Kontaktlinsen projiziert wurde, die er ständig trug.

Das war kein kluger Zug, flüsterte Nadia, der Quantencomputer, der in Watts Gehirn eingebettet war. Ihr Springer schob sich augenblicklich nach vorn, um seinen König zu schlagen.

Watt unterdrückte ein Aufstöhnen und fing ein paar fragende Blicke von Freunden und Klassenkameraden auf, die um ihn herumsaßen. Schnell riss er sich wieder zusammen und richtete den Blick nach vorn, wo ein Mann in einem purpurroten Blazer auf einem Podium stand und über die geisteswissenschaftlichen Fächer sprach, die an der Stringer West University angeboten wurden. Watt blendete seine Worte aus, wie er es schon bei all den anderen Rednern während dieser obligatorischen Veranstaltung für die elften Klassen getan hatte. Watt hatte nicht die Absicht, nach der Highschool Geschichts- oder Englischkurse zu belegen.

Du hast durchschnittlich elf Minuten früher gegen mich verloren als sonst. Ein eindeutiges Zeichen, dass du abgelenkt bist, stellte Nadia fest.

Was du nicht sagst, dachte Watt gereizt. Er hatte schließlich einen guten Grund, abgelenkt zu sein. Er hatte einen scheinbar einfachen Hacker-Job für eine Highlier namens Leda angenommen und sich dann in ihre beste Freundin Avery verliebt. Bis er herausgefunden hatte, dass Avery in Wirklichkeit Atlas liebte, genau die Person, die er für Leda ausspionieren sollte. Dann hatte er dieses Geheimnis ungewollt an Leda verraten, die bösartig und drogenabhängig und auf Rache aus war. Ein unschuldiges Mädchen war deshalb *gestorben*. Watt hatte nur dagestanden und es geschehen lassen. Und Leda kam ungestraft davon – denn sie wusste über Nadia Bescheid.

Watt hatte keine Ahnung, wie sie das angestellt hatte, aber irgendwie war Leda hinter sein gefährlichstes Geheimnis gekommen. Sie könnte Watt jederzeit für den Besitz eines illegalen Quants anzeigen. Nadia wäre dann natürlich für immer zerstört. Und Watt würde lebenslang im Gefängnis sitzen. Wenn er Glück hatte.

Watt!, zischte Nadia und jagte einen leichten Stromschlag durch seinen Körper. Der Mann von der Stringer war vom Podium heruntergetreten, auf dem jetzt eine Frau mit schulterlangen, kastanienbraunen Haaren und ernster Miene stand. Vivian Marsh, die Verwaltungschefin des MIT.

»Ein paar wenige von euch werden sich für das Massachusetts Institut für Technologie bewerben. Und noch weniger von euch haben die Noten, um auch aufgenommen zu werden«, sagte sie ohne Umschweife. »Aber diejenigen, auf die das zutrifft, werden feststellen, dass unser Programm auf drei Grundsätzen beruht: Forschen, Erfahren, Entwickeln.«

Watt hörte, wie leise auf den Tablets getippt wurde. Er sah sich um. Einige Schüler aus den Mathe-Leistungskursen schrieben eifrig mit, klammerten sich an jedes von Vivians Worten. Seine Freundin Cynthia – ein hübsches Mädchen mit japanischen Wurzeln, die mit Watt schon in den Kindergarten gegangen war – saß mit leuchtenden Augen an der Kante ihres Stuhls. Watt hatte nicht mal gewusst, dass sie sich für das MIT interessierte. Würde er mit ihr um die begrenzten Plätze konkurrieren müssen?

Watt hatte sich noch nicht mal überlegt, was er tun würde, wenn er nicht am MIT aufgenommen wurde. Schon seit Jahren träumte er davon, an dem extrem umkämpften Studienprogramm für Mikrosystemtechnik teilnehmen zu können. Das Forscherteam dieser speziellen Richtung hatte den Millichip entwickelt und die Verschränkungssoftware und die Raumtemperatur-Supermagneten, die die Quantendekohärenz verhindern.

Watt war immer davon überzeugt gewesen, dass er einen Platz bekommen würde. Verdammt, er hatte schon mit vierzehn einen eigenen Quantencomputer gebaut. Wie könnten sie ihn *nicht* nehmen?

Nur leider konnte er in seiner Bewerbung nicht über Nadia schreiben. Und wenn er sich unter den anderen Schülern so umsah, war er gezwungen, sich mit der sehr realen Möglichkeit auseinanderzusetzen, dass er am Ende vielleicht doch nicht genommen wurde.

Soll ich eine Frage stellen?, fragte er Nadia unruhig. Er musste irgendetwas tun, damit Vivian Notiz von ihm nahm.

Das ist keine Frage-und-Antwort-Veranstaltung, Watt, bemerkte Nadia.

In diesem Moment trat plötzlich die Vertreterin der Stanford University auf das Podium und räusperte sich.

Ohne nachzudenken, sprang Watt auf, und fluchte, als er von der Stufe seiner Sitzreihe stolperte. *Echt jetzt?*, formte Cynthia mit den Lippen, als er über ihren Platz hinwegkletterte, aber das war Watt egal. Er musste mit Vivian Marsh reden, Stanford war im besten Fall eine Notlösung.

Er stürmte durch die Doppeltüren ganz hinten im Hörsaal, ignorierte die vorwurfsvollen Blicke, die ihm hinterhergeworfen wurden, und rannte um die Ecke auf den Ausgang der Schule zu.

»Ms Marsh! Warten Sie!«

Sie blieb mit erhobener Augenbraue stehen, eine Hand schon an der Tür. Na ja, zumindest würde er ihr im Gedächtnis bleiben.

»Ich muss zugeben, es kommt eher selten vor, dass ich aus einem Schulhörsaal verfolgt werde. Ich bin keine Prominente, wissen Sie.«

Watt hatte das Gefühl, einen Anflug von ironischer Belustigung in ihrem Tonfall zu hören, aber sicher war er nicht.

»Seit ich denken kann, träume ich schon davon, ans MIT zu gehen. Und ich wollte nur … ich wollte unbedingt mit Ihnen reden.«

Dein Name!, erinnerte Nadia ihn.

»Watzahn Bakradi«, sagte er schnell und hielt seine Hand hin. Nach einem kurzen Zögern schüttelte Vivian sie.

»Watzhan Bakradi«, wiederholte sie. Ihr Blick war nach innen gerichtet, also stellte sie mithilfe ihrer Kontaktlinsen Nachforschungen über ihn an. Sie blinzelte und richtete den Blick wieder auf ihn. »Wie ich sehe, haben Sie mit einem Stipendium an unserem Sommerprogramm für junge Ingenieure teilgenommen. Aber Sie wurden nicht noch einmal eingeladen.«

Watt zuckte zusammen. Er wusste genau, warum er nicht noch einmal gefragt worden war – weil eine seiner Professorinnen ihn mit dem illegalen Quantencomputer erwischt hatte. Sie hatte zwar versprochen, nicht die Polizei zu alarmieren, aber dieser Fehler hing ihm immer noch nach.

Nadia hatte Vivians Lebenslauf in seinen Kontaktlinsen aufgerufen, doch das half ihm auch nicht weiter. Watt erfuhr daraus nur, dass sie in Ohio aufgewachsen war und zuerst Psychologie studiert hatte.

Aber ihm war bewusst, dass er ihr antworten musste. »Dieses Programm lief vor vier Jahren. Ich habe seitdem eine Menge dazugelernt und ich würde mich freuen, wenn ich die Möglichkeit bekäme, Ihnen das zu beweisen.«

Vivian neigte den Kopf und nahm einen Anruf an. »Ich spreche gerade mit einem Schüler«, sagte sie zu dem Anrufer, wahrscheinlich ein Assistent oder so. »Ich weiß, ich weiß. Es dauert nur noch einen Moment.« Als sie eine Haarsträhne hinter das Ohr schob, entdeckte Watt einen teuren Handgelenkcomputer aus Platin. Plötzlich fragte er sich, was sie tatsächlich davon hielt, so weit unten in der zweihundertvierzigsten Etage vor Schülern zu sprechen, auch wenn es eine angesehene Schule war. Kein Wunder, dass sie es eilig hatte, hier wieder wegzukommen.

»Mr Bakradi, warum ist das MIT Ihre erste Wahl?«

Nadia hatte die Richtlinien und Leitbilder des MIT aufgerufen, aber Watt wollte keine vorgefertigte Antwort geben, nur um auf der sicheren Seite zu sein. »Mikrosystemtechnik. Ich möchte mit Quants arbeiten«, sagte er mutig.

»Wirklich?« Sie sah ihn von oben bis unten an und Watt hätte schwören können, dass ihr Interesse geweckt war. »Sie wissen, dass es für dieses Programm Tausende Bewerbungen gibt, aber jedes Jahr nur zwei Studenten genommen werden?«

»Ja, ich weiß. Es ist trotzdem meine erste Wahl.«

Es ist meine einzige Wahl, dachte Watt und warf ihr sein bestechendstes Lächeln zu, das er sonst immer zum Flirten mit hübschen Mädchen benutzte, wenn er mit Derrick unterwegs war. Er spürte, wie sie sich erweichen ließ.

»Haben Sie jemals einen Quant gesehen? Wissen Sie, wie unglaublich leistungsstark diese Computer sind?«

Hier wäre eine Lüge optimal, riet Nadia ihm, aber Watt wusste, wie er der Frage ausweichen konnte.

»Ich weiß, dass es nur noch wenige gibt«, sagte er. Die NASA hatte natürlich Quants und das Pentagon, doch Watt ging davon aus, dass es weit mehr illegale und nicht registrierte Quants gab – wie Nadia –, als die Regierung jemals zugeben würde. »Ich bin jedoch der Meinung, es sollte mehr davon geben. Quantencomputer könnten in so vielen Bereichen und an so vielen Orten eingesetzt werden.«

Wie in deinem Gehirn? Watt, sei vorsichtig, ermahnte Nadia ihn, aber er hörte nicht hin.

»Wir brauchen sie mehr als jemals zuvor. Wir könnten die globale Landwirtschaft revolutionieren, um den Hunger zu bekämpfen, wir könnten folgenschwere Unfälle verhindern, wir könnten den Mars terraformieren –« Watts Stimme hallte übertrieben laut in seinen Ohren wider. Als er merkte, dass Vivian ihn mit erhobenen Augenbrauen musterte, verstummte er.

»Sie klingen so unheimlich wie ein Science-Fiction-Schriftsteller aus dem vorigen Jahrhundert. Und ich fürchte, Ihre Vorstellungen sind heutzutage nicht mehr gefragt, Mr Bakradi«, sagte sie schließlich.

Watt schluckte. »Ich denke nur, dass der Vorfall mit künstlicher Intelligenz im Jahr 2093 hätte verhindert werden können. Der betreffende Quant war nicht dafür verantwortlich. Die Sicherheitsvorkehrungen waren nicht ausreichend und es gab ein Problem mit seiner Kernprogrammierung …«

Als Quants noch legal waren, hatten sie alle dieselbe grundlegende Kernprogrammierung gehabt: Ein Quant konnte keine Aktion ausführen, die einem Menschen Schaden zufügte, egal welche späteren Befehle er bekam.

»*Seiner?*«, wiederholte Vivian.

Erst jetzt wurde Watt bewusst, dass er ein geschlechtsspezifisches Pronomen für einen Computer verwendet hatte. Er sagte nichts. Nach einer Weile seufzte sie. »Nun, ich muss sagen, dass ich sehr gespannt auf Ihre Bewerbung bin, die ich mir persönlich ansehen werde.« Mit diesen Worten trat sie durch die Tür, vor der bereits ein Hover auf sie wartete.

Nadia, verdammt, was machen wir denn jetzt?, dachte er und hoffte, sie hätte eine brillante Lösung parat, denn normalerweise erfasste sie situationsbezogene Details, die ihm entgingen.

Du kannst nur eins tun, erwiderte Nadia, *und zwar das beste Bewerbungsschreiben abliefern, das Vivian Marsh jemals gesehen hat.*

»Da bist du ja«, rief Cynthia, als Watt endlich an ihrem gemeinsamen Spind ankam. Genau genommen war es Cynthias Spind. Watt hatte einen eigenen zugeteilt bekommen, aber der lag am Ende des Kunstflügels. Weil er nie in diese Richtung musste und sowieso nicht viel mit sich herumschleppte, war es zur Gewohnheit geworden, dass er Cynthias Spind mitbenutzte. Sein bester Freund Derrick stand mit gerunzelter Stirn daneben.

»Was war denn los? Cynthia sagt, du bist einfach eher abgehauen.«

»Ich bin nur weg, weil ich mit der MIT-Zulassungstante sprechen wollte, bevor sie wieder geht.«

»Was hast du ihr denn erzählt?«, fragte Cynthia.

Derrick schüttelte nur den Kopf und murmelte etwas vor sich, das so klang wie »Hätte ich mir denken können.«

Watt seufzte. »Ich bin nicht sicher, ob es gut gelaufen ist.«

Cynthia warf Watt einen mitfühlenden Blick zu. »Tut mir leid.«

»Aber hey, wenn ich es vermasselt habe, hebt das wenigstens deine

Chancen auf einen Platz«, erwiderte Watt ziemlich bissig. Sarkasmus gehörte schon immer zu seinen Abwehrmechanismen.

Cynthia wirkte verletzt. »So etwas würde ich nie denken. Ehrlich gesagt hatte ich gehofft, dass wir beide am MIT landen. Es wäre doch schön, so weit weg von zu Hause ein vertrautes Gesicht um sich zu haben …«

»Und ich werde euch dann besuchen und euch ständig auf die Nerven gehen!« Derrick warf übermütig die Arme um die Schultern der beiden.

»Das wäre echt lustig.« Watt warf Cynthia einen vorsichtigen Blick zu. Er hatte nicht gewusst, dass sie denselben Traum verfolgten. Sie hatte recht: Es *wäre* schön. Sie könnten gemeinsam über den laubbedeckten Campus zu ihren Kursen gehen, bis spät in die Nacht im Techniklabor zusammen arbeiten, in der riesigen gewölbten Mensa, die Watt im i-Net gesehen hatte, Mittag essen.

Aber was würden er und Cynthia tun, wenn nur einer von ihnen angenommen wurde?

Das wird schon gut gehen, redete er sich ein. Trotzdem ließ ihn das dumpfe Gefühl nicht los, dass auch dieser Teil seines Lebens in einer Katastrophe enden könnte.

Die schien er in letzter Zeit ja magisch anzuziehen.

Rylin

Am selben Nachmittag lehnte sich Rylin auf den Kassenscanner und zählte die Minuten, bis ihre Schicht bei ArrowKid vorbei war. Sie wusste, dass sie froh sein konnte, diesen Job zu haben – sie verdiente mehr als bei ihrem alten Job an der Monorail-Station und die Arbeitszeiten waren besser – aber jeder Moment hier war die reinste Folter.

ArrowKid war eine Einzelhandelskette für Kinderbekleidung im MidManhattan-Einkaufszentrum in der fünfhundertsten Etage. Bis vor Kurzem hatte Rylin noch nie einen Fuß in diesen Laden gesetzt. Hier kauften MidTower-Eltern rudelweise ein. Sie trugen knallbunte Sportklamotten und zerrten Kleinkinder am Arm hinter sich her, Kinderwagen an unsichtbaren Magnetleinen wippten neben ihnen durch die Luft.

Rylin ließ den Blick durch das Geschäft wandern, das ein schwindelerregendes Kaleidoskop aus Geräuschen und Farben war. Schrille Popmusik dröhnte aus voll aufgedrehten Boxen. Überall roch es aufdringlich nach den ekelhaft süßen, selbstreinigenden ArrowKid-Stoffwindeln. Und jede Auslage war vollgestopft mit Kinderklamotten – von pastellfarbenen Stramplern bis hin zu Kleidern für vierzehnjährige Mädchen. Und überall waren Pfeile drauf. Es gab pfeilbestickte Babyjeans, pfeilbedruckte T-Shirts, sogar kleine Decken waren mit leuchtenden Pfeilen übersät.

»Hey, Ry, kannst du einer Kundin in Umkleide elf helfen? Ich übernehme die Kasse für eine Weile.« Rylins Vorgesetzte, eine Frau in den Zwanzigern namens Aliah, schlenderte herüber und ließ ihre kurz geschnittenen Haare wippen. Ein leuchtend violetter Pfeil, der sich langsam drehte wie die Zeiger einer Uhr, prangte auf ihrer Bluse. Rylin musste wegschauen, damit ihr nicht schwindelig wurde.

»Natürlich«, antwortete sie. Dass Aliah sie neuerdings mit ihrem Spitznamen anredete, der eigentlich nur engen Freunden vorbehalten war, ärgerte sie, aber das versuchte sie sich nicht anmerken zu lassen. Sie wusste, dass sich ihre Vorgesetzte nur hinter dem Tresen verstecken und mit ihrer neuen Freundin telefonieren wollte, ohne dass die Angestellten es mitbekamen.

Kurz darauf klopfte Rylin an die Tür der Umkleidekabine mit der Nummer elf. »Ich wollte nur fragen, ob alles in Ordnung bei Ihnen ist«, sagte sie laut. »Soll ich Ihnen eine andere Größe holen?«

Die Tür schwang auf und Rylin sah eine abgespannt wirkende Frau auf einem Stuhl, die offenbar gerade etwas auf ihren Kontaktlinsen checkte. Ein Mädchen mit rosa Wangen und Sommersprossen stand vor dem Spiegel, drehte sich nach rechts und links und beäugte kritisch ihr Spiegelbild. Sie trug ein weißes Kleid mit winzigen Kristallpfeilen und der Aufschrift *Sei umwerfend*. Ihre Füße steckten in mit Pfeilen bedruckten Stiefeln. Sie gehörten dem Mädchen bereits, denn wenn sie sich die Schuhe heute erst ausgesucht hätte, würde Rylin jetzt einen dezenten Holo-Kreis sehen. Die Markierung würde das Stiefelpaar als Neuerwerbung kennzeichnen und Rylin daran erinnern, es an der Kasse mit abzurechnen. Rylin musste an die Zeiten denken, als sie mit ihrer besten Freundin Lux immer in den unteren Etagen klauen gegangen war – nichts Großes, nur ein paar Parfümröhrchen oder Schminkstifte. Das wäre hier oben unmöglich gewesen.

»Was hältst du davon?« Das Mädchen drehte sich zu Rylin, um sich begutachten zu lassen.

Rylin lächelte unsicher. Ihr Blick huschte zur Mutter des Mädchens – schließlich würde sie am Ende bezahlen –, aber die Frau schien sich nicht für die Shoppinggewohnheiten ihrer Tochter zu interessieren.

»Es sieht gut aus«, sagte Rylin schwach.

»Würdest du es anziehen?«, fragte das kleine Mädchen mit hinreißend gekrauster Nase.

Aus irgendeinem Grund konnte Rylin nur an die Klamotten denken, die sie und Chrissa immer getragen hatten. Einige davon hatten ihnen die Andertons geschenkt, die Highlier-Familie, für die sie als Putzfrau gearbeitet hatte. Im Alter von sechs Jahren war Rylins Lieblingsoutfit ein verwegenes Piratenkostüm mit großem Federhut und einem goldfarbenen Schwertgriff gewesen. Erschrocken wurde ihr bewusst, dass es wahrscheinlich einmal Cord gehört hatte. Oder Brice. Diese Erkenntnis hätte ihr eigentlich peinlich sein müssen, aber sie verspürte nur ein seltsames Verlustgefühl. Sie hatte seit einem Monat nicht mehr mit Cord gesprochen – wahrscheinlich würde sie ihn nie wiedersehen.

Es ist besser so, redete sie sich jedes Mal ein, wenn sie an Cord dachte. Aber es schien nie zu wirken.

»Offensichtlich nicht«, schmollte das Mädchen und zog sich das Kleid über den Kopf. »Du kannst gehen«, fügte sie demonstrativ in Rylins Richtung hinzu.

Rylin wurde erst jetzt bewusst, dass sie einen Fehler gemacht hatte. Verzweifelt versuchte sie, ihn wiedergutzumachen. »Es tut mir leid, ich war nur kurz in Gedanken –«

»Vergiss es«, sagte das Mädchen und knallte Rylin die Tür vor der

Nase zu. Kurz darauf verließ sie mit ihrer Mom den Laden und in der Umkleidekabine blieb ein Haufen achtlos hingeworfener Klamotten zurück.

»Ry …« Aliah schnalzte enttäuscht mit der Zunge, als sie herüberkam. »Das war doch ein leichter Fang. Was ist passiert?«

Nenn mich nicht Ry, dachte Rylin. Sie platzte auf einmal fast vor Wut, aber sie wusste, dass es keinen Zweck hatte, etwas zu sagen. Sie hatte diesen Job schließlich nur wegen Aliah. Sie hatte sich eigentlich als Kellnerin in dem Café nebenan bewerben wollen, als sie im Holo-Schaufenster eine Anzeige mit einem fliegenden Pfeil und der Aufschrift *Aushilfe gesucht* entdeckte. Nur aus einer Laune heraus betrat sie den Laden. Aliah hatte es nicht mal interessiert, dass sie keine Erfahrungen im Einzelhandel hatte. Sie hatte nur einen Blick auf Rylin geworfen und begeistert gequiekt. »Du passt total in unsere Jugendgrößen. Deine Hüfte ist irre schmal. Und deine Füße sind sogar klein genug für ein paar unserer Sandalen!«

Und hier war Rylin nun, trug die unauffälligsten Teile, die sie im Laden hatte finden können – ein Tanktop zu ihrer eigenen schwarzen Jeans ohne einen Pfeil irgendwo – und versuchte halbherzig, Klamotten an MidTower-Kids zu verhökern. Kein Wunder, dass sie so grottenschlecht darin war.

»Tut mir leid. Beim nächsten Mal klappt's besser«, versprach sie.

»Das hoffe ich. Du bist schon fast einen Monat hier und hast kaum den Mindestumsatz für eine Woche erreicht. Noch finde ich Ausreden für dich, dass du erst Verkaufserfahrung sammeln musst und so, aber wenn sich nicht bald etwas ändert …«

Rylin unterdrückte ein Seufzen. Sie konnte es sich nicht leisten, gefeuert zu werden, nicht schon wieder. »Hab verstanden.«

Aliah blinzelte, während sie am Rand ihres Blickfeldes auf die Uhr sah. Rylin war erstaunt gewesen, dass die meisten jungen Mädchen, die hier arbeiteten, sich die Kontaktlinsen überhaupt leisten konnten, auch wenn es etwas günstigere Modelle waren. Andererseits war das ein Nachmittagsjob für viele von ihnen. Sie hatten keine jüngere Schwester, für die sie sorgen mussten, und auch keinen unendlichen Berg an Rechnungen, den sie bezahlen mussten.

»Warum gehst du nicht nach Hause und ruhst dich etwas aus?«, schlug Aliah vor. »Ich werde heute abschließen. Dann kannst du morgen ganz frisch starten, 'kay?«

Rylin war zu erschöpft, um zu diskutieren. »Das wäre toll«, sagte sie deshalb nur.

»Und, Ry, nimm dir doch noch eins davon.« Aliah deutete zu einer Auslage in der Nähe des Ausgangs, wo bedruckte T-Shirts in einem knalligen Zitronengelb und übersät mit violetten Pfeilen lagen. »Das kannst du morgen bei der Arbeit tragen. Es hilft dir vielleicht, etwas mehr … Einsatzfreude zu zeigen.«

»Die sind für Zehnjährige.« Diese Bemerkung konnte sich Rylin einfach nicht verkneifen, während sie die Shirts mit einem beklemmenden Gefühl musterte.

»Ein Glück, dass du so superschlank bist«, erwiderte Aliah.

Rylin hielt den Atem an, als sie sich ein T-Shirt von dem Stapel nahm. »Danke«, sagte sie mit dem breitesten Lächeln, das sie hinbekam, aber Aliah war schon wieder mit Telefonieren beschäftigt. Sie hielt sich eine Hand ans Ohr, flüsterte etwas und lachte.

Als Rylin ihren ID-Ring vor das Touchpad an ihrer Wohnungstür hielt und eintrat, stieg ihr der angenehme Duft von Pfannkuchenteig und warmer Schokolade in die Nase. Sie bedauerte sofort mit einem schmerzlichen Gefühl, dass Chrissa schon wieder vor ihr zu Hause war.

Seitdem Rylin nur noch abends arbeitete und nicht mehr die Schicht bei Tagesanbruch an der Monorail-Station übernehmen musste, kümmerte sich Chrissa noch häufiger um das Kochen und Einkaufen. Rylin hatte deshalb ein schlechtes Gewissen, denn das sollte eigentlich ihre Aufgabe sein. Sie müsste sich um ihre vierzehnjährige Schwester kümmern, nicht umgekehrt.

»Wie war die Arbeit?«, fragte Chrissa fröhlich. Ihr Blick wanderte zu Rylins neuem T-Shirt und sie verzog die Lippen zu einem unterdrückten Grinsen.

»Wage es ja nicht, einen Kommentar abzugeben, sonst bekommst du in diesem Jahr zum Geburtstag nur eine riesige Tasche voller Unterwäsche mit Pfeilen drauf.«

Chrissa legte den Kopf zur Seite, als würde sie darüber nachdenken. »Über wie viele Pfeile pro Teil reden wir denn genau?«

Rylin lachte auf, dann wurde sie wieder ernst. »Mal ehrlich, so wie's aussieht, haben sie mich bis zu deinem Geburtstag längst gefeuert. Ich bin wohl nicht gerade die beste Verkäuferin.« Sie trat neben ihre Schwester an den Herd, wo Chrissa Bananen-Pancakes machte, die sie beide so liebten.

»Frühstück zum Abendessen? Gibt es einen bestimmten Anlass?«, fragte Rylin. Sie griff in die Tüte mit den Schokoflakes und nahm sich eine Handvoll.

Chrissa schlug gutmütig nach Rylins Hand, dann warf sie den Rest der Schokoflakes in die Schüssel und ließ den Infra-Rührlöffel den Teig schlagen. Sie sah Rylin ziemlich aufgeregt an und deutete mit dem Kinn auf einen Umschlag auf dem Tisch. »Es gibt Neuigkeiten für dich.«

»Was ist das?« Niemand verschickte mehr Umschläge aus Papier. In dem letzten Brief, den Rylin bekommen hatte, steckte eine Arztrechnung. Und selbst das war nur eine Ergänzung zu ihren wöchentlichen Sound-Pop-ups gewesen, und die Rechnung war auch nur verschickt worden, weil Rylin mit der Bezahlung ein Jahr im Verzug war.

»Warum öffnest du ihn nicht und schaust nach?«, sagte Chrissa geheimnisvoll.

Rylins erster Gedanke war, dass der Umschlag sich ziemlich schwer anfühlte, was auf etwas Wichtiges hindeutete. Aber sie war nicht sicher, ob sie sich freuen oder Angst haben sollte. Auf die Rückseite war ein blaues Wappen eingeprägt, das Rylin bekannt vorkam. BERKELEY SCHOOL, SEIT 2031 stand in vergoldeten Buchstaben darüber. Das war Cords Schule, erinnerte sie sich, irgendwo oben auf einer der neunhundertsten Etagen. Warum sollte die Berkeley *ihr* etwas schicken?

Sie schob einen Fingernagel unter die Klebekante des Umschlags und zog den Inhalt heraus. Nur am Rande bekam sie mit, dass Chrissa sich neben sie gestellt hatte. Sie war viel zu sehr damit beschäftigt, den rätselhaften und überraschenden Brief zu lesen.

Sehr geehrte Miss Myers,
wir freuen uns sehr, Ihnen mitteilen zu können, dass Sie von der Berkeley Academy als erste Begünstigte des Eris-Miranda-Dodd-Radson Gedächtnispreis ausgewählt wurden. Das Stipendium wurde in Gedenken an Eris eingerichtet, um unentdecktes individuelles Potenzial benachteiligter Schüler zu honorieren. Die Höhe und Zusammensetzung Ihres Stipendiums ist auf der nächsten Seite detailliert aufgeführt. Das Schulgeld wird in voller Höhe übernommen, genauso wie Ausgaben für Schulmaterialien und sonstige Lebenshaltungskosten …

Rylin blinzelte Chrissa an. »Was zur Hölle soll das bedeuten?«, fragte sie langsam.

Chrissa kreischte auf, warf die Arme um Rylin und drückte sie atemlos an sich. »Ich hab so sehr gehofft, dass es ein Ja-Brief ist, denn ich war mir nicht sicher! Aber ich wollte ihn nicht ohne dich öffnen! *Rylin!*« Sie trat einen Schritt zurück und sah ihre Schwester strahlend vor unbändiger Freude an. »Du hast ein Stipendium für die *Berkeley!* Das ist die beste private Highschool in New York – vielleicht sogar im ganzen Land.«

»Aber ich habe mich gar nicht beworben«, bemerkte Rylin.

Chrissa lachte nur. »Ich habe das in deinem Namen erledigt. Du bist doch nicht sauer, oder?«, fügte sie hinzu, als wäre ihr dieser Gedanke erst jetzt in den Sinn gekommen.

»Aber …« Eine Million Fragen schossen Rylin durch den Kopf. Wahllos pickte sie sich eine heraus. »Wie hast du überhaupt von dem Stipendium erfahren?«

Rylin hatte natürlich davon gehört, denn es wurde in Eris' Nachruf-Video erwähnt, das sie sich seit der schicksalhaften Nacht Dutzende Male angesehen hatte. Jene Nacht, in der ihr ganzes Leben auf den Kopf gestellt wurde. Sie war zu einer UpTower-Party gegangen, ganz oben in der eintausendsten Etage – nur um den Jungen, in den sie sich verliebt hatte, mit einem anderen Mädchen zu sehen. Dann war dieses Mädchen vor Rylins Augen *gestorben*. Eine ihrer Freundinnen, die total unter Drogen stand, hatte sie vom Dach des Towers gestoßen. Und jetzt wurde Rylin von diesem Mädchen erpresst und war dadurch gezwungen, über das zu schweigen, was wirklich passiert war.

»Ich habe das Nachruf-Video auf deinem Tablet entdeckt. Du hast es dir ganz schön oft angesehen.« Chrissas Stimme klang jetzt leise und ihre Augen suchten Rylins Blick. »Du hast Eris kennengelernt, als du mit Cord zusammen warst, stimmt's? War sie eine Freundin von dir?«

»Etwas in der Art«, erwiderte Rylin, denn sie wusste nicht, wie sie Chrissa die Wahrheit sagen sollte – dass sie Eris eigentlich kaum gekannt hatte, aber dabei gewesen war, als sie starb.

»Es tut mir leid, was ihr passiert ist.« Der Timer piepte und Chrissa legte die Pancakes auf zwei dicke Stapel. Dann reichte sie Rylin die Teller.

»Aber …« Rylin kapierte es immer noch nicht. »Warum hast du dich nicht selbst für das Stipendium beworben?« Von ihnen beiden hatte Chrissa viel mehr Potenzial: Sie schrieb nur Bestnoten in ihren Leistungskursen und sie spielte wahrscheinlich bald Volleyball auf Collegeniveau. Rylin dagegen war in den letzten Jahren nicht einmal mehr zur Schule gegangen.

»Weil ich es nicht so sehr brauche wie du«, sagte Chrissa andächtig. Rylin folgte ihr mit den voll beladenen Tellern zum Tisch. Eins der Tischbeine war abgebrochen, sodass der Tisch leicht wackelte, als sie die Teller abstellte.

»Durch meine Noten und mein Volleyballtraining bekomme ich wahrscheinlich sowieso ein Stipendium fürs College. Du dagegen brauchst das wirklich«, betonte Chrissa. »Verstehst du denn nicht? Jetzt musst du endlich nicht mehr die große Schwester sein, die nur mir zuliebe die Schule geschmissen hat und aussichtslose Jobs annimmt.«

Rylin schwieg. Gewissensbisse machten sich in ihr breit. Sie hatte nie wirklich darüber nachgedacht, was Chrissa davon hielt, dass sie nach dem Tod ihrer Mom die Schule verlassen und einen Ganztagsjob angenommen hatte. Und sie hätte es nie für möglich gehalten, dass Chrissa sich die Schuld dafür geben könnte.

»Chrissa, es war allein meine Entscheidung, mir einen Job zu suchen. Du darfst dir deshalb auf keinen Fall Vorwürfe machen.« Rylin
wusste, dass sie jederzeit wieder so handeln würde, damit sie ihrer kleinen Schwester die Chancen bieten konnte, die sie verdiente. Dann fiel
ihr ein weiteres Problem ein. »Wie auch immer, ich kann meine Arbeit
jetzt nicht kündigen. Wir brauchen das Geld.«

Chrissa lächelte ansteckend. »Hast du schon vergessen, was dort
über die Lebenshaltungskosten stand? Damit können wir uns doch
locker über Wasser halten, und wenn wir trotzdem irgendwann in der
Klemme stecken, fällt uns schon etwas ein.«

Rylin las noch einmal nach. Chrissa hatte recht. »Aber warum ha-
ben sie gerade *mich* ausgewählt? Ich gehe im Moment nicht mal zur
Schule. Es müssen doch eine Menge Bewerbungen eingegangen sein.«
Ihre Augen verengten sich, während sie genauer darüber nachdachte.
»Was hast du überhaupt in meine Bewerbung geschrieben?«

Chrissa grinste. »Ich habe einen alten Aufsatz von dir gefunden,
über die Arbeit in einem Sommercamp, und hab noch ein wenig dran
rumgefeilt.«

Zwei Jahre vor dem Tod ihrer Mutter hatte sich Rylin als Junior-
Betreuerin in einem teuren Sommercamp beworben. Es lag irgendwo
in Maine – an einem See oder vielleicht auch an einem Fluss, ein Ort,
wo reiche Kids unnütze Dinge lernten wie Kanufahren und Bogen-
schießen und Freundschaftsarmbänder flechten. Aus irgendeinem
Grund, vielleicht weil sie zu viele Holo-Videos über Sommercamps gesehen hatte, hegte Rylin schon immer den heimlichen Wunsch, einmal
daran teilnehmen zu können. Natürlich hätten sie sich den Aufenthalt
nie leisten können, aber Rylin hatte gehofft, wenigstens als Betreuerin
einmal diese Erfahrung zu machen.

Sie hatte den Job bekommen. Aber das wurde schnell bedeutungslos, denn ihre Mom erkrankte in diesem Jahr, und danach zählte nichts anderes mehr.

»Ich kann nicht glauben, dass du diesen Aufsatz ausgegraben hast«, sagte sie und schüttelte gleichzeitig amüsiert und fassungslos den Kopf. Sie würde nie aufhören, sich über Chrissas Einfallsreichtum zu wundern. »Aber ich verstehe immer noch nicht, warum sie mich ausgewählt haben.«

Chrissa zuckte mit den Schultern. »Hast du die Ausschreibung nicht gelesen? Die Auswahlkriterien sind ziemlich schräg und unkonventionell und das Stipendium wurde extra eingerichtet ›für kreativ denkende Mädchen, die sonst übergangen werden‹, so stand es dort.«

»Ich bin eigentlich nicht besonders kreativ«, hielt Rylin dagegen.

Chrissa schüttelte so heftig den Kopf, dass ihr Pferdeschwanz hin und her flog. »Natürlich bist das. Hör endlich auf, dich ständig schlechtzumachen, sonst wirst du an dieser Schule nie überleben.«

Rylin erwiderte nichts darauf. Sie war sich immer noch nicht sicher, ob sie das Stipendium annehmen sollte.

Nach einer Weile seufzte Chrissa. »Ich bin eigentlich nicht überrascht, dass du mit Eris befreundet warst. So, wie dieser Award klingt, muss sie wirklich cool gewesen sein. Ich meine, sie war bestimmt nicht wie die anderen Highliers, wenn ihre Familie sich entschlossen hat, sie auf diese Weise zu ehren.«

Plötzlich hatte Rylin wieder die schrecklichen Bilder jenes Tages vor Augen – wie sie mit Cord Schluss gemacht hatte, ihn zurückgewinnen wollte, auf der Party jedoch mit Eris vorgefunden hatte; wie Eris sich auf dem Dach mit diesem anderen Mädchen – Leda – gestritten hatte und wie sie dann entsetzt dabei zusehen musste, wie Eris über den Rand des Towers stolperte und in die kalte Nachtluft stürzte. Sie schauderte.

»Du gehst doch hin, oder?«, fragte Chrissa hoffnungsvoll.

Rylin überlegte, wie es sich wohl anfühlen würde, in eine noble Highlier-Schule zu gehen, mit haufenweise Fremden, die bestimmt nicht gerade nett zu ihr wären. Ganz zu schweigen von Cord. Schließlich hatte sie sich geschworen, sich von ihm fernzuhalten. Und dann war da noch der Unterricht. Wie sollte sie damit zurechtkommen, wieder in einem Klassenraum zu sitzen, zu lernen und Tests zu schreiben, umgeben von Mitschülern, die wahrscheinlich alle viel klüger waren als sie?

»Mom würde wollen, dass du gehst«, fügte Chrissa hinzu.

Und genau in diesem Moment stand Rylins Antwort fest. Sie sah ihre Schwester lächelnd an. »Ja, ich werde gehen.« Vielleicht brachte diese schlimme Nacht am Ende doch noch etwas Gutes hervor. Sie schuldete es sich selbst und Chrissa und ihrer Mom – verdammt, sogar Eris –, es wenigstens zu versuchen.

Calliope

Die beiden Frauen schlenderten durch den Eingang von Bergdorf Goodman in der achthundertachtzigsten Etage, ihre vier spitzen Absätze klackerten selbstsicher über den polierten Marmorboden. Keine der beiden bleib beim Anblick der prunkvoll geschmückten Lobby stehen, die weihnachtlichen Holo-Auslagen tanzten um Kristallkronleuchter und Schmuckkästen, Touristen kreischten auf, wenn wieder mal ein fliegendes Rentier über ihre Köpfe schwebte. Calliope sah nicht mal in ihre Richtung, während sie Elise die geschwungene Treppe hinauf folgte. Es war schon lange her, dass so etwas Fantasieloses wie ein Holo-Trick sie beeindruckt hatte.

In der Abteilung für Designerklamotten standen Sitzgruppen verstreut, die durch unsichtbare Wände getrennt waren, um für Privatsphäre zu sorgen, und die jeweils mit einem Bodyscanner ausgestattet waren. Echte Kleider waren an Schaufensterpuppen in den Ecken ausgestellt, aber nur aus nostalgischen Gründen. Niemand hier probierte tatsächlich etwas an.

Elise zwinkerte Calliope bedeutsam zu, bevor sie auf die jüngste und am unerfahrensten wirkende Angestellte zuging: Kyra Welch. Sie hatten sie online bereits ausgewählt – und zwar aus nur einem Grund: weil sie erst seit drei Tagen hier arbeitete.

Nur wenige Meter von der jungen Frau entfernt ließ sich Elise theatralisch auf ein blass pfirsichfarbenes Sofa fallen. Sie schlug die Beine übereinander und fing an, die Cocktailkleider auf dem Bildschirm vor ihr durchzuschauen. Calliope blieb gelangweilt neben ihr stehen und unterdrückte ein Gähnen. Sie wünschte, sie hätte heute Morgen einen dieser Honigkaffees im Hotel getrunken oder sich wenigsten ein Koffein-Patch gegönnt.

Wie vorherzusehen war, eilte die Verkäuferin herbei. Sie hatte alabasterfarbene Haut und trug einen frechen, karottenroten Pferdeschwanz. »Guten Tag, meine Damen. Haben Sie einen Termin?«

»Wo ist Alamar?«, fragte Elise so herablassend wie möglich.

»Es tut mir leid … Alamar hat heute einen Tag frei«, stammelte Kyra, was Elise und Calliope natürlich schon wussten. Der Blick der Verkäuferin huschte über Elises Outfit, erkannte den Designerrock und den sieben Karat schweren Edelstein an ihrem Finger, der eine so gute Qualität hatte, dass er kaum von einem echten Diamanten zu unterscheiden war. Offensichtlich kam sie zu dem Schluss, dass sie eine wichtige Kundin vor sich hatte, die Alamar nicht hätte verärgern dürfen. »Vielleicht kann Ihnen einer unserer Seniorverkäufer weiter–«

»Ich suche nach einem neuen Cocktailkleid. Etwas Atemberaubendes«, fiel Elise der jungen Frau ins Wort und forderte die Holo-Anzeige mit einem Wink dazu auf, die Modelle der neuen Saison an ihrem Bodyscan zu zeigen. Mit schnellen Handbewegungen wechselte sie die Bilder und hielt dann mit erhobener Hand bei einem pflaumenfarbenen Kleid mit welligem Saum inne. »Kann ich das einmal sehen? Aber es müsste kürzer sein.«

Kyras Blick richtete sich nach innen, wahrscheinlich checkte sie mithilfe ihrer Kontaktlinsen ihren Terminplan. Calliope wusste, dass sie überlegte, ob sie ihre anderen Verpflichtungen sausen lassen und sich dafür dieser höchstwahrscheinlich lukrativeren Aufgabe widmen

sollte. Calliope wusste auch, dass Kyra am Ende der Shoppingtour –
nachdem die verschiedensten Kleider augenblicklich von Superweb-
stühlen, die im hinteren Bereich des Geschäfts versteckt waren, ange-
fertigt worden waren – zögernd nach einer Kontonummer für die
Rechnung fragen würde.»Alamar kennt die Nummer«, würde Elise
mit einem Schulterzucken antworten und der Verkäuferin damit zu
verstehen geben, dass sie keine Lust hatte, sich weiter damit zu befas-
sen. Dann würden sie mit den Armen voller Einkaufstaschen aus dem
Laden marschieren, ohne einen Blick zurückzuwerfen.

Eigentlich konnten sie die Kleider auch bezahlen – sie hatten eine
Menge Geld weltweit auf verschiedenen Konten gebunkert. Aber bei
ihren Ausgaben schien das nie lange zu reichen. Und wie Elise immer
so schön sagte: Warum für etwas bezahlen, das man auch umsonst
haben konnte? Und nach diesem Motto lebten sie und Calliope.

Elise und Kyra waren in eine Diskussion über Seide vertieft und
Calliope blickte gelangweilt auf, als sie drei Mädchen in ihrem Alter,
bekleidet mit identischen Faltenröcken und weißen Blusen, durch den
Laden gehen sah. Ein leises Lächeln stahl sich auf ihre Lippen. Egal in
welchem Land sie sich befanden, Privatschülerinnen waren immer ein
leichtes Ziel.

»Mom«, unterbrach sie das Gespräch. Kyra trat einen Schritt zur
Seite, um ihnen etwas Privatsphäre zu lassen, aber das war gar nicht
nötig. Calliope und ihre Mutter benutzten schon lange einen Code für
solche Situationen.»Mir ist gerade eingefallen, dass ich noch eine
Hausaufgabe beenden muss. In Geschichte.« Geschichte bedeutete,
dass sie es auf eine Gruppe abgesehen hatte. Hätte sie Biologie gesagt,
wäre damit ein romantischer Betrug gemeint gewesen – eine Verführung.

Elise schaute kurz zu den drei Mädchen hinüber und warf ihrer

Tochter dann einen verstehenden Blick zu. »Natürlich. Ich möchte doch nicht, dass du deinen Platz auf der Liste der besten Schüler verlierst«, sagte sie leicht ironisch.

»Genau, ich möchte unbedingt mit Auszeichnung abschließen.« Mit unbewegter Miene wandte sich Calliope zum Gehen.

»Private Highschools in der Nähe«, murmelte sie, während sie zu den Accessoires hinüberschlenderte, wo die Mädchen wahrscheinlich hinwollten. Sie brauchte nur zwei Suchergebnisse, dann hatte sie die richtige Schule gefunden, denn die Schüler auf der Homepage trugen dieselben Schuluniformen. Bingo!

Sie bog auf den Weg der Mädchen ab und begann absichtlich herumzutrödeln, nahm das eine oder andere Teil in die Hand, tat so, als würde sie sich dafür interessieren und legte es wieder hin. Dabei behielt sie die kleine Gruppe die ganze Zeit im Auge, genoss aber gleichzeitig das Gefühl des kühlen Leders eines Gürtels oder der glatten Seide eines Tuchs in ihren Händen.

Als die Mädchen nur noch eine Reihe entfernt waren, stolperte Calliope nach vorn und warf dabei einen ganzen Tisch voller Portemonnaies um. Sie verteilten sich auf dem polierten Holzfußboden wie verschüttete Süßigkeiten.

»O mein Gott! Entschuldigung!«, hauchte Calliope in dem vornehmen britischen Akzent, den sie und ihre Mom schon die ganze Woche benutzten – nicht den derben Londoner Akzent, mit dem Calliope aufgewachsen war, sondern eine sehr gewählte Ausdrucksweise, die sie sich nach sorgfältigem Üben angeeignet hatte. Sie hatte den Tisch bewusst so umgestoßen, dass die Portemonnaies direkt vor den Füßen der Mädchen gelandet und sie damit gezwungen waren, entweder vorsichtig darüber hinwegzusteigen oder sich hinzuknien und ihr beim Aufsammeln zu helfen. Wie nicht anders zu erwarten gewesen war, taten sie Letzteres. Reiche Mädchen ließen nie etwas Teures auf dem Boden liegen, es sei denn, sie hatten es selbst dorthin geworfen.

»Ist schon okay. Nichts passiert«, sagte eine von ihnen, eine große Blonde, die mit Abstand die Hübscheste der drei war. Obwohl sie dieselbe Kleidung trug, wirkte sie viel eleganter als die anderen. Selbst diese alberne Uniform sah irgendwie schick an ihr aus. Sie erhob sich gleichzeitig mit Calliope und legte die letzte kleine perlenbesetzte Geldbörse zurück auf den Tisch.

»Geht ihr alle an die Berkeley?«, fragte Calliope genau im entscheidenden Moment, bevor die drei weitergehen konnten.

»Ja. Warte, gehst du auch dorthin?«, fragte eins der anderen Mädchen. Sie runzelte ein wenig die Stirn, als überlegte sie, ob sie Calliope schon einmal gesehen hatte.

»Oh, nein«, erwiderte Calliope. »Ich habe nur die Schuluniformen von der Schnuppertour wiedererkannt. Wir sind aus London hier und wohnen zurzeit im Nuage, aber wegen des Jobs meiner Mom ziehen wir wahrscheinlich bald her. Dann werde ich die Schule wechseln müssen.« Die Worte kamen ihr ganz leicht über die Lippen, denn sie hatte sie schon oft benutzt.

»Das ist ja spannend. Was macht deine Mom denn?«, ergriff die Blonde wieder das Wort, nicht aufdringlich, aber mit einem leisen, ehrlichen Interesse. Ihr klarer Blick wirkte ziemlich befremdlich.

»Sie arbeitet im Vertrieb, für Privatkunden.« Calliope konnte einfach nicht widerstehen, das zu sagen, wobei sie absichtlich vage blieb.

»Und was haltet ihr von der Berkeley? Geht ihr gern dorthin?«

»Na ja, es ist eine Schule. Da hat man nicht nur Spaß«, mischte sich das dritte Mädchen ein. Sie hatte goldbraune Haut und ihr dunkles Haar war zu einem hübschen Fischgrätenzopf geflochten. Sie musterte kurz Calliopes Outfit und ihr Blick wurde wärmer. Offenbar fand sie

Calliopes cremefarbenes Strickkleid und die braunen Stiefel ganz akzeptabel. »Ich glaube, es würde dir dort gefallen«, schlussfolgerte sie.

Calliope empfand sofort wieder die gewohnte Verachtung gegenüber diesen drei hohlköpfigen Tussis. Sie ließen sich so leicht blenden, solange etwas in ihr beschränktes Weltbild passte. Calliope konnte es kaum erwarteten, sie reinzulegen – ihnen einen Teil ihres Reichtums abzuluchsen, für den sie keinen Finger krumm machen mussten und auf den sie deshalb auch kein Anrecht hatten.

»Nett, dich kennenzulernen. Ich bin Calliope Brown«, sagte sie und streckte die Hand aus. Ihr Handgelenk war voller Emaille-Armreifen und die Fingernägel hatte sie erst heute Morgen frisch taubengrau lackiert. Nach kurzem Zögern nahm das Mädchen den Handschlag an.

»Ich heiße Risha und das sind Jess und Avery.«

»Wir müssen jetzt aber wirklich los«, sagte die Blonde – Avery – mit einem entschuldigenden Lächeln. »Wir haben einen Termin in der Gesichtsbar eine Etage tiefer.«

»Niemals!«, log Calliope mit einem geübten Lachen. »Ich habe dort in einer halben Stunde auch einen Termin. Vielleicht sehe ich euch ja, wenn ihr fertig seid.«

»Du könntest doch gleich mitkommen. Ich wette, die können dich auch eher drannehmen«, schlug Risha vor. Sie warf Avery einen fragenden Blick zu.

Calliope entging natürlich nicht Averys leichtes zustimmendes Nicken. Sie hatte also das Sagen, was Calliope nicht wirklich überraschte. Leider war sie im Erschwindeln von Freundschaften noch nie so gut gewesen wie darin, eine romantische Beziehung vorzutäuschen. Jemanden zu verführen, war so herrlich unkompliziert und eindeutig, während Mädchenfreundschaften unweigerlich von bestimmten Bedingungen, gemeinsamen Erlebnissen und unausgesprochenen Verhaltensregeln geprägt waren. Aber Calliope lernte schnell. Sie hatte bereits erkannt, dass sie Risha am leichtesten um den Finger wickeln konnte, Avery jedoch die Schlüsselfigur war. Also beschloss sie, ihr Augenmerk auf sie zu richten.

»Ich würde gern mitkommen, wenn ihr nichts dagegen habt«, gab sie zu und lächelte alle drei Mädchen an, wobei ihr Blick am längsten auf Avery gerichtet blieb.

Als sie durch die Tür der Ava Beauty Lounge traten, atmete Calliope den herrlichen Duft nach Lavendel, Pfefferminze und Heilquellwasser tief ein. Die Einrichtung war in gold- und pfirsichfarbenen Schattierungen gehalten, von dem weichen Teppich unter ihren Füßen bis hin zu den zarten Wandleuchtern an den Wänden, die goldene Lichtkreise auf die Gesichter der Mädchen zauberten.

»Miss Fuller«, begrüßte sie der Manager und schenkte Avery sofort seine ungeteilte Aufmerksamkeit. Calliope musterte Avery mit immer größerem Interesse. Sie war also auch an Orten wie diesem bekannt. Lag es an ihrer Schönheit oder an ihrem Geld oder an beidem? »Mir war nicht bewusst, dass Sie heute zu viert herkommen würden. Ich werde sofort eine weitere Gesichtsbehandlungsstation an Ihrem Platz aufstellen lassen.«

Er führte sie weiter durch den Empfangsbereich, als ein anderes Mädchen aus dem abgetrennten hinteren Teil trat und bei Averys Anblick sofort erstarrte.

»Hi, Leda.« Averys Tonfall klang ziemlich kühl.

Der Neuzugang – eine schlanke Dunkelhäutige mit großen Augen und fahrigen, nervösen Gesten – richtete sich zu ihrer vollen Größe auf, was nicht besonders groß war. »Avery. Jess, Risha.« Ihr Blick landete auf Calliope, aber sie hielt es offenbar nicht für nötig, sich vorzustellen. »Genießt eure Gesichtsbehandlung«, sagte sie auf dem Weg nach draußen, wobei sie es schaffte, die harmlose Aussage irgendwie gehässig klingen zu lassen.

»Danke, das werden wir«, sagte Calliope fröhlich und freute sich insgeheim über die schockierten Blicke, die die anderen drei ihr zuwarfen. Aber der cliqueninterne Zickenkrieg war ihr herzlich egal. Sie war nur hier wegen einer kostenlosen Kosmetikbehandlung.

Kurz darauf saßen die vier an der weiß schimmernden Gesichtsbar und schlürften eisgekühltes Grapefruitwasser. Ein Bot kam herangefahren und verteilte pink und weiß abgesteppte Umhänge. »Damit die Pflegeprodukte nicht auf Ihre Kleidung spritzen«, erklärte die Kosmetikerin auf Calliopes fragenden Blick hin.

»Oh, richtig. Nicht dass sich die Mädchen noch ihre schicken Schuluniformen ruinieren«, erwiderte Calliope todernst und war froh, als sie Avery lachen hörte.

Die Laser an der gegenüberliegenden Wand schalteten sich ein und richteten Strahlen aus konzentrierten Photonen auf die Gesichter der Mädchen. Calliope schloss instinktiv die Augen, obwohl sie wusste, dass die Laser zu präzise arbeiteten, um sie zu verletzen. Sie spürte nur ein leichtes Kitzeln, während der Laserstrahl über ihre Haut wanderte und dabei Daten über den Fettgehalt, den pH-Wert und die chemische Zusammensetzung ihrer Haut sammelte.

»Sag mal«, wandte sie sich an Avery, die links von ihr saß, »was ist eigentlich mit dieser Leda?«

Avery schien von dieser Frage überrascht zu sein. »Sie ist eine Freundin von uns«, sagte sie rasch.

»Kam mir aber nicht so vor.« Die Laser begannen, schneller zu blitzen, und signalisierten damit, dass sie mit ihrer dermatologischen Analyse fast fertig waren.

»Na ja, sie war bis vor Kurzem eine enge Freundin von mir«, verbesserte sich Avery.

»Was ist passiert? Ging es um einen Jungen?« Das war bei Mädchen wie ihnen normalerweise der Fall.

Avery versteifte sich, doch ihr Gesicht blieb unbewegt, während der Laser über ihre makellose Porzellanhaut wanderte. Calliope fragte sich, was sie überhaupt von der Behandlung hatte, wenn sie offensichtlich bereits perfekt war.

»Ist eine lange Geschichte«, antwortete Avery, was Calliope darin bestätigte, dass sie recht hatte. Für einen Moment tat Leda ihr leid. Es musste beschissen sein, mit Avery zu konkurrieren.

Ein Holo-Menü mit Behandlungsempfehlungen öffnete sich in Augenhöhe vor Calliope. Neben sich hörte sie die anderen Mädchen leise darüber diskutierten, welche Produkte sie auswählen sollten: eine beruhigende Gurkenmaske, eine Hydrogen-Infusion, ein Peeling aus zermahlenen Rubinen. Calliope drückte auf alle Auswahlkästchen.

Eine dampfende Hülle legte sich von der Decke aus über jedes Mädchen. Sie lehnten sich zurück und schlossen die Augen.

»Avery«, sagte die Brünette – Jess, wie Calliope sich erinnerte. »Die Weihnachtsparty deiner Eltern findet doch auch in diesem Jahr statt, oder?«

Calliope spitzte die Ohren, als sie das Wort *Party* hörte. Sie drehte den Kopf ein klein wenig nach links, sodass der Dampf mehr ihre rechte Gesichtshälfte traf und sie besser mithören konnte.

»Hast du die Einladung nicht bekommen?«, fragte Avery.

Jess ruderte sofort zurück. »Doch, aber ich dachte … nach allem, was passiert ist … ach, vergiss es.«

Avery seufzte, aber es klang nicht verärgert, sondern eher bedrückt. »Mein Dad würde die Party auf keinen Fall absagen. Er will an dem

Abend die Fertigstellung der Mirrors bekannt geben – so nennt er den Dubai-Tower, weil er aus zwei spiegelgleichen Türmen besteht.«

Dubai-Tower? Calliope fiel plötzlich wieder ein, wie der Manager Avery angeredet hatte, als sie reingekommen waren, und sie fügte die Puzzleteile zusammen.

Fuller Investments war das Unternehmen, das die Patente für sämtliche Konstruktionsneuheiten besaß, die man für den Bau so hoher Gebäude benötigte: die besondere Zusammensetzung der Stahlträger, die Erdbebenprotektoren, die zwischen jeder Etage eingefügt wurden, und die sauerstoffangereicherte Luft, die in die oberen Etagen geblasen werden musste. Das Unternehmen hatte vor fast zwanzig Jahren den Tower in New York gebaut, den weltweit ersten Supertower.

Was bedeutete, dass Avery Fuller tatsächlich unglaublich reich war.

»Das klingt nach Spaß«, mischte Calliope sich in das Gespräch ein. Im Schoß drückte sie die Hände zusammen, dann ließ sie wieder los. Sie war schon auf viel exklusiveren Partys gewesen, rief sie sich ins Gedächtnis – wie die Party in diesem Club in Mumbai mit der Champagnerflasche, die so groß wie ein Kleinwagen gewesen war, oder in dem Hotel am Berghang in Tibet, wo halluzinogener Tee angepflanzt wurde. Aber all diese Festlichkeiten verblassten jedes Mal, wenn sie von einer Party hörte, zu der sie nicht eingeladen war.

Eine Dampfwolke stieg aus Averys Hülle auf, als sie Calliope die Antwort gab, die sie sich erhofft hatte. »Wenn du nichts anderes vorhast, solltest du auch kommen.«

»Das würde ich gern«, erwiderte Calliope, ohne die Aufregung in ihrer Stimme verbergen zu können. Sie hörte, wie Avery etwas vor sich hin murmelte, und einen Augenblick später leuchtete das Symbol eines Briefumschlags in ihren Kontaktlinsen auf. Calliope biss sich auf die Lippe, um nicht zu grinsen, als sie die Nachricht öffnete.

Fuller Investments alljährliche *Weihnachtsparty*, stand in goldener Schönschrift auf sternbedecktem schwarzem Grund. *12. Dezember 2118. Eintausendste Etage.* Es war ziemlich krass, dass sie als Adresse nur ihre Etage angeben mussten. Wahrscheinlich gehörte ihnen da oben alles.

Die Mädchen schwatzten weiter über irgendeine Schulaufgabe und einen Jungen, mit dem Jess sich traf. Calliope ließ ihre Augen zufallen. Sie liebte es, in Reichtum und Luxus zu schwelgen – und das wie üblich auf Kosten anderer.

Aber so war es nicht immer gewesen. Als sie noch jünger war, hatte Calliope diese Dinge zwar gut gekannt, aber nie selbst erlebt. Sie durfte zusehen, aber nie etwas anfassen. Eine ziemlich qualvolle Tortur. Doch das schien Ewigkeiten her zu sein.

Sie war in einem kleinen Apartment in einem der älteren, ruhigeren Viertel Londons aufgewachsen, wo kein Gebäude höher als dreißig Stockwerke war und die Bewohner nach wie vor echte Pflanzen auf ihren Balkonen wachsen ließen. Calliope hatte nie gefragt, wer ihr Vater gewesen war, denn im Grunde war ihr das egal. Es hatte immer nur sie und ihre Mutter gegeben und das war okay für sie.

Elise – damals trug sie noch einen anderen Namen, ihren *richtigen* Namen – war die persönliche Assistentin von Mrs Houghton, einer spießigen, wohlhabenden Frau mit verkniffenem Mund und wässrigen Augen. Sie bestand darauf, mit *Lady* Houghton angesprochen zu werden, weil sie angeblich einem entfernten Familienzweig der inzwischen nicht mehr existierenden königlichen Familie angehörte. Elise kümmerte sich um Mrs Houghtons Termine, ihre Korrespondenz, ihre Garderobe – also um all die unzähligen Details ihres nichtsnutzigen, vergoldeten Daseins.

Elises und Calliopes Leben fühlte sich im Vergleich ziemlich deprimierend an. Nicht dass sie sich beschweren konnten: Ihre Wohnung war hübsch eingerichtet, sie besaßen einen selbst auffüllenden Kühlschrank, Reinigungsbots und ein Abo aller wichtigen Holo-Sender. In beiden Schlafzimmern gab es sogar ein Fenster und einen anständigen Wandschrank. Trotzdem empfand Calliope ihren Alltag als unglaublich trist und eintönig, nur gelegentlichen erhellt vom Glanz der Luxusgegenstände, die ihre Mom manchmal von den Houghtons mit nach Hause brachte.

»Schau mal, was ich hier habe«, verkündete Elise dann jedes Mal mit vor Aufregung gespannter Stimme, wenn sie die Wohnung betrat und wieder etwas Neues dabeihatte.

Calliope eilte dann immer zu ihr und fragte sich mit angehaltenem Atem, was wohl diesmal in dem Päckchen war, das ihre Mom vor ihr auswickelte. Ein besticktes Seidenballkleid mit fehlenden Pailletten, das Elise in Mrs Houstons Auftrag zum Reparieren bringen sollte. Oder ein handbemalter Teller aus chinesischem Porzellan, ein Unikat, dessen Künstler Elise aufstöbern sollte, weil Mrs Houghton gern einen zweiten hätte. Manchmal waren sogar Schmuckstücke dabei, ein Saphirring oder ein Diamantenkollier, die professionell gereinigt werden mussten.

Ehrfürchtig streckte Calliope dann die Hand aus, um den kostbaren Pelzkragen oder die Weinkaraffe aus Kristall oder – ihr absolutes Lieblingsstück – die weiche Ledertasche von Senreve in dem aufregenden Pink zu berühren. Und wenn sie zu ihrer Mutter aufblickte, sah sie ihre eigene kindliche Sehnsucht auch in Elises Augen wie eine Kerze flackern.

Immer viel zu schnell für Calliopes Geschmack nahm ihre Mom die Kostbarkeiten mit einem bedauernden Seufzen wieder mit, um sie zur

Reparatur oder zur Reinigung zu bringen oder im Geschäft umzutauschen. Ohne dass es ihr gesagt werden musste, wusste Calliope, dass Elise die Dinge eigentlich gar nicht mit nach Hause nehmen durfte – dass sie es nur Calliope zuliebe tat, damit ihre Tochter einen kleinen Einblick in diese wunderschöne Welt bekam.

Wenigstens konnte Calliope die gebrauchten Kleider behalten. Die Houghtons hatten eine Tochter namens Justine, die ein Jahr älter war als Calliope. Jahrelang hatte Elise Justines abgelegte Sachen mit nach Hause gebracht, anstatt sie in die Kleidersammlung zu bringen, wie Mrs Houghton ihr aufgetragen hatte. Gemeinsam hatten sie die Beutel durchwühlt und sich über zarte Kleider und gemusterte Strümpfe und Mäntel mit bestickten Schleifen gefreut, weggeworfen wie benutzte Taschentücher, nur weil sie aus der letzten Saison waren.

Wenn ihre Mom bis spät arbeiten musste, besuchte Calliope ihre Freundin Daera, die am Ende des Flurs wohnte. Sie verbrachten Stunden damit, sich als Prinzessinnen bei einem Nachmittagsteekränzchen auszugeben. Sie zogen Justines Kleider an, setzten sich an Daeras Küchentisch und nippten an Tassen mit Wasser, wobei sie ihre kleinen Finger auf diese witzige, noble Art abspreizten und versuchten, den schrecklich vornehmen Akzent der Reichen nachzuahmen.

»Es ist meine Schuld, dass du so einen ausgefallenen Geschmack für teure Dinge hast«, hatte Elise einmal gesagt, aber Calliope bedauerte das nicht. Es war ihr lieber, wenn sie wenigstens ein kleines Stück dieser faszinierenden Welt betrachten konnte, als gar nichts von deren Existenz zu wissen.

Alles kam an einem Nachmittag ans Licht, als Calliope elf Jahre alt war. Sie hatte einen Tag schulfrei, sodass Elise gezwungen war, ihre Tochter mit zu Mrs Houghton zu nehmen. Calliope hatte die strenge Anweisung, in der Küche zu bleiben und still auf ihrem Tablet zu lesen – was sie auch fast eine ganze Stunde lang tat. Bis sie den leisen Piepton des Hauscomputers hörte, der anzeigte, dass Lady Houghton ausgegangen war.

Calliope machte sich sofort auf den Weg in das Schlafzimmer der Houghtons, sie konnte einfach nicht anders. Und dann stand auch noch die Tür zu Mrs Houghtons Wandschrank sperrangelweit offen. Der Schrank *bettelte* regelrecht darum, von Calliope erkundet zu werden.

Ohne einen weiteren Gedanken zu verlieren, schlüpfte sie hinein und ließ die Finger sehnsüchtig über die Kleider und Pullover und weichen Lederhosen wandern. Sie griff nach der besagten pinkfarbenen Handtasche von Senreve, hängte sie sich über die Schulter und drehte sich vor dem Spiegel von einer Seite zur anderen. Sie war so begeistert, dass sie den zweiten Piepton des Hauscomputers nicht hörte. Wenn doch nur Daera dabei gewesen wäre, um das zu sehen.

»Sie werden mich mit ›Eure Hoheit‹ anreden und sich vor mir verbeugen«, sagte sie zu ihrem Spiegelbild und unterdrückte ein Kichern.

»Was hast du hier zu suchen?«, rief eine Stimme von der Tür.

Es war Justine Houghton. Calliope wollte alles erklären, aber Justine hatte bereits zu einem schrillen, markerschütternden Schrei angesetzt. »*Mom!*«

Schon im nächsten Moment tauchte Mrs Houghton auf, begleitet von Elise. Calliope zuckte unter dem Blick ihrer Mutter zusammen, denn sie hasste es, wie ihre Miene zwischen einem vorwurfsvollen und einem anderen Ausdruck schwankte, der erschreckenderweise so etwas wie Schuldgefühle widerspiegelte.

»Es … es tut mir leid«, stammelte Calliope. Ihre Finger umklammerten verzweifelt den Henkel der Tasche, als könnte sie es nicht ertragen, sie loslassen zu müssen. »Ich wollte nichts Böses … es ist nur …

Ihre Kleider sind so wunderschön. Ich wollte sie doch nur mal aus der Nähe sehen …«

»Also hast du sie mit deinen schmutzigen kleinen Händen begrapscht?« Mrs Houghton wollte nach der Senreve-Tasche greifen, aber aus unerfindlichen Gründen drückte Calliope sie nur noch fester an ihre Brust.

»Mom, sieh nur! Sie hat mein Kleid an! Aber sie sieht darin nicht annähernd so gut aus wie ich«, fügte Justine abfällig hinzu.

Calliope senkte den Blick und biss sich auf die Lippe. Sie trug tatsächlich eins von Justines ehemaligen Kleidern, ein weißes Hemdkleid mit den unverwechselbaren XOXOs am Kragen. Und es stimmte, dass es ihr etwas zu lang und zu weit war, aber sie konnten es sich nicht leisten, es ändern zu lassen. *Warum regst du dich überhaupt darüber auf? Du hast es weggegeben,* wollte sie wütend sagen, doch sie brachte kein Wort heraus.

Lady Houghton drehte sich zu Elise um. »Ich dachte, ich hatte Sie angewiesen, Justines gebrauchte Kleidung den Armen zu spenden«, sagte sie kurz angebunden und völlig emotionslos. »Sind Sie etwa *arm?*«

Calliope würde nie vergessen, wie ihre Mom bei dieser Bemerkung erstarrte. »Das kommt nicht noch einmal vor, Lady Houghton. Entschuldige dich, Schatz« fügte sie an Calliope gewandt hinzu, während sie die pinke Tasche aus ihren steifen Händen zog und an Lady Houghton zurückgab.

Ein tief in Calliope verwurzelter Instinkt begann zu protestieren und sie schüttelte rebellisch den Kopf.

Da hob Lady Houghton die Hand und schlug Calliope so hart ins Gesicht, dass ihre Nase zu bluten begann.

Calliope erwartete, dass ihre Mom sie verteidigte, aber Elise schleifte ihre Tochter nur ohne ein Wort nach Hause. Calliope war damals still und verbittert gewesen. Sie wusste, dass sie den Wandschrank nicht hätte betreten dürfen, aber sie konnte nicht glauben, dass Lady Houghton sie geschlagen und ihre Mom nichts dazu gesagt hatte.

Am nächsten Tag kam Elise völlig aufgelöst nach Hause. »Pack deine Sachen. Sofort«, befahl sie ohne eine weitere Erklärung. Am Bahnhof kaufte sie zwei One-Way-Tickets nach Moskau und gab Calliope einen ID-Chip mit ihrem neuen Namen. Ein kleiner Beutel, der Calliope nicht bekannt vorkam, baumelte an Elises Gürtel.

»Was ist das?«, fragte sie, denn die Neugier hatte die Oberhand gewonnen.

Elise sah sich um, ob sie auch niemand beobachtete, dann öffnete sie das Zugband des Beutels. Er war prall gefüllt mit teurem Schmuck, der eigentlich Mrs Houghton gehörte.

In diesem Moment wurde Calliope klar, dass ihre Mutter den Schmuck gestohlen hatte und sie auf der Flucht waren.

»Wir kommen nie zurück, oder?«, fragte sie ohne das leiseste Bedauern. Der Gedanke an ein grenzenloses Abenteuer machte sich in ihrer elfjährigen Brust breit.

»Diese Frau hat es nicht anders verdient. So, wie sie mich behandelt hat – wie sie *dich* behandelt hat –, mussten wir uns endlich wehren«, sagte Elise nur. Sie griff nach der Hand ihrer Tochter und drückte sie sanft. »Keine Sorge. Wir stürzen uns in ein Abenteuer, nur wir zwei.«

Und von diesem Tag an war ihr Leben tatsächlich ein herrliches, pausenloses Abenteuer gewesen. Das Geld aus dem Verkauf des Schmucks der Houghtons war bald aufgebraucht, aber zu diesem Zeitpunkt hatte Elise längst einen Weg gefunden, an noch mehr Geld heranzukommen: Sie hatte sich einen Heiratsantrag von einem gutgläubigen, wohlhabenden älteren Mann erschwindelt, denn sie hatte erkannt, dass Mrs Houghton ihr etwas viel Kostbareres als Juwelen mit auf den Weg gegeben hatte – die Aussprache, die Eigenheiten und das Auftreten einer Dame von hohem Stand. Wo auch immer sie auftauchte, glaubten die Leute, Elise wäre reich – was zur Folge hatte, dass sie mit Luxus überhäuft wurde, ohne etwas bezahlen zu müssen, zumindest nicht sofort.

Wenn reiche Leute glaubten, man wäre einer von ihnen, waren sie weniger misstrauisch – und das machte sie zu einem leichten Ziel. Das war der Beginn des Lebens, das Calliope und ihre Mom seit sieben Jahren führten.

»Welchen Duft hätten Sie gern für Ihren Gesichtsreiniger?«, fragte eine Kosmetikerin und Calliope kam blinzelnd wieder in die Gegenwart zurück. Die anderen Mädchen hatten sich bereits aufgesetzt, ihre Haut glänzte. Ein warmes, duftendes Handtuch lag um Calliopes Hals.

Offenbar schloss ihre Behandlung eine individuelle Gesichtsreinigung ein, die während ihrer Beautykur speziell für sie angemischt worden war.

»Drachenfrucht«, erwiderte sie, denn das auffällige Pink der Frucht war ihre Lieblingsfarbe. Die Kosmetikerin öffnete mit einer geschickten Drehbewegung ein hübsches Gefäß, in dem sich eine geruchlose weiße Creme befand. Sie warf ein rotes Duftkügelchen hinein und steckte den Tiegel in ein Metallrohr an der Wand. Im nächsten Moment kam der Tiegel mit dem hellroten Gesichtsreiniger aus der Ausgaberutsche, zusammen mit einer Liste aller Enzyme und organischen Inhaltsstoffe, die speziell für Calliopes Haut zusammengestellt worden waren. Ein kleiner Cranberry-Sticker vervollständigte das Ganze.

Als sie wieder in dem gold- und pfirsichfarbenen Empfangsbereich waren und die anderen Mädchen sich nacheinander vor den Netzhautscanner stellten, um zu bezahlen, setzte Calliope ihren üblichen Shopping-Trick ein. Sie blieb etwas zurück, riss in gespieltem Entsetzen die Augen auf und fluchte leise vor sich hin.

»Alles okay?«, fragte Avery.

»Ehrlich gesagt … nein. Ich kann mich nicht in meinen Account einloggen.« Calliope tat so, als würde sie weitere Bitbank-Befehle geben und klang dabei absichtlich aufgeregt. »Ich habe keine Ahnung, woran das liegt.«

Sie wartete, bis der Mitarbeiter am Empfang sich demonstrativ räusperte und es für alle peinlich wurde, dann drehte sie sich zu den drei Mädchen um. Sie wusste, dass ihre Wangen vor Scham knallrot waren – sie hatte schon vor langer Zeit gelernt, auf Kommando rot zu werden –, und ihre Augen nahmen einen flehenden Ausdruck an. Aber keins der Mädchen machte Anstalten, ihr auszuhelfen.

Ein Junge hätte längst für sie bezahlt, wenn auch nur aus Eigeninteresse und nicht aus Ritterlichkeit. Genau aus diesem Grund zog Calliope die Verführungsmasche einer Mädchenfreundschaft vor. Na schön, dachte sie verärgert, dann eben auf direktem Weg.

»Avery?«, fragte sie mit der hoffentlich richtigen Portion Verlegenheit. »Würde es dir etwas ausmachen, das Geld für meine Gesichtsbehandlung auszulegen? Nur bis ich herausgefunden habe, was mit meinem Account nicht stimmt …«

»Oh, sicher.« Avery nickte gutherzig, beugte sich vor und blinzelte dem Netzhautscanner ein zweites Mal zu, um die übertrieben hohen Kosten für Calliope zu übernehmen. Und wie Calliope erwartet hatte, registrierte sie die lange Liste der Zusatzbehandlungen gar nicht. Sie hatte wahrscheinlich nicht mal eine Ahnung, wie teuer ihre eigene Beautykur gewesen war.

»Danke«, hob Calliope an, aber Avery winkte ab.

»Ist doch kein Problem. Abgesehen davon ist das Nuage einer meiner Lieblingsorte im Tower. Ich weiß ja, wo ich dich finde«, sagte Avery leichthin.

Wenn du nur wüsstest, dachte Calliope. Sollte Avery vorbeikommen, um ihr Geld zurückzuverlangen – wenn sie überhaupt daran dachte –, wären sie und ihre Mom längst über alle Berge. Sie würden unter neuen Namen in einem anderen Land leben, ohne irgendeine Spur in New York zurückzulassen.

Die vielen Jungs und Mädchen, die Calliope in den letzten paar Jahren kennengelernt hatte und deren gebrochene Herzen sie achtlos auf der ganzen Welt verstreut zurückgelassen hatte, hätten in diesem Moment ihr Grinsen wiedererkannt. Avery, Risha und Jess taten ihr leid. Sie kehrten in ihre gewohnten langweiligen Leben zurück, während Calliopes Dasein alles andere als langweilig war.

Sie folgte den Mädchen nach draußen und ließ den Gesichtsreiniger zufrieden in ihre Tasche fallen – natürlich das Sondermodell von Senreve in frechem Pink.

Rylin

Am darauffolgenden Montag stand Rylin vor dem prachtvollen Eingang der Berkeley School und konnte keinen Schritt weitergehen. War das wirklich sie, Rylin Myers, die eine Bluse und einen Faltenrock trug und ab sofort diese noble Privatschule für Highlier besuchen würde? Es fühlte sich wie eine bizarre Bilderserie aus einem fremden Traum an, als würde das alles jemand anderem passieren.

Sie schob den Henkel ihrer Schultertasche zurecht und trat unschlüssig von einem Fuß auf den anderen. Die Welt um sie herum wurde heller, als die zeitgesteuerten Glühbirnen ihre Lichtstärke an den erwachenden Morgen anpassten. Rylin hatte ganz vergessen, wie sehr sie diesen Effekt liebte. Einmal hatte sie auf Cords Türschwelle gesessen, als die Sonne draußen aufgegangen war, und einfach dabei zugesehen, wie die Deckenleuchten langsam heller wurden. Unten in der zweiunddreißigsten Etage blieb das Licht immer gleich, es sei denn, eins der Kinder aus ihrem Block zerschmiss eine der Glühbirnen.

Egal, jetzt oder nie. Sie machte sich auf den Weg zum Sekretariat, wobei sie den gelben Pfeilen auf ihrem offiziell ausgewiesenen Schultablet folgte, das sie sich in der letzten Woche abgeholt hatte. Anders als ihr eigenes MacBash-Tablet funktionierte dieses Gerät auch innerhalb der Grenzen des Tech-Netzes, das die Schule umgab, aber man konnte damit auch nur die Sachen machen, die für die Schüler freigegeben waren, wie zum Beispiel seinen Schul-E-Mail-Account abrufen oder sich Notizen machen. Während einer Prüfung wurden alle Tablets abgeschaltet, damit niemand schummeln konnte. Und Rylin wusste, dass man das Tech-Netz nicht hacken konnte. Trotzdem hatten es einige Schüler im Laufe der Jahre immer wieder versucht.

Sie bemühte sich, nicht alles staunend anzustarren, während sie durch die Gänge lief. Das Schulgelände sah genauso aus, wie sie sich immer einen Collegecampus vorgestellt hatte, mit breiten, lichtdurchfluteten Fluren und Säulengängen. Holo-Wegweiser leuchteten jedes Mal auf, wenn sie um eine Ecke bog. Auf einem Hof am Ende des Gangs wiegten sich Palmen in einer simulierten Brise. Ein paar Kids, die alle dieselben Schuluniformen trugen, gingen an ihr vorbei.

Natürlich hatte Rylin diese Uniform schon einmal gesehen – in der Waschküche, als sie noch für Cord Anderton gearbeitet hatte.

Sie hatte keine Ahnung, was sie zu ihm sagen sollte, wenn sie ihn zufällig traf. Vielleicht passierte das ja auch gar nicht, dachte sie hoffnungsvoll, obwohl sie insgeheim daran zweifelte. Vielleicht war das Schulgelände groß genug, dass sie ihm für die nächsten drei Semester aus dem Weg gehen konnte. Aber sie hatte das ungute Gefühl, nicht so viel Glück zu haben.

»Rylin Myers. Ich soll mich hier mit meiner Studienberaterin treffen«, sagte sie zu dem jungen Mann hinter dem Tresen, nachdem sie im Sekretariat angekommen war. Sie konnte immer noch nicht glauben, dass diese Schule überhaupt noch *menschliche* Studienberater hatte. DownTower wurden Dinge wie Collegeempfehlungen und Stundenpläne von einem Rechner erstellt und zugeteilt. Die Leute hier mussten sehr von sich überzeugt sein, wenn sie meinten, den Job besser zu machen als ein Computer.

Der Mann tippte auf ein Tablet. »Natürlich, die neue Stipendiatin.«

Er musterte sie mit undurchdringlicher Miene. »Sie wissen, dass Eris Dodd-Radson hier an der Berkeley sehr beliebt war. Wir alle vermissen sie.«

Es war merkwürdig, zur Begrüßung ausgerechnet die Person zu erwähnen, deren Tod Rylins Anwesenheit hier erst möglich gemacht hatte. Rylin wusste nicht, wie sie darauf reagieren sollte, aber der Mann schien auch keine Antwort zu erwarten. »Setzen Sie sich. Ihre Beraterin wird Sie in einer Minute empfangen.«

Rylin ließ sich auf ein Sofa sinken und sah sich um. Die beigefarbenen Wände waren mit gerahmten Auszeichnungen und Motivations-Holos dekoriert. Plötzlich fragte sich Rylin, was ihre Freunde wohl gerade machten – ihre *echten* Freunde, DownTower. Lux, Amir, Bronwyn, selbst Indigo. Sie kannte bereits ein paar Leute von der Berkeley, aber die hassten sie alle.

Und in diesem Moment, als hätte sie ihn Kraft ihrer Gedanken herbeigerufen, betrat Cord Anderton das Sekretariat.

Während der letzten drei Wochen hatte sie sich immer wieder eingeredet, dass sie ihn nicht vermisste, dass es ihr auch ohne ihn gut ging. Aber diese Gedanken waren sofort wie weggeblasen, als sie Cord jetzt sah. Sein Oxford-Shirt hing ihm lose aus dem Hosenbund, sein Haar war leicht zerzaust. Er wirkte vertraut und gleichzeitig so schmerzhaft unerreichbar.

Sie blieb reglos sitzen, ihre Augen saugten jedes Detail von ihm auf. Sie fürchtete den Moment, wenn er sie bemerkte und sie gezwungen war, wegzusehen. Es musste ein grausamer Scherz des Universums sein, dass die erste Person, der sie an ihrer neuen Schule begegnete, ausgerechnet Cord war.

Sein Blick ging an ihr vorbei, wahrscheinlich nahm er nur am Rande irgendein halbasiatisches Mädchen in Schuluniform wahr – doch dann schien er zu registrieren, was er da gerade gesehen hatte, und schaute noch einmal genauer hin.

»Rylin Myers«, sagte er in dem vertrauten, gedehnten Tonfall, den er benutzte, wenn er jemanden nicht gut kannte. Rylin brach fast das Herz. So hatte Cord an jenem Abend mit ihr geredet, als er sie das erste Mal getroffen hatte und sie nichts weiter als eine bezahlte Putzkraft für ihn gewesen war. Bevor sie ihn bestohlen und sich in ihn verliebt hatte, bevor alles fürchterlich außer Kontrolle geraten war.

»Ich bin genauso schockiert wie du, glaub mir«, sagte sie.

Cord lehnte sich mit dem Rücken an die Wand und verschränkte die Arme vor der Brust. »Ich muss zugeben, ich hätte nicht erwartet, dich ausgerechnet hier zu sehen.«

»Es ist mein erster Tag. Ich muss mich mit meiner Studienberaterin treffen«, erklärte Rylin, als wäre es die natürlichste Sache der Welt, dass sie an diese Schule ging. »Was ist mit dir?«

»Schule geschwänzt«, erwiderte Cord achtlos.

Rylin wusste, dass er manchmal blaumachte, um das Haus seiner Eltern auf Long Island zu besuchen und die illegalen alten Autos seines Vaters zu fahren. Unvermittelt dachte sie an den Tag zurück, als er sie mit dorthin genommen hatte. Der Tag, der am Strand endete, während ein Unwetter aufzog. Bei dieser Erinnerung wurde sie rot.

»Können wir irgendwo unter vier Augen reden?« Sie hatte nicht vorgehabt, sich mit Cord zu unterhalten, zumindest nicht gleich heute, aber es ließ sich nicht vermeiden. Sie war hier, in seiner Welt – oder war das jetzt auch ihre? Es fühlte sich nicht so an.

Cord zögerte. Er schien hin- und hergerissen zu sein zwischen seiner Wut auf Rylin und seiner Neugier, was sie hier machte – und was sie ihm zu sagen hatte. Schließlich gewann die Neugier die Oberhand.

»Komm mit«, sagte er.

Er führte Rylin aus dem Sekretariat und den Gang hinunter. Seitdem es zum ersten Mal geklingelt hatte, waren die Flure viel voller geworden, Schüler unterhielten sich in kleinen Grüppchen, ihre goldenen Armbänder und Handgelenkcomputer funkelten, wenn sie ihren Worten mit einer Geste Ausdruck verleihen wollten. Rylin bemerkte, wie sie ihr neugierige Blicke zuwarfen – ihr unbekanntes Gesicht musterten, ihre eckigen, perlenbesetzten Ohrringe, ihre kurz geschnittenen blauen Fingernägel und die abgewetzten Ballerinas, die sie Chrissa geklaut hatte, weil sie keine eigenen Schuhe besaß, die man als »einfaches schwarzes Schuhwerk ohne hohen Absatz« bezeichnen konnte. Sie hielt den Kopf erhoben, damit es ja niemand wagte, sie dumm anzuquatschen, und unterdrückte gleichzeitig das Verlangen, zu Cord hinüberzuschielen. Ein paar Leute grüßten ihn, aber er nickte ihnen nur zu und stellte Rylin natürlich auch nicht vor.

Schließlich öffnete er ein paar Doppeltüren, hinter denen ein stockdunkler Raum lag. Rylin erschrak, als ein Holo-Zeichen aufleuchtete, nachdem sie durch die Tür getreten waren.

»Ihr habt hier einen Filmvorführungsraum?«, fragte sie, weil das echt abgefahren war und sie verzweifelt das Schweigen brechen wollte.

Cord hantierte an einem Schaltkasten herum und einen Moment später ging die Beleuchtung entlang der Stuhlreihen an. Es war immer noch ziemlich dunkel. Cord war kaum mehr als ein Schatten.

»Ja, für den Filmkurs.« Cord klang ungeduldig. »Okay, Myers, was gibt's?«

Rylin atmete tief ein. »Ich habe mir mindestens hundert verschiedene Arten vorgestellt, wie dieses Gespräch laufen könnte, aber nicht ein einziges dieser Szenarien hat sich in deiner Schule abgespielt.«

Cord lächelte leer und seine Zähne leuchteten auf. »Ach ja? Wo hast du es dir denn am liebsten vorgestellt?«

Im Bett, dachte sie, aber das war reines Wunschdenken. »Das spielt keine Rolle«, sagte Rylin schnell. »Der Punkt ist, dass ich mich bei dir entschuldigen muss.«

Cord trat zur obersten Sitzreihe zurück. Rylin zwang sich, ihn direkt anzusehen, als sie weitersprach. »Ich wollte seit diesem Abend mit dir reden.« Sie musste nicht konkreter werden, er wusste genau, welchen Abend sie meinte.

»Ich wollte dich anrufen, aber ich hatte keine Ahnung, was ich sagen sollte. Alles, was mir eingefallen ist, erschien mir so bedeutungslos. Du warst hier oben und ich unten in der zweiunddreißigsten. Also bin ich zu dem Schluss gekommen, dass es einfacher ist, wenn ich nicht weiter nachbohre.« Und weil ich ein Feigling bin, fügte sie in Gedanken hinzu. Ich hatte Angst, dich wiederzusehen, weil ich wusste, wie weh das tun würde.

»Jedenfalls gehe ich jetzt mit dir in eine Schule – eigentlich nur, weil ich ein Stipendium habe –«

»Das Eris' Eltern gestiftet haben«, unterbrach Cord sie unnötigerweise.

Rylin blinzelte. Sie hatte nicht damit gerechnet, dass jeder sie auf Eris ansprechen würde. »Ja, genau. Und weil wir uns jetzt wahrscheinlich öfter über den Weg laufen werden, wollte ich reinen Tisch machen.«

»Reinen Tisch«, wiederholte Cord ausdruckslos. »Nachdem du so getan hast, als wärst du in mich verliebt, nur um mich beklauen zu können.«

»Das war nicht gespielt! Und ich wollte dich nicht bestehlen – zumindest nicht, nachdem ich es einmal getan hatte«, verteidigte sich Rylin. »Bitte, lass mich dir alles erklären.«

Cord nickte, ohne ein Wort zu sagen.

Also erzählte sie ihm alles. Sie gestand ihm die Wahrheit über ihren Ex-Freund Hiral und die Spokes – wie sie in der ersten Woche, in der sie für ihn gearbeitet hatte, die individuell hergestellten Drogen von ihm geklaut hatte, um sich und ihre Schwester vor dem Rauswurf aus ihrer Wohnung zu retten. Rylin hob das Kinn ein wenig und versuchte, nicht ins Stocken zu geraten, als sie Cord erklärte, dass Hiral sie erpresst hatte, die Drogen für seine Kaution zu verkaufen und wie V sie bedroht und dazu gezwungen hatte, Cord noch einmal zu bestehlen.

Sie erzählte Cord alles, bis auf die Konfrontation mit seinem Bruder Brice, der ihr gedroht hatte, sie ins Gefängnis zu bringen, wenn sie nicht mit Cord Schluss machte und so tat, als wäre sie nur des Geldes wegen mit ihm zusammen. Sie wusste, wie nah Cord seinem älteren Bruder stand, und wollte keinen Keil zwischen die beiden treiben. Also ließ sie es so klingen, als wäre das alles nur wegen Hiral passiert.

Sie verriet Cord auch nicht, wie sehr sie ihn geliebt hatte. Wie sehr sie ihn immer noch liebte.

Cord schwieg, bis Rylins letzte Worte verklungen waren wie fallende Steine, die die Stille zu Wellen kräuselten. Die erste Unterrichtsstunde hatte inzwischen begonnen und sie hatten beide ihre Termine im Sekretariat verpasst. Aber das war Rylin egal. Das hier war wichtiger. Sie wünschte sich so verzweifelt, die Sache mit Cord wieder in Ordnung zu bringen. Und wenn sie ganz ehrlich war, wünschte sie sich noch mehr als das.

»Danke, dass du mir das erzählt hast«, sagte er langsam.

Rylin trat unwillkürlich einen Schritt vor. »Cord, glaubst du, wir könnten jemals –«

»Nein.« Er wich zurück, bevor sie die Frage zu Ende stellen konnte. Seine Zurückweisung traf sie wie ein Schlag in die Magengrube.

»Wieso nicht?« Sie musste ihn das fragen, sie konnte einfach nicht anders. Rylin fühlte sich, als hätte sie ihm ihr Herz zu Füßen gelegt und Cord trampelte nun achtlos darauf herum. Ihr Schmerz drohte sie zu überwältigen, aber irgendwie schaffte sie es, die Tränen zurückzuhalten.

Cord holte tief Luft. »Rylin, nach allem, was passiert ist, weiß ich nicht, wie ich dir noch vertrauen soll. Wohin soll uns das führen?«

»Es tut mir leid«, sagte sie, obwohl sie wusste, dass das nicht reichte. »Ich wollte dich nie verletzen.«

»Aber du hast mich verletzt, Rylin.«

Die Tür flog auf und Licht flutete in den Raum, aber als die anderen Cord sahen, zogen sie sich schnell wieder zurück. Doch in diesem kurzen Moment hatte Rylin einen Blick auf Cords Gesichtsausdruck erhascht: distanziert, kalt, verschlossen. Sie war total erschrocken. Sie hätte besser damit umgehen können, wenn er sie angeschrien oder wütend oder verletzt gewirkt hätte, selbst wenn er gemein zu ihr gewesen wäre. Aber diese gleichgültige Teilnahmslosigkeit war unendlich schlimmer. Er hatte sich irgendwo tief in sein Inneres zurückgezogen, wo sie ihn nicht mehr erreichen konnte – wo er für immer für sie verloren war.

»Ich wünschte, ich könnte die Zeit zurückdrehen und alles anders machen«, sagte sie vergeblich.

»Das wünschte ich auch. Aber so funktioniert das Leben nicht.«

Cord wandte sich zum Gehen, und in diesem Augenblick wurde Rylin bewusst, dass sie nicht zulassen durfte, dass er sie einfach stehen ließ, nicht, wenn sie sich noch einen letzten Rest Stolz bewahren wollte. Schnell ging sie auf die Tür zu und warf noch einen Blick über die Schulter. »Ich denke, du hast recht. Wir sehen uns, Cord«, sagte sie, was leider der Wahrheit entsprach. Sie würde den Jungen, der sie nicht mehr wollte, immer und immer wiedersehen.

89

Später an diesem Tag lief Rylin wie mechanisch zum Mittagessen, während sie überlegte, wie viele Minuten sie noch in der Schule aushalten musste. Sie wollte endlich den Countdown in der Ecke ihres Tablets starten, wie einige Mädchen es an ihren Geburtstagen taten.

Wie vorherzusehen gewesen war, hatte die Schule ihr einen Stundenplan nur aus Grundkursen zusammengestellt – dazu gehörte auch Biologie für Anfänger, weil sie dieses Fach in ihrer alten Schule nicht belegt hatte. Eigentlich war sie erleichtert, dass sie zu spät zu ihrem Treffen mit Mrs Lane, ihrer Studienberaterin, erschienen war, denn das hatte ihr eine halbe Stunde der unglaublich herablassenden Art dieser Frau erspart. »Hier steht, Sie arbeiten in einem Geschäft namens *Arrow*?«, hatte sie mit arrogant gerümpfter Nase gefragt, sodass Rylin sich wünschte, sie hätte am Morgen nur aus Prinzip ein Paar Arrow-Gummistiefel angezogen.

Als sie vor den Netzhautscanner trat, um sich abzumelden, nahm Rylin sich noch eine leuchtend rote Flasche Wasser aus einem der Spender. Auf dem Etikett stand MarsAqua. Der Schriftzug vor dem roten Planeten sah aus, als bestünde er aus lauter kleinen Eiszapfen. Die Buchstaben schmolzen immer wieder, tropften auf den Boden der Flasche, flossen dann wieder hinauf und formten sich erneut zu Eiskristallen.

»Wasser vom Mars«, hörte sie eine Stimme hinter sich.

Rylin wirbelte herum und ihr schlimmster Albtraum stand vor ihr: Leda Cole.

»Sie schlagen Brocken von den Marspolkappen ab, bringen sie zur Erde und füllen sie in Flaschen. Ist fantastisch für deinen Stoffwechsel.« Ledas Tonfall war erschreckend liebenswürdig.

»Das ist bestimmt schädlich für den Mars«, erwiderte Rylin. Sie war stolz, wie unbeeindruckt sie klang. Leda war wie der bösartige streunende Hund, der immer in der Nähe von Rylins Wohnung lauerte – man durfte nicht die kleinste Schwäche zeigen, sonst würde sie nie von einem ablassen.

»Komm, setz dich zu mir«, forderte Leda sie auf und ging los, ohne abzuwarten, ob Rylin ihr auch folgte.

Rylin bemühte sich gar nicht erst, ihren Ärger zu verbergen. Okay, dann hätte sie die beschissensten Gespräche eben gleich an ihrem ersten Schultag hinter sich. Zumindest konnte es dann nicht noch schlimmer kommen.

Leda hatte sich an einen Zweiertisch in der Nähe eines Flexiglasfensters gesetzt, von dem aus man den Innenhof überblicken konnte. Draußen spielten einige Schüler mit Videokameras, die in der Luft schwebten, andere standen plaudernd um einen riesigen Brunnen herum. Echtes, durch Spiegel auf dem Dach gefiltertes Sonnenlicht flutete durch die Decke herein, sodass es aussah, als wären sie wirklich *draußen* – wenn es außerhalb des Towers überhaupt so sauber und symmetrisch und perfekt sein konnte.

Rylin ließ sich Leda gegenüber auf einen Stuhl sinken und tunkte eine ihrer Süßkartoffelspalten in die Aioli. Leda wollte sie offenbar einschüchtern, aber diese Genugtuung würde sie ihr nicht geben.

»Was zur Hölle machst du hier, Rylin?«, wollte Leda wissen.

»Ich gehe jetzt hier zur Schule.« Rylin deutete auf ihren Faltenrock und hob eine Augenbraue. »Wir tragen dieselbe Schuluniform, falls dir das noch nicht aufgefallen ist.«

Leda tat so, als hätte sie das überhört. »Hat die Polizei dich eingeschleust?«

»Die Polizei? Weißt du eigentlich, wie paranoid du klingst?« Die Vorstellung, dass Rylin Myers zu einer Polizeispionin geworden war, war wirklich absurd.

»Ich weiß nur, dass du die wandelnde Erinnerung an eine Nacht bist, über die ich lieber nicht nachdenken möchte.«

Da sind wir schon zwei, dachte Rylin.

»Und jetzt bist du aus unerklärlichen Gründen hier an *meiner* Schule anstatt unten in der zwanzigsten Etage, wo du hingehörst.« Ledas Stimme bebte und Rylin freute sich insgeheim, dass sie sogar ein wenig … ängstlich klang.

»Als ich das letzte Mal nachgesehen habe, stand nicht Leda Cole an dem Torbogen draußen. Es ist also nicht *deine* verdammte Schule. Und ich wohne in der *zweiunddreißigsten* Etage«, korrigierte Rylin sie.

»Aber wenn du es unbedingt wissen willst, ich habe ein Stipendium bekommen.«

Ledas Augen blitzten auf. »Etwa das Eris-Stipendium?«, presste sie hervor.

»Genau das«, sagte Rylin fröhlich, biss in ihren riesigen Cheeseburger und genoss Ledas angewiderten Blick. »Und wenn du nicht noch ein paar Drohungen für mich hast, würde ich vorschlagen, du verziehst dich jetzt und lässt mich in Ruhe mittagessen. Ich bin jedenfalls nicht hier, um dir dein perfektes Leben zu verderben.« Sie betonte das Wort *perfekt*, um klarzustellen, dass sie Ledas Leben gar nicht für so perfekt hielt.

Leda stand so abrupt auf, dass ihr Stuhl laut über den dunklen Walnussboden schabte. Sie schnappte sich ihren unberührten Spinatsalat und warf die Haare über die Schulter zurück. »Ich gebe dir noch einen kostenlosen Rat«, sagte sie mit aufgesetztem Lächeln und einem Blick auf Rylins Burger. »Mädchen essen *nie* das Grillgericht.«

Rylin lächelte genauso breit zurück. »Das ist witzig, denn ich *bin* ein Mädchen und ich tue es. Offenbar weißt du doch nicht alles.«

»Sei vorsichtig, Myers. Ich behalte dich im Auge.«

Zu was für einem großartigen Tag sich ihr erster Schultag entwickelt hatte. Rylin lehnte sich zurück und nahm einen großen Schluck des überteuerten Marswassers. Warum verdammt noch mal auch nicht?

Leda

»Wo ist Mom?« Leda blieb zögernd an der Tür zum Esszimmer stehen, die Spitzen ihrer Stiefel berührten den Rand des elfenbeinfarbenen Teppichs im Flurs. Ihr Dad saß allein am Tisch und tippte gedankenverloren auf die ultramoderne Glastischplatte, während er etwas auf seinen Kontaktlinsen las.

Er blickte auf. »Hallo, Leda. Mom ist heute nur etwas spät dran.«

»Dad, wann genau haben wir das Haus auf Barbados im Januar?«, fragte Jamie dazwischen. Er hatte sich gerade hingesetzt.

Leda wagte sich zaghaft ins Zimmer und zog den Stuhl ihm gegenüber zurück. Der Tisch hatte keine Beine, sondern schwebte in der Luft – das ultimative Herzstück ihrer minimalistischen Einrichtung, die Leda geschmacklos und unpersönlich fand. Andererseits hätte es gar nicht zu ihrem Apartment gepasst, wenn es sich wie ein richtiges Zuhause und nicht wie ein Hotel angefühlt hätte. Ein Zuhause setzte nämlich voraus, dass die Menschen, die dort lebten, sich auch gegenseitig am Herzen lagen.

Matt Cole räusperte sich. »Eigentlich haben wir den Timesharing-Mietvertrag mit Barbados gekündigt.«

»Was?« Leda war fassungslos. Sie nutzten das Haus auf Barbados schon seit Ewigkeiten, ein weitläufiges, ruhiges Anwesen auf einem Hügel mit einem kleinen Kopfsteinpflasterweg direkt zum Strand.

Leda hatte es immer geliebt, wie entspannt ihre Eltern dort waren, wie ihre beste Seite zum Vorschein kam, wenn sie von den Zwängen in New York befreit waren.

»Wir dachten, wir lassen mal ein Jahr aus und probieren etwas Neues«, erklärte ihr Dad, aber das kaufte Leda ihm nicht ab. Hatte er etwa kürzlich eine Menge Geld verloren? Vielleicht hatte er bei Calvadour zu viel für seine junge Geliebte ausgegeben, überlegte sie gereizt und dachte dabei an den unverschämt teuren Schal, den er Eris geschenkt hatte, bevor sie starb.

»Wie blöd. Ich wollte fragen, ob ich ein paar Freunde mitnehmen kann«, sagte Jamie und zuckte mit den Schultern. »Ich verhungere gleich. Können wir essen?« Typisch Jamie, er konnte sich nie lange über etwas ärgern.

»Lasst uns noch auf Mom warten«, sagte Leda schnell, aber ihr Dad drückte bereits auf ein unauffälliges Touchpad in der Mitte des Tisches. Ihre Köchin Tiffany erschien mit einem voll beladenen Speisewagen, den sie vor sich herschob.

»Mom hat gesagt, wir sollen schon ohne sie anfangen. Sie hat noch ein Meeting«, erklärte Ledas Dad.

Leda spitzte die Lippen und griff ohne weiteren Kommentar zu der Schüssel mit der Pasta. Es waren ihre Lieblingsnudeln, Grünkohlpenne mit Sojaproteinstückchen und Aromastoffen. Ihre Mom hatte das Essen garantiert ausgesucht, um Leda aufzumuntern. Doch der dickköpfige, trotzige Teil von ihr war entschlossen, sich nicht darüber zu freuen.

»Wie war die Schule, Leda?«, fragte ihr Dad. Das war seine Vorstellung davon, ein guter Vater zu sein. Er stellte vorbereitete Fragen, die er wahrscheinlich aus einem Ratgeber mit dem Titel *Wie rede ich mit meiner pubertierenden Tochter?* hatte. Ob daneben wohl das Buch

Wie verstecke ich meine minderjährige Geliebte? im Regal stand?, fragte sich Leda bitter.

»Gut«, erwiderte sie knapp und nahm eine Gabel Penne, ließ das Besteck dann jedoch laut klappernd wieder fallen. »Obwohl, heute war ein neues Mädchen in der Schule. Ist es nicht merkwürdig, dass sie einfach so mitten im Semester anfangen kann?«

»Ich glaube, ich habe sie auch gesehen«, mischte sich Jamie ausnahmsweise ein. »Meinst du die mit dem Stipendium?«

Leda sah ihn überrascht an. Jamie interessierte sich normalerweise für nichts und niemanden, es sei denn, man konnte es rauchen oder trinken oder es war ein Geschenk für ihn. Andererseits war Rylin ziemlich hübsch, wenn man über ihr respektloses Auftreten einmal hinwegsah.

»Genau. Sie kommt aus der *zwanzigsten* Etage«, sagte Leda übertrieben dramatisch und rümpfte bei dem Gedanken die Nase. »Könnt ihr euch das vorstellen?«

»Wahrscheinlich geht es ihr ähnlich wie dir damals, als wir aus Mid-Tower hierhergezogen sind«, bemerkte ihr Vater, was Leda erschrocken zum Schweigen brachte.

»Du kannst sie doch nicht mit mir vergleichen«, konterte sie kurz darauf. Es passte ihr überhaupt nicht, mit dieser arroganten Tussi von so weit unten in einen Topf geworfen zu werden. »Dieses Mädchen ist unhöflich und unverschämt. Sie glaubt, dass für sie keine Regeln gelten.«

Jamie brach in schallendes Gelächter aus. »Das sagt ja die Richtige. Als hättest du dich *jemals* an irgendwelche Regeln gehalten, Leda.«

Matt Cole versuchte, unparteiisch zu bleiben, aber ein belustigter Ausdruck huschte über sein Gesicht. »Leda, ich denke, du könntest ruhig ein wenig Verständnis zeigen. Dieses Mädchen hatte bestimmt einen harten ersten Tag. Mitten im Jahr an einer neuen Schule. Und dann noch mit einem Stipendium.«

Das war Ledas Stichwort. »Du hast recht«, sagte sie, ihre Stimme triefte nur so vor gespieltem Mitgefühl. »Ich kann mir vorstellen, dass es sogar besonders schwer für sie ist, weil es Eris' Stipendium ist und wir alle Eris natürlich *so sehr* vermissen.«

Es herrschte Stille im Raum. Ledas Familie wusste natürlich, dass sie auch auf dem Dach gewesen war. Ihre Eltern hatten sie morgens vom Polizeirevier abgeholt, nachdem sie ihre Zeugenaussage gemacht hatte, und waren dann gleich mit ihr zu einem Anwalt gefahren, wo sie noch einmal über die unerträglichen Details sprechen musste. Seitdem war Eris' Tod eins der Themen, über das sie in stillem Einvernehmen kein Wort verloren. Als könnten all ihre kleinen schmutzigen Familiengeheimnisse einfach verdrängt und begraben werden, genau wie Eris, und würden so von selbst verschwinden.

Leda musterte die Miene ihres Vaters genau, obwohl sie nicht mal sicher war, was sie darin suchte. Vielleicht eine Bestätigung seiner Beziehung zu Eris. Und sie erkannte es auf Anhieb. Bei ihren Worten zuckte er kaum merklich zusammen, aber das genügte ihr schon. Rasch senkte sie den Blick.

Leda hatte erwartet, dass es ein befriedigendes Gefühl sein würde, wenn sie den Beweis für die Untreue ihres Vaters direkt in seinem Gesicht ablesen konnte – doch jetzt hätte sie am liebsten losgeheult.

Für den Rest des Abendessens schob sie ihre Pasta nur noch auf dem Teller hin und her, während ihr Dad und ihr Bruder über Lacrosse und irgendeine großartige Ballabwehr von Jamie redeten und ob die Schule im nächsten Jahr einen neuen Trainer anheuern würde oder nicht. Bei der erstbesten Gelegenheit murmelte sie eine Entschuldigung und verzog sich in ihr Zimmer.

Wenig später klopfte es an ihrer Tür. »Leda?«

»Was?«, schnappte sie und wischte sich über die Augen. Kapierte ihr Dad nicht, dass sie ihn nicht sehen wollte?

Zögernd öffnete er die Tür. »Können wir reden?«

Sie drehte sich auf ihrem Schreibtischstuhl um, blieb aber, wo sie war, und überkreuzte die Beine.

»Ich wollte nur nach dir sehen«, sagte er etwas unbeholfen. »Du hast nicht viel über Eris gesprochen, seit sie gestorben ist. Und nach dem, was du da beim Abendessen gesagt hast …« Er brach den Satz verlegen ab. »Ich wollte nur sichergehen, ob bei dir alles okay ist.«

Natürlich ist *nicht* alles okay, dachte Leda. Sie hatte fast Mitleid mit ihm, weil er so ahnungslos war. Sie hatte Eris am Tisch erwähnt, weil sie ihn provozieren wollte, weil sie es satthatte, so zu tun, als sei alles in Ordnung, als könnte ein gemütliches Pasta-Essen alles wiedergutmachen. Das hatte vielleicht funktioniert, als sie noch klein gewesen war. Er war derjenige, der angefangen hatte, mit ihrer Freundin zu schlafen, und damit alles verraten hatte, was ihre Familie ausmachte.

Aber im Grunde war Leda noch mehr von sich selbst angewidert. Denn auch sie verbarg ein Geheimnis und das machte sie genauso schuldig wie ihn.

Seit Eris' Tod wollte sie ihre Mom mit der Wahrheit konfrontieren. Sie wollte auf Ilara zugehen und ihr alles erzählen: dass ihr Dad ein untreuer Mistkerl war und sie ihn verlassen sollten. »Ich muss dir was sagen«, hatte Leda mehr als einmal angefangen. »Etwas Wichtiges …«

Doch sie hatte sich nie dazu durchringen können, die Worte wirklich auszusprechen. Eris war fort. Was sollte es bringen, ihre Familie jetzt auseinanderzureißen? Jedes Mal, wenn Ilara sie mit ihren dunklen Augen voller Liebe ansah, kam Ledas Entschluss, ihr alles zu erzählen, ins Schwanken und sie schwieg. Sie wollte ihrer Mutter nicht das Herz brechen.

Das Kind in Leda konnte den Gedanken einfach nicht ertragen, dass ihre Eltern sich trennten. Ihre Familie mochte durch Geheimnisse und Untreue zerrüttet sein, aber es war immer noch *ihre Familie*. Und sie wollte sie zusammenhalten, selbst wenn das bedeutete, dass sie den Rest ihres Lebens mit diesen Geheimnissen zurechtkommen musste.

Sie hatte nichts anderes verdient, dachte sie finster. Dieses verworrene, quälende Gefühl von Schuld war ihre Buße für das, was sie Eris angetan hatte.

»Mir geht's gut«, antwortete sie knapp auf die Frage ihres Dads. Was sollte sie auch sonst zu ihm sagen? *Hey, Dad, erinnerst du dich noch an meine Freundin, mit der du eine Affäre hattest, bevor sie vom Dach gestürzt ist? Weißt du, was? Ich habe sie runtergeschubst!*

»Du und Eris, ihr standet euch nah, oder?«, bohrte ihr Dad weiter. Gott, warum konnte er nicht einfach wieder gehen? Und warum wollte das jeder andauernd von ihr wissen? Nur weil sie und Eris befreundet gewesen waren, bedeutete das noch lange nicht, dass sie wie siamesische Zwillinge aneinandergeklebt hatten.

»Wir waren Freundinnen, aber nicht gerade die besten.« Leda wollte dieses Gespräch unbedingt beenden. »Dad, eigentlich habe ich viel zu lernen –«

»Leda«, unterbrach ihr Dad sie. Er wirkte jetzt verzweifelt. »Es gibt etwas, dass ich dir über Eris sagen möchte –«

Nein, nein, nein!

»Sorry!« Leda stand so abrupt auf, dass ihr Stuhl umkippte und krachend zu Boden ging. Hektisch begann sie, irgendwelche Schulsachen in ihre Tasche zu stopfen. Sie musste hier unbedingt raus. Sie trug eine geblümte Yogahose und ein schwarzes Reißverschlussteil, aber das war ihr egal. Sie konnte auf keinen Fall bleiben und sich das verfickte Geständnis ihres Dads anhören, dass er mit ihrer sogenannten Freundin geschlafen hatte. »Ich hab mich mit Avery zum Lernen verabredet und bin schon spät dran. Können wir später reden?«

Der Blick ihres Dads wirkte verständnisvoll, es lag aber auch ein gewisser Schmerz darin. Vielleicht ahnte er, dass sie Bescheid wusste. »In Ordnung. Wir reden ein anderes Mal.«

»Danke. Bis später!«, sagte sie mit gespielter Heiterkeit und rannte blindlings aus dem Apartment.

Erst als Leda in ein Hover-Taxi stieg, wurde ihr bewusst, dass sie keine Ahnung hatte, wohin sie eigentlich fahren sollte. Natürlich konnte sie nicht einfach bei Avery aufkreuzen. Für ein Workout im Altitude war es schon zu spät, aber sie könnte sich dort ins Café setzen … und dann vielleicht Avery treffen oder – noch schlimmer – Eris' Eltern … Leda war viel zu wütend und aufgewühlt für so eine Begegnung.

Das Hover-Taxi begann ärgerlich zu piepen und wies sie damit darauf hin, dass sie für die Verspätung zahlen musste, wenn sie nicht bald ein Ziel eingab. Doch Leda war nicht in der Stimmung, sich darüber Gedanken zu machen. Gott, was hatte sich ihr Dad dabei gedacht, das Thema Eris anzusprechen? Warum wollte er ein Geständnis vor seiner eigenen Tochter ablegen?

Leda hatte das Gefühl, als liefe plötzlich alles völlig außer Kontrolle. Wenn sie sich nicht geschworen hätte, nie wieder Drogen anzurühren, hätte sie sich jetzt eine Xenperheidren besorgt. Aber die Finger von den Drogen zu lassen, war zu einer Frage ihres persönlichen Stolzes geworden, und Ledas Stolz war genauso stark ausgeprägt wie ihre Dickköpfigkeit.

Sie hasste es, immer wieder an jene Nacht erinnert zu werden. Natürlich wusste sie, dass sie sicher war: Niemand konnte ihr nachweisen, was sie getan hatte. Es gab keine Kameras auf dem Dach und damit keine Möglichkeit zu beweisen, dass Leda Schuld an Eris' Tod war. Es gab nur die drei Zeugen.

Während sie darüber nachdachte, kam ihr der Gedanke, dass sie die drei unter die Lupe nehmen könnte, um sicherzugehen, dass sie auch bei ihrer Geschichte blieben.

Und plötzlich wusste Leda genau, wohin sie fahren wollte. Sie gab die Adresse in das System des Hovers ein, lehnte sich zurück und schloss die Augen.

Das wird ein Spaß, dachte sie.

Watt

Wie wäre es, wenn du den ersten Entwurf verfasst und ich ihn dann etwas vereinfache, damit der Text mehr nach mir klingt?, bettelte Watt Nadia nun schon zum mindestens zehnten Mal an.

Darf ich dich daran erinnern, dass du mir im Herbst die strikte Anweisung gegeben hast, nie wieder etwas für dich zu schreiben? Ich halte mich an die Anordnung deines vergangenen Selbst.

Im letzten Herbst war Watt wegen eines Plagiatsverdachts ins Sekretariat gerufen worden, weil Nadias Aufsatz etwas zu perfekt geklungen hatte. Seitdem war er vorsichtiger geworden.

Aber diesmal gelten mildernde Umstände, dachte er beleidigt.

Ich bin nur die Übermittlerin. Klär das mit deinem vergangenen Ich.

Nadia –

Das reicht. Entsprechend deiner Anweisungen schalte ich mich jetzt ab. Weck mich, wenn du den Entwurf fertig hast, erwiderte Nadia und ging mit einem leisen Piepton in den Ruhezustand.

Watt starrte unschlüssig auf den leeren Bildschirm. Es stimmte, er hatte Nadia angewiesen, sich auszuschalten, wenn er nicht aufhörte, sie wegen eines Aufsatzes anzubetteln. Der frühere Watt war eindeutig zu clever für den heutigen Watt, um jetzt mit ihm zu verhandeln.

Er begann laut die ersten Sätze zu formulieren, die auf seinem Diktierbildschirm angezeigt wurden.

»Der Grund, aus dem ich mit Quantencomputern arbeiten will …«
Er hielt inne. Es gab Millionen Dinge, die er in diesem Bewerbungsaufsatz erörtern könnte: Quants waren schneller und schlauer als Menschen, auch wenn sie von Menschen entwickelt wurden; Quants konnten Probleme lösen, von denen Menschen nicht einmal träumten. Gott, noch vor einhundert Jahren brauchte ein digitaler Computer mehrere Stunden, um eine zwanzigstellige Zahl zu berechnen. Nadia würde das in glatt vier Sekunden schaffen. Watt konnte sich nicht einmal vorstellen, wozu sie noch fähig wäre, wenn sie sich mit anderen Quants vernetzen könnte – im Welthandel oder auf dem Aktienmarkt, selbst wenn es nur um die Lebensmittelverteilung für Bedürftige ginge. Nichts würde mehr verschwendet werden. Menschliche Fehler könnten virtuell beseitigt werden. Aber nichts davon hatte mit Watt persönlich zu tun oder wäre ein guter Grund dafür, ausgerechnet ihn aus Tausenden Bewerbern für das Programm auszuwählen.

Wenn er doch nur über Nadia schreiben könnte, darüber, wie unfehlbar gut sie war. Sie kann nicht gut sein. Sie ist eine Maschine, korrigierte er sich. Aber tief in seinem Inneren glaubte Watt an Nadias gute Absichten, als hätte sie ein menschliches Bewusstsein.

Er dachte an Vivian Marshs Worte, dass sie seine Bewerbung persönlich lesen würde, und ihn verließ der Mut.

»Watzahn!« Seine Mutter klopfte an die Tür. »Deine Freundin ist da. Wegen eures Teamprojekts.«

»Cynthia?« Sie sollten ein Video für ihren Englischkurs machen. Warum hatte Cynthia ihn nicht vorgewarnt, dass sie vorbeikommen würde? »Du hättest anrufen können, dann hätten wir uns in der Bibliothek getroffen«, sagte er, als er die Tür öffnete – und plötzlich Leda Cole gegenüberstand, in einer geblümten Yogahose und mit einem selbstgefälligen Grinsen im Gesicht.

»Hätten wir«, sagte sie gelassen, »aber ich wollte deinen Computer benutzen. Der ist so viel besser als die in der Bibliothek.«

»Das stimmt. Watzahn ist so stolz auf seinen Computer. Er arbeitet die ganze Zeit daran«, erklärte Watts Mom strahlend.

Quant an, dachte Watt hektisch. Ledas Auftauchen traf ihn völlig unvorbereitet und er fühlte sich total hilflos. Was zur Hölle wollte sie hier?

»Vielen Dank, Mrs Bakradi«, sagte Leda honigsüß und mit großen, unschuldigen Augen. Sie trat in Watts Zimmer, warf ihre Tasche auf den Boden und kniete sich daneben, als wollte sie ihre Schulsachen herausholen. Watt starrte seine Mutter erschrocken an. Er konnte nicht glauben, dass sie gerade ein Mädchen in sein Zimmer gelassen hatte. Aber Shirin nickte nur, lächelte zu Leda hinüber und bot ihnen an, ihr Bescheid zu sagen, wenn sie irgendetwas brauchten. »Arbeitet nicht zu hart!«, sagte sie dann und schloss leise die Tür hinter sich.

»Tut mir leid, dass ich nicht Cynthia bin«, säuselte Leda. »Aber es freut mich natürlich, dass sich wenigstens einer von uns von den Fuller-Zwillingen lösen konnte.«

»Sie ist nur eine Freundin«, feuerte Watt zurück, dann schämte er sich, dass er auf ihre Spitze angesprungen war.

»Zu schade.« Leda hörte nicht auf, mit den Fingern auf den Boden zu trommeln. Er glaubte nicht, dass sie unter Drogen stand – ihre Augen waren klar, ihr Blick ruhig. Dennoch lag eine angespannte, bebende Nervosität in ihren Bewegungen.

Er kniete sich neben sie und nahm ihr die Tasche aus der Hand. »Im Ernst, du musst wieder gehen.«

»Komm schon, Watt. Sei ein bisschen netter«, hielt sie ihm vor. »Ich bin den ganzen Weg hier runtergekommen, um mit dir zu reden.«

»Was zur Hölle *willst* du?«

Watt, sei vorsichtig, warnte ihn Nadia.

Er ließ die Hände sinken, ballte sie zu Fäusten und hockte sich auf seine Fersen.

»Ich dachte, du weißt mit deinem Supercomputer immer alles«, erwiderte Leda bissig.

Wenn du dich nicht ausgeschaltet hättest, Nadia, würde ich jetzt nicht so in der Klemme stecken!

Vielleicht hättest du deine eigenen Richtlinien nicht verletzen sollen, erwiderte Nadia mit unbarmherziger Logik.

»Was hast du meiner Mom erzählt, damit sie dich reinlässt?«, fragte er Leda, um Zeit zu schinden – und weil sie recht hatte. Eigentlich hätte es nicht passieren dürfen, dass sie sich einfach an ihn heranschlich. Er wollte sicherstellen, dass das nie wieder vorkam.

Leda verdrehte die Augen. »Ich war nett zu ihr, Watt. Das solltest du auch mal probieren. Es funktioniert bei den meisten Menschen.« Sie streckte die Beine aus und lehnte sich an sein Bett, während sie das Durcheinander an Klamotten beäugte, die an einer billigen Hover-Stange unter der Decke hingen.

»Ich habe keinen Wandschrank hier drin. Und etwas Besseres ist mir nicht eingefallen«, sagte Watt, der ihrem Blick gefolgt war. Dabei wusste er gar nicht, warum er sich überhaupt vor ihr rechtfertigte.

»Eigentlich bin ich beeindruckt.« Ledas Blick wanderte weiter durch sein Zimmer. »Du hast den Platz wirklich voll ausgenutzt. War das hier ursprünglich ein Kinderzimmer?«

»Nein, die Zwillinge haben gleich das größere Zimmer bekommen.« Er setzte sich etwas bequemer hin und betrachtete den Raum plötzlich mit Ledas Augen: die zerwühlte marineblaue Bettdecke, die billigen Halogenlampen an der Decke, den schmalen Schreibtisch, der mit Teilen einer gebrauchten Virtual-Reality-Ausrüstung übersät war.

»Zwillinge?«, fragte Leda, als wäre sie wirklich neugierig.

Nadia, was macht sie da?

Ich glaube, das ist eine rhetorische Strategie namens Koinonia, wobei der Sprecher sein Gegenüber dazu bringt, über sich zu reden, anstatt mit dem eigentlichen Gesprächsthema herauszurücken.

Nein, ich meine, was hat sie vor?

Watt verlor langsam die Geduld und stand auf. »Du bist bestimmt nicht hier, um mit mir über meine Familie zu quatschen. Was ist los?«

Leda erhob sich in einer langsamen, eleganten Bewegung und stellte sich neben ihn. Sie trat einen Schritt näher und hob den Kopf, um ihn direkt anzusehen. Ihre Augen wirkten dunkler, als er sie in Erinnerung hatte, ihre Lider waren schwarz schattiert. »Du bietest mir nicht mal was zu trinken an, bevor ich gehe? Beim letzten Mal hattest du Whiskey für mich«, hauchte Leda.

»Beim letzten Mal hast du mich verführt und unter Drogen gesetzt!«

Sie lächelte. »Das war lustig, oder? Tja, Watt …«, sie hob den Arm, um ihm eine Haarsträhne hinters Ohr zu streichen, doch er zog wütend den Kopf weg. Sie verwirrte ihn immer mehr. »Wenn du es unbedingt wissen willst: Du sollst ein paar Leute für mich ausspionieren.«

»Vergiss es, Leda. Ich hab dir gesagt, dass ich damit nichts mehr zu tun haben will. Ich bin fertig damit.«

»Das tut mir aber leid für dich, denn ich bin noch nicht fertig mit *dir*.« Der spielerische Tonfall war verschwunden, in ihrer kalten Stimme war jetzt deutlich die versteckte Drohung zu hören. Sie hatte ihn in die Enge getrieben, und das wussten sie beide.

»Wen soll ich für dich ausspionieren?«, fragte Watt misstrauisch.

»Zunächst einmal Avery und Rylin.« Leda sprühte jetzt förmlich vor Energie, als würde es ihr neue Kraft geben, Watt herumzukommandieren. »Ich will nur sichergehen, dass sie nicht aus der Reihe tanzen und vielleicht doch noch mit irgendjemandem darüber reden, was in der Nacht passiert ist.«

Er bemerkte, dass sie dieselben Perlenohrstecker trug wie bei ihrem letzten Besuch, und die Erinnerung daran ließ seine Wut noch höherkochen. »Du willst also, dass ich den beiden nachspioniere und dir über alles Ungewöhnliche Bericht erstatte?«, fragte Watt. »Zwei Vollzeit-Überwachungsaufträge. Das wird nicht billig.«

Leda lachte nur. »Watt, ich gebe dir doch kein Geld dafür! Deine Bezahlung ist mein Schweigen.«

Watt war auch ohne Nadias Rat klar, dass er darauf besser nicht eingehen sollte. Alles, was er sagte, würde ihn nur noch tiefer reinreiten. Er nickte nur kurz und hasste Leda dafür.

»Rylin geht übrigens seit heute in meine Schule«, grübelte Leda laut. Sie tigerte jetzt wie ein Raubtier durch sein Zimmer, öffnete Schubladen, warf einen flüchtigen Blick auf den Inhalt und schloss sie dann wieder. »Darauf war ich nicht vorbereitet. Und ich ertrage dieses Gefühl nicht. Ich will mich *nie wieder* so fühlen, nur deswegen bezahle ich dich.«

»Ich dachte, wir hatten gerade festgestellt, dass du mich nicht bezahlst«, konterte er.

Leda knallte eine Schublade zu, hob den Blick und sah Watt direkt in die Augen. »Wo ist er?«, wollte sie wissen. »Dein Computer?«

Nadia, kannst du so tun, als wärst du extern?, dachte er und drückte demonstrativ auf einen nutzlosen Knopf an seinem Monitor. »Genau hier. Siehst du, ich schalte ihn an«, sagte er. »Jetzt fährt er hoch.«

»Du musst das nicht alles kommentieren.« Leda setzte sich auf Watts Bett, ohne dass er sie dazu aufgefordert hätte. Seltsamerweise registrierte Watt, dass zum ersten Mal ein Mädchen auf seinem Bett saß. Er hatte schon eine Menge Mädchen abgeschleppt, aber er war immer mit zu ihnen gegangen. Leicht irritiert schüttelte er den Kopf. Warum dachte er jetzt über Sex nach?

»Lass uns mit Avery anfangen«, sagte Leda.

»Was? Jetzt sofort?«

»Was du heute kannst besorgen …«, erwiderte sie mit gespielter Heiterkeit. »Komm schon, ruf ihren Raumcomputer auf.«

»Nein«, sagte Watt automatisch.

»Oooch, sind die Erinnerungen etwa zu schmerzhaft?« Ledas Lachen klang unangenehm hohl in Watts Ohren. Was hatte sie nur hierhergetrieben? Irgendetwas musste heute Abend vorgefallen sein. »Na schön. Dann eben ihre Flickernachrichten.«

»Ich bleibe bei meinem Nein.«

»O Mann, mach Platz da!«, schimpfte sie und schubste ihn ungeduldig von seinem Stuhl. Als ihre Beine sich streiften, jagten seltsame Funken durch Watts Körper. Schnell rutschte er von ihr weg.

»Wie gibt man Befehle ein?« Leda beugte sich vor und starrte gespannt auf den Bildschirm.

»Nadia, sag Hallo zu Leda«, kommandierte Watt laut und übertrieben langsam. *Nimm die Lautsprecher*, dachte er, aber darauf hatte Nadia sich schon eingestellt – sie benutzte jeden Lautsprecher im Zimmer, sogar die an seiner alten VR-Ausrüstung.

»Hallo zu Leda«, dröhnte Nadia. Watt konnte sich gerade noch ein Lachen verkneifen. Sie benutzte eine roboterhafte, monotone Stimme wie aus einem alten Science-Fiction-Film.

Leda fiel fast vom Stuhl. »Schön, dich kennenzulernen«, sagte sie zurückhaltend.

»Ich wünschte, ich könnte dasselbe sagen«, erwiderte Nadia.

»Was soll das denn heißen?« Leda lächelte.

Toll, mach ruhig so weiter und bring sie noch mehr gegen mich auf, dachte Watt und verdrehte die Augen.

Ich folge nur deinem Beispiel. »Du denkst, du kannst Watt erpressen, weil du etwas gegen ihn in der Hand hast? Weißt du überhaupt, was ich gegen *dich* verwenden könnte? Ich sehe alles, was du tust«, warnte Nadia Leda so ominös wie möglich.

In einem demonstrativen Wutausbruch schob Leda den Stuhl zurück, aber Watt hätte schwören können, dass sie bei Nadias Bemerkung zusammengezuckt war.

»Ihr werdet schon noch sehen. Alle beide!« Leda warf sich ihre Tasche über die Schulter und stürmte ohne ein weiteres Wort aus dem Zimmer.

Watt wartete, bis er die Wohnungstür zuschlagen hörte, dann ließ er sich auf sein Bett fallen und rieb sich die Schläfen. Seine Bettdecke roch immer noch nach Ledas Rosenparfüm, was ihn noch mehr ärgerte.

»Nadia, wir sind aufgeschmissen«, sagte er. »Will die uns bis in alle Ewigkeit erpressen?«

Du wirst erst vor ihr sicher sein, wenn sie im Gefängnis sitzt, erwiderte Nadia, aber das wusste er auch so.

»Das haben wir doch schon alles durchgekaut. Wie soll ich sie denn in den Knast schicken?«

Er und Nadia waren alle Möglichkeiten durchgegangen, die ihnen eingefallen waren. Es gab keine Videoaufnahmen von Ledas Tat. Nicht eine Kamera war auf dem Dach installiert und niemand hatte mit seinen Kontaktlinsen gefilmt, was passiert war, nicht einmal Leda, nicht einmal *Nadia* – die das schwer bereute. Aber wie hätte sie das Ganze auch vorhersehen sollen? Nadia hatte sogar sämtliche Satellitenkameras in einem Umkreis von tausend Kilometern gehackt, aber keine davon hatte in der Dunkelheit etwas Brauchbares aufgezeichnet.

Es gab also keinen einzigen Beweis für das, was auf dem Dach passiert war. Es stand nur Watts Wort gegen Ledas. Und wenn er mit der Sprache rausrückte, wären er und Nadia geliefert.

Nadia schwieg eine Weile. *Und wenn du ein Geständnis von ihr aufnimmst?*

»Können wir bitte realistisch bleiben? Selbst wenn sie die Wahrheit laut aussprechen würde, dann ganz sicher nicht in *meiner* Gegenwart.«

Da muss ich dir widersprechen, erwiderte Nadia ruhig. *Sie müsste dir nur vertrauen.*

Im ersten Moment wusste Watt nicht, worauf Nadia hinauswollte. Als es ihm klar wurde, lachte er laut auf. »Muss ich etwa deine Logikfunktionen neu programmieren? Warum sollte Leda Cole mir vertrauen, wo sie mich doch offensichtlich hasst?«

Ich versuche nur, alle möglichen Optionen zu sondieren. Vergiss nicht, du hast mich so programmiert, dass ich dich bedingungslos beschützen soll. Und laut Statistik wird die Chance, ihr Vertrauen zu gewinnen, umso größer, je mehr Zeit du mit ihr verbringst, erwiderte Nadia.

»Statistiken sind nutzlos, wenn die Erfolgsaussichten von einem Billionstel Prozent auf ein Millionstel steigen.« Watt zog die Decke über sich und schloss die Augen. »Wusstest du, dass Rylin jetzt dort zur Schule geht?«, wechselte er das Thema.

Ja, aber du hast mich nicht danach gefragt.

»Hast du dich in ihre Schule gehackt?« Eine Idee formte sich in seinem Kopf. »Wir könnten Leda ein wenig ärgern und Rylin in ihre Kurse schicken, damit sie ihr nicht aus dem Weg gehen kann.«

Als hätte ich das nicht längst erledigt. Du unterschätzt mich, sagte Nadia mit einem selbstgefälligen Ton.

Watt lächelte unwillkürlich in die Dunkelheit. »Ich glaube, je mehr

Zeit du in meinem Gehirn verbringst, desto mehr von meiner Persönlichkeit färbt auf dich ab«, überlegte er laut.

Stimmt. Ich wage sogar zu behaupten, dass ich dich besser kenne als du dich selbst.

Also *das* war eine erschreckende Vorstellung, dachte Watt belustigt. »Nadia?«, fügte er hinzu, während er langsam wegdöste. »Bitte schalte dich nie mehr ab, wenn Leda in der Nähe ist, egal welche Anweisungen ich dir in der Vergangenheit gegeben habe. Ich brauche dich dann.«

Das stimmt, bestätigte Nadia.

Rylin

Rylin eilte den Hauptgang der Berkeley entlang und hielt den Kopf starr geradeaus gerichtet, um einen versehentlichen Blickkontakt mit Leda zu vermeiden, oder – noch schlimmer – mit Cord. Wenigstens war nach dieser gefühlt endlos langen ersten Woche endlich Freitagnachmittag.

Sie folgte den Richtungshinweisen auf ihrem Schultablet, vorbei an einem riesigen Glockenturm aus Sandstein und einer glänzenden Statue des Schulgründers, dessen Kopf ihr majestätisch hinterhersah, als sie vorbeilief. Sie bog links am Sportzentrum in Richtung Kunstflügel ab und ignorierte dabei den makabren Schrein, der zu Eris' Ehren in einer Ecke des Gangs aufgestellt worden war. Er war übersät mit Kerzen, Insta-Fotos von Eris und Zetteln von Mitschülern, die sie wahrscheinlich nicht mal besonders gut gekannt hatten. Rylin bekam eine Gänsehaut, dabei war sie nicht sicher, woran das lag. Weil sie Eris hatte sterben sehen? Oder weil sie durch das Stipendium Eris' Platz eingenommen hatte, was Rylin selbst zu einer Art bizarrem, lebendem Schrein machte?

Als sie die Tür zum Kunstraum 105 aufdrückte, drehten sich ein Dutzend Köpfe zu ihr um – fast ausschließlich Mädchen. Rylin blieb verwirrt stehen.

»Ist das der Holografie-Kurs?«, fragte sie. Der Raum war schwarz, von dunklen Bildschirmen gesäumt und mit einem tiefschwarzen Samtteppich ausgelegt.

»Ja, ist es«, rief Leda Cole aus der hintersten Reihe, wo sie genau neben dem einzigen noch freien Platz saß.

»Danke.« Rylin rutschte das Herz in die Hose, als sie sich an den leeren Tisch setzte. Worauf hatte sie sich da nur eingelassen? Sie holte ihr Schultablet hervor und kritzelte zur Ablenkung ein paar verrückte Karikaturen in das Notizprogramm, doch sie spürte die ganze Zeit Ledas Blick auf sich ruhen.

Schließlich nahm Leda etwas aus ihrer Tasche – einen blauen, kegelförmigen Geräuschdämpfer, auf dem in kalligrafischen Buchstaben *Lux et Veritas* stand. So einen sollte sie für Lux besorgen, dachte Rylin sarkastisch. Natürlich kaufte sich Leda irgendein Markenzeug im Universitätsbuchladen, bevor sie überhaupt irgendwo angenommen war.

Leda schaltete das Gerät ein und sämtliche Umgebungsgeräusche wurden sofort ausgeblendet. Der eingebaute Schallwellengenerator erzeugte einen kleinen Raum der Stille.

»Okay, wie bist du in diesen Kurs gekommen?«, blaffte Leda.

»Ich dachte, das hätten wir hinter uns. Ich gehe jetzt hier zur Schule, schon vergessen?«

»Sieh dich um, die sind alle aus der Zwölften.« Leda deutete schroff auf die anderen Mädchen. »Das ist das beliebteste Wahlpflichtfach an dieser Schule, mit einer ellenlangen Warteliste. Ich bin nur hier, weil sie ein paar Plätze für Elftklässler reservieren und mein Bewerbungsschreiben das beste war.« Sie umklammerte die Kante ihres Tisches so fest, als wollte sie ein Stück davon abbrechen. »Also, wie bist du in diesen Kurs gekommen?«

»Ich habe ehrlich keine Ahnung«, gab Rylin zu. »Der Kurs wurde mir zugeteilt. Er tauchte neulich in meinem Stundenplan auf und hier bin ich.« Zum Beweis schob sie ihr Tablet zu Leda. *Vorgezogene Aufnahme Leistungskurs Holografie, Kursleiter Xiayne Radimajdi.*

»Watt«, murmelte Leda vor sich hin, als wäre der Name ein Fluch.

»Was?« Rylin musste sich verhört haben. War das nicht der Junge vom Dach, der in dieser Nacht mit ihnen bei der Polizei gewesen war?

Leda seufzte. »Vergiss es. Vermassle mir den Kurs nur nicht, okay? Ich hoffe, dass ich ein Empfehlungsschreiben kriege.«

»Für Yale?«, fragte Rylin trocken und mit einem Blick auf den Geräuschdämpfer.

»Shane hat dort studiert«, schimpfte Leda. Bei Rylins fragendem Blick seufzte sie erneut. »Xiayne Radimajdi. Er unterrichtet diesen Kurs! Sein Name steht *direkt da* auf deinem Tablet.« Sie klopfte genervt auf den Bildschirm und schüttelte fassungslos den Kopf.

»Oh …« Rylin hatte sich schon gefragt, wie man den Namen richtig aussprach. »Und wer ist er?«

»Ein dreifach oscarprämierter Regisseur!«, brauste Leda auf. Rylin starrte sie nur verständnislos an. »Hast du etwa *Metropolis* nicht gesehen? Oder *Empty Skies*? Deshalb findet der Kurs nur freitags statt – weil er den Rest der Woche an seinen Filmen arbeitet!«

Rylin zuckte mit den Schultern. »Der letzte Holo-Film, den ich gesehen habe, war ein Cartoon. Aber was du da gerade erwähnt hast, klingt sowieso irgendwie deprimierend.«

»O mein *Gott.* Dieser Kurs ist für dich so eine Verschwendung.« Leda stopfte den Geräuschdämpfer zurück in ihre Tasche und drehte sich von Rylin weg, als die Tür aufschwang. Sofort war die ganze Aufmerksamkeit nach vorn gerichtet, alle hielten den Atem an. Und dann kapierte Rylin, warum der Kurs fast nur von Mädchen besucht wurde.

Einen so unglaublich attraktiven Mann wie den, der jetzt das Klassenzimmer betrat, hatte Rylin noch nie gesehen. Er war groß und nicht viel älter als seine Schüler – wahrscheinlich Anfang zwanzig –, hatte tief olivfarbene Haut und wirre dunkle Locken. Im Gegensatz zu den anderen Lehrern, die alle Krawatten und Anzüge trugen, erschien er in einem schockierend lockeren Outfit: ein dünnes weißes T-Shirt, eine Jacke voller Reißverschlüsse und Skinny Jeans. Rylin blickte sich verstohlen um. Sie und Leda waren offenbar die Einzigen, die nicht dahinschmolzen.

»Sorry, ich bin zu spät. Aber ich komme direkt mit der Hyperloop aus London«, erklärte er. »Wie ihr wahrscheinlich wisst, habe ich dort gerade mit den Dreharbeiten für mein neues Filmprojekt begonnen.«

»Über das Königshaus?«, rief ein Mädchen aus der ersten Reihe aufgeregt.

Xiayne drehte sich zu ihr. Das Mädchen rutschte verlegen auf seinem Stuhl herum, aber dann lächelte Xiayne verschmitzt. »Ich sollte das eigentlich nicht verraten, aber ja, es geht um die letzte Königin von England. Ist etwas romantischer als meine üblichen Stoffe.« Dieser Bemerkung folgten einige *Ooohs* und ein begeistertes Luftschnappen.

»Und weil du dich so bereitwillig als Erste zu Wort gemeldet hast, Livya, kannst du mir bestimmt auch sagen, was wir in der letzten Stunde über Sir Jared Sun besprochen haben.«

Livya setzte sich aufrechter hin. »Sir Jared ist der Erfinder der refraktiven Technologie, die es der Holografie erlaubt, sich perfekt auf den Betrachter auszurichten, sodass die Illusion realistischer Bilder entsteht.«

Die Tür zum Klassenraum öffnete sich erneut und ein vertrautes Gesicht tauchte auf. Rylin sackte instinktiv in ihrem Stuhl zusammen und wünschte, sie könnte auch gleich im Boden versinken – am liebsten sogar noch tiefer – durch das Maschinengewirr der Zwischendecke unter ihnen und dann im Boden der nächsten Etage und immer so weiter bis zum Fuß des Towers, wo der ganze Abfall und Gott weiß was noch gesammelt wurde. Ganz egal, sie wollte einfach nur verschwinden.

»Mr Anderton!« Xiayne klang eher amüsiert als überrascht. »Mal wieder zu spät.«

»Ich wurde aufgehalten«, gab Cord als knappe Begründung an. Damit hatte er sich aber nicht wirklich entschuldigt, dachte Rylin unwillkürlich.

Xiayne sah sich im Raum um, als suchte er nach einer Erklärung, warum kein Platz mehr frei war. Dann bemerkte er erstaunt Rylins Anwesenheit. Bis jetzt hatte er sie sich noch nicht herausgepickt und zu einer dieser schrecklichen Selbstvorstellungsrunden aufgefordert, auf die einige andere Lehrer bestanden hatten. Was, wenn er das jetzt nachholte? Und dann auch noch vor Cord?

Aber zu Rylins Schreck winkte er ihr zu, und zwar auf eine geradezu verschwörerische Art.

»Tja, Cord, sieht so aus, als bräuchtest du noch einen Platz.« Xiayne drückte auf einen Knopf und ein Tisch erhob sich aus dem Boden – genau vor Rylin.

Cord blickte nicht in Rylins Richtung, als er sich hinsetzte. Nur seine angespannten Schultern verrieten eine Reaktion auf ihre Anwesenheit. Rylin sank kläglich noch mehr in sich zusammen.

»Wie wir in der letzten Woche festgestellt haben«, fuhr Xiayne ohne Überleitung fort, »ist die Rekonstruktion der Umgebung bei der Erstellung eines Hologramms der leichteste Aspekt, weil sie natürlich unbeweglich ist. Die weitaus schwierigere Aufgabe ist die Darstellung lebender Objekte. Woran liegt das?« Er schnippte mit den Fingern. Eine Katze sprang unter seinem Tisch hervor und landete auf der Tischplatte.

Rylin konnte sich gerade noch verkneifen, laut nach Luft zu schnappen. Sie hatte schon viele Hologramme gesehen: auf ihrem Heimbildschirm oder beim Einkaufen, wenn plötzlich irgendwelche Werbespots vor ihr auftauchten. Aber die hatten eine niedrige Auflösung, waren laut und übertrieben bunt. Die Katze wirkte ganz anders. Jedes Detail war genau berechnet und das Tier bewegte sich unglaublich realistisch – die träge Schwanzbewegung, die sich beim Atmen leicht hebende und senkende Brust, das herausfordernde Funkeln in ihren Augen.

Die Katze sprang auf den Tisch dieser Livya in der ersten Reihe, die sich vorhin zu Wort gemeldet hatte. Erschrocken kreischte sie auf.

»Es liegt an der Bewegung«, fuhr Xiayne fort. Das vereinzelte Kichern ignorierte er einfach. »Die Bewegungen müssen perfekt berechnet und auf jeden Betrachter abgestimmt werden, egal wo er oder sie sich in Bezug auf das Hologramm befindet. Deshalb wird Sir Jared auch der Gründervater der modernen Holografie genannt.«

Xiayne sprach weiter über Licht und Abstand, über die Berechnungen, die angestellt werden mussten, damit das abgebildete Objekt für die näher stehenden Betrachter größer und für die weiter weg stehenden kleiner wirkte. Rylin versuchte zuzuhören, aber es fiel ihr schwer, sich zu konzentrieren, wenn Cord direkt vor ihr saß. Sie musste sich regelrecht zwingen, ihn nicht dauernd anzustarren. Ein paarmal merkte sie, wie Leda sie aus den Augenwinkeln beobachtete, und sie wusste, dass Leda ihre Reaktion auf Cord nicht entgangen war.

Als es schließlich zum Ende der Stunde läutete, rief Xiayne noch rasch:»Vergesst nicht, dass ihr euer nächstes Projekt in Zweierteams bearbeiten sollt und es in vierzehn Tagen fällig ist. Sucht euch also schnell einen Partner, falls ihr das noch nicht getan habt.«

Gemurmel wurde laut, während sich alle zu Paaren zusammenfanden. Plötzlich packte Rylin die schreckliche, überwältigende Angst, dass sie als Cords Projektpartnerin enden könnte. Sie dachte an seinen verbitterten und verletzten Blick am Anfang der Woche. Egal wie, sie konnte *auf keinen Fall* mit ihm zusammenarbeiten.

Es wurde immer lauter im Klassenzimmer, sodass Rylin fast schwindlig wurde, weil sie sich so stark unter Druck gesetzt fühlte. Und dann tat sie das Einzige, was ihr einfiel.

»Partner?«, fragte sie Leda.

Leda blinzelte sie ungläubig an. »Du machst Witze.«

Rylin zwang sich zu einem Lächeln, obwohl sie das Gefühl hatte, sie würde ihre Entscheidung noch bereuen. »Was hast du zu verlieren?«

Leda blickte von Rylin zu Cord und wieder zurück. »Na schön«, sagte sie nach einer Weile. »Erwarte aber bloß nicht, dass ich die ganze Arbeit für dich mache.«

Rylin wollte etwas erwidern, aber Leda war bereits aufgestanden und sammelte ihre Sachen zusammen.

Rylin unterdrückte ein Seufzen und ging nach vorn. Sie konnte sich genauso gut ihrem neuen Lehrer vorstellen und ihn nach dem Projekt fragen.

»Professor Radimajdi«, sprach sie ihn mutig an, als Cord gerade schweigend den Raum verließ. Wahrscheinlich hatte er sich eine der Zwölftklässlerinnen als Teampartnerin ausgesucht. Das war auch besser so, redete sie sich ein. So würde sie wenigstens nicht wie ein Idiot dastehen.

»Ich bin neu in Ihrem Kurs. Könnten Sie mir das Projekt erklären?«

»Rylin, richtig?« Es war etwas ungewöhnlich, wie er ihren Namen aussprach, als wäre er ein Fremdwort für irgendein köstliches, sündhaftes Dessert. Ihr lief ein Schauer über den Rücken. »Die anderen Schüler wissen das, aber bitte nenn mich Xiayne.«

»Okay«, war alles, was Rylin als Antwort hervorbrachte. Er deutete auf den Stuhl vor seinem Schreibtisch. Sie setzte sich hin und legte ihre Tasche unbeholfen auf ihren Schoß.

»Entschuldige, aber es ist so warm hier drin«, murmelte er und zog seine schwarz Reißverschlussjacke aus.

Rylin nickte, doch als sie Xiaynes Arme sah, weiteten sich ihre Augen. Jeder Zentimeter seiner Haut war mit Live-Tattoos bedeckt – wunderschöne, abstrakte Muster in einem verwirrenden Farbspektrum. Sie bedeckten seinen Bizeps wie Stoff, wanden sich an seinen muskulösen Unterarmen hinab und endeten in einem unglaublichen Kaleidoskop an seinen Handgelenken. Rylins Blick wurde von diesen Handgelenken geradezu magisch angezogen. Fasziniert beobachtete sie, wie die Muster sich ineinander verschlangen und wieder lösten, denn mit jeder seiner Bewegungen veränderten sich die Tätowierungen. Rylin wusste, dass diese Art Live-Tattoos bis in die Nerven reichten. Die Mikropigmente wurden mit einem Fibrojet in die Haut geschossen, begleitet von Astrozyten, die tief in das Gewebe eindrangen und sich unwiderruflich mit den Nervenzellen verbanden, sodass sie sich in ständiger Bewegung verändern konnten. Mit Abstand die schmerzhafteste und damit auch krasseste Form der Tätowierung.

Xiayne beugte sich vor und Rylin erhaschte einen Blick auf weitere Live-Tattoos an seinem Hals, die unter dem Kragen seines Shirts verschwanden. Sie spürte, wie sie rot wurde, als sie sich vorstellte, wie wohl der Rest auf seiner Brust aussah.

»Hast du die selbst entworfen?«, traute sie sich zu fragen und deutete auf die Tätowierungen.

»Ach, das war vor Jahren.« Er winkte ab. »In einem Laden namens *Black Lotus*. Wie du dir vorstellen kannst, ist die Schulleitung nicht gerade begeistert davon. Also trage ich im Unterricht möglichst immer etwas Langärmeliges.«

»*Black Lotus?*«, wiederholte Rylin. »Du meinst doch nicht etwa das Studio unten in der fünfunddreißigsten Etage?« Rylin war vor ein paar Jahren mal mit ihren Freunden dort gewesen, als ihre Mutter noch gelebt hatte. Sie hatte sich einen kleinen Vogel auf den Rücken tätowieren lassen, direkt unter dem Bund ihrer Jeans, wo ihre Mom es nicht sehen würde. Der Schmerz war unerträglich gewesen, aber das war es wert gewesen. Sie liebte es, wie der Vogel auf ihre Bewegungen reagierte, mit den Flügeln schlug, wenn sie zu Fuß lief oder seinen Kopf unter einen Flügel steckte, wenn sie schlief.

Xiayne blinzelte sie überrascht an. »Du kennst den Laden?«

Plötzlich wünschte Rylin, sie würde einen Kapuzenpullover und Sneakers statt dieser steifen Schuluniform tragen. Dann würde sie sich mehr wie sie selbst fühlen. »Ich wohne in der zweiunddreißigsten Etage. Ich bin wegen eines Stipendiums hier.«

»Der Eris-Dodd-Radson-Gedächtnispreis.«

»Ich hab's inzwischen kapiert, okay?«, brauste Rylin auf – und zuckte zusammen. »Tut mir leid«, sagte sie stockend. »Aber das musste ich mir diese Woche andauernd anhören. Ich komme mir langsam vor wie ein wandelndes Mahnmal für sie. Es ist schon seltsam genug, nur hier zu sein, weil ein Mädchen gestorben ist. Aber ich bin doch kein …«, sie schluckte, »… *Ersatz* für Eris.«

Ein unlesbarer Ausdruck huschte über Xiaynes Gesicht. Rylin bemerkte, dass seine Augen heller waren, als sie zunächst angenommen hatte. Ihr sattes Graugrün stach erschreckend stark aus seiner samtdunklen Haut hervor. »Ich verstehe. Das muss schwer sein.« Dann lächelte er. »Aber ich würde lügen, wenn ich behaupten würde, dass ich bei dem Gedanken, mal jemand anderen zu unterrichten, nicht ein wenig aufgeregt war. Das ist so erfrischend. Für mich hat es sogar etwas Nostalgisches.«

Rylin war verdutzt und fühlte sich gleichzeitig geschmeichelt. »Was meinst du damit?«

»Du kommst aus meiner alten Gegend. Ich war in der Grundschule 1073.«

»Das ist meine Nachbarschule!« Über diesen Zufall musste Rylin unwillkürlich lachen. Zum ersten Mal, seit sie durch das Eingangstor getreten war, hatte sie nicht das Gefühl, verurteilt zu werden.

»Und was hältst du bis jetzt von der Berkeley?«, fragte er, als könnte er ihre Gedanken lesen.

»Es ist … eine Umstellung«, gab Rylin zu.

Xiayne nickte. »Es gibt gute und schlechte Seiten, wie bei fast allem im Leben. Aber ich bin sicher, du findest nach einer Weile heraus, dass die guten überwiegen.«

Rylin war anderer Meinung, aber sie wollte nicht widersprechen. Außerdem wandte Xiayne sich bereits einem Schrank in der Ecke zu.

»Hast du schon mal eine VidCam benutzt?«, fragte er und holte eine glänzende silberfarbene Kugel hervor, die die Größe einer Weintraube hatte.

»Nein.« Rylin hatte noch nicht mal eine gesehen.

Xiayne öffnete seine Hand und ließ die Kugel nach oben steigen, bis sie ein paar Zentimeter über seiner Handfläche schwebte. Er zeichnete einen Kreis mit seinem Zeigefinger und die Kamera drehte sich, indem sie seine Bewegungen nachmachte.

»Das ist eine 360-Grad-VidCam, ausgestattet mit leistungsstarken räumlichen Prozessoren und einem Microcomputer«, erklärte er. »Mit anderen Worten, sie nimmt in allen Richtungen auf, egal wohin sich der Betrachter bewegt.«

»Man muss die Kamera also nur einschalten und dann erstellt sie ein umfassendes Holo?« Das klang gar nicht so kompliziert.

»Es ist schwieriger, als du denkst.« Xiayne wusste, was sie sagen wollte. »Man braucht künstlerisches Geschick – eine Szene muss inszeniert werden, man muss dafür sorgen, dass in jeder Richtung alles perfekt passt, und aus dem Bild gehen, bevor man losfilmen kann. Es sei denn, du willst dich nach Abschluss der Dreharbeiten noch aus dem Filmmaterial rausschneiden.«

»Das kannst du?«

»Klar. Wenn du erst mal den Bogen raushast, kannst du verschiedene Aufnahmen zu einer einzigen zusammenschneiden. Auf diese Weise habe ich in *Metropolis* den Sonnenaufgang um Mitternacht erzeugt. Du weißt schon, den Gloria vom Dach aus am Ende des Films betrachtet.« Er seufzte leise. »Ich habe das aus dreihundert Aufnahmen zusammengebastelt, Pixel für Pixel. Hat mich zwei Monate Arbeit gekostet.«

»Ach ja, richtig«, murmelte Rylin nur, denn sie kannte die Szene nicht, von der er sprach. »Und was genau sollen wir für das Projekt filmen?«

»Etwas Interessantes.« Er schnappte die Kamera aus der Luft und hielt sie ihr mit ausgestreckter Handfläche hin. »Überrasch mich, Rylin.«

Vielleicht werde ich das, dachte sie mit einem seltsamen Gefühl der Vorfreude in der Brust.

Calliope

»Also das ist die eintausendste Etage?«

»Ich weiß«, fiel Elise in Calliopes zunächst überraschten Tonfall ein. »Ich hatte mehr Diamanten erwartet.«

Calliope und ihre Mutter waren gerade aus dem Privatfahrstuhl ins Wohnzimmer geführt worden – von einem echten menschlichen Fahrstuhlpagen, der bestimmt nur bei Partys anwesend war, wie Calliope vermutete. Er konnte diesen Job schließlich nicht die *ganze* Zeit machen. Sie schüttelte mit ironischer Belustigung den Kopf. »Das ist eine Cocktailparty, Mom, kein Galaabend. Also nicht der richtige Anlass für Diamanten.«

»Man kann nie wissen.« Elise griff in ihre Handtasche und tauschte ihr auffälliges Diamantcollier gegen eine etwas schlichtere Goldkette. Seitdem sie auf einer Party in Paris einmal völlig overdressed gewesen war, ging sie nie ohne Ersatzschmuck aus dem Haus.

Aber nicht die fehlenden Karat hatten Calliope zu dieser Bemerkung veranlasst. Sie hatte nur erwartet, dass sich das Penthouse des Towers mehr … na ja, eben nach *mehr* anfühlen würde.

Trotz all der festlichen Kränze und funkelnden Lichter, riesigen Weihnachtssterne und dem gigantischen Weihnachtsbaum, der eine ganze Ecke des Wohnzimmers einnahm, wirkte die eintausendste Etage in Calliopes Augen genau wie alle anderen zahllosen noblen

Apartments, die sie bisher gesehen hatte. Es war nur ein weiterer Raum voller spießiger Antiquitäten und Kristallkerzenleuchter und Tapeten in gedeckten Farben, dieselben Designerabsätze liefen über dieselben Teppiche wie überall auf der Welt. Und was sollten all diese Spiegel? Calliope liebte es, sich selbst zu betrachten, so wie jedes andere Mädchen auch, aber in dieser Höhe war ihr Spiegelbild ihr zum ersten Mal egal. Sie wollte nach *draußen* schauen – auf die Stadt, die Lichter, die Sterne. Es war eine verdammte Schande, wenn man den besten Ausblick der Welt hatte und alle Wände mit Spiegeln und Brokatteppichen zuhängte.

»Ich gehe mal auf Erkundungstour. Wünsch mir Glück«, sagte Elise unternehmungslustig. Ihr aufmerksamer Blick wanderte bereits rastlos über die vielen Gäste.

»Du brauchst es zwar nicht, aber viel Glück.«

Calliope sah zu, wie ihre Mom mit einem fast herausfordernden Auftreten durch den Raum schritt. Sie hatte die Augen leicht zusammengekniffen und schätzte potenzielle Ziele ab, wechselte mit einigen von ihnen ein paar Worte, verwarf sie wieder und ging weiter. Sie suchte nach dem perfekten Opfer: reich genug, um der Mühe wert zu sein, aber nicht so reich, dass eine Annäherung unmöglich wäre. Und natürlich dumm genug, auf die Geschichten hereinzufallen, die sie ihm oder ihr auftischen würde.

In solchen Momenten liebte es Calliope, ihrer Mutter beim Arbeiten zuzusehen. Jede ihrer Bewegungen und Gesten war wohlüberlegt – wie sie lachte, wie sie ihre rotbraune Haarmähne über die Schulter warf und damit alle Blicke wie ein Magnet auf sich zog.

Als ihre Mom sich einem Gespräch mit mehreren Partygästen anschloss, zog sich Calliope an den Rand des Geschehens zurück. Ihrer Erfahrung nach war es am besten, sich unbemerkt abseits zu halten, wenn man ein Gespür für die Feinheiten einer Party, all die kleinen unterschwelligen Anziehungskräfte und Beziehungen und Dramen bekommen wollte. Und man wusste ja nie, wer neben einem auftauchen würde, wenn man sich erst mal aus dem Geschehen zurückgezogen hatte, sodass man etwas zugänglicher war.

Genau in diesem Moment entdeckte sie Avery Fuller, die sich einen Weg durch die Menge bahnte. Es war, als bewegte sie sich in ihrem eigenen, ganz persönlichen Scheinwerferlicht, das ihre makellosen Züge beleuchtete, ihre elfenbeinfarbenen Wangenknochen betonte und ihre Augen in einem noch helleren Blau erstrahlen ließ. Calliope hätte Avery für ihre Schönheit beneidet, wenn sie nicht so von ihren eigenen Reizen überzeugt gewesen wäre – die sich natürlich von Averys unterschieden, aber nicht weniger wirkungsvoll waren.

Sie ging auf Avery zu, um sich für die Einladung zu bedanken, blieb dann aber stehen, als Avery einen Blick mit jemandem auf der anderen Seite des Raums wechselte. Averys Miene war plötzlich von so viel Liebe erfüllt, dass Calliope sicher war, in einen heiligen, privaten Moment geplatzt zu sein. Rasch wandte sie den Kopf in dieselbe Richtung wie Avery, neugierig auf die Person, die eine solche Zuneigung bei ihr hervorrief. Aber es war zu voll und es herrschte ein zu großes Durcheinander, um die richtige Person auszumachen.

Ein schneidendes Hüsteln hallte durch den Raum, und trotz der fast unerträglichen Geräuschkulisse – Begrüßungsrufe, Gesprächs- und Trinkrunden, lockere Flirts, klackernde Cocktailshaker und die Musik des Streichquartetts in der Ecke – traf genau dieses Husten Calliope wie ein elektrischer Schlag. Sie reagierte darauf instinktiver als auf ihren Namen, ob nun den echten oder den ausgedachten, denn es bedeutete, dass ihre Mom Calliopes Unterstützung brauchte. Sofort.

Zumindest sah der Typ gut aus, dachte Calliope, als sie ihre Mom im Gespräch mit einem älteren Herrn vorfand. Er hatte markante Gesichtszüge und kurzes graues Haar, was ihm eine unglaubliche Ausstrahlung verlieh, auch wenn sein schlichter dunkler Anzug eher spießig wirkte. Elise lachte über irgendeine witzige Bemerkung von ihm, und sah dabei mit ihrem grünen Kleid und dem lebhaften Lächeln im Gesicht exotisch und aufregend aus. Calliope bildete sich ein, dass sie ihre Mutter schon die Klauen wetzen sah, bereit, sich auf ihr Opfer zu stürzen.

»Hallo«, sagte Calliope höflich, als sie bei ihnen angekommen war. Es war die unverfänglichste Begrüßung, denn sie wusste nie genau, welche Rolle für sie vorgesehen war, bevor Elise sie nicht vorgestellt hatte.

»Schatz, ich möchte dir gern Nadav Mizrahi vorstellen«, machte Elise sie bekannt und wandte sich dem Mann zu, mit dem sie sich bis eben unterhalten hatte. »Nadav, das ist meine Tochter.«

»Calliope Brown. Es freut mich, Sie kennenzulernen«, sagte sie, trat einen Schritt vor und schüttelte Nadav die Hand. Sie war froh, dass sie diesmal wieder die Tochter spielen durfte. Das machte immer am meisten Spaß.

Manchmal stellte Elise sie auch als Cousine oder Freundin vor oder – noch schlimmer – in einer Rolle, in der sie in keiner engeren Beziehung zueinander standen. Dann musste sie zum Beispiel die neue Assistentin oder das Hausmädchen mimen. Elise behauptete, dass sie ihr die Rollen entsprechend der Situation zuteilte, aber Calliope vermutete, dass sie sie manchmal nur aussuchte, weil sie sich als Mutter zu alt fühlte. Nicht, dass Elise tatsächlich alt war. Sie war erst neunzehn gewesen, als sie schwanger wurde. Kaum älter als Calliope jetzt. *Das* war ein ernüchternder Gedanke.

»Ich habe eine Tochter in etwa deinem Alter. Ihr Name ist Livya«, erzählte Nadav mit einem warmen Lächeln. Nun, das erklärte natürlich einiges.

»Mr Mizrahi arbeitet im Bereich Kybernetik. Er ist erst vor Kurzem von Tel Aviv nach New York gezogen«, fügte Elise hinzu. Deshalb hatte ihre Mom sich also mit so tödlichem Instinkt ausgerechnet auf ihn gestürzt. Sie konnte neues Blut auf eine Meile Entfernung riechen. Neulinge vertrauten Fremden eher, denn für sie waren alle noch fremd. Es war weniger wahrscheinlich, dass sie einen Fehltritt bemerkten.

Ein Hover-Tablett schwebte vorbei. Es war beladen mit schlanken Kristallgläsern, in denen ein rosafarbenes Getränk sprudelte. Calliope nahm drei davon geschickt herunter. »Mr Mizrahi«, sagte sie und reichte ihm ein Glas. »Mit Kybernetik kenne ich mich nicht besonders gut aus. Könnten Sie mir ein bisschen genauer erklären, was Sie machen?«

»Nun ja, Kybernetik befasst sich eigentlich mit der Selbststeuerung bestimmter Systeme, sowohl beim Menschen als auch bei Maschinen. Aber ich arbeite in einem Bereich, in dem es darum geht, einfache Grundstrukturen nachzubilden ...«

Calliope lächelte, während sie seinen Monolog einfach ausblendete. Gib deinem Opfer die Chance, sich zu präsentieren, ein wenig zu fachsimpeln, und er oder sie baut automatisch Sympathien auf. Schließlich gab es kein Gesprächsthema, über das die Leute lieber redeten als über sich selbst.

»Und wie gefällt es Ihnen in New York?«, fragte Calliope in eine Gesprächspause hinein und nippte an ihrem Glas. Zuckerkristalle klebten am Glasrand, leuchtend rote Granatapfelkerne sammelten sich am Boden.

Und so wechselten sich Calliope und ihrer Mom immer wieder ab und fanden sich schnell in ihrem vertrauten, eingeübten Rhythmus wieder. Sie flirteten und scherzten und löcherten Nadav mit Fragen – und niemand außer Calliope spürte die kalte Skrupellosigkeit dahinter. Sie beobachtete, wie die blassgrünen Augen ihrer Mutter – das war natürlich nicht ihre ursprüngliche Augenfarbe – sich kaum von Nadav lösten, selbst wenn sein Blick zwischendurch in eine andere Richtung ging.

Es geht immer um den Blickkontakt, erinnerte sich Calliope an die Worte ihrer Mutter, ihre erste Lektion in der Kunst der Verführung. Sieh ihnen direkt in die Augen, bis sie nicht mehr wegsehen können, hatte sie ihr erklärt.

Und dann, ganz unerwartet, hörte Calliope eine vertraute Stimme hinter sich.

Sie machte eine kurze Geste zu ihrer Mom und drehte sich langsam um, zog den Moment in die Länge, bis er sie erkannte. Ihre letzte Begegnung war erst fünf Monate her, aber er wirkte trotzdem älter und irgendwie kantiger. Sein Dreitagebart war abrasiert und seine Augen wirkten auf eine Art glasig, die sie noch nie bei ihm gesehen hatte. Sie hatte ihn auch noch nie im Anzug gesehen.

Der einzige Junge, der ihr jemals überlegen gewesen war. Und hier war er, auf der anderen Seite der Welt.

Als er ihre Gegenwart bemerkte, wirkte er genauso verblüfft, wie sie sich fühlte.

»Calliope?«

»Travis?« Diesen Namen hatte er ihr im Sommer genannt, doch sie vermutete, dass es nicht sein richtiger Name war. Andererseits war ihrer ja auch nur ausgedacht. Zum Glück hatte sie sich in letzter Zeit häufiger Calliope ausgesucht.

Er zuckte zusammen und blickte sich um, ob irgendjemand sie gehört hatte. »Eigentlich heiße ich Atlas. Ich war im Sommer nicht ganz ehrlich zu dir.«

»Du hast mich wegen deines Namens angelogen?«, erwiderte sie gespielt empört, dabei machte ihr das natürlich überhaupt nichts aus. Wenn überhaupt, war sie fasziniert.

»Ist eine lange Geschichte. Aber, Calliope …« Er fuhr sich mit der Hand durch die Haare und wirkte plötzlich ganz verlegen. »Was machst du hier?«

Sie trank den letzten Schluck ihres Granatapfelchampagners und stellte das Glas auf einem vorbeischwebenden Tablett ab. »Im Moment bin ich auf einer Party«, stichelte sie. »Was ist mit dir?«

»Ich *wohne* hier«, antwortete Atlas.

Heilige Scheiße. Calliope hatte sich eingebildet, auf alles vorbereitet zu sein, aber selbst sie brauchte einen Moment, um diese Information zu verarbeiten. Der Junge, den sie im Sommer kennengelernt hatte, der mit ihr durch Afrika gezogen war, als wären sie Nomaden, war ein Fuller. Er war nicht nur reich, seine Familie schwebte in einer anderen Stratosphäre des Reichtums, so hoch oben, dass sie ihre eigene Postleitzahl hatten. Und zwar buchstäblich.

Das musste sie zu ihrem Vorteil nutzen. Sie war im Augenblick noch nicht sicher, wie sie das anstellen sollte, aber sie war davon überzeugt, dass sich eine Gelegenheit bieten würde. Ein Weg, wie sie ihn um einiges reicher verlassen konnte, als sie ihn getroffen hatte.

»Wir haben andauernd um den Preis eines Biers gefeilscht, und du wohnst *hier*?« Sie lachte.

Atlas fiel mit ein und schüttelte den Kopf. »Gott, du hast dich überhaupt nicht verändert. Aber was machst du in New York?«, hakte er nach.

»Warum erzählst du mir nicht, warum du deinen Namen vor mir

geheim gehalten hast, und dann verrate ich dir, was mich hierher verschlagen hat«, forderte Calliope ihn heraus, obwohl sie noch fieberhaft überlegte, was genau sie ihm im Sommer über sich erzählt hatte. Sie lächelte ihr absolut schönstes Lächeln, das sie sich immer für besondere Anlässe aufhob und das sie so blendend und umwerfend erstrahlen ließ, dass die meisten wegsehen mussten. Doch Atlas hielt ihrem Blick stand. Und dafür wollte sie ihn umso mehr.

In Wahrheit war sie schon scharf auf ihn gewesen, als sie ihn zum ersten Mal gesehen hatte.

Sie stand auf dem Flughafen in Nairobi in der British-Air-Lounge und versuchte sich zu entscheiden, wohin sie als Nächstes fliegen sollte, als er mit einem abgewetzten Rucksack über der Schulter an ihr vorbeilief. Die Instinkte ihres Körpers – die ihr nach jahrelanger Übung präzise Signale sendeten – schrien *geh, geh, geh*, häng dich an seine Fersen. Also tat sie das und folgte ihm unbemerkt bis zur Safari-Lodge, wo sie ihn dabei beobachtete, wie er sich um einen Job als Hoteldiener bewarb. Er wurde auf der Stelle eingestellt.

Sie beobachtete ihn weiter. Obwohl er nun die vorgeschriebene khakifarbene Hoteluniform trug, Gäste begrüßte, ihnen beim Tragen des Gepäcks half, war er ein gutes Ziel, denn er kam definitiv aus einer wohlhabenden Familie. Calliope erkannte das an seinem Lächeln, an der Art, wie er seinen Kopf hielt, wie sein Blick selbstbewusst und lässig durch den Raum wanderte, ohne dass er dabei übertrieben abgehoben wirkte.

Sie hatte nur nicht geahnt, wie *wohlhabend* er tatsächlich war.

An jenem Wochenende war sie auf der Mitarbeiterparty aufgetaucht, in einem knallroten Seidenkleid, das bis zum Boden fiel und ihre Kurven betonte. Sie trug keine Unterwäsche, und das Kleid zeigte diese Tatsache mehr als deutlich. Denn wie sagte ihre Mom immer so schön? Man hat immer nur eine gute Chance, den Köder auszuwerfen.

Die Party fand etwas weiter außerhalb der Ferienanlage statt, noch hinter den riesigen Schuppen, in denen die Safari-Hovers aus Flexiglas abgestellt wurden. Es war mehr los, als sie erwartet hatte. Dutzende junge, gut aussehende Angestellte hatten sich um eins dieser künstlichen Lagerfeuer versammelt – ein Hologramm, das echte Wärme ausstrahlte. Sie tanzten und lachten und tranken leuchtend zitronengelbe Getränke. Calliope nahm sich wortlos einen Becher und lehnte sich mit dem Rücken an einen Zaunpfahl. Ihr geschulter Blick entdeckte ihn sofort. Er stand mit ein paar Kollegen zusammen und grinste über irgendeine Bemerkung.

Und in diesem Moment blickte er auf und sah sie an.

Ein paar andere Typen starteten Annäherungsversuche, aber Calliope winkte sie weg. Sie überkreuzte die Füße, um den Schlitz in ihrem Kleid und ihre langen Beine darunter besser zur Geltung zu bringen, denn sie machte nie den ersten Schritt, zumindest nicht bei Jungs. Ihre Erfahrung hatte ihr gezeigt, dass sich Jungs schneller auf eine Affäre einließen, wenn das Kennenlernen von ihnen ausging.

»Du willst gar nicht tanzen?«, fragte er, als er sich schließlich neben sie stellte. Er klang amerikanisch. Gut. Sie konnte problemlos in jede Rolle schlüpfen, aber am liebsten erzählte sie, dass sie aus London kam. Und amerikanische Jungs fuhren meistens total auf ihren heiseren, sexy Akzent ab.

»Zumindest nicht mit denen, die mich bis jetzt gefragt haben«, erwiderte sie mit erhobener Augenbraue.

»Tanz mit mir.« Da war sie wieder, diese Selbstsicherheit, gepaart mit einem Hauch Leichtsinnigkeit. Er handelte untypisch für seinen Charakter. Er versuchte etwas zu verbergen – vielleicht hatte er etwas

Schlimmes getan oder eine Beziehung hatte böse geendet. Tja, sie sollte es wissen, sie rannte schließlich auch vor einem Fehler davon.

Calliope ließ sich von ihm am Feuer vorbeiführen. Die kleinen Glöckchenohrringe, die sie heute Vormittag auf einem Markt gekauft hatte, klimperten bei jedem Schritt. Wilde Instrumentalmusik dröhnte aus den Boxen, der Bass hämmerte schonungslos.

»Ich bin Calliope«, stellte sie sich vor. Es war eins ihrer Lieblingspseudonyme, seit sie in einem altmodischen Spiel über diesen Namen gestolpert war. Und sie hatte das Gefühl, dass ihr der Name Glück brachte. Die Schatten des Lagerfeuers tanzten über das Gesicht des Jungen. Er hatte markante Wangenknochen, eine hohe Stirn und unter seiner leicht sonnenverbrannten Haut deuteten sich Sommersprossen an.

»Travis.«

Sie glaubte, eine Lüge aus seinem Tonfall herauszuhören. Er hatte wohl keine Übung darin – anders als Calliope, die schon so lange Lügen erzählte, dass sie fast vergessen hatte, wie man die Wahrheit sagte.

»Schön, dich kennenzulernen«, sagte sie.

Als die Party so gut wie vorbei war, lud Travis sie nicht zu sich ein. Doch Calliope war zu ihrer großen Überraschung sogar froh darüber. Als sie sich verabschiedeten, wurde ihr nämlich klar, dass ihre Mom recht hatte: Es war viel leichter, jemanden übers Ohr zu hauen, den man hässlich fand. Dieser Junge war viel zu attraktiv, um gut für sie zu sein.

Als Calliope jetzt den Blick über Atlas wandern ließ – den einzigen Jungen, den sie nicht herumgekriegt hatte, den sie nicht einmal geküsst hatte –, wusste sie, dass sie das Schicksal herausforderte.

Er war unberechenbar, und das machte ihn gefährlich. Elise und

Calliope mochten das Unbekannte nicht. Sie mussten immer die Kontrolle haben.

Calliope warf herausfordernd den Kopf zurück. Sie hatte sich schon einmal bei Atlas vertan, aber jetzt war sie schlauer. Und sie war entschlossen. Wenn sie es sich einmal in den Kopf gesetzt hatte, konnte sie jeden haben.

Atlas hatte keine Chance.

Avery

»Den spritzigen Cocktail, bitte«, sagte Avery. Der Tüllrock ihres goldfarbenen Lamé-Kleides – auf das ihre Mutter wegen der »Weihnachtsthematik« bestanden hatte – raschelte leicht, als sie an die Bar trat.

Der Barkeeper tippte auf einen hohen zylinderförmigen Messbecher am Tresen, der sich zu einem runden Krug verformte, indem sich die Kristalle nach einem vorprogrammierten Muster neu anordneten. Dann nahm er den Krug am Henkel, goss das Getränk in ein Glas und fügte noch einen festlichen Mistelzweig hinzu.

Die Wände des Apartments waren mit leuchtend grünen Girlanden und goldglitzernden Lichtern geschmückt. Zeltartige Bars erhoben sich an beiden Seiten des Raums, flankiert von Miniaturrentieren, die an einen echten Schlitten mit riesigen Schleifen gebunden waren. Dank eines zusätzlichen Hologramms schien die Decke in einem weiten verschneiten Himmel zu verschwinden. Das Apartment war so überfüllt, wie Avery es noch nie gesehen hatte – Männer und Frauen in Cocktailkleidung hielten ihre prickelnden roten Drinks in den Händen und lachten über den Hologrammschnee.

Avery hoffte, dass die Leute nur aus Interesse am Dubai-Tower gekommen waren und nicht, weil sie auf eine makabre Weise neugierig darauf waren, was in der verhängnisvollen Nacht in der eintausendsten Etage passiert war.

Ihr Vater veranstaltete diese Weihnachtsparty im Namen von Fuller Investments jedes Jahr, um sich bei seinen Aktionären und größten Investoren einzuschmeicheln und natürlich, um sich zu präsentieren. Seit sie Kinder waren, wurde von Avery und Atlas jeden Dezember erwartet, an diesem Event teilzunehmen, sich charmant zu verhalten und perfekt auszusehen. Das änderte sich auch nicht, als sie älter wurden. Wenn überhaupt, war der Druck nur noch größer geworden.

In der Middle School war Eris an diesem Abend immer Averys Komplizin gewesen. Sie hatten sich heimlich Kuchen vom Dessertbüffet geklaut und all die nobel gekleideten Erwachsenen belauscht, die sich gegenseitig beeindrucken wollten. Eris hatte die witzige Angewohnheit, sich die Gesprächsinhalte selbst auszudenken, wenn sie sie nicht richtig hören konnten. Sie benutzte dann immer übertriebene Stimmen und Akzente und reimte sich haarsträubende Dialoge zusammen, in denen es um aufgeflogene Geheimnisse und Streit unter Liebenden und wiedervereinte Familien ging. »Du hast echt zu viele Trash-Holos gesehen«, hatte Avery dann immer leise lachend gesagt. Das hatte sie am meisten an Eris gemocht: ihre wilde, beflügelnde Fantasie.

Avery spürte, dass jemand sie beobachtete. Sie blickte auf und entdeckte Caroline Dodd-Radson – das heißt, seit sie geschieden war, hieß sie nur noch Caroline Dodd, verbesserte sich Avery. Eris' Mom sah in ihrem siebbedruckten Jacquard-Stufenkleid so bezaubernd aus wie eh und je. Die leuchtenden Laternen, die durch den Raum tanzten, hoben einzelne silberne Strähnen in ihrem rotgoldenen Haar hervor, das denselben kräftigen Farbton hatte wie Eris' Haare. Neue Falten waren in ihrem Gesicht zu erkennen. Mit traurigen Augen starrte sie Avery an.

Avery hielt sich nicht für einen Feigling, aber in diesem Moment wäre sie am liebsten weggerannt. Sie hätte alles getan, nur um dem

Blick der Frau zu entgehen, deren Tochter wegen ihr vom Dach gestürzt war. Denn egal, was sich in jener Nacht auf dem Dach zugetra-
gen hatte – Eris war in Averys Apartment gestorben. Avery war diejenige gewesen, die die Falltür offen gelassen hatte. Nur ihretwegen
war dann etwas so Schlimmes passiert. Jetzt musste sie für den Rest
ihres Lebens die Konsequenzen tragen.

Sie nickte Caroline mit einer schweigenden Geste voll Reue und
Trauer zu. Eris' Mom neigte als Antwort den Kopf, als wollte sie sagen,
dass sie wusste, wie es in Averys Herz aussah, und sie verstehen konnte.

»Ist das Caroline Dodd? Und ist ihre Tochter nicht in diesem Apartment *gestorben*?«, hörte Avery eine Stimme hinter sich raunen. Ein
paar ältere Damen steckten die Köpfe zusammen, ihre Augen funkelten neugierig in Carolines Richtung. Sie schienen Avery nicht zu be-
merken, die sich nicht von der Stelle rühren konnte.

»Wie schrecklich«, sagte eine andere in einem gleichgültigen Ton,
den nur Leute verwendeten, die tragische Ereignisse völlig kaltließen.

Avery umklammerte krampfhaft ihr Cocktailglas und zog sich in
Richtung Bibliothek zurück. Sie musste raus aus diesem lärmerfüllten
Raum, weg von all dem bösartigen Gerede und den nach Eris' Mom
suchenden Blicken.

Doch in der Bibliothek traf sie auf ein unerwartetes Gesicht –
obwohl sie das eigentlich nicht hätte überraschen dürfen, schließlich
hatte sie das Mädchen selbst eingeladen. Calliope stand in einem tief
ausgeschnittenen Kleid neben Atlas und sprach auf eine Art mit ihm,
die unverkennbar Flirtcharakter hatte.

»Calliope, wie schön, dass du es einrichten konntest«, unterbrach
Avery die beiden und ging auf sie zu. »Wie ich sehe, hast du meinen
Bruder bereits kennengelernt«, fuhr sie fort und wandte sich schließ-
lich dem Jungen zu, an den sie die ganze Zeit denken musste.

Seitdem ihr Dad sie beinahe erwischt hatte, waren Atlas und sie sich zu Hause aus dem Weg gegangen. Avery hatte Atlas die ganze Woche kaum zu Gesicht bekommen. Jetzt ließ sie den Blick dankbar über seine Züge wandern, mit dem insgeheim sündhaften Gefühl, mit etwas Verbotenem davongekommen zu sein. In seinem marineblauen Anzug mit Krawatte und mit den zur Seite gekämmten Haaren sah er so umwerfend aus wie immer. Er hatte sich für die Party frisch rasiert, was ihn in Averys Augen jünger wirken ließ, beinahe verletzlich. Sie versuchte zu ignorieren, dass ihr Herz in seiner Nähe schneller schlug. Aber wenn sie nur daran dachte, dass er jetzt nah genug war, um ihn zu berühren, fühlte sich ihr ganzer Körper gleich mehrere Grad wärmer an.

»Oh, du kennst Avery schon?«, wandte sich Atlas an Calliope, die den Kopf zurücklegte und lachte, als wäre das alles ein herrlicher Zufall. Es war ein sattes, kehliges Lachen, das Avery jedoch nicht aufrichtig vorkam.

»Avery und ich hatten vor ein paar Tagen eine gemeinsame Kosmetikbehandlung«, sagte Calliope.

Avery merkte sofort, wie geschickt ihre Wortwahl war, denn sie ließ es wie einen selbstverständlichen, geplanten Ausflug klingen und erwähnte nicht, dass sie sich in Wahrheit einfach Avery und ihren Freundinnen angeschlossen hatte und sie sich kaum kannten.

»Avery war diejenige, die mich heute Abend eingeladen hat.« Calliope stemmte selbstbewusst eine Hand in die Hüfte. »Du bist wirklich schrecklich, Atlas. Du hast mir nie erzählt, dass du eine Schwester hast.«

Avery nahm plötzlich überdeutlich wahr, wie schön Calliope war mit ihren Kurven und strahlenden Augen und der glatten gebräunten Haut, und wie angenehm sie duftete. Und die Art, wie sie mit Atlas sprach, war so zwanglos, fast vertraut. Avery hatte das Gefühl, ihr sei etwas entgangen. Sie schaute zwischen den beiden hin und her.

»Entschuldigt, aber kennt ihr euch schon länger?«

»Calli und ich haben uns im Mai auf einer Safari in Tansania kennengelernt.« Atlas versuchte, Averys Blick einzufangen, offensichtlich verzweifelt darum bemüht, ihr etwas mitzuteilen.

»Ich heiße Calliope! Du weißt ganz genau, wie sehr ich Spitznamen hasse. Ach, und Avery«, Calliope senkte verschwörerisch die Stimme, als wollte sie sich mit ihr verbünden, »du solltest wissen, dass unser James Bond hier einen falschen Namen benutzt hat. Wie geheimnisvoll von dir, *Travis*. Als hätte dich jemand von Tansania nach Patagonien verfolgen wollen.« Calliope lachte wieder, doch Avery stimmte nicht mit ein.

Patagonien? Sie wusste, dass Atlas von Afrika direkt nach Südamerika weitergereist war, aber sie hatte angenommen, dass er allein unterwegs gewesen war. Vielleicht hatte sie sich verhört.

Als sie gerade versuchte, schlau daraus zu werden, dröhnte Mr Fullers Stimme durch das Apartment.

»Guten Abend, alle miteinander!«, sagte er. Seine Worte wurden von Miniaturlautsprechern übertragen, die überall in der Luft schwebten. »Willkommen zur sechsundzwanzigsten alljährlichen Fuller-Investments-Weihnachtsfeier. Elizabeth und ich freuen uns sehr, euch alle bei uns begrüßen zu dürfen!« Höfliches Klatschen erfolgte. Averys Mom, in einem schwarzen Futteralkleid mit elegant angeschnittenen Ärmeln, lächelte und winkte.

»Entschuldigt mich. Ich muss nach jemandem sehen«, sagte Calliope leise. »Bin gleich zurück«, fügte sie hinzu, was natürlich Atlas galt.

»Was war *das* denn?« Avery schob sich langsam ins Wohnzimmer vor. Sie hatte ein artiges Lächeln aufgesetzt, für den Fall, dass jemand sie beobachtete.

»Das ist ein wirklich seltsamer Zufall. Ich habe sie in Afrika getroffen und jetzt ist sie mit ihrer Mom in New York.«

»Wie viel Zeit habt ihr zusammen verbracht?«, flüsterte Avery. Atlas zögerte, offenbar wollte er ihr nicht antworten. Sie biss sich auf die Lippe. »Warum hast du mir nie von ihr erzählt?«

Avery war ein wenig zur Seite getreten und Atlas folgte ihr, während ihr Vater sich lang und breit bei den verschiedenen Sponsoren und Investoren des Dubai-Bauprojektes bedankte.

»Weil es mir nicht wichtig vorkam«, erwiderte Atlas so leise, dass Avery ihn kaum verstehen konnte. »Ja, wir waren eine Weile zusammen unterwegs, aber nur, weil wir genau dasselbe machten: spontan und ohne genaue Pläne von einem Ort zum anderen reisen.«

»Und du hast mit ihr geschlafen?«, zischte Avery, obwohl sie die Antwort fürchtete.

Atlas sah ihr direkt in die Augen. »Nein, habe ich nicht.«

»Wie die meisten von euch wissen ...«, dröhnte die Stimme ihres Dads noch einige Dezibel lauter durch das Apartment. Offenbar hatte er die Lautsprecher noch weiter aufgedreht. Avery schwieg bedrückt. Hatte er sie flüstern sehen, selbst hier in dem überfüllten Raum, und als Reaktion die Lautstärke erhöht? »... feiern wir heute unser neuestes Objekt, das Kronjuwel unseres Unternehmens, das in zwei Monaten in Dubai eröffnet wird!«

Atlas suchte ihren Blick und machte eine kurze Bewegung mit dem Kinn, um anzudeuten, dass er sich in das Partygedränge verziehen würde. Avery nickte in stillem Einverständnis.

Als er sich wegdrehte, hob sie den Arm, um einen losen Faden von seinem Ärmel zu streichen. Da war natürlich nichts, aber sie konnte einfach nicht anders. Es war der letzte intime Moment, bevor sie ihn gehen lassen musste. Eine kleine, geheime Geste, dass er ihr gehörte, als müsste sie sich daran erinnern, dass es tatsächlich so war und es kein Loslassen gab.

Atlas lächelte bei ihrer Berührung, bevor er in der Menge verschwand. Nur mit größter Mühe schaffte es Avery, ihre Aufmerksamkeit wieder auf ihren Vater zu richten.

»Es ist mir eine große Freude, euch die *Mirrors* präsentieren zu dürfen!« Pierson deutete zur Decke. Der verschneite Himmel löste sich auf und wurde von den Entwürfen des neuen Towers ersetzt, die in einem Gewirr aus Linien und Winkeln und Kurven über die Köpfe der Anwesenden projiziert wurden. Der Plan leuchtete wie etwas Lebendiges.

»Die Mirrors verdanken ihren Namen der Tatsache, dass es eigentlich zwei separate Türme sind – ein heller und ein dunkler. Polare Gegensätze wie Tag und Nacht. Wie so viele Dinge auf der Welt hätte keiner von beiden ohne den anderen einen Sinn.« Er fuhr fort zu erklären, dass die Originalversion auf Schachfiguren beruhte, aber Avery hörte nicht mehr hin. Sie blickte wie gebannt zu dem Entwurf ihres Vaters hinauf. Hell und Dunkel. Gut und Böse. Wahrheit und Lüge. Ihr fielen sofort eine Menge Gegensätze ein – wie ihr scheinbar perfektes Leben, das mit dunklen Geheimnissen durchzogen war.

Sie hörte die Gäste über den Tower tuscheln. Niemand konnte es erwarten, die Mirrors zu sehen. Die meisten würden zu dem Ball gehen, der zur Eröffnung stattfinden sollte. Sie hatten ihre privaten Charterflüge schon vor Monaten gebucht. Genau wie es vor vier Jahren in Rio oder vor zehn Jahren in Hong Kong gewesen war. Aber aus irgendeinem Grund wollte Avery nicht noch einmal dabei sein.

Atlas' Name schnitt in ihr Bewusstsein und noch mehr Applaus brandete auf. Avery blinzelte irritiert. Auf der anderen Seite des Raums wirkte Atlas genauso verwirrt wie sie.

»Mein Sohn Atlas arbeitet nun schon seit einigen Monaten mit mir zusammen«, sagte ihr Vater, wobei er Atlas kaum ansah. »Ich bin so stolz, sagen zu können, dass er nach Dubai ziehen wird, um die Leitung der Mirrors zu übernehmen, wenn sie für die Öffentlichkeit zugänglich sind. Ich hoffe, ihr hebt jetzt alle mit mir das Glas auf den neuen Tower und auf Atlas!«

»Auf Atlas!«, schallte es durch den Raum.

Avery konnte keinen klaren Gedanken mehr fassen. In ihrem Kopf herrschte absolutes Chaos. Atlas zog nach Dubai?

Sie sah zu ihm hinüber, suchte verzweifelt seinen Blick, aber er nahm nur lächelnd Glückwünsche entgegen und spielte die Rolle des pflichtbewussten Sohns. Ein Tablett schwebte vorbei und Avery stellte ihr leeres Glas mit solcher Wucht darauf ab, dass der Stiel zerbrach.

Ein paar Partygäste schauten in ihre Richtung, neugierig, was die sonst so beherrschte Avery derart aufgebracht haben könnte, aber das Hover-Tablett schwebte schon mit dem Beweis davon und Avery waren die Blicke egal. Das Einzige, was zählte, war Atlas und die Tatsache, dass er sie wahrscheinlich verlassen musste.

In diesem Moment blinkte eine Flickernachricht in ihren Kontaktlinsen auf. Keine Sorge, ich werde nicht gehen.

Die ganze Aufregung, die Fragen und Ängste in Avery beruhigten sich etwas. Atlas hatte gesagt, er würde nicht gehen – und er würde sie nie anlügen.

Dennoch hatte sie in der Stimme ihres Dads einen Unterton gehört, der ihr immer noch einen unbehaglichen Stich versetzte. *Ich bin so stolz*, hatte Pierson gesagt. Aber er hatte nicht stolz geklungen. Er hatte Altas mit einem rätselhaften Blick angestarrt, als wäre ihm gerade erst bewusst geworden, dass dreizehn Jahre lang ein Fremder bei ihm gewohnt hatte. Als hätte er eigentlich keine Ahnung, wer ihr Bruder überhaupt war.

Atlas schaute auf, als er ihre Nähe spürte, und für einen winzigen Moment trafen sich ihre Blicke. Sie nickte kaum merklich und hoffte, dass er verstand, was sie ihm damit sagen wollte. Das Problem war nicht Atlas. Es lag an ihrem Dad.

In gewisser Hinsicht wusste Pierson, was zwischen ihnen lief – zumindest hatte er einen Verdacht, auch wenn er noch nicht imstande war, sich das einzugestehen.

Sie und Atlas waren zu unvorsichtig geworden. Und jetzt tat ihr Vater genau das, was er immer tat, wenn ihm ein Problem im Weg stand: Er isolierte es, bis er eine Lösung dafür gefunden hatte.

Avery erkannte, was die Ankündigung ihres Vaters tatsächlich bedeutete: Atlas wurde in die Verbannung geschickt.

Leda

Von der anderen Seite des Raums aus huschte Ledas Blick zwischen Avery und Atlas hin und her. Ihr war nichts entgangen.

Sieh mal einer an, dachte sie. Die kleine Bekanntgabe hatte die Fuller-Zwillinge völlig unvorbereitet getroffen. Vielleicht gab es am Ende doch Probleme im Paradies. Das schreit doch förmlich nach einem Trinkspruch, entschied Leda, und ihre Füße trugen sie wie automatisch zur Bar.

»Leda!« Die Hand ihrer Mom legte sich um ihren Ellbogen. Leda drehte sich seufzend um, wie immer beeindruckt von Ilaras Fähigkeit, eine ganze Bandbreite von Emotionen – Vorwurf, Enttäuschung, Warnung – in ein einziges Wort zu legen. »Warum kommst du nicht mit und begrüßt mit mir die Gastgeberin?«, verlangte sie und zog ihre Tochter in die entgegengesetzte Richtung.

»Ich wollte mir gerade ein Sodawasser holen«, log Leda.

»Elizabeth!« Ilara trat vor, um Mrs Fuller mit einer steifen, förmlichen Umarmung zu begrüßen. »Was für ein Abend! Du hast dich wie immer selbst übertroffen.«

»Oh, das war alles Todd. Der beste Eventplaner, mit dem ich je zusammengearbeitet habe. Ein kreatives Genie«, sprudelte Mrs Fuller los. Dann senkte sie die Stimme, als wollte sie ein weltbewegendes Geheimnis verraten. »Wartet, bis ihr seht, was er sich für die Gala zur

Erhaltung des Hudson ausgedacht hat. Einfach *fantastisch*! Ihr zwei kommt natürlich?«, fügte sie nachträglich hinzu.

»Das lassen wir uns doch nicht entgehen«, erwiderte Ilara lächelnd.

Leda wusste, dass ihre Mom wohl dafür töten würde, um bei der Planung einer solchen Wohltätigkeitsveranstaltung mitzuhelfen, aber sie war noch nie gefragt worden. Fünf Jahre UpTower, und sie galt immer noch als neureich und gehörte damit nicht richtig dazu.

Mrs Fuller wandte sich an Leda. »Und, Leda, wie geht es dir? Du suchst bestimmt nach Avery, aber ich muss zugeben, dass ich nicht sicher bin, wo sie ist …«

Bei Ihrem Sohn, dachte Leda boshaft, nickte jedoch nur.

»Oh, da ist sie ja! Avery!«, rief Mrs Fuller in einem Tonfall, der keinen Widerspruch zuließ. Leda erinnerte sich, dass Avery es immer ihren Generalston genannt hatte. »Ich habe Leda für dich aufgetrieben. Wir haben gerade über die Hudson-Naturschutzgala gesprochen.«

Leda sah zu, wie Avery mit einem gezwungenen Lächeln von ein paar Freunden ihrer Eltern, mit denen sie sich gerade unterhalten hatte, auf sie zukam. »Leda, du siehst toll aus. Amüsierst du dich?«, fragte sie, ohne dass ihre Stimme verriet, was sie in diesem Moment wirklich fühlen musste. Aber Mrs Fuller achtete sowieso nicht mehr auf sie, sondern schlenderte mit Ledas Mom zu einem anderen Grüppchen und ließ die beiden ehemaligen besten Freundinnen stehen.

»Oh, ich amüsiere mich wirklich *prächtig*«, ätzte Leda.

Avery ließ sich auf einen der Stühle am Rand des Raums fallen, der luftige Tüll ihres Kleides bauschte sich um sie auf wie eine goldene Wolke. Es war, als würde sie die ganze Luft rauslassen, jetzt, da sie kein Publikum mehr hatte. »Ich bin im Moment nicht in der Stimmung, Leda.«

Aus unerfindlichen Gründen setzte sich Leda auf den Stuhl neben Avery.

»Was machst du?«, fragte Avery, von Ledas Aktion offenbar genauso überrascht wie Leda selbst.

Leda war nicht sicher. Vielleicht brauchte sie auch einfach nur eine Pause von der Party. »Macht der Gewohnheit, denke ich«, erwiderte sie, was aber nicht so bissig klang, wie sie beabsichtigt hatte.

Sie saßen eine Weile schweigend nebeneinander und beobachteten das bunte Wirrwarr aus aufgesetztem Lachen und Geschäftemachen und Geplauder. Durch das warme Leuchten der Laternen wurde alles in ein weiches Licht getaucht.

»Es überrascht mich, dass du überhaupt hier bist.«

Averys Worte trafen Leda, aber sie sammelte sich rasch wieder. »Und die Dubai-Ankündigung verpassen? Das wäre mir im Traum nicht eingefallen«, konterte sie.

Sie wusste nicht genau, welche Art von Reaktion sie sich erhoffte – ein dramatisches Aufspringen, tiefe Traurigkeit oder auch nur Wut –, aber was auch immer es war, sie bekam es nicht. Eigentlich reagierte Avery überhaupt nicht. Sie saß einfach nur reglos da, die Hände im Schoß gefaltet, die Beine übereinandergeschlagen. Atmete sie überhaupt? Sie sah aus, als wäre sie aus Stein gemeißelt. *Tragische Schönheit*, so hätte ein Bildhauer sie betitelt und es seine beste Arbeit genannt.

Leda war plötzlich tief betrübt, wie sie beide hier in diesem blassen, schmerzlichen Schweigen hockten, umgeben von den Scherben ihrer Freundschaft. Und das auch noch auf einer *Party*. Echt erbärmlich.

Sie nahm sich eine Sangria von einem vorbeischwebenden Tablett. Versuch mal, mich davon abzuhalten, Mom, dachte sie bitter. »Du hast recht«, sagte sie dann. »Es tut mir leid, dass ich gekommen bin. Es war ein Fehler.« Wenn sie in der Schule waren und Avery ihr typisch cooles, perfektes Ich zur Schau stellte, war es viel einfacher, die ganze Wut auf sie zu richten. Als Leda jetzt sah, wie zerbrechlich Avery unter dieser Fassade war, fiel es ihr viel schwerer, sie zu hassen.

Avery blickte auf und die beiden Mädchen sahen sich schweigend an. Dick und schwer hing die Luft zwischen ihnen, beinahe erdrückend. Aber Leda wollte nicht die Erste sein, die sich abwandte. Also hielt sie Averys Blick stand, um sie doch noch zu einer Reaktion herauszufordern.

Schließlich brach Avery den Blickkontakt ab. »Genieß die Party, Leda«, sagte sie und ging.

Leda kippte die Sangria hinunter und ließ das leere Glas auf einem Beistelltisch stehen. Sie dachte daran, was Averys Mom über diese Hudson-Gala gesagt hatte. Eigentlich hatte sie nicht vorgehabt, dorthin zu gehen, aber jetzt wollte sie es – um etwas zu beweisen. Avery sollte wissen, dass es ihr nichts ausmachte, sie so zu sehen – in einem Umfeld, in dem sie sich sonst nur als beste Freundinnen bewegt hatten.

Sie fragte sich, ob Avery in Begleitung kommen würde. Wahrscheinlich nicht. Was sollte sie auch tun? Mit ihrem Bruder auf der Party aufkreuzen? Die letzte Person, die Avery irgendwo hin mitgenommen hatte, war Watt. Und was dann passiert war …

Plötzlich hatte Leda eine Idee. Was wäre, wenn sie Watt zu der Gala mitbringen würde? Mit seinem Supercomputer könnte er sich als nützlich erweisen – vielleicht konnte er auch über die Entfernung mit ihm kommunizieren und in Echtzeit ein paar Leute für sie ausspionieren – Avery und Rylin und wer sonst noch dumm genug war, ihr in die Quere zu kommen.

Und als zusätzlicher Bonus würde es so aussehen, als hätte sie Avery

Watt ausgespannt. Jeder konnte sich noch daran erinnern, dass Watt mit Avery auf der University-Club-Party gewesen war. Und wenn die anderen ihn jetzt an Ledas Arm sahen, hätte *sie* die ganze Aufmerksamkeit. Ausnahmsweise würde es so aussehen, als hätte sich ein Junge lieber für Leda Cole entschieden als für die makellose und unfehlbare Avery Fuller.

Leda lächelte bei dieser Vorstellung, auch, als ein dunkler, hasserfüllter Teil von ihr wisperte, dass nichts davon echt wäre. Schließlich würde sich Watt nie für sie entscheiden. Sie müsste ihn zwingen mitzukommen, ihn erpressen, wie sie es in letzter Zeit mit allen Menschen in ihrem Leben tat.

Aber wer hatte sich jemals ehrlich für Leda entschieden?

Avery

Avery hatte ihr Zimmer immer geliebt. Sie hatte es sogar selbst eingerichtet – es gab ein riesiges Prinzessinnen-Himmelbett, Ornament-
tapete, die raffiniert die vielen Touchscreens verdeckte, und zweidi-
mensionale Gemälde in antiken vergoldeten Rahmen. Doch jetzt fühlte
sie sich wie in einem überladenen, blau und cremefarbenen Gefängnis.

Atlas war immer noch bei ihrem Dad im Arbeitszimmer und sprach
mit ihm über die Dubai-Neuigkeiten, die Pierson wie eine Bombe
hatte platzen lassen. Avery wusste, dass Atlas ihr eine Nachricht flickern würde, sobald es möglich war. Sie hoffte nur, dass er es irgendwie schaffte, ihren Dad davon zu überzeugen, den ganzen Plan wieder
zu verwerfen.

Sie trug immer noch ihr schimmerndes Partykleid und wanderte
unruhig auf und ab. Ihre Haare waren zu einem kunstvollen Knoten
hochgesteckt und mit kleinen goldenen Perlen geschmückt, eine Idee
des Eventplaners. Sie hatte fast eine Stunde lang still sitzen müssen,
während die Haarstylisten die Perlen in mühevoller Kleinarbeit in ihr
Haar geflochten hatten. Der automatische Styler hatte zwar einige Einstellungen für Hochsteckfrisuren, aber das hätte jeder auf eine Meile
Entfernung erkannt. Vor großen Events ließen sich Avery und ihre
Mom ihre Haare immer von menschlichen Profis zurechtmachen.

Jetzt fühlte sich ihre ganze Aufmachung unendlich schwer und belastend an, als würde jede Haarklammer und jede Perle – jeder Schmuckstein um ihren Hals, die Diamanten in ihren Ohren – sie unaufhaltsam nach unten ziehen.

Sie brach in Panik aus und eilte zu ihrem Frisiertisch. Ihr Atem ging schnell und flach. Mit fahrigen Händen zerrte sie an den Haarnadeln, riss die Perlen gewaltsam heraus, ohne sich um die Schmerzen zu kümmern.

Schließlich lagen Haarnadeln und Perlen verstreut auf dem Tisch, während ihr Haar wirr über ihre Schultern fiel. Averys Herz raste immer noch. Sie ließ sich rückwärts auf ihr Bett fallen und starrte an die Zimmerdecke, die einer Decke nachempfunden war, die sie in Florenz bewundert hatte. Nur dass ihre durch ein bewegliches Hologramm aus real wirkenden Pinselstrichen dargestellt wurde. Sie dachte darüber nach, welche kleinen Gesten sie und Atlas vor ihren Eltern verraten haben mochten. Aber egal wohin ihre Gedanken sie führten, sie kam immer wieder bei derselben schrecklichen Vorahnung an.

Schließlich erreichte sie eine Flickernachricht. Aves. Ich habe mit ihm geredet.

Sie setzte sich auf. Und?!

Nach einer Pause flickerte er: Er hat sich ziemlich auf den Umzug versteift. Aber wir werden später noch einmal darüber sprechen. Keine Sorge.

Das klang gar nicht gut. Avery stand vom Bett auf. Sie hatte lange genug gewartet – sie musste Atlas sehen, ihn in ihre Arme schließen, mit ihm reden, nicht über Flickernachrichten oder heimliches Geflüster, sondern richtig.

»Nicht-stören-Modus«, murmelte sie, als sie auf den Flur hinaustrat. Die Worte wurden über ihre Kontaktlinsen weitergeleitet und veränderten die Einstellung der diversen Raumcomputer, sodass sie nicht automatisch das Licht einschalteten oder den Fußboden erwärmten, wenn sie durch das Apartment lief. Es war eine Funktion, die Avery und ihre Freunde immer benutzten, wenn sie sich am späten Abend aus dem Haus schleichen wollten.

Sie versuchte leise aufzutreten, aber ihre Füße ließen sie im Stich und stolperten in ihrer Ungeduld übereinander. Avery musste sich sogar ins Gedächtnis rufen, das Atmen nicht zu vergessen.

»Avery? Bist du das?« Ihr Dad saß in fast völliger Dunkelheit in seinem Ledersessel im Wohnzimmer, was ihm überhaupt nicht ähnlich sah, denn normalerweise saß er immer an dem massiven Holzschreibtisch in seinem Arbeitszimmer. In der linken Hand hielt er lässig ein Glas Scotch. Es machte den Anschein, als hätte er auf der Lauer gelegen, um Avery zu *erwischen*, als hätte er damit gerechnet, dass sie hier entlangschleichen würde.

Avery blieb stehen. Sie zwang sich zu einem Lächeln, von dem sie hoffte, dass es nicht gespielt aussah, spürte aber, dass es eher verzerrt rüberkam. Panisch zog sich ihre Brust zusammen.

»Warum bist du immer noch auf?«, fragte sie und benutzte damit Atlas' Masche. Beantworte eine Frage einfach mit einer Gegenfrage.

»Ich denke noch über einige Dinge nach.«

»Ich wollte mir ein Glas Wasser holen.« Sie machte eine leichte Bewegung in Richtung Küche, als wäre das die ganze Zeit ihr Ziel gewesen. Sie wusste, dass es verdächtig wirkte, weil sie im Nicht-stören-Modus herumschlich, barfuß und immer noch in ihrem Partykleid, aber das war jetzt nicht mehr zu ändern.

»Du weißt aber schon, dass du dafür einen Raumcomputer hast«, sagte ihr Dad beinahe herausfordernd. Seine wachsamen Augen funkelten in der Dunkelheit, als könnte er all ihre Lügen durchschauen und die schonungslose Wahrheit dahinter erkennen.

»Ich konnte nicht schlafen und dachte, es würde helfen, wenn ich mir noch etwas die Beine vertrete. Es war eine lange Nacht, weißt du.«

Obwohl ihr Herz wie verrückt pochte, ging Avery mit leichten Schritten in die Küche und holte sich eine Tasse mit Temperatureinstellung aus dem Geschirrschrank. Sie wusste, dass nur das kleinste Zögern sie auffliegen lassen würde. Die Umrisse ihres Vaters waren kaum sichtbar. Er war nur noch ein Schatten, der sich vor den noch dunkleren Schatten des Wohnzimmers abzeichnete.

Avery hielt die Tasse unter den Wasserhahn, dann drückte sie auf den Temperaturregler am Griff, um das Wasser zu kühlen. Die Stille hatte sich so quälend ausgebreitet, dass sie sich einbildete, winzige Schreie darin zu hören. Sie nahm einen kleinen Schluck und kämpfte gegen die aufsteigende Übelkeit. Warum hatte sie das Gefühl, als würde ihr Dad jede ihrer Bewegungen genau abwägen?

»Avery, ich weiß, dass dich Atlas' Umzug nach Dubai aus der Fassung gebracht hat.«

Mit diesen Worten hatte Avery nicht gerechnet. Sie ging zu ihm und setzte sich auf den Sessel ihm gegenüber. Ihr Vater machte eine ungeduldige Bewegung aus dem Handgelenk und das Licht im Raum ging gedämpft an.

»Ich war tatsächlich überrascht«, sagte sie ehrlich. »Aber es klingt nach einem coolen Job. Atlas macht das sicher gut.«

»Ich weiß, dass du ihn vermissen wirst, aber vertrau mir, es ist das Beste für die Familie.« Pierson sprach sehr langsam und bedächtig. Avery fragte sich, ob er betrunken war oder verärgert oder beides.

Das Beste für die Familie. Etwas Unheilvolles lag in dieser Formulierung.

»Und natürlich für Atlas«, presste sie hervor, plötzlich entschlossen, für ihn einzutreten. »Es ist ein großartiger Schritt in seiner Karriere, stimmt's? Ich meine, so ein Riesenprojekt in so jungem Alter zu leiten?« Sie musterte ihren Dad eindringlich, und selbst im Dämmerlicht konnte sie erkennen, wie er beim Namen ihres Bruders leicht zusammenzuckte.

»Ja, natürlich auch für Atlas«, wiederholte er, und an seinem Tonfall erkannte Avery, dass er nicht einen Moment über Atlas nachgedacht hatte.

»Es ist unglaublich, dass du ihm diese Chance ermöglichst. Ich freue mich sehr darüber.« Avery wollte plötzlich nur noch gehen. Je länger sie hier blieb und mit ihrem Dad redete, desto größer war die Gefahr, dass sie sich verplapperte und irgendetwas preisgab.

»Wie auch immer, ich bin fix und fertig.« Sie griff nach ihrem Wasser, stand auf und strich mit einer nervösen Geste ihr Kleid glatt. »Gute Nacht, Dad. Ich hab dich lieb«, fügte sie hinzu. Und während sie das sagte – Worte, die sie so oft benutzt hatte –, merkte sie, wie die Miene ihres Vaters sich verhärtete, als würde diese Äußerung ihn ermahnen, sie noch bedingungsloser zu beschützen.

Averys Herz wurde schwer. Es kostete sie ihre ganze Selbstbeherrschung, nicht davonzurennen, sondern mit gemächlichen, schlurfenden Schritten den Flur hinunterzugehen, als wäre sie tatsächlich müde und wollte nur noch ins Bett.

»Atlas«, zischte sie, nachdem sie ihre Zimmertür hinter sich geschlossen hatte. Sie wollte ihm eine Flickernachricht schicken. »Ich glaube, Dad weiß wirklich Bescheid. Was sollen wir nur tun?«

Eine Weile herrschte Stille, aber diesmal störte Avery das nicht, denn Atlas wählte seine Antworten immer mit Bedacht. Er war nicht der Typ, der unüberlegte Nachrichten schrieb.

Uns fällt schon was ein, flickerte er schließlich. Mach dir keine Gedanken. Ich liebe dich.

Auch wenn sie sein Gesicht nicht sehen konnte, spürte sie sein Lächeln, als würde die Wärme, die darin lag, sie durch das riesige Apartment erreichen, durch alle Türen und Wände, die sie voneinander trennten.

Avery ließ sich in ihr Bett fallen und stieß einen hilflosen Seufzer aus. »Ich liebe dich auch«, flüsterte sie als Antwort.

Sie hoffte nur, dass ihre Liebe auch stark genug war.

Rylin

Es war schon spät am Freitagabend, doch Rylin konnte nicht einschlafen. Unruhig wälzte sie sich hin und her und versuchte, Chrissa nicht zu wecken, die kaum einen Meter entfernt in ihrem Bett schlief. Aber Chrissa hatte schon immer alles Mögliche verschlafen.

Rylins Freunde waren heute Abend auf einer großen Party. Lux hatte deshalb vorhin angerufen. Aber Rylin hatte den Details keine große Beachtung geschenkt. »Ich bin zu geschafft«, hatte sie ehrlich gesagt. Nach einer weiteren endlosen Woche in der Schule – in der sie Cord auf den Gängen begegnet war und ihn in ihrem Holografie-Kurs direkt vor sich gesehen hatte, ganz zu schweigen davon, dass sie mit den Folgen ihres krankhaften Impulses zu kämpfen hatte, sich für die Projektarbeit ausgerechnet Leda als Partnerin auszusuchen –, war Rylin nicht gerade in Partystimmung gewesen. Sie wusste, dass es zu laut und zu grell sein würde und bei all der lärmenden Musik hätte sie nicht mal ihre eigenen Gedanken hören können. Also war sie stattdessen mit Chrissa zu Hause geblieben, hatte mit ihr Tiefkühllasagne gegessen und ein paar Episoden einer Holo-Sendung geschaut, in der sich ein Mädchen in einen Jungen verliebte, obwohl ihre Familien verfeindet waren. Chrissa hatte richtig mitgefiebert, aber etwas an der Beziehung der beiden Figuren – vielleicht die verbotene, unmögliche Liebe – hatte Rylin genervt.

Sie griff nach ihrem Tablet, das auf dem Boden lag und checkte teilnahmslos ihre Nachrichten. In ihrem Schul-Account waren ein paar neue: eine Ankündigung für die Proben der Schulaufführung und eine Erinnerung, dass die erste Stunde Punkt acht Uhr morgens begann. Dann sprang ihr eine Nachricht von Professor Radimajdi ins Auge. Rylin öffnete sie neugierig, ärgerte sich aber sofort, als sie den Inhalt sah.

Sie hatte ein C- in ihrer ersten Holografie-Hausaufgabe, ein Video von einem Sonnenuntergang, den sie in der letzten Woche von einer Aussichtsplattform auf einer der unteren Etagen aufgenommen hatte. Was soll das denn?, dachte sie entrüstet und scrollte wütend nach unten, um den Kommentar des Star-Regisseurs zu lesen. Hatte er nicht gesagt, dass er Videos von Sonnenuntergängen *mochte*? Kam in seinem eigenen oskarprämierten Film so eine Szene nicht sogar vor?

Rylin, das Video ist ganz hübsch gemacht – aber es ist auch trivial, langweilig und uninspiriert. Ich muss sagen, ich bin enttäuscht. Zeig mir beim nächsten Mal die Welt, wie du sie siehst, und nicht wie du glaubst, dass ich sie sehen will.

Rylin lehnte sich zurück. Sie war immer noch wütend und mehr als ein bisschen verwirrt. Woher nahm er überhaupt das Recht, enttäuscht von ihr zu sein?

Sie wusste nicht genau, warum sie so verärgert war. Vielleicht weil es ihre erste Note an der Berkeley war und sie das Ergebnis echt ätzend fand. Aber was hatte sie erwartet? Sie war eine siebzehnjährige Highschool-Abbrecherin, die durch irgendein Wunder des Schicksals an der teuersten und akademisch anspruchsvollsten Schule des Landes gelandet war. Natürlich konnte sie dort nicht erfolgreich sein. Es wäre dumm, sich etwas anderes einzubilden.

Rylin warf die Decke zurück. Sie war ganz zittrig und nervös und ihr fiel plötzlich die Decke auf den Kopf. Was zur Hölle stimmte nicht mit ihr? Sie sollte nicht zu Hause hocken und sich an einem Freitagabend ihre Zensuren ansehen. Die alte Rylin wäre jetzt unterwegs. Nun, es war noch nicht zu spät, den Abend zu retten.

Bist du noch auf der Party?, schickte sie Lux eine Nachricht. Prompt kam die Antwort. Ja!! Wir sind im Schwimmbad in der achtzigsten. Komm vorbei!

Das klang ziemlich verrückt, aber Rylin fragte nicht weiter nach. Sie zog sich einfach ihr T-Shirt und die Pyjamahose aus und schlüpfte in einen Bikini. Als sie versehentlich einen Schuh fallen ließ, hielt sie inne – hoffentlich hatte sie Chrissa nicht geweckt –, aber sie hörte nur die gleichmäßigen Atemzüge ihrer Schwester und das leise Rascheln ihrer Decke, als sie sich auf die andere Seite drehte. Rylin blieb noch einen Moment stehen, nur um ihr beim Schlafen zuzusehen. Ein starker Beschützerinstinkt regte sich in ihr. Dann zog sie rasch ein Kleid über den Bikini und streifte die Sandalen über.

Auf dem Weg zur Tür fiel ihr Blick auf die silbrig glänzende Vid-Cam, die auf dem Tisch lag wie ein ominöses, wachsames Auge. Ohne weiter darüber nachzudenken, warf sie die kleine Kamera in ihre Tasche und verließ die Wohnung.

Rylin kannte das öffentliche Schwimmbad. Vor Jahren war sie immer mit Chrissa und ihrer Mom hergekommen. Sie und ihre Schwester hatten Badeanzüge getragen und darum gewetteifert, wer unter Wasser am längsten die Luft anhalten konnte. Sie war auch Dutzende Male mit Lux hier gewesen. An Sommernachmittagen hatten sie immer um einen Platz auf der Terrasse gekämpft, um ein paar der schräg einfallenden Sonnenstrahlen abzubekommen. Aber so hatte sie das Schwimmbad noch nie gesehen. Es war bereits Mitternacht und die illegale Rave-Party war in vollem Gange.

Drinnen drängten sich Jugendliche in verschiedenen Kombinationen aus Badesachen und Jeansstoff. Es roch nach Chlor und Schweiß und Gras. Jemand hatte die Poolbeleuchtung ausgeschaltet, damit sie nicht erwischt wurden, aber das Mondlicht strömte durch die Fenster herein, tanzte über die schattenhaften Formen, die durch das Wasser spritzten wie dunkel glänzende Robben. Ein Elektro-Beat dröhnte durch die Schwimmhalle. Auf der Terrasse draußen konnte Rylin sogar die Umrisse einiger Pärchen ausmachen.

Sie zog ihr Kleid aus und warf es in eine Ecke. Als sie ihre Tasche abstellte, rollte die VidCam auf den Boden. Ohne darüber nachzudenken, griff sie danach. Das kleine Gerät fühlte sich warm an. Sie streckte die Hand aus, die Kamera schwebte gemächlich in die Höhe und folgte ihr, als würde sie an einer unsichtbaren Leine hängen.

Rylin band ihr Haar zu einem losen Pferdeschwanz zusammen und kletterte die Leiter zum gesperrten Sprungbrett hinauf. Sie hatte gehört, dass es im Innenpool der Berkeley ein schickes halbschwereloses Sprungbrett gab, damit das Wassersprungteam Dreifachsaltos üben konnten, aber das hier hatte ihr immer ausgereicht. Sie streckte die Arme über den Kopf und tauchte kopfüber ins Becken ein, ihr schlanker Körper glitt durch das Wasser wie eine Messerklinge.

Es war so schön unter Wasser, dunkel und kühl und angenehm still. Rylin blieb so lange unten, wie sie konnte. Erst als sich ihre Lungengefäße dehnten, um endlich wieder Luft aufzunehmen, tauchte sie auf. Sie keuchte ein wenig vor Begeisterung und schwamm zum Ende des Beckens, wo das Wasser flacher wurde.

»Myers! Ist lange her.«

»Schön, dich zu sehen. Wie immer, V«, gab Rylin zurück.

V lag mit den Armen hinter dem Kopf verschränkt auf einem aufblasbaren Floß, das vage an eine nicht jugendfreie Form erinnerte. Er war ein Kumpel von Rylins Ex-Freund Hiral und sie verachtete ihn zutiefst, seit Hiral sie dazu gezwungen hatte, seine Drogenvorräte an ihn zu verkaufen.

»Ich hoffe doch, dir gefällt meine kleine Party«, sagte er gedehnt.

»Einbruch in ein öffentliches Schwimmbad, Chaos und Verwüstung. Ich hätte mir denken können, dass du hinter all dem steckst.« Sie versuchte, sich einen Weg durch die Menge zu bahnen, aber V glitt von seinem Floß und schwamm ihr in die Quere.

»Ich nehme das mal als Kompliment. Obwohl ich davon ausgehe, dass das hier weit von dem entfernt ist, was du neuerdings an deiner Highlier-Schule gewöhnt bist«, erwiderte er. »Was machst du überhaupt hier unten, wenn du auch da oben auf einer Party sein könntest?«

Rylin spürte den Boden des Pools unter ihren Füßen und schaffte es, sich auf die Zehenspitzen zu stellen, um V direkt in die Augen zu sehen. »Eigentlich sind die meisten Leute hier meine Freunde. Die gegenwärtige Gesellschaft natürlich ausgeschlossen.«

»Freut mich, dass du überhaupt an mich denkst.«

»Bilde dir bloß nichts darauf ein.«

V musterte sie neugierig. »Hirals Gerichtsverhandlung ist in ein paar Wochen«, sagte er. »Gehst du hin?«

»Weiß ich noch nicht.« Rylin verdrängte die Gefühle, die in ihr aufkeimten, als sie an Hiral dachte. Er war jetzt seit einem Monat auf Kaution frei, aber sie hatte ihn nicht gesehen. Ihre Trennung war nicht gerade freundschaftlich abgelaufen, nachdem er herausgefunden hatte, dass sie mit Cord zusammen gewesen war. Deshalb hatte auch ihr Küchentisch ein Bein weniger.

»Hängt wahrscheinlich davon ab, ob *du* hingehst oder nicht«, fügte sie hinzu, aber sie war nicht mit dem Herzen dabei. Zum Glück machte V sich nicht die Mühe, darauf anzuspringen.

Die Lichter über dem Pool wechselten die Farbe von einem grellen Neongrün zu einem gespenstischen Gelb. V blickte auf und entdeckte dabei die Kamera, die immer noch munter hinter Rylin herschwebte.

»Ah, du hast ein neues Spielzeug«, stellte er fest – und im nächsten schockierenden Moment machte er einen Satz nach vorn, schnappte sich die Kamera und tauchte sie unter Wasser.

»Was zum Teufel soll das?«, schrie Rylin und zog damit sofort ein paar Blicke auf sich. V lachte über ihre Reaktion. Er öffnete die Hand und die VidCam schwebte genauso problemlos durch die Luft wie vorher.

»Die Dinger sind wasserdicht. Hat dir das niemand gesagt?«, fragte er gelangweilt.

Rylin hatte keine Lust mehr, sich von ihm provozieren zu lassen.

»Hast du Lux gesehen?«

»Sie ist mit Reed Hopkins weg.«

Was? Rylin versuchte sich ihre Überraschung nicht anmerken zu lassen, aber V war ihr Gesichtsausdruck nicht entgangen. Ihm entging nie etwas.

»Verstehe«, sagte er spöttisch. »Du wusstest nichts davon, stimmt's?«

»Rylin!« Wie bestellt kam Lux durch das Wasser gespritzt und umarmte Rylin. Ihre Haare waren wieder dunkelblond. Das war immer Rylins Lieblingsfarbton in Lux' Kaleidoskop aus ständig wechselnden Haarfarben gewesen war. Es war fast ihre Naturhaarfarbe, die sie jünger machte und die scharfen Konturen ihrer Nase und ihr spitzes Kinn weicher erscheinen ließ.

»Ist das nicht einfach unglaublich? V hat wirklich ganze Arbeit geleistet«, rief Lux und drehte sich zu V um, der jedoch bereits verschwunden war.

»Machst du dir keine Sorgen, erwischt zu werden?«

»Diese neue Schule hat echt einen schlechten Einfluss auf dich«, stichelte Lux. »Wann hast gerade du dir jemals Gedanken gemacht, erwischt zu werden?«

»Wann hast du angefangen, mit Reed rumzumachen?«

Lux schwieg bedrückt. »Ich wollte es dir erzählen. Es ist alles noch ganz frisch und ich … werde immer noch nicht schlau daraus.«

Rylin lächelte, auch wenn sie enttäuscht war, dass ihre beste Freundin Geheimnisse vor ihr hatte. Andererseits hatten sie sich nicht gerade oft gesehen, seit sie an der Berkeley angefangen hatte. Auch nicht davor, als sie noch für Cord gearbeitet hatte. Und sie hatte selbst etwas vor Lux verheimlicht – sie hatte ihr nie von ihrer Beziehung zu Cord erzählt.

»Wenn du glücklich bist, freue ich mich natürlich für dich«, sagte Rylin, denn das stimmte. Und sie vermisste ihre Freundin. »Wo ist Reed eigentlich?«

Lux deutete mit dem Kopf auf einen riesigen Stuhl, den jemand in der Mitte des Beckens auf einen Tisch gestellt hatte. Dort saß Reed und wirkte übertrieben selbstzufrieden, während er ein paar Freunden mit Schnapsgläsern zuprostete.

»Er hat jetzt eine Stunde Rettungsschwimmeraufsicht. Wie vor ewigen Zeiten. Wir mussten die Rettungs-Bots ausschalten, um uns die Polizei vom Hals zu halten.« Lux kicherte. »Aber er scheint das nicht besonders ernst zu nehmen.«

Rylin hatte den Eindruck, dass es noch gar nicht so lange her war, als es noch menschliche Rettungsschwimmer gab. Und sie hatte das ungute Gefühl, dass Reed nicht gerade in der Verfassung war, betrunkene Jugendliche davon abzuhalten, sich aus Versehen zu ertränken. Aber sie lächelte nur und hielt den Mund.

»Lass uns tanzen gehen«, sagte sie stattdessen.

Lux nickte und gemeinsam schlängelten sie sich durch die aufgeheizte, dicht gedrängte Menge. Die VidCam schwebte über ihnen wie ein winziger silberner Planet, verloren in einem Universum aus funkelnden Lichtern.

Watt

Am folgenden Nachmittag wartete Watt an der Ecke des Madison Square Park in MidTower auf Cynthia.

Ich halte das immer noch für keine gute Idee, sagte er in Gedanken zu Nadia, während er die Menschenströme auf den Karbongehwegen beobachtete, die die Hover-Bahn säumten. Touristen flanierten in ihren typisch schrecklichen Klamotten umher – mit Gürteltaschen und diesen dämlichen T-Shirts, auf denen *I* ♥*NY* stand. Ein paar Mädchen auf der anderen Straßenseite kauften sich Eis bei einem Bot, der wie eine überdimensionale Eiswaffel aussah, während sie immer wieder zu Watt hinüberlinsten und kicherten.

Hast du eine bessere Idee?, flüsterte Nadia in seine Mikroantennen in den Ohren.

Nur aus reiner Neugier, wie viele Szenarien hast du hierfür durchgespielt? Und welche Erfolgswahrscheinlichkeit hast du ausgerechnet?

Meine Kalkulationen sind unvollständig, angesichts der vielen Eingangsvariablen, die mir fehlen.

Also praktisch null.

»Watt! Ich kann kaum glauben, dass du mitkommst.« Cynthia bog lächelnd um die Ecke.

»Na klar. Das kann ich mir doch nicht entgehen lassen«, sagte Watt schnell.

Cynthia sah ihn von der Seite an. »Echt jetzt? Du willst mir also erzählen, dass du wegen der neuen Whitney-Ausstellung über postmoderne Klänge genauso aufgeregt bist wie ich?«

»Um ehrlich zu sein, bin ich nur hier, weil du mich darum gebeten hast«, gab Watt zu, was ein noch breiteres Lächeln in Cynthias Gesicht zauberte. Sie hatte Watt und Derrick schon vor Wochen gefragt, ob sie mit ihr zu dieser Ausstellung gehen würden. Und nur weil Watt sich bei ihr einschleimen und sie um einen Gefallen bitten wollte, hatte er schließlich zugestimmt.

Dieser Teil war Nadias Idee gewesen. Eigentlich hatte auch Nadia ursprünglich vorgeschlagen, Cynthia um Rat zu fragen. Seit Leda bei ihm gewesen war, hatte Watt über Nadias Idee nachgedacht. Wenn Leda Vertrauen zu ihm fasste, ihn als einen Freund betrachtete, der auf ihrer Seite stand, würde sie vielleicht – nur vielleicht – die Wahrheit vor ihm aussprechen. Watt brauchte nur eine kurze Bemerkung, einen Bezug auf diese Nacht, um sie endgültig loszuwerden.

Er hatte Nadia immer wieder gefragt, wie er sich Leda annähern sollte, aber sie hatte ihn nur auf Cynthia verwiesen. *Es gibt ein paar menschliche Verhaltensweisen, die sich unmöglich vorhersehen lassen,* hatte sie ihm erklärt. *Studien haben gezeigt, dass es am effektivsten ist, bei Vertrauensfragen in zwischenmenschlichen Beziehungen einen Freund oder eine Freundin um Rat zu fragen.*

Manchmal glaube ich, dass du dir diese sogenannten Studien nur ausdenkst, hatte Watt skeptisch erwidert. Als Antwort hatte Nadia ihm Tausende Seiten Forschungsdaten geschickt.

Er und Cynthia traten durch die automatischen Türen des Museums in eine schlichte, kahle Eingangshalle. Watt nickte zweimal, als er am Bezahlautomaten vorbeikam, der seine Netzhaut scannte und ihm zwei Eintrittskarten berechnete.

»Du musst nicht für mich bezahlen«, sagte Cynthia leicht irritiert.

Watt räusperte sich. »Eigentlich doch«, sagte er langsam. »Um ehrlich zu sein, bin ich nicht ohne Hintergedanken mit dir heute hier.«

»Ach ja?«

Watt fragte sich, warum Nadia so untypisch still war, aber sie hielt meistens den Mund, wenn er mit Cynthia redete.

»Ich brauche einen Rat«, sagte er unverblümt.

»Oh, okay«, sagte Cynthia seufzend, dann schwieg sie.

Den Beginn der Ausstellung machte ein gewaltiger, spärlich beleuchteter Raum voller Metallrohre – die Art von Rohren, durch die das Wasser und Abwasser durch den Tower floss und an denen Watts Dad als Mechaniker arbeitete. Doch die Künstlerin hatte sie in einem Spektrum aus unharmonischen fröhlichen Farben angemalt: Gelb, Apfelgrün und Wassermelonenpink. Während sie weiter durch den Raum gingen, drangen flüsternde, kurze Melodieabschnitte in Watts Ohr, die sich immer wieder in neue Stücke verwandelten. Aber Watt merkte schnell, dass die Rohre nur Show waren. Miniaturlautsprecher projizierten die Schallwellen in einem raschen Wechselspiel in seine Richtung.

»Was für einen Rat?« Cynthias Worte hallten seltsam über die Klänge der Ausstellung hinweg, als kämen sie aus weiter Ferne. Watt schüttelte desorientiert den Kopf, nahm sie am Handgelenk und zog sie zurück in die Eingangshalle. Einzelne Musikfetzen folgten ihm durch die offene Tür und brachten ihn ganz durcheinander. Vielleicht machten ihn aber auch seine Gedanken an Leda buchstäblich verrückt.

»Ich komme einfach nicht weiter. Da ist dieses Mädchen …« Er schüttelte den Kopf und bereute sofort seine Wortwahl, denn es klang, als würde er Leda *mögen*. Obwohl es vielleicht gar nicht so schlecht wäre, wenn Cynthia glaubte, er bräuchte einen Rat in Liebesdingen, überlegte er. Vielleicht war es besser, als wenn sie die Wahrheit herausfand.

Cynthia musterte ihn in ihrer typisch durchdringenden Art. Watt hielt den Atem an und versuchte, nicht zu blinzeln.

»Welches Mädchen?«, fragte sie schließlich.

»Ihr Name ist Leda Cole.« Watt bemühte sich, seine Gefühle nicht durchschimmern zu lassen, aber er konnte an seinem eigenen Tonfall hören, wie verunsichert er war.

»Und deine üblichen … Techniken wirken bei ihr nicht?«

Nicht lügen, drängte Nadia ihn.

»Sie ist keins der üblichen Mädchen.« Das war auf jeden Fall keine Lüge.

Cynthia ging zur Treppe zurück. »Na, komm schon«, gab sie sich geschlagen.

»Warte, die Ausstellung … willst du sie dir nicht zuerst anschauen?«

»Ich komme noch mal her, aber ohne dich. Dein Leben klingt ziemlich chaotisch«, erklärte Cynthia.

Watt erhob keine Einwände, denn sie hatte recht.

Ein paar Minuten später saßen sie draußen auf einer der drehbaren sechseckigen Bänke im Skulpturengarten. »Okay, erzähl mir von Leda. Wie ist sie so?«, forderte Cynthia ihn auf.

»Sie wohnt UpTower, geht in eine Highlier-Schule. Sie hat einen Bruder. Sie spielt Feldhockey, glaube ich, und —«

»Watt, ich will nicht ihren Lebenslauf hören. Was ist sie für ein Mensch? Introvertiert? Optimistisch? Voreingenommen? Schaut sie sich samstagvormittags Cartoons an? Versteht sie sich gut mit ihrem Bruder?«

»Sie ist süß«, begann er zögernd, »und schlau.« Eigentlich gefährlich gerissen. Nadia gab ihm weitere Stichworte vor, aber Watt konnte diese Scharade nicht fortsetzen. Die Worte begannen wie Gift aus ihm herauszusprudeln. »Sie ist auch oberflächlich und hübsch und unsicher. Egozentrisch und manipulativ.«

Gut gemacht.

Du hast mir doch gesagt, dass ich die Wahrheit sagen soll!

Cynthia rutschte auf der Bank zu ihm herum. »Das verstehe ich nicht. Ich dachte, du magst sie?«

Watt ließ seinen Blick zu den Bäumen wandern, die genetisch so entwickelt waren, dass Dutzende verschiedene Früchte an einem Ast wuchsen. Eine übergroße Zitrone hing neben ein paar Kirschen und einer Reihe Pinienzapfen.

»Eigentlich mag ich Leda überhaupt nicht«, gestand Watt. »Und sie mich auch nicht. Wahrscheinlich hasst sie mich sogar. Normalerweise wäre es mir egal, dass ich ganz oben auf ihrer schwarzen Liste stehe, aber sie hat etwas gegen mich in der Hand.«

»Was meinst du damit, sie hat was gegen dich in der Hand?« Cynthia verengte die Augen zu Schlitzen. »Es geht um deine Hackerjobs, oder?«

Watt blickte sie scharf an. »Woher weißt du davon?«

»Ich bin nicht dumm, Watt. Bei der Menge Geld, die du verdienst? Das würdest du als ›IT-Berater‹ nie bekommen.« Sie hob die Hände und malte bei dieser Bemerkung Anführungszeichen in die Luft. »Abgesehen davon scheinst du immer bestens über andere informiert zu sein.«

Watt spürte Nadias Unbehagen wie eine Hand auf seinem Arm. *Wir können ihr vertrauen*, dachte er.

Wenn du das sagst, räumte Nadia ein.

»Mit dem Hacken hast du recht.« Ein Teil von ihm war erleichtert, dass er Cynthia gegenüber endlich ein Stück Wahrheit zugeben konnte.

»Und warum brauchst du jetzt einen Rat wegen Leda von mir?«

»Wie ich schon sagte, Leda ist nicht gerade mein größter Fan. Und mit dem Wissen, das sie über mich hat …« Er rutschte unbehaglich hin und her und schluckte. »Ich muss sie unbedingt dazu bringen, dass sie niemandem davon erzählt. Wenn sie mir vertrauen würde – oder mich wenigstens nicht mehr hassen würde –, behält sie es vielleicht für sich.«

Cynthia wartete, aber er fuhr nicht fort. »Was könnte denn passieren, wenn sie damit rausrücken würde?«, hakte sie nach.

»Das wäre sehr, *sehr* schlimm.«

Cynthia stieß einen tiefen Atemzug aus. »Fürs Protokoll, das *alles* gefällt mir überhaupt nicht.«

»Der Einwand wurde ordnungsgemäß vermerkt.« Watt lächelte erleichtert. »Also, hilfst du mir?«

»Ich werde mein Bestes geben. Aber ich kann nichts versprechen«, warnte Cynthia ihn.

Watt nickte, aber die Last, die auf seiner Brust lag, fühlte sich schon etwas leichter an, nur weil Cynthia hier war und ihm helfen wollte.

»Das Wichtigste zuerst«, erklärte sie. »Wann siehst du Leda das nächste Mal?«

»Weiß ich nicht.«

»Du solltest am besten anfangen, Zeit mit ihr zu verbringen, damit du die Kontrolle über die Situation bekommst, die Dynamik umkehren kannst«, schlug Cynthia vor.

Der Gedanke, freiwillig mit Leda abzuhängen, kam Watt so absurd vor, dass er zurückschreckte. Cynthia bemerkte seinen Gesichtsausdruck und verdrehte die Augen. »Watt, dieses Mädchen wird nie aufhören, dich zu hassen, wenn ihr euch nicht richtig kennenlernt. Und, was sagst du zu ihr, wenn du sie siehst?«

»Hi, Leda«, startete er einen Versuch.

»Wow!« Cynthias Miene blieb ausdruckslos. »Deine unglaublichen kommunikativen Fähigkeiten hauen mich ja richtig um.«

»Was soll ich denn sonst sagen?«, brauste er genervt auf. »Ich will doch nur nicht im Gefängnis landen!«

Cynthia saß still und reglos da. Er hatte zu viel gesagt und ihn verließ der Mut.

»*Gefängnis*, Watt?«

Er nickte elend.

Cynthia schloss die Augen. Als sie die Lider wieder aufschlug, lag eine neue Entschlossenheit in ihrem Blick. »Du wirst absolut überzeugend sein müssen.« Sie stand auf und ging ein paar Schritte auf das Museum zu, dann drehte sie sich wieder um. »Stell dir vor, ich bin Leda und komme gerade hier vorbei. Sag etwas Nettes zu mir, nicht nur ›Hi, Leda!‹ oder so.«

Mach ihr ein Kompliment, schlug Nadia vor.

»Leda«, begann Watt und zwang sich zu einem Lächeln, obwohl er dieses Rollenspiel total albern fand. »Wie schön, dich zu sehen.«

»Das ist zumindest ein Anfang. Aber versuch jetzt mal, nicht so zu klingen, als müsstest du gerade einen Ganzkörperscan von einem Med-Bot über dich ergehen lassen.«

Watt blinzelte sie verwundert an.

»Komm schon«, drängte Cynthia ihn. »Du musst ein besserer Lügner werden, damit dieses Highlier-Mädchen dir glaubt. Denk an jemand anderen, wenn du mit ihr sprichst, falls dir das hilft. Aber sag es, als würdest du es auch so meinen.«

Nadia projizierte automatisch eine ganze Bilderserie auf seine Kontaktlinsen – irgendwelche Holo-Promis, die Watt süß fand, und ein Bild von Avery an dem Abend, als sie miteinander ausgegangen waren und sie dieses hautenge, verspiegelte Kleid und seine Leuchtblüte hinter dem Ohr getragen hatte.

Nicht sehr hilfreich, Nadia, dachte er ärgerlich und sie zog sich einsichtig zurück. Er war nicht in der Stimmung, an Avery zu denken. Er war nicht mal sicher, ob er das je wieder sein würde.

Watt blickte wieder zu Cynthia auf, die immer noch mit einer Hand in die Hüfte gestemmt vor ihm stand. Verlegen räusperte er sich. »Hallo, Leda.« Er erhob sich und trat zur Seite, als wollte er ihr einen fiktiven Stuhl anbieten. Er schaffte es sogar, ihren Arm zu streifen, als sie sich an ihm vorbeischob – eine so schwache Berührung, dass es wie ein Versehen wirkte. »Du siehst heute Abend fantastisch aus«, flüsterte er ihr ins Ohr, als wollte er ein delikates Geheimnis mit ihr teilen.

Cynthia rührte sich nicht, ihre Lippen formten ein stummes O. Watt war sich sicher, dass er sie leicht schaudern sah. Er lächelte selbstzufrieden. *Gut zu wissen, dass ich es immer noch kann, oder?*, sagte er in Gedanken zu Nadia, die ihm als Antwort ein sarkastisches Daumenhoch schickte.

»Watt …«, sagte Cynthia langsam und schüttelte den Kopf. »Hör auf mit diesem Verführungsscheiß. Soll diese Leda dir vertrauen oder mit dir in die Kiste springen?«

Das klang nach einer Fangfrage, also antwortete Watt lieber nicht darauf.

»Mädchen haben Gefühle, Watt.« Cynthia senkte den Blick und ließ die Metallkette an ihrer Handtasche gedankenlos durch ihre Hände laufen. »Gefühle, die leicht verletzt werden können. Das solltest du nie vergessen.«

»Tut mir leid.« Watt wusste nicht genau, wofür er sich eigentlich entschuldigte, hatte aber das Gefühl, dass es nötig war. Er spürte, dass hinter ihren Worten eine versteckte Bedeutung lag, die er jedoch nicht durchschaute. Und Nadia bot ihm diesmal auch keine Hilfe an.

Cynthia schüttelte den Kopf und der Moment verstrich. »Du tust *mir* leid. Nach allem, was du mir erzählt hast, wird das nicht einfach werden.«

Sie murmelte einen Befehl, um einen Service-Bot aus dem Museumscafé zu rufen. Sofort kam einer von ihnen herübergeschwebt, die Menükarte auf seinen Holo-Screen projiziert. Cynthia gab die Bestellung ein.

»Wir werden noch eine Weile brauchen«, sagte sie und bedeutete Watt, dass er bezahlen sollte. »Da kannst du mir wenigstens einen verdammten Kuchen spendieren.«

Eineinhalb Stunden später fühlte sich Watt so erschöpft, als hätte er den ganzen Tag an einem nervenaufreibenden Hacker-Job gearbeitet. Sein ganzer Kopf tat weh. Aber er musste zugeben, dass Nadia mit ihrem Vorschlag, Cynthia um Rat zu fragen, recht behalten hatte. Warum hatte er sie nicht schon früher um Hilfe gebeten?, wunderte er sich.

Cynthia saß im Schneidersitz auf der Bank, ein paar letzte Krümel des roten Samtkuchens lagen auf dem Teller zwischen ihnen.

»Okay«, sagte sie zum wiederholten Mal, während sie ihn durch die Zeilen führte, die sie geübt hatten. »Und was sagst du als Nächstes?«

Watt sah Cynthia so eindringlich in die Augen, als könnte er direkt in ihre Seele blicken. »Leda, ich hoffe, du weißt, dass du mir vertrauen kannst. Nach dem, was wir hinter uns haben, kannst du mir alles sagen«, erwiderte er feierlich.

Cynthia schwieg einen Moment. Watt dachte schon, er hätte es wieder vermasselt, aber dann lachte sie. Der letzte Satz war ihre Idee gewesen, und obwohl sich Watt nicht ganz sicher damit war, fand er die Wirkung doch irgendwie nett.

»Gott, bin ich gut«, prahlte Cynthia. »Meine Arbeit hier ist beendet.«

»Das glaubst du doch nicht wirklich.« In diesem Moment zeigten seine Kontaktlinsen eine eingehende Nachricht an. Jetzt musste er lachen. »Leda ist mir gerade zuvorgekommen.«

»Lies vor!«

»Watt. Ich brauche dich nächste Woche als Date auf der Hudson-Naturschutzgala. Und such dir gar nicht erst eine Ausrede. Wir wissen beide, dass du einen Smoking hast. Du kannst mich um acht abholen. Das Motto ist *Unter Wasser*.«

»Wow, wie romantisch«, sagte Cynthia sarkastisch.

»Warum muss es schon wieder so ein formeller Anlass sein?«, stöhnte Watt. Er stand auf und hielt seiner Freundin die Hand hin. »Die haben doch alle einen an der Klatsche.«

»Bitte, Watt …«, sagte Cynthia, die Hand immer noch in seiner. Die Angst in ihrem Blick war nicht zu übersehen. »Sei vorsichtig bei diesem Mädchen.«

Er nickte, denn sie hatte recht. Es war ein gefährliches Spiel, Zeit mit Leda zu verbringen.

Vielleicht befreite er sich von ihr – vielleicht zerstörte er aber auch sein Leben.

Rylin

Rylin unterdrückte einen Fluch, als sie um eine weitere Ecke bog und genau dort herauskam, wo sie losgelaufen war. So ein Mist, dachte sie genervt. Warum mussten alle Gänge in dieser Schule genau gleich aussehen?

Sie drehte sich im Kreis und versuchte sich an die Wegbeschreibung zu erinnern, die sie auf ihrem Schultablet aufgerufen hatte, bevor es ausgegangen war. Sie hatte vergessen, es aufzuladen, was ziemlich peinlich war, weil es so viele Möglichkeiten zum Laden gab – man konnte es mit einer Wand verbinden, während man in der Sonne saß, oder sogar einfach in der Hand halten, denn der Akku nutzte die Wärmeenergie des Körpers. Standort-Holos flackerten an jeder Ecke und jeder Tür auf, wenn sie vorbeiging, aber das half ihr auch nicht weiter. Sie listeten nur die jeweiligen Klassenräume auf, die nach wohlhabenden Spendern benannt waren. Doch Rylin waren der Fernandez-Raum oder das Mill-Vehra-Tanzstudio herzlich egal. Sie musste die Fechtbahn finden, was auch immer das war, denn dort war sie mit Leda verabredet, um Aufnahmen für ihr Holografie-Projekt zu machen.

Ein paar Jungs tauchten am Ende des Ganges vor ihr auf. Sie waren verschwitzt und trugen Schulterpolster. Die kamen vom Hockeytraining, stellte Rylin erschrocken fest, und natürlich war einer von ihnen Cord.

Sie wollte den Rückzug antreten, aber es war zu spät – Cord hatte sie entdeckt. Er murmelte den anderen Jungs etwas zu und kam zu ihr. »Alles okay?«, fragte er belustigt. »Du wirkst etwas verloren.«

»Ich weiß genau, wohin ich muss, vielen Dank«, erwiderte Rylin. Sie suchte sich eine beliebige Tür auf der rechten Seite aus und drückte sie auf. »Wenn du mich jetzt entschuldigst …«

Die Tür schwang nach innen auf, direkt in einen kleinen, mit Matten ausgelegten Raum, wo zwei Jungs gerade miteinander kämpften und sich dabei auf dem Boden wälzten. Überrascht blickten sie zu ihr auf und Rylin stolperte hastig zurück.

»Na klar, du weißt genau, wo du hinmusst«, stimmte Cord ihr zu. »Zum Ringkampftraining.«

Rylin hob hilflos die Hände. »Na schön, ich habe keine Ahnung, wie ich zur Fechtbahn komme. Kannst du mir sagen, wo das ist?«

Cord ging los. »Ich kann sogar noch mehr für dich tun. Ich bringe dich hin.«

»Ist schon okay, sag es mir einfach«, beharrte sie, aber er war ihr schon ein gutes Stück voraus.

»Kommst du?«, rief er über die Schulter.

Rylin fluchte vor sich hin und trottete ihm hinterher.

Schweigend liefen sie den Gang hinunter. Messingtafeln an den Wänden erinnerten an Schulsportrekorde. Das Licht tanzte über silberne und bronzene Statuen, die in ordentlichen Reihen hinter Flexiglas aufgestellt waren. Rylin hielt den Blick auf die Auszeichnungen gerichtet, las die Namen, mit denen sie beschriftet waren, ohne sie wirklich aufzunehmen. Hauptsache, sie musste nicht in Cords Richtung schauen. Absurderweise war sie froh darüber, dass ihre Haare heute glatt und glänzend über ihre Schultern fielen und sie nicht wie sonst einen Pferdeschwanz trug.

»Also, Fechten.« Cords Stimme hallte in dem leeren Flur wider.
»Dir ist aber klar, dass du mit dem Degen andere tatsächlich verletzen
kannst, oder? Die Klingen sind mit Magnetfeldern ausgestattet, die sie
schlagfester machen.«

Rylin verdrehte die Augen. »Ich versuche, heute niemanden aufzu-
spießen, versprochen.«

»Du kannst mir doch nichts vormachen«, sagte er. »Also, warum
willst du zur Fechtbahn?«

»Um etwas für Holografie zu filmen.« Der Kurs, in dem du direkt
vor mir sitzt und so tust, als sei ich nicht da, fügte sie in Gedanken
hinzu.

»Das ist eine gute Idee. Ist visuell bestimmt interessant«, erwiderte
Cord. Trotz seiner typisch lässigen Art hätte Rylin schwören können,
dass er es auch so meinte. Ihr wurde ganz warm ums Herz.

»Es wäre bestimmt noch interessanter geworden, wenn ich das
Fechtteam dazu überredet hätte, Piratenklamotten zu tragen, aber
Leda wollte das nicht«, wagte sie sich vor und wurde mit einem kleinen
Lächeln belohnt.

»Ich hatte ganz vergessen, dass Leda deine Partnerin ist.« Cord
musterte sie. »Du solltest wissen, dass Leda zwar viel bellt, aber nicht
beißt. Und wenn du erst mal mit ihr befreundet bist, verteidigt sie dich
bis aufs Messer.«

»Danke«, sagte Rylin verwundert. Als könnten sie und Leda Cole
jemals Freundinnen sein.

Er zuckte mit den Schultern und führte sie den nächsten Gang entlang. »Ich wollte nur sichergehen, dass bei dir alles okay ist. Wenn ich
helfen kann …« Er brach den Satz ab, ohne ein richtiges Angebot zu
machen, aber Rylin stockte trotzdem der Atem. Was wollte er ihr sagen? Sie war auf eine schmerzhafte, süße, unerträgliche Weise verwirrt.

»Du hilfst mir doch schon«, sagte sie. »Ich hatte keine Ahnung, wie absurd groß diese Sportanlage ist. Ich hätte mich nicht gewundert, wenn wir auf Reithallen gestoßen wären, die mit diesen Zäunen, über die man die Pferde springen lässt.«

»Wir sind nicht an den Reithallen vorbeigekommen, weil sie auf der mittleren Ebene liegen«, erwiderte Cord.

Für einen Moment war Rylin völlig sprachlos, bis sie sein verräterisches Grinsen bemerkte.

»Gut zu wissen, dass du immer noch deine Scherze mit mir treibst.«

»Gut zu wissen, dass du mich immer noch durchschaust, wenn ich dich verarschen will.«

Sie stiegen zu einer riesigen, verglasten Doppeltür hinauf, hinter der Rylin das Klirren von Degen hören konnte. Sie bedauerte es, dass ihr Spaziergang schon zu Ende war. Es war schön, wieder mit Cord zu reden. Was diese nette Geste von ihm wohl zu bedeuten hatte? Falls sie ihm überhaupt etwas bedeutete.

»Wir sehen uns, Myers«, verabschiedete er sich, aber Rylin hielt ihn zurück.

»Cord –«

Er drehte sich um und blickte sie erwartungsvoll an.

Sie schluckte. »Hasst du mich immer noch?«, fragte sie mit sehr leiser Stimme.

Cord musterte sie mit heiterer Miene. »Ich habe dich nie gehasst.«

Rylin stand schweigend da und sah ihm nach. Ohne es zu wollen, bewunderte sie seine große Statur, seinen leichten, selbstbewussten Gang und wie sein Kopf auf seinen breiten Schultern saß. Am liebsten wäre sie ihm nachgelaufen und hätte seine Hand genommen, so wie früher, aber sie hielt sich zurück. Du kannst ihn nicht zurückhaben, rief sie sich ins Gedächtnis. Er gehört nicht länger zu dir.

Ein Summen ertönte in der Fechtarena. Mit großer Mühe drückte Rylin die Tür auf und trat ein.

Es war ein weiter, ovaler Raum mit einem nichtssagenden, weißen Bodenbelag, der mit farbigen Rechtecken markiert war. Das musste die Fechtbahn sein. Zwei Fechtkämpfer aus der Schulmannschaft schlugen aufeinander ein, beide trugen weiße Jacken und Helme. Sie trippelten vor und zurück wie betrunkene Krabben. Ihre Degen peitschten in raschen Bewegungen durch die Luft. Das sieht auf der Kamera bestimmt unglaublich aus, dachte Rylin anerkennend.

Leda stand am Rand der Bahn. Ihre silberne VidCam schwebte bereits in der Nähe der Deckenbeleuchtung über ihnen.

»Da bist du ja endlich«, fauchte sie, ohne auch nur den Blick zu heben, als Rylin sich neben sie stellte.

»Entschuldige, ich hatte mich verlaufen.«

»Für mich sah es so aus, als hättest du mit Cord geflirtet. Aber was weiß ich denn schon«, gab Leda zurück.

Rylin nickte nur kurz. Sie schuldete Leda keine Erklärung.

Schließlich hob Leda doch den Kopf und sah Rylin an. »Was läuft da eigentlich zwischen euch?«, fragte sie unverblümt.

Rylin war gleichzeitig verärgert und belustigt über Ledas Taktlosigkeit. »Das geht dich zwar nichts an, aber ich habe mal für ihn gearbeitet.«

Leda spitzte die Lippen, als ahnte sie, dass mehr hinter der Geschichte steckte. Trotzdem nahm sie Rylins Erklärung für den Moment so hin.

Sie schwiegen und sahen eine Weile den Fechtkämpfern zu. Gelegentlich bewegten sie die Arme, um die Position oder den Blickwinkel der Kamera zu verändern.

Schließlich fiel Rylin etwas ein und sie beschloss, Leda eine Frage zu stellen. »Hör mal«, begann sie. Leda sah sie gereizt an. »Letzte Woche hast du gesagt, dass der Holo-Kurs eigentlich nur für Zwölftklässler zugelassen ist und du nur einen Platz wegen deines Bewerbungsschreibens bekommen hast. Aber ich bin in der Elften und trotzdem drin –«

»Ich sagte doch schon, dass du mächtiges Glück hattest«, erwiderte Leda ungeduldig. »Betrachte es als Ausnahme, weil du mitten im Halbjahr angefangen hast, mit dem einzigen Zweck, mich zu ärgern.«

»Aber Cord ist auch erst in der Elften«, fuhr Rylin mit erhobener Augenbraue unbeirrt fort.

Leda machte eine genervte Geste. »Bei Cord ist das was anderes. Schließlich wurde ein *Gebäude* nach ihm benannt. Er bekommt jeden Kurs, den er will.«

Rylin wurde seltsam flau im Magen. »Welches Gebäude?« Sie dachte, sie hätte die Namen aller Gebäude gesehen, ganz besonders, nachdem sie sich so oft verlaufen hatte.

»Vielleicht hätte ich *mehrere Gebäude* sagen sollen. Plural«, betonte Leda bedeutungsvoll. »Die ganze Highschool wurde nach Cords Familie benannt. Das kannst du nicht wissen, weil du in den unteren Klassen nicht hier zur Schule gegangen bist, aber alles auf dieser Etage – das gesamte Gelände der Highschool – ist im Prinzip der Anderton-Campus.«

Der kurze Moment der Nähe, den Rylin mit Cord geteilt hatte, schien sich wie Rauch in Luft aufzulösen. Wieder einmal wurde sie daran erinnert, dass Welten zwischen ihnen lagen und wie dumm es von ihr war zu glauben, sie könnte diese Distanz überbrücken. Wie oft wollte das Universum ihr noch dieselbe dämliche Lehre erteilen? Sie war an derselben Schule wie Cord und doch fühlte sie sich weiter von ihm entfernt als jemals zuvor.

Die Schuld für die tiefe Kluft zwischen ihnen hätte Rylin am liebsten nur ihren unterschiedlichen Lebenssituationen gegeben: Cords Familie hatte die ganze Schule gestiftet, während sie nur hier sein durfte, weil ein Mädchen gestorben war. Aber das erklärte nur einen Teil von dem, was sie wirklich von Cord trennte.

Der Rest lag an dem, was sie getan hatte. Sie hatte ihre Beziehung zerstört, weil sie sein Vertrauen verletzt hatte.

Sie fragte sich, ob sie eines Tages in der Lage wäre, das wieder in Ordnung zu bringen – oder ob es Dinge gab, die sich nicht wieder hinbiegen ließen, egal wie sehr man es auch wollte.

Calliope

Calliope streckte sich auf dem bequemen Loungesessel aus und legte in einer absichtlich gelangweilten Geste die Arme über den Kopf, obwohl ihr ganzer Körper in Alarmbereitschaft war. Wann tauchte Atlas endlich auf? Sie wusste, dass er hier war. Er traf sich mit einem der leitenden Angestellten des Hotels wegen irgendeiner geschäftlichen Verhandlung oder so was in der Art. Zerstreut nahm sie einen Schluck von ihrem Wasser, die nicht schmelzenden Eiswürfel klirrten im Glas, und zupfte am Träger ihres neuen Häkelkleidchens.

Calliope hätte längst daran gewöhnt sein müssen zu warten, in den letzten paar Jahren war sie oft dazu verdammt gewesen. Aber sie war noch nie sehr geduldig gewesen und hatte auch nicht vor, heute damit anzufangen.

Ihre Jade-Armbänder rutschten an ihrem Arm nach unten, als sie sich auf einen Ellbogen abstützte und sich umsah. Von der Sonnenterrasse im Nuage mit dem glitzernden Infinity-Pool, der sich bis zum Horizont zu erstrecken schien, hatte man eine der besten Aussichten im Tower. Weiß und gelb gemusterte Sonnenschirme waren verstreut aufgestellt, natürlich ausschließlich für das Ambiente. Die himmelhohe, blaue Decke war mit Solarlampen ausgestattet, die ein gleichmäßiges UV-freies Sonnenlicht verströmten. Calliope erinnerte sich daran, wie es einmal in Thailand *geregnet* hatte, weil die dortige Regierung das Wetter nicht kontrollierte. Sie und ihre Mom hatten gerade an einem Pool gelegen und es geliebt. Es war ihnen wie ein wunderbares Abenteuer aus einem Liebesroman vorgekommen, als hätte sich der Himmel geöffnet und alles wäre plötzlich möglich.

Sie hörte, wie sich über ihr eine Tür öffnete und riskierte einen Blick nach oben. Und tatsächlich trat Atlas aus dem Büro der Geschäftsleitung auf die berühmte Hängebrücke des Hotels, die über den Poolbereich und die Innenweinberge führte. Genau wie die Sonnenschirme waren die Weinberge nur Show, denn aus ihren Trauben wurde gerade genug Wein für ein paar wenige Fässer im Jahr gewonnen.

Calliope hatte ihren Platz natürlich mit großer Sorgfalt ausgewählt. Sie wartete, bis Atlas direkt über ihr war.

»Atlas? Bist du das?«, rief sie dann zu ihm hinauf, die Hand an die Stirn gehoben, als wollte sie ihre Augen vor dem Sonnenlicht abschirmen. Sie hatte ihn seit der Party im Apartment seiner Eltern am letzten Wochenende weder gesehen noch von ihm gehört, also war sie gezwungen gewesen, selbst ein Zusammentreffen zu inszenieren. Es war eine etwas verzweifelte Tat, aber jeder gute Trickbetrug musste irgendwo anfangen.

»Calliope! Was machst du denn hier?« Atlas trat an den Rand der Brücke. »Nach unten, bitte«, sagte er.

Calliopes Mundwinkel zuckten leicht, als sich das Teilstück, auf dem er stand, von der Brücke löste und nach unten schwebte. Nur Atlas sagte Bitte und Danke zu einem robotergesteuerten System.

Sie überlegte, ob sie aufstehen sollte, um ihn zu begrüßen, entschied sich aber dagegen. Es würde Atlas zu viel Macht geben, und abgesehen davon sah sie aus diesem Blickwinkel viel besser aus. »Ich wohne hier. Was ist deine Ausrede?«, sagte sie neckisch mit einem Blick auf seinen Anzug und die Krawatte. »Nur Arbeit und kein Vergnügen?«

»Etwas in der Art.« Er fuhr sich in seiner typisch zerstreuten Art mit der Hand durch die Haare.

Calliope deutete auf den Liegesessel neben sich. »Willst du mir Gesellschaft leisten oder musst du gleich weiter?«

Atlas antwortete nicht sofort, wahrscheinlich checkte er die Uhrzeit.

»Ach, warum eigentlich nicht«, entschied er sich schließlich, streifte das Jackett ab und ließ sich dankbar auf den Sessel fallen.

Calliope senkte den Blick, um ihre Aufregung zu verbergen, ihre langen Wimpern warfen Schatten auf ihr Gesicht. Sie hob eine Schulter in Richtung Fenster, wo die Sonne langsam hinter den zerklüfteten, künstlich errichteten Bergen am Horizont verschwand. »Es ist fast schon Zeit für einen kleinen Abendtrunk. Champagner oder Bier?«, fragte sie und tippte an die Seite ihres Sessels, um das Menü aufzurufen.

Wie sie gehoffte hatte, entlockten ihm ihre Worte ein zögerndes Lächeln. Der »Abendtrunk« war in Afrika eine Tradition gewesen. Die Belegschaft der Safari-Lodge versammelte sich auf einem Hügel, um den Sonnenuntergang zu betrachten, und sie brachten Salzgebäck und Bier mit. Wenn die Sonne am Horizont unterging, wurden die Flaschen geöffnet und angestoßen, während der Himmel in einer feurigen Farbenpracht erstrahlte.

»Bier«, erwiderte er. »Es gibt sogar ein einheimisches Joburg auf der Karte, wenn du das –«

»Schon erledigt.«

Ihre Blicke trafen sich, und vielleicht bildete sie sich das nur ein, aber es fühlte sich an, als würde es zwischen ihnen knistern.

»Und, wie ist dein Meeting gelaufen?«

»Nicht so besonders«, gab Atlas zu. »Aber lass uns jetzt nicht über die Arbeit reden.«

Bei jedem anderen Jungen hätte Calliope nach so einer Bemerkung sofort das Thema gewechselt und wahrscheinlich von sich geredet, aber sie hatte die bittere Erfahrung gemacht, dass Atlas nicht wie die anderen Jungen war. Also zwang sie sich, ihm in die unergründlichen braunen Augen zu sehen und einfach fortzufahren. »Ich hoffe, das Nuage hat keine Neuverhandlung der Mietbedingungen verlangt. Du solltest nicht darauf eingehen, jedenfalls nicht jetzt.«

Es war immer riskant, nicht die Dumme zu spielen. Calliopes Herzschlag hallte in ihrem Brustkorb wider.

»Und warum nicht?«, fragte Atlas. Offenbar hatte sie ihn neugierig gemacht.

»Ihre Zimmerauslastung sollte höher sein. Es sind Weihnachtsferien und sie sind nicht einmal zu achtzig Prozent ausgebucht. Abgesehen davon«, fügte sie hinzu, hob eins ihrer langen Beine und deutete auf ihren Fuß, »ist ihr Reinigungsservice bedauerlich unzureichend. Wusstest du, dass ich über ein heruntergefallenes Glas gestolpert bin und mir den Knöchel verstaucht habe, als wir hier eingecheckt haben?«

Atlas' Blick folgte kurz ihrer Bewegung, dann sah er schnell wieder weg. Also fand er sie doch attraktiv. Sie hatte schon fast geglaubt, sich das nur eingebildet zu haben. Sie senkte das Bein wieder und beugte sich vor. »Ich will nur sagen, dass ich genau darüber nachdenken würde, bevor ich die Miete unter den gleichen Bedingungen neu verhandeln würde.«

»Da hast du gar nicht mal so unrecht«, stimmte Atlas ihr zu. Sie unterhielten sich noch eine Weile über abgezinste Zahlungsströme, und während Calliope fast die ganze Zeit redete, behielt sie Atlas genau im Auge – wie seine Pupillen tanzten, wenn er über bestimmte Dinge sprach, wie er die Hände bewegte, wenn er argumentierte. Den ganzen

Sommer über hatte sie darauf gewartet, diese Hände endlich auf ihrer Haut zu spüren, doch Atlas hatte sie nie berührt, nicht ein einziges Mal. Wieso hatte er sie nicht gewollt?, überlegte sie krampfhaft. Warum war er der einzige Junge, der sich nicht an sie rangemacht hatte – der einzige Junge, den sie nicht um den Finger hatte wickeln können?

Ein Kellner brachte ihnen das Bier auf einem silbernen Tablett. Das Glas fühlte sich angenehm kühl zwischen Calliopes Fingern an. Sie hob es an die Lippen und nahm einen großen Schluck. Sie hasste Bier – schon immer –, aber für den einen oder anderen Betrug war sie auch schon viel weitergegangen.

»Was hast du in letzter Zeit so gemacht?«, fragte Atlas. »Du gehst nicht zur Schule, oder?«

Für einen Moment fragte sich Calliope, ob es ein Fehler gewesen war, dass sie das Angebot ihrer Mom abgelehnt hatte, sie an einer Schule anzumelden. Es hätte ihr auf jeden Fall mehr Zeit mit Atlas' Schwester verschafft. Doch dann rief sie sich ins Gedächtnis, dass Mädchen – wenn überhaupt – nur eine unberechenbare Hilfe waren und es immer besser war, sich das Ziel direkt vorzunehmen. Wenn sie sich lange genug in Atlas' Nähe aufhielt, würde sie schon einen Weg finden, von ihm das zu bekommen, was sie wollte.

»Nein, ich gehe nicht zur Schule. Aber ich kann dir versichern, dass ich mich auch gut selbst beschäftigen kann.« Sie hoffte, dass sie genau den richtigen unanständig frechen Ton erwischt hatte.

»Atlas! Was machst du hier? Und wer ist das?«

Etwas an dem Jungen, der neben ihren Sesseln aufgetaucht war, kam Calliope bekannt vor. Er war groß und mit seinen hohen Wangenknochen und den stechend blauen Augen auf eine klassische Weise gut aussehend.

»Cord! Wie geht's dir?« Atlas stand grinsend auf, um ihn zu begrüßen. »Hast du meine Freundin Calliope Brown noch nicht kennengelernt?«

Freundin? Echt jetzt? Calliope betrachtete das als Eröffnungsangebot. Zum Glück war sie ein verdammt guter Verhandlungspartner.

Sie schwang die Beine über die Sesselkante und erhob sich langsam. »Freut mich«, murmelte sie – als noch ein junger Mann den Poolbereich betrat und ihr mit einem unguten Gefühl klar wurde, wieso ihr Cord so bekannt vorkam.

Calliopes Brust zog sich zusammen. Der Neuankömmling war eine ältere Version von Cord. Er wirkte etwas abgebrühter, das Lächeln war zynischer. Sie betete, dass er sich nicht an sie erinnerte, aber ihre Hoffnung wurde jäh zerstört, als er in ihre Richtung sah und irritiert die Stirn runzelte.

»Kennen wir uns?«, fragte er.

»Ich glaube kaum«, gab Calliope leichthin zurück.

Er schüttelte den Kopf. »Nein, wir haben uns in Singapur kennengelernt. Du warst mit meinem Freund Tomisen zusammen und wir waren auf dieser Moonlight-Party am Strand.«

Calliope war bis jetzt noch nie wiedererkannt worden. Die Welt wurde langsam zu klein für Menschen wie sie, dachte sie, wobei sie versuchte, sich keine Spur ihrer Angst anmerken zu lassen. Sie konnte nur hoffen, dass Brice den Rest der Geschichte nicht kannte. Sie hatte Tomisen eine Woche nach der Strandparty um Geld gebeten, das gefälschte Bitbank-Konto sofort geschlossen, nachdem er den Betrag überwiesen hatte, und war aus der Stadt verschwunden.

Sie warf einen kurzen Blick zur Tür, über der in leuchtenden Holo-Buchstaben das Wort AUSGANG prangte. »Du musst immer einen Ausweg parat haben«, hatte ihre Mom ihr eingeschärft. Nur der Anblick dieses Hologramms machte Calliope ruhiger.

Sie setzte ein selbstbewusstes Lächeln auf und streckte ihm ihre Hand entgegen. »Calliope Brown«, sagte sie. »Ich fürchte, du verwechselst mich. Obwohl das echt ein tolles Mädchen sein muss, also betrachte ich das mal als Kompliment.«

»Brice Anderton. Tut mir leid wegen der Verwechslung.« Sein Händedruck war viel zu fest, in seiner Stimme klang eine unterschwellige Drohung mit.

»Ach, beachte meinen Bruder gar nicht. Er hat Probleme damit, sich an all die Frauen zu erinnern, denen er auf seinen Reisen begegnet ist«, scherzte Cord, der die Anspannung nicht wahrgenommen hatte.

Brice hielt ihre Hand immer noch fest. Calliope zog vorsichtig daran und er ließ sie spürbar widerwillig los. »Warum bist du mir noch nie über den Weg gelaufen, Calliope Brown?« Er sprach ihren Namen aus, als stünde er in Anführungszeichen, als wäre er nicht davon überzeugt, dass es ihr richtiger Name war.

»Ich lebe nicht in New York.«

»Und von wo, sagtest du, bist du zu Besuch hier?«

Sie verkniff sich, ihn darauf hinzuweisen, dass sie das noch gar nicht erwähnt hatte. »London.«

Seine Miene veränderte sich für einen Moment. »Interessant. Du hast einen ziemlich *einzigartigen* Akzent.«

Calliope warf Atlas einen Seitenblick zu, aber er redete gerade mit Cord und achtete gar nicht auf ihre Unterhaltung mit Brice. Ihr Puls beschleunigte sich ein wenig.

»Da du nicht aus New York bist, vermute ich mal, dass du noch eine Begleitung zur Unterwasser-Gala brauchst.«

Calliope hob rasch den Blick. »Unter Wasser?«, wiederholte sie wie ein Idiot, fing sich aber schnell wieder. »Das klingt toll«, fuhr sie etwas lauter fort, um Atlas' Aufmerksamkeit zu wecken.

Doch als hätte Brice ihre Absicht durchschaut, wandte er sich an Atlas. »Fuller, deine Mom richtet doch diese Gala aus, oder?«

»Dieses Hudson-Naturschutzding? Ich glaub schon«, erwiderte Atlas irritiert.

Also würde Atlas auch dort sein.

Brice lächelte und Calliope hatte unwillkürlich den Eindruck, dass etwas Boshaftes darin lag. Mit einer Mischung aus Panik und Aufregung fragte sie sich, ob er ihre Lügen durchschaut hatte. Hatte er diese Bemerkung gegenüber Atlas nur fallen lassen, um ihr eine Falle zu stellen?

»Also, Calliope«, fuhr Brice lauernd fort. »Dann begleitest du mich doch sicher zu der Party, oder?«

Während ihr Blick auf Brice gerichtet blieb, musterte sie Atlas aus dem Augenwinkel. Das war sein Stichwort – er sollte jetzt etwas einwerfen und anbieten, dass er sie mitnehmen könnte. Aber er sagte kein Wort.

Na schön. Ein Teil von Calliope wusste zwar, dass es keine gute Idee war, mit einem Jungen auszugehen, der sie beinahe erkannt hätte, aber gab es nicht ein altes Sprichwort, dass man seine Feinde im Auge behalten sollte? Und eine Party war schließlich eine Party. Sie hatte noch nie gern eine Einladung abgelehnt, egal zu welchem Anlass.

»Das würde ich gern«, sagte Calliope zu Brice und wechselte einen langen Blick mit ihm, damit sich ihre Kontaktlinsen verlinken konnten. Er starrte ungerührt und ohne zu blinzeln zurück.

Als sich die Anderton-Brüder verabschiedeten, war Calliope bereits zu dem Schluss gekommen, dass sie diese Begegnung zu ihrem Vorteil nutzen konnte. Es gab keinen besseren Weg, die Aufmerksamkeit eines Jungen zu wecken, als todschick zurechtgemacht am Arm eines anderen auf einer Party aufzukreuzen. Sie würde schon dafür sorgen, dass

Atlas es bereute, sie nicht eingeladen zu haben. Und dann würde sie ihm alles nehmen, was sie kriegen konnte, bevor sie und ihre Mom die Stadt verließen.

Vielleicht würde das sogar ihr bisher größter Trickbetrug werden.

Avery

Das Klingeln der Glöckchen hallte klar und hell durch die kalte Nachtluft. Avery kuschelte sich unter dem Stapel Decken an Atlas, ihr Herz klopfte vor Aufregung, während ihr Schlitten den von Bäumen gesäumten Weg entlangglitt.

Sie konnte immer noch nicht glauben, dass sie es wirklich geschafft hatten. Es war Samstagabend und sie waren in Montpelier, Vermont – zusammen und unter freiem Himmel. Weit weg von New York und all den Zwängen und Grenzen und Tabus.

Atlas hatte alles organisiert. Sie waren beide nervlich so gut wie am Ende gewesen und nur noch angespannt und wie auf Eierschalen durch das Apartment geschlichen – sich jeder kleinsten Bewegung des anderen bewusst und doch verzweifelt darum bemüht, so zu tun, als würden sie nicht aufeinander achten. Avery hatte das Gefühl, seit der Dubai-Sache nur noch mit angehaltenem Atem durch die Gegend zu laufen. Als Atlas vorschlug, für eine Nacht aus der Stadt zu verschwinden, hörte sich das fast zu gut an, um wahr zu sein.

»Ich bin so froh, dass wir uns wegschleichen konnten.« Ihr Atem formte sich in der Kälte zu kristallisierten Wölkchen. Sie betrachtete Atlas von der Seite, seine gerade Nase, seine vollen Lippen, die leicht angedeuteten Sommersprossen auf der blassen Haut. Inzwischen waren ihr seine Züge sogar vertrauter als ihre eigenen. Sie hätte jede Linie seines Körpers mit verbundenen Augen nachzeichnen können, so tief hatte er sich in ihr Gedächtnis eingeprägt.

»Ich auch, Aves.« Er legte den Arm um sie und zog sie näher.

»Und du denkst nicht, dass Mom und Dad irgendeinen Verdacht haben?« Sie war immer noch nervös, weil sie beide in derselben Nacht nicht zu Hause waren. Das musste doch wie ein Alarmsignal wirken.

»Hast du ihnen nicht erzählt, dass du bei Leda bist?«

»Doch«, sagte Avery, obwohl sie ihnen eigentlich erzählt hatte, dass sie bei Risha war, für den eher unwahrscheinlichen Fall, dass sie anrufen und es überprüfen würden. Sie konnte nicht darauf vertrauen, dass Leda sie decken würde, jetzt nicht mehr.

»Und ich habe ihnen erzählt, dass ich mit Maxton und Joaquin beim Spiel der Rangers-Kings in L. A. bin. Ich habe sogar Tickets gekauft, um das zu beweisen. Also mach dir keine Sorgen.«

Avery nickte, aber sie rutschte trotzdem unruhig hin und her und versuchte, ihre Nervosität in den Griff zu bekommen. Sie erinnerte sich daran, wie sie einmal versucht hatte, eine Tüte Chips aus der Küche zu stibitzen, als sie noch klein gewesen war. Sie hatte sich die Tüte mühelos geschnappt, war dann aber vor Angst viel zu aufgedreht gewesen, um die Chips in ihrem Zimmer wirklich genießen zu können.

Atlas bemerkte ihre Unruhe und seufzte. »Aves, ich weiß, dass dich die ganze Sache mit Dad ziemlich nervös macht, aber ich verspreche dir, dass wir hier sicher sind. Und wir haben nur diesen einen gemeinsamen Abend, um das alles mal hinter uns zu lassen. Können wir nicht das Beste daraus machen?«

Avery verfluchte insgeheim ihre hartnäckige Angst. Er hatte sich so viel Mühe gegeben, einen Ort zu finden, an dem sie niemand kannte, denn er wusste, wie sehr sie sich darüber freuen würde. Und hier saß sie nun und war dabei, alles zu ruinieren. Sie rutschte etwas tiefer unter ihre klimatisierte Decke, bis sie den Kopf an seine Schulter legen konnte.

»Du hast recht«, murmelte sie.

Atlas schob seine Finger zwischen ihre, hob sanft ihre Hand an seine Lippen und küsste sie. Es war eine zärtliche, fast vornehme Geste, die Averys Ängste dahinschmelzen ließ.

Sie blickte in die Dunkelheit, die an ihnen vorbeirauschte, dicht und wunderschön. Es fühlte sich an, als wären sie Geister hier draußen im Wald – oder vielleicht Nymphen, uralte Seelen. Der Tower schien Welten entfernt zu sein.

Sie waren auf dem Weg zu den Nordlichtern. Wegen der Verschiebungen im Riss der Ozonschicht war das Polarlicht einmal im Jahr so weit im Süden zu sehen. Avery hatte sich schon immer danach gesehnt, dieses Schauspiel einmal mitzuerleben, hatte es schon Dutzende Male in der virtuellen Realität bewundert, aber aus irgendeinem Grund war sie noch nie dort gewesen.

Sie bogen auf eine Lichtung ab, wo bereits einige andere selbstfahrende Schlitten standen, in diskretem Abstand zueinander wie in einer märchenhaften Version eines altmodischen Autokino-Films. Ein stiller Zauber hatte sich über die Versammelten gelegt. Dampfende Becher Kakao mit Schlagsahne wurden auf schwebenden Hover-Tabletts verteilt. Ihre Sitze neigten sich nach hinten, bis sie flach liegen und in die Dunkelheit hinaufblinzeln konnten. Avery nahm nichts mehr wahr außer der Kälte um sie herum und Atlas' Wärme unter den Decken neben sich, und natürlich den samtartigen, gewölbten Himmel, der sich endlos über ihr erstreckte.

Plötzlich erwachte ein Spektrum aus Farben zum Leben, blaue und grüne, rote und aprikosenfarbene Lichtbögen verschlangen sich ineinander. Für einen winzigen Moment hatte Avery fast Angst, als würde die Erde auf eine weit entfernte Galaxie zuschlingern. Sie umklammerte Atlas' Hand fester.

»Hörst du dir etwas an?«, fragte sie leise. Es wurden verschiedene Soundtracks angeboten, die das Lichtspektakel begleiteten, von Violin-Konzerten über Oboe-Solos bis hin zu Rockmusik. Avery hatte alle ausgestellt. Sie bildete sich ein, die Lichter in der Stille rauschen zu hören, als würden sie vor dem Schleier des Himmels zu ihr flüstern.

»Nein«, murmelte Atlas.

»Ich auch nicht.«

Avery kuschelte sich noch näher an ihn. Tränen stiegen ihr in die Augen und ließen die Lichtstreifen am Himmel in Millionen wundervolle Scherben zersplittern.

Irgendwann musste sie weggedöst sein, denn als sie die Augen wieder öffnete, schoben sich bereits die rosaroten Finger der Morgensonne über den Horizont.

»Wir sind da, Dornröschen.« Atlas schob eine Haarsträhne hinter ihr Ohr und küsste sie zärtlich auf die Stirn.

Avery blickte zu ihm auf, sie war überhaupt nicht mehr müde. Mit ihrem ganzen Bewusstsein nahm sie plötzlich schmerzhaft wahr, wie nah er ihr war.

»Ich mag es, neben dir aufzuwachen«, sagte sie und wurde von Atlas' strahlendem Lächeln belohnt.

»Ich möchte gern jeden Morgen mit dir aufwachen, für immer«, stimmte er ihr zu, als der Schlitten vor ihrem Hotel mit einem Ruck zum Stehen kam. Sie hatten ein Zimmer im berühmten Snow Palace gebucht, wo alles aus nicht schmelzendem Eis bestand, sogar die Kamine. Um sie herum kletterten andere Pärchen verschlafen unter ihren Decken hervor und gingen auf die gewaltige Flügeltür aus Eiszapfen zu. Avery sprang leichtfüßig aus dem Schlitten, während Atlas auf der anderen Seite ausstieg.

»Avery?« Stiefel knirschten im Schnee hinter ihr.

Avery zuckte zusammen. Sie wagte es nicht, zu Atlas hinüberzuschauen, aber aus dem Augenwinkel sah sie, wie er sich duckte, seine Mütze tief in die Stirn zog und rasch durch den Hoteleingang verschwand. Ein seltsamer Stich fuhr ihr in die Brust, als er von ihr wegging, ohne noch einmal einen Blick über die Schulter zu werfen. Es fühlte sich wie ein böses Omen an.

Langsam drehte sie sich um und setzte ein halbwegs heiteres Lächeln auf. »Miles! Was für eine Überraschung«, rief sie und umarmte den Neuankömmling. Miles Dillion war in Atlas' Highschool-Jahrgang gewesen. Panisch fragte sie sich, ob er Atlas bemerkt hatte.

»Ja, nicht wahr?« Miles lachte und sein Begleiter trat vor, ein großgewachsener junger Mann mit weichen, hübschen Gesichtszügen. »Das ist mein Freund Clemmon. Bist du allein hier?«

»Leider ja.« Avery wagte es nicht, einen Schritt nach vorn zu machen, weil sie fürchtete, ihre Knie könnten nachgeben. Sie zog ihren Mantel fester um sich und versuchte, ihre Gedanken auf ein anderes Thema zu lenken. »Mein Dad will das Hotel vielleicht kaufen und hat mich gebeten, es für ihn zu testen. Bis jetzt gefällt es mir. Was denkst du?« Auf die Schnelle war das eine ganz gute Lüge.

»Wir lieben es!«, rief Clemmon aus. »Es ist so romantisch. Wirklich zu schade, dass du allein hier bist«, fügte er in demselben verblüfften Tonfall hinzu, in den die Leute immer verfielen, wenn Avery ihnen erzählte, dass sie Single war.

»Möchtest du vielleicht mit uns frühstücken?«, bot Miles an, aber Avery schüttelte den Kopf. Sie hatte immer noch ein gepresstes Lächeln im Gesicht.

»Ich glaube, ich lege mich erst mal hin. Aber trotzdem danke.«

Sie wartete, bis die beiden Jungs Hand in Hand in Richtung Speisesaal davongegangen waren, bevor sie den Flur zu ihrem Zimmer entlangeilte.

Als sie eintrat, saß Atlas in einem der bequemen Sessel und starrte ins Feuer. Auf einem Beistelltisch glänzte ein silbernes Tablett, das mit Averys Lieblingsspeisen beladen war: Croissants und frische Beeren und eine Kanne mit heißem Kaffee. Sie lächelte, wie immer tief berührt von Atlas' Aufmerksamkeit und Fürsorge.

»Es tut mir so leid wegen eben«, sagte sie langsam. »Was für ein blöder Zufall. Ich meine, wie hoch standen die Chancen?«

»Offenbar höher, als wir dachten.« Atlas' Kinn wirkte kräftig und hart im flackernden Licht des Kaminfeuers. Er blickte zu ihr auf. »Das war kein Zufall, Aves. Das ist unsere Realität. Wir können in New York nicht zusammen sein, und jetzt sieh dir an, was passiert, wenn wir dem zu entfliehen versuchen.«

Avery ging langsam um ihn herum, setzte sich in den anderen Sessel und streckte die Beine zum Kamin aus. »Ich …«

Atlas beugte sich vor und stützte die Ellbogen auf die Knie. »Wir müssen verschwinden, wie wir es schon immer vorhatten. Bevor es zu spät ist.« Ein beängstigender neuer Nachdruck lag in seiner Stimme.

Für einen Moment gab sich Avery selig ihrer Fantasie hin: wie sie mit Atlas einen sonnenüberfluteten Strand entlanglief, auf einem farbenfrohen Fischmarkt einkaufte, in einer Hängematte unter den Sternen in seinen Armen lag. Richtig *zusammen* zu sein, ohne die ständige Angst, erwischt zu werden. Es war ein wundervoller Traum.

Und ein unerreichbarer Traum, zumindest in der jetzigen Situation. Ihr Magen verkrampfte sich bei dem Gedanken an Leda, die die Wahrheit über sie kannte und nicht zögern würde, sie überall herumzuerzählen, wenn Avery und Atlas gemeinsam wegliefen. Avery konnte sich nicht vorstellen, ihren Eltern das anzutun. Was würde mit ihnen geschehen, wenn Averys und Atlas' Beziehung ans Licht kam?

Obwohl ihr Vater mittlerweile wahrscheinlich schon einen Verdacht hatte.

»Es gibt nichts, was ich mir sehnlicher wünsche, als mit dir wegzugehen«, sagte Avery, und das meinte sie auch so, mit jeder Faser ihres Seins. »Aber ich kann nicht, noch nicht.« Wenn sie nur eine bessere Erklärung hätte.

»Warum nicht?«

»Es ist kompliziert.«

»Was auch immer es ist, Avery, du –«

»Ich kann einfach nicht, okay?«

Atlas senkte langsam den Blick, seine Miene wirkte verletzt und verschlossen.

»Tut mir leid. Ich wollte dich nicht so anschnauzen. Ich bin einfach nur völlig am Ende«, sagte sie schnell und griff über die Sessellehne nach seiner Hand. Atlas drückte sie leicht, was Avery als Aufforderung verstand, sich auf seinen Schoß zu setzen. Sie legte die Arme um seinen Nacken, schmiegte ihr Gesicht an seine Brust und schloss die Augen. Sein gleichmäßiger Herzschlag beruhigte sie und machte ihr das Atmen etwas leichter.

»Ist schon okay. Miles' Auftauchen hat mich auch nervös gemacht«, sagte Atlas und malte kleine Kreise auf ihren Rücken.

Avery nickte. Sie wollte Atlas so verzweifelt die Wahrheit sagen – über die schreckliche Nacht auf dem Dach, was Eris wirklich passiert war und dass sie gelogen hatte. Sie wollte ihm den wahren Grund nennen, warum sie nicht wegrennen konnten.

Aber Atlas würde sie mit anderen Augen betrachten, wenn er

wüsste, was sie getan hatte. Und Avery war nicht sicher, ob sie das ertragen könnte.

Er seufzte. »Es ist wegen Mom und Dad, oder? Sie würden schon damit zurechtkommen. Vielleicht sogar besser, als wenn wir bleiben und erwischt werden.« Er hielt sie noch etwas fester. »Obwohl ... so sehr ich es mir auch wünsche, vielleicht sollten wir nicht sofort abhauen. Vielleicht ist es besser, wenn ich erst ein Jahr für Dad in Dubai arbeite und wir dann nach deinem Abschluss verschwinden. Wir müssten nicht mal zur selben Zeit gehen. Auf diese Weise würden wir weniger Fragen aufwerfen.« Er lächelte. »Außerdem verdienst du es, die Highschool mit deinen Freunden zu beenden.«

»Dubai ist so weit weg«, sagte Avery, denn sie hasste die Vorstellung, eine halbe Welt von Altlas entfernt ein getrenntes Leben führen zu müssen.

»Ich weiß, aber so können wir doch auch nicht weiterleben, Aves – wir beide in New York, in ständiger Angst, erwischt zu werden.«

Avery hatte darauf keine Antwort. Dubai als Alternative fühlte sich genauso schrecklich an, aber sie wusste, dass Atlas recht hatte. So konnten sie nicht weitermachen.

»Es tut mir leid. Ich brauche einfach mehr Zeit«, wisperte sie hilflos, denn sie hatte keine Ahnung, was sie tun sollte.

»Ich verstehe dich. Ich werde so geduldig wie möglich sein.« Atlas' vertrauensvolles Lächeln brach ihr fast das Herz. »Und natürlich bist du es wert, zu warten. Ich würde ein ganzes Leben lang auf dich warten.«

Avery konnte es nicht länger ertragen, also brachte sie ihn mit einem Kuss zum Schweigen.

Später, als Atlas unter einem Stapel Bärenfelldecken eingeschlafen war, sah sich Avery in dem wunderschönen Schlafzimmer mit den glatten und starren Eiswänden um. Sie dachte an Miles und Clemmon, an ihre Eltern, an Eris und Leda – und an alles andere, das kleine Risse im Band ihrer Beziehung zu Atlas verursacht hatte.

Sogar hier, weit weg von New York, konnten sie und Atlas der bitteren Wahrheit, wer sie waren, nicht entkommen. Es gab keinen Ort, an dem sie sich verstecken konnten. Ihr Herz zog sich panisch zusammen. Was, wenn das für immer so blieb? Die Welt war inzwischen so klein geworden – wie konnten sie und Atlas jemals frei sein?

Sie versuchte, diesen Gedanken beiseite zu schieben, aber es fühlte sich an, als kämen die eiskalten Wände langsam auf sie zu. Sie nahmen ihr die Luft zum Atmen und es gab kein Entkommen.

Rylin

Rylin beugte sich am Mischpult im Holografie-Filmlabor vor. Sie war so tief in ihre Arbeit versunken, dass sie fast vergessen hatte, wo sie sich befand.

Sie hatte sich nach dem Unterricht mit Leda hier getroffen, um die Aufnahmen vom Fechttraining zu bearbeiten, die echt toll geworden waren, wie Rylin zugeben musste. Aber Leda war schon vor einer Weile gegangen. Nur aus einer Laune heraus hatte Rylin auch den Rest des Filmmaterials von ihrer Kamera heruntergeladen – und war nun in eine ganz andere Welt eingetaucht.

Immer wieder sah sie sich an, was sie während der Pool-Party am letzten Wochenende gefilmt hatte. Sie spulte vor und zurück, ihre Augen leuchteten vor Begeisterung.

Obwohl sie auf einem schwarzen Samtstuhl in diesem Raum saß, fühlte sie sich in diese Nacht zurückversetzt. Die Party waberte und strömte um sie herum, das Licht tanzte über die Wände wie flackernder Feuerschein in einer Urzeithöhle. Das blaugrüne Wasser des Pools schien sich bis zu Rylins Hüfte zu kräuseln. Neben ihr tauchte Lux aus dem Wasser auf und schüttelte den Kopf. Instinktiv hob Rylin einen Arm, um die Tropfen nicht abzukriegen, die aus Lux' blonden Haaren flogen, senkte ihn zögernd aber wieder, weil Lux natürlich nicht wirklich hier war.

Die Wirkung war sogar noch intensiver als bei einer Halluci-Pfeife, dachte sie und suchte nach einem Ausschnitt, den sie ihren Freunden zeigen konnte.

»Rylin? Was machst du hier?« Xiayne betrat das Filmlabor. Die Türen schlossen sich automatisch hinter ihm, um kein Licht hereinzulassen. Er trug wieder ein weißes T-Shirt, die Live-Tattoos auf seiner Brust schimmerten durch den dünnen Stoff.

Sie drückte rasch auf den Steuerknopf am Mischpult und das Hologramm wurde schwarz. »Ich probiere nur was aus.«

»Warte – kannst du das bitte noch mal öffnen?« Xiaynes Stimme klang ganz gespannt und neugierig.

Rylin verschränkte die Arme. Aus unerfindlichen Gründen nahm sie automatisch eine Abwehrhaltung ein. »Soll ich gehen? Soweit ich weiß, war das Labor nicht reserviert.«

»Nein, auf keinen Fall, bitte bleib. Ich bin doch nicht hier, um dich rauszuschmeißen.« Xiayne klang amüsiert über ihre Reaktion. »Ich bin froh, dass endlich mal jemand diesen Raum benutzt. Die Schule hat eine Menge Geld hier reingesteckt, und er ist immer leer.«

»Professor –«, hob Rylin an.

»Xiayne«, korrigierte er sie.

»Xiayne«, ahmte sie ihn leicht genervt nach. »Was genau hat mit meinem Video vom Sonnenuntergang nicht gestimmt?«

»Nichts. Es war ein wunderschöner Film«, sagte er ruhig.

»Warum habe ich dann eine schlechte Note bekommen?«

Xiayne deute auf den Stuhl neben ihr, als wollte er fragen, ob er sich setzen durfte. Rylin schüttelte nicht den Kopf, also setzte er sich hin. »Ich habe dein Video etwas schlechter bewertet, weil ich weiß, dass du es besser kannst.«

Du kennst mich doch überhaupt nicht, wollte Rylin protestieren, aber das hätte zickig gewirkt und eigentlich war sie auch gar nicht mehr so sauer.

»Entschuldige, dass ich so hart zu dir war.« Xiayne musterte sie. »Ich habe am eigenen Leib erfahren, dass der Wechsel von DownTower an einen Ort wie diesen nicht gerade leicht ist.«

Rylin seufzte. »Ich glaube, dass ich hier einfach nicht hingehöre.« Es tat gut, das einmal laut auszusprechen.

»Natürlich nicht«, stimmt Xiayne ihr zu, was sie erschrocken nach Luft schnappen ließ. Er grinste. »Aber ich glaube auch nicht, dass du wirklich hier hingehören *willst*, oder?«

»Eigentlich nicht«, gab Rylin zu.

»Darf ich mir jetzt bitte ansehen, woran du gearbeitet hast?«

Sie zögerte einen Moment, dann drückte sie auf die Play-Taste.

Der Pool erwachte wieder zum Leben – schimmernd vor unbändiger, fieberhafter Energie. Das Neonlicht tanzte durch die Dunkelheit. Musik und Stimmen hallten über das Wasser, vermischt mit Gelächter und dem Geplansche angetrunkener Partygäste. Ein Pärchen stand an eine Wand gepresst, ein weiteres eng umschlungen unter dem Sprungbrett. Rylin nahm jedes noch so winzige Detail wahr, als würde sie in ihre eigene Erinnerung eintauchen, nur dass der Holo-Film sogar noch besser war. Alles war heller und krasser gezeichnet als in ihrer dürftigen menschlichen Erinnerung. Sie konnte die gekühlten Atomic Shots praktisch schmecken, das Chlor und den Schweiß riechen.

Sie riskierte einen Blick zu Xiayne. Er schaute mit weit aufgerissenen Augen zu, als wollte er nicht blinzeln, um bloß nichts zu verpassen.

Als V sich die Kamera schnappte und in das Becken tauchte, schien sich der Raum plötzlich wild zu drehen, alles um sie herum wurde zu

Wasser. Rylin zuckte erschrocken zusammen und schaltete das Hologramm ab.

»Nein! Nicht anhalten!«, rief Xiayne.

»Du bist nicht sauer wegen der Kamera?« Ganz zu schweigen von der Tatsache, dass sie eine illegale Party an einem öffentlichen Ort gefilmt hatte, auf der Minderjährige auch noch Alkohol tranken.

»Nein, die Kameras sind schließlich wasserfest. *Rylin!*« Er rutschte näher, nahm ihre Hand, verschränkte die Finger mit ihren und hob ihren Arm. Mit einer gemeinsamen Bewegung gab Xiayne den Befehl, den Film weiterlaufen zu lassen. »Das ist der Wahnsinn!«

Rylin blinzelte irritiert über den unerwarteten Körperkontakt, aber da hatte Xiayne sie auch schon wieder losgelassen. Es schien ihm nicht mal richtig bewusst zu sein, dass er sie berührt hatte. Er drehte einen Kreis durch den Raum, während das Licht des Hologramms erstaunliche Muster auf sein Gesicht warf. »Du hast es geschafft!«

»Was denn?«

»Ich hatte dich doch gebeten, mir zu zeigen, wie du die Welt siehst. Und das hast du. Dieses Filmmaterial … es ist visuell fesselnd, es ist erzählerisch überzeugend, es ist bunt und lebendig. Es ist …« Er schüttelte den Kopf. »Es ist absolut großartig!«

»Ich habe die Kamera doch nur mit zu einer Party genommen, die sowieso schon im Gange war«, gab Rylin unsicher zurück.

Xiayne schaltete das Hologramm ab. »Licht an!«, sagte er und blinzelte in die plötzliche Helligkeit. »Genau das ist der Sinn dieses Kurses – ein aufmerksamer Beobachter zu sein, sich zurückzubesinnen, wie man die Welt richtig *sieht*. Und hier …«, er streckte die Arme aus und machte eine ausladende Bewegung durch den Raum, der sich ohne die chaotische Party plötzlich merkwürdig leer anfühlte, »erkenne ich, dass du ein natürliches Auge hast.«

Rylin war immer noch verwirrt. »Meinen Sonnenuntergang mochtest du überhaupt nicht. Und da habe ich mir wirklich Mühe gegeben.«

»Du hast dir Mühe gegeben, jemand zu sein, der du nicht bist. Aber das hier ist es!«

»Aber wie kann das sein? Das Material ist doch noch nicht mal bearbeitet!«

Sie dachte, Xiayne könnte ihr den aufbrausenden Tonfall übel nehmen, aber er lehnte sich nur zurück und verschränkte die Arme so lässig hinter dem Kopf, als hätte er alle Zeit der Welt. »Dann lass uns an die Arbeit gehen.«

»Jetzt gleich?« Sie hatte sich bestimmt verhört.

»Hast du etwas anderes vor?«

Etwas in seiner Stimme und seiner herausfordernden Körperhaltung durchbrach Rylins Verwirrung. »Und du?«

»Oh, habe ich, aber das hier wird sicher lustiger«, sagte Xiayne und Rylin musste unwillkürlich lächeln.

Drei Stunden später flimmerte das Hologramm in leuchtenden Bildfetzen um sie herum. Sie hatten Filmsequenzen zerlegt und in verschiedenen Serien zusammengefasst, die sich jetzt in der Luft überschnitten wie tanzende Geister.

»Danke, dass du dir so viel Zeit genommen hast. Ich habe gar nicht mitbekommen, wie spät es schon ist«, sagte Rylin. Sie fühlte sich ein wenig schuldig, dass sie ihm fast den ganzen Abend geraubt hatte.

»Hier drin merkt man nie, wie schnell die Zeit vergeht. Besonders, weil es keine Fenster gibt.« Er blieb an der Tür stehen, damit das Licht im Filmlabor ausging. Rylin beeilte sich, ihm zu folgen – stolperte und konnte sich gerade noch auffangen, um nicht kopfüber im leeren Gang zu landen.

»Langsam, alles okay?« Xiayne streckte die Hand aus, um ihr Halt zu geben. »Wo musst du jetzt hin? Lass mich dich begleiten. Es ist wirklich schon spät.«

Rylin blinzelte, eine Million Stimmen kreischten in ihrem Kopf. Ihre Tollpatschigkeit war ihr peinlich, doch gleichzeitig spürte sie eine überraschende, aber nicht unangenehme Wärme in sich aufsteigen. Xiayne hatte ihren Ellbogen noch nicht wieder losgelassen, seine Hand lag auf ihrer nackten Haut, obwohl sie nicht mehr in Gefahr war, zu stürzen.

In diesem Moment kam jemand am Ende des Flurs um die Ecke. Natürlich, dachte Rylin erschrocken, es musste ausgerechnet Cord sein.

Während er auf sie zukam, spiegelte sich die ganze Szene in seinem Gesicht wider: Rylin und ein junger, attraktiver Lehrer kamen allein und spät am Abend aus dem dunklen Filmlabor, die Hand des Lehrers in einer intimen Geste an ihrem Arm. Sie sah, wie Cord sich den Rest zusammenreimte und seine eigene Schlussfolgerung zog, was hier gerade ablief.

Sie redete sich ein, dass ihr das egal war, aber als sie sich auf dem leeren Flur entgegenkamen, stieg eine starke und vertraute Sehnsucht in ihr auf. Sie hielt den Kopf erhoben, ohne einmal zu blinzeln, denn sie wollte ihm auf keinen Fall zeigen, wie sehr sie sich zusammenreißen musste.

Und dann war es vorbei. Er war einfach weitergegangen und der Moment war vorüber.

Watt

Am folgenden Wochenende atmete Watt noch einmal tief durch, als er vor Ledas Tür stand. Er hielt einen Blumenstrauß fest in der Hand und trug den Smoking, den er für die Party mit Avery gekauft hatte. Das war erst vor ein paar Monaten gewesen, aber es fühlte sich an wie eine Ewigkeit.

Während er wartete, dass Leda ihm öffnete, sah er sich neugierig auf der Straße um, die von mehrstöckigen Gebäuden gesäumt war, inspiriert von den alten Stadthäusern der Upper East Side. Ein junges Mädchen kam den Gehweg entlang. Sie zog ihren Golden-Retriever-Welpen an einer schnurlosen Proxi-Leine hinter sich her.

Irgendwelche letzten Tipps?, fragte er Nadia, überrascht, wie nervös er war, obwohl er Leda nicht einmal mochte. Andererseits war er noch nie der Typ für Dates gewesen.

Zeig dich einfach von deiner typischen charmanten Seite.

Wir wissen beide, dass meine typische Seite alles andere als charmant ist, erwiderte er, als die Tür vor ihm aufging.

Ledas Haar fiel in kunstvollen Locken über ihre Schultern und sie trug ein wallendes, lilafarbenes Abendkleid – ein dunkles Lila, wie es die Mitglieder des Königshauses getragen hatten, während sie in längst vergangenen Zeiten für offizielle Porträts auf zweidimensionalen Leinwänden Modell gestanden hatten. Wenn Watt genau darüber nachdachte, sah sie mit den großen Diamantohrringen und der kühlen, ungehaltenen Miene aus wie die lebendige Version eines dieser Porträts. Es fehlte nur noch ein Diadem im Haar. Sie wollte in diesem Aufzug nicht nur schön aussehen, wurde Watt bewusst, sondern vor allem einschüchternd wirken. Aber er würde sich davon bestimmt nicht beeindrucken lassen.

»Watt? Ich hatte dir doch eine Nachricht geschickt, dass wir uns auf der Party treffen.«

Er verkniff sich eine sarkastische Bemerkung. »Ich wollte dich lieber abholen«, sagte er nur, mit dem aufrichtigsten Lächeln, das er hinbekam.

Die Blumen, Watt!, erinnerte Nadia ihn.

»Oh, äh, die hier sind für dich«, fügte er hinzu, wobei er unbeholfen den Arm ausstreckte, um Leda den Strauß zu überreichen.

»Was soll's. Lass uns einfach gehen.« Sie warf die Blumen auf einen leeren Tisch im Flur, wo sie zweifellos aufgesammelt und irgendwo in eine Vase gesteckt werden würden, und zog Watt energisch mit sich.

Ein Gespräch hilft bekanntlich, peinliche Situationen aufzulockern, bemerkte Nadia, als er und Leda steif in das Hover-Taxi stiegen.

»Also, wer veranstaltet eigentlich diese Hudson-Naturschutzgala?«, startete er einen ersten Versuch.

Leda warf ihm einen genervten Blick zu. »Der Hudson-Naturschutzverein«, erwiderte sie kurz angebunden.

»Ach, wirklich?«

Den Rest der Fahrt nach unten verbrachten sie schweigend.

Doch als sie im Erdgeschoss ausstiegen und auf Pier 4 hinaustraten, konnte Watt seine Überraschung nicht zurückhalten. Der ganze Platz – normalerweise voller Kinder, die ihre Snack-Pops umklammerten,

und Touristen, die Schwärme von Fliegenden Fischen beobachteten –
war leer.

Nadia, wo ist die Party?

Da unten. Sie richtete seinen Blick auf eine Treppe, die direkt ins
Wasser führte.

»Warte mal«, sagte Watt. »Findet diese Party mit dem Motto *Unter
Wasser* tatsächlich *unter Wasser* statt?«

»Ich dachte, du weißt immer alles«, ätzte Leda und stieß einen Atemzug aus. »Ja, die Gala findet auf dem Grund des Hudsons statt. Hast du
noch nie gehört, dass dort unten Nutzpflanzen angebaut werden?«

Doch, das wusste Watt. Offenbar hatte der Müll, den die Menschen
jahrhundertelang in den Fluss geworfen hatten, den Boden des Flusses
unglaublich fruchtbar gemacht. Das New Yorker Stadtentwicklungs-
amt hatte dort Kartoffeln angebaut, beleuchtet von winzigen Solarlicht-U-Booten, die über den Pflanzen hin- und herschwammen. Aber
Watt hätte nie gedacht, dass auch Menschen da runtergehen konnten –
erst recht nicht, um eine Party zu feiern.

Andererseits hatte er genügend Zeit damit verbracht, das Leben in
den oberen Etagen genau zu beobachten, sodass ihn eigentlich nichts
mehr überraschen durfte.

Das trübe Flusswasser schwappte gegen den zylindrischen Tunnel,
der aus einem elastischen Hydrokarbongemisch bestand und die
Treppe umhüllte. Watt strich leicht mit der Hand über die Tunnel-
wand, als er die Stufen hinabging. Das Material gab leicht nach, sodass
eine kleine Vertiefung an der Stelle zurückblieb, wo er mit den Fingern
entlanggestrichen war wie bei einem noch nicht ganz festen Torten-
zuckerguss. Die Stufen schimmerten und wechselten die Farbe unter
seinen Anzugschuhen wie in diesem alten Disney-Holo-Film über eine
Meerjungfrau.

Watt staunte, als sie unten angekommen waren und er den Ballsaal sah – direkt auf dem Grund des Flusses, acht Meter unter der Wasseroberfläche.

Die Decke wölbte sich über ihnen wie ein enormes Goldfischglas. Und statt des üblichen trüben Brauns hatte das Wasser draußen ein tiefes Marineblau. Watt fragte sich, ob das Flexiglas getönt war, um dem Wasser diese Farbe zu geben. Grüppchen aus gut gekleideten Damen und Herren wanderten umher wie Schwärme tropischer Fische.

Leda steuerte sofort die Bar an, die mit einem aus Seide gesponnen Netz bedeckt war, und nickte auf ihrem Weg ein paar anderen Gästen knapp zu.

Watt trottete hinter ihr her. »Hast du vor, heute Abend überhaupt mal mit mir zu reden, oder bin ich nur ein hübsches Anhängsel?« Sein Vorhaben, sie dazu zu bringen, ihn zu mögen, fing nicht gerade vielversprechend an.

Leda warf ihm einen spitzen Blick zu. »Als hübsches Anhängsel müsstest du Model sein. Ich denke, hier passt eher die Bezeichnung *Marionette*.«

Er wollte protestieren, doch dann merkte er, dass ihre Lippen sich zu einem Lächeln kräuselten. Leda Cole hatte also Sinn für Humor, wenn auch eher die schwarze Seite davon. Vielleicht konnte er doch dafür sorgen, dass sie heute Abend etwas Spaß zusammen hatten.

Sie waren neben einer Reihe überdimensionaler künstlicher Muscheln stehen geblieben, ein Streifen Sand deutete den Strand an. Nadia projizierte das Drehbuch, das er und Cynthia einstudiert hatten, auf seine Kontaktlinsen, aber Watt wollte lieber mit einem Kompliment beginnen.

»Du siehst heute Abend wunderschön aus, Leda.« Sein Selbstvertrauen wuchs, als er diesen Satz aussprach, den er schon so oft benutzt hatte.

Leda verdrehte nur die Augen. »Lass den Scheiß, Watt.«

Deshalb habe ich das Drehbuch für dich geöffnet, damit du es lesen kannst, schimpfte Nadia.

Watt trat unwohl von einem Fuß auf den anderen. »Ich wollte nur …«

Sie hat geflucht. Laut psychologischen Studien über spiegelndes Verhalten solltest du das auch tun, riet Nadia ihm.

»Warum zum Teufel hast du mich hierhergeschleppt?«, sagte er abrupt.

So hatte ich das eigentlich nicht gemeint.

Leda warf gekonnt den Kopf zurück, als hätte sie die Bewegung einstudiert. Was wahrscheinlich sogar zutraf, wie Watt vermutete.

»Weil du mir ziemlich nützlich sein kannst, wenn du dich nicht zu blöd anstellst, Watt. Du und Nadia sollt mir helfen, die Leute im Auge zu behalten. Falls du in der Lage bist, auch aus der Ferne mit ihr zu kommunizieren.«

Wenn du wüsstest. »Welche Leute?«, fragte er und überging damit absichtlich die Bemerkung über Nadia.

»Jeden, der mir Ärger machen könnte«, erklärte Leda. »Vor allem Avery und Rylin. Und du natürlich«, fügte sie belustigt hinzu.

Mit anderen Worten ging es ihr um jeden, der ihr dunkelstes Geheimnis kannte. Etwas an Ledas arroganter Nervosität machte Watt fast traurig. Wenn er sie nicht so verachten würde, täte sie ihm leid.

»Leda, es sind nicht ständig alle hinter dir her«, sagte er, erwartete aber nicht wirklich eine Reaktion darauf.

»Natürlich sind sie das. Entweder man verliert oder man gewinnt.«

Er sah Leda sichtbar schockiert an. »Das ist eine *Party*«, sagte er gedehnt, als würde er eine fremde Sprache sprechen und ihr Zeit geben wollen, seine Worte mithilfe ihrer Kontaktlinsen übersetzen zu lassen. »Kein Kampf um Leben und Tod.«

»Doch, genau das ist es. Und ich weigere mich zu verlieren, nur weil ich nicht wie die anderen aufgewachsen bin.« Ledas Stimme klang hart wie Stahl. »Du wirst das nie verstehen, Watt, aber es ist ein Scheißgefühl, wenn man immer befürchtet, nicht gut genug zu sein.«

Jetzt kochte Watt fast vor Wut. »Leda, meine Eltern sind aus dem Iran hierhergezogen und haben nur *mir* zuliebe völlig unterbezahlte Jobs angenommen. Meine Mom wischt die Ärsche alter Leute ab, verdammt. Wenn ich es nicht ans MIT schaffe, werden sie am Boden zerstört sein. Und hatte ich schon erwähnt, dass das MIT meistens nur einen Schüler aus meiner Schule annimmt und ich mit meiner besten Freundin um diesen Platz konkurriere?« Er beugte sich zu ihr vor, was überraschenderweise seinen Herzschlag aus dem Takt brachte. »Ich weiß also *genau*, wie scheiße es sich anfühlt, wenn man sich ständig Sorgen macht, nicht gut genug zu sein.«

Die Luft zwischen ihnen pulsierte vor Wut, aber da war noch ein anderes Gefühl, das Watt nicht zuordnen konnte.

»Es ist mir egal, was du von mir hältst«, sagte Leda schließlich. »Aber ich habe es satt, mich von anderen benutzen zu lassen. Besonders von denen, die mir etwas bedeuten.«

Watt wusste, dass sie dabei an Atlas dachte, der halbherzig mit Leda ausgegangen war, nur um seine Gefühle für Avery zu verstecken – oder zu überwinden.

»Komm schon.« Er hielt ihr die Hand hin. »Wir sind auf einer Party. Ich will nicht, dass du so mies drauf bist.«

»Ich bin nicht mies drauf«, stritt Leda ab, aber sie ging bereitwilliger mit Watt in Richtung Tanzfläche, als er gedacht hätte.

Sie tanzten eine Weile, ohne ein Wort zu sagen. Watt war überrascht, wie wenig Widerstand Leda zeigte, während er sie über die Tanzfläche führte, wie leicht sie sich in seine Arme fügte. Er hatte das Gefühl, als würde die Anspannung langsam aus ihr heraussickern wie Gift aus einer Wunde. Sie legte die Arme um seinen Rücken, lehnte den Kopf an seine Brust und schloss die Augen, als würde sie die Welt um sich herum für einen Moment einfach ausschließen wollen.

Watt fragte sich, wie viele ihrer Probleme ein direktes Resultat der Situation mit den Fullers waren – der doppelte Schmerz, weil sie ihre beste Freundin verloren und gleichzeitig herausgefunden hatte, dass sie Atlas nie etwas bedeutet hatte – und wie viel davon an ihrer angeborenen inneren Unruhe lag. Es war deutlich spürbar, wie sehr sie litt – wegen Menschen, denen sie vertraut hatte. Aber egal wie perfekt ihr Leben auch war, ein Teil von ihr würde immer Ärger provozieren, vermutete Watt, immer auf der Suche nach etwas sein, ohne recht zu wissen, was es war. Insgeheim hatte er den schrecklichen Verdacht, dass es ihm nicht anders gehen würde, wenn er sich nicht auf Nadias Stimme in seinem Kopf verlassen könnte.

»Es gibt auch andere gute Unis als das MIT«, sagte Leda nach einer Weile und unterbrach damit seine Gedanken.

»Nicht für die Richtung, die ich studieren will.«

Leda hob den Blick und verschränkte die Hände in seinem Nacken. »Warum hast du nur so wenig Vertrauen zu dir selbst? Das ist echt schockierend. Du hast Nadia gebaut, und trotzdem machst dir Gedanken über etwas so Beiläufiges wie eine Collegebewerbung?«

Du lässt einfach zu, dass sie über mich redet?, bemerkte Nadia beleidigt.

»Dir ist aber schon klar, dass ich in meiner Bewerbung nicht einfach über Nadia schreiben kann.«

»Es überrascht mich, dass du Nadia deine Bewerbungen nicht für dich schreiben lässt«, konterte Leda und jetzt lächelte sie. Watt lächelte unwillkürlich zurück, wegen des spiegelnden Verhaltens, das Nadia ständig erwähnte.

»Das habe ich schon versucht, aber sie klingen immer viel zu perfekt.«

»Zu perfekt. Na, das ist ja mal eine Aussage, die selten benutzt wird, falls ich so etwas überhaupt schon mal gehört habe. Wenn doch nur mehr Dinge auf der Welt zu perfekt wären.« Ledas dunkle Augen funkelten.

»Ich weiß, und ich erwarte auch kein Mitleid von dir.«

Als eine andere Musik gespielt wurde, löste sich Leda von ihm und brach damit den merkwürdigen Waffenstillstand zwischen ihnen. »Ich brauche was zu trinken«, verkündete sie.

Watt kannte diesen Wink natürlich aus all den Jahren, in denen er Mädchen an Bars abgeschleppt hatte. »Ich besorge dir gern etwas«, bot er rasch an.

Die Barkeeperin hatte spanische Wurzeln und war etwa in ihrem Alter, sie trug eine Ponyfrisur und hatte einen scharfen Blick. Watt bestellte zwei Whiskey Sodas. Sie hob bei der doppelten Bestellung eine Augenbraue, fragte aber nicht weiter nach.

Als er Leda wiederfand, lehnte sie nach vorn gebeugt und mit übereinandergeschlagenen Beinen an einem Stehtisch. Beim Anblick ihres Gesichtsausdrucks zögerte Watt und blieb stehen. Etwas Zerbrechliches und zaghaft Hoffnungsvolles lag in ihrer Miene. Sie so zu sehen, war genauso schockierend und traf ihn genauso unerwartet, als würde sie in Unterwäsche vor ihm stehen.

Er hatte gedacht, sie gut zu kennen, aber jetzt begann er sich zu fragen, ob er Leda Cole jemals durchschauen konnte.

Als er ihr das Glas reichte, schwenkte Leda es kurz und hielt es hoch, als wollte sie die bernsteinfarbene Flüssigkeit prüfen.

»Was glaubst du, wie viel Alkohol wir bräuchten, damit wir alles vergessen, was wir getan haben und bereuen?«, fragte sie finster.

Was hatte nur zu diesem plötzlichen Stimmungswandel geführt?

»Ich trinke normalerweise, um neue, lustige Erfahrungen zu machen, und nicht, um etwas zu vergessen. Das solltest du auch mal versuchen, vielleicht macht es dir ja Spaß«, erwiderte er leichthin.

Er hatte gehofft, ihre Laune wieder etwas zu heben, sie ein wenig zum Lachen zu bringen, aber Leda sah ihn nur schräg von der Seite an. »Was ist mit dem Abend, als ich dich bei dir zu Hause überrascht habe? Da hast du definitiv getrunken, um etwas zu vergessen.«

Bei dem Gedanken an diesen Abend wurde Watt rot. Okay, er hatte getrunken, um etwas zu vergessen – und zwar die Tatsache, dass Avery in ihren Bruder verliebt war. Ein Geheimnis, das Leda ihm entlockt hatte. Sie war in ihrer Schuluniform bei ihm aufgetaucht, nur um ihn unter Drogen zu setzen und ihn dazu zu verleiten, ihr alles zu erzählen.

»Ich erinnere mich nicht mehr«, murmelte er, obwohl er nicht verhindern konnte, dass er den Moment, als Leda sich auf seinen Schoß gesetzt und ihn geküsst hatte, plötzlich wieder sehr präsent vor Augen hatte.

Das könnte ein guter Zeitpunkt sein, Watt, drängte Nadia.

Sie hatte recht. Wenn er Leda dazu brachte, noch länger von der Vergangenheit zu reden, könnte er sie vielleicht auch dazu bringen, Eris' Tod zu erwähnen.

Er trat ein wenig vor, sodass Nadia alles gut aufzeichnen konnte, falls es klappte. »Ich musste in letzter Zeit oft an diesen Abend auf dem Dach denken«, sagte er.

Leda sah ihn entsetzt an. »Wieso fängst du jetzt damit an?«, fragte sie. Ihre Stimme war nur noch ein Flüstern.

»Ich wollte nur –«

»Verpiss dich, Watt!« Mit hochgezogenen Schultern und verletzten, wütenden Schritten stürmte Leda davon.

Ich gebe auf, sagte er in Gedanken zu Nadia. *Wie soll ich dieses Mädchen jemals dazu bringen, mir zu vertrauen? Ich kann sie nicht mal leiden!*

Du kannst die meisten Menschen nicht leiden, bemerkte Nadia schonungslos.

Watt drehte sich seufzend um – und da stand plötzlich Avery Fuller vor ihm.

In ihrem schulterfreien Kleid war sie so strahlend schön wie immer. Ihr Haar war zu einem tiefen Knoten nach hinten gekämmt, was die perfekte Symmetrie ihres Gesichts betonte. Nur ihre Stirn war im Moment verwirrt gerunzelt, als könnte sie nicht begreifen, warum Watt auf der Party war, oder als könnte sie sich nicht mal daran erinnern, wer er überhaupt war. Watt wurde mit einem Ruck klar, dass Avery seit jener Nacht wahrscheinlich nicht ein einziges Mal an ihn gedacht hatte. Er hatte sich auch nicht gerade nach ihr gesehnt – er wollte sie nicht mehr, seit er wusste, dass sie mit ihrem Bruder zusammen war –, aber er hatte sich zumindest gefragt, wie es ihr ergangen war, ob es ihr gut ging. Und nun stand sie da und blinzelte ihn an, als hätte sie vergessen, dass er existierte.

Plötzlich verstand Watt, was Leda vorhin gemeint hatte, als sie davon sprach, von Menschen ausgenutzt zu werden, die einem etwas bedeuteten. Hatte er Avery je etwas bedeutet oder hatte sie ihn nur benutzt, um sich von ihren Gefühlen für ihren Bruder abzulenken?

»Hi, Watt. Du siehst toll aus«, sagte sie mit einem lächelnden Blick auf seinen Smoking, den sie mit ihm ausgesucht und den er in einem armseligen, fehlgeleiteten Versuch gekauft hatte, sie zu beeindrucken.

Aus irgendeinem Grund war Watt irritiert, dass sie auf diesen Shopping-Nachmittag anspielte. Welche Reaktion erwartete sie denn jetzt von ihm? Sollte er Avery sagen, dass sie auch toll aussah? Als wüsste sie das nicht bereits.

»Danke«, sagte er müde.

»Was hat dich heute hergeführt?«, hakte Avery nach, offensichtlich immer noch verwundert.

»Leda hat mich hergeführt.«

Avery seufzte. »Tut mir leid. Das ist meine Schuld. Sie versucht, es mir heimzuzahlen.«

»Was soll *das* denn heißen?« Watt hatte langsam echt die Schnauze voll von diesen Highliern und ihren indirekten Andeutungen.

Avery wich seinem Blick aus. Sie senkte den Kopf und fummelte an ihrem Armband herum. »Sie hat dich mitgebracht, um mir eins auszuwischen. Jeder hier erinnert sich daran, dass du mit mir auf der University Club Party warst. Und wenn sie dich jetzt mit Leda sehen, glauben alle, sie hätte dich mir ausgespannt«, sagte sie betrübt.

Watt war sprachlos. Ein Teil von ihm war in diesem Moment entsetzt von Avery. Wie konnte man nur einen so unglaublich egozentrischen Blick auf die Welt haben? Ein anderer Teil von ihm musste ihr aber recht geben.

»Ich vermute mal, dass du heute Abend auch nicht allein hier bist«, hörte er sich sagen und fragte sich gleichzeitig, wer wohl diesmal ihr Opfer war.

Avery blickte wieder zu ihm auf. »Ich bin mit Cord hier, aber wir sind nur Freunde.«

»Du solltest lieber noch mal nachfragen, ob Cord das auch weiß«, gab er erstaunlich wütend zurück. »Denn mir ist die spezielle Mitteilung zufällig entgangen, aus welchem wahren Grund Avery Fuller einen Jungen nach einem Date fragt.«

Sie sah ihn an, als hätte sie einen Schlag ins Gesicht bekommen. »Watt –«

»Vergiss es«, sagte er und ließ sie stehen. Er brauchte einen Drink, bevor er sich noch tiefer in dem Gordischen Knoten der verkorksten Leben dieser Highlier verstrickte.

Avery

Avery blieb fassungslos zurück, als Watt sich wütend abwandte. Es tat ihr weh, dass er offensichtlich so wenig von ihr hielt. Ihre Absichten Watt gegenüber waren stets aufrichtig gewesen. Sie hatte nie vorgehabt, ihn zu verletzen, hatte ihn nie ausnutzen oder täuschen wollen. Trotzdem war er sauer auf sie. Und was er als Letztes gesagt hatte, über den »wahren Grund«, aus welchem sie einen Jungen zu einem Date einlud … Wusste er etwa die Wahrheit über sie und Atlas? Aber wie sollte er? Es sei denn, Leda hatte es ihm erzählt.

Die Band spielte einen neuen Song, eins von Averys Lieblingsliedern. Plötzlich wollte sie nichts weiter als tanzen. Sie sah sich nach einem Tanzpartner um und ihr Blick landete fast augenblicklich auf Cord. Es war Atlas' Idee gewesen, dass sie sich eine Begleitung für die Gala suchten – es könnte den Verdacht ihrer Eltern zerstreuen – und Avery und Atlas außerdem davon abhalten, zu viel miteinander zu reden.

Cord war schon immer ein verlässlicher Partner für Gelegenheiten wie diese gewesen. Atlas war mit Sania Malik hier, ein Mädchen, das er auch schon seit Jahren kannte. Nicht das glaubhafteste fingierte Date, aber jemand anderes war Atlas auf die Schnelle nicht eingefallen.

Avery ging zu Cord hinüber, der neben Brice am Rand der Flexiglaskuppel stand. Draußen wuchsen Reihen von Kartoffelpflanzen, ihre Stängel und Blätter wogten im Wasser hin und her, beleuchtet von emsigen Solarlicht-U-Booten.

Ihr tiefblaues Kleid aus schwerer, mattglänzender Seide raschelte angenehm, als sie bei ihm ankam.

»Cord, willst du mit mir tanzen?«, fragte sie ohne Einleitung.

»Natürlich.« Er hielt ihr die Hand hin und führte sie zur Tanzfläche.

»Darf ich dir deine Tasche abnehmen?« Er deutete mit dem Kinn auf ihre winzige, silberfarbene Mikrohandtasche, die kaum groß genug für einen Lippenstift war.

Avery nickte und er steckte die Tasche in seine Smokingjacke. Plötzlich fiel ihr Cords Mom ein, die beim Winterball auf die beiden aufgepasst hatte, als sie in der fünften Klasse gewesen waren. »Wenn du ein Mädchen zu einem Ball begleitest, Cord, solltest du ihr immer anbieten, ihr Glas oder ihre Handtasche für sie zu halten, sie zum Tanzen auffordern, dafür sorgen, dass sie sicher wieder nach Hause kommt, und —«

»Ich hab's verstanden Mom«, hatte Cord gestöhnt, und Avery hatte sich ein Kichern verkniffen, während sie einen wissenden Blick mit Cord wechselte.

Cord bewegte sich gekonnt mit ihr über die Tanzfläche, ohne ein Wort zu sagen. Die Chemie zwischen ihnen war entspannt und unkompliziert. Avery erinnerte sich daran, wie Cord damals getanzt hatte – mit richtigen, aber mühsamen Schritten, die Stirn in nervöser Konzentration gerunzelt – und bekam sofort wieder ein schlechtes Gewissen, wie sie ihn behandelt hatte.

Auf der anderen Seite der Tanzfläche sah sie ihre Eltern und winkte ihnen kurz zu. Ihr Vater nickte, sein Blick hob sich zustimmend. Ihm hatte die Vorstellung von ihr und Cord als Paar schon immer gefallen, schließlich waren ihre Eltern mit den Andertons gut befreundet gewesen, bevor sie vor sechs Jahren verunglückt waren. Avery war froh, dass Atlas darauf bestanden hatte, sich jeweils eine andere Begleitung zu suchen.

Als das Lied zu Ende war, trat Cord einen kleinen Schritt zurück und nahm für Avery ein Glas Champagner von einem vorbeischwebenden Tablett. Und in diesem Moment sah sie Atlas und Calliope.

Sie standen am äußersten Ende der Bar, die Gesichter viel zu nah einander zugewandt. Atlas hatte sich auf seinen Ellbogen abgestützt – mit einem offenen, zwanglosen Lächeln, das Avery nicht oft bei ihm sah, es sei denn, er war mit ihr allein. Schlagartig wurde ihr bewusst, dass er dieser Calliope *vertraute*. Und Atlas schenkte niemandem leichtfertig sein Vertrauen.

Calliope redete lebhaft auf ihn ein, mit kleinen Gesten, als wollte sie die mit Edelsteinen besetzten Armreifen zur Schau stellen, die sie an beiden Handgelenken trug. Ihr zinnoberrotes Kleid hatte einen schockierend tiefen Ausschnitt. Sie hatte einen Fuß hinter den anderen gestellt, sodass Avery ihre geschnitzten Bambusabsätze sehen konnte, die für eine Abendgarderobe viel zu lässig waren. Aber das hatte Calliope scheinbar außer Acht gelassen, weil sie dafür zum Thema des Abends passten. Averys Mom würde ihr niemals erlauben, solche Schuhe zu tragen, und aus irgendeinem Grund ärgerte sie das.

Sie starrte in ihr Champagnerglas, ohne einen Schluck zu trinken, sah nur den Bläschen zu, die fröhlich nach oben tanzten, und versuchte, aus ihren Gefühlen schlau zu werden.

Es war wahrscheinlich albern und kindisch, aber Avery konnte Calliope instinktiv nicht leiden, vor allem weil sie jetzt wusste, dass sie auf Atlas' Reise mit ihm unterwegs gewesen war. Sie nahm es Atlas immer noch übel, dass er sie einfach zurückgelassen hatte, zu einer Reihe von Abenteuern aufgebrochen war, ohne sich zu verabschieden und ohne seine Erlebnisse mit ihr zu teilen. Dass dafür diese blasse, langbeinige, mysteriöse Tussi an seiner Seite gewesen war, tat mehr weh, als sie sich eingestehen wollte.

Sie und Atlas hatten vereinbart, heute Abend nicht miteinander zu reden. Aber wenn sie hinüberging und kurz Hallo sagte – nur für eine Minute, um sicherzugehen, dass zwischen ihm und Calliope nichts lief –, würde sie sich vielleicht etwas besser fühlen.

Avery atmete tief durch und bahnte sich einen Weg zu ihnen.

»Hallo, Leute!« Ihr Tonfall klang selbstbewusst und übertrieben fröhlich. Ihr entging nicht die tiefe Verachtung, die bei dieser Unterbrechung über Calliopes Gesicht huschte, und auch nicht die überdrüssige Resignation, mit der Atlas sich ihr zuwandte. Er war offensichtlich enttäuscht von ihr, dass sie sich so aufdrängte, obwohl sie fest verabredet hatten, sich aus dem Weg zu gehen. Aber was hätte sie sonst tun sollen? Dieses Mädchen umkreiste ihn schließlich wie ein wildes, hungriges Tier, das sich seiner Beute nähert.

»Hi, Avery«, erwiderte Calliope. »Du siehst fantastisch aus. Ich liebe dein Kleid.«

Avery gab das Kompliment nicht zurück. »Mit wem bist du heute Abend hier, Calliope?« Vielleicht solltest du dich etwas mehr um dein eigenes Date kümmern, dachte sie, obwohl sie fairerweise zugeben musste, dass sie diesbezüglich auch nicht gerade den besten Job ablieferte.

»Witzig, dass du fragst, es ist nämlich der ältere Bruder deines Dates! Aber ich bin nicht sicher, wo er gerade steckt«, erklärte Calliope lächelnd.

»Ja, was für ein witziger Zufall«, sagte Avery in einem Ton, der unmissverständlich klarmachte, dass sie das überhaupt nicht witzig fand.

Atlas sah zwischen den beiden hin und her und wusste offenbar nicht, was er sagen sollte.

»Avery, bist du mit Cord zusammen? Er ist wirklich süß«, fuhr Calliope fort. Averys feindseliger Tonfall ließ sie scheinbar völlig kalt. Avery verschluckte sich fast an ihrem Champagner. »Nein, sind wir nicht«, sagte sie schließlich. »Eigentlich ist er Single, falls du interessiert bist.«

»Aves«, mischte sich nun Atlas ein. »Weißt du, wo Mom und Dad sind?«

Sie wusste, dass er nur etwas sagen wollte, irgendetwas, um ihren Angriff auf Calliope zu stoppen. Aber seine Bemerkung entfachte etwas in ihr.

»Eigentlich bin ich genau aus diesem Grund hier. Mom und Dad haben mich geschickt, um nach dir zu suchen. Tut mir leid, Calliope, du hast doch nichts dagegen?«, fügte sie halbherzig hinzu.

»Natürlich nicht.« Calliope zuckte mit den Schultern und machte sich auf den Weg in das Partygetümmel, wobei sie den hauchfeinen Tüll ihres Kleides anhob, um nicht zu stolpern. Ihre Fußnägel waren tiefrot lackiert. Avery glaubte, auch ein silberfarbenes Live-Tattoo an ihrem Knöchel aufblitzen zu sehen, aber sie war sich nicht sicher.

»Aves! Was sollte das?«, fragte Atlas, aber Avery antwortete nicht. Sie packte ihn nur am Arm und zog ihn mit sich durch die Menge. Sie führte ihn zu einer der kleinen Vorbereitungsstationen an der rückseitigen Wand der Kuppel, wo ein paar müde wirkende Servicekräfte die Teller abstellten, die von Bots gereinigt und gestapelt wurden.

»Geben Sie uns eine Minute? Wir haben einen Familiennotfall«, bat Avery mit einem messerscharfen Lächeln. Die Servicekräfte zuckten mit den Schultern und entfernten sich. Avery zog Atlas in die kleine Station und schloss die Tür.

Er trat einen Schritt zurück, und obwohl der Raum so winzig war, fühlte es sich an, als wäre plötzlich eine große Kluft zwischen ihnen.

»Wir wollten heute Abend nicht einmal miteinander *reden* und jetzt schleppst du mich allein hierher? Was soll das alles, Aves?«, wollte er wissen.

»Es tut mir leid«, sagte sie ärgerlich. »Ich konnte es einfach nicht mehr mit ansehen, wie dir dieses Mädchen den Kopf verdreht. Gott, hast du denn nicht mitbekommen, dass sie sich buchstäblich an dich ranschmeißt?«

»Natürlich habe ich das mitbekommen«, sagte Atlas und sein sachlicher Tonfall machte sie noch wütender. »Genau darum geht es doch. Ich dachte, wir wollen versuchen, Mom und Dad von uns abzulenken – jeder hat ein Date, keine Gespräche. Und dann kommst du angerannt und zerrst mich vor dem gesamten Servicepersonal in diesen Raum.«

Avery spürte, wie sich ihr Ärger legte. »Das ist alles nur so ätzend«, sagte sie kläglich. Ihr war nicht klar gewesen, wie sehr es sie verletzen würde, Atlas mit anderen Mädchen zu sehen. Sie wollte eigentlich nicht so sein. Aber sie konnte einfach nicht anders.

Atlas lehnte sich an die robuste Neoprenwand und sah sie mit seinen braunen Augen unverwandt an. »Es ist total ätzend«, stimmte er ihr zu. »Aber was soll ich deiner Meinung nach sonst tun? Wenn wir so weitermachen wollen, ohne dass Mom und Dad uns verdächtigen – was sie wahrscheinlich schon tun –, sollten wir uns gelegentlich auch mit anderen Leuten unterhalten. Vielleicht sogar mit ihnen flirten.«

Avery reagierte nicht sofort darauf. Sie sah sich in dem winzigen Raum um, in dem halb leere Vorspeisenplatten standen und ein kleiner Bot unablässig Silberbesteck hygienisch UV-reinigte, bevor er es ordentlich wegsortierte.

»Du kannst dir nicht vorstellen, wie schwer es für mich ist, dich mit ihr zu sehen«, sagte sie schließlich.

»Glaub mir, das kann ich.«

Das ärgerte sie. Atlas hatte in ihrer Beziehung weit schlimmere Dinge getan als sie, und das wussten sie beide. »Nein, das glaube ich nicht«, erwiderte sie knapp. »Nur weil du mich einmal mit Watt auf einer Party gesehen hast? Das zählt wohl kaum. Sieh dir unsere Vorgeschichte an, Atlas – wer von uns hat mit anderen *geschlafen*?«

Er öffnete den Mund, schloss ihn aber wieder. »Tut mir leid, Avery, aber ich kann nicht ändern, was ich vor unser Beziehung getan habe.«

»Nein, aber du hättest dich anders verhalten können! Du hättest dich entscheiden können, nicht mit meiner besten Freundin zu schlafen – du hättest auf mich warten können, so wie ich es für dich getan habe!«

Averys Blick verschwamm. Sie war über sich selbst überrascht, dass sie dieses Thema ansprach, aber vielleicht sollte sie das gar nicht sein. Sie trug dieses nagende Gefühl schon so lange mit sich herum, wie einen kleinen Schmerz, der sich tief in ihrem Inneren hartnäckig festgesetzt hatte: das Wissen, dass Atlas mit Leda zusammen gewesen war, wahrscheinlich auch mit anderen, während sie nur ihn gehabt hatte. Avery fühlte sich dadurch verletzt und minderwertig.

»Es ist einfach hart, dich mit anderen Mädchen zu sehen und das im Hinterkopf zu haben«, schloss sie mit leiser Stimme.

»Das ist nicht fair. Ich kann die Vergangenheit nicht rückgängig machen.« Atlas streckte die Hand nach Avery aus, überlegte es sich dann aber anders und senkte den Arm hilflos wieder. »Es gibt einen einfachen Weg, das alles hinter uns zu lassen, Aves. Wenn wir abhauen. Aber du willst ja nicht weglaufen und mir auch den Grund dafür nicht nennen.«

Avery schüttelte den Kopf. »Doch, ich will gehen, aber ich brauche einfach –«

»Zeit, ja, schon klar«, fiel Atlas ihr aufgebracht ins Wort. »Ich habe versucht, Verständnis dafür aufzubringen. Und ich habe dir versprochen, zu warten. Aber wie lange soll ich das noch aushalten?«

»Es tut mir leid«, begann sie, aber sie hatte keine Antwort darauf, und das wusste er.

»Werden wir jemals zusammen fortgehen? Aves …«, Atlas zögerte einen Moment, »willst du überhaupt noch mit mir fortgehen?«

Sie blinzelte erschrocken. »Natürlich will ich das«, behauptete sie. »Es ist nur … kompliziert. Ich kann es nicht erklären.«

»Was kannst du nicht erklären? Was verschweigst du mir?«

Avery schüttelte erneut den Kopf. Sie hasste sich für ihre Geheimnistuerei und schluckte den dicken, hässlichen Kloß in ihrem Hals herunter.

»Ich gehe jetzt. Du solltest noch einen Moment warten, damit wir nicht zusammen gesehen werden. Du weißt schon, um den Schein zu wahren«, fügte Atlas mit einem leicht scharfen Unterton hinzu, dann war er weg.

Avery legte die Arme um sich. Sie spürte, dass sich ein paar Tränen gelöst hatten, die jetzt wahrscheinlich in dunklen Rinnsalen über ihre Wangen liefen. Schroff hob sie den Arm und wischte sich das Gesicht ab. Der Teil von ihr, der siebzehn Jahre alt und unsterblich verliebt war, fühlte sich abgelehnt und tief verletzt. Am liebsten hätte sie um sich geschlagen.

Atlas kapierte es einfach nicht. Er verstand nicht den Druck, unter dem sie stand. Und abgesehen von dem einen Date mit Watt hatte Atlas sie nie mit einem anderen Jungen gesehen. Er konnte nicht verstehen, wie schlimm es war zu wissen, dass er mit anderen Mädchen zusammen gewesen war. Wie sie sich selbst quälte, indem sie es sich bildlich vorstellte –

Vielleicht sollte Atlas am eigenen Leib erfahren, wie es sich anfühlte, dachte sie erbittert und stürmte mit einem neuen Ziel zurück zur Gala. Er verdiente es, ihr dabei zuzusehen, wie sie mit einem anderen Jungen lachte und flirtete und trank und tanzte. Dann würde er schon merken, wie sehr es wirklich wehtat.

Ihr Blick landete wieder auf Cord, der allein in der Nähe der Bar stand, so distanziert und gut aussehend wie immer. Er war ihr Begleiter. Und er war immer für etwas Spaß zu haben.

»Ich brauche was zu trinken«, verkündete sie und stützte sich dabei weit vorgebeugt mit den Ellbogen auf der Bar ab. Dafür hätte sie sich von ihrer Mom bestimmt etwas anhören können. Aber im Moment war ihr so ziemlich alles egal, bis auf ihren Entschluss, Atlas einen Spiegel vorzuhalten.

Cord lächelte bei ihrem plötzlichen Auftauchen. »Champagner, bitte«, sagte er zu der Barkeeperin.

Avery schüttelte den Kopf. »Nein, ich brauche etwas Richtiges.«

»Okay«, sagte Cord gedehnt und musterte sie, um ihre neue Stimmung einzuschätzen. »Wodka? Atomic? Rum? Whiskey?«, zählte er auf, aber Avery interessierte nicht, was sie trank, solange es nur stark genug war.

»Was auch immer du trinkst. Aber mach einen Doppelten draus.«

Cord zog eine Augenbraue hoch. »Zwei doppelte Scotch auf Eis«, bestellte er und sah dann Avery an. »Ich will ja nicht behaupten, dass es mir nicht gefällt, wenn du so zügellos bist. Aber darf ich fragen, was diesen Stimmungswandel ausgelöst hat?«

»Du darfst fragen, aber ich werde es dir nicht sagen.« Avery spürte ein paar neugierige Augenpaare auf sich und Cord, aber zum ersten

Mal war es ihr völlig gleichgültig, wer sie begaffte oder Schnappschüsse von ihr in seinen Feeds hochlud. Sollten sie doch.

»Na dann«, sagte Cord gelassen, als hätte er genau diese Antwort von ihr erwartet. »Wie kann ich behilflich sein?«

»Ganz leicht. Du kannst mir helfen, mich so richtig zu betrinken.«

»Sehr gern.« Cords eisblaue Augen funkelten schelmisch und Avery spürte, wie ihre Wut schon etwas nachließ. Cord ist wirklich ein guter Komplize, dachte sie bei sich.

Sie stieß mit ihm an und kippte den Scotch in nur einem Zug hinunter. Es schmeckte bitter, aber das kümmerte sie nicht. Für den Rest des Abends wollte sie sich nur noch von ihrer strahlendsten, hinreißendsten und unerreichbarsten Seite zeigen, mit funkelnden Augen lächeln – und niemand würde merken, wie verletzt sie unter dieser Maske war.

Calliope

Calliope war ziemlich zufrieden mit ihrer Entscheidung, Brice Anderton zur Hudson-Naturschutzgala zu begleiten.

Sie und ihre Mom hatten große Auftritte schon immer genossen – wie sich alle Blicke im Raum unweigerlich auf sie richteten, wenn sie auf einer Party erschienen, ganz besonders in einer neuen Stadt, wenn sich die Leute fragend zuraunten, wer sie waren und woher sie kamen. Von Zeit zu Zeit machte Elise den halbherzigen Versuch, etwas weniger Aufsehen zu erregen. »Wir sollten nicht zu sehr auffallen, das ist nicht sicher«, erinnerte sie Calliope dann jedes Mal. Als würde sie die Aufmerksamkeit nicht sogar noch mehr lieben als ihre Tochter.

Inzwischen war Calliope der Meinung, dass sie sich daran gewöhnt hatte, diese Art von Aufmerksamkeit auf sich zu ziehen. Aber sie war nicht auf die Reaktion vorbereitet gewesen, als sie und Brice den Unterwasserballsaal betraten.

Sie hoffte, dass wenigstens ein paar der Blicke auf ihre gemeinsame Wirkung zurückzuführen waren – sie waren beide groß und schlank, hatten dunkles Haar und ein stolzes Lächeln. Aber sie musste sich etwas widerwillig eingestehen, dass Brice der faszinierendere Part von ihnen war. Alle Augen waren auf ihn gerichtet. Die Gäste kannten ihn natürlich, hatten seine diversen Eskapaden mitverfolgt und fragten sich nun, wer das neue Mädchen an seinem Arm war.

Und das veranlasste auch Atlas, Notiz von ihr zu nehmen. Calliope hatte die Gelegenheit genutzt, um mit ihm zu flirten – trotz Averys ungeschicktem Versuch, sich an ihrer Unterhaltung zu beteiligen, und ihrer merkwürdigen Entschlossenheit, Atlas von ihr wegzuzerren. Calliope hatte schon oft mit überfürsorglichen Geschwistern und Eltern zu tun gehabt, deren Beschützerinstinkt besonders ausgeprägt war, vor allem wenn sie wohlbehütete Privatschulkids betrügen wollte. Aber Avery war eine der Schlimmsten, die ihr je begegnet waren.

Sie hob in einer absichtlich stolzen Geste den Kopf und sah sich in der Unterwasserkuppel um, in der sich alles um Geld, Status und wichtige Beziehungen drehte. Ihre Mom war auch hier, mit Nadav und seiner Tochter Livya. Calliope hatte sich vorhin ein paar Minuten mit ihnen unterhalten. Elise hatte sie die ganze Zeit mit erhobenen Augenbrauen angesehen, wahrscheinlich weil sie hoffte, dass Calliope ihr helfen würde, Livya loszuwerden, damit sie sich besser auf Nadav konzentrieren konnte. Aber Calliope war nicht in der Stimmung gewesen, nett zu sein. Soweit sie das beurteilen konnte, war Livya eine blasse, geistlose Langweilerin, und die Babysitterin für sie zu spielen, wäre nur eine Verschwendung von Calliopes Talenten.

Jetzt stand sie neben Brice zwischen seinen Freunden. Sie redeten über einen alten Streich, als sie ein paar Hovers mit Graffiti-Sprüchen beschmiert hatten, die man nur bei einer bestimmten Einstellung der Kontaktlinsen lesen konnte. Es klang ziemlich lahm, aber Calliope lachte trotzdem mit. Sie warf einen Blick auf Brice, der ebenfalls lachte, aber trotzdem ein wenig distanziert wirkte. Er strahlte diese aalglatte Selbstsicherheit aus, die auf seinen Reichtum zurückzuführen war – und auf die Tatsache, dass er schon ein paar Gläser intus hatte.

Als ein neuer Song begann, nahm Brice ihre Hand. »Tanz mit mir«, sagte er, was eher nach einem Befehl als nach einer Bitte klang. Calliope stellte ihr Glas ab, das sie nur zum Schein in der Hand hielt – sie wollte heute einen klaren Kopf behalten –, und folgte ihm. Warum sollte sie nicht mit Brice flirten? Sie konnte ihn sowieso nicht reinlegen, das war viel zu riskant, nachdem er sie fast erkannt hätte. Natürlich war auch Atlas ein Risiko, weil er sie schon einmal zurückgewiesen hatte. Aber er konnte zumindest nicht ihre Tarnung auffliegen lassen.

Seit sie wusste, wie reich Atlas tatsächlich war, war ein Teil von Calliope fest entschlossen, ihm etwas wegzunehmen, nur um sagen zu können, dass sie den Jungen aus der eintausendsten Etage betrogen hatte. Gott, das wäre vielleicht eine Story. Natürlich konnte sie nicht vor anderen damit angeben, mit Ausnahme ihrer Mom.

Als sie an der Tanzfläche angekommen waren, drehte Brice sich zu ihr um und legte selbstbewusst seine Hände um ihre Taille. Über ihnen leuchteten Hologramm-Quallen wie schwebende Kerzen, gelegentlich aufgescheucht von einem neonfarbenen Hai. Das gesprenkelte, blaue Licht wanderte über Brice' Gesichtszüge, seine aristokratische Nase und die scharfkantigen Wangenknochen.

»Calliope«, begann Brice mit derselben spöttischen Respektlosigkeit wie bei ihrer ersten Begegnung, und sie fragte sich erneut, wie viel er wirklich über sie wusste. »Erzähl mir von London.«

»Warum?«, gab sie herausfordernd zurück. »Du warst wahrscheinlich schon Dutzende Male dort. Es gibt nichts, was ich hinzufügen könnte, um deine Meinung über diese Stadt zu ändern.«

»Vielleicht ist es gar nicht meine Meinung über London, die ich korrigieren will, sondern meine Meinung über dich.«

Sie drehte sich leicht, um sich etwas Zeit zu verschaffen. Die Falten ihres Kleides wirbelten um sie herum und fielen dann wie bei einer Skulptur nach hinten. »Oh, dann bin ich aber neugierig auf die Meinung, die du bist jetzt von mir hast.«

»Ich bitte dich. Ich tappe doch nicht in so eine Falle.«

Brice zog sie näher, während die Musik schneller wurde. Calliope wollte einen Schritt zurückweichen – das war ihr viel zu nah, sie konnte sogar seinen Herzschlag durch den Stoff seines Smokings spüren, sein Eau de Cologne riechen, leicht und ein wenig beißend –, aber seine Hand spielte unverschämt am Rückenreißverschluss ihres Kleides, so-dass ihr fast der Atem stockte.

»Wenn du so neugierig bist, ich war an der St. Margaret's. Ein Mäd-cheninternat in SoHo.« Sie hoffte inständig, Brice' Aufmerksamkeit damit in eine andere Richtung zu lenken.

»Ich muss sagen, das überrascht mich. Ich hätte dich nicht für den Internatstyp gehalten.«

Calliopes Gedanken wanderten unerklärlicherweise zu Justine Houghton. Sie hatte ihre Teenagerzeit bestimmt auf einem Internat verbracht, diszipliniert und überwacht, während Calliope durch die Welt gereist war. Und jetzt war sie hier, umgeben von teuren Roben und Gelächter und dem unverwechselbaren Funkeln von Diamanten.

Calliope wurde klar, wer von ihnen es weitergebracht hatte.

»Ich bin nicht wirklich der Typ für *irgendwas*«, erwiderte sie.

Er lächelte bedächtig, seine Hand wanderte weiter an ihrem Rücken hinab. »Das merke ich. Du bist ganz anders als die Mädchen, die ich sonst so kennenlerne.«

»Ich weiß, all die geheimnisvollen Mädchen, die du auf deinen Rei-sen getroffen hast.« Während sie sich langsam über die Tanzfläche drehten, spürte Calliope die Blicke anderer Paare wie eine Hand, die über ihre Wange streift. Selbstgefällig warf sie den Kopf leicht nach hinten, ließ ihre Haare über die Schulter fallen und bleckte lächelnd die Zähne. Doch dann merkte sie, dass auch Brice sie nicht aus den Augen ließ, und es kam ihr vor, als durchschaute er jede ihrer Bewegungen. Sie zügelte ihr Lächeln etwas. »Wohin fährst du überhaupt die ganze Zeit?«, fragte sie. Sie bezweifelte, dass er an irgendeinem Ort gewesen war, den sie nicht auch kannte. Schließlich war sie ein Profi.

»Überallhin. Ich bin ein wandelndes Klischee. Ein Kerl, der eine Menge Geld geerbt hat und es dann sofort mit teuren Reisen und Geschenken für sich selbst auf den Kopf haut.«

Er sprach mit einer geübten Gleichgültigkeit, aber Calliope kamen seine Worte dennoch eher melancholisch vor. Was würde er wohl sagen, wenn er wüsste, dass sie im Grunde dasselbe tat, nur eben mit dem Geld anderer. »Warum?«

Brice zuckte mit den Schultern. »Das passiert eben, wenn man beide Eltern mit sechzehn verliert.«

Calliope hielt den Atem an. »Oh«, presste sie ein wenig dümmlich hervor. Warum war ihr das in den Feeds entgangen, als sie ihn vorhin durchleuchtet hatte? Sie war zu nachlässig, dachte sie, aber alles, was mit Brice zu tun hatte, brachte sie durcheinander und verunsicherte sie. Sie beschlich das panische Gefühl, dass sie noch mehr bei ihm übersehen hatte. Sie musste vorsichtig sein.

In diesem Moment stürmte Atlas an ihnen vorbei. Calliope winkte ihm zu. Das war ihre Chance. Atlas war hier und er war allein, keine Avery in der Nähe, die sich einmischen konnte. Diesen Moment musste sie nutzen, um ihn in ein Gespräch zu verwickeln und den Flirt von vorhin fortzusetzen.

Brice war natürlich nicht entgangen, wie ihr Blick sofort zu dem anderen Jungen gehuscht war. »Im Ernst? Du und Fuller? Das hätte ich nicht gedacht.« Er schüttelte enttäuscht den Kopf. »Ich verstehe einfach nicht, was ihr alle an ihm findet.«

Calliope setzte ihren empörten Blick auf, den sie sich vor all den Jahren von Justine abgeschaut hatte. »Ich habe keine Ahnung, wovon du sprichst«, erklärte sie. Und was meinte er mit »ihr alle«? Wie viele Mädchen waren denn hinter Atlas her?

»Er ist viel zu langweilig für dich«, fuhr Brice fort, als hätte sie kein Wort gesagt. »Versteh mich nicht falsch, ich mag den Kerl. Er ist nur nichts Besonderes, und du bist so … rätselhaft.«

Das war genau der Grund, warum sie sich nicht weiter mit Brice abgeben sollte. Er war zu abgebrüht, zu vorsichtig und berechnend, nicht mal ansatzweise emotional oder naiv genug, um auf einen Trickbetrug hereinzufallen. Vielleicht hatte er sogar schon durchschaut, was sie vorhatte.

Sie musste ihn loswerden, bevor es zu spät war.

»Ich weiß nicht, was du meinst. Wenn du mich jetzt entschuldigen würdest«, sagte sie steif, machte auf dem Absatz kehrt und ging in die Richtung, in der sie Atlas zuletzt gesehen hatte.

Er stand allein über einen Bartisch gebeugt und nippte an einem Glas. Seine Körperhaltung zeigte deutlich, dass er von niemandem angesprochen werden wollte.

»Hey«, murmelte Calliope.

Atlas blickte verwirrt auf, als hätte er vergessen, wo er war. Dann lächelte er in dieser vertrauten, unkonventionellen Art, sogar noch ein wenig breiter als sonst. »Calliope! Wie ist dein Abend?«

»Aufschlussreich«, sagte sie geheimnisvoll. »Und deiner?«

»Nicht so, wie ich erwartet hatte.« Er starrte wieder gedankenverloren in sein Glas. Er hatte kaum den Blick zu ihr gehoben, dachte sie für einen Augenblick verärgert, und wenn er sie nicht ansah, wie sollte er dann mitbekommen, wie umwerfend und allein sie war – genau jetzt, wo er jemanden zu brauchen schien.

Es gab nur eins, was sie tun konnte. Calliope griff über den Tisch nach Atlas' Glas und trank es in einem Zug aus. Sie hob dabei den

Kopf, sodass er die Rundungen an ihrem tiefen Ausschnitt bewundern konnte, und schlug sinnlich die Augen zu. Der Drink war ziemlich stark.

Sie stellte das leere Glas mit mehr Nachdruck als nötig zurück auf den Tisch. Atlas fuhr bei dem Geräusch auf. Na ja, wenigstens *das* hatte seine Aufmerksamkeit erregt.

»Entschuldige, ich hatte Durst.«

»Offensichtlich«, erwiderte er, aber es klang nicht besonders ärgerlich. Er hob die Schulter in Richtung Bar. »Möchtest du noch einen?«

Calliope folgte ihm, als er noch eine Runde bestellte, und war überrascht, wie schnell er sein zweites Glas austrank. Sie konnte sich nicht daran erinnern, dass er in Afrika so viel getrunken hatte. Es ist eine Party, redete sie sich ein, fragte sich aber trotzdem, was ihm wohl so zu schaffen machte. Während des Sommers hatte er viel glücklicher gewirkt. Sie hatte das Gefühl, dass etwas – wahrscheinlich seine Familie – ihn an New York fesselte, ihn davon abhielt, die Stadt für immer zu verlassen, weil das nicht der Ort war, an den er wirklich gehörte.

Sie schüttelte die plötzlichen und für sie untypisch reflektierenden Gedanken ab. Atlas war hier, alles andere spielte keine Rolle.

»Möchtest du tanzen?«, schlug sie vor.

Atlas sah zu ihr auf und Calliope wusste sofort, dass sich etwas zwischen ihnen verändert hatte. Ihr Instinkt nahm es wahr wie einen bevorstehenden Wetterumschwung, genau wie an dem Abend, als sie auf einem Bergkamm in Tansania gesessen und sich langsam die Nacht um sie gelegt hatte.

Zielstrebig führte sie ihn zur Tanzfläche, ohne dass er ein Wort sagte. Erst als sie seine Arme um ihre Hüfte legte, reagierte er. Er zog sie näher und ließ seine Hände über ihren Rücken wandern. Seine Berührung fühlte sich unglaublich warm an.

Nach einer Weile flüsterte sie ihm ins Ohr: »Bringst du mich nach Hause?«

Er nickte langsam.

Sie nahm seine Hand und führte ihn die Treppe hinauf. Er stolperte ein wenig, vielleicht war er betrunkener, als sie dachte. Dann überquerte sie den Pier mit ihm, wo ein Hover-Taxi wartete. Perfekt. Gleich konnte sie sich in Ruhe in seinem Apartment umsehen und Pläne machen, was sie ihm wegnehmen könnte. Vielleicht konnte sie sogar gleich etwas mitnehmen, ohne dass es jemand merkte.

Sie gab die Adresse der Fullers ein und wartete auf Atlas' Reaktion. Als er nicht protestierte, küsste sie ihn und tastete im Halbdunkeln nach den Knöpfen an seiner Jacke. Mit einer fast brutalen, entschlossenen Energie riss sie jeden einzelnen auf.

Sie fühlte sich bestätigt, denn das war der Beweis, dass der einzige Junge, der sie je zurückgewiesen hatte, sie am Ende doch wollte. Endlich. Es wurde auch verdammt noch mal Zeit.

Leda

Es war spät – so spät, dass Leda keine Ahnung hatte, ob Watt noch auf
der Party war. Sie lief an den Grüppchen vorbei, die die verbliebenen
Gäste gebildet hatten, und umklammerte ihr Cocktailglas dabei so fest,
dass sich ihre Finger wie Klauen versteiften. Sie hatte den Ananas-
Drink nicht mal gewollt, ein vorbeikommender Kellner hatte ihn ihr
einfach in die Hand gedrückt. Und schnell hatte Leda feststellen müssen, dass es noch mehr Kellner gab, die mit Krügen herumliefen und
ihr Glas sofort nachfüllten, wenn sie ein paar Schlückchen getrunken
hatte. Langsam begann sie, ihre Meinung über das Zeug zu revidieren.
Es war zwar widerlich süß, aber zumindest war ihr Glas nie leer.

Sie hob die Hand und berührte ihr Haar, das ihr in hübschen Locken über die Schultern fiel. Die altbekannte Furcht kribbelte wieder
in ihr, das panische Gefühl, dass sie nie hübsch genug, clever genug,
genug genug sein würde, egal was sie tat. Noch schlimmer war jedoch
die neue, nagende Angst, dass jemand herausfinden könnte, was sie
auf dem Dach getan hatte, und ihr Leben damit in Millionen glühende
Scherben zersprang.

Sie war sich nicht sicher, warum sie vorhin so aufgebracht gewesen
war. Wahrscheinlich weil sie wusste, dass Watts Freundlichkeit heute
Abend ihr gegenüber nur gespielt gewesen sein musste, denn er hasste
sie. Warum auch nicht? Nach allem, was sie ihm angetan hatte. Sie

hatte ihn unter Drogen gesetzt, ausgetrickst und erpresst, mit ihr zu dieser dämlichen Gala zu gehen. Bestimmt wünschte er sich, er hätte sie nie kennengelernt.

Wie immer wurde Leda beim Gedanken an jene Nacht – an Eris – eiskalt. Es war nicht meine Schuld, redete sie sich wie immer ein, aber tief in ihrem Inneren wusste sie, dass diese Worte eine Lüge waren. Sie hatte Eris geschubst. Und jetzt war sie auf dieser Gala – allein und unerwünscht.

Und vielleicht verdiente sie das sogar.

»Da bist du ja!«, rief sie. Watt stand mit den Händen hinter dem Rücken verschränkt vor einer der bizarren, modernen Kunstinstallationen in der Nähe des Ausgangs.

»Du hast gesagt, ich soll mich verpissen. Also habe ich das getan«, bemerkte er.

Leda sträubte sich ein wenig, als sie an ihre Worte erinnert wurde. »Und mir ist nicht entgangen, dass dir die Sache mit Avery immer noch nahegeht«, sagte sie abfällig. Diese Spitze rief jedoch nicht die Reaktion hervor, die sie sich erhofft hatte.

Watt zuckte nur mit den Schultern und bot ihr seinen Arm an. Er war nicht ein bisschen sauer. »Kann ich dich nach Hause bringen?«

Leda sah sich um. Die Party neigte sich dem Ende entgegen. Die meisten noch anwesenden Gäste waren entweder zu alt oder zu jung, um für Leda interessant zu sein – ein paar Neuntklässler aus ihrer Schule eingeschlossen, die offensichtlich total aus dem Häuschen waren, dass sie an einer Bar ohne Alters-Scanner Getränke bestellen konnten. Ihre Eltern und Jamie waren schon vor einer Stunde gegangen. Leda neigte den Kopf und musterte Watt. Aus unerfindlichen Gründen war sie immer noch wild entschlossen, ihn wütend zu machen.

»Du kannst mich nach Hause bringen. Aber komm bloß nicht auf irgendwelche Ideen«, warnte sie ihn.

Watt lächelte, antwortete aber nicht.

Als sie schließlich vor ihrem Apartment ankamen, lief er um das Hover-Taxi herum und öffnete ihr galant die Tür. Leda drängte sich an ihm vorbei und stürmte die Treppe hinauf, ohne sich umzublicken.

Sie fühlte sich wie das Flexiglas dieser verdammten Goldfischkugel, in der sie gefeiert hatten – als müsste sie endlos trübe Wassermassen zurückhalten und stünde kurz davor, unter dem Druck zusammenzubrechen.

»Gute Nacht, Leda.« Watt wandte sich dem Hover zu.

Bevor sie darüber nachdenken konnte, rief Leda ihn zurück. »Entschuldige, aber wo willst du jetzt hin?«

Watt drehte sich um. »Nach Hause?«, erwiderte er, als wäre das eine Fangfrage gewesen.

»Du gehst nicht, bevor ich es dir sage.«

Erfreut sah sie dabei zu, wie Watt den letzten Rest Selbstbeherrschung verlor und die Stufen zu ihr hinaufstürmte, die Hände wütend zur Fäusten geballt. »Es reicht, Leda, du musst damit *aufhören*. Was willst du denn noch von mir?«

Was sie wollte? Einen Gefühlsausbruch, eine Reaktion, der sie etwas entgegensetzen konnte. Watt war der einzige Mensch auf der Welt, der wusste, was sie getan hatte, und sie tatsächlich verpfeifen würde, und sie hatte die Nase voll davon, dass er so nett tat, obwohl sie beide wussten, was er wirklich von ihr hielt. Sie legte die Hände an seine Schultern und schubste ihn.

Watt stolperte erschrocken nach hinten. Endlich. Es fühlte sich so gut an, etwas zu *tun*.

Die Stille dröhnte in ihren Ohren.

Watt starrte sie an, ohne zu blinzeln. »Du bist echt das Letzte, weißt du das?«, sagte er langsam.

Das war Leda egal. Sie hatte es so satt, allen immer nur etwas vorzuspielen, ihr ganzes Leben zu einer großen Scharade zu machen, zur Schule und auf Partys zu gehen, als wäre alles in bester Ordnung. Niemand wusste, wer sie wirklich war.

Bis auf Watt. Er kannte die unfassbaren Dinge, die sie getan hatte, hatte die gähnende schwarze Leere in ihrem Inneren gesehen, und aus irgendeinem Grund störte sie das nicht einmal.

»Herzlichen Glückwunsch, Watt, du kennst alle meine dunkelsten Geheimnisse.« Ihre Stimme klang tief und heiser. »Aber weißt du, was? Ich kenne deine auch. Weil wir uns verdammt ähnlich sind, du und ich.«

»Du und ich, wir haben rein gar nichts gemeinsam.« Er trat näher an sie heran, sein Gesicht nur Zentimeter von ihrem entfernt, sein Atem ging stoßweise. »Fahr zur Hölle, Leda.«

Die ganze Welt schien sich zu drehen, dann stand plötzlich alles still. Und ohne dass Leda wusste, wie ihr geschah, landeten Watts Lippen auf ihren.

Sie zog ihn zu sich, seine Hände vergruben sich in ihrem Haar. Jede Faser ihres Körpers stand unter Strom. Leda versuchte, keinen Laut von sich zu geben, als sie in den Flur stolperten, aber das hätte auch keine Rolle gespielt. Das Zimmer ihrer Eltern war im dritten Stock und sie würden sowieso nicht erwarten, dass sie einen Jungen mit nach Hause brachte. Das hatte sie noch nie gemacht.

Als sie rücklings auf ihrem Bett landeten, zögerte Watt. »Ich kann dich immer noch nicht ausstehen«, sagte er. In seinen dunklen Augen funkelte etwas, das sie nicht ergründen konnte. Sie fühlte sich wie eine rachsüchtige Göttin und griff nach hinten, um ihr Kleid zu öffnen.

»Wie ich schon sagte, ich kann dich auch nicht leiden. Und jetzt halt den Mund«, erwiderte sie und küsste ihn.

Watts Haut fühlte sich warm und seltsam beruhigend an. Leda schmiegte sich wortlos an ihn. Es war wunderbar und gefährlich und absolut schonungslos. Watt durfte nie erfahren, wie sehr sie ihn in diesem Moment brauchte. Die kräftigen, klaren Konturen seines Körpers, seine Präsenz, der bittere Druck seiner Wut zogen sie vom Rand des Abgrunds zurück. Er verscheuchte ihre Dämonen, zumindest für eine Weile.

Avery

Avery stand in der Mitte einer kleinen Gruppe – Risha und Ming und ein paar andere –, ihre Gesichter schienen vor dem dröhnenden Hintergrund der Tanzfläche zu schweben. Die Welt neigte sich heftig, als wäre der Planet aus seiner Umlaufbahn gesprungen und der Himmel jetzt unter ihren Füßen.

Sie hatte keine Ahnung, wie spät es war. Sie war so eifrig darum bemüht gewesen, Atlas zu ignorieren, dass sie nicht mitbekommen hatte, wann er gegangen war. Stattdessen hatte sie ihre ganze Energie darauf gerichtet, zu lachen und zu flirten und zu trinken. Sie hatte inzwischen so viel getrunken, dass ihr Lachen irgendwann nicht mehr gezwungen war, sondern sich echt anfühlte.

»Hey!« Cords Hände landeten auf ihren Schultern. Avery schloss die Augen vor dem schwindelerregenden Gewirr aus Farben. »Ich denke, es wird Zeit, dich nach Hause zu bringen.« Avery mühte sich ein kurzes Nicken ab.

Irgendwie schaffte sie es, ihm mit einem aufgesetzten Grinsen an den letzten Gästen der Party vorbei zu folgen. Cord hielt sie am Unterarm fest, als sie die endlosen Stufen hinaufstiegen. Wer hatte überhaupt die dämliche Idee gehabt, die Party unter Wasser zu feiern? Sie überquerten den Pier und betraten den Tower, wo Cord ihr in ein wartendes Hover-Taxi half.

238

»Hier.« Er zog seine Smokingjacke aus und legte sie ihr um die Schultern. Avery lehnte den Kopf zurück und schloss die Augen. Sie lauschte dem vertrauten Tippen, als er die Adresse auf dem Bildschirm im Hover eingab.

Ein fieberhafter Instinkt zwang sie, die Augen wieder zu öffnen – und natürlich stand dort als Ziel in hell leuchtenden Buchstaben ihre Adresse in der eintausendsten Etage.

»Nein«, sagte sie unwillkürlich. »Ich will nicht nach Hause.«

Cord nickte, als wäre es die normalste Sache der Welt, dass Avery nicht in ihr eigenes Apartment zurück wollte. Er fragte nicht weiter und Avery sagte nichts weiter. Sie zog sich nur die Jacke fester um die Schultern und hatte das Gefühl, sich gleich übergeben zu müssen.

Als sie die neunhundertneunundsechzigste Etage erreicht hatten, folgte Avery Cord in sein geräumiges Wohnzimmer. Ihr ganzer Körper zitterte vor Schreck, vielleicht auch aus Reue. Ihre Haut fühlte sich ganz heiß an und schien sich immer fester um ihren Körper zu spannen. Wortlos sank sie auf das Sofa und legte den Kopf in die Hände.

»Soll ich dir ein T-Shirt oder etwas anderes holen?«, fragte Cord und deutete mit dem Kinn auf ihr schweres Kleid.

Seine Worte brachen durch Averys erstickende Benommenheit und sie sah sich um. Erst jetzt nahm sie ihre Umgebung richtig wahr. Was machte sie mitten in der Nacht in Cords Apartment? Abrupt stand sie auf. »Entschuldige, ich sollte gehen«, sagte sie, blieb aber niedergeschlagen stehen.

Es gab einen Grund, warum sie nicht nach Hause wollte. Sie wollte Atlas nicht begegnen. Sie konnte ihm nicht gegenübertreten, nicht jetzt.

Cord beobachtete sie. »Avery, was ist los?«, fragte er vorsichtig.

»Ich kann nicht nach Hause. Es ist … ich bin …«, sie suchte nach Worten, aber nichts konnte ihre Gefühle ausdrücken, »ich kann einfach nicht«, beendete sie hilflos den Satz.

Cord war zu verständnisvoll oder zu höflich, um weiter nachzubohren. »Möchtest du hierbleiben?«, bot er an. »Du weißt, dass wir genügend Gästezimmer haben.«

»Eigentlich ja.« Avery war überrascht, wie belegt ihre Stimme klang. Sie schluckte beklommen und rieb sich mit den Händen über die Arme. »Und ich hätte gern ein T-Shirt, falls das Angebot noch steht.«

»Natürlich.« Cord verschwand in Richtung Flur.

Avery sah sich neugierig im Wohnzimmer um. Sie war schon eine Weile nicht mehr bei Cord gewesen, außer auf Partys, wenn das Apartment vollgestopft mit Leuten war. Natürlich hatte es eine Zeit gegeben, als sie, Eris und Leda regelmäßig hier gewesen waren, zusammen mit Cord und seinen Kumpels. Es war immer ziemlich locker zugegangen, ohne Erwachsene, die sie überwachten – abgesehen von Brice, aber der zählte nicht wirklich. Sie erinnerte sich an all die Dummheiten, die sie gemacht hatten. Als Cord zum Beispiel die Wackelpudding-Shots zu früh aus dem Schnelltiefkühler geholt und eins der Gläser in einem Feuerwerk aus grünem Schleim unter der Decke explodiert war. Oder als sie alle Cords riesige Treppe hinuntergerutscht und schreiend und lachend im zweiten Stockwerk gelandet waren. Es war Eris' Idee gewesen, wie Avery wieder einfiel. Sie hatte das in irgendeinem Holo-Video gesehen und es nachmachen wollen, und angesteckt von ihrer unbeschreiblichen Begeisterungsfähigkeit hatten natürlich alle mitgemacht.

Jetzt kam Avery das alles ziemlich kindisch, leichtsinnig und sehr lange her vor.

»Hier«, sagte Cord, der mit einem ordentlich zusammengelegten

Stapel Klamotten zurückgekommen war. Avery ging rasch ins Bad und zog sich um. Wie lustig, dachte sie, das Shirt roch nach dem üblichen UV-Reinigungssonden-Frischeduft, aber irgendwie auch nach Cord.

Kurz darauf kehrte sie in einem seiner alten Schul-Shirts und in Shorts aus dem Badezimmer zurück. Ihre nackten Füße tapsten über die warmen Küchenfliesen, ihre Haare waren immer noch zu einem kunstvollen Knoten zurückgebunden und ihre Diamantohrstecker funkelten noch in ihren Ohren. Sie wusste, dass sie lächerlich aussah, aber sie fand nicht die Kraft, sich darüber Gedanken zu machen.

»Ich hab dir das blaue Zimmer zurechtgemacht, gleich unten neben der Treppe«, sagte Cord. »Sag Bescheid, wenn du irgendetwas brauchst.«

»Warte«, rief Avery, als er sich auf den Weg zu seinem Zimmer machen wollte. Cord drehte sich zu ihr um und sie warf einen hoffnungsvollen Blick auf das Sofa. »Besteht vielleicht die Chance, dass du noch ein bisschen wach bleiben willst?« Nur bis ihre Gedanken nicht mehr so verzweifelt durcheinanderwirbelten und sie ihren blöden Streit mit Atlas aus ihrem Gedächtnis verbannt hatte.

»Ja, klar.« Er musterte sie wieder.

Avery kuschelte sich in ihre alte Lieblingsecke auf dem Sofa und zog die Knie an die Brust. Cord ließ sich neben ihr nieder, nur eine Armlänge Abstand blieb zwischen ihnen. Seine Fliege hing offen herab, seine Weste war aufgeknöpft, die Ärmel seines Hemds bis zu den Ellbogen hochgekrempelt. Das alles verlieh ihm einen leicht verwegenen Touch.

»Möchtest du reden«, fragte er, »oder wollen wir uns lieber ein lautes, sinnfreies Holo ansehen?«

»Lautes, sinnfreies Holo. Je mehr Explosionen, desto besser.« Avery versuchte zu lächeln.

Sie konnte nicht glauben, dass Atlas sie weder angerufen noch eine einzige Nachricht geflickert hatte. Was machte er gerade? Und warum konnte sie nicht aufhören, an ihn zu denken, wo es ihr doch so verdammt wehtat?

»Na, dann.« Cord hob die Hände, um das Video-Menü aufzurufen, dann drehte er sich zu ihr. Seine klaren blauen Augen funkelten sie still und eindringlich an. Avery konnte diesen Ausdruck kaum ertragen. »Was auch passiert ist, Avery, du weißt, dass ich immer da bin, wenn du darüber reden möchtest.«

»Danke.« Aus irgendeinem Grund musste sie wegschauen, sonst wäre sie in Tränen ausgebrochen. Der Holo-Bildschirm erwachte zum Leben und sie richtete ihre Aufmerksamkeit dankbar auf die übertriebene Actionszene, versuchte sich in der sinnlosen Hover-Jagd zu verlieren. Wenn sie sich nur genug auf die wirren Bilder konzentrierte, würde sie das vielleicht von ihrem eigenen wirren und chaotischen Leben ablenken.

Avery wurde bewusst, dass es schon Monate her war, seit sie das letzte Mal mit Cord allein gewesen war. Damals hatte er ihr erzählt, dass zwischen ihm und Eris Schluss war – und sie hatte herausgefunden, dass er sich in eine andere verliebt hatte.

»Sag mal«, fragte sie, »was ist eigentlich aus dir und diesem Mädchen geworden?« Sie wollte unbedingt an etwas anderes denken.

Cord blinzelte sie überrascht an. »Du meinst Rylin? Daraus ist nichts geworden.«

»Moment – Rylin Myers, die jetzt in unsere Schule geht? Du warst mit *ihr* zusammen?« Das Mädchen vom Dach? Wieso war sie plötzlich so in ihr Leben verwickelt?

»Bis sie mich belogen hat.« Cord wollte eigentlich wütend sein, das spürte Avery, aber auf seinem Gesicht spiegelte sich nur verletztes Bedauern. Avery kannte dieses Gefühl. »Es fällt mir einfach schwer, darüber hinwegzukommen. Ich weiß nicht, wie ich ihr jemals wieder vertrauen soll, verstehst du?«

»Ja, das verstehe ich.« Sie schaute weg.

»Warte mal.« Cord verschwand im Flur und kam mit einer kegelförmigen, goldenen Kerze zurück, die mit Flitter besprenkelt war. Die kleinen glitzernden Punkte fingen das Licht ein und reflektierten es.

»Ist das eine Intoxikerze?« Avery hatte noch nie eine angezündet. In das Wachs dieser Kerzen waren Endorphine und Serotonin eingegossen, die sich über die Luft verteilten. Aber Kerzen aller Art waren wegen der Brandgefahr im Tower verboten – ganz besonders in dieser Höhe, wo die Luft mit extra Sauerstoff angereichert wurde.

»Ich dachte, du könntest sie gebrauchen. Mir hat das immer geholfen, wenn ich betrunken und in düsterer Stimmung war.«

»Ich bin nicht in düsterer Stimmung!«, rief Avery.

Cord lachte nur.

»Aber ich bin ziemlich betrunken«, gab sie zu. Der Raum hatte aufgehört, sich zu drehen, doch sie spürte immer noch ein seltsam unwirkliches Gefühl, als wäre alles irgendwie im Schwebezustand und nichts wirklich greifbar.

»Ich kann aus eigener Erfahrung sagen, dass du verdammt mies drauf bist und zweifellos betrunken«, erklärte Cord. Er versuchte, unbekümmert zu klingen, aber seine Worte machte sie nur noch betrübter.

»Die Kerze gehörte eigentlich Eris«, fuhr er fort. »Sie hat sie gekauft, um –« Er brach den Satz unbeholfen ab.

»Nein, ist schon okay.« Aus irgendeinem Grund fühlte es sich gut an, über Eris zu reden. Als könnte sie den neuen Schmerz, der in ihrer Brust brannte, leichter ignorieren, wenn sie sich diesem älteren, noch schmerzhaften Thema zuwandte. »Mir gefällt die Vorstellung, etwas zu benutzen, das ihr gehört hat. Sie würde wollen, dass wir sie anzünden.«

Avery sah zu, wie Cord nach einem altmodischen Feuerzeug suchte, denn kein Bot würde im Inneren des Towers irgendetwas anzünden.

»Ich vermisse sie sehr«, fügte sie leise hinzu, als er eine kleine Flamme zum Leben erweckte und sie an den Docht der Kerze hielt.

»Mir fehlt sie auch.« Cord senkte den Blick. Das Licht der Kerze warf kleine Schatten unter seine Augen.

»Weißt du, wenn ich Eris jetzt kennenlernen würde, wäre ich bestimmt ganz schön eingeschüchtert von ihr. Sie war so kompromisslos ehrlich«, grübelte Avery laut vor sich hin. »Aber wir waren so lange befreundet, dass sie ganz selbstverständlich für mich war.« Ich darf niemanden mehr als selbstverständlich hinnehmen, versprach sie sich, doch sie verlor die Menschen bereits, die ihr etwas bedeuteten. Leda hasste sie, Watt war offensichtlich sauer auf sie, mit Atlas hatte sie sich gestritten und ihre Eltern beobachteten sie voller Argwohn. Wann hatten Averys Beziehungen angefangen zu zerbrechen?

»Eris' Trauerfeier ist ihr gar nicht gerecht geworden«, sagte Cord. »Das war alles viel zu förmlich für sie. Sie hätte etwas Spektakuläres verdient. Konfettibomben oder Seifenblasen oder so was.«

»Ja, das hätte ihr gefallen.« Avery lächelte und atmete tief ein, sodass der Duft der Kerze den Weg über ihre Lunge bis in die tiefsten Fasern ihres Körpers fand, in ihre Haare und ihre Fingerspitzen dringen konnte. Es roch nach Honig und Toast und Lagerfeuer.

Das Holo sprang zu einer Werbung für ein neues Karaokespiel um. Schweigen breitete sich zwischen Avery und Cord aus – ein behagliches, freundschaftliches Schweigen, das nur zwischen zwei Menschen entsteht, die sich schon sehr lange kennen.

Sie deutete mit einem Nicken auf die Werbung. »Warum machen wir eigentlich keine Spiele mehr wie das da?«

»Weil du eine schreckliche Sängerin bist. Was ich nie verstanden habe, du weißt schon, wegen dieser ganzen Gentechnikgeschichte.«

»Das ist nicht fair!«, protestierte Avery, aber insgeheim mochte sie es, wenn Cord sich ein bisschen darüber lustig machte, dass sie ein Auftragsbaby gewesen war. Das traute sich sonst niemand.

»Ist schon okay. Es gibt wichtigere Dinge.« In Cords Stimme schwang ein seltsamer Unterton mit, der Avery aufblicken ließ. Zu irgendeinem Zeitpunkt – sie war nicht sicher, wann genau – war er näher an sie herangerutscht. Oder war sie diejenige gewesen, die näher an ihn gerutscht war? Wie auch immer, hier saßen sie nun.

Die Zeit schien sich wie eine Flüssigkeit auszubreiten. Ihre Gesichter waren sich ganz nah und er sah sie mit seinen blauen Augen ungewohnt an. Sein Blick war nicht wie sonst lässig oder sarkastisch, sondern unbeirrbar und eindringlich. Avery konnte kaum atmen, so stark pochte ihr Herz. Eigentlich sollte sie sich zurückziehen, aber das tat sie nicht. Sie konnte sich nicht rühren, es kam zu überraschend und unerwartet. Sie war in ein fremdes Universum eingetreten, in dem Cord Anderton sich vorbeugen und sie küssen könnte.

Dann setzte sich Cord mit einem Mal auf und machte eine weitere spöttische Bemerkung über ihre Gesangskünste, sodass Avery nicht mehr wusste, was gerade passiert war oder ob überhaupt irgendetwas passiert war. Ihr Blick wanderte zur Kerze, die immer noch auf dem Tisch flackerte. Kleine wohlige Glücksfunken stiegen fröhlich auf, Wachsperlen liefen an den Seiten hinunter und vereinten sich zu einem goldenen See am Fuß der Kerze.

Vielleicht hatte sie sich alles nur eingebildet.

Avery schlug die Augen auf, schloss sie gleich wieder und rutschte im Bett hin und her. Nur dass sie nicht in ihrem Bett lag, sondern auf dem Sofa der Andertons.

Abrupt setzte sie sich auf und griff nach dem verfilzten Haarknoten an ihrem Hinterkopf. Ihr Blick wanderte hektisch durch das Zimmer. Die Kerze stand noch auf dem Tisch, die Flamme war längst ausgegangen. Das frühe Morgenlicht strömte durch Cords riesige deckenhohe Fenster.

Sie konnte sich nicht daran erinnern, eingeschlafen zu sein. Sie hatte mit Cord über Eris geredet und er hatte die Kerze angezündet, damit sie sich etwas entspannen konnte ... dann musste sie weggedöst sein.

Ihr Kleid hing noch über der Stuhllehne, wo sie es abgelegt hatte. Avery stolperte zur Abstellkammer im Flur, in der die Andertons dampfreinigende Kleidersäcke aufbewahrten. Sie nahm sich rasch einen und stopfte ihr Kleid hinein, dann schlüpfte sie in ihre Satinabsatzschuhe und bestellte auf dem Weg zur Tür vor sich hinmurmelnd ein Hover-Taxi. In letzter Minute brachte ein unbewusster Impuls sie dazu, sich noch einmal umzudrehen und den geschmolzenen Rest der Kerze einzustecken. Sie würde bestimmt noch ein oder zwei Stunden brennen, und Avery hatte das Gefühl, dass sie das brauchen konnte.

Als sie sicher im Hover saß, lehnte sie sich zurück, schloss die Augen und bemühte sich, die Ereignisse der letzten zwölf Stunden zu rekapitulieren. Sie war immer noch verletzt wegen des dummen Streits mit Atlas, schämte sich aber auch für ihre kindische Reaktion, sich auf einen Flirt mit Cord einzulassen, nur um Atlas zu ärgern. Kein Wunder, dass er ihr keine Flickernachricht geschickt hatte. Er musste mitbekommen haben, wie sie gelacht und getanzt und sich betrunken hatte,

246

und wie sie dann am Ende der Nacht mit Cord nach Hause getaumelt war.

Ihre Wangen wurden rot. Was Atlas jetzt wohl von ihr dachte? Vielleicht vermutete er, dass etwas zwischen ihr und Cord *passiert* war.

Wäre nicht auch fast etwas passiert?

Avery rief sich den Moment immer wieder ins Gedächtnis und versuchte herauszufinden, was geschehen war und was es zu bedeuten hatte. Hatte Cord sie beinahe geküsst oder war das nur ein Produkt ihres vom Alkohol und dem Duft der Intoxikerze benebelten Verstandes? Na ja, dachte sie entschieden, Gott sei Dank ist am Ende doch nichts gewesen.

Das Hover-Taxi raste nach oben und kam der eintausendsten Etage immer näher. Avery beugte sich vor, legte den Kopf in die Hände und versuchte, die Welt um sich herum auszublenden. Was sollte sie tun, wenn sie Atlas sah – an ihm vorbeistürmen, ihn ignorieren, mit ihm reden?

Küss ihn und sag ihm, es wird alles gut, egal was vorgefallen ist, flüsterte eine Stimme in ihrem Kopf. Sie wusste, dass das der richtige Weg war. Sie hatte es nicht ertragen können, Atlas mit Calliope flirten zu sehen, aber im kühlen Tageslicht betrachtet, musste sie ihm recht geben. Es bedeutete nichts, und wenn es half, den Verdacht ihrer Eltern zu zerstreuen, dann sollte es eben so ein. Sie liebte Atlas, alles andere spielte keine Rolle. Sie würden eine Lösung finden, redete sie sich ein, so wie immer.

Das Hover-Taxi hielt vor ihrer Eingangstür. Avery betrat das Apartment, der Kleidersack schwebte hinter ihr her. Sie wollte nach links in Richtung Atlas' Zimmer gehen, doch da hörte sie klappernde Pfannen und musste unwillkürlich lächeln. Ihr war klar, dass ihr peinlicher Aufzug auch einen gewissen Verdacht erregte – sie trug Jungsklamotten und hatte ihre silberne Mikrohandtasche in der Hand –, aber wenn sie ihm gegenüberstand, würde sie ihm alles erklären.

»Atlas?«, rief sie, als sie die Küche betrat. »Du machst hoffentlich Chili-Eier –« Avery brach den Satz abrupt ab, als sie sah, wer da in der Küche herumhantierte, denn es war nicht Atlas.

Calliope stand an der Herdplatte. Sie trug Atlas' Boxershorts und ein T-Shirt, das Avery für ihn gekauft hatte, wie sie fassungslos feststellte. Sie war barfuß und hatte ihre unbändigen Locken hochgesteckt – mit einer von Averys Lieblingshaarklemmen.

Calliope sah Avery in der spiegelnden Kühlschranktür und grinste. »Guten Morgen, Sonnenschein. Tut mir leid, dass ich dir nicht Atlas' Chili-Eier anbieten kann, aber ich mache Toast mit Speck, falls du etwas davon möchtest.«

Avery brachte keinen Ton heraus. Die Welt drehte sich wieder und der Schmerz war zurück, nur viel, viel schlimmer als vorher.

Calliope wandte sich um und hielt die Hände unter den UV-Reiniger. Sie musterte Avery von oben bis unten, dann zwinkerte sie ihr zu. »Schickes Outfit. Da bin ich aber froh, dass ich nicht die Einzige bin.«

»Ist das meine Haarklemme?«, hörte sich Avery fragen. Wie fremdgesteuert ging sie auf Calliope zu. Wollte sie ihr die Klemme wirklich aus den Haaren reißen?, dachte sie aufgewühlt. Doch Calliope kam ihr zuvor, löste die Klemme und warf sie auf den Küchentresen.

»Entschuldige«, sagte sie. Offenbar war ihr bewusst, dass sie einen Fehler gemacht hatte. »Ich habe an deine Tür geklopft, aber du warst nicht da, also habe ich mir die Klemme einfach von der Ablage genommen. Ich hatte kein Haarband in meiner Handtasche.«

Avery schnappte sich die Haarklemme. Sie zerfloss innerlich vor Kummer, als hätte jemand ihre Nervenenden abrasiert, aus denen nun der rohe, flüssige Schmerz in ihren Körper tropfte. Obwohl sie dafür den letzten Rest ihrer Selbstbeherrschung aufbringen musste, und obwohl sie wusste, dass sie den ganzen Tag dafür bezahlen würde – zwang sie sich zu einem knappen Lächeln und deutete mit dem Kinn auf den brutzelnden Speck.

»Ist schon gut. Und danke für das Angebot, aber ich habe keinen Hunger mehr.«

Rylin

In der folgenden Woche saß Rylin beim Mittagessen in der Schule auf einer Bank und balancierte ein Tablett auf ihrem Schoß, während sie in ihr Trüffel-Hähnchen-Sandwich biss.

Manchmal aß Rylin mit ein paar anderen Mädchen aus ihrem Englischkurs. Sie hatten sie vor ein paar Wochen mal gefragt und sie hatte sich ihnen angeschlossen. Sie redeten mit leisen Stimmen und verlangten außerhalb der Cafeteria nichts weiter von ihr. Aber heute brauchte Rylin einen Moment für sich. Sie zupfte geistesabwesend an der orangefarbenen Zitrusbrotscheibe und ließ ihren Gedanken freien Lauf.

Die Schule war eindeutig besser geworden. Es gab natürlich immer noch ätzende Kurse – Rylin glaubte zum Beispiel kaum, dass sie jemals gern zu Mathe gehen und die komplizierten Gleichungen und lustig aussehenden griechischen Buchstaben verstehen würde – und sie bekam morgens im Expressfahrstuhl immer noch komische Blicke zugeworfen, wenn sie in ihrer adretten Schuluniform einstieg. Trotzdem hatte sie sich an ihren Tagesablauf gewöhnt und fand jetzt wenigstens ihren Weg durch den Campus, ohne auf Cords Hilfe angewiesen zu sein.

Die Freitagnachmittage waren schnell zu Rylins Wochenhighlight geworden. Nicht weil dann das Wochenende begann, sondern wegen

Holografie. In diesem Fach war sie zu einer Musterschülerin mutiert, über die sie und Lux sich früher immer lustig gemacht hatten. Ständig hob sie die Hand, um eifrig mitzuarbeiten oder Fragen zu stellen. Rylin konnte einfach nicht anders, sie liebte diesen Kurs. Es lag nicht nur an Xiayne, obwohl er auch dazu beitrug. Sie bekam ständig Lob und Zuspruch von ihm, und seit sie vor einer Weile im Filmlabor an ihrem Videomaterial gearbeitet hatten, gab er ihr nur noch Bestnoten. Inzwischen hatte sie sich alle Filme von ihm angesehen – einige davon sogar mehrmals.

Rylin war überrascht, dass ihr Holografie so gut gefiel. Sie liebte es, dass sie die Ergebnisse nach jeder Stunde direkt sehen konnte, dass jede neu gelernte Technik oder Idee ihre Arbeit sofort sauberer und schärfer und wirkungsvoller machte. Sie hatte noch nie in einem Kurs so aufgepasst. Nicht mal Cord, der meistens unruhig auf seinem Platz hin und her rutschte, konnte ihr das kaputtmachen.

Und sie bekam den Gedanken nicht aus dem Kopf, dass sie vielleicht eines Tages – wenn sie gut genug geworden war – ein Holo-Video über ihre Gefühle für Cord machen könnte. Ihre Worte waren eindeutig erfolglos geblieben, aber war die Holografie nicht genau dafür gedacht? Dinge zu vermitteln, die man nicht mit Worten ausdrücken konnte?

Rylin streckte die Beine aus und rollte die Zehen in ihren neuen schwarzen Ballerinas zusammen, die für ihren Geschmack etwas zu girlymäßig waren, aber sie hatte die Blasen, die sie von Chrissas Schuhen bekam, nicht mehr ertragen.

Sie sah sich zwischen den anderen Schülern auf dem Hof um. Ein paar Meter von ihr entfernt spielten ein paar Jungs ein Spiel, das sie noch nie gesehen hatte. Sie kickten einen faustgroßen, runden Sandsack immer wieder mit dem Fuß an, sodass er nicht den Boden berührte. Ein paar Neuntklässlerinnen, die mit ihren glänzenden Haaren und dem unbeeindruckten Getue zu den beliebten Schülerinnen zählten, wie Rylin vermutete, lagen in der Nähe im Gras und taten so, als würden sie die Jungs gar nicht beachten, während sie sich natürlich von ihrer Schokoladenseite präsentierten.

Von der anderen Seite des Wegs bewegte sich eine vertraute Gestalt durch die Menge auf sie zu. Rylin setzte sich sofort aufrechter hin, warf den Kopf zurück und gab sich so wie diese dämlichen Neuntklässlerinnen. Würde sie Cord Anderton jemals begegnen können, ohne dass sich ihr Magen nervös verknotete?

Er blickte auf und bemerkte, wie sie ihn anstarrte. *Scheiße.* Sie senkte rasch den Blick, tat so, als würde sie etwas auf ihrem Tablet lesen, irgendwie beschäftigt sein, aber er kam bereits auf sie zu.

»Rylin, Gott sei Dank habe ich dich gefunden. Ich habe überall nach dir gesucht.«

Sie blickte überrascht auf, als Xiayne sich neben sie auf der Bank niederließ. Cord war unvermittelt stehen geblieben und ging in die andere Richtung davon.

»Hi«, sagte sie zögernd. »Ist alles okay?« Es war nicht mal Freitag. Was machte Xiayne auf dem Schulgelände – und warum suchte er ausgerechnet nach *ihr*?

Xiayne zog eine Grimasse. Er saß sehr nah neben ihr, so nah, dass Rylin die Stoppeln an seinem dunkelhäutigen Kinn sehen konnte, und wie sich seine Wimpern lang und dicht um seine graugrünen Augen auffächerten.

»Mein neuer Film ist ein Albtraum. Mein Kameramann hat gerade gekündigt, also musste ich seinen Assistenten befördern, obwohl ich gar nicht weiß, ob er schon bereit dafür ist, aber ich habe keine große Wahl. Und ich habe nur noch eine knappe Woche, bevor meine Hauptdarstellerin zu einem anderen Holo-Filmset muss«, klagte er. »Lange Rede, kurzer Sinn, ich suche gerade dringend nach einem neuen Filmassistenten.«

»Das klingt ja ziemlich chaotisch, tut mir leid«, erwiderte Rylin.

»Mir nicht«, sagte er. »Denn das bedeutet, dass ich dir den Job anbieten kann. Was sagst du – kommst du mit mir nach L. A.?«

»*Was?*«

Xiayne beugte sich ein wenig vor, seine Worte überschlugen sich fast, so schnell und eindringlich redete er auf sie ein. »Rylin, du bist eine unglaublich vielversprechende Holografieschülerin. Sicher, ich könnte jemanden aus L. A. anheuern, wenn ich den Film einfach nur zu Ende bringen wollte. Aber ich würde dir auch so gern dabei helfen, eine Karriere zu starten.« Er lächelte. »Du bist ein Naturtalent, aber du musst trotzdem noch viel lernen. Deshalb würdest du von so einer praktischen Erfahrung absolut profitieren.«

»Du willst, dass ich die Schule hinschmeiße, um für dich zu arbeiten?« Was ist mit meinem Stipendium?, dachte sie verwirrt, aber Xiayne antwortete bereits auf die unausgesprochene Frage.

»Die Berkeley hat für solche Fälle ein bestimmtes Verfahren. Letztes Jahr wurde ein Schüler einen Monat freigestellt, um in den Everglades Tauchen zu gehen und die biologischen Substanzen unter Wasser zu studieren oder so was. Es ist nur ein kurzes Shooting. Ich habe es bereits als Wochenpraktikum eingereicht. Und keine Sorge, die gesamten Reisekosten werden vom Fachbereich Kunst übernommen«, fügte er hinzu.

»Aber was genau wäre dann meine Aufgabe?«

»Kann ich davon einen haben?« Xiayne deutete auf ihre Packung Schoko-Beeren-Cookies. Rylin hielt sie ihm verwundert hin, er nahm sich einen und steckte ihn mit einem Happen in den Mund. Dann wischte er sich die Kekskrümel von den Händen und fuhr fort. »Versteh mich nicht falsch, Rylin, der Assistentenjob bedeutet harte Arbeit. Fehlende Materialien besorgen und Equipment ranschleppen, bei der Beleuchtung helfen, die Schauspieler betreuen. Und die können … etwas schwierig sein.« Er verdrehte leicht die Augen, um zu betonen, *wie* schwierig genau sie waren. »Aber es lohnt sich. Ich habe damals auch so angefangen. Und ich verspreche dir, wenn du deinen Namen am Ende des Films siehst, weißt du, dass es der Mühe wert war.«

Rylin spürte plötzlich ein aufgeregtes Flattern in der Brust. »Du würdest meinen Namen in den Abspann aufnehmen?«

»Natürlich. Das mache ich mit all meinen Assistenten so.«

Rylin hatte ein schlechtes Gewissen, denn sie müsste Chrissa eine ganze Woche allein lassen, aber sie war eigenständig genug, um das hinzubekommen. Und Chrissa würde wollen, dass sie nach L. A. ging. Sie war so stolz, weil Rylin wieder zur Schule ging und das sogar gern. Warum also nicht? Sie konnte es zumindest versuchen.

»Was muss ich dafür tun?«

Xiayne grinste. »Ich habe dir den Papierkram schon zugeschickt. Lass einfach deine Eltern unterschreiben und wir sind startklar.«

»Eigentlich habe ich keine Eltern. Ich habe mich als legal erwachsen erklären lassen«, bemerkte Rylin. Sie zog ihr Tablet heraus, suchte schnell nach der Datei und hielt ihren Daumen auf den leuchtenden blauen Kreis, um das Dokument zu bestätigen. Einen Moment später zeigte der Bildschirm die Genehmigung mit Grün an.

»Du hast keine Eltern?«, wiederholte Xiayne verblüfft.

»Meine Mom ist vor ein paar Jahren gestorben. Es gibt nur noch mich und meine Schwester. Ich habe während der letzten Jahre gearbeitet. Deshalb hänge ich im Stoff etwas hinterher.« Zum ersten Mal schämte sich Rylin nicht dafür, das zuzugeben. Xiayne würde das von allen am besten verstehen – hatte er nicht neulich erst gesagt, dass er sich auch von ganz unten hochgearbeitet hatte?

Xiayne nickte. »Du beeindruckst mich immer mehr, Rylin«, meinte er und stand lächelnd auf. Er sah so jung aus, wenn er lächelte, kaum älter als Rylin, mit seinen weichen Zügen und den wirren, dunklen Locken. »Und wenn du bereits als Erwachsene giltst, werde ich dich auch bezahlen.«

»Oh, du brauchst nicht –«

»Es ist nur der Mindestlohn, aber wenn du ein Problem damit hast, besprich das mit der Gewerkschaft.«

Rylin lachte. »Danke«, sagte sie.

Er nickte mit funkelnden Augen. »Wir starten morgen früh mit der Loop. Ich schicke dir noch dein Ticket zu.«

Als sie das letzte Mal mit einem Hyperloop-Zug gefahren war, hatte Cord sie nach Paris entführt. Aber Rylin ermahnte sich schnell, nicht daran zu denken.

Später an diesem Nachmittag betrat Rylin das Sekretariat für ihr obligatorisches Treffen mit dem Rektor der Oberstufe. Offenbar musste jede Anfrage für eine Schulbefreiung von ihm persönlich abgesegnet werden, auch wenn es sich um ein von der Schule finanziertes Praktikum handelte.

»Nehmen Sie Platz«, sagte die Sekretärin gelangweilt. Rylin ließ sich auf das Sofa sinken und öffnete einen Stadtplan von L. A. auf ihrem Tablet. Sie zoomte durch die verschiedenen Stadtviertel, um sich schon mal einen Überblick zu verschaffen, obwohl sie wahrscheinlich sowieso nicht viel von L. A. zu sehen bekommen würde, abgesehen vom Filmset.

Sie fühlte sich Welten von dem Mädchen entfernt, das an ihrem ersten Tag so ängstlich und unsicher hier angekommen war. Jetzt war sie richtig aufgeregt und neugierig auf die Woche, die vor ihr lag.

»Müssen wir uns ständig hier über den Weg laufen?« Cord setzte sich neben sie.

»Musst du mir ständig auflauern?«, gab Rylin zurück. Heute konnte ihr nichts mehr die gute Stimmung vermiesen.

Cord grinste. »Glaub mir, wenn ich dir auflauern wollte, würde ich mir bestimmt nicht das Schulsekretariat dafür aussuchen.«

Sie schwiegen, und Rylin zwang sich, ihn nicht anzusehen. Sie richtete den Blick auf ihr Tablet, auf die dämlichen Poster an der Wand mit den motivierenden Zitaten und den Bergpanoramen, bloß nicht auf Cord. Das schaffte sie ganze acht Sekunden lang.

Als sie es nicht mehr aushalten konnte und schließlich doch in seine Richtung sah, bemerkte Rylin, dass er sie mit einer Mischung aus Vorsicht und Neugier und – wie sie hoffte – einem Hauch Zuneigung musterte. Für einen Moment kam es ihr vor, als wäre keine einzige Minute vergangen, als wären sie zurück in den alten Tagen, als er sich zum ersten Mal entscheiden musste, ob er ihr vertraute oder nicht. Wo Cord nicht der reiche, arrogante Kerl war, der Milliarden erben sollte, und sie nicht das Mädchen, das seine Badezimmer putzte. Wo sie nur ein Junge und ein Mädchen waren, die leise über den Verlust redeten, den sie beide erlitten hatten.

Sie fragte sich, ob es jemals wieder so werden konnte.

»Wie ist es beim Fechten gelaufen?«, fragte Cord.

»Oh, du weißt doch, wenn es zum Kampf kommt, bin ich gnadenlos«, witzelte Rylin.

Sie hatte das als Scherz gemeint, aber Cord lachte nicht. Hatte sie sich zu weit vorgewagt? Schließlich hatte sie ihm an dem Abend vor Eris' Tod gnadenlos harte Dinge an den Kopf geworfen.

»Warum bist du eigentlich hier?«, fuhr er nach einer Weile fort.

»Ich muss zum Rektor.« Sie konnte den Stolz in ihrer Stimme nicht verbergen. »Ich soll für ein Arbeitspraktikum bei Xiayne eine Woche freigestellt werden. Er hat mir einen Job als Filmassistentin bei seinem neuen Holo-Filmprojekt in L. A. angeboten.«

»Ich dachte, du hast ein *Stipendium*. Solltest du da nicht lernen, statt nach L. A. zu jetten?«

Bei seiner schroffen Reaktion schreckte Rylin zurück. »Das ist eine große Chance. Es kommt nur selten vor, dass Schüler an einem Filmset mitarbeiten dürfen, um praktische Erfahrungen zu sammeln.«

»Vielleicht ist es auch die Gelegenheit für Xiayne, eine Gratisarbeitskraft einzustellen. Er bezahlt dich doch nicht dafür, oder?«

Rylin war überrascht von seinem giftigen Tonfall.

»Eigentlich doch.« Sie hasste es, wie verteidigend sie klang.

»Tja, freut mich, dass er so ein *besonderes* Interesse an dir hat.«

»Cord –« Rylin brach ab, weil sie nicht ganz sicher war, was sie sagen sollte, und bevor sie sich eine Antwort überlegen konnte, schwang die Tür zum Büro des Rektors auf.

»Rylin Myers, entschuldigen Sie, dass Sie warten mussten. Kommen Sie rein!«, dröhnte seine Stimme.

Rylin warf Cord noch einen forschenden Blick zu. Sie war traurig und gleichzeitig verletzt. Aber er schüttelte nur den Kopf. »Was soll's, Rylin. Du bist mir ja keine Erklärung schuldig. Hauptsache, es macht dir Spaß, das Wort ›Lieblingsschülerin‹ auf ein ganz neues Level zu bringen.«

Mit einem Mal war Rylins Hirn wieder in der Lage, Sätze zu formulieren. »Nicht alle sind so zynisch wie du, Cord. Du könntest ruhig versuchen, dich ab und zu auch mal für mich zu freuen.«

Sie straffte die Schultern und ging, bevor er etwas erwidern konnte.

Calliope

Calliope schritt erwartungsvoll durch die Lobby des Nuage, die an diesem sonnigen Nachmittag in Weiß- und Blautönen erstrahlte und damit dem Namen des Hotels alle Ehre machte. Sie hatte das Gefühl, mitten durch eine Wolke zu schweben, fast wie auf dem Olymp.

Gerade noch rechtzeitig fiel ihr ein, dass sie vor dem Empfangschef ja eigentlich humpeln müsste. Sie und Elise hatten ganz sicher nicht vor, ab sofort für ihr Zimmer zu bezahlen. Aber Calliope konnte kaum klar denken. Sie war auf dem Weg zum Nachmittagstee mit ihrer Mutter und in ihrer Magengegend grummelte es vor gespannter Vorfreude. Der Nachmittagstee hatte für sie und ihre Mom schon immer eine besondere Bedeutung.

Sie bog in den noblen Speisesaal des Hotels ab. Die Wandtäfelung war vergoldet, die erlesenen Tische mit den haarfeinen Tischtüchern waren mit antikem französischen Tafelsilber gedeckt. Kleine Mädchen mit hellrosa Schleifen in den Haaren zappelten auf ihren Stühlen, ihre gestressten Mütter saßen daneben. Grüppchen aus Frauen stießen mit Champagner an. Sogar ein paar Touristen hatten sich hierher verirrt und beäugten die feine Gesellschaft mit schüchternen Blicken und einem gewissen Grad an Neid. Calliope fand ihre Mom an einem Tisch in der Mitte des Saals. Natürlich, dachte sie amüsiert und alles andere als überrascht. Es gab keinen besseren Platz, um bewundert zu werden.

»Was ist der Anlass?«, fragte sie, als sie auf dem Stuhl gegenüber Platz nahm.

»Der Anlass ist, dass ich meine Tochter zum Tee einlade.« Elise lächelte und schaute entspannt und unbekümmert auf ein bedrucktes Blatt Papier in ihrer Hand.

Calliope lehnte sich zurück. »Das hier erinnert mich immer an unseren Prinzessinnentag.« Ihr Tonfall klang nachdenklich, aber nicht besonders wehmütig.

Calliope war besessen von Tee, seit sie ein kleines Mädchen gewesen war. Sie und ihre Freundin Daera hatten die gebrauchten Kleider von Justine angezogen, Wasser in schlichte, weiße Tassen eingeschenkt und sich gegenseitig erfundene Namen wie Lady Thistledown oder Lady Pennyfeather gegeben. Elise hatte dieses Faible aufgegriffen und zu einer alljährlichen Tradition namens Prinzessinnentag gemacht, nur für sie und Calliope. Er wurde sofort Calliopes Lieblingstag des Jahres.

Am Prinzessinnentag warfen sich Elise und Calliope richtig in Schale. Manchmal benutzten sie dafür sogar Mrs Houghtons Handtaschen, legten ihre Tücher um oder trugen ihren Schmuck. Es war der einzige Anlass, zu dem Elise das erlaubte. Und dann gingen sie zu einem teuren Nachmittagstee ins Savoy Hotel. Selbst damals in ihrem jungen Alter hatte Calliope gewusst, dass es dumm von ihnen war, so etwas Verschwenderisches zu tun, das sie sich absolut nicht leisten konnten. Aber sie *brauchten* den Prinzessinnentag. Es war die einzige Möglichkeit, ihrem Alltag zu entfliehen und in ein anderes Leben zu schlüpfen, nur für einen Moment. Und Calliope hätte schwören können, dass ihre Mutter es ebenso genoss wie sie, einmal selbst bedient zu werden und nicht andersherum. Sie liebte es, feines kleines Naschwerk auf einem silbernen Tablett präsentiert zu bekommen und sich etwas davon auszusuchen. In gebieterischem Ton sagte sie dann: »Dieses und dieses. Und das auch.« Sie kommandierte herum, genau wie Mrs Houghton es ständig mit ihr machte.

Calliope würde nie vergessen, wie ihre Mom sich an dem ersten Morgen im Zug nach Russland zu ihr umgedreht hatte, als ihr altes Leben längst hinter ihnen lag und sich das neue gerade vor ihnen ausbreitete. »Es ist Prinzessinnentag, mein Schatz«, hatte sie gesagt.

Calliope schüttelte verwirrt den Kopf. »Aber wir hatten doch vor ein paar Monaten erst einen.«

»Ab jetzt ist jeden Tag Prinzessinnentag«, hatte Elise lächelnd erwidert. Sie hatte nicht erschöpft und gezwungen die Mundwinkel verzogen, wie sonst immer, sondern ihr ein echtes, unbeschwertes Lächeln geschenkt. Calliope konnte förmlich sehen, wie ihre Mom die schreckliche Schale abwarf, die ihr aufgezwungen worden war, wie sie zu einem neuen Menschen wurde. Während die Jahre vergingen, wurde ihr immer bewusster, dass Elise in London nie glücklich gewesen war. Erst als ihr Nomadendasein begann, schien sie ihre wahre Berufung gefunden zu haben.

Bis heute war die Teestunde ihre Tradition geblieben, ehrfürchtig gehegt und verehrt wie ein Gottesdienst in der Kirche. Calliope liebte die Zeremonie, wenn der Tee heiß und dampfend in formwandelnde chinesische Tassen eingeschenkt wurde; die feine Auswahl an luftigem Teegebäck, die dicke Sahne und die fantasievoll geschnittenen Sandwiches. Es lag etwas Wohltuendes in diesem Ritual. Egal wo auf der Welt man sich befand, es war immer spießig und traditionell und tröstend britisch.

Jedes Mal, wenn sie wichtige Entscheidungen fällen mussten, trafen sich Calliope und Elise zum Nachmittagstee in dem Fünfsternehotel, in dem sie gerade ihre Betrugsmasche durchzogen. Sie beratschlagten dann, wann sie weiterziehen wollten, um wie viel Geld Elise ihr aktuelles Opfer betrügen sollte oder wann sie das nächste Mal ihre Netzhaut austauschen mussten. Nur Calliopes Absicht, sich mit Atlas einzulassen, hatten sie nicht gemeinsam besprochen. Das war die erste Entscheidung gewesen, die sie ganz allein getroffen hatte.

In diesem Moment trat eine Kellnerin mit erhobener Nase und kessem Pferdeschwanz an ihren Tisch. Sie sah jünger aus als Calliope. Irgendwie kam sie Calliope sogar bekannt vor, aber sie konnte nicht sagen, warum.

»Guten Tag, meine Damen. Sind Sie mit unserer Teekarte vertraut?«, fragte sie höflich.

Ein Hologramm-Menü in kalligrafischer Schrift leuchtete zwischen den beiden auf. Calliope konnte sogar die Ränder der Tintentröpfchen erkennen und eine Art Glitter, mit dem das Ganze bestäubt war.

»Wir hätten gern das klassische Teegebäck und Zitronenwasser, keinen Tee«, sagte Elise schnell und wedelte mit dem Arm durch den Text, bis sich die Pixel in nichts auflösten.

Die Kellnerin lächelte. »Der Tee wird zum Gebäck gratis serviert. Wir haben Teesorten aus der ganzen Welt und einige überplanetarische wie –«

»Was auch immer Sie empfehlen können«, fuhr Calliope ihr ins Wort und sah ihre Mom mit erhobener Augenbraue an, während das Mädchen davoneilte. »Komm schon, ich weiß, dass wir etwas feiern. Was hast du von diesem Nadav bekommen?«

Elise zuckte mit den Schultern. »Eintrittskarten und eine lustige kleine Erfindung von ihm, die den Herzschlag und die Muskelbewegungen nachverfolgen kann, nichts von echtem Wert. Aber er wird bald nach einem Familiendinner fragen«, fügte sie hinzu, wobei ihre Stimme ein paar Oktaven tiefer wanderte.

Calliope verstand blitzartig, worum es bei dem heutigen Teenachmittag ging. Es war eine Strafpredigt – zwar eine freundliche mit Zucker und Fanfaren, aber dennoch eine Strafpredigt.

»Du willst, dass ich netter zu Livya bin.«

»Ich verlange wirklich nicht viel. Aber es hätte mir einiges bedeutet, wenn du dich auf der Gala nur ein klitzekleines bisschen mehr um sie bemüht hättest.« Elise seufzte. »Ich dachte, du hältst mir den Rücken frei, aber du hast dich einfach davongeschlichen, um dein eigenes Ding zu drehen.«

»Ich war in Begleitung dort, Mom«, betonte Calliope.

Elise warf versöhnlich die Hände in die Höhe. »Ich verstehe schon. Ich weiß, dass du dich gern deinen eigenen kleinen Schwindeleien widmest.«

Sie sind nicht klein, dachte Calliope leicht angesäuert.

»Und ich habe dich nie davon abgehalten, oder?«, fuhr ihre Mutter fort. »Ich glaube, ich bin mehr als gerecht.«

Calliope zuckte mit den Schultern. »Natürlich mache ich bei diesem Familiendinner mit«, versprach sie, als hätte sie in der Vergangenheit nicht schon an unzähligen Abendessen teilgenommen – von denen einige mit einem Trauring geendet hatten und andere nicht. Sie fragte sich, wie schnell ihre Mom sich diesmal einen Heiratsantrag erschleichen würde.

Aber Elise war noch nicht fertig. »Ich hatte gehofft, dass du dich bei diesem Dinner etwas weniger … lässig verhalten könntest«, schlug sie vor. »Sei mehr wie Livya.«

»Du meinst, sei langweilig«, stellte Calliope fest.

»Ganz genau!« Elise lachte.

Die Kellnerin kam zurück und stellte eine üppige Auswahl an Leckereien auf ihren Tisch. Sie waren hoch aufgeschichtet wie der echte Tower, gekrönt mit einer Turmspitze aus Zucker. »Das ist Mond-Tee«, sagte sie und schenkte die dampfende Flüssigkeit ein, die leicht nach Aloe roch. »Meine absolute Empfehlung. Er wird auf dem Mond angebaut. Die Pflanzen bekommen nur sehr schwaches Sonnenlicht ab, deshalb dauert die Wachstumsphase doppelt so lange.«

Calliope nahm einen vorsichtigen Schluck aus der Tasse, die sich an den Tee angepasst und in eine goldene Halbmondform verwandelt hatte. Angeekelt von dem bitteren Geschmack, spuckte sie den Schluck sofort wieder zurück. Die Kellnerin spitzte bei dieser Reaktion die Lippen, als müsste sie sich ein Lächeln verkneifen. Hatte das junge Mädchen diesen ekelhaften Tee absichtlich empfohlen, weil sie Calliope und ihre Mom für überkandidelt und unhöflich hielt und ihnen eins auswischen wollte?

Das hätte Calliope jedenfalls getan, wenn sie an der Stelle der Kellnerin gewesen wäre. Sie blickte hinab auf ihr modisch gemustertes Kleid und die pinke Tasche von Senreve, die sie neben ihrem Stuhl abgestellt hatte. Dachte das Mädchen genauso von ihr, wie sie immer über Justine Houghton gedacht hatte? Aber sie war überhaupt nicht wie Justine Houghton.

»Erinnert dich die Kellnerin an jemanden?«, platzte es aus ihr heraus, nachdem das Mädchen gegangen war.

»Ich glaube nicht.« Elise griff an dem beleidigenden Tee vorbei nach ihrem Wasserglas, in dem fröhlich eine Zitronenscheibe schwamm. »Aber jetzt erzähl mal von deinen Fortschritten. Es läuft ja offenbar ziemlich gut. Schließlich bist du erst Sonntagvormittag nach Hause gekommen.«

»Ich bin mir nicht ganz sicher«, erwiderte Calliope. Ihr übliches Selbstvertrauen kam ins Schwanken. Sie wusste nicht, was sie von der Situation mit Atlas halten sollte. Sie hatte versucht, sich etwas später in der Nacht im Apartment der Fullers umzusehen, aber fast alle Zimmer hatten für Gäste keinen Zutritt. Und sie war nicht in der Stimmung gewesen, irgendeine beliebige Antiquität von einem Tisch zu stehlen. Sie wollte etwas Größeres. Sie sehnte sich nach Schmuck, aber sie hatte das dumpfe Gefühl, dass sie von Atlas nie welchen bekommen würde.

Er war am Morgen nach der Party unglaublich nett gewesen, hatte mit ihr gefrühstückt und ihr sogar ein Hover für den Heimweg gerufen. Aber Calliope hatte gemerkt, dass er mit den Gedanken ganz woanders war. Vielleicht bedauerte er es, dass er sie bei sich hatte übernachten lassen. Nicht dass etwas zwischen ihnen gelaufen wäre. Atlas war so betrunken gewesen, dass er sofort eingeschlafen war und Calliope ungeniert durch das Apartment streifen konnte. Irgendwann war sie zu seinem Zimmer zurückgekehrt und hatte sich ein T-Shirt von ihm übergezogen, bevor sie auf der anderen Seite des Bettes allein eingeschlafen war.

»Ich weiß, woran das liegt. Dieser Junge ist einfach zu umwerfend und raffiniert für einen Trickbetrug.«

Erst jetzt wurde Calliope klar, dass ihre Mom Brice Anderton meinte. »Oh, Brice habe ich nur dazu benutzt, um an die Einladung zu kommen. Ihn kann man nicht betrügen«, sagte sie schnell, obwohl sie wusste, dass Elise sich damit nicht zufriedengeben würde. »Nein, ich habe einen anderen Jungen im Visier. Bei ihm habe ich auch übernachtet.« Sie senkte den Blick und schnitt nervös ein Gurkensandwich in kleine Dreiecke. Ihre Mom schien immer zu wissen, was andere Leute dachten oder wollten. Vielleicht konnte sie auch Atlas durchschauen. »Eigentlich könnte ich deinen Rat gebrauchen.«

Elise beugte sich gespannt vor. »Dafür sind Mütter doch da.«

Calliope erzählte ihr alles. Wie sie Atlas auf der Cocktailparty der Fullers wiedergetroffen, eine zufällige Begegnung mit ihm am Pool im Nuage inszeniert und dann Brice' Einladung zur Hudson-Naturschutzgala angenommen hatte, weil sie wusste, dass Atlas auch auf diese Party ging. Wie sie mit Atlas nach Hause gefahren war, um sich endlich die Bestätigung zu holen, dass er sie doch wollte, nur um dann das Gegenteil festzustellen.

»Damit ich das richtig verstehe …«, sagte Elise und nahm sich ein Stück Gebäck. Kleine Zuckerstückchen krümelten herab und funkelten wie verstreute Edelsteine auf dem Porzellanteller. »Du hast diesen Jungen in Afrika kennengelernt?«

Calliope nickte. »Aber eines Tages hat er mich einfach sitzen lassen, ohne irgendeine Erklärung. Ich habe dir das nie erzählt, weil –«

»Ist schon gut«, sagte Elise schnell, denn sie wusste, worauf ihre Tochter anspielte. Sie sprachen nicht oft über ihren Trickbetrug in Indien, den schlimmsten, den sie je abgezogen hatten. Elise hatte sich mit einem älteren Mann eingelassen, der bei der Regierung arbeitete. Sie hatte ihn um eine Spende für eine Hilfsorganisation gebeten, doch dann war der alte Mann überraschend und unter mysteriösen Umständen gestorben, und plötzlich war die Polizei des ganzen Landes hinter ihnen her. Die Situation war so aus dem Ruder gelaufen, dass Calliope und Elise sich trennen mussten, als sie aus dem Land geflohen waren. Nur für den Fall.

»Ich habe überhaupt nicht mitbekommen, dass du in Afrika etwas laufen hattest«, fuhr ihre Mom fort. Sie klang leicht verletzt.

»Es spielt auch keine Rolle, weil es nicht geklappt hat.«

»Noch nicht. Es hat *noch* nicht geklappt«, korrigierte Elise. Sie lächelte schmal, ihre Augen funkelten wie die einer Katze. »Die Sache dauert länger, als du erwartet hattest, aber was soll's? Du kannst es dir leisten, ein Spiel zu verlängern.«

»Aber so viel Zeit habe ich nicht mehr. Er zieht bald weg.« In weniger als einem Monat würde Atlas nach Dubai gehen, um dort den neuen Tower seines Vaters zu leiten. Bevor das passierte, musste sie etwas von ihm bekommen.

»Mach dir keine Gedanken, wenn es nicht funktioniert. Ich werde genug für uns beide rausholen«, versprach Elise und seufzte. »Und du sagtest, dass er reich ist?«

»Das ist Atlas *Fuller*!« Hatte Calliope das nicht bereits erwähnt? »Diese Cocktailparty fand im Apartment seiner Eltern statt.«

Elise erstarrte mit einem glasierten Kuchenstück auf halbem Weg zu ihrem Mund wie eine Figur in einem Holo-Spiel. Die einzige Bewegung war das langsame, verblüffte Blinzeln ihrer gold geschminkten Augenlider. Für einen Moment fürchtete Calliope, dass sie sich zu viel vorgenommen hatte – dass es vielleicht doch keine gute Idee war, den Jungen zu betrügen, dessen Familie buchstäblich an der Spitze der Welt lebte.

Doch dann lachte Elise, und zwar so herzhaft, dass ihr Tränen in die Augen stiegen. Bei diesem Anblick musste auch Calliope lachen. »Die eintausendste Etage! Man kann jedenfalls nicht behaupten, dass du dir keine hohen Ziele steckst. Darauf ein Prost!« Mit neuer Begeisterung ließen sie ihre Wassergläser klirren.

»Was soll ich sagen, ich habe eben einen auserlesenen Geschmack«, räumte Calliope lächelnd ein. Ihre Mom hatte recht. Calliope war ein Profi und hatte ihr Ziel am Ende immer erreicht. Sie würde auch Atlas herumkriegen, egal wie lange es dauern sollte.

Die Kellnerin kam zurück, um das Tablett abzuräumen, auf dem angebissene Gebäckstückchen lagen und Butterreste klebten. Und mit einem Mal wusste Calliope, an wen die Kellnerin sie erinnerte: Daera, ihre Freundin aus Kindertagen. Sie hatte dieselben kastanienbraunen Haare und die weit auseinanderstehenden Augen. Was wohl aus Daera geworden war nach all diesen Jahren?

»Möchtest du dich um die Rechnung kümmern oder soll ich das übernehmen?«, fragte Elise.

»Können wir diesmal nicht mit unserem Bitbank-Geld bezahlen? Wir haben doch beim letzten Mal eine große Summe eingesackt.« Sie konnten das ganze Geld doch nicht so schnell ausgegeben haben. Und sie war überhaupt nicht in der Stimmung, jetzt einen ihrer Tricks abzuziehen.

Elise zuckte mit den Schultern. »Wir haben das meiste davon an unserem Mädelswochenende in Monaco verpulvert.«

Calliope zuckte zusammen, als sie an diesen verschwenderischen Trip dachte. Sie hatten regelrechte Shoppingorgien veranstaltet, in dekadenten Hotels gewohnt und nur zum Spaß eine Jacht gemietet. Vielleicht hätten sie doch *ein wenig* verantwortungsbewusster sein sollen.

»Ich will den Rest für unsere Tickets aus dieser Stadt aufsparen«, fügte ihre Mom hinzu. »Aber keine Sorge. Ich übernehme das hier.«

Sie sah sich kurz um, dann griff sie rasch über den Tisch und riss Calliope ein paar Haare aus.

»Hey … aua!«, fluchte Calliope. Sie wollte sich an den Kopf greifen, aber sie wusste, dass der Betrug damit ruiniert wäre. »Sonst hast du nichts dabei?«, zischte sie leise.

»Entschuldige. Ich hätte meine genommen, aber sie sind nicht dunkel genug, um zur Kellnerin zu passen.« Elise wollte die Haare auf einen Teller legen, überlegte es sich dann aber anders und kräuselte sie am Boden der Tasse zusammen. Sie lehnte sich zurück und drapierte ihren Arm wie gedankenlos über der Stuhllehne, während sie einen Schluck von dem bis jetzt unberührten Tee nahm.

Nur einen Augenblick später stieß sie einen gespielten Schrei aus und hob eine Hand an die Brust. Köpfe drehten sich automatisch in ihre Richtung. Die Kellnerin, die wie eine erwachsen gewordene Version von Daera aussah, eilte herbei.

»O mein Gott! Da sind *Haare* in meinem Tee!«, rief Elise, ihre Stimme triefte nur so vor Ekel. Anklagend hob sie den Blick zur Kellnerin. »Sie haben Haare in meinen Tee gelegt!«

Noch mehr Augenpaare richteten sich auf sie. New Yorker liebten Dramen, solange sie nicht selbst für die Szene verantwortlich waren.

»Es t-tut mir so leid«, stammelte die Kellnerin und griff sich zögernd an den Kopf, als wollte sie sich versichern, dass ihr Haar noch zu einem glatten hohen Pferdeschwanz zurückgebunden war. In ihrer Miene spiegelte sich die nackte Angst.

Während des folgenden üblichen Trubels – ein Manager wurde gerufen, Elise beschwerte sich und musste am Ende nichts bezahlen –, sagte Calliope kein Wort. Stattdessen fragte sie sich, was mit der Kellnerin passieren würde, wenn das alles vorbei war. Wahrscheinlich würde ihr Gehalt um den fälligen Betrag für den Tee gekürzt werden, überlegte Calliope, und rutschte unbehaglich auf ihrem Stuhl hin und her. Aber sie würde doch nicht gefeuert werden, oder?

»Alles okay?«, fragte Elise, als alles vorbei war und sie in den Fahrstuhl stiegen, um in ihre Suite zurückzukehren. »Du siehst blass aus.«

»Ich hab wahrscheinlich nur zu viel Süßes gegessen.« Calliope legte eine Hand auf ihren Bauch, der tatsächlich wehtat. »Wird schon wieder.«

Als sich die Türen schlossen und es nichts mehr als das glänzende verspiegelte Innere des Hotelfahrstuhls zu sehen gab, richtete Calliope rasch den Blick auf ihre Hände hinab, die fest den Henkel ihrer Handtasche umklammerten. Ausnahmsweise fühlte sie sich überhaupt nicht danach, ihr eigenes Spiegelbild zu bewundern.

Avery

Avery lag auf ihrem Bett und starrte die feinen Wolken an, die über ihre Zimmerdecke schwebten, ohne sie wirklich wahrzunehmen. Es war bereits ein paar Tage her, seit sie Calliope in Atlas' Boxershorts in der Küche vorgefunden hatte, aber sie würde dieses Bild nie vergessen. Es hatte sich mit einer glühenden Deutlichkeit in ihr Gedächtnis eingebrannt.

Sie und Atlas hatten seit diesem Morgen kein Wort mehr gewechselt. Sie hatte ihn in der Wohnung nicht mal zu Gesicht bekommen. Sie machten sich beide seit Neuestem rar, als hätten sie einvernehmlich einem vorläufigen Waffenstillstand zugestimmt.

Irgendwie hatte Avery es geschafft, sich in der Schule zusammenzureißen. Aber an den Abenden konnte sie nicht mehr an sich halten und brach auf ihren champagnerfarbenen Kissen in heiße, bittere Tränen aus.

»Avery?«

Sie hätte überrascht sein müssen, dass er an ihre Tür klopfte, aber es dauerte trotzdem einen Moment, bevor Avery bewusst wurde, was gerade passierte. Sie hatte sich so nach einem Gespräch gesehnt, aber sie fürchtete sich auch davor.

»Öffnen«, murmelte sie und stand auf, während der Raumcomputer die magnetische Türsperre entriegelte.

Und da stand Atlas. Er wirkte anders als sonst. Er hatte dunkle Ringe unter den Augen und seine Haut war blass, aber es war noch mehr als das. Etwas an ihm hatte sich grundlegend verändert, als wäre er nicht länger der Junge, den Avery in ihm sah.

»Hey«, sagte sie nur. Das war alles, was sie ihm im Moment anbieten konnte. Er sollte den nächsten Schritt machen.

»Hey«, erwiderte Atlas. Er suchte ihren Blick, aber sie gab sich genauso kühl wie er. »Darf ich reinkommen?«, fragte er.

Avery trat zur Seite, er ging an ihr vorbei und schloss die Tür hinter sich.

»Das hat aber lange gedauert«, murmelte sie.

»Ich musste über vieles nachdenken.«

Doch Avery war noch nicht fertig. »Das dachte ich mir. Diesmal hast du echt Scheiße gebaut, Atlas.«

»Entschuldige mal, *ich* habe Scheiße gebaut? Hörst du dir überhaupt zu? Du bist an diesem Morgen von einer Nacht bei Cord zurückgekommen! Also mach mal halblang.«

»Du weißt ganz genau, dass Cord nur ein guter Freund für mich ist.« Avery freute sich merkwürdigerweise, dass sie ihn dazu gebracht hatte, laut zu werden.

»Ich weiß inzwischen gar nichts mehr«, erwiderte Atlas mit einer Bitterkeit, die sie überraschte.

Sie standen völlig reglos unter dem riesigen Kristallkronleuchter, als hätte die Tatsache, dass sie diese Unterhaltung endlich führten, sie am Boden festwachsen lassen. Als könnte keiner von ihnen sich rühren, bevor sie die Sache nicht irgendwie geklärt hätten.

Avery biss sich auf die Lippe und wünschte, sie hätte sich ein paar Worte zurechtgelegt. »Hör zu, es tut mir leid, wie ich reagiert habe, als ich dich mit Calliope flirten sah. Es war dumm und kindisch. Als ich an diesem Morgen zurückkam, wollte ich mich bei dir entschuldigen – aber dann steht *sie* plötzlich in der Küche und tänzelt in deiner Unterwäsche vor mir herum!« Sie blinzelte die neu aufsteigenden Tränen zurück. »Atlas, ich weiß, dass wir Streit hatten, aber du hättest nicht in derselben Nacht mit ihr *schlafen* müssen!«

»Es war nichts zwischen mir und Calliope«, beharrte Atlas. »Aber wahrscheinlich glaubst du mir sowieso nicht, weil du ja beschlossen hast, nur das zu glauben, was du willst.«

Avery seufzte. »Selbst wenn du nicht mit ihr im Bett warst, hättest du sie nicht mit nach Hause nehmen dürfen. Begreifst du es denn nicht? Kaum geht mal was schief, rennst du direkt zu *ihr*. Du bist einfach weggelaufen.« Zu einer anderen, mit der es nicht so kompliziert ist. Mit der du richtig zusammen sein kannst, auch in der Öffentlichkeit, hätte sie am liebsten hinzugefügt.

»Wir sind *beide* weggelaufen.«

»Wie ich schon sagte, zwischen mir und Cord ist nichts passiert.« Avery war nicht ganz sicher, warum sie das unbedingt klarstellen wollte, aber das war auch egal.

Atlas schüttelte den Kopf. »Ich glaube dir. Aber was ist beim nächsten Mal, Aves? Vielleicht passiert dann etwas bei einem von uns. Siehst du nicht, was für ein großes Problem es ist, wenn wir uns nach einem Streit jemand anderem in die Arme werfen, jemandem, der weniger …«

»Kompliziert ist, mit dem alles einfacher ist? Denn genau das trifft auf unsere Beziehung nicht zu«, beendete sie den Satz für ihn.

Atlas sah sie an. »Liebst du mich nur deshalb?«, fragte er ganz leise.

Zuerst verstand sie nicht, was er damit sagen wollte. »Was?«

»Hast du dich in mich verliebt, weil es so kompliziert und verboten ist – weil ich der einzige Mensch auf der Welt war, den du nicht haben konntest? Weil du dich danach gesehnt hast, dass jemand mal Nein statt Ja zu dir sagt?«

Avery spürte, wie alle Farbe aus ihrem Gesicht wich. »Das ist grausam, Atlas. Das meinst du nicht so.«

Bei dem Schmerz in ihrer Stimme nahm seine Miene den Ausdruck des alten Atlas' an und er stieß einen tiefen Atemzug aus. »Ich musste das fragen.« Er klang eher niedergeschlagen als verärgert. Das machte Avery Angst, denn sie wusste, was es bedeutete – dass er sich von ihr zurückzog, sich zwang, seine Gefühle zu unterdrücken, sie nicht mehr an sich heranzulassen.

»Du weißt, dass ich dich liebe«, betonte sie.

»Und du weißt, dass *ich dich* liebe. Aber nach all dem …«

Avery hörte die Endgültigkeit in seiner Stimme. Und mit einer schrecklichen Gewissheit wurde ihr klar, dass das hier der Anfang vom Ende war.

»Es funktioniert so nicht, oder?«, fragte sie leise, denn die Worte taten unglaublich weh und Atlas sollte nicht derjenige sein, der sie aussprach.

»Es wird *nie* funktionieren. Es ist unmöglich. Aves, vielleicht ist es das Beste, wenn wir einfach … Schluss machen.«

Atlas sprach mit hohler, fast förmlicher Stimme, als wäre Avery eine Kundin, der er einen neuen Bauplan erklärte. Aber Avery kannte seine Gedanken fast besser als ihre eigenen – sie konnte sehen, was in ihm vorging, wie viel Mühe es ihn kostete, nicht vor ihr zusammenzubrechen.

Ich liebe dich und nichts anderes zählt, wollte sie zu ihm sagen, aber sie hielt die Worte zurück, denn letztendlich waren sie nutzlos. Alles andere zählte. Sie liebte Atlas und Atlas liebte sie, und doch würde es nie zwischen ihnen gut gehen.

Sie wusste, dass die Ereignisse vom letzten Samstag ihre Schuld waren. Sie hatte auf ihrer Beziehung herumgehackt wie ein wütendes kleines Kind, bis es zwangsläufig zum Streit gekommen war. Aber ihr Problem lag viel tiefer. Atlas hatte recht. Was an diesem Abend passiert war, war nur ein Symptom eines viel schwerwiegenderen Aspekts: Sie konnten unmöglich zusammen sein.

Es gab keinen Ort, wo sie sicher waren, wo die Wahrheit ihrer Herkunft, das Tabu ihrer Liebe, sie nicht verfolgen und einholen würde. Vielleicht reichte die Liebe am Ende doch nicht aus. Zumindest nicht, wenn es so viele Hürden gab, wenn all die abwegigen Umstände sie nur zum Scheitern bringen konnten. Wenn die ganze Welt sie auseinanderhielt.

»Okay«, sagte Avery, während das Universum in zwei Hälften zerriss. »Dann lass uns … ich meine …«

Sie konnte den Satz nicht beenden. Lass uns wieder so sein wie früher? Lass uns wieder Bruder und Schwester sein, nach allem, was wir miteinander geteilt haben?

Atlas schien sie zu verstehen, so wie immer. »Ich werde den Job in Dubai annehmen. Ich werde schon bald am anderen Ende der Welt sein. Das macht es dir vielleicht etwas einfacher. Es tut mir leid.«

Sie wusste nicht genau, wie lange sie dort mit geschlossenen Augen gestanden hatte, nachdem er gegangen war. Eine einsame Träne rann an ihrer Wange hinab.

Avery fühlte sich, als wäre jemand gestorben. Und in gewisser Weise war es auch ein Tod gewesen: der Tod ihrer Beziehung zu Atlas. Ihre Liebe war etwas Lebendiges, Atmendes gewesen, voller wunderschöner Geräusche und Farben, bis sie ihr den letzten Todesstoß versetzt hatten.

Atlas hatte sie verlassen und er würde nie zurückkehren.

Leda

Leda saß im Bett und versuchte, den Lesestoff für ihren Englischkurs aufzuholen, aber ihre Gedanken rasten zu schnell, um sich auf die Worte zu konzentrieren. Sie konnte nicht aufhören, an Watt zu denken und an das, was Samstagnacht passiert war.

Als sie am nächsten Morgen aufgewacht war, hatte sie nur zerwühlte Laken neben sich gefunden, Watt war schon fort. Dann war ihr alles wieder eingefallen – der sanfte Druck seiner Lippen auf ihren, die starke, sichere Art, mit der seine Hände über ihren Körper gewandert waren. Sie rollte zur Seite und vergrub ihr Gesicht im Kissen, um ein Stöhnen zu ersticken. Was hatte sie sich dabei gedacht, Watt Bakradi mit nach Hause zu nehmen? Sie konnte ihn nicht einmal leiden. Vielleicht hasste sie ihn sogar.

Nun, zumindest bedeutete ihre Abneigung ihm gegenüber, dass sie diesen kleinen Vorfall leicht aus ihrem Gedächtnis streichen konnte. Es gab keinen Grund, diese Sache noch einmal zu erwähnen.

Aber sie konnte einfach nichts gegen die Erinnerungen machen, die heiß und deutlich durch ihren Kopf schossen. Sie schloss die Augen, um sie auszublenden, aber dadurch strömten sie nur noch heftiger auf sie ein.

»Leda«, sagte ihre Mom und drückte ihre Zimmertür auf.

»Ich dachte, wir hätten uns geeinigt, dass du ab sofort anklopfst.«

Leda nahm sofort eine Abwehrhaltung ein, sie konnte einfach nicht anders. Sie hoffte, dass ihre geröteten Wangen nicht irgendwie verrieten, woran sie gerade noch gedacht hatte.

Ihre Mom ging hinüber zum Wandschrank und tippte sich verärgert durch die Kleiderauswahl auf Ledas Touchscreen. Sie hatte darin schon immer eine seltsame Beruhigung gefunden, als könnte sie mit der Auswahl des perfekten Outfits alles Unangenehme aus ihrem Leben verbannen.

»Ich mache mir Sorgen um dich«, sagte Ilara, den Blick immer noch auf den Bildschirm gerichtet. Sie trug einen Seidenpyjama, der mit Hühnern bedruckt war, was Leda ziemlich lächerlich fand. »Ich habe mir schon Sorgen gemacht, bevor Eris gestorben ist. Deshalb werden wir nächstes Wochenende zu einer Nachkontrolle nach Silver Cove fahren, nur du und ich.«

Leda sprang erschrocken vom Bett auf. »Was? Nein!« Sie wollte nicht dorthin zurück – ganz besonders nicht mit ihrer Mutter.

»Leda, dieser Kontrolltermin ist ein empfohlener Teil deiner Behandlung. Seit deinem Entzug sind vier Monate vergangen und ich glaube, es würde dir guttun, nach allem, was passiert ist. Dr. Vanderstein ist auch dieser Meinung. Und es ist doch nur ein Wochenende.«

»Gott, Mom, du musst endlich aufhören, mit ihm über mich zu reden! Das ist *absolut* unmoralisch!«, rief Leda aufgebracht. Sie atmete tief durch und versuchte, sich wieder etwas zu beruhigen. »Ich brauche das nicht. Versprochen.«

Leda konnte den Gedanken nicht ertragen, nach Silver Cove zurückzukehren. Ihre Zeit in der Entzugsklinik war mit zu vielen Erinnerungen verbunden. Wenn sie wieder dorthin ging, wäre sie gezwungen, sich mit allem auseinanderzusetzen, was in den letzten paar Monaten geschehen war. Sie würde sich an die Leda Cole erinnern müssen, die den Sommer dort verbracht hatte, jung und verletzt und in Atlas verliebt. Die Leda von damals mochte dumm gewesen sein, aber sie war immer noch besser als die neue Leda, die einen Menschen umgebracht und andere erpresst hatte, für sie zu lügen.

Leda hatte Angst – vor dem Geist ihres früheren Ichs.

Ihre Mom seufzte, bevor sie mit fester Stimme weitersprach. »Ich weiß, dass du mich angelogen hast.«

Ledas Herz raste. Durch die Spiegel in ihrem Wandschrank sah es aus, als stünden drei Ilaras vor ihr, und alle wiesen ihre Tochter in demselben enttäuschten Tonfall zurecht. »Du hast mir die ganze Zeit weisgemacht, dass du zu Avery gehst, doch jetzt habe ich von Elizabeth Fuller gehört, dass du schon seit Wochen nicht mehr dort warst! Was verschweigst du mir?«

Leda trat zu ihr und nahm sie in den Arm. Ihre arme, süße, gutgläubige Mom, die immer noch keine Ahnung hatte, dass ihr Mann sie betrog, die immer nur das Beste für ihre Kinder wollte.

»Es tut mir leid«, murmelte Leda und versuchte verzweifelt, Zeit zu schinden.

Ilara war so dünn, dass Leda jeden Knochen an ihrer Wirbelsäule spüren konnte, als wären sie wie gewölbte Puzzleteile aufeinandergesteckt.

»Bitte, Leda. Was auch immer es ist, ich werde dir helfen, das verspreche ich dir. Ich habe keinen Grund, dich zu verurteilen«, sagte Ilara leise und jetzt klang sie den Tränen nahe. »Schließlich ist es meine Schuld, dass du in diesen Schlamassel geraten bist.«

Leda blinzelte bestürzt über ihre eigene Gefühllosigkeit. Sie hatte nie darüber nachgedacht, dass ihre Mom sich selbst die Schuld für Ledas Sucht geben könnte. Leda hatte in der siebten Klasse mit Ilaras Xenperheidren angefangen, nachdem sie herausgefunden hatte, was das war. Die Pillen ihrer Mom waren natürlich legal. Niemand Geringeres als Dr. Vanderstein persönlich hatte sie ihr gegen ihre Angstzustände verschrieben. Aber trotzdem.

Wenn es schon keinen Ausweg aus dieser Nachkontrolle gab, würde Leda aber auf keinen Fall ihre Mom mitnehmen. Es wäre emotional viel zu aufwühlend für Ilara. Das konnte Leda ihr nicht zumuten.

»Ich werde allein gehen«, bot sie an, aber ihre Mom schüttelte den Kopf.

»Du brauchst einen verlässlichen Motivationspartner. Wie wäre es mit deinem Dad?«

Ledas Herz machte einen panischen Satz. Niemals! Sie würde unter keinen Umständen ein ganzes Wochenende allein mit ihrem Dad verbringen. All die Vortragsreihen und Gesprächsrunden − vielleicht würde er wieder versuchen, mit ihr über Eris zu reden, irgendein bizarres Geständnis ablegen, um sein Gewissen zu erleichtern, und das alles unter dem Deckmantel des Heilungsprozesses.

Und dann wusste Leda plötzlich genau, wen sie mitnehmen sollte. Jemanden, der ihr keine Vorschriften machen konnte, der sie zum Yoga und zu den Holo-Vorführungen gehen lassen würde, statt sie zu den eigentlichen Entzugsmaßnahmen zu schicken. Jemanden, der nicht Nein zu ihr sagen konnte.

»Du hast recht, Mom. Ich habe etwas vor dir verheimlicht.« Sie musste es einfach riskieren. Wer nicht wagt, der nicht gewinnt, richtig? »Ich habe einen neuen Freund.«

Und tatsächlich sog Ilara erleichtert die Luft ein, dass sich ihre Vermutung bewahrheitet hatte. »Einen Freund? Wer ist es?«

»Watt Bakradi. Er hat mich zur Hudson-Naturschutzgala begleitet. Er wohnt DownTower, also dachte ich …« Sie zog die Pause absichtlich in die Länge.

»Was? Dass ich nicht damit einverstanden wäre?«

Leda zuckte mit den Schultern, was ihre Mom als Ja verstehen sollte.

»Ach komm, Leda. Ich dachte, du hast eine bessere Meinung von mir. Ich war auch mal arm.« Ilara griff nach Ledas Hand und drückte sie fest und gleichzeitig liebevoll.

»Danke.« Leda seufzte erleichtert. »Also, na ja, ich hatte gehofft, dass Watt mich vielleicht zu der Nachkontrolle begleiten könnte.«

Ihre Mom runzelte die Stirn. »Ich freue mich, dass du Watt gefunden hast, aber ich bin nicht sicher, ob er die richtige Person für Silver Cove wäre. Du bist noch nicht lange mit ihm zusammen, er kennt deine Vergangenheit nicht. Ich würde mich viel besser fühlen, wenn dein Vater oder ich mitkommen würde.«

Leda senkte scheinbar verlegen den Blick, tauchte noch tiefer in die Rolle ein, vergrub sich unter noch mehr Lügen. »Watt weiß über meine Vergangenheit Bescheid. Und er kennt mich eigentlich schon eine ganze Weile. Nur unser Kennenlernen ist … ein sensibles Thema.«

»Was meinst du damit?«

»Seine große Schwester war in Silver Cove. Sie hat etwas Ähnliches hinter sich.« Leda drehte sich bei dieser Lüge fast der Magen um, doch dann rief sie sich ins Gedächtnis, was eine Rückkehr in die Entzugsklinik für sie bedeutete, die altvertrauten Orte wiederzusehen und – noch schlimmer – das Ganze vielleicht auch noch mit ihrer Mom oder ihrem Dad durchmachen zu müssen. Sofort festigte sich ihr Entschluss wieder.

»Watt ist eine große mentale Stütze für mich und deshalb auch ein guter Motivationspartner. Nachdem, was er bei seiner Schwester erlebt hat, ist es ihm unglaublich wichtig, Teil meines Heilungsprozesses zu sein. Und es würde mir viel bedeuten, ihn bei mir zu haben.«

Ilara schwieg eine Weile und musterte Leda, als wüsste sie nicht genau, was sie von all dem halten sollte. »Lass mich noch mit deinem Vater darüber reden. Aber ich denke, das geht in Ordnung.« An der Tür blieb sie noch einmal stehen. »Du solltest Watt mal zum Abendessen mitbringen. Und seine Schwester«, fügte sie hinzu.

Leda erwiderte den Blick ihrer Mutter, während sie ihr Netz aus Lügen noch weiter spannte. »Watt bringe ich gern mit. Aber seine Schwester ist letztes Jahr gestorben.«

»Oh, Leda. Das tut mir leid.« Ihre Mom wurde blass und sie schluckte. Da wusste Leda, dass sie gewonnen hatte.

»Ich hab dich lieb, Mom.«

»Ich hab dich auch lieb. Ich bin stolz auf dich«, sagte Ilara leise und schloss die Tür hinter sich.

Leda ließ sich auf ihr Bett fallen und begann eine Nachricht an Watt zu verfassen. Streich deine Pläne für nächstes Wochenende und pack deine Sachen. Du kommst mit mir nach Nevada.

Rylin

Rylin folgte Xiayne aus dem Hyperloop-Bahnhof in L.A., der wie eine überdimensionale Muschel geformt war und blendend weiß in der Morgensonne glänzte. Sie hob unvermittelt die Hand, um ihre Augen abzuschirmen, und warf dabei einen kurzen Blick auf ihren neuen schwarzen Koffer, der automatisch hinter ihr her rollte. Chrissa hatte ihr mit diesem Geschenk zu ihrem Praktikum gratuliert. Rylin war so aufgeregt gewesen, dass sie nicht mal was gegen die Verschwendung hatte sagen können.

»Ist es okay für dich, wenn wir gleich zum Set fahren? Die Dreharbeiten beginnen in einer Stunde«, sagte Xiayne mit einem Seitenblick auf Rylin. Er trug eine Jeans und ein schwarzes T-Shirt mit nur einem Wort, das sich jedoch ständig in alphabetischer Reihenfolge änderte. Bis jetzt hatte Rylin von *parallel* bis *Toast* mitgelesen. Wie lange das Shirt wohl für das ganze Alphabet brauchte, bevor es wieder von vorn anfing?, fragte sie sich.

Die beiden waren am frühen Morgen um acht Uhr in New York gestartet. Weil die Fahrt quer durch das Land jedoch nur zwei Stunden dauerte, war es in L.A. erst sieben Uhr, was Rylin das merkwürdige Gefühl gab, in der Zeit zurückgereist zu sein.

»Natürlich ist das okay«, sagte sie schnell. Sie hatte in der Nacht vor lauter Vorfreude kaum ein Auge zugetan. Sie konnte es immer noch nicht fassen, dass sie tatsächlich an einem Holo-Filmset arbeiten würde.

Nachdem sie in ein Hover-Taxi gestiegen und losgefahren waren, klebten Rylins Augen die ganze Zeit an der Scheibe, so hoffnungslos neugierig war sie auf diese fremde Stadt. Die Straßen breiteten sich in alle Richtungen aus, die Häuser waren beleuchtet und leicht geschwungen. Rylin hatte so etwas noch nie gesehen. Alles schien so unnötig verstreut zu sein, und in den verschiedenen Gebäuden lebten, arbeiteten oder lernten die Menschen. Rylin hätte so einen Anblick vielleicht von einem Vorort erwartet. Aber das sollte eine *Stadt* sein? Alles hier kam ihr absurd ineffizient vor.

Sie fuhren an einer luxuriösen Apartmentanlage vorbei, die noch ganz neu wirkte und in jeder Etage herrliche Terrassen hatte. Sie war kaum zwanzig Stockwerke hoch, aber dennoch ganz offensichtlich für reiche Leute gebaut worden. Rylin kannte keinen einzigen wohlhabenden New Yorker, der für eine Etage so weit unten Geld ausgeben würde – was sollte man denn von dort aus für einen Blick haben? Ihre Wohnung lag im zweiunddreißigsten Stock und sie zahlte garantiert viel weniger als irgendjemand in dieser Gegend.

»Willkommen in L. A., der Stadt der Träume. Wunderschön, aber hoffnungslos chaotisch«, sagte Xiayne, als könnte er ihre Gedanken lesen. Er klang sowohl sarkastisch als auch seltsam stolz. »Ich bin froh, dass du mitgekommen bist, Rylin«, fügte er hinzu.

Die Worte lösten in Rylin ein angenehmes Gefühl aus. »Ich auch«, sagte sie lächelnd.

Plötzlich musste sie an Cords gemeine Anspielung denken, dass sie das Wort »Lieblingsschülerin« auf ein ganz neues Level hob. Sie rutschte ein wenig von Xiayne weg, obwohl in dem Hover kaum Platz war. Aber er schien die Bewegung nicht bemerkt zu haben.

»Was benutzen die Leute denn hier als öffentliche Verkehrsmittel?«, fragte sie neugierig.

»Medusa.« Bei Rylins fragendem Blick deutete Xiayne nach oben. Das Dach des Hovers wurde sofort transparent.

»Ist nur ein Kurzwort für *Metropolitan Department of Under-Sphere Airtrams*.«

Der Himmel über ihnen war von einem unglaublich komplexen, verschlungenen System aus Monorails durchzogen. Sie hatten knallige Neonfarben, sodass das Ganze wie ein leuchtendes Schlangennest wirkte. Weit darüber erstreckte sich der klare Himmel.

Ein Clowngesicht erschien vor dem Azurblau, zusammen mit einem Slogan: *L. A. Burger! Montags immer 2 Burger für 1!*

Rylin schnappte nach Luft.

»Oh, haben die morgendlichen Werbespots schon begonnen?« Xiayne spähte nach oben und zuckte mit den Schultern. »Die werden an die Kuppel projiziert.«

Von der Kuppel hatte Rylin schon gehört. Als der Regen noch nicht durch Hydrokapseln kontrolliert werden konnte und die globale Erwärmung noch ein Thema war, fürchtete man in Los Angeles, dass die Stadt von einer zu großen Hitzewelle bedroht sein könnte. Also wurde sie »abgedeckt« – mit einer überdimensionalen Kuppel aus Superkarbon, unter der die ganze Stadt Platz hatte. Jahre später, als die Kuppel nicht mehr gebraucht wurde, weigerte man sich jedoch, sie abreißen zu lassen. Vielleicht war die Stadt zu abhängig von den Werbeeinnahmen geworden, überlegte Rylin. Sie stellte sich die starken, klaren Linien des Towers vor, der so anders war als diese überladene, blinkende, verwirrende Stadt, und komischerweise vermisste sie ihr Zuhause plötzlich.

»Da sind wir«, sagte Xiayne, als das Hover-Taxi vor einer Reihe flacher, ineinander verschachtelter Gebäude hielt. Das mussten also die Studios sein.

Die höhlenartige Tonbühne war still und menschenleer. Rylin erlaubte sich einen kurzen Blick auf die Kulisse: ein riesiger Thronsaal mit Marmorsäulen und einem goldenen Podium. Natürlich, *Salve Regina* war ein Historienfilm über Englands letzte Königin, bevor Großbritannien darüber abgestimmt hatte, die Monarchie abzuschaffen.

Das Licht wurde dunkler, wieder heller, dann wieder etwas dunkler, während jemand versuchte – wahrscheinlich der Aufnahmeleiter –, ein bestimmtes Detail perfekt auszuleuchten. Rylin saugte rasch alles in sich auf, bevor Xiayne links abbog und … durch eine Wand ging.

Rylin riss die Augen auf, doch dann erkannte sie, dass es gar keine richtige Wand war, sondern eine blickdichte Lichttrennwand, hinter der die ganze Unordnung vor den Augen der Kameras versteckt wurde. Schnell folgte sie Xiayne in die Welt des heiteren, chaotischen Durcheinanders hinter den Kulissen.

Wagen beladen mit glatten Metallstylern und farbenfrohen Makeup-Paletten surrten vorbei, Skizzen von Nasen, Augen und Lippen lagen wie vergessene Körperglieder herum. Kameras in verschiedenen Größen und Formen schwebten verlassen in den Ecken. Und jeder noch so kleine Winkel war mit einem bunten Haufen von Leuten vollgestopft – Filmkoordinatoren und Assistenten, die hektisch in ihre Kontaktlinsen redeten, ein Team aus Kostümbildnern, das jedes Detail der historischen Gewänder begutachtete, und natürlich die Schauspieler und Schauspielerinnen in ihrer ganzen geschminkten Pracht.

»Seagren.« Xiayne griff nach dem Arm einer vorbeieilenden Frau mit tiefschwarzer Haut und einem feinen Haarknoten. »Das ist Rylin, deine neue Assistentin. Rylin, Seagren ist für diese Woche deine Chefin. Viel Spaß, ihr zwei.«

»Okay, danke. Wie kann ich –« *dich später finden?*, wollte Rylin fragen, aber Xiayne war schon weg, verschwunden in einer Horde aus Leuten, die lautstark auf ihn einstürmten. Klar, er leitet ja die ganze Produktion, rief Rylin sich ins Gedächtnis. Sie hatte nicht gerade den ersten Anspruch auf seine Aufmerksamkeit – sie hatte eigentlich überhaupt keinen Anspruch auf irgendetwas. Plötzlich sehnte sie sich nach den letzten Stunden zurück, als sie in der Hyperloop-Bahn noch allein gewesen waren und so locker miteinander geredet hatten.

»*Du* bist meine neue Filmassistentin? Wie alt bist du?« Seagren rümpfte zweifelnd die Nase.

Rylin beschloss, die Wahrheit ein wenig zu umgehen. »Ich bin eine von Xiaynes Schülerinnen. Er hat mich gebeten, hier auszuhelfen«, erwiderte sie, wobei sie ihr Alter absichtlich ausließ. »Es freut mich sehr, dich kennenzulernen«, fügte sie hinzu und streckte die Hand aus. Sie hoffte, es würde einen professionellen Eindruck machen, weil sie Xiaynes Vornamen benutzt hatte, aber Seagren verdrehte nur genervt die Augen.

»Also eine von der Highschool. Na toll.«

Die ganze Crew wirkte auf Rylin ziemlich jung, kaum jemand schien älter als dreißig zu sein. Vielleicht war das ein natürliches Resultat aus Xiaynes eigenem jungen Alter. Vielleicht war er aber auch der Meinung, dass ein junges Team entscheidend für die Produktion eines trendigen und coolen Films war.

»Wo soll ich anfangen?«, fragte sie Seagren und ignorierte die Stichelei.

Die Regieassistentin verdrehte erneut die Augen. »Räum da erst mal auf«, sagte sie knapp und öffnete die Tür zu einem Abstellraum, der die ganze Wand einnahm.

Er war vollgestopft mit Filmutensilien, die sich hier seit Generationen angesammelt haben mussten: Teile von alten Kameras, Leuchtkästen, weggeworfene Requisiten. Rylin war sogar sicher, eine alte Packung Soda-Kapseln mit passendem Zapfautomaten entdeckt zu haben. Alles war mit einer feinen Staubschicht bedeckt.

So etwas hatte sie sich natürlich überhaupt nicht vorgestellt, als sie zugestimmt hatte, als Filmassistentin zu arbeiten. Sie hatte gehofft, dass sie wenigstens mit am Set sein durfte – vielleicht Scheinwerfer in Position halten, Kaffee verteilen oder etwas in der Art, sodass sie zumindest bei den Dreharbeiten zusehen konnte. Als Rylin zu Seagren aufblickte, sah sie ein leichtes Grinsen in ihrem Gesicht, als wollte sie Rylin aus der Reserve locken.

Ich habe mich von ganz unten hochgearbeitet, hatte Xiayne gesagt. Okay, das konnte Rylin auch. Immerhin war sie Putzfrau bei den Andertons gewesen. Sie schreckte nicht davor zurück, die Ärmel hochzukrempeln.

»Alles klar«, sagte sie und betrat die schummrige Abstellkammer, um loszulegen.

Stunden später stand Rylin knietief in diesem unglaublichen Sammelsurium in der Abstellkammer, als ihr mit einem Mal bewusst wurde, wie still es am Set geworden war. Es war schon viel später, als sie gedacht hatte. Wann waren die anderen nach Hause gegangen? Sie schnappte sich ihren Koffer, der immer noch in der Ecke stand, und ging zum Ausgang, um sich auf den Weg ins Hotel zu machen, wo die gesamte Crew untergebracht war.

Es war ein langer Tag gewesen, vollgepfropft mit Routinearbeiten, die Seagren ihr aufgebrummt hatte: diesen verdammten Abstellraum aufräumen, das Mittagessen vom Speisewagen holen, fehlende Schauspieler in den diversen Pausenräumen aufspüren. Aber das hatte Rylin alles nichts ausgemacht, ganz besonders nicht, weil sie mit den Schauspielern in Kontakt gekommen war. Sie fand es toll, sie zu beobachten, zu ihren Aufnahmen zu bringen oder nach den Dreharbeiten auszufragen. Sie hatte schnell herausgefunden, dass die Schauspieler am gesprächigsten von allen waren, zumindest wenn man sie dazu brachte, über sich selbst zu reden.

In einem der Filmlabors brannte noch Licht. Rylin blieb neugierig stehen, dann ging sie hinüber und klopfte mutig an die Tür.

»Was willst du?«, hörte sie Xiayne gereizt rufen.

»Oh, sorry«, sagte Rylin schnell und trat zurück. »Ich wollte nur –«

»Rylin? Bist du das?« Die Tür ging auf und Xiayne stand vor ihr. Er wirkte zerstreuter, als Rylin ihn bis jetzt erlebt hatte. Er war barfuß, seine Haare standen wild in alle Richtungen ab. Ein Ketchupfleck klebte an seinem T-Shirt, angetrocknet auf dem Wort *yesterday*.

»Entschuldige, ich dachte, du wärst jemand anders. Ich wollte dich nicht so anblaffen.« Er strich sein Haar zurück, das ihm gleich wieder in die Augen fiel.

»Ist alles okay?«, fragte Rylin.

Xiayne seufzte. »Nicht wirklich. Ich habe mir gerade das neue Filmmaterial angesehen, und um ehrlich zu sein …« Er zuckte verlegen mit den Schultern. »Es ist scheiße.«

»Kann ich dir irgendwie helfen?«

Xiayne schien von diesem Angebot überrascht zu sein. »Klar, du kannst es dir ansehen. Dann weißt du, was ich meine.«

Nachdem sie sich auf den Stuhl neben ihn gesetzt hatte, machte er eine Bewegung aus dem Handgelenk und die Aufnahme lief weiter.

Eine Weile sahen sie schweigend zu. Das Material war gar nicht so schlecht, fand Rylin, aber es war auch nicht so gut wie seine anderen Filme. Sie versuchte, sich auf bestimmte Szenen und Bilder zu konzen-

286

trieren, und rief sich immer wieder ins Gedächtnis, dass das hier das Rohmaterial war, nicht die fertige Produktion. Gelegentlich warf sie Xiayne verstohlene Seitenblicke zu. Seine Augen glänzten im Halbdunkel, das flackernde Licht der Holo-Aufnahmen betonte seine kräftige Nase und sein markantes Kinn. Manchmal bewegten sich seine Lippen, wenn er die Dialoge der Schauspieler mitmurmelte.

»Okay, sieh dir hier die Premierministerin an«, sagte Xiayne plötzlich. »Sie sollte viel mehr ins Auge fallen – sie wird in der nächsten Szene die Königin bloßstellen. Aber sie verschwindet einfach in dieser Einstellung. Es liegt an diesem dämlichen marineblauen Hosenanzug, den wir ihr angezogen haben.« Er legte eine Hand ans Kinn und kniff die Augen zusammen. »Ich habe schon das Licht verstärkt, aber dieses Blau schluckt die Photonen wie ein schwarzes Loch. Der Anzug hat keinerlei *Struktur*. Ich würde die Szene nachdrehen, aber die Schauspielerin ist nur noch zwei Tage am Set und ich muss auch noch den dritten Akt durchkriegen …«

Rylin stand auf und lief langsam im Kreis. »Was ist mit dem Kleid der Königin?«, fragte sie nach einer Weile. »Wenn sie hereinkommt, wirft es eine Menge Licht.«

Xiayne blieb still. Einen Moment lang befürchtete Rylin, sie hätte eine Grenze überschritten, aber dann drehte er die Finger in der Luft und spulte damit bis zum großen Auftritt der Königin in ihrem kunstvollen Hofgewand vor.

Rylin beobachtete ihn, während er sich die Szene noch einmal anschaute. Als er sah, was sie meinte, leuchteten seine Augen plötzlich vor stürmischer Begeisterung auf.

»Du hast recht«, sagte er erstaunt. »Dieses Kleid reflektiert das Licht wie ein Spiegel. Sieh dir an, wie es das Gesicht und die Hände der Premierministerin aufhellt.«

»Kannst du das vielleicht nutzen?«, hakte Rylin nach.

»Ich werde ein paar dieser Einstellungen nehmen, die ganzen Strahlen rund um den Mittelpunkt reproduzieren und dann in die früheren Aufnahmen reinkopieren. Das wird eine Scheißarbeit, aber ja, das müsste funktionieren.« Xiayne stand auf, streckte die Arme über den Kopf und trat einen unerwarteten Schritt auf sie zu. »Rylin, das war eine fantastische Idee. Ich danke dir!«

Für einen panischen Moment dachte Rylin, er würde sie küssen. Ihr Magen zog sich vor Nervosität zusammen. Er war ihr Lehrer und sie wusste, dass es falsch war, trotzdem sehnte sich ein winziger Teil von ihr nach diesem Kuss.

»Ich wusste, dass du ein Naturtalent bist.« Xiayne grinste, dann nahm er sein Tablet von der Ablage hinter ihr und ging zurück zu seinem Platz. »Ich bestelle Kaffee. Möchtest du auch irgendwas?«

Rylin blinzelte verwirrt. »Nein, danke«, stammelte sie, um ihre Erleichterung zu verbergen, und ließ sich auf einen Stuhl fallen. Mit diesen ganzen egozentrischen Schauspielern zusammen zu sein, hatte ihr scheinbar das Hirn vernebelt.

»Du solltest auch einen nehmen. Wir werden die halbe Nacht hier festsitzen, um das hinzubekommen. Das heißt, wenn du nicht lieber gehen möchtest«, ruderte Xiayne schnell zurück. »Du hast schon viel länger gearbeitet, als gewerkschaftlich zugelassen ist. Aber wenn du nichts dagegen hast, könnte ich deine Hilfe gebrauchen.«

»Natürlich bleibe ich«, sagte Rylin nachdrücklich und setzte sich aufrechter hin. »Und ein Kaffee wäre eigentlich doch nicht so verkehrt.«

»Super!« Xiayne tippte auf seinem Tablet herum, um die Bestellung aufzugeben, und als die Aufnahme erneut starte, lächelte er Rylin zu.

Avery

Avery tippte mit ihrem Eingabestift auf ihr Tablet und grübelte mit gerunzelter Stirn über eine Physikaufgabe nach, als es an ihrer Tür klopfte. Für einen herrlichen und gleichzeitig schrecklichen Moment dachte sie, es könnte Atlas sein. Doch dann fiel ihr wieder ein, dass sie gar nicht mehr miteinander redeten. Abgesehen davon hatte Atlas' Klopfen immer viel lauter und selbstbewusster geklungen.

»Ja?« Sie drehte sich mit dem Stuhl um und schlug die Beine übereinander.

Ihre Mom blieb an der Türschwelle stehen. Sie trug ein rot-schwarzes Tageskleid und eine kurze schwarze Jacke. »Ich wollte nur sichergehen, dass du wegen des Abendessens Bescheid weißt«, sagte sie lächelnd. »Sarah macht Rippchen.«

Averys Augen weiteten sich. »Was feiern wir denn? Hat Dad schon sein nächstes Projekt in Planung?« Echte Rippchen – nicht die im Labor gezüchteten – waren schwer zu bekommen und bedeuteten selbst für die Fullers einen besonderen Anlass, normalerweise ein neues Immobilienprojekt.

»Atlas hat den Job in Dubai offiziell angenommen! Er und dein Vater sind sich über alle Details einig geworden«, erklärte Elizabeth fröhlich. Sie lachte sogar ein wenig, als wäre die Vorstellung, dass Atlas mit seinem eigenen Vater über sein Gehalt verhandelte, einfach zu lustig. Das erklärte dann auch, wieso sich die Stimmung ihrer Eltern in den letzten paar Tagen sichtlich gebessert hatte, dachte Avery bei sich.

Sie hatte gewusst, dass das kommen würde, trotzdem verspürte sie einen schmerzhaften Stich. »Ich wünschte, ich könnte dabei sein«, sagte sie schnell, »aber ausgerechnet heute ist Rishas Geburtstag und wir gehen zusammen zum Dinner aus.« Sie würde auf keinen Fall bei ihren Eltern und Atlas bleiben und so tun, als würde sie gern auf eine Neuigkeit anstoßen, die ihr sowieso bereits gebrochenes Herz in noch kleinere Scherben zersplittern lassen würde.

»Wirklich? Musst du unbedingt dahin?«, hakte Elizabeth nach, aber Avery blieb standhaft.

»Es ist ihr Geburtstag, Mom! Tut mir leid.«

Schließlich nickte ihre Mutter und schloss die Tür.

Avery ging wie mechanisch ins Badezimmer und spritzte sich Wasser ins Gesicht, dann nahm sie sich ein Handtuch von der UV-Desinfektionsvorrichtung und trocknete sich ab. Der berührungssensorische Boden fühlte sich warm unter ihren Füßen an. Auf ihrem riesigen, mit makellosem weißen Marmor eingefassten Waschtisch war nicht ein Fingerabdruck oder Fleck zu sehen. Und überall um sie herum gab es Spiegel: gewölbte Spiegel, flache Spiegel, sogar ein antiker Handspiegel, den ihre Großmutter ihr zum ersten Geburtstag geschenkt hatte. Sie waren in jedem Winkel angebracht, als müsste Avery sich ständig aus neuen, überraschenden Perspektiven betrachten. Normalerweise stellte Avery die Spiegel so ein, dass sie einen Meerblick projizierten, denn sie konnte es nicht ausstehen, wie ihre Mom dieses Bad eingerichtet hatte. Durch die Spiegellungen stand sie immer im Mittelpunkt, genau wie sie für den Rest ihres Lebens der Mittelpunkt ihrer Familie sein würde. Doch jetzt beugte sie sich vor, stützte sich mit den Händen ab und musterte ihr Spiegelbild. Blass und mit tief liegenden

Augen blickte ihr die gespensterhafte Erscheinung ihrer selbst entgegen.

Sie sah zu, wie ihr Geist ein paar Befehle in den Make-up-Diffusor eingab, und zwar ohne jede Hilfe ihres eigentlichen Ichs. Sie schloss die Augen, als ein feiner Nebel über ihr Gesicht gesprüht wurde und sofort die Schatten unter ihren Augen kaschierte, ihre Wimpern dunkler machte, die feinen Züge ihrer Wangenknochen betonte. Als sie wieder aufblickte, fühlte sie sich fast wieder wie Avery Fuller.

Sie nahm sich etwas Jasmin-Lotion aus dem Kristallspender und rieb sich die nackten Arme ein. Es war ein Geschenk von Eris gewesen, die die Lotion regelmäßig in einer kleinen Boutique auf den Philippinen bestellt und immer danach geduftet hatte. Der Geruch wirkte beruhigend und war ihr so schmerzlich vertraut, dass Avery am liebsten geweint hätte.

Eris hätte sie verstanden, dachte Avery – das Gefühl dieser erschreckenden Leere in ihrem Inneren, wo etwas scharfkantig Zersplittertes sie aushöhlte. Wahrscheinlich ihr gebrochenes Herz. Eris hätte sie in den Arm genommen und ihr versichert, dass sie ein besserer Mensch war als der Rest von ihnen allen zusammen. Sie hätte sich mit ihr hingesetzt und Cookies gegessen, hätte sie vor der Welt versteckt, bis Avery wieder bereit gewesen wäre, den Tatsachen ins Auge zu blicken.

Aber Eris war nicht mehr da, und Avery musste aus diesem Apartment raus, wenn sie Atlas heute Abend nicht begegnen wollte.

»Sammelflickernachricht an Risha, Jess …«, sie zögerte einen Moment, »… und Ming.« Avery nahm Ming immer noch übel, wie sie Eris auf ihrer Geburtstagsparty vorgeführt hatte, aber sie brauchte jetzt so viele Leute wie möglich um sich, und Ming war jemand, den man an Abenden wie diesem gut gebrauchen konnte – laut und für alles zu haben, mit einem Hang zur Dramatik. Ming würde sie ganz bestimmt davon abhalten, an Atlas zu denken.

»Wir gehen heute Abend aus. Macht euch schick. Wir treffen uns um acht im Ichi.«

»Was ist eigentlich los?«, fragte Jess, als sie im Ichi saßen. Trotz der spät verschickten Nachricht waren alle drei Mädchen aufgetaucht, wie Avery es erwartet hatte.

Avery zupfte nervös an ihrem lasermaßgeschneiderten, schwarzen Kleid und griff nach der Servierplatte mit Hummer Tempura, die auf dem Tisch vor ihnen stand. Das Ichi war ein trendiges Sushi-Restaurant, in dem Eris immer gern gegessen hatte. Wie ein opulentes Juwel lag es in der Mitte der neunhunderteinundvierzigsten Etage. Es hatte keine Außenfenster, aber das passte perfekt zu der clubartigen Atmosphäre: schummriges Licht, Technomusik und ganz besonders die niedrigen Tische, die jeden Gast zwangen, auf dem Boden zu sitzen, inmitten stapelweise roter Seidenkissen.

»Ich hatte Lust auf einen Mädelsabend mit euch«, sagte Avery mit einem strahlenden Lächeln.

»Es ist Mittwoch«, stellte Risha fest.

»Okay, ich wollte meinen Eltern aus dem Weg gehen«, gab Avery zu. »Sie veranstalten heute ein großes Familiendinner, aber ich bin sauer auf sie und war nicht in der Stimmung. Ich wollte einfach nicht dabei sein«, fügte sie hinzu, und Ming, die schon zu einer Frage angesetzt hatte, hielt widerwillig den Mund.

Ein Kellner kam mit dem Rest ihrer Bestellung: Aal-Sashimi, Lachstatar-Tacos und ein riesiges, gebackenes Miso-Soufflé. Als er begann, leuchtend violette Getränke neben jedes Gedeck zu stellen, blickte Avery überrascht auf. »Litschi-Martinis hatte ich nicht bestellt.«

»Nein, aber ich«, erklärte Ming und lächelte Avery herausfordernd an. »Komm schon, du weißt, dass du auch einen willst.«

Avery wollte protestieren, ihr war überhaupt nicht danach, Alkohol zu trinken. Doch dann dachte sie an Atlas, wie er mit ihren Eltern zusammensaß und auf den neuen Job anstieß, von dem sie nie gewollt hatte, dass er ihn annimmt. Ein Glas konnte nicht schaden.

Alle Mädchen sahen Avery an und erwarteten ihr Urteil. »Okay«, sagte sie und hob das Martiniglas an die Lippen.

»Lasst uns ein Foto machen«, quiekte Jess.

Avery begann, zur Seite zu rutschen, wie sie es immer tat. Sie hatte diese Schnappschüsse noch nie ausstehen können, weil sie keine Kontrolle darüber hatte, wie sich die Bilder in den Feeds ausbreiteten, weil sie nie wusste, wer sie zu sehen bekam. Doch trotz all ihrer Bemühungen gab es weit mehr Pics von ihr da draußen, als ihr lieb war. Aber heute Abend hielt sie etwas zurück. Vielleicht wäre es gar nicht so schlecht, wenn Atlas sie mit ihren Freundinnen sah. Vielleicht würde es die Dinge zwischen ihnen wieder geraderücken.

»Ich will auch mit drauf«, sagte sie. Ihre Stimme klang dabei sogar in ihren eigenen Ohren fremd. Sie fühlte sich ganz wacklig vor Aufregung.

»Klar!« Ming verzog die Lippen zu einem knappen, steifen Lächeln, während die anderen Mädchen mit erprobter Leichtigkeit posierten. »Aber Avery, du willst doch sonst nie mit aufs Foto. Wen willst du denn eifersüchtig machen?«

»Jeden«, erwiderte Avery leichthin und alle lachten, sogar Ming.

Avery lehnte sich zurück und sah sich um. Alle Gäste waren jung und gut gekleidet, alle verströmten diesen trügerischen Glanz von Reichtum. Ein paar Jungs an den anderen Tischen sahen in ihre Richtung, offensichtlich staunten sie über die jungen Frauen mit ihren kurzen Kleidern und langen funkelnden Ohrringen, aber bis jetzt hatte es noch keiner gewagt, zu ihnen herüberzukommen und sie anzusprechen.

»Risha, erzähl mal von dir und Scott«, forderte Avery ihre Freundin auf, nur um jemandem zuhören zu können.

Risha erzählte brav von den neuesten Entwicklungen in ihrer ständigen On-Off-Beziehung mit Scott Bandier, der an der Berkeley in die zwölfte Klasse ging. Avery zwang sich zu lachen, damit niemand ihre merkwürdige Stimmung mitbekam. Wenn sie nur genug lachte und lächelte und nickte, war alles in Ordnung.

Aber innerlich war sie völlig aufgewühlt, ihre Gedanken wanderten ziellos von einer Frage zur nächsten, ohne irgendeine Lösung zu finden. Sie konnte sich auf nichts konzentrieren, konnte nicht klar denken, während sie in den kalt gewordenen Resten des Miso-Soufflés herumstocherte. Ein Kaleidoskop aus Farben und Geräuschen umspülte sie, dämpfte den anhaltenden Schmerz in ihrem Herzen. Sie nippte immer wieder an ihrem Martini, den Ming irgendwann nachbestellt haben musste, ohne dass sie es bewusst wahrgenommen hatte.

Schließlich wurde ihre Runde immer größer. Zuerst gesellten sich ein paar Mädchen aus ihrer Klasse zu ihnen, Anandra und Danika. Sie hatten die Fotos gesehen und sich ihnen angeschlossen. Dann tauchten noch mehr Kids aus der Berkeley auf, versammelten sich an der Bar, bestellten den unverkennbar violetten Martini und posteten Pics in ihren Feeds, die noch mehr Leute anlockten. Avery hatte irgendwann das Gefühl, dass die halbe Schule hier war. Kleine Grüppchen drängelten sich auf der Tanzfläche aus dunklem Holz. Einmal dachte sie sogar, sie hätte Leda gesehen, aber bevor sie sicher sein konnte, baute sich ein Trio Jungs – Rick, Maxton, Zay Wagner – vor ihrem Tisch auf.

»Zay hat mit Daniela Schluss gemacht«, flüsterte Ming ihr mit einem bedeutungsvollen Zwinkern zu.

Zuerst reagierte Avery gar nicht auf diese Neuigkeit. Sie saß schon den ganzen Abend auf demselben Platz, ein bisschen wie eine Königin, die über ihren Untertanen thronte, obwohl das gar nicht ihre Absicht gewesen war. Es hatte einfach nichts Interessantes gegeben, für das es sich gelohnt hätte aufzustehen.

Aber Ming hatte recht. Warum sollte sie sich nicht mit Zay unterhalten? Was hielt sie denn noch davon ab? Sie hatte Atlas verloren, egal was sie tat.

Avery erinnerte sich plötzlich wieder daran, wie Eris, wenn sie nach einer zerbrochenen Beziehung Liebeskummer hatte, sich jedes Mal Hals über Kopf in einen neuen Flirt gestürzt hatte. Avery hatte sie einmal danach gefragt. »Man kann am besten vergessen, wenn man sich selbst vergisst«, hatte Eris mit einem leichten Grinsen und einem vielsagenden Blinzeln erwidert.

»Zay!«, rief Avery im nächsten Moment und erhob sich langsam, genau wie Eris es gemacht hätte. »Wie geht es dir?«

Zay schien erstaunt, plötzlich ihre Aufmerksamkeit zu haben, immerhin hatte sie ihn vor ein paar Monaten deutlich zurückgewiesen. »Gut, danke«, sagte er zögernd.

Aber Avery war entschlossen, sich nicht abwimmeln zu lassen. Sie drehte ihre Flirtpower auf volle Leistung und setzte ihr strahlendstes Lächeln auf. Der arme Zay hatte keine Chance.

Sie wollte ihn gerade auf die schummrige Tanzfläche zerren, als jemand an Zays Ellbogen tippte.

»Was dagegen, wenn ich dazwischenfunke?« Cord nahm Averys Arm und führte sie sanft davon. Zay blieb wie angewurzelt stehen und wollte protestieren, sein Mund stand halb offen wie bei einem Fisch auf dem Trockenen.

»Dieser Satz ist ziemlich klischeehaft, selbst für dich«, warf Avery

Cord vor, obwohl ihr das eigentlich völlig egal war. Sogar Zay war ihr egal. Sie hatte sich nur so seltsam verloren und losgelöst gefühlt und etwas tun müssen, irgendetwas, um wieder Boden unter den Füßen zu bekommen.

Und wenn Atlas sie in den Feeds sah, strahlend und unbekümmert, würde sie das auch nicht stören.

»Und ich dachte, du würdest mir für die Rettung danken.«

»So übel ist Zay gar nicht«, hielt Avery wenig überzeugend dagegen.

Cord lachte. »Ich habe nicht von *dir* gesprochen. Ich wollte Zay Wagner vor einem weiteren gebrochenen Herzen bewahren. Du kannst manchmal ganz schön grausam sein, weißt du das, Avery?«, sagte er.

Avery blickte zu ihm auf. Seit der Gala letztes Wochenende hatten sie nicht mehr miteinander geredet. »Ich wusste nicht, dass du heute Abend ausgehen wolltest.«

»Wollte ich auch nicht, bis ich die Bilder gesehen habe.«

»Cord«, hob sie an, nicht ganz sicher, was sie ihm eigentlich sagen wollte. Dass er nicht zu viel in diesen Moment auf seinem Sofa hineininterpretieren sollte, dass sie verletzt war und dass er sich von ihr fernhalten sollte. Aber bevor sie einen zusammenhängenden Gedanken formulieren konnte, bekam sie einen Schluckauf.

Cord lachte wieder. Avery hatte sein Lachen schon immer gemocht – sein *echtes* Lachen, nicht dieses zynische, dunkle Lachen. Er lachte mit seinem ganzen Körper, genau wie in Kindertagen.

Bevor es ihr richtig bewusst wurde, tanzten sie, seine Händen lagen auf ihrer Taille. »Du willst mir immer noch nicht erzählen, was eigentlich los ist, oder?«, sagte er schließlich.

»Es ist alles gut.« Avery schüttelte nachdrücklich den Kopf.

»Hör zu, ich weiß nicht, wer der Kerl ist. Aber wenn du ihn unbedingt eifersüchtig machen willst, solltest du dir jemand besseren als Wagner aussuchen.«

»Woher weißt du, dass es um einen Typen geht?«, fragte sie und überlegte, was sie verraten haben könnte.

Cord grinste triumphierend. »Wusste ich nicht, bis jetzt. Danke, dass du meinen Verdacht bestätigt hast.«

Jetzt musste Avery lachen. Und sie fühlte sich überraschend gut dabei, für einen flüchtigen Moment fast wieder normal, wenn es so etwas wie Normalität in einer Welt ohne Atlas überhaupt geben konnte.

»Komm her. Wenn er es dir wirklich abnehmen soll, musst du dich schon ein bisschen mehr an mich ranschmeißen«, sagte Cord mit heiserer Stimme. Avery zögerte, doch dann trat sie näher und legte die Arme um Cords Schultern. Er war wirklich groß. Ein gemeiner, sündhafter Teil von ihr hoffte insgeheim, dass jemand ein Foto von ihnen machen und in den Feeds hochladen würde. Atlas hätte es verdient.

Doch dann stellte sie sich Atlas vor, wie er das Bild sah. Was würde er von ihr halten, wenn sie sich sofort Cord an den Hals warf – schon wieder? Sie senkte die Arme. Cord ließ sich nichts anmerken und tanzte einfach weiter.

»Abgesehen davon«, fügte er hinzu, »sind wir seit der Grundschule Freunde. Ich weiß, dass du nicht unsere ganze Klasse an einem Abend mitten in der Woche zusammentrommeln würdest, ohne einen triftigen Grund dafür zu haben.«

»Ich habe sie nicht zusammengetrommelt. Sie sind einfach aufgetaucht!«, protestierte Avery, während sie einen Augenblick später realisierte, dass er *Freunde* gesagt hatte. Ein erleichtertes Gefühl durchflutete sie. Sie tanzten noch eine Weile weiter, das elektrische Licht über ihnen schaltete wie im Rausch von einer Farbe in die nächste um.

Avery fühlte sich plötzlich völlig erschöpft. Zu viel war in letzter

Zeit passiert – ihre Welt war auseinandergebrochen, all die Tränen, die sie vergossen hatte, die Gewissheit, dass Atlas wirklich ging und schon bald am anderen Ende der Welt sein würde. Sie schloss die Augen und erlaubte sich, ihren Kopf an Cords Brust zu legen.

»Danke, Cord. Für alles«, murmelte sie, denn sie wusste, er würde sie verstehen.

Er sagte kein Wort, aber sie spürte, wie er nickte.

Und so fängt es an, dachte Avery. Sie straffte die Schultern, als würde sie sich eine unmöglich schwere Last aufladen. Sie musste sich wieder in den Griff bekommen, Stück für Stück, denn das war der Beginn ihres Lebens ohne Atlas.

Watt

Wach auf, Watt, flüsterte Nadia ihm ins Ohr, als ihr wasserstoffbetriebener Jet mit dem Landeanflug begann.

Watt rieb sich die Augen. Er ärgerte sich, weil er während des Fluges eingeschlafen war. Er saß zum ersten Mal in einem Flugzeug, verließ sogar zum ersten Mal New York – es sei denn, man zählte den Schulausflug nach Washington dazu, als er mit seinem Wissenschaftskurs das Weltraummuseum besucht hatte, bevor Budgetkürzungen dazu geführt hatten, dass Exkursionen in einen anderen Bundesstaat gestrichen wurden. Watt sah aus dem Fenster und schnappte unwillkürlich nach Luft. Unter ihm erstreckte sich Nevada kahl und farblos bis zum Horizont, als würde man auf die Oberfläche eines Wüstenplaneten blicken. Watt kam der Gedanke fast surreal vor, dass er normalerweise so tief unten war, an die Erde gekettet durch das Gesetz der Schwerkraft.

Neben ihm schlug Leda ihre schlanken Beine übereinander und schloss die Augen, graziös und cool und teilnahmslos.

Nadia, was soll ich sagen, um das Eis zu brechen?

Darauf habe ich keine Antwort, Watt. Ich habe nicht viele Präzedenzfälle in Bezug auf Partner gefunden, die sich gegenseitig erpressen, rummachen und dann eine Entzugs-Nachkontrolle besuchen, erwiderte Nadia. *Ich habe ein Paar in einer Holo-Sendung gesehen, es aber aus dem Speicher gelöscht, weil es mir unrealistisch vorkam.*

Watt ignorierte die sarkastische Bemerkung, obwohl sich Nadias Schlussfolgerungen gar nicht so sehr von seinen unterschieden. Er hatte keine Ahnung, was er von der Situation mit Leda halten sollte. Die Nacht mit ihr war dunkel und bitter und leichtsinnig gewesen, und wenn er ehrlich war, die elektrisierendste sexuelle Erfahrung seines Lebens.

Er hatte nicht damit gerechnet, danach noch einmal von Leda zu hören – wenn überhaupt, dann nur wegen weiterer Überwachungsaufträge. Fassungslos hatte er ihre Nachricht gelesen, dass er sie zu einem Treffen mit ihrer alten Suchtberaterin nach Nevada begleiten sollte. Sie hatte keine weitere Erklärung dazu abgegeben, nur einen Link zu seinem Flugticket mitgeschickt.

Sie wird mir niemals genug vertrauen, um die Wahrheit über Eris zuzugeben, stimmt's?, fragte er Nadia, ohne wirklich eine Antwort zu erwarten.

Ich würde sagen, ihr hattet keinen besonders guten Start, wenn man bedenkt, dass ihr beide bestätigt habt, euch gegenseitig nicht ausstehen zu können, stellte Nadia trocken fest.

Als sich Watt an das Gespräch erinnerte, auf das Nadia anspielte – sie hatten halb nackt in Ledas Bett gelegen –, fühlte sich Watt plötzlich unwohl. *Ich dachte, ich hätte dir ausdrücklich gesagt, dass du dich abschalten sollst, wenn ich in … äh … intimen Situationen bin*, warf er Nadia vor. Er hatte ihr diesen Befehl schon vor langer Zeit gegeben. Es war ihm irgendwie unangenehm, wenn noch jemand Drittes im Bett dabei war, auch wenn es sich nur um einen Computer handelte.

Das ist richtig, aber du hast mir auch befohlen, mich nie abzuschalten, wenn Leda in der Nähe ist, bemerkte Nadia.

Aktiviere die Sperrfunktion für romantische Situationen auch bei Leda wieder, dachte er mit Nachdruck.

Wir sollten zuerst deine Vorstellungen von Romantik noch einmal definieren, denn was auch immer gerade zwischen dir und Leda vorgeht, ist meiner Meinung nach nicht dafür qualifiziert. Du weißt, was ich meine, dachte er und streckte sich in seinem bequemen Erste-Klasse-Sitz. *Ehrlich, Nadia, ich verliere langsam den Überblick über die ganzen Befehle, die ich dir gegeben habe. Ich stelle dir gern eine Liste mit zeitlichen Markierungen zusammen, wenn du möchtest.* Bissig wie immer. Watt musste einfach nur dieses Wochenende überstehen und sollte dann zu seinem alten Leben zurückkehren. Aber vorher würde er sich einen Spaß daraus machen, zur Abwechslung mal Ledas Knöpfe zu drücken. Im Augenblick war es das beste Resultat, auf das er hoffen konnte.

Das Flugzeug setzte mit einem dumpfen Geräusch auf dem Boden auf, Dampf stieg aus der Wasserstoffanlage wie flüssiger Rauch, ein paar Tröpfchen stieben auf der versengten Landebahn auseinander. Früher waren Flugzeuge mit kohlenstoffhaltigem Treibstoff und nicht mit Wasser angetrieben worden. Wie kurzsichtig und verschwenderisch, dachte Watt.

Auch auf dem Weg in die Wartehalle redeten er und Leda immer noch kein Wort miteinander. Schwebende Hover-Bots brachten ihnen ihr Gepäck. Leda legte kurz den Kopf schräg. Sie hatte eine Nachricht erhalten.

»Unser Wagen ist da«, sagte sie knapp und trat in die sengende Hitze hinaus. Sie bewegte sich wie eine Balletttänzerin: aufrechte steife Haltung, Schultern durchgedrückt, leichte und schnelle Schritte, als stünde der Boden in Flammen und sie könnte es nicht ertragen, ihn längere Zeit zu berühren.

Watt nahm eine Bewegung aus dem Augenwinkel wahr. Er brauchte einen Moment, bis ihm klar wurde, dass es sein eigener Schatten war. Die Solarlichter im Tower waren aus allen Winkeln perfekt ausgerichtet, ganz anders als die echte Sonne – eine einzelne, gebündelte Lichtquelle, die sich den ganzen Tag über bewegte –, deshalb hatte er seinen Schatten im Inneren des Towers noch nie gesehen. Er unterdrückte den Impuls, stehen zu bleiben und ihn genauer zu betrachten.

Er und Leda behielten ihr frostiges Schwiegen bei, als sie in das Auto stiegen, dessen Polymeraußenhülle ein helles Silberblau annahm, bevor der Wagen auf die Schnellstraße fuhr. In der Ferne flimmerte der staubige Horizont. Watt schloss die Augen und spielte in Gedanken Schach mit Nadia. Sie hatte so großes Mitleid mit ihm, dass sie ihn zum ersten Mal gewinnen ließ.

Plötzlich bogen sie auf einer Nebenstraße in eine üppige, grüne Landschaft ab. Eine Siedlung aus Sandsteingebäuden lag an einem riesigen Teich mit einem Wasserfall – eine clever konstruierte Illusion. Blumenranken fielen über die rot gedeckten Dächer, Palmen reckten ihre Wedel in den Himmel.

Und überall liefen Mädchen durch die Gegend. Genau wie Leda umgab sie eine Aura aus Reichtum und Privilegien, und dennoch lag ein gehetzter Blick in ihren Augen. Watt spürte, wie sich Leda neben ihm verkrampfte. Kein Wunder, dass sie nicht hatte herkommen wollen, dachte er. Obwohl es hier wie in einem noblen Wellness-Resort aussah, rief der Ort wahrscheinlich Erinnerungen wach, die absolut scheiße waren.

Er sprach kein Wort, bis sie ihre Unterkunft am Rand der Siedlung erreicht hatten – für jeden eine eigene Hütte auf Holzpfählen in der Nähe des Sees.

»Getrennte Zimmer? Ich dachte, ich soll deinen Freund spielen«, sagte er mit hochgezogener Augenbraue.

Das letzte bisschen Selbstbeherrschung, das Leda sich noch bewahrt hatte, schien bei dieser Bemerkung zusammenzubrechen. Sie schloss Watts Tür auf, packte ihn am Kragen und zerrte ihn unsanft hinein. Plötzlich war sie ihm sehr nah. So nah, dass er den rasenden Puls an ihrem Handgelenk fühlen konnte. Eins ihrer dunklen Augen hatte einen mikroskopisch kleinen, grünen Fleck. Das war Watt noch nie aufgefallen. Er merkte, wie er diesen Fleck anstarrte, und fragte sich, von welchem ihrer Elternteile sie ihn geerbt hatte.

»Lass uns das noch mal klarstellen: Du bist nur aus einem einzigen Grund hier«, erklärte Leda. »Um mir meine Mutter vom Hals zu halten, die mich zu dieser dämlichen Nachkontrolle begleiten wollte. Ich will das Ganze hier mit dem geringsten Aufwand hinter mich bringen. Ich habe nur erzählt, dass du mein Freund bist, damit du statt meiner Mutter als Motivationspartner mitkommen kannst.«

Watt fragte sich, warum Leda es so strikt ablehnte, von ihrer Mom begleitet zu werden, beschloss dann aber, diese Frage nicht zu stellen, weil sie viel zu kompliziert war. Er wollte sie lieber weiter aus dem Konzept bringen.

»Bist du sicher, dass es hier nicht um ein neues Sexabenteuer geht?«

»Was letztes Wochenende passiert ist, war ein Fehler unter Alkoholeinfluss. Wir werden ihn nicht wiederholen und auch nicht darüber sprechen. Du *arbeitest* an diesem Wochenende für mich, verstanden? Du machst hier keinen verdammten Urlaub!« Ledas Stimme bebte vor Anspannung.

Watt lächelte. »Natürlich ist das Urlaub für mich. Kommt ja nicht jeden Tag vor, dass ich gezwungen werde, nach Nevada zu fliegen.«

Nadia richtete seine Aufmerksamkeit auf einen Zeitplan, der an die Wand der Hütte projiziert war. *Sie mag gern Yoga*, erinnerte Nadia ihn. Aber Watt wusste auch selbst ganz genau, wie Leda reagieren würde, wenn er ihren geliebten Yoga-Kurs für seine Zwecke missbrauchte.

»Wenn du mich entschuldigen würdest, ich muss jetzt zu meiner Nachmittags-Yogastunde«, sagte er, wobei er mit dem Kinn auf den Terminplan deutete.

»Nein! Du kommst auf keinen Fall mit zum Yoga!«, drohte Leda, doch je mehr sie protestierte, desto entschlossener wurde Watt.

Und der Spaß konnte beginnen.

Nach einer Stunde Yoga im Meditationstipi – die Watt hauptsächlich damit verbracht hatte, Leda bei ihren mühelosen Posen zu beobachten, obwohl er die ganze Zeit versuchte hatte, sie mit irgendwelchen Geräuschen aus dem Konzept zu bringen – saßen sie zusammen im Warteraum des Hauptgebäudes. Watt hatte sein angewinkeltes rechtes Bein auf dem linken Knie abgelegt und wippte ungeduldig mit dem Fuß. Leda warf ihm die ganze Zeit gereizte Blicke zu, also hörte er erst recht nicht damit auf.

»Ich werde das Reden übernehmen«, sagte sie schließlich. »Du hältst den Mund. Du lächelst nur und nickst und beantwortest direkte Fragen so knapp wie möglich. Du musst nur daran denken, dass du mein Freund bist, der mir unterstützend und hilfreich zur Seite steht. Oh, und dass deine ältere Schwester auf tragische Weise an ihrer Sucht gestorben ist«, fügte sie als fast belanglosen Nachsatz hinzu.

Watt tat so, als schnappe er entsetzt nach Luft. »Du hast dir eine große Schwester für mich ausgedacht und sie dann *sterben* lassen? Wie konntest du nur?«

Leda verdrehte die Augen. »Bring mich nicht dazu, es zu bereuen, dass ich dich mitgenommen habe, Watt.«

»Keine Sorge, ich bereue es genug für uns beide«, erwiderte er munter – als die Tür aufging und eine schlanke Rothaarige im Arztkittel auf sie zutrat.

»Leda, schön, dich wiederzusehen.« Die Ärztin hielt Leda die Hand hin. Sie trug kein Namensschild, aber das war kein Problem für Watt, denn er wusste bereits alles über sie.

Game Time, Nadia, dachte er und trat einen Schritt vor. »Dr. Reasoner, Watt Bakradi. Ich bin Ledas Freund.« Er lächelte charmant und schüttelte ihre Hand, während sie sich setzten.

»Watt ist als mein Motivationspartner hier«, beeilte sich Leda zu erklären.

Dr. Reasoner runzelte die Stirn. »In deinen Akten wird nirgendwo erwähnt, dass du einen Freund hast, Leda …«

»Wir sind erst im Herbst zusammengekommen, nach Ledas Rückkehr.« Watt streckte den Arm nach Ledas Hand aus und schob seine Finger zwischen ihre. Sie warf ihm einen finsteren Blick zu.

Dr. Reasoner beugte sich mit einem nachdenklichen Blick vor. »Und wie habt ihr zwei euch kennengelernt?«

»Watt hatte zuerst ein Auge auf eine meiner Freundinnen geworfen, aber als er mich dann kennenlernte, wurde ihm klar, dass wir uns *viel* ähnlicher sind«, antwortete Leda und grub ihre Fingernägel in seine Handfläche. Er verzog das Gesicht zu einer Grimasse, die er rasch in ein Lächeln verwandelte.

»Ja, ich muss leider sagen, dass ich genauso egozentrisch und unsicher bin wie Leda. Aber ich arbeite an mir«, erklärte er so sachlich, dass Dr. Reasoner blinzelte und offenbar nicht ganz sicher war, wie sie darauf reagieren sollte. Er spürte, dass Leda neben ihm innerlich kochte, ihre Wut strömte in kleinen, brodelnden Wellen aus ihr heraus.

»Und, Watt, ist dir klar, was es bedeutet, Motivationspartner zu sein?«, fragte die Ärztin nach einer kleinen Pause, in der sie vermutlich beschlossen hatte, seine letzte Bemerkung zu übergehen. »Es ist deine Aufgabe, Leda dabei zu unterstützen, richtige Entscheidungen zu treffen.«

»Natürlich ist mir das klar, Dr. Reasoner«, sagte er leise. »Obwohl Leda eigentlich diejenige ist, die mir hilft. Ich kann Ihnen gar nicht sagen, was für eine Inspiration sie für meine Schwester gewesen ist. Sie müssen wissen, dass meine Schwester jahrelang suchtkrank war –«

»Ja, die arme Nadia«, fiel ihm Leda vielsagend ins Wort, aber Watt ignorierte die versteckte Drohung.

»Sie war süchtig nach Xenperheiden, Alkohol, Aufmerksamkeit, alles Mögliche. Leda war ein unglaubliches Vorbild für sie, weil sie ja auch mal nach all diesen Dingen süchtig war.«

»Und wie geht es deiner Schwester jetzt?«, fragte Dr. Reasoner mit fachkundig besorgter Miene.

»Oh, sie ist gestorben«, erwiderte Watt flapsig und warf Leda einen zufriedenen Blick zu, als müsste sie stolz auf ihn sein, weil er dieses Detail nicht vergessen hatte. Sie sah aus, als würde sie ihn am liebsten mit bloßen Händen erwürgen.

»Das tut mir leid. Ich wünschte, wir hätten sie hier behandeln können«, presste die Ärztin bestürzt hervor. Sie räusperte sich, dann wandte sie sich wieder Leda zu. »Leda, hast du in den letzten Monaten irgendwelche suchterzeugenden Neigungen verspürt?«

»Nein«, sagte Leda schnell.

»Jedenfalls nicht, was Drogen oder Alkohol betrifft«, mischte sich Watt mit einem übertriebenen Zwinkern ein.

»Nun, ich würde jetzt gern mit unserer empfohlenen Nachkontrolle der Behandlung weitermachen.« Die Ärztin hielt kurz inne, ihre Pupillen weiteten sich rasch und zogen sich wieder zusammen, während sie etwas in ihren Kontaktlinsen prüfte. »Ich denke, wir sollten nicht nach

306

dem Elternkonzept, sondern nach dem Partnerkonzept vorgehen. Obwohl ich glaube, Leda, dass deine Mom trotzdem –«

»Natürlich das Partnerkonzept. Dafür bin ich ja hier«, unterbrach Watt sie. Mit unverschämter Genugtuung sah er zu, wie Leda mit zusammengebissenen Zähnen nickte.

Später an diesem Abend lag Watt in dem riesigen Bett in seiner Hütte. Ein Haufen weicher Kissen war um ihn herum aufgestapelt wie ein Berg aus Schlagsahne. Wenn er ehrlich war, verwirrte es ihn, dass er allein im Bett lag. Er wollte zwar nicht wirklich mit Leda schlafen, redete er sich ein, aber warum traf das auch umgekehrt zu? Warum wollte Leda nicht mit *ihm* schlafen?

Er war sich so sicher gewesen, dass sie heute Abend zusammen im Bett landen würden. Nach dieser urkomischen Farce bei dem Gespräch mit der Ärztin hatten sie die deutlich empfohlene, aber freiwillige Gesprächsrunde abgelehnt und in der Cafeteria Abendbrot gegessen. Leda hatte ihm vorgeworfen, er hätte die Sitzung sabotiert, doch er hatte sich verteidigt: »Willst du mich verarschen? Ich habe sie *gerettet.*« Danach hatten sie sich in Watts Hütte ein albernes Holo über einen Cartoon-Esel angesehen. Sie hatten auf dem Sofa gesessen, nicht auf dem Bett, und das mit großem Abstand zueinander. Dennoch hatten sie viel gelacht und Leda war zum ersten Mal richtig entspannt gewesen. Es hatte ihn überrascht, als sie ihm am Ende des Holos Gute Nacht gesagt hatte. Dann war sie aufgestanden und durch die Tür verschwunden. Nun lag er hier völlig verwirrt und ganz allein in dem luxuriösesten Schlafzimmer, in das er je einen Fuß gesetzt hatte.

»Nadia, was glaubst du, warum Leda mich wirklich hierhergeschleppt hat?«, überlegte er laut.

Ich würde das als statistische Unregelmäßigkeit bezeichnen, nur dass es keine Statistiken dazu gibt, erwiderte Nadia. *Aber ich bin zumindest froh, dass du Spaß zu haben scheinst.* Der letzte Teil klang etwas vorwurfsvoll, als wäre es kein passender Zeitpunkt für Spaß.

In diesem Moment drang durch die Wand ein markerschütternder Schrei aus Ledas Hütte.

»Nadia, ist sie okay?« Watt sprang aus dem Bett und taumelte vorwärts.

Es gibt keine Videoüberwachung in ihrem Zimmer, erwiderte Nadia, aber Watt rannte bereits barfuß Ledas Vordertreppe hinauf und begann, an die Tür zu hämmern.

Einen Augenblick später öffnete sich die Verriegelung von selbst. Nadia hatte sich in das Sicherheitssystem der Entzugsklinik gehackt, sodass Watt der Zugang bewilligt wurde.

Leda war in ihre Decke gewickelt, ihre Augen waren geschlossen, ihr Mund zu einer Grimasse verzerrt. Sie schrie – ein urängstliches, gespenstisches Geheul, bei dem Watt sich am liebsten die Ohren zugehalten und auf dem Absatz kehrtgemacht hätte. Doch er eilte zu ihr und griff nach ihren Händen, die sich verzweifelt in die Decke krallten.

»Leda, alles okay, du bist in Sicherheit«, wiederholte er immer wieder, während er mit den Daumen über ihre Handrücken strich.

Schließlich wurden die Schreie zu einem Jammern, erstarben nach und nach und hörten dann ganz auf. Langsam bewegten sich ihre Lider, ihre dichten und feuchten Wimpern flatterten vor ihren Wangen. »Watt?«, fragte sie schläfrig, als wäre sie nicht sicher, warum er hier war.

Watt war sich selbst nicht sicher. Schnell ließ er ihre Hände los.

»Du hast geschrien«, sagte er ratlos. »Es klang schrecklich, als würde dich jemand foltern. Ich wollte nur … ich wollte nur sichergehen, dass es dir gut geht.«

»Ja, na klar. Du würdest doch Beifall klatschen, wenn mich jemand foltern würde«, krächzte Leda. Sie setzte sich auf und schob sich mit einer raschen Geste die Haare hinter die Ohren. Watt sah, dass sie ein weißes Seidennachthemd trug. Es wirkte fast mädchenhaft, schmiegte sich aber gleichzeitig aufreizend an ihren Körper. Er wandte den Blick ab.

»Normalerweise schon, aber ich brauche morgen einen Rückflug und ich weiß nicht, ob ich ohne dich zurückkommen würde.« Watt merkte, was für dummes Zeug er redete. Ein merkwürdiger Druck lag auf seiner Brust. Er trat einen Schritt zurück. »Entschuldige, ich lasse dich weiterschlafen.«

»Bitte geh nicht«, sagte Leda rasch und sah ihn mit großen Augen an. »Die Albträume ... Bitte bleib, bis ich wieder eingeschlafen bin.«

In diesem Moment wirkte sie überhaupt nicht wie Watts Erzfeindin, wie das verbitterte, störrische Mädchen, das Watt gedroht und erpresst hatte. Das Mädchen in diesem Bett war eine Fremde – jung und verloren und herzzerreißend einsam.

Watt wollte einen Stuhl neben das Bett schieben, doch er zögerte. Sich auf einen Stuhl neben Ledas Bett zu setzen, fühlte sich irgendwie merkwürdig an, als würde sie in einem Krankenhaus liegen. Was durchaus hätte passieren können, wenn man bedachte, in welchem Zustand sie vor ein paar Monaten hier gelandet war.

Ihre Blicke trafen sich und sie neigte in stillem Einvernehmen ganz leicht den Kopf. Dann rutschte sie wortlos ein Stück zur Seite, um ihm Platz zu machen.

Leda lag ganz still und wirkte ganz klein, als Watt zu ihr ins Bett schlüpfte und sie in den Arm nahm. Er lauschte ihren stockenden Atemzügen. Eine aufgeregte Nervosität schoss spürbar durch ihren Körper. Watt wusste, dass er der Grund dafür war, und merkte, dass er sich darüber freute.

Sie drehte sich zu ihm, bis sie einander zugewandt auf der Seite lagen wie Zwillingssilhouetten in der Dunkelheit. Nur ein Mondstrahl, der durch das offene Fenster fiel, trennte sie voneinander. Und dennoch wartete Watt. Sie sollte den ersten Schritt machen, egal wie verrückt das war, egal wie verrückt *er* war, sich das zu wünschen.

Leda hob das Kinn und hauchte ihm einen zögernden, federleichten Kuss auf die Lippen. Dann zog sie sich wieder zurück. »Das bedeutet trotzdem nichts, okay?«, flüsterte sie.

Obwohl er ihr Gesicht in der Dunkelheit nicht sah, konnte er sich gut vorstellen, wie sie in ihrer typischen dickköpfigen Art und ihrem erbitterten Stolz eine Augenbraue hochgezogen hatte.

»Natürlich bedeutet es nichts«, antwortete er.

Doch insgeheim wusste er, dass sie sich beide etwas vormachten.

Calliope

Calliope stand am Fuß der berühmten Kletterwand, eine gewaltige senkrechte Konstruktion, die in der sechshundertzwanzigsten Etage begann und sich an der nördlichen Innenseite des Towers fast dreißig Stockwerke nach oben erstreckte. Sie sah auf die Zeitanzeige, die permanent in der oberen linken Ecke ihres Blickfelds leuchtete. Sie stellte sie nie ab, weil sie ihren Kontaktlinsen am liebsten so wenig Sprachbefehle wie möglich gab. Es war nicht gerade romantisch, während eines Flirts nach der Uhrzeit zu fragen.

Es war fast siebzehn Uhr. Calliope versuchte, sich mit dem Gedanken anzufreunden, dass Atlas nicht mehr auftauchen würde. Als sie ihm wie beiläufig an diesem Nachmittag geflickert hatte, dass sie klettern gehen wollte, hatte sie das für einen brillanten Plan gehalten. Sie erinnerte sich gut daran, wie gern Atlas kletterte – oder zumindest, wie gern er geklettert war. Aber jetzt wurde ihr langsam bewusst, dass der New Yorker Atlas weniger mit »Travis« aus Tansania gemeinsam hatte, als sie gedacht hatte.

Sie richtete ihre Aeroklettergurte und rieb die Hände aneinander, bevor sie die Arme nach den ersten Klettergriffen ausstreckte. Vielleicht bekam sie wieder einen klaren Kopf, wenn sie eine Weile allein kletterte.

»Du fängst ohne mich an, Callie?«

Calliope schloss die Augen und erlaubte sich ein kurzes, selbstgefälliges Grinsen. Sie blieb an der Wand, wo sie war, nur ein paar Meter über Atlas, und bog leicht den Rücken nach hinten, damit sie zu ihm hinunterschauen konnte. »Ich freue mich, dass du es doch geschafft hast«, rief sie.

Atlas schenkte ihr sein typisch schiefes Lächeln, bei dem sich nur ein Mundwinkel hob, als hätte er sich noch nicht für ein richtiges Lächeln entschieden. Er stieg in das Klettergeschirr und legte sich einen Gurt über eine seiner breiten Schultern. »Sorry, war nicht leicht, mich von der Arbeit zu verdrücken.«

Calliope ließ die Wand los. Ihre Aeroausrüstung fing sie nach nur ein paar Zentimetern ab, sodass sie mitten in der Luft hängen blieb. Sie drückte die Sohlen ihrer Schuhe an die Wand und drehte sich gemächlich. Ihre schwarze Artech-Hose betonte dabei ihre schlanke Figur.

»Dein Boss scheint übertrieben streng zu sein, wenn man bedenkt, dass er dein Vater ist«, stellte sie fest.

Atlas lachte herzhaft. Er schlüpfte in ein Paar Handschuhe und zog sie mit den Zähnen fest, obwohl es dafür eine automatische Einstellung gab. »Kleiner Rat, nimm nie einen Job bei deiner Mom an. Es ist echt nervig, für die eigenen Eltern zu arbeiten.«

Du wärst überrascht, dachte sie und musste sich ein Lächeln verkneifen. Was Atlas wohl sagen würde, wenn er wüsste, mit welcher treffsicheren Effizienz Calliope und Elise zusammenarbeiteten?

Atlas drückte ein paar Tasten an einem Bildschirm, bis seine Klettergriffe orange aufleuchteten – Calliopes hatten bereits das unverkennbare Pink angenommen –, und begann zu klettern. Sie wartete, bis er zu ihr aufgeholt hatte, dann drehte sie sich wieder zu ihren Griffen um und kletterte weiter.

Die Wand war inzwischen fast leer. Weiter oben war eine Dreiergruppe, aber Calliope konnte kaum ihre Stimmen hören, geschweige denn, sie richtig erkennen. Es kam ihr vor, als wären sie und Atlas ganz allein an einem abgelegenen Gipfel in der Wüste. Sonnenlicht strömte durch die riesigen Fenster hinter ihnen.

Es lag etwas Beruhigendes darin, wie Käfer an der freiliegenden Fläche hinaufzukriechen, fand Calliope. Der nächste Klettergriff, ein neuer Halt für die Füße, hinaufziehen und wieder von vorn. Die Bewegungen waren sauber und unkompliziert, erforderten aber ihre volle Konzentration, sodass kein Raum blieb, ihre Gedanken schweifen zu lassen. Sie genoss den Adrenalinrausch in ihrem Körper, während sie immer höher kam. Ihr Magen zog sich leicht zusammen durch die instinktive Angst, sie könnte fallen – obwohl das durch die Aeroklettergurte natürlich nicht passieren würde. In ihren Schultern breitete sich ein angenehmer Schmerz aus. Heute Abend im Hotel würde sie definitiv ein Massagekissen brauchen.

Neben ihr schwang sich Atlas wild an der Wand hinauf wie eine Kreatur aus der Hölle. Er machte große Sprünge, verpasste oft die Griffe für Hände und Füße und tastete verzweifelt nach neuem Halt. Mehr als einmal sah Calliope ihn fallen, doch jedes Mal wurde er mitten in der Luft abgefangen. Dann biss er die Zähne zusammen und kletterte blindwütig weiter.

»Dir ist aber schon klar, dass die Aeroausrüstung eine Sicherheitsvorrichtung ist und kein Spielzeug? Das soll doch kein Wettklettern werden«, sagte sie fröhlich und ihr Tonfall klang täuschend echt. Was hatte Atlas so aufgebracht?

»Das sagst du nur, weil du am Verlieren bist«, rief Atlas ein paar Meter über ihr.

Calliope unterdrückte ein Lächeln und versuchte, schneller zu klettern. Sie vernachlässigte die Suche nach einem festen Stand für die

Füße ein wenig, ihre Hände brannten in den Hightech-Supergrip-Handschuhen. In dieser Höhe war die Felswand mit winzigen Eiskristallen bedeckt, um das Klettern am Kilimandscharo oder Mount Everest zu simulieren. Calliopes pinke Klettergriffe stachen besonders bizarr daraus hervor. Sie staunte, wie das Licht das Eis fast blau erscheinen ließ, winzige Farbwirbel stiegen auf, wenn sie darüberstrich.

Als sie den Gipfel erreicht hatte, hielt Atlas ihr eine Hand hin und zog sie zu sich hinauf. Sie ließ ihre Hand für einen Moment in seiner und genoss das ungewohnte, aber angenehme Gefühl, das sie umfing. Als er sie losließ, spürte sie einen überraschend enttäuschten Stich in der Brust.

Über ihnen erhob sich jetzt eine Decke aus blaugrünen Solarzellenplatten, die mit kleinen Wolkenstreifen durchsetzt war. Trotz der Eiskristalle war es angenehm warm hier oben. Calliope ließ sich auf den felsigen Boden fallen, streckte die Beine aus und gönnte sich einen Schluck Wasser aus ihrem Vorrat.

»Und«, fragte Atlas, »was hältst du von unserer künstlichen Felswand?«

»Ist besser als die im Singapur-Tower und der Blick ist definitiv besser als in Rio«, erwiderte sie, nur um ihm noch einmal zu zeigen, wie weltgewandt und weitgereist sie war. »Aber nicht so gut wie eine echte Bergwand. Es ist eben doch nicht Afrika.«

Atlas lehnte sich auf seinen Ellbogen zurück, sein graues Shirt war schweißnass. Über sein Gesicht huschten gemischte Gefühle, aber seine Miene veränderte sich so schnell, dass Calliope sie nicht deuten konnte. Sie wünschte, sie könnte sich seine Gedanken aus der Luft schnappen und zur Analyse in ein Labor bringen. Wie sah er sie wirklich – als Fremde, als Reisegefährtin, als Fehler? Wollte er sie besser kennenlernen?

Er ist nur ein weiteres Ziel, schimpfte sie mit sich selbst. Es spielte keine Rolle, was er von ihr hielt, solange sie es schaffte, ihm etwas Wertvolles abzuluchsen.

»Nein, es ist nicht Afrika«, stimmte Atlas ihr schließlich zu. Ein Anflug von Enttäuschung schwang in seinem Tonfall mit. »Nichts ist damit vergleichbar.«

»Möchtest du gern dorthin zurück?«

»Und du?«

Calliope zögerte. Noch vor einem Monat hätte sie erwidert: »Eines Tages vielleicht.« Das war ihr Standardspruch, wenn es um Orte ging, an denen sie schon einmal gewesen war. Das Problem war nur, dass es so viele Ecken auf der Welt gab, die sie noch *nie* gesehen hatte, und Calliope verspürte einen starken Drang danach, sie alle zu bereisen. Deshalb wurde sie auch immer etwas ungeduldig, wenn sie über Vertrautes sprach.

Aber bei New York war das irgendwie anders. Vielleicht lag es an der Energie, die unter der Oberfläche des Towers pulsierte wie ein Herzschlag oder eine Trommel. Ganz besonders jetzt, wo die Stadt in einem goldenen, vorweihnachtlichen Glanz erstrahlte, lag eine fast greifbare Magie in der Luft.

Calliope betrachtete die Leute, die auf dem Weg zum Lift an ihr vorbeikamen und die sie normalerweise bemitleidete, weil ihr Leben so routinemäßig und langweilig war, neuerdings mit einer für sie untypischen Zuneigung. Wie zum Beispiel das Mädchen, das vor dem Nuage an einem Blumenstand arbeitete, an dem Calliope jedes Mal stehen blieb, um an den Freesien zu schnuppern. Oder den runzligen alten Mann in der französischen Bäckerei, wo sie sich fast jeden Morgen ein Croissant holte – sie machte sich nicht wie andere Mädchen in ihrem Alter irgendwelche Gedanken über Kalorien. Selbst diese langhaarigen

Musikertypen, die am Lift laut ihre Songs zum Besten gaben, waren ihr seltsam ans Herz gewachsen.

New York hatte etwas in Calliopes Seele geweckt. Sie fühlte sich irgendwie mit der Stadt verwandt, denn deren ursprüngliche Erscheinung war genau wie ihre eigene auf dramatische Weise erneuert worden – glänzend, auserlesen und einzigartig.

Dagegen wog sie jetzt den Sirenengesang ab, der sie an all die neuen Orte rief, die sie noch nicht erkundet hatte, die vielen Abenteuer, die noch auf sie warteten. »Ich bin nicht sicher«, gab sie zu.

Atlas nickte. »Hör zu«, sagte er dann, »ich wollte dir noch sagen, wie leid mir das mit letztem Wochenende tut.«

»Es gibt nichts, was dir leidtun müsste«, wehrte Calliope ab. Sie versuchte dabei, einen flirtenden Ton zu treffen, der jedoch etwas zu nervös klang. Dieser Nachmittag entwickelte sich ganz anders, als sie gehofft hatte.

»Ehrlich gesagt bin ich an diesem Abend ganz schön abgestürzt. Ich wollte mich nur ganz allgemein entschuldigen, für den Fall, dass mir doch etwas leidtun muss«, erklärte Atlas.

Also erinnerte er sich an nichts. Er war so betrunken gewesen, dass er wahrscheinlich nicht mal die Absicht gehabt hatte, sie mit nach Hause zu nehmen. Calliope war so stolz auf sich gewesen, dass sie bei Atlas endlich ein wenig vorangekommen war, dabei hatte es ihm überhaupt nichts bedeutet.

Trotzdem gab es eine Frage, die sie ihm gern stellen wollte, während sie mit ihm so unbeschwert im Nachmittagslicht zusammensaß.

»Atlas, ich bin nur neugierig … Warum warst du eigentlich in Afrika?« Das hatte sie ihn in all den Monaten, die sie zusammen verbracht hatten, nicht gefragt. Und wenn er ehrlich darauf antwortete, würde das vielleicht erklären, warum er sie nicht wollte.

Er dachte über ihre Frage nach. »Mein Leben war ein ziemliches Chaos«, sagte er schließlich. »Es ist schwer zu erklären. Es waren auch noch andere Leute darin verwickelt.«

Andere Leute? Das klang nach einem Mädchen. Und es erklärte tatsächlich einiges.

»Du bist hier ganz anderes«, sagte sie leise. Sie wusste, dass es riskant war, aber sie wollte es trotzdem ansprechen. »Ich vermisse dein altes Ich.«

Atlas warf Calliope einen überraschten Blick zu, aber er schien nicht sauer wegen der Bemerkung zu sein. »Was ist mit dir? Warum warst du in Tansania?«

Stell nie eine Frage, auf die du nicht selbst antworten würdest. Das war eine weitere goldene Regel ihrer Mutter. Calliope wusste, dass sie sich eine oberflächliche, aber sorgfältig überlegte Antwort hätte zurechtlegen müssen. Aber aus irgendeinem Grund konnte sie nur an Indien denken: die zerrissene Familie, den alten Mann auf dem Sterbebett und wie sie danebengestanden hatte als nutzlose Zeugin, unfähig, irgendetwas zu tun. Plötzlich hatte sie das Gefühl, als würde die Wahrheit wie Schweißperlen aus ihrer Haut sickern und in hässlichen Rinnsalen an ihrem Körper hinablaufen, sodass Atlas sie sehen konnte.

»Ich hatte eine schlimme Trennung hinter mir«, sagte sie. Es war eine lahme Ausrede, aber etwas Besseres fiel ihr nicht ein.

Sie schwiegen eine Weile. Die Sonne senkte sich langsam am künstlichen Himmel. Atlas' Hand lag direkt neben ihr auf dem Boden und zog Calliopes ganze Aufmerksamkeit an wie ein Magnet. Sie wollte seine Hand wieder in ihrer spüren.

Mit einer gewagten Bewegung streckte sie den Arm aus und legte ihre Hand auf seine. Er zuckte zusammen, zog den Arm aber nicht weg, was sie als gutes Zeichen deutete.

»Wann gehst du nach Dubai?«, fragte sie. Sie musste wissen, wie viel Zeit ihr noch blieb, um ihn zu hintergehen, denn die Uhr tickte.

»Wahrscheinlich werde ich gleich nach der Eröffnungsparty dableiben. Zumindest will das mein Dad so.« Atlas klang nicht gerade begeistert. War es überhaupt seine Idee gewesen, nach Dubai zu gehen?

»Willst du denn nicht nach Dubai, Atlas?«

Er zuckte mit einer Schulter. »Weiß denn irgendwer wirklich, was er will? Weißt du es?«

»Ja«, sagte Calliope automatisch.

Atlas sah sie durchdringend an. »Und was?«

Sie wollte ihm eine weitere leere, oberflächliche Antwort geben – *Wie könnte ich irgendetwas wollen? Mein Leben ist perfekt!* –, aber die Worte zerfielen in ihrem Mund zu Staub. Sie hatte es satt, anderen immer genau das zu sagen, was sie hören wollten.

»Geliebt zu werden«, sagte sie nur, und das waren wahrscheinlich die ehrlichsten Worte, die sie seit Langem ausgesprochen hatte.

»Du *wirst* geliebt.«

Calliope stieß die Luft aus. »Von meiner Mom, klar.«

»Und von deinen Freunden zu Hause«, fügte Atlas mit Nachdruck hinzu.

Calliope dachte erneut an Daera, die einzige richtige Freundin, die sie je gehabt hatte – und die sie verlassen hatte, ohne sich zu verabschieden.

»Ich habe eigentlich nicht so viele Freunde«, gab sie zu. »Ich glaube … es fällt mir nicht ganz leicht, Freundschaften zu schließen.«

»Du hast mich.« Atlas drehte seine Hand um und schob seine Finger zwischen ihre. Seine Hand fühlte sich warm und sicher an.

Calliope musterte ihn, aber er starrte aus dem Fenster, wo die Sonne in einem blutroten, feurigen Lichtschein am Horizont hinter Dächern und Hausspitzen unterging. Sie waren *Freunde*, hatte er gemeint. Aber Freunde, die Händchen hielten?

Als er ihren Blick spürte, lächelte er sie an. Im Moment reichte das aus, dachte Calliope, auch wenn das Lächeln nicht seine Augen erreichte.

Avery

Avery lehnte sich an die schwere Schlafzimmertür und wappnete sich für den Gang durch den Flur. Während der letzten Woche war dieser Weg – sechzehn Schritte, wie sie neulich gezählt hatte – zu einer echten Qual geworden. Hier in ihrem Zimmer war sie sicher, aber sowie sie die Tür öffnete, riskierte sie, Atlas zu begegnen.

Jemanden zu verlieren, den man liebt, war schon schlimm genug, auch ohne dieser Person ständig über den Weg laufen zu müssen.

Ein Teil von ihr weigerte sich immer noch zu glauben, dass es nicht nur ein schrecklicher Traum war, und hoffte, dass sie aufwachen würde und alles wieder normal wäre: Eris wäre noch am Leben, Atlas wäre immer noch mit ihr zusammen und Calliope Brown weit weg in Afrika, wo sie hingehörte. Was hätte sie dafür gegeben, zu jener fürchterlichen Nacht zurückkehren zu können, nur dass sie diesmal die Falltür zum Dach fest verschlossen hätte.

Aber das war nicht die Welt, in der sie lebte, und Avery konnte die Realität nicht länger ignorieren. Sie hängte sich ihre rote Sporttasche über die Schulter und betrat den Flur – gerade als Atlas aus seinem Zimmer um die Ecke kam und in dieselbe Richtung wollte. Ein paar Kisten rollten auf Bots hinter ihm her.

Averys ganzer Körper schien plötzlich zu Nitro-Kryo zu erstarren. Nicht eine Zelle bewegte sich mehr, sie konnte nicht atmen.

»Du gehst«, sagte sie in das schmerzliche Schweigen hinein. Aus irgendeinem Grund hatte sie nicht damit gerechnet, dass Atlas jetzt schon umziehen würde, zumindest nicht vor der Party am nächsten Wochenende. Sein Anblick, wie er da in der Eingangshalle stand – umgeben von all seinen Sachen, mit dunklen Ringen unter den Augen und in dem weichen braunen Sweatshirt, das sie immer so geliebt hatte – traf Avery mit einer schrecklichen Endgültigkeit. Das war's, dachte sie verwirrt. Atlas ging fort und er hatte nicht mal vorgehabt, sich von ihr zu verabschieden.

»Eigentlich sind das nur ein paar Sachen, die ich vorausschicken will«, erklärte Atlas und die Panik in ihrer Brust legte sich ein wenig. »Ich durfte mir schon ein Apartment im neuen Tower aussuchen und ich wollte, dass ein paar meiner persönlichen Sachen dort sind, wenn ich einziehe, verstehst du?« Seine Stimme klang steif und mechanisch.

»Ja, das kann ich verstehen.« Sie wusste nicht, was sie sonst sagen sollte. Wann würde es aufhören wehzutun, wenn sie Atlas sah? Vielleicht nie. Ihre Beziehung zu Atlas würde sich immer anfühlen, als ob ein wichtiger Teil ihres Körpers fehlen würde. Als ob man ihr einen Arm abgetrennt hätte und sie immer noch versuchen würde, ihn zu benutzen.

Ob es nun am folgenden Tag oder im folgenden Monat wäre, er würde die Stadt so oder so verlassen. Avery stand da und betrachtete ihn, dachte an all die Dinge, die sie zusammen erlebt hatten – wie viel Spaß sie als Kinder zusammen gehabt hatten, die Geheimnisse, die sie sich anvertraut hatten, wie Atlas der coole große Bruder für sie gewesen war, als sie sich in der Highschool zurechtfinden musste. Und natürlich an all die heimlichen Küsse und geflüsterten Liebesschwüre des vergangenen Jahres.

Und nun standen sie sich gegenüber und hatten sich nichts mehr zu sagen.

»Entschuldige, ich will zum AquaSpin und bin schon spät dran.« Avery zog die Tasche fester über ihre Schulter und ging zum Fahrstuhl. Die Spannung in der Luft war fast greifbar, als hingen dort Wassertröpfchen, die ihren Blick verschwimmen ließen.

Als sie endlich im AquaSpin-Studio im Altitude angekommen war, zog sie sich mit einem erleichterten Seufzen aus. Nachdem sie ihren alten Badeanzug übergestreift hatte, ließ sie sich gleich ins Becken gleiten, das mit frischem importierten Himalaya-Salzwasser gefüllt war.

Der Kurs schien heute fast voll zu sein, doch ein Rad am Ende der ersten Reihe war noch frei. Avery watete durch das hüfthohe Wasser darauf zu und stellte den Sitz auf die richtige Höhe ein. Ihre Augen hatten sich an das spärliche Licht im Studio gewöhnt, das nur von schwimmenden Lichterketten kam, die auf der Wasseroberfläche tanzten. Ruhige Spa-Musik kam aus den Boxen, sodass der Eindruck entstand, in einer Meerjungfrauenhöhle zu sein.

Aber nichts davon brachte Avery heute die erhoffte Entspannung. Im Kopf spulte sie immer wieder das Gespräch mit Atlas ab und wünschte, sie hätte noch mehr zu ihm gesagt als »Ja, das kann ich verstehen«. Sie wünschte fast, sie hätte ihn angeschrien oder auf ihn eingeschlagen – irgendetwas getan, das ihr den emotionalen Druck nahm, der sie so aufwühlte. Sie hatte das Gefühl, ihr Blut hätte sich in Kerosin verwandelt und brodelte nun heiß direkt unter ihrer Haut, verbrannte sie von innen.

Ein Gong erklang, der den Beginn der Stunde ankündigte. Das Hologramm einer dünnen, sonnengebräunten Frau auf einem Aqua-Rad erschien an der gegenüberliegenden Backsteinwand. Ein paar der Männer und Frauen um sie herum murmelten ihren Kontaktlinsen etwas zu und loggten sich damit in die Wettbewerbstafel ein. Avery hatte bei dem Wettkampf noch nie mitgemacht, aber warum eigentlich nicht?

»Pedaltafel«, sagte sie. Sofort erschien ein silbernes Symbol mit der Nummer ihres AquaRades an der Wand neben den Dutzenden anderen Teilnehmersymbolen, die sich alle in einem holografisch dargestellten Rennen auf die Ziellinie zubewegten. Elektronische Pieptöne hallten durch das Studio.

Avery beschleunigte, kleine Wasserverwirbelungen stiegen von ihren Pedalen aus an die Wasseroberfläche, während sie gegen den Widerstand des Salzwassers ankämpfte. Sie wollte sich in der Bewegung verlieren, sich so verausgaben, bis ihr Hirn keinen Sauerstoff mehr bekam, damit sie sich wenigsten in ein paar glückseligen Minuten nicht mit den Gedanken an Atals quälen musste.

Schweiß rann an ihrem Rücken hinunter. Ihre Handinnenflächen schmerzten dort, wo sie sich an die Lenkstange klammerte. Avery merkte, dass sie Kopf an Kopf mit dem Erstplatzierten war, jemand auf Rad achtzehn in der hintersten Reihe. Sie wusste nicht, wer das war, und es spielte auch keine Rolle, denn sie verspürte plötzlich nur noch den absoluten Drang zu gewinnen. Es war, als hingen all ihre Fehler und Probleme von diesem einen Wettkampf ab, und wenn sie nicht gewann, wäre sie für immer zu diesem elenden Leben verdammt. Sie trat in die Pedale, als könnte sie nur mit dieser Bewegung die Dinge ändern – als läge das Glück direkt vor ihr, und wenn sie nur schnell genug wäre, könnte sie es zu fassen bekommen. Sie schmeckte Salz, war sich aber nicht sicher, ob es das Wasser oder ihr Schweiß oder vielleicht ihre Tränen waren.

Und dann war es vorbei. Sie blickte auf und hätte vor Erleichterung fast aufgeschrien, denn sie hatte gewonnen. Sie hatte Teilnehmer achtzehn geschlagen, wenn auch nur knapp. Sie glitt von ihrem Rad und tauchte mit dem Kopf unter, ohne sich darüber Gedanken zu machen, dass ihre Haare von dem Salz ganz trocken werden würden. Sie hatte ein seltsames und bizarres Bedürfnis zu weinen. Ich bin ein totales Wrack, dachte sie bitter, als sie schließlich aus dem Becken kletterte.

»Ich hatte schon so einen Verdacht, dass du das warst. Rad sieben?« Leda stand an einer der Holzlattenbänke, die den ganzen Raum säumten, und hatte die Hände in die schmale Hüfte gestemmt.

»Du warst das auf Rad achtzehn?« Natürlich, dachte Avery irgendwie kaum überrascht.

Leda nickte.

Sie standen sich gegenüber, reglos wie Statuen, während die restlichen Kursteilnehmer an ihnen vorbei in das goldene Licht auf dem Gang hinaustraten. Keine von beiden schien den ersten Schritt machen zu wollen. Leda schlang sich ihr Handtuch um die Hüfte und band die Ecken zu einem provisorischen Sarong zusammen. In diesem Moment bemerkte Avery das hellblaue Muster am Rand des Handtuchs.

»Das ist aus Maine«, hörte sie sich sagen.

Leda blickte an sich hinunter und zuckte mit den Schultern. »Kann schon sein.« Sie fuhr einen Moment mit dem Finger über das Muster und blickte dann wieder zu Avery auf, ihre Augen glitzerten im gedämpften Licht. »Erinnerst du dich noch daran, wie wir uns auf die Jagd nach bunten Scherben aus dem Meer gemacht haben, weil wir sie deiner Großmutter schenken wollten? Und wie diese riesige Welle mich dann umgeworfen hat?«

»Ja, ich bin dir hinterhergerannt.«

»In deinem neuen weißen Sommerkleid.« Leda stieß einen Atemzug aus, der fast wie ein Lachen klang. »Deine Mom war echt sauer.«

Avery nickte. Sie war hin- und hergerissen zwischen Verwirrung und Dankbarkeit für diese gemeinsame Erinnerung. Sie hatte in letzter Zeit so viele Menschen in ihrem Leben verloren – Eris, Leda, und jetzt Atlas. Plötzlich wollte sie nur noch, dass dieser Kreislauf ein Ende nahm.

»Du möchtest nicht zufällig noch einen Smoothie?«, fragte Leda ganz leise, als könnte sie Averys Gedanken lesen.

Die Stille im AquaSpin-Studio war plötzlich ohrenbetäubend. Alle waren gegangen, nur das leise Plätschern des Salzwassers und das unregelmäßige Aufleuchten der Lichterketten war geblieben. Das Hologramm auf der Backsteinwand vor ihnen ging flackernd aus.

»Wollen wir stattdessen vielleicht Tacos essen gehen?« Averys Blut rauschte noch von der Stunde, ihr Gesicht war noch ganz rot von der Anstrengung. Trotzdem empfand sie zum ersten Mal seit einer Woche etwas anderes als tiefen Kummer – oder diese noch schlimmere, schrecklich schmerzhafte Leere. Verzweifelt wollte sie das zerbrechliche Gefühl der Wärme bewahren, bevor sie unweigerlich in die Realität zurückgerissen wurde.

Leda lächelte. »Cantina?«

»Wo sonst?«

Avery war nicht sicher, ob das wirklich eine gute Idee war. Sie wusste nicht genau, wie sie mit Leda umgehen sollte, nach allem, was zwischen ihnen vorgefallen war. Waren sie noch Freundinnen? Oder Feinde? Oder Fremde?

Sie schlüpfte mit den Füßen in ihre Blumenmuster-Sandalen und war entschlossen, es herauszufinden.

Leda

Das Cantina sah genauso aus wie immer, aalglatt und einschüchternd, die blendend weißen Flächen so makellos, dass Leda immer ganz nervös wurde, wenn sie etwas berührte. Sie erinnerte sich daran, wie sie sich mit großen Augen umgesehen hatte, als sie das erste Mal in der achten Klasse mit Avery und ihren Eltern hier gewesen war. Die Gäste sahen so schlank und nobel gekleidet aus, dass Ledas dreizehnjähriger Verstand sie alle für Models gehalten hatte. Einige von ihnen waren es wahrscheinlich sogar.

Jetzt stiegen sie und Avery die steile weiße Treppe hinauf, deren Stufen von stachligen blauen Agaven gesäumt waren, und setzten sich in eine gemütliche Nische für zwei Personen. Sie hatten beide die Styler im Altitude benutzt, bevor sie hergekommen waren. Und jetzt, da sie sich nicht mehr in der unwirklichen Stille des AquaSpin-Studios befanden – und wieder normal und zurechtgemacht aussahen –, fragte sich Leda, ob das eine gute Idee gewesen war.

Avery ersparte ihr, zuerst das Wort ergreifen zu müssen. »Wie geht es dir, Leda?«

Bei dieser absurd förmlich klingenden Frage hätte Leda am liebsten losgelacht. Sie hatten unzählige Stunden genau in diesem Restaurant verbracht und nun verhielten sie sich wie ein Paar beim schlimmsten ersten Date aller Zeiten. Plötzlich wusste sie genau, was sie sagen wollte.

»Es tut mir leid«, begann sie. Die Worte klangen unbeholfen, sie war noch nie gut im Entschuldigen gewesen. »Für alles, was ich in der Nacht auf dem Dach getan und gesagt habe. Du weißt, ich hätte nie gewollt, dass so etwas passiert.« Es war nicht nötig, zu erklären, was sie mit »so etwas« meinte, sie wussten es beide. »Ich schwöre, dass es ein Unfall war. Ich würde nie –«

»Ja, ich weiß«, sagte Avery knapp, ihre Hände verkrampften sich leicht unter dem Tisch. »Aber du hättest dich danach nicht so durchgedreht und drohend verhalten müssen, Leda. Es wäre besser gewesen, wenn du dich gemeldet und die Wahrheit gesagt hättest.«

Leda starrte sie verblüfft an. Es war manchmal erschreckend, wie wahnhaft Avery war. Natürlich, wenn es Avery gewesen wäre, die Eris vom Tower geschubst hätte, wäre sie mit einem blauen Auge davongekommen. Aber Ledas Familie war nicht annähernd so einflussreich oder bekannt wie die Fullers, auch wenn sie inzwischen zu Geld gekommen waren. Wenn Leda sich gemeldet hätte, wäre es zu einer Untersuchung gekommen, wahrscheinlich sogar zu einem Gerichtsprozess. Und Leda wusste, wie die Beweislage aussah.

Eine Jury hätte Leda bestimmt nur allzu gern wegen Totschlags verurteilt. Ganz anders als Avery, die schon von Natur aus nicht strafwürdig war. Niemand würde auch nur in Betracht ziehen, sie ins Gefängnis zu stecken. Sie war einfach zu schön dafür.

»Vielleicht«, sagte sie verhalten und hoffte, das würde ausreichen. »Auch das tut mir leid. Mir tut alles leid, was an diesem Abend vorgefallen ist.«

Avery nickte langsam, antwortete aber nicht.

Leda schluckte. »Eris hat ein paar Dinge getan, die mich wirklich verletzt haben, ein paar wirklich üble Dinge. Ich wollte nicht mal mit ihr *reden*, aber sie ist immer weiter auf mich zugekommen, obwohl ich ihr gesagt hatte, dass sie mich in Ruhe lassen soll … Aber ich wollte natürlich trotzdem nicht …«

»Was hat Eris getan?«, fragte Avery.

Leda schob sich nervös die Haare hinter die Ohren. »Sie hat mit meinem Dad geschlafen«, flüsterte sie.

»*Was?*«

»Ich weiß, wie verrückt das klingt, aber ich habe sie zusammen gesehen – ich habe gesehen, wie sie sich *geküsst* haben!« Ledas Stimme überschlug sich fast, so verzweifelt wollte sie, dass Avery ihr glaubte. Sie atmete tief ein und erzählte die ganze schäbige Geschichte: dass sich ihr Dad merkwürdig verhalte hatte, als würde er etwas verbergen; wie sie den Calvadour-Schal gefunden und später gesehen hatte, wie ihr Dad ihn Eris schenkte; dass er gelogen und behauptet hatte, er sei bei einem Kunden gewesen, während sie ihn stattdessen beim Abendessen mit Eris erwischt hatte, wo die beiden Händchen gehalten und sich über den Tisch hinweg geküsst hatten.

Avery fehlten die Worte, so schockiert war sie. »Und du bist dir sicher?«, fragte sie schließlich.

»Ich weiß, ich hätte das Eris auch nie zugetraut und wollte es nicht glauben. Ganz zu schweigen von meinem Dad.« Leda konnte Avery in diesem Moment nicht ins Gesicht sehen. Sie wollte nicht die Betroffenheit und die Abscheu sehen, die sich mit Sicherheit in ihrer Miene abzeichneten, sonst wäre sie in Tränen ausgebrochen. Sie lenkte sich damit ab, auf dem Tablet herumzutippen und ihre Bestellung aufzugeben. »Guacamole medium oder scharf?«

»Scharf, und Manchego-Käse«, fügte Avery hinzu. »O Gott, Leda … Es tut mir so leid. Weiß deine Mom davon?«

Leda schüttelte den Kopf. »Ich habe es ihr nicht erzählt.« Avery musste von allen am besten verstehen, wie schmerzhaft es war, etwas so Gravierendes vor der Familie zu verheimlichen – wie schwer dieses Geheimnis sie belastete, sie langsam und unaufhaltsam zu Boden drückte, nie nachließ, nicht mal für eine Minute.

»Es tut mir leid. Das ist schrecklich.« Avery zog mit den Fingern einen Kreis auf dem makellosen Tisch. Sie schien Leda auch nicht in die Augen sehen zu können. »Wie kann ich dir helfen?«, fragte sie dann und blickte auf. Tränen standen ihr in den Augen.

Typisch Avery. Sie glaubte, sie könnte es mit allen Problemen der Welt aufnehmen. »Du kannst nicht alle Probleme lösen«, sagte Leda, als ein Hover-Tablett heranschwebte und die Guacamole auf ihrem Tisch abstellte. Sie war leuchtend grün und frisch, aus echten Avocados, nicht wie diese zusammengemischten Algen-Protein-Würfel, die in MidTower hergestellt und als Guacamole angeboten wurden.

»Ich weiß. Das war immer *dein* Job.« Avery wischte sich über die Augen und seufzte. »Gott, ich wünschte, wir hätten uns nie gestritten.«

»Ich auch«, pflichtete Leda ihr bei. »Das war Atlas gar nicht wert. Ich meine, für mich war er das nicht.«

Averys Augen wirkten sehr blau und sehr ernst.

»Ich habe ihn nie wirklich geliebt. Das ist mir jetzt klar geworden«, fuhr Leda tapfer fort. Sie wusste, dass Avery darüber eigentlich nicht reden wollte, dass es sicherer wäre, dieses Thema ganz zu vermeiden. Aber Reden war die einzige Möglichkeit, die Dinge zu klären. Leda konnte förmlich sehen, wie sich die Worte über die Kluft zwischen ihr und Avery legten – wie diese Etherium-Brücken, die sich Molekül für Molekül selbst bauen konnten.

»Ich dachte, ich sei in ihn verliebt, aber es war nur … eine Schwärmerei. Ich habe die Vorstellung von ihm geliebt. Oder vielleicht sollte ich sagen, ich wollte ihn lieben, aber es ist mir nie gelungen.« Dieser Abend in den Anden, der sich jetzt so unendlich lange her anfühlte, als

Leda dachte, sie hätte sich hoffnungslos in Atlas verliebt – das alles waren in Wirklichkeit nur Hormone und eine berauschende Anziehungskraft gewesen.

Wie das, was du für Watt empfindest?, wisperte eine Stimme in ihrem Kopf, eine Stimme, die sie verzweifelt zum Schweigen bringen wollte. Sie hatte niemandem erzählt, dass sie mit Watt geschlafen hatte. Gott, sie sprach nicht mal mit Watt darüber. Aber in den paar Tagen, seit sie aus Nevada zurückgekommen waren, war er jeden Abend bei ihr vorbeigekommen. Sie hatte ihn nicht mal darum gebeten – er war einfach am ersten Abend aufgetaucht, sie hatte ihn wortlos zur Hintertür hereingelassen und dann waren sie in stillschweigendem, vernichtendem Verlangen auf ihrem Bett übereinander hergefallen.

Dennoch ließ Leda ihn nicht zu weit an sich heran. Diese Lektion hatte sie längst auf schmerzhafte Weise gelernt. Um sich selbst zu schützen, behielt sie lieber für sich, was sie empfand. Denn sie entwickelte Gefühle für ihn, mit denen sie nie gerechnet hätte.

Neben Watt fühlte sich das, was sie für Atlas empfunden hatte, längst vergessen und kindisch an. Es war ihr inzwischen sogar egal, ob Avery mit ihm zusammen war. Zur Hölle, warum denn nicht? Das war auch nicht verrückter als alles andere in dieser durchgeknallten, abgefuckten Welt.

»Aber *du* liebst ihn, stimmt's?«, fragte sie Avery, obwohl sie die Antwort bereits kannte.

»Ja«, sagte Avery nach einer Pause, die länger war, als Leda erwartet hätte. Sie seufzte. »Aber er hat mich sehr verletzt.«

»Weil er mit mir geschlafen hat?«, hakte Leda nach und zuckte bei ihren unüberlegten Worten augenblicklich zusammen. »Das ist so lange her, Schnee von gestern«, fügte sie etwas taktvoller hinzu.

Avery schien ihren Ausbruch nicht mal registriert zu haben. »Nein, das ist es nicht … Er ist mit einer anderen zusammen. Erst seit Kurzem.« Sie senkte abrupt den Blick.»Ich bin ziemlich sicher, dass es endgültig vorbei ist mit uns.«

»Du meinst aber nicht diese Tussi von der Gala mit dem geschmacklosen Kleid und dem britischen Akzent? Wie war noch gleich ihr Name? Katastrophe?«

»Calliope«, korrigierte Avery sie mit dem Anflug eines Lächelns. »Sie haben sich kennengelernt, als Atlas durch Afrika gereist ist. Sie und ihre Mom wollen demnächst herziehen.«

»Tatsächlich. Sie hat Atlas am anderen Ende der Welt kennengelernt und jetzt ist sie in New York? Wie furchtbar praktisch.« Ledas Instinkte erwachten zum Leben.»Was steckt hinter diesem Mädchen? Woher kommt sie?«

»Keine Ahnung. Sie war auf einem Internat in England, glaube ich.«

»Was sagen denn ihre Feeds?«

»Die hab ich mir nicht wirklich angesehen«, erwiderte Avery reflexartig. Leda wusste, was das bedeutete: Avery wollte sie sich nicht ansehen, denn in dem Moment, wenn sie es tat, würde Calliope real werden.

Gott sei Dank, dass Avery so hübsch war, dachte Leda, denn sonst hätte diese Welt sie schon längst mit ihrer gnadenlosen Rücksichtslosigkeit zerstört. Und Gott sei Dank hatte Avery Leda, um sie zu beschützen.»Okay, ich werde mal einen Blick darauf werfen«, bot sie an und murmelte einen Befehl für ihre Kontaktlinsen.»Calliope Brown, Feedssuche.« Als sie den richtigen Account gefunden hatte, weit unten auf der Seite, schnappte sie nach Luft.

»Was ist?«, fragte Avery.

»Sende Link an Avery«, sagte Leda und beobachtete sie, als sich die Seite auch auf Averys Kontaktlinsen öffnete.

Calliopes Account war nur ein paar Monate alt. Es gab Bilder von New York, ein paar aus Afrika, aber davor – nichts.

»Vielleicht ist diese ganze Feedssache noch neu für sie«, sagte Avery, aber auch sie schien daran zu zweifeln.

Leda verdrehte die Augen. »Jeder Zehnjährige auf dem Planten hat einen Account. Das ist wirklich seltsam. Als hätte sie gar nicht existiert, bevor sie Atlas im Sommer getroffen hat.«

Das war unmöglich ein Zufall. Irgendetwas war hier faul, und was auch immer es war, Leda wollte es unbedingt herausfinden.

Ihr Entschluss weckte neue Energie in ihr, ihr Selbstvertrauen kehrte zurück – und der heftige Wunsch, diese Sache für Avery in Ordnung zu bringen. Sie waren wieder Freundinnen, also war jeder Feind von Avery auch ihr Feind. Sie war immer noch Leda Cole, verdammt noch mal, und niemand verletzte Menschen, die ihr etwas bedeuteten.

Averys Stimme zitterte. »Können wir bitte über etwas anderes reden?«

Leda nickte und schob ihren Racheinstinkt vorübergehend zur Seite. »Zum Beispiel?«

»Zum Beispiel, was dich so glücklich und unbeschwert macht. Ein Junge?«

»Vielleicht.« Leda errötete bei dem Gedanken an Watt.

Der Manchego wurde serviert, ein Tiegel mit geschmolzenem Käse, der mit fein gehobelten, grünen Zwiebeln garniert war, und Leda nutzte die Chance, um das Thema zu wechseln. »Aber du fängst an. Was habe ich sonst noch verpasst?«

Avery schöpfte sich mit einem Quinoachip etwas Käse auf ihren Teller. »Alles. Die bevorstehende Party in Dubai verursacht ein ziemliches Chaos, um ehrlich zu sein. Du solltest sehen, wie genervt meine Mom deswegen ist ...«

Während Leda dasaß und zuhörte, wie Avery ihr Herz ausschüttete, spürte sie, wie ihr eigenes Herz geradezu aufblühte. Sie hatte ihre beste Freundin zurück. Und es gab einen neuen Menschen in ihrem Leben – einen verwirrenden, gefährlichen, süchtig machenden Jungen.

Alles um sie herum schien endlich wieder in die richtigen Bahnen zu rücken.

Rylin

Rylin wanderte am Ende des letzten Drehtags durch die *Salve-Regina*-Abschlussparty und fühlte sich in ihrem hautengen roten Kleid und den nietenbesetzten High Heels richtig glamourös. Ihr Lächeln war so breit, dass sie dachte, ihr Gesicht würde gleich in zwei Hälften zerreißen.

Für diesen Anlass war eine Penthouse-Bar in einem Wolkenkratzer gemietet worden – na ja, die L.-A.-Ausgabe eines Wolkenkratzers mit mickrigen einhundertvier Etagen. Aber weil auch sonst keins der Gebäude hier besonders hoch war, hatte man trotzdem einen fantastischen Blick über die Stadt und auf den leuchtenden Hollywood-Schriftzug in der Ferne. Üppige Pflanzen standen verstreut in dem spärlich beleuchteten Raum, überall gab es Rundungen und vergoldete Flächen und vereinzelte Spiegel.

Rylin bahnte sich stillvergnügt ihren Weg durch die vielen Menschen. Crew-Mitglieder nickten ihr zu oder grüßten sie, wenn sie vorbeikam, wodurch ihr Lächeln nur noch breiter wurde. Sie war immer noch angenehm überrascht, wie offen die Schauspieler und die Crew sie bei sich aufgenommen hatten. Ihr war nicht klar gewesen, wie schnell sich so eine Verbindung entwickeln konnte, wenn man viele Stunden auf engstem Raum zusammenarbeitete, mit dem gemeinsamen Ziel, etwas Neues zu erschaffen.

Es war eine unglaubliche Woche gewesen, dachte sie, als sie sich neben Seagren und ein paar andere aus der Filmcrew auf eine Bank setzte. Sie hatte während der Dreharbeiten hart gearbeitet und trotzdem bis spät in die Nacht noch viel Zeit mit Xiayne im Filmlabor verbracht. Sie hatten die Teile des Holos kopiert, die sie brauchten, und die Ausschnitte übereinandergelegt wie Schichten aus weicher, durchsichtiger Spitze. Jede Nacht hatten sie Doppelschichten eingelegt, sich mit Koffeinpflastern wach gehalten und mit Kartoffelsnacks um vier Uhr morgens motiviert, weiter durchzuhalten, waren im Morgengrauen ins Hotel zurückgekehrt, um eine Dusche zu nehmen und dann direkt zurück ans Set geeilt, wo alles wieder von vorn anfing. Aber das war es wert gewesen. Rylin wusste, dass sie in dieser Woche mehr gelernt hatte als in einem Jahr Unterricht in der Schule.

Um sie herum wurde das Lachen ausgelassener, je weiter der Abend voranschritt und je mehr Cocktails getrunken wurden. Rylin entdeckte einen der Hauptdarsteller, den Cousin der Königin, der in einer Ecke mit der Premierministerin rumknutschte. Perries Diadem – die Schauspielerin, die die Königin gespielt hatte – wurde schon den ganzen Abend herumgereicht, und einige Leute setzten es auf, um damit Schnappschüsse zu machen. Sogar Rylin hatte Chrissa ein Bild von sich mit dem Diadem geschickt, nur aus Spaß. Perrie stand jetzt in der Mitte des Raums. Sie trug immer noch eisern ihr Kostümkorsett zu einer engen schwarzen Lederhose. Sie wollte die Umstehenden gerade zu einem Trinkspiel überreden, bei dem sie Dialogausschnitte vorlesen wollte, während die anderen erraten mussten, wen von der Besetzung oder der Crew sie verkörperte, aber alle redeten viel zu laut durcheinander, um irgendetwas verstehen zu können.

Rylin lehnte sich lachend auf der Bank zurück, als Xiayne an ihrem Tisch auftauchte.

»Rutscht mal rüber, ihr zwei.« Er trug ein marineblaues Hemd und Jeans und hatte sein übliches ansteckendes Lächeln aufgesetzt. Seine Haare waren zerzaust, als hätte er draußen gestanden, obwohl die Bar dafür eigentlich zu weit oben lag.

Rylin und Seagren rutschten gehorsam zur Seite, um etwas Platz zu machen. Xiayne nahm sich zwei Grapefruit-Cocktails von einem vorbeischwebenden Tablett und gab ein Glas an Rylin weiter. Sie dachte gar nicht erst darüber nach, dass ihr Lehrer ihr Alkohol anbot.

»Okay, raus damit. Wer von euch hasst die andere mehr?« Xiaynes Stimme klang locker und stichelnd.

Seagren prustete in ihren Cocktail. Es war nicht das erste Glas heute Abend und sie war offensichtlich angetrunken. »Rylin hasst *mich*.«

»Niemals! Du warst eine tolle Chefin!«, protestierte Rylin, was Seagren nur noch mehr zum Lachen brachte.

»Ich war schrecklich«, lallte sie fröhlich. »Aber so hat mich mein erster Boss auch behandelt, also ist das nur fair. Der Kreislauf des Lebens und so.«

Einer der Bühnenmanager kam herüber und hielt Seagren die Hand hin. »Willste tanzen?«, fragte er und deutete mit dem Kinn in die Mitte des Raums, der sich in eine lockere Tanzfläche verwandelt hatte.

»Warum nicht?« Seagren nahm seine Hand.

Rylin warf Xiayne einen kurzen Blick zu. Seine Augen wanderten schelmisch über die Menge, offenbar freute er sich über das ausgelassene Getümmel auf der Tanzfläche. Plötzlich kam er ihr vor wie ein Highschooljunge, der stolz darauf war, dass alle zu seiner Party gekommen waren.

»Und, Rylin, bist du immer noch froh, dass du mitgekommen bist?«, fragte er sie schließlich. Ein winziger Kringel seines Live-Tattoos hatte sich aus seinem Hemdkragen gewunden und schlängelte sich nun an seinem Hals hinauf wie die Zunge einer Flamme. Rylin zwang sich, ihren Blick auf sein Gesicht zu richten.

»Es war unglaublich. Danke, dass du mir das ermöglicht hast«, erwiderte sie.

»Ich danke *dir* für all deine Hilfe im Filmlabor. Du hast ein unglaublich gutes Auge.«

Plötzlich ertönte ein kollektives Gekreische von der anderen Seite der Bar. Alle hatten sich vor den Fenstern versammelt und waren wegen irgendetwas ganz aus dem Häuschen.

»Was ist da los?«, fragte Rylin, aber Xiayne war schon aufgestanden. »Der erste Werbespot für den Film auf dem Display der Kuppel. Ich dachte, das würde erst nächste Woche losgehen. Komm mit!« Xiayne griff nach ihrer Hand, was Rylin einen Schauer über den Arm jagte. Sie stolperte um eine Ecke hinter ihm her in ein Nebenzimmer. Plötzlich war es sehr still und sehr abgeschieden.

»Siehst du?« Xiayne zeigte auf Perries Gesicht, das an die Kuppel projiziert wurde. Sie warf ihr langes schwarzes Haar durch die Luft und wirkte glamourös und wunderschön. *Königin zu sein, hat seinen Preis*, stand als Slogan in verschlungenen Buchstaben über ihrem Diadem. Rylin konnte kaum glauben, dass sie genau dieses Diadem erst vor einer halben Stunde selbst auf dem Kopf gehabt hatte – dass sie dabei geholfen hatte, dieses Bild von Perrie zu bearbeiten, und es jetzt über einer ganzen Stadt voller Menschen schwebte.

»Es ist unbeschreiblich«, hauchte sie.

Xiayne tat das Kompliment mit einem Achselzucken ab, aber Rylin hätte schwören können, dass er ganz aufgeregt war. »Ist nur ein Standfoto, nichts Besonderes«, wandte er ein und trat näher an das Fenster heran.

Rylin folgte ihm und blieb so nah vor dem Flexiglas stehen, dass sie fast mit der Nase dagegenstieß. Sie ließ den Blick über die Skyline schweifen, über die vielen Fenster, in denen noch Licht brannte, und dachte daran, dass sich hinter jedem dieser winzigen hellen Punkte ein Mensch verbarg – jeder mit seinem eigenen Leben beschäftigt unter dieser fremden, mit einer Kuppel bedeckten Welt. Wie viele von ihnen schauten jetzt empor und sahen die Anzeige für einen Holo-Film, an dem Rylin mitgearbeitet hatte?

Sie und Xiayne spiegelten sich in der Flexiglasscheibe, ihre Silhouetten bildeten matte Umrisse vor dem blendenden Licht. Wie zwei vergessene Seelen starrten sie über die sterngesprenkelte Stadt unter sich.

»Gefällt dir der Ausblick?«, fragte Xiayne. Rylin nickte, traute sich aber nichts zu sagen, und er grinste. »Das dachte ich mir. Das ist der höchste Aussichtspunkt in L. A.«

»Oh, das wusste ich nicht.« Rylins Herz klopfte in ihrer Brust. Sie wollte zu der reizüberfluteten Party zurück, konnte sich aber merkwürdigerweise nicht rühren.

»Rylin …«, sagte Xiayne leise und legte zögernd seine Hände auf ihre Schultern. Wie aus weiter Ferne sah sie zu, wie er sich vorbeugte und sie küsste.

Rylin hatte seit Cord niemanden mehr geküsst – sie war eigentlich von niemandem außer Cord und ihrem Ex-Freund Hiral geküsst worden –, also erwiderte sie den Kuss zuerst zögernd, weil sie neugierig war und sich geschmeichelt fühlte. Sie war gern mit Xiayne zusammen. Und sie hatte gesehen, wie die Zwölftklässlerinnen aus ihrem Kurs ihn ansahen, ihm rehäugige Blicke zuwarfen, die alles sagten. Ein Teil von ihr verspürte ein seltsam befriedigendes Gefühl, weil er sich von allen Mädchen an der Berkeley sie, Rylin Myers, ausgesucht hatte, die talentierte Stipendiatin aus der zweiunddreißigsten Etage.

Doch dann fiel ihr wieder ein, was Cord in Bezug auf Xiaynes Interesse angedeutet hatte, und plötzlich fühlte es sich falsch an, völlig falsch. Vielleicht hatte Cord recht und Xiayne war die ganze Zeit auf nichts anderes aus gewesen als das hier – im Dunkeln mit ihr allein zu sein.

Sie löste sich abrupt und trat einen unsicheren Schritt zurück.

Xiaynes Gesicht verzog sich zu einer Maske aus fassungsloser Bestürzung.»Rylin ...«, stammelte er.»Es tut mir leid. Ich wollte nie –«

»Hältst du mich überhaupt für talentiert?«, unterbrach sie ihn.

Er blinzelte überrascht.»Natürlich bist du talentiert«, versicherte er ihr, aber sie wusste nicht, ob sie ihm noch glauben konnte.

»Also war das nicht nur ein Spiel für dich?«, fragte sie langsam.

»Mich nach L. A. zu schleppen, im Filmlabor mithelfen zu lassen, das war nicht alles nur wegen ... *dem hier?*«

Xiayne fuhr sich mit der Hand durch die Harre.»Scheiße, Rylin. Du denkst, ich suche mir Filmassistentinnen nur aus, weil sie hübsch sind? Ich will damit nicht sagen, dass du nicht hübsch bist«, fügte er schnell hinzu,»denn du bist hübsch. Ich meine ... shit«, stammelte er und sah sie mit einem fast panischen Blick an.»Es tut mir leid, dass ich die Linie übertreten habe. Ich dachte nur ... du giltst offiziell als erwachsen und ...«

Rylin trat zögernd noch einen Schritt zurück. Ein Teil von ihr verstand, was Xiayne sagen wollte, aber Cords Worte gingen ihr einfach nicht aus dem Kopf. Sie fühlte sich benutzt und verletzt. Als sie Xiayne jetzt anschaute, sah sie nichts anderes als einen unreifen Teenager – einen sehr erfolgreichen zwar, aber letzten Endes eben doch nur einen Teenager mit der Neigung, das Leben als große Party zu betrachten, bei der er im Mittelpunkt stand.

In diesem Moment verlor Rylin jeglichen Respekt für Xiayne. Und auch für sich selbst, weil sie zugelassen hatte, dass so etwas passierte.

»Es tut mir leid«, wiederholte Xiayne, aber Rylin stolperte bereits zurück. Ihre Wangen brannten vor Scham. Sie musste hier raus.

Blindlings drängte sie sich durch die Menge in der Nähe des Ausgangs. Seagren und ein paar andere aus der Crew standen mit Perrie zusammen, die in ihrer engen Lederhose, den hohen Absätzen und mit dem riesigen Diadem auf dem Kopf wie eine moderne Göttin wirkte.

»Rylin!«, rief Seagren, aber Rylin reagierte nicht darauf.

»Armes Ding«, hörte sie Perrie leise gurren, als sie schon fast um die Ecke gebogen war. »Sie sieht aus, als sei ihr schlecht geworden. Denkst du, sie hat zu viel getrunken?«

Rylin eilte davon, bevor sie noch mehr mitanhören musste.

Calliope

Calliope war schon auf so vielen Weihnachtsmärkten gewesen, dass sie sie gar nicht mehr zählen konnte – in Brüssel, Kopenhagen, sogar in Mumbai –, aber keiner davon war mit dem im Elon Park in der achthundertdreiundfünfzigsten Etage des Towers vergleichbar. Obwohl sie zugeben musste, dass ein Großteil dieser Wirkung schlicht und einfach daher rührte, dass sie mit Atlas hier war.

Sie warf ihm immer wieder verstohlene Seitenblicke zu und fragte sich insgeheim, warum er sie gebeten hatte, ihn heute zu begleiten. War das ein Date oder brauchte Atlas nur Unterstützung bei seinen Weihnachtseinkäufen? Calliope hatte keine Ahnung, wie die Dinge zwischen ihnen standen, nachdem sie letzte Woche oben auf der Kletterwand Händchen gehalten hatten und Atlas voller Überzeugung erklärt hatte, dass er ihr Freund war.

Die ganze Woche über hatten sie nette Flickernachrichten ausgetaucht, die aber eindeutig keinen Flirtcharakter hatten. Und dann war Calliope an diesem Morgen mit folgender Nachricht von Atlas aufgewacht: Callie, ich muss einige Geschenke kaufen und du bist die größte Shoppingexpertin, die ich kenne. Kannst du mir helfen?

Natürlich half sie ihm. Ihr blieben nur noch knapp zwei Wochen, ihren Plan in die Tat umzusetzen, bevor Atlas nach Dubai zog – es sei denn, sie reiste ihm nach, worauf sie nicht wirklich Lust hatte.

Calliope hatte vorgeschlagen, ein paar Boutiquen abzuklappern, aber Atlas hatte darauf bestanden, hierherzukommen. Und sie musste zugeben, dass es auf jeden Fall weihnachtlicher war. Rote und grüne Lichter schwebten über ihnen wie tanzende Glühwürmchen. Im ganzen Park hatten Händler ihre Buden aufgebaut, in denen billige Nussknacker und Low-Tech-Spielzeug neben teurem Schmuck und Handtaschen von Senreve angeboten wurden, die neusten Modelle, die zusammenschrumpfen oder sich ausdehnen konnten, je nachdem, wofür man die Tasche gerade brauchte. Calliope drückte ihre eigene pinke Senreve-Tasche an die Brust. Ihre Schritte knirschten im Schnee, der aus einer gefrorenen Velerio-Flüssigkeit und nicht aus Wasser bestand, sodass er nie schmelzen konnte oder schmutzig aussah. In einigen Ecken formte sich der Schnee zu kleinen Schneemännern.

Sie und Atlas hatten bereits eine Menge Geschenke gekauft, die auf Transport-Bots vor ihnen schwebten. Dieser Markt war etwas Besonderes, aber nicht ganz so zuvorkommend wie die Boutiquen, die den Einkauf auch nach Hause lieferten. Aber das störte Calliope nicht. Ganz im Gegenteil. Es war herrlich, dabei zuzusehen, wie die Einkäufe vor ihr herwippten, als würde ihr eigener, fast unverschämter Materialismus sie an einem unsichtbaren Band vorwärtsziehen wie ein Kind an einer Proxi-Leine.

»Ich glaube, ich weiß jetzt, wie ich Calliope Brown dazu bringen kann, überall hinzugehen. Man muss nur einen Bot mit Einkaufstaschen vor ihr herschicken und schon hat man sie da, wo man sie haben will«, sagte Atlas, als könnte er ihre Gedanken lesen.

Calliope musste lachen, weil sie so ungeniert ertappt worden war. »Ich bin froh, dass du mich hierher geschleppt hast«, erwiderte sie und schenkte ihm ein strahlendes Lächeln.

»Ich auch«, sagte Atlas sanft.

Sie bogen um eine Ecke und waren plötzlich von einer riesigen Menschenmenge umgeben, die sich um einen der Stände drängelte.

Calliope trat neugierig einen Schritt vor – sie musste immer im Mittelpunkt des Geschehens sein –, aber das tierische Kläffen und das Quieken der Kinder verrieten ihr, was für eine Bude das war, bevor sie überhaupt das Holo-Schild gesehen hatte.

Der Verkaufsstand war voller wuscheliger, bellender Hundewelpen mit weihnachtlich roten und grünen Halsbändern. Sie blieben für immer Welpen, denn die DNA der Hunde war so verändert worden, dass sie nicht alterten. Es gab immer wieder lautstarken Protest dagegen – einige Leute hielten diese Hunde für unnatürlich und fanden es grausam, einem Lebewesen sein normales, volles Dasein zu rauben. Aber Calliope fand die Vorstellung gar nicht so schlecht, sein ganzes Leben lang jung und bezaubernd zu bleiben.

Ihr Blick wurde sofort von einem der Hündchen angezogen, ein Terrier mit seidigem Fell und einer hellrosa Zunge. Für einen Moment stellte sie sich vor, wie es wäre, den Kleinen mit nach Hause zu nehmen. Sie würde ihn Gatsby nennen, nach dem Buch, das sie im Internat in Singapur durchgenommen hatten, die einzige Schullektüre, die sie je zu Ende gelesen hatte. Sie würde ihn in ihrer Handtasche mit sich herumtragen, ihn mit Leckereien füttern und –

Ungewollt schnappte sie nach Luft. Ein kleines Mädchen griff nach Gatsby und gab ihn ihrem Vater. Calliope verspürte den seltsamen Drang, die beiden anzuschreien, dass sie gefälligst ihren Welpen loslassen sollten, aber sie unterdrückte den Impuls. Es gab keinen Platz für einen Welpen in ihrem luxuriösen, nomadenhaften Leben.

»Alles okay?«, fragte Atlas und musterte sie.

»Ja, lass uns weitergehen.« Sie hoffte, dass er das Zittern in ihrer Stimme nicht bemerkt hatte.

Atlas nickte. »Ich weiß nicht, wie es dir geht, aber ich brauche jetzt eine Zuckerpause«, erklärte er und richtete den Blick auf die stürmische graue Decke über ihren Köpfen. »Es fängt sowieso gleich planmäßig an zu schneien. Wie wäre es mit einer heißen Schokolade?«

»Heiße Schokolade klingt fantastisch«, stimmte Calliope ihm zu, während sie immer noch überrascht von dem ungewohnten Sehnsuchtsanfall war.

Sie gingen zum Kakao-Stand unter der Schlittschuhbahn, der beliebten Hauptattraktion des Parks, die in zehn Metern Höhe schwebte. Der Platz unter der Eisbahn war brechend voll, Kaufwütige und Touristen standen dicht gedrängt, ihre Schuhe hatten überall Schneespuren auf dem riesigen Silberfadenteppich hinterlassen. Alle paar Meter war die Bar mit roten Weihnachtssternen geschmückt.

»Zwei große heiße Schokoladen mit extra Marshmallows und Schlagsahne«, bestellte Atlas beim Service-Bot und verlagerte das Gewicht mit einem zufriedenen Seufzen auf die Fersen. Das Licht von oben war weich und gedämpft, gefiltert von der großen Fläche der schwebenden Eisbahn und den Schatten der Schlittschuhläufer.

Calliope lachte genüsslich. »Du machst keine halben Sachen, oder?«

Ihre Becher mit der heißen Schokolade wurden gebracht und sie streuten sich Pfefferminzflocken darüber.

»Danke noch mal, dass du heute mit mir zum Shoppen gekommen bist. Ich weiß nicht, was ich ohne deine Hilfe gemacht hätte.« Atlas nahm einen Schluck, der einen albernen Schlagsahnebart auf seiner Oberlippe hinterließ. Calliope beschloss, ihn nicht darauf hinzuweisen. Sie wollte sehen, wie lange es dauerte, bevor er es selbst merkte.

»Du hättest bestimmt nur schreckliche Geschenke gekauft«, erklärte sie, dann legte sie eine Hand vor den Mund, als ihr einfiel, dass sie eine wichtige Person vergessen hatten. »Atlas! Wir haben nichts für Avery!«

Sie hatte ihm geholfen, Geschenke für seine Familie und seine Freunde auszusuchen: wunderschön bestickte Sweatshirts und parfümierte Handcremes und einen fantastischen neuen Laser-Aufheller für seine Tante in Kalifornien. Wie um alles in der Welt hatten sie seine Schwester vergessen können? Vor allem, da Avery Calliopes beste Chance war, Eindruck zu schinden. Sie zermarterte sich das Hirn, ging verschiedene Ideen durch und versuchte zu entscheiden, welche davon außergewöhnlich und ausgesucht genug war, um ein Mädchen zu beeindrucken, das buchstäblich schon alles besaß.

»Alles okay. Ich hab schon was für Avery.«

Wenn sie es nicht besser wüsste, hätte Calliope schwören können, dass eine kurze Verlegenheit über Atlas' Gesicht gehuscht war.

»Was ist es?«, fragte sie neugierig. Man konnte viel über einen Jungen erfahren, wenn man wusste, was er seiner Familie schenkte.

»Einen alten historischen Druck von New York vor dreihundert Jahren.«

»Einen Druck?« Calliope rümpfte verwirrt die Nase.

Atlas versuchte, es ihr zu erklären. »Tinte auf Papier. Man hängt es an die Wand. Wie ein Insta-Foto, das sich nicht bewegt.«

Papier, dachte Calliope und verlor sofort das Interesse. Also ehrlich. Wenn Avery Fuller nicht so reich und wunderschön wäre, würde sich wahrscheinlich niemand mit ihr abgeben, wenn sie so eine Langweilerin war.

Eine Gruppe auf der anderen Seite des Kakao-Stands brach in Jubel aus. Die jungen Männer trugen alle widerlich gelbe Trikots. Das mussten Fußballfans sein, die sich auf ihren Kontaktlinsen ein Spiel ansahen, und ihr Team hatte wahrscheinlich gerade ein Tor geschossen.

»Du kommst doch zur Eröffnung des Towers nach Dubai, oder?«, fragte Atlas, nachdem das Geschrei verebbt war.

Calliope trank einen Schluck von ihrer heißen Schokolade, um etwas Zeit zu gewinnen. Sie schmeckte ganz cremig, winzige Zuckerstückchen explodierten an ihrem Gaumen. Natürlich wollte sie dorthin. Unbedingt. Events wie dieses waren die beste Bühne für ihre Betrügereien, denn sie waren überfüllt und voller Fremder, die ihre Vorsicht ablegten, wenn Alkohol im Spiel war. Abgesehen davon klang es nach einer absoluten Megaparty.

»Ich bin nicht eingeladen«, gab sie zu und beobachtete seine Reaktion.

»Ach so? Dann solltest du mit mir hingehen.«

Calliopes Brust zog sich voller Vorfreude zusammen. Was genau wollte er damit sagen? Fragte er sie als guter Freund oder lud er sie zu einem Date ein? Aber Atlas' braune Augen waren so unergründlich wie immer.

»Das würde ich gern«, erwiderte sie.

Als sie unter der Schlittschuhbahn hervortraten, fielen winzige silberne Flocken auf sie herab, verfingen sich in Atlas' Haaren, sammelten sich auf den dunklen Ärmeln seines Sweatshirts. Maschinell gefertigter Schnee. Sie streckte die Zunge heraus und ließ die kalten, frischen Flocken darauf landen, so wie sie es als Kind in London gemacht hatte.

Atlas sah zu ihr hinüber. »Du weißt aber schon, dass dieser Schnee aus Velerio ist. Das solltest du eigentlich nicht essen«, sagte er mit einem unterdrückten Lachen.

»Das macht mir nichts aus.« Nach Atlas' Einladung fühlte sie sich unbesiegbar. Als könnte ein bisschen Velerio ihr etwas anhaben, wenn ihr Leben gerade so zauberhaft war.

»Calliope Brown, du bist überhaupt nicht wie die Mädchen, die ich sonst kenne«, sagte Atlas und schüttelte amüsiert den Kopf.

Calliope beschloss, das als Kompliment aufzufassen.

Als sie an diesem Abend nach Hause kam, hörte sie eine Reihe dumpfer Schläge aus dem Zimmer ihrer Mutter auf der anderen Seite der Suite. Sie schlüpfte hinein und sah Elise im Schneidersitz auf dem Boden hocken und einen Stapel feiner Seidenkleider in einen luftdichten Beutel stopfen.

»Da bist du ja! Wo warst du denn?« Elise blickte auf, als sie die Frage stellte, aber Calliope hätte schwören können, dass sie mit den Gedanken ganz woanders war.

»Mit Atlas unterwegs. Er hat mich sogar zu dieser Eröffnungsfeier in Dubai eingeladen.« Calliopes Blick war immer noch auf die am Boden verstreut liegenden Klamotten gerichtet. »Was machst du da?«

»Ich sortiere nur meine Sachen. Wir verschwinden hier bald«, erwiderte Elise so beiläufig, als würde sie über das Wetter reden.

»Wie bald genau?«

Ihre Mom warf ihr einen vielsagenden Blick zu. »Die Dinge entwickeln sich schneller als gedacht. Ich glaube, Nadav will mir einen Antrag machen. Kannst du dir das vorstellen? Ein weiterer Verlobungsring – und ein richtiger Klunker!«

»Oh …« Calliope dachte an Atlas und an die Party und wusste nicht, wie sie darauf reagieren sollte.

Elise musterte sie neugierig. »Du scheinst gar nicht begeistert zu sein. Komm schon, Schatz!« Sie lachte ein wenig, stand auf, griff nach Calliopes Hand und drehte sie hin und her. Calliope fiel nicht in ihr Lachen ein. »Du bist doch sonst immer so begierig darauf, weiterzuziehen! Du kannst auch gern den nächsten Ort aussuchen. Um diese Jahreszeit könnte ich einen Strand gebrauchen.«

»Ich weiß nicht«, presste Calliope mit einem lustlosen Schulterzucken hervor. »Was wäre, wenn wir noch nicht so bald gehen?«

Elise trat einen Schritt zurück, ihre Miene und ihre Stimme wurden plötzlich wieder ernst. »Du weißt doch am besten, dass das nicht geht, Süße. Wir können uns das Leben, das wir führen, eigentlich nicht leisten. Das Hotel wird uns rauswerfen, mit all den Einkäufen in den Boutiquen würden wir unsere Guthaben überziehen, und du weißt, wie viel noch auf unseren Bitbank-Konten ist.«

Ja, das wusste Calliope. Sie hatte gerade gestern ihre weltweit verstreuten Konten gecheckt. Es erschreckte sie jedes Mal, wie wenig Bargeld sie besaßen, wenn man sich ihren Lebensstil im Vergleich dazu ansah. Natürlich, das meiste war ja auch in Klamotten, Juwelen und Accessoires geflossen, dachte sie und betrachtete mit zusammengekniffenen Augen den überquellenden Wandschrank ihrer Mutter.

»Noch ein paar Tage und wir sind hier fertig, ob Nadav mir nun einen Antrag macht oder nicht.« Damit war das Thema für Elise beendet.

Ihr Leben verlief schon seit Jahren so, aber das hatte Calliope bis jetzt nie gestört. »Ich wünschte, dass wir wenigstens ein Mal irgendwo bleiben könnten. Nur für eine Weile«, sagte sie fast traurig.

»Zu bleiben bedeutet, sich auf andere einzulassen, Bindungen einzugehen. Und das können wir uns genauso wenig leisten wie das Hotel.«

Calliope antwortete nicht darauf.

»Es ist wegen Atlas, oder?«, fragte ihre Mom mit gesenkter Stimme. »Hör zu, es ist okay, wenn du es nicht schaffst, ihm etwas abzuluchsen. Du hast dein Bestes gegeben, und nur das zählt —«

»O mein Gott, *hör auf*!«, schrie Calliope.

Elise hielt den Mund. Ihr Lächeln fror regelrecht ein und fiel ihr dann aus dem Gesicht, als würde es schmelzen.

»Lass mich einfach in Ruhe, okay? Was das *Lügen* betrifft, bist du die beste Expertin der Welt, aber echte Beziehungen hast du noch nie verstanden.« Ihre Worte klangen härter, als Calliope es beabsichtigt hatte. Sie dachte an Atlas, wie er lächelte, die innige Wärme in seinen braunen Augen, die traurige Wehmut, die ihn gefangen hielt, egal was sie sagte – wodurch sie das merkwürdige Gefühl hatte, ihre Beziehung oder Freundschaft oder was auch immer es war, beschützen zu müssen. Der Gedanke, ihm etwas zu stehlen, war überhaupt nicht so verlockend und reizvoll wie sonst. Er würde es wahrscheinlich nicht mal merken, rief sie sich ins Gedächtnis. Aber das war nicht der Punkt.

»Ich möchte mit dir nicht mehr über diesen Betrug reden«, fügte sie leise hinzu.

Elise trat noch einen Schritt zurück, einen betroffenen Ausdruck im Gesicht. Es war dasselbe ovale Gesicht wie Calliopes, dieselbe hohe Stirn und die markanten Wangenknochen, nur durch das Alter und die ständige Anspannung etwas weicher gezeichnet. Calliope hatte das seltsame Gefühl, durch einen Zerrspiegel zu blicken, durch einen Riss im Gefüge des Universums auf ein Bild von sich selbst in zwanzig Jahren. Es gefiel ihr nicht, was sie sah.

»Tut mir leid. Ich fange nicht wieder davon an«, sagte Elise nach einer Weile mit beherrschter Stimme.

Calliope versuchte zu nicken. Sie konnte sich nicht erinnern, jemals so mit ihrer Mom gesprochen zu haben – oder irgendwann schon mal nicht ihrer Meinung gewesen zu sein. »Ich möchte jetzt einfach noch nicht gehen. Es fängt gerade an, Spaß zu machen. Ich möchte mit Atlas zu dieser Party in Dubai. Er bleibt danach sowieso dort. Es ist meine letzte Chance, ihm noch etwas aus den Rippen zu leiern.«

»Natürlich«, gab Elise nach. »Wenn es das ist, was du willst, bleiben wir noch bis zu der Party. Und hey …«, fügte sie hinzu, als wäre ihr gerade etwas Tolles eingefallen, »vielleicht komme ich sogar mit. Das könnte doch lustig werden!«

»Eine super Idee.« Calliope drehte sich um und ging durch die Suite zu ihrem unpersönlichen Zimmer mit den kalten Fenstern, den reich bestickten Kissen und der luftigen weißen Steppdecke.

Sie war Calliope Brown und sie hatte wieder einmal bekommen, was sie wollte. Doch zum ersten Mal fühlte es sich nicht wie ein Sieg an.

Rylin

»Die ganze Farm ist wie eine riesige Fibonacci-Spirale aufgebaut. Wenn man ganz oben steht, kann man über alle Etagen nach unten blicken und die atemberaubende Symmetrie des Ganzen erkennen«, leierte der Reiseführer herunter.

Es war Montagfrüh. Rylin hatte völlig vergessen, dass sie mit ihrem Biologie-Kurs heute eine Exkursion hatte – sie hatte es erst gemerkt, als sie in der Schule angekommen war und das Tablet ihr mitgeteilt hatte, unverzüglich in das wartende Shuttle zu steigen. Rylin hatte sich nie wirklich Gedanken über Biologie gemacht, aber als sie nun hier stand, umgeben von sämtlichen Neuntklässlern, überkam sie ein überwältigendes Gefühl der Ungerechtigkeit. Diese Kids hier waren alle in Chrissas Alter. Warum hatte die Schule ihr nicht erlaubt, Biologie zu überspringen?

Nach dem Wochenende, das sie gerade hinter sich hatte, war eine Exkursion das Letzte, was sie gebrauchen konnte. Sie war gestern am frühen Morgen aus L. A. zurückgekehrt – nachdem sie ihr Ticket auf den Fünf-Uhr-Zug umgebucht hatte, ohne Xiayne Bescheid zu geben. Sie wusste, dass er eine automatische Nachricht über die Umbuchung erhalten hatte, und er würde bestimmt wissen, was Rylin zu der frühen Abreise veranlasst hatte.

Sie hatte Chrissa immer noch nicht erzählt, was passiert war.

Chrissa glaubte so begeistert an sie. Sie hatte ihr den neuen Koffer geschenkt, den sie sich gar nicht leisten konnten, und ihr gesagt, dass sie ihre Träume verwirklichen soll. Wie sollte sie ihrer kleinen Schwester gegenüber zugeben, dass ihr Glaube falsch war – dass ihr Lehrer gedankenlos und kurzsichtig war und alles nur eine Farce?

Allein bei dem Gedanken daran hätte Rylin sich am liebsten in einem schwarzen Loch aufgelöst. Sie hätte sich am liebsten krankgemeldet, um den ganzen Tag im Bett zu bleiben, ohne Kontakt zur Außenwelt.

Stattdessen stand sie hier am Haupteingang der Farm in der siebenhundertsten Etage. Genau wie der Tower selbst war es ein einzigartiger Ort: Es gab nur eine Farm in ganz Manhattan, denn es war nicht genügend Platz für weitere. Sie nahm einen großen Teil des Towers ein, wandte sich spiralförmig in der Mitte des Gebäudes von der siebenhundertsten bis fast zur neunhundertachtzigsten Etage hinauf. Alle landwirtschaftlichen Parzellen waren von Solarplatten und Smartspiegeln gesäumt, die das Licht entweder reflektierten oder nicht durchließen, je nachdem, welche Jahres- oder Tageszeit es gerade war. Auf diese Weise wurde bis ins kleinste Photon kontrolliert, wie viel Licht jede Pflanze abbekam. Und so wurde auch eine konstante Ernte erzeugt. Unabhängig von der Jahreszeit gab es immer Nutzpflanzen, die abgeerntet werden konnten. Rylin hörte nur mit halbem Ohr zu, während der Gästeführer ihnen erklärte, dass die Pflanzen, die näher unter dem Dach wuchsen, derzeit den Herbst erlebten, während die Wachstumsbedingungen weiter unten dem Frühling entsprachen, und dass Schubkarren-Bots sich durch die Pflanzenreihen bewegten, um neues Saatgut zu verteilen. »Wir betreiben hier die größte Indoor-Landwirtschaft der Welt«, verkündete er stolz.

»Natürlich nicht so gut wie in Japan, aber das würde hier nie jemand zugeben«, sagte eine Stimme neben Rylin. Instinktiv richtete sie sich etwas gerader auf. Sie hatte nicht erwartet, Cord hier zu treffen. »Du schleichst dich in die Exkursion der neunten Klassen?«, fragte sie. Sie war nicht sicher, wieso, aber Cords Anwesenheit irritierte sie, als sei er absichtlich hier, um ihr den Tag zu vermiesen.

»Scheint so, als hättest du dieselbe brillante Idee gehabt.« Cord wippte auf den Fußballen, sein Mundwinkel verzog sich, als müsste er sich ein Lachen verkneifen. Rylin lächelte nicht zurück. »Tja, nur leider *bin* ich in diesem Kurs. An meiner alten Schule hatte ich Biologie nicht belegt, also muss ich den Stoff ab der neunten Klasse nachholen. Was hast du für eine Ausrede?«

»Ich bin natürlich Tutor. Für Professor Norris' Abteilung. Zu schade, dass ich nicht deinen Kurs betreue – wäre lustig gewesen, deine Aufsätze zu bewerten.«

»Du bist Lehrassistent?«, wiederholte sie überrascht. Ihr Kurs hatte auch einen Tutor, ein stilles Mädchen, an dessen Namen sich Rylin nicht mal erinnern konnte. Sie hätte in einer Million Jahren nicht damit gerechnet, dass Cord der andere Lehrassistent war.

»Ich weiß, ich sehe so unwiderstehlich gut aus, dass niemand damit rechnet, dass ich auch klug bin. Aber ich hatte eine ausgezeichnete Punktzahl in meinem College-Test.« Cord grinste. »Außerdem müsstest du doch wohl am besten wissen, dass ich ein Experte in Biologie bin.«

Rylin verdrehte die Augen und drehte sich ein Stück zur Seite, als wollte sie weiter dem Gästeführer zuhören. Sie hatte im Moment überhaupt keine Lust auf irgendwelche Sticheleien.

»Hey, alles okay?«, fragte Cord und schob sich zurück in ihr Blickfeld.

Seine Stimme klang so besorgt, dass Rylin innerlich zusammenbrach. »Nicht wirklich. Es war eine lange Woche und irgendwie auch eine ziemlich harte.«

»Willst du hier raus?«, bot er an.

»Dürfen wir das?« Der Gedanke, einfach zu verschwinden, war so schmerzhaft verlockend, dass Rylin nicht mal darüber nachdachte, was es bedeutete, mit Cord allein zu sein.

»Solange wir uns in der Farm aufhalten, spricht nichts dagegen. Komm mit.«

Rylin folgte ihm durch Bodenbearbeitungstunnel, vorbei an Spirulina-Feldern und Hydrokultur-Teichen mit Blattspinat, bis sie an einer Reihe einfacher grauer Fahrstühle angekommen waren. Die Türen öffneten sich automatisch vor ihnen. Nachdem sie eingestiegen waren, drückte Cord auf einen Knopf, der mit der Zahl 880 und dem Hinweis *Anlieger und Wartung frei* beschriftet war. Er hob den Kopf und hielt sein Auge vor den Netzhautscanner. Nach der Freigabe schlossen sich die Türen und der Fahrstuhl fuhr los. Rylin hob verwundert eine Augenbraue, äußerte sich aber nicht dazu.

»Es gibt einen privaten Park auf meiner Etage, der zu der Farm gehört. Alle Anwohner haben dort Zugang«, erklärte Cord zögernd.

Wie sollte es auch anders sein, dachte Rylin. Sie nickte nur. Ihr Tablet vibrierte, ein Anruf von Lux, aber sie tippte schnell auf den Bildschirm, um ihn abzulehnen.

Der Park, den sie kurz darauf betraten, wirkte auf den ersten Blick überwältigend gepflegt und französisch. Der kurz geschnittene Rasen und die makellosen Beete erstreckten sich bis zu einem schmalen Kanal. Cord führte sie an einer Backsteinwand und einem altmodischen Eisentor vorbei zu einem Teil des Gartens, der offensichtlich jüngeren Datums war und weniger ordentlich aussah. Rylin war nicht sicher, was sie erwartet hatte, aber das jedenfalls nicht.

»Hier«, sagte er und setzte sich abrupt neben einen großen Baum mit ausladenden Ästen auf den Boden. Nach kurzem Zögern hockte sich Rylin ihm gegenüber, lehnte sich zurück und stützte sich mit den Handflächen ab. Sie dachte, sie würde Frösche in der Nähe quaken hören, sah aber kein Wasser. Über ihnen erstrahlte die Decke in einem wunderschönen, künstlich erzeugten Blau.

An Orten wie diesem vergaß man leicht, dass man sich in einem riesigen Turm aus Stahl befand. Hier fühlte sich alles so lebendig an, voller Sauerstoff und wachsender Pflanzen.

»Okay, Myers. Was ist los?«

»Ähm ...« Sie war nicht sicher, ob sie sich auf diese Frage einlassen sollte, vor allem vor Cord. Sie rieb sich mit den Händen über die Arme, denn bei der Erinnerung wurde ihr plötzlich kalt.

Wortlos zog Cord seinen Schulblazer aus und hielt ihn ihr hin. Rylin nahm ihn dankbar entgegen. Ihr fiel wieder ein, wann sie das letzte Mal eine Jacke von Cord angehabt hatte – als sie in Paris gewesen waren. Er hatte sie ihr galant umgelegt und dabei ihre nackten Schultern berührt. Es kam ihr unendlich lange her vor.

»Danke«, sagte sie und schob die Hände in die Ärmel. An der vorderen Tasche war ein Knopf lose. Gedankenverloren spielte sie damit, der Kunststoff fühlte sich kühl zwischen ihren Fingern an. Es war gut zu wissen, dass auch Cords Knöpfe abfallen konnten.

»Es tut mir leid, dass ich mich wegen diesem Trip nach L. A. wie ein Arsch verhalten habe«, startete er einen zweiten Anlauf. »Du hast mich gebeten, mich für dich zu freuen, und das tue ich jetzt. Und ich bin wirklich stolz auf dich.«

Rylin senkte den Blick. »Das solltest du nicht sein. Ich bin nicht sicher, ob ich das überhaupt verdiene.«

»Wovon redest du?«

»Davon, dass du recht hattest.« Während sie spürte, wie sich ihre Wangen vor Scham röteten, erzählte sie Cord, wie Xiayne sie auf der Drehabschlussparty am letzten Abend geküsst hatte.

»Zur Hölle, Rylin, ist das dein Ernst? Dafür sollte er gefeuert werden!« Cord wollte schon aufspringen, wahrscheinlich, um Xiayne sofort zur Rede zu stellen, aber Rylin legte eine Hand auf seine, um ihn zu beruhigen.

Bei der Berührung huschte Cords Blick zu ihr und sie zog rasche den Arm zurück, als hätte sie sich verbrüht.

»Nein«, sagte sie langsam. »Ich will nicht, dass er gefeuert wird. Es war falsch von ihm, aber er war nicht aggressiv oder … wollte etwas erzwingen. Es war einfach nur dumm von ihm.«

Cord musterte sie eindringlich. »Es ist trotzdem überhaupt nicht in Ordnung«, sagte er schließlich.

»Natürlich nicht.« Rylin suchte nach Worten, um ihm zu erklären, dass sie wegen des Kusses nicht sauer war, sondern eher verletzt wegen der Schlussfolgerungen, die man daraus ziehen konnte. Sie wollte einfach nur wieder die Starschülerin im Holografie-Kurs sein, das Wunderkind, dessen oscarprämierter Professor sie quer durch das ganze Land mitgenommen hatte, um ihm bei seinem neuen Film zu helfen, weil sie so talentiert war. Aber jetzt war sie nur noch die Assistentin, die von ihrem Regisseur angebaggert worden war. Sogar sie wusste, was für ein armseliges Hollywood-Klischee das war, und sie hatte nur eine Woche dort verbracht.

»Ich dachte, dass es ihm wirklich um meine Hilfe ging. Aber am Ende hast du doch recht behalten«, sagte sie niedergeschlagen.

Cord zuckte zusammen, als er sich daran erinnerte, was er zu ihr gesagt hatte. »Es tut mir wirklich leid, dass es so gekommen ist.«

»Spielt keine Rolle. Ich schmeiße den Kurs hin.«

»Das darfst du nicht!«, rief Cord. »Siehst du denn nicht, dass du Xiayne damit gewinnen lässt?«

»Aber wie soll ich ihm jetzt noch gegenübertreten?«

Cord seufzte, als wollte er böse auf sie sein, was er aber nicht schaffte. »Es gibt noch einen Holografie-Kurs – Einführungsniveau, unterrichtet von einer Professorin, die schon ewig an der Schule ist. In dem Kurs sind hauptsächlich Neuntklässler und es ist wahrscheinlich zu anspruchslos für dich, aber immer noch besser als nichts. Wenn du schon hinschmeißen willst, dann lass dich wenigsten dort einschreiben.«

Rylin murmelte ein Danke und griff nach einem Grashalm, den sie gedankenverloren zwischen Daumen und Zeigefinger drehte. »Ich frage mich manchmal, ob meine Aufnahme an der Berkeley nicht doch ein großer Fehler war. Falls du es noch nicht bemerkt hast, ich passe nicht wirklich hierher.« Ihr Lachen klang so trocken wie das Rascheln der Blätter über ihnen.

»Es war kein Fehler. Du hast Talent. Lass dir von niemandem etwas anderes einreden«, erklärte Cord mit einer Überzeugung, die sie überraschte.

»Warum machst du dir überhaupt Gedanken darüber?«, hörte sie sich fragen. Nach dem, was ich dir angetan habe, dachte sie, sprach es aber nicht aus.

Cord brauchte einen Moment, um darauf zu antworten. »Ich habe nie aufgehört, mir Gedanken um dich zu machen, Rylin. Selbst nach allem, was zwischen uns vorgefallen ist.«

Ich habe nie aufgehört, mir Gedanken um dich zu machen. Das bedeutete, dass er sich auch jetzt Gedanken machte, oder? Aber tat er das nur als Freund … oder steckten mehr Gefühle dahinter?

Als Cord aufstand und sich seine marineblaue Schuluniformhose abklopfte, wusste Rylin, dass der Moment vorüber war.

»Wir sollten zurückgehen. Ich kann es mir nicht leisten, meinen Job als Tutor zu verlieren. Es ist die einzige außerschulische Aktivität für meine Collegebewerbung«, sagte er. Er hielt ihr die Hand hin und half ihr hoch. Wo sie sich berührten, sandten ihre Nervenenden elektrische Wellen aus, die sich bis in ihre Zehen ausbreiteten.

»Ach nee, mit alten Autos in den Hamptons durch die Gegend zu rasen, zählt wohl nicht?«, stichelte Rylin. Diese Bemerkung weckte gemeinsame Erinnerungen und sie wurde mit einem Lächeln belohnt.

Auf dem Rückweg strömten neue gemischte Gefühle auf Rylin ein, verhalten und eindringlich, froh und erschreckend gleichzeitig, doch sie wagte es nicht, sie zu nah an sich heranzulassen, falls sie sich irrte.

Aber während der Gästeführer weiter seinen Text herunterleierte, warf sie Cord die ganze Zeit heimliche Blicke zu und fragte sich, was das alles wohl zu bedeuten hatte.

Avery

Als Avery am Montagnachmittag in New Jersey aus der Monorail ausstieg, zog sie ihren Mantel fester um ihre Schultern. Sie ging in Richtung des Cifleur-Friedhofs, ohne das Hover-Taxi zu beachten, das ihre Schritte registriert hatte und nun neben ihr herschwebte, wobei es ein hoffnungsvolles Grün aufleuchten ließ, um zu signalisieren, dass es frei war. Aber Avery brauchte den Spaziergang. Als sie heute Morgen aufgewacht war, hatte sie sich schlapp und leer gefühlt, ihr Kissen war tränennass gewesen. Egal wie sehr sie sich auch tagsüber anstrengte, jeden Abend vergaß sie, dass es zwischen ihr und Atlas vorbei war. Erst wenn sie aufwachte, holte sie die Erinnerung an die nackte, brutale Wahrheit wieder ein.

Sie fühlte sich isoliert und einsam, und am schlimmsten war, dass sie mit niemandem darüber reden konnte. Sie hatte flüchtig an Leda gedacht, aber obwohl sie sich wieder vertragen hatten, konnte sie nicht mit ihr über Atlas sprechen. Es tat noch zu sehr weh.

Sie vermisste Eris wirklich.

Aus diesem Grund war sie auch hier gelandet, auf dem Friedhof, in ihrem dicksten Mantel und Cowboystiefeln – das braune Paar mit den weißen Nähten, das Eris sich immer hatte ausborgen wollen. Es kam ihr irgendwie passend vor. Sie ging durch das Haupttor, nickte in Richtung Sicherheitskamera, die dort installiert war, und wandte sich nach links, wo Eris in der Mitte des Familiengrabs der Radsons beerdigt war. Trotz allem, was zu Eris' Lebzeiten mit ihrem Vater gewesen war, hatte er nach ihrem Tod wieder Anspruch auf sie erhoben.

Seit Eris' Beisetzung war Avery nicht mehr hier gewesen – nach der Trauerfeier und den endlosen Kondolenzbesuchen, die an einem unpersönlichen gemieteten Ort abgehalten worden waren, weil Eris' Mom immer noch DownTower und Eris Dad im Nuage wohnte.

Zu diesem Zeitpunkt waren nur noch Eris' Eltern, ihre Großmutter und die Fullers übrig geblieben – und Leda. Avery erinnerte sich daran, wie sie im eisigen Wind gestanden und zugesehen hatte, wie der Priester die winzige Urne mit Eris' Asche im Boden versenkte, während sie bei sich dachte, dass das niemals die Überreste ihrer herzlichen, lebhaften Freundin sein können.

Sie lief den Kiesweg entlang, bis sie vor Eris' Grabstein stand. Er war ganz glatt, die einzige Inschrift war ihr Name. Wenn man ihn berührte, erschien ein Hologramm von einer lächelnden und winkenden Eris. Avery fand das ziemlich absurd, aber Caroline Dodd-Radson hatte schon immer die neuesten Trends mitgemacht. Selbst wenn es um Grabschmuck ging.

Avery traten Tränen in die Augen, als sie dort stand und sich mehr als alles andere wünschte, mit ihrer Freundin reden zu können.

Rede doch einfach, dachte sie sich. Es war schließlich niemand in der Nähe, der sie hören konnte, und was würde das auch für eine Rolle spielen? Sie nahm ihren Schal ab, breitete ihn auf dem geschnittenen Rasen aus, setzte sich darauf und räusperte sich. Sie kam sich ein wenig albern vor.

»Eris, ich bin's, Avery.« Sie stellte sich vor, wie Eris ihr gegenübersaß, ein belustigtes Glitzern in ihren bernsteingesprenkelten Augen. »Ich habe dir ein paar Sachen mitgebracht«, fuhr Avery unbeholfen fort und zog einen Gegenstand nach dem anderen aus ihrer Tasche. »Eine goldene Paillette von dem Kleid, das ich mir für die Weihnachtsfeier von dir ausborgen durfte.« Sie legte die Paillette sorgfältig neben den Grabstein, sodass sie das Sonnenlicht einfing, wie Eris es immer geliebt hatte. »Dein Lieblingsparfüm.« Sie versprühte den Jasminduft, den Eris immer benutzt hatte. »Deine Lieblingshimbeerpralinen von Seraphina's«, fügte sie hinzu, wickelte eine der weichen, dunklen Pralinen aus, behielt sie dann unsicher in der Hand und fragte sich, warum sie die Süßigkeiten überhaupt mitgebracht hatte. Sie zögerte, dann steckte sie sich die Praline in den Mund.

Sie wollte sich zurücklehnen, doch da merkte sie, dass noch etwas in ihrer Tasche steckte. »Oh, und die Kerze!« Avery wühlte nach einem Beauty-Pen in ihrer Tasche, wählte die Einstellung *Wärme* und hielt ihn an den verbliebenen Rest der Intoxikerze, die sie von Cord geklaut hatte. Es dauerte eine Weile, aber schließlich erwachte an dem kleinen goldenen Docht eine Flamme zum Leben, die im Wind tanzte.

Avery stützte sich auf ihren Ellbogen ab, starrte die Kerze durch ihre gesenkten Lider an und dachte daran, dass eigentlich Eris die Intoxikerze gekauft hatte. Das überraschte sie überhaupt nicht. Eris war geradezu elsterhaft von allem besessen gewesen, was blitzte und funkelte, ganz zu schweigen von verbotenen Dingen – und eine Intoxikerze, von der Brandgefahr ausging, war ein perfektes Beispiel für beide Neigungen. Sogar jetzt bewegte sich die Flamme unberechenbar und wechselhaft, genau wie Eris gewesen war.

Kleine Serotoninfunken stiegen auf, während die Kerze immer weiter zusammenschmolz. Avery spürte, wie auch ihr Bewusstsein dahinschmolz.

Und plötzlich sah sie Eris vor sich. Sie saß seelenruhig auf ihrem eigenen Grabstein, als wäre das die normalste Sache der Welt. Sie trug ein luftiges rosa Kleid – wie ein kleines Mädchen es anziehen würde, das Verkleiden spielte – und ihr heiteres, freches Gesicht war völlig ungeschminkt. »Avery?«, fragte sie und ließ die nackten Füße baumeln. Ihre Zehen waren mit glitzerndem Silber lackiert.

Avery hätte ihre Freundin am liebsten umarmt, aber irgendwie wusste sie, dass es ihr nicht erlaubt war, sie zu berühren. »Eris, du fehlst mir so sehr«, sagte sie leidenschaftlich. »Ohne dich bricht alles auseinander.«

»Ich weiß, ich bin die Beste. Was gibt's noch für Neuigkeiten?«, fragte Eris leichthin. Ein Lächeln tanzte über ihr Gesicht. Als sie die Flamme entdeckte, senkten sich ihre perfekt geformten Augenbrauen. »Du hast die Intoxikerze mitgebracht? Ich liebe dieses Teil!«

Avery hielt ihr wortlos die Kerze hin und ihre Hände berührten sich fast, als Eris danach griff. Sie atmete tief ein, ihre Augen schlossen sich verzückt.

»Die hast du von Cord, stimmt's?«

»Er hat gesagt, dass ich sie dringender nötig hätte als er.« Avery senkte den Blick, überwältigt von den plötzlichen Schuldgefühlen, die bei dem Gedanken an diesen Abend auf sie einströmten. Es war ein Fehler gewesen, mit zu Cord zu gehen. Wenn sie vielleicht nicht so übertrieben darauf aus gewesen wäre, ganz offensichtlich mit ihm zu flirten, hätte Atlas vielleicht Calliope nicht mit nach Hause genommen – hätte nicht ihre Beziehung infrage gestellt – und sie würden jetzt nicht in dieser quälenden Scheiße stecken.

»Also, was ist los?«, fragte Eris. »Geht es um Leda?«

»Die Sache mit Leda wird eigentlich langsam wieder besser«, erwiderte Avery zögernd. »Auch wenn sie … ich meine –«

»Ist schon okay. Wir beide wissen, dass sie mich nicht absichtlich geschubst hat«, sagte Eris sanft. Ihr Haar fiel offen über ihre Schultern, rot und golden wie flüssiges Feuer in der untergehenden Nachmittagssonne.

»Nein, das wollte sie nicht«, wiederholte Avery. »Und sie fühlt sich schrecklich deswegen«, fügte sie hinzu, obwohl sie wusste, dass diese Worte sinnlos und niemals auch nur annähernd genug waren.

Eris zuckte zusammen, ein schmerzhafter Ausdruck huschte über ihr Gesicht. »Es gibt eine Menge Dinge, die ich an diesem Abend hätte anders machen sollen. Es war nicht Ledas Schuld. Aber genug davon«, sagte sie rasch. »Was bedrückt dich so, Avery?«

»Atlas, wenn ich ehrlich bin«, gab Avery zu. Ihre Stimme klang bedeutungsschwer und das Gesicht ihrer toten Freundin nahm einen verblüfften Ausdruck an.

»Warte, du und Atlas? Echt jetzt?«

Avery nickte und Eris stieß einen leisen Pfiff aus.

»Und ich dachte, *mein* Leben wäre chaotisch«, sagte sie schließlich mit einer Mischung aus Mitgefühl und Respekt. »Aber wie es aussieht, ist deins eine noch viel größere Katastrophe.«

»Das ist nicht besonders hilfreich«, bemerkte Avery lächelnd. Eris war immer noch dieselbe.

»Okay, es ist also ein kleines bisschen kompliziert …«

»Ein *großes* bisschen kompliziert«, korrigierte Avery sie. Eris lächelte, weil diese Formulierung wirklich albern klang.

»Wen interessiert's? Das Leben ist immer kompliziert. Lass dich nicht von anderen davon abhalten, mit Atlas zusammen zu sein, wenn es das ist, was du willst. Ich musste das erst auf die harte Tour lernen«, fügte Eris leise hinzu.

»Oh, Eris.« Avery empfand eine Millionen Gefühle auf einmal, Schuld und Verlust und ein tiefes Bedauern, weil Eris noch so viel hätte erleben sollen. »Es tut mir leid. Ich –«

»Ich meine, ihr seid ja nicht wirklich verwandt«, fuhr Eris mit ihrer typischen Sturheit fort, mit der sie sich oft Ärger eingehandelt hatte. »Scheiß auf all die Hater. Sei glücklich mit Atlas, alles andere kann dir egal sein.«

»Na ja, Atlas und ich haben Schluss gemacht. Es ist das Beste so«, sagte Avery wenig überzeugend.

»Ach, ist es das? Du kommst mir nämlich wie ein Häufchen Elend vor. Hier.« Eris hielt ihr die Kerze hin. »Cord hatte recht. Du brauchst sie viel mehr.«

Erst jetzt merkte Avery, dass sie weinte. Dicke Krokodilstränen rannen an ihren Wangen hinab und klatschten wie Regentropfen auf ihren Mantel. »Es tut mir so leid«, wisperte sie. »Für alles. Es tut mir leid, dass ich nicht für dich da war, als das mit deinen Eltern passiert ist. Und es tut mir leid, was in dieser Nacht –«

»Ich sagte doch schon, niemand ist schuld«, fiel Eris ihr ins Wort.

»Doch, es war meine Schuld! Ich habe die Falltür offen gelassen … Ich habe euch auf das Dach geführt! Wenn ich nicht gewesen wäre, wäre nichts von alldem geschehen!«

»Oder es wäre nicht geschehen, wenn ich nicht losgegangen wäre, um mit Rylin zu reden. Oder wenn ich mich nicht mit meiner neuen Freundin gestritten hätte. Oder wenn ich nicht versucht hätte, Leda alles zu erklären … oder nicht mit Cord geflirtet hätte … oder nicht meine höchsten Stöckelschuhe getragen hätte. Wir werden es nie erfahren.«

»Ich wünschte nur …« Dass die Dinge an diesem Abend anders gelaufen wären, dass sie die Warnzeichen bei Leda erkannt hätte, dass sie vor allem die Party nicht veranstaltet hätte.

»Möchtest du wirklich etwas für mich tun?«, fragte Eris plötzlich. Sie hatte ihr hübsches Gesicht der Sonne zugewandt und schloss die

Augen. »Lebe, Avery. Mit oder ohne Atlas, hier in New York oder auf dem verdammten Mond, ist mir ganz egal. Lebe einfach und sei glücklich, denn ich kann es nicht mehr. Versprich mir das.«

»Natürlich, versprochen. Ich liebe dich, Eris«, schwor Avery, während sich ihr Herz zusammenzog. Ihre Stimme war nur noch ein Flüstern.

»Ich liebe dich auch.«

»Avery?«

Sie wachte auf, als jemand an ihrer Schulter rüttelte.

»Alles okay?«

»Cord?« Benommen setzte sie sich auf und rieb sich die Augen. Die Kerze war heruntergebrannt, rosa eingewickelte Pralinen lagen im Gras vor ihr verstreut. Sie zitterte und schlang die Arme um sich. Die Luft war beißend kalt, denn hier draußen wurde die Temperatur nicht von einem mechanischen System reguliert.

»Was machst du hier? Wolltest du auch Eris besuchen?«, fragte sie.

»Meine Eltern«, erwiderte Cord.

Natürlich, dachte sie unbeholfen, das hätte sie wissen müssen.

»Habe ich dich gerade bei einem Schläfchen auf dem Friedhof ertappt?«

»Das war keine Absicht! Ich habe mit Eris geredet«, sagte Avery, was ihr sofort peinlich war, denn das hatte sie gar nicht zugeben wollen – es war zu vertraulich. Zu ihrer Erleichterung nickte Cord nur, als könnte er genau verstehen, was sie meinte. »Ich denke, ich bin einfach weggedöst«, fügte sie hinzu, erhob sich und begann, ihre Sachen zusammenzusammeln.

Sie hätte sich eigentlich Gedanken darüber machen sollen, dass Cord sie ständig in ihren schwächsten Momenten erwischte – den Trä-

nen nahe auf der Hudson-Naturschutzgala, wie sie sich im Ichi vor
Zay zum Affen gemacht hatte, und jetzt, schlafend am Grab ihrer toten,
besten Freundin. Aber vielleicht weil sie ihn schon so lange kannte,
weil sie wusste, dass er auch nicht perfekt war, störte Avery das nicht.

Sie dachte daran, wie Eris auf ihre Gefühle für Atlas reagiert hatte,
als wäre das gar nicht so schlimm. Es war zwar nur ein Traum gewesen,
aber trotzdem … Zum ersten Mal fragte sich Avery, wie es wäre, ihr
Geheimnis mit jemandem zu teilen. Was würde Cord sagen, wenn sie
es ihm erzählen würde? Wäre er angewidert oder würde er es irgendwie verstehen?

Auf dem Weg hinter ihnen ertönten Schritte und sie drehten sich
beide abrupt um. Ein dunkelhaariges Mädchen mit Ponyfrisur und
etwa in ihrem Alter stand plötzlich am Rand des Radson-Familien-
grabs. Sie trug eine dicke Daunenjacke und Jeans, und sie hielt eine
einzelne weiße Rose in der Hand. Erst jetzt wurde Avery bewusst, dass
sie nicht vorbeigegangen war – als hätte sie die Grabstätte betreten
wollen und wäre von Averys und Cords Anwesenheit davon abgehalten worden.

Bevor Avery etwas sagen konnte, drehte sich das Mädchen um und
rannte davon. Sie löste sich einfach in Luft auf wie Rauch.

Avery versuchte das als Zufall abzutun, aber auf dem ganzen Weg
zurück zur Monorail-Station wurde sie das kribbelige Gefühl nicht los,
dass jemand sie beobachtete.

Watt

Am selben Abend hatte Watt gerade sein erstes Mathe-Club-Treffen hinter sich. Auf Nadias Vorschlag hin hatte er sich bei ein paar Clubs angemeldet, um seinen Lebenslauf aufzubessern, aber der einzige, der zu einem so späten Zeitpunkt im Schuljahr noch bereit gewesen war, ihn aufzunehmen, war der Mathe-Club gewesen – und das auch nur, weil Cynthia die stellvertretende Vorsitzende war. Er wünschte, er hätte schon früher in der Highschool mehr auf diesen Kram geachtet, anstatt sich nur um seine Hackerjobs zu kümmern.

Aber im Gegensatz zu Schulclubs wurden Hackerjobs *bezahlt*, und in seiner Familie war es kaum möglich, Geld abzulehnen.

»Danke noch mal, dass ich bei euch mitmachen darf«, sagte er zu Cynthia, als sie die Schule verließen.

»Du hättest schon vor einer Ewigkeit in den Club eintreten sollen. Ich wusste, dass du gut in Differenzialgleichungen bist, aber mir war nicht klar, *wie* gut«, erwiderte Cynthia und klang dabei beeindruckt.

Vielen Dank, sagte Nadia in neckischem Ton. Sie war diejenige, die die Gleichungen in Rekordgeschwindigkeit gelöst hatte – obwohl Watt das gar nicht nötig gehabt hätte. Sie waren beide sogar ein wenig überrascht gewesen, als er sie um Hilfe bitten musste.

Entschuldige, ich brauchte die Rettung, erklärte Watt ihr nun in Gedanken.

Du hast an Leda gedacht, stimmt's?

Hab nur Pläne geschmiedet, antwortete Watt vage, obwohl er nie etwas sehr lange vor Nadia geheim halten konnte. Und sie hatte recht.

Selbst als er in dieser Mathe-Runde gesessen hatte, war er mit einem Teil seiner Gedanken – einem gefährlich großen Teil – bei Leda gewesen, wobei seine Hirngespinste zwischen Fantasien über ihren Untergang und Fantasien eindeutig anderer Natur hin- und hergesprungen waren. Er verstand nicht, warum er so fixiert auf sie war. Wie konnte er noch böse auf sie sein und so scharf darauf, sie für alles bezahlen zu lassen, was sie getan hatte, wenn er sie gleichzeitig so sehr begehrte?

Er wünschte, er wäre mehr wie Nadia. Rationaler, nicht so leichtsinnig.

Wo wir gerade vom Teufel sprechen, bemerkte Nadia.

Watt blickte auf und war sprachlos, als er Leda entdeckte, die lässig an einer Backsteinwand vor seiner Schule lehnte – siebenhundert Stockwerke unter ihrer gewohnten Umgebung. Sie trug eine schwarze Leggings, die der Fantasie wenig Spielraum ließ, und ihr Gesicht glühte vor Anstrengung. Ihr Haar war zu einem lockeren Knoten zurückgebunden, doch ein paar Locken hatten sich an den Seiten gelöst.

»Watt, da bist du ja«, begrüßte sie ihn mit einem besitzergreifenden Tonfall, der ihn gleichzeitig erregte und ärgerte. Am liebsten hätte er sie auf der Stelle stürmisch geküsst. Aber das tat er natürlich nicht.

»Leda«, sagte er gedehnt, um seine seltsam gemischten Gefühle zu verbregen. »Was verschafft mir die Ehre?«

Er merkte, wie Cynthia sich bei der Erwähnung des Namens anspannte und zwischen ihnen hin- und herschaute. Er wusste, was sie dachte. Das war also die berühmte Leda, das Mädchen, das zu viele von Watts Geheimnissen kannte.

»Ich muss mit dir reden. Unter vier Augen.« Ledas Blick heftete sich auf Cynthia. »Entschuldige, ich glaube nicht, dass wir uns kennen. Ich bin Leda Cole. Du bist Cynthia, richtig?«, sagte sie und streckte ihr die Hand hin.

Cynthia reagierte nicht darauf.

Woher wusste Leda überhaupt, wie Cynthia aussah? Hatte sich Leda seine Feeds angesehen? Merkwürdigerweise gefiel ihm diese Vorstellung.

»Hi, Leda«, sagte Cynthia ohne eine Regung. An ihrem Tonfall war deutlich zu erkennen, was sie von dem anderen Mädchen hielt.

Schließlich senkte Leda den ausgestreckten Arm und wandte sich wieder Watt zu. »Watt, lass uns gehen«, kommandierte sie und ging los, offensichtlich davon überzeugt, dass er ihr folgen würde.

Watt sah sich zu Cynthia um. »Tut mir leid, ich muss –«

»Was auch immer die Oberschlampe befiehlt«, sagte Cynthia sauer und so leise, dass Leda sie nicht hören konnte. »Dann geh doch.«

Watt zögerte keinen Moment. Cynthia würde ihm später verzeihen, aber Leda nicht. Er beeilte sich, sie einzuholen.

»Du hättest nicht so eine Szene machen müssen«, sagte er, obwohl er das Ganze aus irgendeinem Grund sogar ein wenig unterhaltsam fand. Vielleicht hatte er sich schon zu sehr daran gewöhnt, mit Leda zusammen zu sein.

»Entschuldige, wenn ich dir bei deiner kleinen Freundin Ärger eingehandelt habe«, sagte Leda.

»Ich hab dir doch schon gesagt, dass sie nicht meine Freundin ist.«

»Und ich habe dir schon gesagt, wie egal mir das ist.« Sie sah nicht mal in seine Richtung, als sie in seine Straße abbog. Watt war ein wenig überrascht, dass sie zu ihm nach Hause wollte, und noch überraschter, dass sie sich hier unten überhaupt auskannte.

»Hör zu, wenn du willst, dass ich vorbeikomme, kannst du mir auch einfach eine Nachricht schicken«, sagte er, während seine Gedanken schon darum kreisten, was seine Eltern sagen würden, wenn er Leda mitbrachte. Wenigstens hatten sie Leda bereits kennengelernt und dachten, sie wäre eine Klassenkameradin.

Leda lachte. »Ich bin nicht *deshalb* hier«, sagte sie.

Es gefiel ihm, wie sie »deshalb« betonte. Es sollte wahrscheinlich abfällig klingen, was sie aber nicht ganz hinbekommen hatte.

»Es gibt jemanden, den du für mich checken sollst«, fuhr Leda fort. »Ich wollte dich schon längst danach fragen, aber … na ja, du weißt schon …« Sie brach den Satz verlegen ab.

»Ich habe dich abgelenkt.« Er grinste, weil sie so aufgeregt war.

»Bilde dir bloß nicht zu viel ein.«

Sie stiegen die Treppe zu seiner Wohnungstür hinauf. Watt zögerte und warf Leda einen Seitenblick zu. »Kannst du meinen Eltern einfach sagen, dass du wegen eines Schulprojekts hier bist und –«

»Entspann dich, Watt. Ich hab schon ganz andere Dinge geschaukelt.«

»Ich weiß nicht mal, was das bedeuten soll«, erwiderte er, während er die Tür öffnete. »Wie schaukelt man Dinge denn?«

Leda zuckte mit den Schultern. »Ist eine alte Redewendung«, sagte sie abwehrend. Als sie ihm den Flur hinunter folgte, veränderte sich ihr Gesichtsausdruck von genervtem Sarkasmus in ein strahlendes Lächeln.

»Mrs Bakradi!«, rief sie und umarmte Watts Mom. »Wie geht es Ihnen? Ich wollte das hier Zahra vorbeibringen. Ich hab es gefunden, als ich ein paar meiner alten Sachen aussortieren wollte.« Zu Watts großem Erstaunen griff Leda in ihre Tasche und holte ein kleines Spielzeugpferd hervor. Sie drückte auf einen Knopf und das Pferd begann, durch den Flur zu galoppieren.

Verdammt, sie war echt gut, dachte Watt mit neidischer Anerkennung.

Als sie schließlich in Watts Zimmer waren und die Tür hinter sich geschlossen hatten, starrte er Leda an. Sie hatte sich bereits auf sein Bett gesetzt und in ihrer typischen Ungezwungenheit die Beine übereinandergeschlagen.

»Woher wusstest du, dass Zahra gerade eine Pferdephase durchmacht?«, fragte er argwöhnisch.

»Deine Mom hat es mir erzählt, als ich beim letzten Mal hier war.« Leda verdrehte die Augen. »Jetzt mal ernsthaft, Watt, dein Quant hat dich unverzeihlich faul gemacht. Hörst du den Leuten überhaupt noch zu?«

»Ich höre dir zu«, erwiderte er, obwohl er sich ertappt fühlte.

»Das glaub ich nicht«, sagte Leda leichthin. »Ist Nadia an?«

Für einen Moment glaubte Watt, er würde träumen, denn es kam ihm immer noch so unwirklich vor, dass jemand über Nadia redete.

»Ich bin immer an«, erwiderte Nadia über die Lautsprecher. Sie klang leicht beleidigt.

Leda nickte, als wäre sie nicht überrascht. »Nadia«, sagte sie dann mit einem respektvollen Tonfall, den sie bei Watt noch nie benutzt hatte, »würdest du bitte jemanden für mich überprüfen? Ihr Name ist Calliope Brown. Sie ist etwa in unserem Alter.«

»Suche läuft«, erwiderte Nadia.

Watt wurde immer gereizter. *Du machst es ihr viel zu leicht.*

Sie hat nett gefragt. Nicht so wie du.

»Wonach suchen wir eigentlich genau?« Watt ließ sich auf seinen Schreibtischstuhl fallen und streckte die Arme über den Kopf. Krampfhaft versuchte er nicht darüber nachzudenken, wie nah Leda war und wie lässig sie auf seinem Bett hockte.

»Ich bin nicht ganz sicher«, gab Leda zu. »Aber irgendetwas stimmt nicht mit diesem Mädchen, das weiß ich.«

»Also beruht das Ganze auf einer Ahnung von dir?«

»Lach mich aus, wenn du willst, aber meine Vorahnungen treffen immer ins Schwarze. Schließlich hatte ich auch die Vermutung, dass mit dir etwas faul ist, und ich hatte recht, oder etwa nicht?«

Dazu fiel Watt nichts ein.

Leda beugte sich vor, als Nadias Suchergebnisse auf dem Bildschirm erschienen. Es gab eine Calliope Brown, die im Tower in der vierhundertdreiundsiebzigsten Etage gemeldet war – eine ältere Dame mit einem schmalen Lächeln.

»Nein, das ist sie nicht«, sagte Leda enttäuscht.

Watt runzelte die Stirn. »Nadia, kannst du die Suche auf die USA ausweiten?« Sie gingen Dutzende Gesichter durch, suchten dann sogar auf internationaler Ebene, aber Leda schüttelte bei jedem neuen Bild, das auftauchte, ungeduldig den Kopf.

»Sie wohnt im Nuage. Können wir sie vielleicht dort finden?« Leda löste unruhig ihren Pferdeschwanz, nur um ihn wieder neu zusammenzubinden.

»Ich zeige dir die Überwachungsvideos im Schnelldurchlauf und ziehe die Gesichter heraus. Sag mir, wenn du sie erkennst«, bot Nadia an. Aus Momentaufnahmen des Videomaterials stellte sie augenblicklich eine Datei aller Gäste zusammen. Watt spürte, wie Nadia sich in die Suche hineinsteigerte. Es gab nichts, was sie mehr liebte als ein gutes Puzzle.

Nachdem Leda das Bildmaterial ein paar Minuten lang durchgegangen war, sprang sie plötzlich vom Bett auf und deutete mit dem Finger auf ein Bild in der oberen rechten Ecke des Bildschirms. »Da, siehst du? Das ist sie!«

372

»Nadia, kannst du ihre Netzhaut scannen?«, fragte Watt. Einen Moment später lieferte Nadia die entsprechende Information. Die Netzhaut war auf den Namen Harori Haniko registriert, eine Frau aus Kyoto, die vor sieben Monaten gestorben war.

»Sie benutzt eine geklaute Netzhaut«, sagte Leda fassungslos. »Dann muss sie eine Kriminelle sein, richtig?«

Jetzt war auch Watts Neugier geweckt. »Nadia, was ist mit einer Gesichtserkennung? Auf internationaler Ebene.« Sie konnte ihre Augen verändern, aber es war viel schwerer, das Gesicht radikal zu verändern.

Der Bildschirm blieb leer. »Keine Treffer.«

»Versuch's noch mal«, bat Leda.

Watt schüttelte den Kopf. »Leda, die Suche umfasst jede Regierungsstelle der Welt, auf nationaler und kommunaler Ebene. Wenn dieses Mädchen existieren würde, hätten wir sie gefunden.«

»Was willst du damit sagen? Dass sie nur ein Hirngespinst von mir ist? Sie wurde von der Kamera im Nuage gefilmt, du kannst sie selbst sehen!« Leda war außer sich.

»Ich sage doch nur, dass das Ganze ziemlich merkwürdig ist. Wenn sie irgendwo gewohnt hat, müsste sie registriert sein, durch einen ID-Ring oder eine Steuerkarte oder was auch immer.«

»Nun, hier ist deine Antwort«, erklärte Leda. »Sie hat nie irgendwo richtig *gewohnt*. Sie war immer nur Besucherin und wurde deshalb nie registriert.«

Daran hatte Watt nicht gedacht, aber es machte Sinn. »Warum sollte jemand so leben?«

»Weil sie offenbar *auf irgendetwas aus ist*!« Leda betonte diese Bemerkung dramatisch, als wäre sie eine Schauspielerin in einem alten tragischen Theaterstück. Sie runzelte die Stirn. »Aber warum hat noch niemand festgestellt, dass ihre Netzhaut geklaut ist?«

»An öffentlichen Plätzen macht niemand einen Netzhautscan nur für eine Routineüberprüfung. Es gibt höchstens Stichproben, die mit Verbrecherdatenbanken abgeglichen werden. Ich vermute, du hast sie nicht bei irgendjemandem zu Hause gesehen?«

»Nur bei Avery, aber das war auf einer Party«, sagte Leda.

Watt nickte. »Worauf auch immer sie *aus ist*«, wiederholte er Ledas Worte, die ein Lächeln bei ihr hervorlockten, »sie ist offenbar ein Profi.«

Nach dieser Feststellung schwiegen die beiden.

Dann blickte Leda mit einer neuen Idee auf. »Was ist mit Schulen? Können wir die Gesichtserkennung durch Schulnetzwerke laufen lassen, die nichts mit irgendwelchen Regierungsstellen zu tun haben? Oder sind die zu schwer zu knacken?«

Das war ein guter Einfall. Watt wünschte, er wäre zuerst darauf gekommen. »Für Nadia ist nichts zu schwer«, prahlte er, was nicht ganz stimmte, aber verdammt gut klang. »Nadia?«, sagte er prompt, aber sie hatte bereits einen Treffer gefunden: Clare Dawson, die ein Jahr lang das St. Marys Internat in England besucht hatte.

»*Ja!* Das ist sie!«, rief Leda aufgeregt.

Weiterer Treffer erschienen auf dem Bildschirm. Cicely Stone, die in einer amerikanischen Schule in Hong Kong gewesen war. Aliénor LeFavre in der Provence. Sophia Gonzales in einer Schule in Brasilien. Und so ging es weiter, bis Nadias Bildschirm mit mindestens vierzig Pseudonymen voll war, die alle eindeutig mit der sogenannten Calliope in Verbindung standen.

»Wow«, sagte Watt schließlich. Das war heftiger als die Fälle, mit denen er normalerweise auf H@ckerHaus zu tun hatte, denn die drehten sich meistens nur um Schulnotenfälschungen und betrogene Ehepartner, gelegentlich auch um eine Identitätssuche.

»Das ist der Beweis. Sie ist eine Kriminelle«, sagte Leda triumphierend. Der Nervenkitzel ließ ihre dunklen Augen funkeln.

»Oder eine Soziopathin oder Geheimagentin. Vielleicht ist ihre Familie auch nur völlig durchgeknallt. Wir sollten keine voreiligen Schlüsse ziehen.«

Leda ging näher an den Bildschirm heran und beugte sich vor. Watt merkte, wie ihre Nähe ihn ablenkte.

»Nadia«, sagte er schnell und räusperte sich, »kannst du Aufzeichnungen über gemeldete Vorfälle an diesen Schulen finden? Schulverweise, irgendwelche Vergehen oder Fehlverhalten, irgendetwas Ungewöhnliches in ihren Akten?«

»Und stelle Verbindungen zu all ihren Klassenkameraden her. Mit wem war sie befreundet? Vielleicht können wir über ihre Kontakte etwas herausfinden«, fügte Leda hinzu. Ohne Vorwarnung setzte sie sich dann auf Watts Schoß, vergrub ihre Finger in seinen Haaren und zog ihn zu sich heran. Ihr Kuss war warm und drängend.

Watt löste sich zuerst von ihr. »Ich dachte, *deshalb* bist du nicht hergekommen«, stichelte er, obwohl er sich gar nicht beschweren wollte.

»Es war nicht der *einzige* Grund«, korrigierte Leda ihn.

»Dann willst du also nicht, dass ich mit deinen Nachforschungen weiter–«

»Halt den Mund«, sagte Leda ungeduldig, schlang die Arme um seine Schultern und küsste ihn erneut. Mühelos stand er auf, trug Leda zum Bett hinüber – sie war so leicht – und legte sie behutsam hin, ohne den Kuss zu unterbrechen. Dann wanderten seine Hände über ihren Rücken, die Kurven ihrer Hüfte, ihre weiche Haut. Watt wusste nicht mehr, ob er sie mochte oder verabscheute. Vielleicht empfand er beides gleichzeitig für sie, was erklärt hätte, wieso all seine Nervenenden plötzlich völlig verrücktspielten, als würde sein ganzer Körper jeden Moment explodieren.

Er wollte Nadia bitten, das Licht auszuschalten, aber es war bereits dunkel im Zimmer und der Riegel schob sich vor die Tür.

Leda

Leda blinzelte in die Dunkelheit. Sie war eng an Watt gekuschelt, der noch schlief, eingesponnen in die Wärme unter seiner Decke wie in einem Kokon. Ihre Körper waren so ineinander verschlungen, dass sich ihre Atemzüge unbewusst einander angepasst hatten. Sie atmeten gleichmäßig ein und aus wie in diesem Gedicht aus dem Mittelalter über die Liebenden unter den Sternen.

»Uhrzeit«, flüsterte Leda, so leise sie konnte.

Die Zahlen, die in der linken oberen Ecke ihres Blickfeldes aufleuchteten, verrieten ihr, dass es 1 Uhr 11 in der Nacht war. *Scheiße!* So lange hatte sie gar nicht bleiben wollen. Sie war nur aus einem plötzlichen Impuls heraus hergekommen, nachdem sie Calliope beim Anti-Gravity-Yoga mit Risha gesehen hatte und ihr das Gespräch mit Avery wieder eingefallen war. Sie wollte unbedingt etwas über Calliope herausfinden – als könnte sie sich damit endgültig mit Avery versöhnen und all die Fehler, die sie gemacht hatte, wieder ausbügeln.

Und sie musste zugeben, dass sie auch nach einer Ausrede gesucht hatte, Watt zu sehen.

Sie rutschte im Bett zur Seite, nicht besonders überrascht, dass sie eingeschlafen war. Sie fühlte sich bei Watt so … entspannt, sie hatte überhaupt keine Albträume, die sie sonst immer heimsuchten, endlose Flure entlangjagten und mit dämonischen Fingern nach ihr griffen.

Gott sei Dank war sie wenigstens so geistesgegenwärtig gewesen, ihren Eltern zu erzählen, dass sie bis spät in die Nacht mit Freunden lernen wollte. Hoffentlich bekamen sie nicht mit, wenn sie um diese Uhrzeit auf Zehenspitzen die Treppe hinaufstieg. Andererseits hatten sie auch nicht gemerkt, dass Watt sich die ganze Woche lang in ihr Zimmer geschlichen hatte.

Leda stützte sich auf einen Ellbogen ab und blickte auf den schlafenden Watt hinunter – schlank und gefährlich. Er war wie eine Flamme, die sie magisch anzog, obwohl sie wusste, dass sie sich daran verbrennen konnte.

Sie ließ den Blick über seine Züge wandern – so würde sie ihn nie betrachten, wenn er wach wäre –, musterte seine große Nase, seine vollen, sinnlichen Lippen, die dunklen Lider über seinen haselnussbraunen Augen. Seine Augen bewegten sich ein wenig, als würde er träumen. Was hatte er wohl für Träume? Träumte er vielleicht sogar von ihr?

Sie streckte die Hand aus und vergrub sie in seinen dichten, dunklen Haaren, spielte mit seinen Locken, spürte die warme Haut an seinem Hinterkopf unter ihren Fingern. In diesem rasenden, summenden, genialen Hirn steckten so viel Intelligenz und so viele Gedanken, die sie nicht verstand. Watt faszinierte sie, machte ihr aber auch ein wenig Angst, weil er so anders war als jeder, den sie kannte.

Sie ertastete eine kleine Unebenheit hinter seinem rechten Ohr und hielt den Atem an. Die Stelle hob sich in einem perfekten Kreis ab, viel zu gleichmäßig, um natürlichen Ursprungs zu sein. Sie fühlte sich fest an, als wäre dort etwas chirurgisch eingesetzt worden. Leda versuchte, seine Haare ein wenig anzuheben, um einen Blick auf seinen Schädel zu werfen, aber sie entdeckte nicht die geringste Spur einer Narbe.

Ein kalter, unheilvoller Schauer lief ihr über den Rücken und sie zog rasch die Hand zurück. Nein, bestimmt nicht, dachte Leda als Antwort auf die bizarre Frage, die tief in ihrem Inneren aufstieg. Watts Computer saß bestimmt nicht in seinem Gehirn.

Das war einfach unmöglich.

Und doch würde es eine Menge Dinge über ihn erklären. Dass er sich zum Beispiel viel müheloser durch die Welt bewegte als andere Leute, ohne seinen Kontaktlinsen jemals Befehle zuzuraunen. Er schien die ganze Zeit in Gedanken mit Nadia zu kommunizieren. Ganz zu schweigen davon, dass Leda Nadia bis jetzt nirgendwo hatte lokalisieren können, obwohl sie sein Zimmer sorgfältig abgesucht hatte.

Es schien unmöglich zu sein, doch eins hatte Leda in ihren siebzehn Jahren gelernt: dass sich das Unmögliche sehr oft als wahr herausstellte.

Watt bewegte sich und öffnete langsam die Augen. »Wie spät ist es?«

»Schhh, es ist sehr spät. Schlaf weiter.« Ihre Gedanken überschlugen sich immer noch, während sie versuchte, die Schlussfolgerungen aus ihrer Entdeckung zu ordnen.

»Geh noch nicht«, murmelte Watt schläfrig und strich sanft mit der Hand über ihren nackten Arm. Seine Berührung sandte kleine Explosionen über ihre Haut. Mehr als alles andere wollte Leda sich wieder hinlegen, sich an ihn schmiegen, die Wahrheit vergessen, die sie unbeabsichtigt entdeckt hatte. Sie wollte Watt nach der merkwürdigen Erhebung an seinem Schädel fragen. Wie er eigentlich zu Nadia gekommen war und ob es wehgetan hatte. Bereute er es, Teil eines Computers zu sein?

Watt setzte sich im Bett auf. Leda sah sich hektisch im Zimmer um, sodass sich ihre Blicke nicht treffen konnten, und ihre Augen blieben an etwas hängen, was ihr vorher nicht aufgefallen war: eine Virtual-

Reality-Brille, die auf seinem Nachttisch lag. Sie sah aus wie ein halb fertiger Prototyp. Sogar Leda erkannte, dass große Teile fehlten. Nur echte Hardcore-Spieler trugen immer noch diese riesigen Brillen, weil die Bildwiedergabe selbst im Vergleich zu den leistungsstarken Kontaktlinsen besser war.

»Hast du die gebaut?«, fragte Leda, hob die Brille hoch und hoffte, ihn damit von ihrem schnell pochenden Herzen abzulenken.

Watt zuckte mit den Schultern. »Ist nur ein Nebenprojekt. Ich wollte sehen, ob ich mithilfe von Nadias Rechenleistung die Bewegungsverfolgungsmerkmale verbessern kann.«

Sie setzte die Brille auf, aber nichts passierte.

»Funktioniert noch nicht«, erklärte Watt, doch er schien amüsiert zu sein.

Leda ließ die Brille noch eine Weile auf. Es gefiel ihr, wie das Gerät sie von der Welt abschirmte und dass sie damit ihr Gesicht vor Watts eindringlichem Blick verbergen konnte. Sie fragte sich, was Nadia jetzt wohl gerade dachte, versteckt in Watts Gehirn, während sie Leda beobachtete. O Gott, hatte Nadia sie die ganze Zeit durch Watts Augen beobachtet? Etwas an dieser Vorstellung machte ihr Angst, als wäre ein Geist bei ihnen im Bett.

Sie zog die Brille wieder vom Kopf, stand auf und suchte ihre Sachen zusammen, die verstreut in der Dunkelheit lagen. »Ich sollte gehen.«

»Na gut.« Watt klang enttäuscht, aber vielleicht bildete sie sich das auch nur ein.

Leda blieb an der Türschwelle stehen und drehte sich noch einmal zu ihm um. Er hatte die Decke weggestrampelt und lag wieder auf dem Rücken im Bett wie ein skizzierter Schatten. Das schwache Licht aus dem Flur fiel auf sein unbändiges Haar, sein entwaffnendes Lächeln.

Plötzlich wirkte er sehr jung, fast kindlich und überhaupt nicht mehr angsteinflößend. Ledas Herzschlag beruhigte sich ein wenig.

Ihr fiel wieder ein, dass sie am Wochenende nach Dubai fliegen wollte. Das wäre ihre erste Nacht ohne Watt, seit sie aus der Entzugsklinik zurückgekehrt waren.

»Hey«, flüsterte sie.

Watt blickte erwartungsvoll auf.

»Möchtest du mit mir zur Mirrors-Eröffnungsfeier nach Dubai kommen?«

Watt lächelte. »Ja, das würde ich gern.«

Als sie etwas später von der Fahrstuhlhaltestelle nach Hause lief, sah Leda sich verwundert auf den vertrauten und dennoch irgendwie fremden Straßen um. Ihr Wohnhaus kam ihr einfacher, sauberer vor. Die Laternen erzeugten wunderschöne Lichtkreise in der Dunkelheit. Alles sah genauso und doch völlig anders aus als sonst, und Leda wurde klar, dass vielleicht *sie* diejenige war, die sich verändert hatte. Es lag eine tiefe Kluft zwischen der Leda von gestern und der Leda von heute.

Sie wusste, dass Watt einen Computer in sich trug. Na und? Das war auch nicht unheimlicher als alles andere, was in letzter Zeit passiert war. Er war immer noch Watt und er würde sie nach Dubai begleiten, weil er es wollte. Nicht weil er gezwungen oder erpresst wurde, sondern weil er bei ihr sein wollte.

Zum ersten Mal in ihrem Leben wusste Leda Cole ein dunkles Geheimnis über jemanden – ein echt dunkles Geheimnis, wenn man es genau nahm – und sie hatte nicht die geringste Absicht, dieses Wissen auszunutzen.

Rylin

»Bitte, Mrs Lane. Ich muss den Holografie-Kurs wechseln«, flehte Rylin zum wiederholten Mal, als sie erneut am Schreibtisch ihrer Studienberaterin stand.

Es war Freitagmorgen und sie trug dieselbe Bitte vor, die sie schon die ganze Woche vergeblich an Mrs Lane gerichtet hatte, um in den Holografie-Einführungskurs wechseln zu dürfen, den Cord erwähnt hatte. Dieser Kurs wurde von Elaine Blyson unterrichtet, die weiße Haare hatte, knallroten Lippenstift trug und im Moment die sicherste Wahl zu sein schien.

Bis jetzt war Mrs Lane ihr noch kein Stück entgegengekommen, aber Rylin wollte nicht aufgeben. Sie konnte den Gedanken nicht ertragen, heute Nachmittag den Klassenraum betreten und Xiayne begegnen zu müssen. Sie wollte diese ganze verdammte Sache hinter sich lassen und nach vorn blicken.

»Ich tue alles«, sagte sie mit Nachdruck und lehnte sich mit den Unterarmen auf Mrs Lanes Tisch. »Ich belege im nächsten Jahr zwei Kunstkurse. Ich lerne zusätzlich. Ich kann nur nicht in diesem Kurs eingeschrieben bleiben.«

»Miss Myers, wie ich Ihnen schon die ganze Woche gesagt habe, ist die Kursauswahlfrist schon längst abgelaufen. Es ist zu spät, jetzt noch einen Kurs zu wechseln. Es war eigentlich auch schon zu spät, als Sie für den Kurs eingeschrieben wurden. Sie haben den Platz nur bekommen, weil Sie erst mitten im Halbjahr dazugekommen sind.« Mrs Lane schnaubte und wandte sich wieder ihrem Tablet zu. »Offen gestanden verstehe ich überhaupt nicht, warum Sie den Kurs unbedingt verlassen wollen. Sie wissen, dass das unser beliebtestes Wahlfach ist. Und nach diesem einmaligen Praktikum, das Sie gerade absolviert haben … bin ich ein wenig schockiert.«

»Gibt es hier ein Problem?«

Rylin war verblüfft, dass Leda plötzlich an der Tür zu Mrs Lanes Büro aufgetaucht war. »Entschuldigen Sie die Störung«, fuhr Leda mit einem charmanten Lächeln fort, »ich komme gerade von einer Schülerratssitzung und hätte eine Frage an Sie.«

Rylin versuchte verwirrt, ihren Blick aufzufangen, aber Leda starrte die Studienberaterin unbeirrt an.

»Miss Cole! Vielleicht können Sie Miss Myers zur Vernunft bringen«, erklärte Mrs Lane. »Sie möchte in den Holografie-Einführungskurs versetzt werden, und ich versuche ihr schon die ganze Woche klarzumachen, dass das unmöglich ist.«

»In den Holografie-Einführungskurs? Wirklich?« Leda sah Rylin fragend an.

Rylin schwieg. Sie hatte keine Lust, sich mit Leda anzulegen.

Leda schien etwas in Rylins Reaktion zu erkennen und wandte sich wieder an die Studienberaterin. »Aber Sie wissen doch, Mrs Lane, dass unser Kurs *hoffnungslos* überfüllt ist. Vielleicht wäre es gar nicht so schlecht, wenn Rylin wechselt.«

»Ich habe ganz vergessen, dass Sie diesen Kurs ja auch besuchen!«, rief Mrs Lane. »Also verstehen Sie sicher, wie wichtig es ist, das Klassengleichgewicht aufrechtzuerhalten –«

»Mrs Lane«, fiel Leda ihr ruhig ins Wort, »Rylin ist eine unglaublich gute Schülerin, aber sie könnte von dem Einführungskurs profitieren. Sie sollten das Holo-Video sehen, das sie letzten Donnerstag im Hotel Burroughs gemacht hat – das Filmmaterial ist *brillant*, aber die Lichteinstellung ist viel zu hell. Man kann jedes einzelne *schmutzige* Detail in den Aufnahmen sehen.« Sie hatte ihre Stimme zu einem verschwörerischen Flüstern gesenkt. Mrs Lane wurde rot, sagte aber nichts.

»Natürlich sind mir die Schulregeln bekannt«, redete Leda weiter und hob dabei bedeutungsvoll eine Augenbraue. »Aber ich bin nicht sicher, ob das bei Rylin auch schon so ist. Vielleicht würde es helfen, wenn unser Schulleiter Mr Moreland sie ihr noch einmal erklärt, damit sie die *Auswirkungen* versteht? Ich weiß, dass er das richtige *Händchen* für so sensible Angelegenheiten wie diese hat.«

Mrs Lanes Mund blieb offen stehen, sie war absolut sprachlos. Rylin sah fassungslos zwischen ihr und Leda hin und her. Sie war nicht sicher, ob sie etwas sagen oder lieber den Mund halten sollte. »Mrs Lane –«, begann sie schließlich, aber die Frau schnitt ihr das Wort ab.

»Ja, Miss Cole, ich verstehe Ihre Argumentation«, sagte sie an Leda gewandt und nickte heftig. Ihre Miene wirkte seltsam verkniffen. Dann sah sie zu Rylin herüber. »Miss Myers, ich versetze Sie in den Einführungskurs. Der Unterricht findet dienstags und donnerstags im Kunstpavillon statt.«

»Äh, danke sehr«, stammelte Rylin, aber Leda zog sie bereits mit einem zufriedenen Lächeln im Gesicht auf den Flur hinaus.

»Gern geschehen«, sagte Leda und wandte sich zum Gehen.

»Warte! Was zur Hölle war *das* denn gerade? Wie hast du das gemacht?« Und warum?, fügte sie in Gedanken hinzu.

Leda zuckte mit den Schultern. »Mrs Lane hat eine Affäre mit unserem Schulleiter, der, wie du vielleicht weißt, verheiratet ist. Sie treffen sich jeden Donnerstag im Hotel Burroughs.«

Rylin hatte nichts von einer solchen Affäre gehört. »Weiß irgendjemand davon?«, fragte sie überrascht.

»Nein, nur ich«, erwiderte Leda geheimnisvoll.

»Oh …« Rylin blieb stehen, überwältigt von einem merkwürdigen Gefühl der Erleichterung, während sie sich gleichzeitig ärgerte, dass sie jetzt in Ledas Schuld stand. »Also, danke.«

»Keine Sorge, dafür schuldest du mir was.«

»Warte!«, rief sie noch einmal und Leda drehte sich erwartungsvoll um. Rylin schluckte. »Warum hast du mir geholfen? Ich dachte, du kannst mich nicht leiden.«

Kurz huschte eine Gefühlsregung über Ledas Gesicht – ein leichtes Zögern oder Schuldgefühle oder vielleicht sogar Bedauern. »Wahrscheinlich habe ich einfach die Nase voll davon, dass mich jeder für ein kaltherziges Miststück hält«, sagte sie nüchtern.

Rylin fiel darauf nichts ein.

»Aber darf ich erfahren«, fuhr Leda fort, »warum du den Kurs hinschmeißen willst?«

Rylin überlegte kurz, ob sie lügen sollte, aber nach diesem Auftritt gerade hatte sie das Gefühl, dass Leda die Wahrheit verdiente. »Während meines Praktikums letzte Woche hat Xiayne mich geküsst. Ich will ihn nicht wiedersehen, aus offensichtlichen Gründen.«

»Xiayne hat sich an dich rangemacht?«

Rylin nickte und Leda verdrehte die Augen. »Gott, was für ein Arsch. Das tut mir leid. Und ich dachte immer, er wäre ein anständiger Kerl.«

»Gibt es die überhaupt?«, sagte Rylin trocken und zu ihrer Überraschung lachte Leda.

»Gutes Argument. Hey«, sagte sie, als hätte sie plötzlich eine Idee, »bist du am Wochenende auf der Mirrors-Eröffnungsparty in Dubai?«

Leda hatte die anderen die ganze Woche darüber reden gehört – sie hatten ihre privaten Hydrojetflüge geplant und über die Kleider diskutiert, die sie bestellt hatten, weil es ein Schwarz-Weiß-Motto gab. Und sie hatte sich die ganze Zeit eingeredet, dass das alles ziemlich albern war. In New York Party zu machen, schien diesen Highliern nicht mehr gut genug zu sein – jetzt mussten sie auch noch um die halbe Welt fliegen, nur um sich mit denselben Leuten wie immer zu besaufen.

Trotzdem wäre ein törichter Teil von ihr gern zu der Party gegangen, wenn auch nur, um sich alles anzusehen.

»Nein, das hatte ich nicht vor«, sagte sie jetzt zu Leda.

»Das solltest du aber«, drängte Leda. »Das hilft dir bestimmt, Dinge wie egozentrische Holografie-Professoren aus dem Kopf zu kriegen.«

»Ich wurde gar nicht eingeladen«, hielt Rylin dagegen.

Leda winkte achtlos ab. »Averys Dad veranstaltet die Party, natürlich kannst du kommen. Das ist kein Problem.«

Rylin blinzelte sie verdutzt an. War das irgendeine Falle? Und seit wann waren Avery und Leda wieder beste Freundinnen? Rylin hatte nicht viel Ahnung von den gesellschaftlichen Gepflogenheiten, aber sogar sie wusste, dass die beiden seit der Nacht auf dem Dach kein Wort mehr gewechselt hatten.

»Danke. Ich überleg es mir«, sagte sie verhalten, denn sie war Ledas Motiven gegenüber immer noch misstrauisch.

»Tja, ich muss dann jetzt. Eine von uns ist schon fast zu spät dran für *unseren Lieblingskurs*«, sagte Leda lächelnd, als hätten sie jetzt einen eigenen Insiderjoke. Doch dann blieb sie stehen, als wäre ihr noch etwas eingefallen. »Die Andertons sind übrigens wichtige Investoren für das Fuller-Unternehmen. Cord wird also wahrscheinlich auch dort sein. Falls das deine Meinung ändern sollte.«

»Woher weißt du –« Was für eine Geheimwaffe besaß Leda bloß, dass sie alles über jeden zu wissen schien?

Es klingelte zum Unterricht. Allein und fassungslos blieb Rylin zurück und fragte sich, was genau da gerade passiert war.

Als die Schule an diesem Nachmittag zu Ende war, verließ Rylin gleich das Tech-Netz und rief Lux an. Doch sie war nicht erreichbar. Also beschloss Rylin, ihr einen Besuch abzustatten und machte vorher noch eine kleine Besorgung.

Als sie bei den Briars an die Tür klopfte, öffnete Lux in einem alten Sweatshirt und einer Jogginghose, die ein Loch im Knie hatte. Ihr Haar war heute pechschwarz und schrecklich fransig geschnitten.

»Wow«, sagte Lux mit ausdrucksloser Stimme. Ihr Blick wanderte von Rylins Schuluniform zu ihren adretten Ballerinas und der pink-weiß-gestreiften Einkaufstüte in ihren Händen. »Du siehst aus wie ein Idiot.«

»Und du siehst aus wie eine Katastrophe«, sagte Rylin. Als Lux darauf nichts erwiderte und auch die Tür nicht weiter öffnete, verließ Rylin der Mut. »Können wir reden? Oder ist es gerade schlecht?«

»Keine Ahnung, Rylin. Ich habe die ganze Woche versucht, dich zu sprechen, aber du warst wie vom Erdboden verschluckt. Ich habe dich mehrmals angerufen, aber du hast dich nicht zurückgemeldet, nicht ein einziges Mal.« Feindseligkeit und Schmerz flackerten in Lux' Augen auf.

Rylin schrumpfte innerlich zusammen, so sehr schämte sie sich. Ihr fiel wieder ein, dass sie am Montag einen Anruf bekommen hatte, als sie gerade mit Cord zusammen gewesen war, und noch ein paar am Dienstag, aber sie hatte völlig vergessen, Lux zurückzurufen.

»Es tut mir leid«, entschuldigte sie sich. »Was war denn so los?«

»Zunächst einmal, Reed hat Schluss gemacht.«

»Oh, Lux.« Rylin trat vor, um ihre Freundin zu umarmen. Lux blieb stocksteif stehen, ließ die Umarmung jedoch zu. »Er ist der Verlierer«, murmelte Rylin.

»Danke. Aber deshalb habe ich dich nicht angerufen.«

»Warum dann?«

Lux trat zurück und jetzt war ein deutlicher Vorwurf in ihrem Blick zu erkennen. »Hiral hatte neulich seine Gerichtsverhandlung. Ich wollte wissen, ob du hingehen würdest.« Sie zuckte beiläufig mit den Schultern, aber Rylin konnte sehen, wie sehr sie sich ärgerte – wegen Hiral und wegen sich selbst. »Ich bin dann mit Indigo und Amir hin.«

Rylin hatte total vergessen, dass die Gerichtsverhandlung diese Woche war. Sie hatte auch nicht gerade die Tage im Kalender gezählt, aber sie hatte trotzdem ein schlechtes Gewissen, dass sie nicht wenigstens daran gedacht hatte. »Wie ist es ausgegangen?«

»Nicht mal das weißt du? Du warst drei Jahre mit ihm zusammen, und es interessiert dich überhaupt nicht, ob er ins *Gefängnis* muss?«

»Ich war in L. A.«, begann Rylin zu erklären, aber Lux ließ sie nicht ausreden.

»Auch wenn es dich einen Dreck schert, er ist draußen.«

Rylin war erleichtert, als sie das hörte. Sie nahm ihm zwar immer noch übel, was sie seinetwegen durchmachen musste, aber sie hätte ihm dennoch nie gewünscht, dass sein Leben mit achtzehn schon vorbei war.

Plötzlich wurde ihr bewusst, wie Lux sie in letzter Zeit gesehen haben musste – immer abwesend, gleichgültig, zu sehr mit ihrer neuen

Highlier-Schule beschäftigt, um sich noch für ihre Freunde zu interessieren. Kein sehr schmeichelhaftes Bild.

Aber Lux kannte nicht die ganze Geschichte und das war allein Rylins Schuld, weil sie ihr nichts erzählt hatte.

Sie atmete langsam aus.»Können wir bitte irgendwo reden?«

Rylin sah sofort, dass Lux Nein sagen wollte. Sie strahlte etwas Kaltes und Abweisendes aus wie eine unwirkliche Figur aus einem Holo-Video, als wäre sie gar nicht hier. Sie griff nach Lux' Hand, die sich beruhigend echt anfühlte.

Eine Art Wiedererkennen flackerte in Lux' Augen auf und schließlich nickte sie.»Na schön.«

Rylin hielt die Hand ihrer Freundin fest, genau wie sie es als Kinder getan hatten. Sie gingen die Straße hinunter und um eine Ecke zu einer kleinen ViewBox, die etwas versteckt zwischen zwei Apartments lag.

ViewBoxen waren so etwas wie winzige, halb vergessene Parks: kleine Grundstücksstreifen mit Metallbänken und einer künstlich projizierten Aussicht, die es nur an den Stellen gab, für deren quadratische Form die Architekten des Towers keine andere Verwendung gefunden hatten. Diese Box zeigte auf dem Aussichtsbildschirm einen spektakulären Sonnenaufgang über der Skyline von New York, obwohl sie sich natürlich viel zu weit im Inneren des Towers befanden. Echte Fenster mit einem echten Ausblick waren weit entfernt. Eigentlich waren ViewBoxen öffentliche Orte, aber sie waren so klein, dass niemand sie wirklich nutzen wollte. Die meiste Zeit dienten sie Jugendlichen als Raucherecke oder heimlicher Fummelplatz.

Rylin und Lux setzten sich auf die leere Bank und betrachteten den unecht wirkenden Sonnenaufgang in grellen Filmfarben.

»Oh, das hätte ich fast vergessen«, sagte Rylin und reichte Lux die Einkaufstüte, die sie mitgebracht hatte.

Lux musste unwillkürlich lächeln, als sie den Inhalt sah. »Du hast alle Geschmacksrichtungen besorgt?«

In der Tüte befand sich eine große Auswahl an Popper Chips – Xtra Cheddar, Salty Caramel, Koriander-Limette und sogar Scharfe Kochbanane. Sie und Lux waren früher immer an dem Gourmet-Snack-Laden vorbeigeschlichen und hatten sich gefragt, wie es wäre, diese Chips zu probieren, aber sie hatten sich nie auch nur eine Tüte davon leisten können.

»Alle zwölf. Ein sehr ausgewogenes Abendessen, oder?«, sagte Rylin und seufzte dann. »Entschuldige, dass ich in letzter Zeit so eine schreckliche Freundin war.«

»Ich hab dich echt vermisst«, sagte Lux, schon weniger sauer als vorhin. Sie öffnete die Tüte mit den salzigen Karamellchips. »Es kommt mir vor, als hätte ich dich in dem Moment verloren, als du angefangen hast, für diesen Highlier-Typen zu arbeiten.«

Weil Rylin sich mit ihm eingelassen hatte, ohne irgendjemandem davon zu erzählen, dachte sie schuldbewusst. »Es gibt etwas, das ich dir nicht gesagt habe. Über Cord«, gestand Rylin, ihr Herz pochte wie verrückt. »Ich wollte nicht, dass du mich verurteilst – es ist nicht gerade mein stolzester Moment.«

Lux reichte ihr schweigend die Einkaufstüte und Rylin nahm sich eine Handvoll Xtra-Cheddar-Chips. Sie zerbröselten köstlich auf ihrer Zunge. Plötzlich fühlte sie sich ganz weit weg von den oberen Etagen, dem Marswasser und den Gourmetfrüchten aus der Cafeteria. Das hier war so viel realer.

Sie begann von Anfang an zu erzählen: dass sie sich während ihrer Zeit als Putzfrau in Cord verliebt hatte. Dass sie mit Hiral hatte Schluss machen wollen, er jedoch verhaftet wurde und sie dann gezwungen hatte, seine Drogen zu verkaufen, damit er die Kaution bezahlen konnte. Dass sie mit Cord zusammen gewesen war, obwohl Hiral eigentlich noch ihr Freund war, auch wenn sie sich gewünscht hatte, dass er es nicht mehr wäre. Dass Cords älterer Bruder alles herausgefunden und sie gezwungen hatte, mit Cord Schluss zu machen. Dass sie Cord hatte sagen müssen, sie hätte ihn die ganze Zeit nur wegen des Geldes ausgenutzt.

Als Rylin fertig war, hatten sie fast alle Chips aufgegessen.

»Entschuldige, ich wollte dich eigentlich nicht so lange hier aufhalten«, sagte Rylin.

»Ich hatte ja keine Ahnung, Ry.« Lux beugte sich vor, ihr fransiger Pony fiel ihr über die Augenbrauen. Das Licht des Sonnenaufgangs schimmerte in ihren Augen, sodass ihre Pupillen unfassbar dunkel wirkten. »Ich meine vor allem die Sache mit Hiral und V. Die stecken ja noch tiefer im Sumpf, als ich dachte. Und wie sie dich behandelt haben, ist absolut daneben.« Sie schüttelte angewidert den Kopf und wischte sich die Hände an ihrer Jogginghose ab. »Zeig mir mal ein Bild von diesem Anderton«, forderte sie Rylin auf und wechselte damit das Thema.

Rylin öffnete den Link zu Cords Feeds-Profil und reichte Lux, die scharf Luft holte, ihr Tablet.

»Verdammt, Ry. Der ist ja heiß! Hat er schon ein anderes Hausmädchen eingestellt? Vielleicht sollte ich mich bei ihm bewerben«, stieß sie aus. Rylin knuffte sie spielerisch in die Seite. Lux kicherte, die Luft zwischen ihnen war wieder rein. Rylin fühlte sich um Welten leichter.

»Und wie ist der neuste Stand? Du bist doch jetzt auch eine Highlier. Ist er da noch nicht auf den Trichter gekommen, dass er dich zurückwill?«

»Ich bin keine Highlier«, protestierte Rylin.

Lux lachte. »Das stimmt. Kein Highlier, der was auf sich hält, würde sich in einer schmutzigen Knutsch-ViewBox blicken lassen und einen ganzen Wochenvorrat Popper Chips in sich hineinstopfen«, gab sie Rylin recht. Aber das Thema Cord war für sie noch nicht abgeschlossen. »Mal im Ernst, Ry. Du wirst nie die Wahrheit erfahren, wenn du nicht fragst. Warum hast du noch nicht den Mund aufgemacht?«

Lux hatte recht. Sie musste aufhören, nur über Cords Gefühle nachzudenken und endlich etwas *tun*. Ihr fiel wieder ein, was Leda heute Nachmittag über diese Party gesagt hatte, und sie musste unwillkürlich lächeln.

»Du hast recht«, gab sie zu, nahm ihr Tablet in die Hand und sprach einen Satz aus, von dem sie sich nie hätte vorstellen können, dass er ihr einmal über die Lippen kommen würde: »Anruf bei Leda Cole.«

Watt

»Mach dir Notizen. Und sei vorsichtig. Wir sind so stolz auf dich«, sagte Watts Dad Rashid und klopfte seinem Sohn dabei kräftig auf den Rücken.

»Ruf uns an, wenn du irgendetwas brauchst.« Watts Mom Shirin zog seinen Schal fester. Sie hatte darauf bestanden, dass er ihn trug, eine alberne Geste, weil der Tower ja klimatisiert war, aber Watt wusste, dass sie damit nur die Tränen zurückhalten wollte. Schließlich gab sie auf und umarmte Watt. »Wir lieben dich so sehr«, sagte sie mit belegter Stimme.

Watt versuchte, das schlechte Gewissen zu verdrängen, das bei dieser Abschiedsszene in ihm aufstieg. Seine Eltern dachten, dass er zu einem College-Wochenende an die Universität von Albany wollte. Er hatte zuerst überlegt, ob er ihnen erzählen sollte, dass er zu Derrick ging. Dieselbe Notlüge hatte er benutzt, als er mit Leda in der Entzugsklinik gewesen war. Aber er hatte das Gefühl, dass er schon beim letzten Mal gerade so damit davongekommen war, und wollte das Schicksal nicht noch einmal herausfordern.

Die Bakradis waren über diese »Neuigkeiten« überglücklich. Sie hatten sich schon Sorgen wegen seiner MIT-Besessenheit gemacht, weil sie befürchteten, dass er vielleicht nicht angenommen werden könnte und dann am Boden zerstört wäre oder – noch schlimmer –

keine Alternative hätte. Und da Albany eine staatliche Universität war, würde er nur die staatlichen Studiengebühren zahlen müssen. Sie waren so aufgeregt, dass sie nicht einmal genauer nachgefragt oder irgendeinen Beweis verlangt hatten. Watt fühlte sich schrecklich, aber was hatte er für eine Wahl? Wenn sie wüssten, dass er mit einem Highlier-Mädchen nach Dubai fliegen wollte, wären sie ganz sicher nicht begeistert. Hinzu kam noch, dass sie Leda für eine Klassenkameradin hielten und er ihnen hätte erklären müssen, warum er sie angelogen hatte.

Ehrlich gesagt wusste Watt nicht einmal, ob er ohne Nadia überhaupt noch einen Überblick über all die Geheimnisse und Halbwahrheiten und Lügen hätte.

Zahra und Amir sausten quiekend und mit schrillem Gelächter den Flur hinunter, Zöpfe und Hemdsäume flatterten wild um sie herum. Watt beugte sich nach unten und umarmte die beiden. Mit einem letzten gemurmelten Lebwohl verließ er die Wohnung und zog den Koffer seines Dads hinter sich her, den er sich auch schon für das Nevada-Wochenende ausgeliehen hatte.

Als er um die Ecke zur Hauptstraße ging, wäre er fast mit Cynthia zusammengestoßen, die gerade mit ihrer riesigen Schultasche über der Schulter in Watts Straße abbiegen wollte. Erschrocken fiel Watt wieder ein, dass er heute eigentlich mit Cynthia und Derrick zum Lernen verabredet war.

»Cyn, ich hab's total vergessen!«

Nadia, warum hast du mich nicht daran erinnert? Wozu hatte er denn den Quantencomputer im Gehirn? Genau, damit er den anderen immer einen Schritt voraus war und nicht hinterherhinken musste.

Entschuldige, sagte Nadia, aber es schien ihr nicht besonders leidzutun. Watt fragte sich unwillkürlich, ob sie sich absichtlich auf diese

Weise einmischte. Sie war nicht gerade begeistert über den Trip nach Dubai, und Watt hatte keine Ahnung, woran das lag.

Er schenkte Cynthia sein bestechendstes Lächeln – das ihn schon oft vor dem Nachsitzen oder Hausaufgaben oder dem Ärger seiner Mom bewahrt hatte. Aber bei Cyn hatte es noch nie richtig funktioniert. »Ich will eigentlich gerade die Stadt verlassen«, sagte er und ging weiter. »Tut mir echt leid, dass ich dir nicht Bescheid gesagt habe.«

»Du verlässt die Stadt?«, wiederholte Cynthia mit einem sarkastischen Unterton.

Watt ärgerte sich sofort über seine Wortwahl. Er und Cynthia gehörten nicht gerade zu den Leuten, die mal eben so »die Stadt verlassen«, und das wussten sie beide.

»Wohin willst du denn?«, fragte sie gedehnt.

Anders als bei seinen Eltern traute sich Watt nicht, Cynthia anzulügen. »Dubai«, gab er zu.

»Mit Leda.« Das war keine Frage.

Er nickte.

Ein paar laute, aggressive Halbstarke kamen vorbei. Cynthia packte Watt an der Schulter und zog ihn in einen kleinen Laden, der zur Hälfte aus einem McBurger und zur anderen aus einer Apotheke bestand. Watt konnte hören, wie der Fast-Food-Verkaufsbot einen Kunden fragte, ob er Fritten zu seiner Bestellung haben wollte.

»Was soll das, Watt?«, schimpfte Cynthia. Ihr Ärger brach wie knisternde Blitze aus ihr heraus, obwohl sie normalerweise cool und beherrscht war. Ihre Augen waren groß, ihre Wangen gerötet. Zum ersten Mal in seinem Leben bemerkte Watt, wie hübsch Cynthia war. Warum war ihm das noch nie aufgefallen?

»Hör zu, das ist eine lange Geschichte«, begann er, aber Cynthia ließ ihn nicht ausreden.

»Du verhältst dich schon seit Wochen total merkwürdig. Du lässt sogar zu, dass sie dich wie gestern nach der Schule abfängt und jetzt das? Was läuft da zwischen euch?«

»Ich hab dir doch schon erzählt, dass sie etwas gegen mich in der Hand hat«, sagte Watt ungeduldig. Aber er wusste, dass es inzwischen viel mehr war als das. Er dachte an Leda in seinem Bett heute Morgen – wie sie auf einen Ellbogen abgestützt auf ihn hinunterblickte und ihre langen, offenen Haare über ihre Schultern fielen. Was auch immer zwischen uns läuft, es ist nur etwas Körperliches, redete er sich mit Nachdruck ein. Er wollte seinen ursprünglichen Plan immer noch durchziehen: sich Ledas Vertrauen erschleichen, damit sie ihm gestand, was auf dem Dach tatsächlich geschehen war, damit er sich endgültig von ihr befreien konnte.

Und er war schon sehr nah dran. Bestimmt war bald alles vorbei und er musste keine Zeit mehr mit Leda verbringen – er könnte sie sogar ins Gefängnis schicken, wenn er wollte.

Aus irgendeinem Grund musste er plötzlich an den hoffnungsvollen Klang in ihrer Stimme denken, als sie ihn heute Morgen nach Dubai eingeladen hatte. Rasch schüttelte er die ungebetene Erinnerung ab.

»Was genau hat sie denn gegen dich in der Hand? *So* schlimm kann es doch gar nicht sein«, sagte Cynthia.

»Es ist kompliziert.«

»Was auch immer es ist, ich werde dir helfen. Komm schon, wir sind zwei der klügsten Menschen, die ich kenne! Glaubst du nicht, dass wir Leda Cole gemeinsam ausschalten könnten?«

»Cynthia, darum geht es nicht, es ist … Ich möchte nicht, dass du da mit reingezogen wirst.«

Cynthia stieß einen Seufzer aus. Kleine, holografische Pommes, die

396

einen Stepptanz hinlegten, ploppten hinter ihrem Kopf auf, sodass Watt merkwürdigerweise fast lachen musste.

»Siehst du denn nicht, dass ich bereits mit drinhänge, ob du es nun willst oder nicht? Watt, ich kann dir nur helfen, wenn du mich lässt!«, erklärte sie. »Und ich habe es langsam satt. Ich sehe dich kaum noch. Du bist die ganze Zeit bei Leda.«

»Ich sagte doch schon, es ist kompliziert«, wiederholte Watt und kam sich dabei vor wie eine kaputte Schallplatte.

Cynthia trat einen kleinen Schritt vor – und Watt wusste mit einem Mal, dass sie in ihrer Freundschaft an einem Wendepunkt angekommen waren.

»Du magst sie, oder?«, fragte Cynthia.

»Nein«, antwortete er rasch.

»Wenn du sie nicht magst, dann geh nicht mit nach Dubai.« Cynthias ganzer Körper war gespannt wie eine Bogensehne. »Halt dich von ihr fern. Bleib bei mir.« Der letzte Satz war nur noch ein Flüstern, aber seine Bedeutung war unmissverständlich.

In gewisser Weise hatte Watt schon eine ganze Weile geahnt, dass dieser Moment kommen würde. Er wusste nur nicht, was er sagen sollte.

Er stand da und sah seine Freundin an – ein intelligentes, faszinierendes, außergewöhnliches Mädchen, das in seiner Welt lebte und seine Herkunft, sein Leben kannte. Seine Eltern würden sich freuen, wenn er mit so einem Mädchen zusammen wäre – aber er war sich nicht sicher.

»Cynthia ...« Er stockte.

Weil sie vielleicht nicht mehr warten wollte oder weil sie gar nicht hören wollte, was er noch zu sagen hatte, stellte sie sich auf die Zehenspitzen und küsste ihn.

Watt war so perplex, dass er sie zurückküsste. Diese neue Cynthia, die ihn festhielt und ihn heftiger küsste, als er erwartet hätte, überraschte ihn völlig.

»Also?«, fragte sie, als sie sich schließlich von ihm löste. Sie wirkte verletzlich und ängstlich und vertraut und fremd.

Watt schüttelte den Kopf. Er wollte eine Million Dinge sagen, aber er hatte keine Ahnung, was davon das Richtige war. Er hatte das Gefühl, als wüsste er gar nichts mehr. »Es tut mir leid. Ich muss gehen.«

»Du *musst* überhaupt nichts«, sagte sie. »Wenn du jetzt gehst, entscheidest du dich für sie.«

»Das ist nicht fair. Ich habe keine andere Wahl«, brauste er auf und wandte sich wie ein Feigling ab, damit er den schmerzvollen Ausdruck in Cynthias Augen nicht sehen musste.

Aber insgeheim fragte er sich, ob sie nicht recht hatte.

Calliope

Calliope beugte sich am Schminktisch vor, auf dem silberglänzende Beauty-Pens und Sprühpuder und ein Kosmetik-Handschuh lagen – alles ordentlich vor ihr ausgebreitet wie polierte Waffen, die für die Schlacht bereit waren. Ihre eigenen tödlichen Utensilien, die sie immer so gefährlich schön machten.

»Bist du fertig?«, rief ihre Mom aus dem Nachbarzimmer ihrer Suite.

Calliope war nicht überrascht gewesen, dass ihre Mom letztendlich doch beschlossen hatte, zur Mirror-Eröffnungsfeier zu gehen. Genau wie ihre Tochter hatte sie eine unheilbare Schwäche für alles Glänzende und Glitzernde und Extravagante – und dieser Abend versprach all das. Sie und Calliope hatten sich die ganze Woche gut gelaunt und normal gegeben, aber Calliope hatte gespürt, dass sich hinter der Fassade ein ungelöstes Problem verbarg. Seit ihrem Streit lag eine sonderbare Spannung zwischen ihnen.

Dennoch waren sie hier, in der Suite, die Nadav für sie im Fanaa gebucht hatte, dem fantastischen Luxushotel im dunklen Tower der Mirrors. Die Zimmer der Fullers befanden sich im hellen Tower, aber Calliope hatte darauf bestanden, hier zu übernachten. Es lag etwas Verlockendes, beinahe Verbotenes darin, sich auf der dunklen Seite zu befinden. Sie betrachtete die Wände um sich herum, die komplett von verspiegelten Bildschirmen gesäumt waren. Calliope hätte sie natürlich auch umschalten können, aber das wollte sie nicht, denn sie genoss den Anblick ihres Spiegelbilds, das sich angenehm im ganzen Zimmer ausbreitete.

»Ja, ich bin fertig. Atlas müsste auch jeden Moment hier sein«, erwiderte Calliope. Als Gastgeber würde er schon etwas früher nach oben müssen.

Der ganze Tag hatte aus Überfluss und Luxus bestanden. Calliope war im Privatjet der Fullers hergeflogen, was keine ganz private Angelegenheit gewesen war. Auch Dutzende andere Leute waren zu dem Flug eingeladen gewesen. Sie waren durch das Flugzeug geschlendert, hatten geplaudert und mit Champagner angestoßen, als wäre schon der Flug eine einzige große Cocktailparty, ein logischer Auftakt für den bevorstehenden Abend. Vielleicht war das ja auch die Absicht dahinter gewesen.

Elise lehnte sich an den Türrahmen und präsentierte ihr feines weißes Kleid, das sie absichtlich wie eine Braut aussehen ließ. »Na, was sagst du?«

»Umwerfend. Und ich?« Calliope drehte sich wie ein Model hin und her. Ihr langes Haar war zu einem tiefen Dutt zusammengebunden, was ihren langen Hals betonte, und ihr funkelndes schwarzes Kleid lag fast schockierend eng an. Sie genoss es, wie die Seide über ihre nackte Haut strich – wie ein verführerisches Flüstern in ihrem Ohr, das ihr versicherte, wie wunderschön und einzigartig sie war.

Elise trat auf sie zu und nahm ihre Hand. »Du weißt, dass du atemberaubend aussiehst. Ich wünsche dir einen wundervollen Abend, mein Schatz. Du hast es verdient.« In ihrer Stimme schwang eine ungewöhnliche Sentimentalität mit und sie lächelte Calliope auf eine seltsame Art an, als wollte sie ihr irgendetwas damit sagen. »Du magst diesen Jungen, oder? Du willst ihn nicht nur reinlegen, sondern hast echte Gefühlen für ihn, stimmt's?«

Das traf Calliope unvorbereitet. »Ich mag ihn sehr«, antwortete sie und kämpfte gegen die Schuldgefühle, die unwillkürlich in ihr aufwallten, als sie daran dachte, dass sie ihn heute Abend bestehlen würde. Er war ein guter Mensch, obwohl er zugegebenermaßen auch ein wenig anstrengend und verwirrend war. »Keine Sorge, ich habe nicht vor, in naher Zukunft mit ihm durchzubrennen«, fügte sie scherzhaft hinzu.

Elise lachte nicht. »Und dir gefällt es in New York?«

Calliope drehte sich zu einem der Spiegel um und tat so, als würde sie ihre Lippen nachziehen, damit sie ihre Mom nicht in die Augen blicken musste. Es war einfacher, Leute zu belügen, wenn man ihnen nicht direkt gegenüberstand.

»New York hat Spaß gemacht, aber es wird Zeit, dass wir weiterziehen. Ich bin froh, dass wir mit einem Paukenschlag verschwinden«, erwiderte Calliope mit Nachdruck, wobei sie ignorierte, wie sich ihre Brust bei dem Gedanken an ihre Abreise zusammenschnürte. Ihre Mom fing ihren Blick im Spiegel auf und Calliope lächelte sie an.

Es klopfte an der Eingangstür.

»Das ist bestimmt Atlas«, sagte Calliope.

»Viel Spaß. Und tu nichts, was ich nicht auch tun würde!«

»Mit anderen Worten, total ausflippen?«, rief Calliope, dann öffnete sie die Tür.

Altas stand in einem schlichten schwarzen Smoking vor ihr und wirkte damit eleganter und erwachsener, als Calliope ihn bisher gesehen hatte. Er hatte sich die Haare schneiden lassen und einen leichten Bartschatten an Kinn und Wangen.

»Du siehst unglaublich aus.« Atlas hielt ihr den Arm hin und führte sie den Flur hinunter.

»Du hast dich auch ganz schön in Schale geworfen«, sagte sie.

Er lächelte, wobei ein kleines Grübchen an einem seiner Mundwinkel zum Vorschein kam. »Danke, dass du mich heute Abend begleitest, Calliope.«

Sie bogen in einen Gang ab, der an einem Fenster endete, das dem hellen Tower direkt gegenüberlag. Weit unter ihnen floss das Wasser des Kanals.

»Ist es okay, wenn wir vorher bei meinen Eltern vorbeigehen?«, fragte er. »Sie möchten, dass wir zu ihnen kommen und dann alle gemeinsam auf die Party gehen.«

»Natürlich.« Atlas' Eltern waren vorhin nicht mit im Flugzeug gewesen – sie waren schon ein paar Tage eher angereist, um bei den Vorbereitungen zu helfen. Und Calliope musste zugeben, dass sie neugierig darauf war, die berühmten Fullers endlich persönlich kennenzulernen.

Sie ging davon aus, dass Atlas sie zu einem Fahrstuhl bringen würde, aber stattdessen trat er an das Fenster heran und zog einen Kreis auf der Scheibe. Das Flexiglas verschob sich augenblicklich und warf einen durchsichtigen Tunnel über den leeren Himmel, so mühelos, als wäre es ein Lichtstrahl.

Calliope war sprachlos vor Staunen. Sie fragte sich kurz, ob der Tunnel ein Hologramm war – ob das eine Art Virtual-Reality-Spiel war, um zu testen, wie weit sie zu gehen bereit war – aber ein Blick in Atlas' stolzes Gesicht verriet ihr, dass dieser Tunnel tatsächlich real war.

»Etherium«, erklärte er.

Calliope hatte schon von dem programmierbaren Material gehört, das mithilfe linearer Induktion und eines Karbongeflechts in rasender Geschwindigkeit Konstruktionen bauen und wieder abbauen konnte.

Das Militär benutzte es vor allem für Brücken, die nur für eine kurze Zeit benötigt wurden.

»Verstehe«, erwiderte sie in einem fast beiläufigen Tonfall, als hätte sie solche Brücken schon Dutzende Male gesehen und wäre deshalb kaum beeindruckt.

»Wir sind die Ersten, die dafür eine zivile Lizenz bekommen haben. Und ich kann dir sagen, dass das nicht gerade leicht war.« Atlas klang mächtig stolz, und Calliope wurde klar, dass er derjenige gewesen war, der diesen Deal eingefädelt hatte, dass er die Telefonate und Verhandlungen geführt hatte, um das zu erreichen.

»Und ich habe mich schon gefragt, was du den ganzen Tag an deinem Schreibtisch so treibst«, stichelte sie, obwohl sie – ganz untypisch – auch stolz auf ihn war. Sie trat einen gewagten Schritt nach vorn, ihr Stöckelschuh landete auf der Brücke und sie zwang sich, nicht auf die hauchdünnen, zarten Schichten des Materials hinunterzublicken, das ihre Designerschuhe von der gähnenden Tiefe unter ihr trennte.

»Du hast keine Angst davor«, bemerkte Atlas anerkennend.

Calliope drehte sich zu ihm um und sah ihn über die Schulter mit gewagter Miene an. »Ich habe vor gar nichts Angst.«

Als sie auf der anderen Seite angekommen waren und der Tunnel wieder verschwunden war, spürte Calliope einen leichten Adrenalinschauer. Den Himmel durch einen temporären Tunnel zu überqueren, fühlte sich wie ein gutes Oman an, als würde ihr heute Abend alles gelingen.

Als sie das Penthouse der Fullers erreicht hatten, schwang die Tür auf. Atlas' Dad stand auf der anderen Seite. »Du bist Calliope, richtig? Pierson Fuller«, sagte er mit einem charismatischen Lächeln und schüttelte ihr die Hand.

»Es freut mich, Sie kennenzulernen.« Calliope fragte sich, was Atlas seinen Eltern über sie erzählt hatte. War diese Verabredung ein Date, wenn sie jetzt seine Eltern kennenlernte? Wahrscheinlich hing das eher davon ab, wo sie heute die Nacht verbringen würde.

Sie folgte Mr Fuller ins Wohnzimmer, die leuchtenden Bildschirme waren sorgfältig hinter geschnitzten Holz- und vornehmen Polstermöbeln versteckt. Der Kristallleuchter über ihnen tauchte das Zimmer in ein weiches Licht. Die Einrichtung war in weißen und cremefarbenen Schattierungen gehalten, aus denen die schwarzen Smokings von Atlas und seinem Vater und natürlich Calliopes mitternachtsschwarzes Kleid wie Ausrufezeichen hervorstachen.

Atlas' Mom glitt in einem funkelnden Alabaster-Tüllkleid, besetzt mit Swarovski-Kristallen, aus dem Schlafzimmer herein. »Welche Ohrringe soll ich dazu tragen?«, fragte sie in den Raum und streckte die Hände aus. In jeder lag eine dunkle Samtschachtel. In der einen befanden sich zwei birnenförmige, farblose Diamanten, in der anderen zwei perfekt auf das Kleid abgestimmte rosafarbene Diamanten. Die Edelsteine glühten förmlich auf dem dunklen Samt, das Licht brach sich in ihnen zu Tausenden kleinen, glitzernden Funken.

Calliope hielt den Atem an und versuchte, ein paar Fotos zu schießen, ohne dass es auffiel. Was würde ihre Mom dafür geben, diese Ohrringe zu sehen. Es war zwar bei Weitem nicht Calliopes erste Begegnung mit unfassbarem Reichtum, dennoch kam ihr alles, was sie in den letzten Jahren gesehen hatte, im Vergleich dazu plötzlich nur noch protzig vor. Diese Leute *atmeten* praktisch Geld. Jede ihrer Gesten war davon gezeichnet, damit überzogen.

Was würden sie wohl mit ihr anstellen, wenn sie jemals herausfanden, warum sie und ihre Mom tatsächlich hier waren? Sie umklammerte ihre Handtasche fester, bis ihre Knöchel knackten. Sie kannte die Antwort: Sie würden sie mit derselben skrupellosen Eleganz zerstören, auf der sie ihr Leben aufgebaut hatten.

Erst jetzt blickte Mrs Fuller auf und bemerkte Calliopes Anwesenheit. Sie stellte die Schachteln ab und kam auf sie zu. »Calliope, meine Liebe! Elizabeth Fuller. Wie schön, dich kennenzulernen.«

»Vielen Dank für die Einladung«, sagte Calliope.

Mrs Fuller lächelte nur und nickte. »Wo ist Avery?«, fragte sie dann ihren Mann und ihren Sohn.

Mr Fuller ließ sich auf der Couch nieder und lehnte sich zurück, den Fuß über das Knie gelegt. »Was weiß ich«, grübelte er laut, wobei er ziemlich gleichgültig wirkte. Atlas schwieg merkwürdigerweise.

»Na ja, also dann, was denkst du, welche Ohrringe ich tragen sollte?«, fuhr Mrs Fuller fort und ging zu dem glänzenden weißen Beistelltisch zurück, wo sie die beiden Samtschachteln mit dem unbezahlbaren Inhalt abgelegt hatte. Erst nach einem Moment wurde Calliope bewusst, dass die Frage an sie gerichtet war.

Ihr Mund fühlte sich auf einmal ganz trocken an, ihr Blick flog zwischen den atemberaubenden Schmuckstücken hin und her, die wahrscheinlich eher in ein Museum gehörten als an die Ohrläppchen einer vermögenden Angehörigen der feinen Gesellschaft.

»Die farblosen«, entschied sie sich schließlich. »Die rosafarbenen wirken ein wenig zu schwer zu ihrem Kleid.«

Mrs Fuller drehte ihr unscheinbares, aber meisterhaft geschminktes Gesicht hin und her und betrachtete ihr Spiegelbild in einem Insta-Spiegel, der wie aus dem Nichts aufgetaucht war.

»Du hast recht«, pflichtete sie ihr bei. »Aber jemand sollte die rosafarbenen tragen. Es wäre eine Verschwendung, sie liegen zu lassen.«

Calliope hätte sich nicht mal in ihren wildesten Träumen vorstellen können, was als Nächstes passierte. Absolut sprachlos vor Staunen sah sie zu, wie Mrs Fuller die Schachtel nahm und ihr hinhielt. »Möchtest du sie mal anprobieren, Calliope?«, bot sie an.

Calliope öffnete den Mund, aber es kam kein Ton heraus. »Oh, ich weiß nicht«, stammelte sie schließlich, obwohl sie die Stimme ihrer Mom förmlich in ihrem Kopf hören konnte, die ihr zuzischte, nicht zu zögern und sich endlich die verdammten Ohrringe zu schnappen. Sie war einfach zu überwältigt, um richtig zu reagieren.

Mrs Fuller lächelte. »Sie passen bestimmt ganz wunderbar zu deinen Haaren. Steine dieser Farbe sollten von uns Brünetten getragen werden.« Sie machte eine kleine winkende Handbewegung, als wären sie und Calliope Verbündete gegen eine Armee aus Diamanten stehlenden Blondinen, dann drückte sie Calliope die Ohrringe mit einer Leichtigkeit in die Hand, als wäre es Schokolade.

Das konnte nicht real sein. Niemand verhielt sich so, wenn er nicht dazu aufgefordert wurde. Calliope dachte an all die Gelegenheiten in ihrem Leben, als sie teure Geschenke bekommen hatte – immer von Jungs, die ihr an die Wäsche wollten, und auch nur nach einer groß angelegten Überzeugungs- und Manipulationsmasche aus Andeutungen und Anspielungen und einem unerträglich ausgeklügelten Trickbetrug. Und nun kam Atlas' Mom daher und bot ihr einfach so die teuersten, auserlesensten Schmuckstücke an, die Calliope jemals erblickt hatte.

Calliope konnte das nicht begreifen. Sie hatte diese Frau erst vor ein paar Minuten kennengelernt. Vielleicht reichte Mrs Fuller Atlas' Urteil über ihren Charakter, dachte sie unbehaglich. Vielleicht waren die Fullers aber auch aufrichtig nette Menschen.

Ihre Gedanken wanderten zu der Kellnerin im Nuage, der alten Dame in Indien, dem armen Tomisen, Brice' Kumpel, der sie so angebetet hatte. Sie hatte sich Geld von ihm »geliehen« und ihn dann sitzen gelassen, ohne mit der Wimper zu zucken oder zurückzublicken. All ihre Opfer hatten ihr vertraut und sie hatte sich, ohne zu zögern, abgewandt und dieses Vertrauen missbraucht. Vielleicht waren das auch aufrichtig nette Menschen gewesen.

Calliope würde es nie erfahren, denn sie blieb nie lange genug an einem Ort, um es herauszufinden.

Ein schrecklich schlechtes Gewissen stieg in ihrer Kehle hoch wie ein dicker Klotz. Sie fühlte sich wie damals als Sechsjährige, als sie versucht hatte, einen von Mrs Houghtons Ringen hinunterzuschlucken und fast daran erstickt wäre. »Was hast du dir bloß dabei gedacht?«, hatte ihre Mom geschrien und sie an den Schultern geschüttelt.

Was *hatte* sie sich bloß in all den Jahren gedacht?, überlegte Calliope, als ein wesentlicher Teil ihres Weltbildes zu bröckeln begann. Sie hatte das Gefühl, sie würde von außen auf sich hinabblicken, als würde sie sich durch die Kontaktlinsen einer anderen Person sehen. Ihr wurde schwindelig.

Irgendwie schaffte sie es mechanisch, ihre eigenen kleinen Ohrstecker herauszunehmen und die atemberaubenden, rosafarbenen Diamanten anzulegen. »Sie sind wunderschön. Vielen Dank«, wisperte sie und beugte sich vor den Insta-Spiegel. Die Steine strahlten an ihrer weichen Halskurve. Sie wollte sie und sie hasste sich zugleich dafür, dass sie sie genommen hatte. Und sie konnte den Blick einfach nicht davon abwenden.

Es klingelte an der Tür, und augenblicklich vergaßen die Fullers Calliope, denn ein Strom aus Menschen ergoss sich in den Raum. Das Stimmengewirr wurde lauter, die Gäste lachten, tauschten Komplimente aus und begrüßten einander.

»Flickernachricht an Mom«, flüsterte Calliope und drehte sich etwas zur Seite. Sie schloss die Augen, um das Schwindelgefühl loszuwerden, dann begann sie leise, die Nachricht zu formulieren. »Mom, du errätst nie, was ich gerade trage …« Wen interessierte jetzt noch Nadav, sie würden noch während der Party verschwinden müssen, um einen Flug nach Südamerika zu erwischen. Mit den Ohrringen hätten sie ein paar Jahre ausgesorgt, mindestens.

Doch sie konnte den Satz nicht beenden. Calliope wusste, das war ihre Chance, die Gelegenheit, die man nur einmal im Leben bekam, und trotzdem stand sie hier immer noch rum, erstarrt wie eine absolute Anfängerin.

»Calli«, rief Atlas, während er sich einen Weg zu ihr bahnte, und Calliope seufzte erleichtert auf. Sie würde die Nachricht später abschicken. »Ein paar von meinen Freunden sind da. Ich würde dich gern vorstellen.« Er nickte in Richtung Eingangshalle, die sogar noch voller geworden war. Jugendliche und Erwachsene drängten sich in ihren perfekt sitzenden Smokings und eleganten schwarzen oder weißen Abendroben.

Calliope hatte Momente wie diesen immer geliebt, alles war glamourös und erlesen, Geld ließ sämtliche Grenzen aufweichen.

Aber als sie all die Leute sah, die sich bei den Fullers versammelt hatten, fühlte sie sich seltsam leer. Das waren nicht ihre Freunde, das waren nicht ihr Gelächter oder ihre Gerüchte, und der Junge neben ihr war ganz sicher nicht ihr fester Freund. Sie hatte sich diese Szene nur geborgt, genau wie sie sich die rosafarbenen Diamantenohrringe geborgt hatte.

Und diesmal, das wusste sie, würde der endgültige Moment der Abrechnung schmerzhaft werden.

»Natürlich«, sagte sie mit einem gezwungenen Lächeln. »Du gehst vor.« Sie warf ihren Kopf leicht zurück, als sie ihm folgte, und spürte dabei das Gewicht der Ohrringe, die sie gar nicht mehr stehlen wollte.

Sie wollte sich nur noch einen Moment länger ihrer Fantasie hingeben – so tun, als wäre sie ein normales Mädchen auf einer Party mit einem süßen Jungen in einem Smoking.

Nur noch einen winzigen Moment.

Watt

Watt sah sich mit unverhohlenem Staunen auf der Party um, die sich wild um ihn drehte.

Ein schwarz-weißes Tanzparkett erstreckte sich auf beiden Seiten des Kanals und erinnerte Watt an ein Schachbrett. Hunderte Sprachen drangen an seine Ohren, so viele Leute unterhielten sich auf einmal, dass Nadia sich gar nicht erst die Mühe machte, etwas zu übersetzen. Über ihm ragten die beiden gewaltigen Türme des Mirrors auf. Sie erhoben sich in einer überwältigenden Höhe in die Dunkelheit.

Zum ersten Mal verstand Watt den Namen des Bauwerks. Das hier war eine Traumstadt voller Spiegel und Reflektionen. Jedes einzelne Detail der beiden Türme – jeder Torbogen, jede funkelnde Glasscheibe, jede Rundung an den Balkonbrüstungen – spiegelte sich durchdacht auf beiden Seiten wider, sowohl im alabasterfarbenen Karbonit als auch in dem glatten, dunklen Nyostein. Selbst die Bewegungen des Servicepersonals auf beiden Seiten des Kanals schienen ein choreografisches Echo zu sein.

Wohin Watt seinen Blick auch richtete, überall sah er Frauen in schwarzen oder weißen Abendkleidern und Männer in Designersmokings. Es gab nirgendwo auch nur den kleinsten Nadelstich einer Farbe, nicht mal das leuchtende Rot einer Kirsche an der Bar. Der Effekt war erstaunlich, wie bei einem Kunstwerk – als wäre Watt in eins dieser alten zweidimensionalen Holo-Videos getreten, wo alles nur in Grautönen wiedergegeben wurde.

Nadia, was hat Cynthia vorhin gemeint? Er konnte nicht aufhören, darüber nachzudenken, auf welche Art sie ihn gebeten hatte, zu bleiben – und dass sie ihn dann geküsst hatte. Wie sollte er sich verhalten, wenn er sie wiedersah? Er spürte eine fieberhafte Angst bei diesem Gedanken, Schuldgefühle und Verwirrung wühlten ihn gleichzeitig auf.

Du weißt, was sie gemeint hat, Watt, flüsterte Nadia in seine Mikroantennen in den Ohren.

Watt horchte erschrocken auf. Nadia klang vorwurfsvoll. *Habe ich etwas falsch gemacht?*

Ich weiß nur, dass sich die Situation verändert hat, und es wird zunehmend schwieriger für mich, das Ergebnis vorauszukalkulieren.

Mädchen sind immer kompliziert, dachte er gereizt.

Menschen sind keine Computer, Watt. Ihr Verhalten ist oft nicht vorhersehbar und sie haben weitaus mehr Fehlfunktionen.

Das ist verdammt wahr.

Cynthia hatte ihm gesagt, dass Handeln mehr bewirke als Worte. Aber was bedeutete das, wenn Watts Handlungen meistens nur noch reagierend statt agierend waren? Er hatte schon länger das Gefühl, keine Kontrolle mehr zu haben, und er fragte sich plötzlich, ob das nicht seine eigene Schuld war.

Er hatte sich vorhin mit Leda am Flughafen getroffen und war voll darauf eingestellt gewesen, sie genervt vorzufinden, mit hinterhältigen Plänen im Kopf. Sie flogen mit Averys Familie nach Dubai, und Watt hatte vermutet, dass sie dadurch angespannt sein würde. Aber Leda war völlig locker gewesen, sie hatte nicht mal seine Verspätung kommentiert. Als er angekommen war, hatte sie sich nur zu ihm umgedreht, ihm erklärt, dass der Flug fünf Stunden dauern würde, und ihn gefragt, welchen Film sie sich zusammen anschauen wollten. Als ihre Hand ihn ständig an der Armlehne streifte, hatte Watt nichts gesagt, aber er hatte seine Hand auch nicht weggezogen.

Sie hatten Avery oder sonst jemanden während des ganzen Flugs kaum zu Gesicht bekommen, aber das hatte Watt nicht gestört.

Nadia, entschloss er sich zu fragen, *glaubst du, dass Leda mir bereits vertraut?*

Es ist schwer, emotionale Zustände einzuschätzen, mit Ausnahme von deinen, erwiderte Nadia. *Alles was ich über Ledas Gefühle sagen könnte, wäre reine Spekulation. Es ist leichter für mich, deinen Gefühlszustand zu verfolgen, weil ich von dir jahrelange Daten habe. Deshalb weiß ich zum Beispiel auch, dass du Leda magst.*

Diese Worte hatte er nicht erwartet. *Nein, tue ich nicht!* Leda hatte ihn unter Drogen gesetzt, manipuliert und erpresst. Nur weil sie ihn ein paarmal zum Lachen gebracht hatte – weil es Spaß machte, sie zu küssen –, bedeutete das noch lange nicht, dass er sie *gernhatte*.

Es gibt Beweise, die auf das Gegenteil hindeuten. Wenn du mit ihr zusammen bist, zeigst du die typischen physischen Signale, dass du dich zu ihr hingezogen fühlst: dein Puls beschleunigt sich, deine Stimme wird tiefer, und dann ist da natürlich noch –

Das zählt nicht, unterbrach er sie wütend. Funkenräder stiegen von einer riesigen Feuerskulptur in den Nachthimmel auf. *Wie du schon sagtest, es sind nur Daten. Und abgesehen davon hat körperliche Anziehung nichts mit Zuneigung zu tun.*

Du machst ihre Bewegungen und Gesten nach. Dir steigt das Blut zu Kopf, wenn du in ihrer Nähe bist, was in über der Hälfte entsprechender Studien mit der Herausbildung einer emotionalen Bindung in Zusammenhang gebracht wird, fuhr Nadia schonungslos fort. *Und du fragst mich ständig nach ihr, was –*

412

Du verstehst das nicht, okay?, brauste er in Gedanken auf. *Wie willst du etwas beurteilen, das du nicht mal fühlen kannst?*

Nach diesen Worten blieb Nadia still.

»Watt!« Leda tauchte neben ihm auf. Sie sah umwerfend aus in ihrem weißen Kleid im griechischen Stil. »Ich habe dich gesucht. Calliope ist hier.«

Watts Blick schnellte in die Richtung, in die Leda deutete. Atlas stand dort neben dem Mädchen von den Fotos. Sie war schlank und braun und wirkte irgendwie skrupellos. Ihre dunklen Haare fielen über ihre goldbraunen Schultern, ihr schwarzes Kleid schmiegte sich eng an ihre Figur. Watt drängte sich plötzlich ein unbarmherziger Gedanke auf.

»Spionierst du Calliope nach, weil sie mit Atlas zusammen ist?«, fragte er langsam. Ging die Sache mit Atlas und Avery jetzt noch einmal von vorn los? War Watt nur der Lückenfüller, der Zeitvertreib – eine bedeutungslose Ablenkung, während Leda die ganze Zeit hinter dem Typen her war, den sie eigentlich wollte?

»Ja, natürlich«, sagte sie ungeduldig.

Watt war fassungslos, wie sehr er sich darüber ärgerte. Tja, Leda bedeutete ihm auch nichts, rief er sich ins Gedächtnis.

»Das bringt Avery um«, fuhr Leda fort und ein seltsamer Unterton lag in ihrer Stimme – ein leidenschaftlicher Beschützerinstinkt, verpackt in Sorge um Avery. Das brachte die schrillen Alarmglocken in Watts Kopf sofort zum Schweigen.

»Warte mal«, sagte er. »Lass mich das zusammenfassen. Du spionierst Calliope nach, weil sie sich Atlas geschnappt hat, und du möchtest, dass Atlas mit *Avery* zusammen ist?«

Leda zuckte mit den Schultern. »Ich weiß, das muss alles ganz seltsam für dich klingen, aber ich kann es nicht ertragen, Avery so verletzt zu sehen. Außerdem, wenn an dieser Calliope wirklich irgendetwas faul ist, hat Atlas das Recht, die Wahrheit zu erfahren.«

Watt kapierte es immer noch nicht. »Ich dachte, du und Avery redet kein Wort mehr miteinander.« Er kam sich wie der letzte Arsch vor, weil er sich in ein Mädchendrama einmischte. Aber er musste es wissen.

Leda winkte eilig ab. »Das ist doch Schnee von gestern, wir haben uns wieder vertragen.« Sie grinste. »Nadia ist wohl nicht in Topform, wenn du das noch nicht weißt.«

»Aber wir sind Avery auf dem Flug heute aus dem Weg gegangen, ich dachte –«

Leda lachte, wodurch er sich noch dämlicher vorkam. »Avery ist *dir* aus dem Weg gegangen, Watt. Weil sie aus irgendeinem Grund glaubt, dass du sauer auf sie bist. Abgesehen davon dachte ich, dass es mehr Spaß machen würde, wenn wir unter uns bleiben«, fügte sie in einem etwas weniger sicheren Tonfall hinzu.

»Oh …«, war alles, was ihm dazu einfiel. Er versuchte krampfhaft, diese neue Welt zu verstehen, in der Calliope mit Avery um Atlas konkurrierte, in der Leda kein Problem damit hatte, wenn Avery mit Atlas zusammen war, und auf seine Gefühle Rücksicht nahm. Er fragte sich, wo das enden würde.

Ledas Arm spannte sich um seinen. »Wer ist das da bei ihr?«

Watt richtete den Blick wieder auf Calliope. Sie hatte Atlas stehen lassen und war zu einer anderen Frau gegangen, die am Rand der Terrasse stand.

Neben ihm murmelte Leda ihren Kontaktlinsen zu, die beiden heranzuzoomen. Watt musste nichts sagen, weil Nadia die Frau bereits fokussiert hatte. Sie sah wie eine etwas ältere Version von Calliope aus – nicht bedeutend älter, vielleicht Ende dreißig. Ihre Gesichtszüge waren nur durch den Lauf der Zeit und einen offensichtlichen Zynismus schon etwas tiefer gezeichnet.

»Avery hat mir erzählt, dass Calliope bei ihrer Mom lebt«, sagte Leda. »Das muss sie sein, oder?«

Sie wechselten einen Blick, denn sie hatten im selben Moment dieselbe Idee. »Watt, kann Nadia bei der Frau eine Gesichtserkennung durchführen?«, fragte Leda.

Läuft bereits, erwiderte Nadia immer noch eingeschnappt.

Es tut mir wirklich leid, Nadia.

Ist schon okay. Wie du so treffend festgestellt hast, habe ich keine Gefühle, die verletzt werden können.

Watt wusste, dass ihre Bemerkung stimmte, dennoch machte es ihn aus irgendeinem Grund unerklärlich traurig.

Er beobachtete, wie Calliope sich mit ihrer Mutter unterhielt. Zuerst waren ihre Mienen eindeutig angespannt, ihre Gesten knapp und starr, voller Andeutungen. Dann sagte ihre Mom etwas und Calliope lächelte unsicher.

Nadia, kannst du hören, worüber sie reden?

Nadia schickte ihm ohne weiteren Kommentar eine Mitschrift ihrer Unterhaltung. Als er das las, schossen seine Augenbrauen überrascht in die Höhe.

»Leda«, begann er, aber sie brachte ihn nur ungeduldig zum Schweigen. »Ich höre zu!« Als sie seinen fragenden Blick sah, erklärte sie knapp: »LipRead!«

LipRead war ein Programm, das für Hörgeschädigte entwickelt worden war. Watt fragte sich, warum er die App nie zum Lauschen benutzt hatte. Er war auch nicht sicher, ob er von Ledas Scharfsinn beeindruckt sein oder sich eingeschüchtert fühlen sollte.

Er beugte sich etwas vor, um sie noch besser beobachten zu können – da schickte Nadia ihm die Ergebnisse der Gesichtserkennung von Calliopes Mutter.

»Leda«, krächzte er, packte sie am Ellbogen und zog sie weiter weg, obwohl sie protestierte. »Das willst du bestimmt sehen.«

Avery

Avery stand im Auge eines Sturms aus Menschen, lachte übertrieben laut über jeden Witz und sah atemberaubend aus in ihrem aufmerksamkeitserregenden – und exorbitant teuren – Brautkleid, das sie sich nur aus einer Laune heraus gekauft und in Kniehöhe abgeschnitten hatte. Selbst der Änderungs-Bot hatte sich geweigert, diese drastische Änderung vorzunehmen. Also hatte Avery den Scherenmodus an ihrem Beauty-Pen eingestellt und den unteren Teil selbst abgesäbelt, während sie dabei zusah, wie die bauschigen Tülllagen, die mit zierlichen Perlen und winzigen Kristallen handbestickt waren, mit einem unwirklichen Gefühl der endgültigen Trennung zu Boden fielen. Das Kleid hatte so viele Stofflagen, dass sie einige unbeirrte Minuten beschäftigt war, bis sie alles abgeschnitten hatte. Ein Teil von ihr hatte das Gefühl, sich dabei von außen zu betrachten. Die normale Avery hätte bei der frevelhaften Zerstückelung eines Couture-Brautkleides wahrscheinlich aufgeschrien. Aber die normale Avery hatte sich in ein Schneckenhaus zurückgezogen und nur diese irrationale Avery zurückgelassen, die sprunghaft und völlig unberechenbar war.

Sie sah immer wieder zu Atlas hinüber, der neben Calliope stand. Sie hatten die Köpfe zusammengesteckt, wirkten ungezwungen und lächelten sich ständig zu. Der Anblick der beiden tat mehr weh, als Avery sich einzugestehen wagte.

Risha griff überrascht nach ihrem Arm. »O mein Gott«, schnappte sie nach Luft, ihr Blick folgte eindeutig der Richtung, in die auch Avery schaute. »Sind das die rosafarbenen Ohrringe deiner Mom?«

Avery spürte einen erschrockenen Stich, als sie die legendären Diamant-Ohrringe ihrer Mutter an Calliopes Ohren bemerkte. »Sieht so aus«, sagte sie und versuchte dabei, möglichst gelangweilt zu klingen, damit Risha das Thema fallen ließ.

Gegenüber beugte sich Calliope vor, um Atlas etwas zuzuflüstern. Ihr Kleid war so dünn, dass es fast nicht zu existieren schien. Avery spürte etwas Dunkles in sich aufsteigen – eine große schwarze Leere wie ein Loch ohne Boden. Sie tastete nach dem ungleichmäßigen Saum ihres Kleides. Aus irgendeinem Grund beruhigte sie die ausgefranste, zerstörte Unvollkommenheit.

»Wenn deine Mom ihr diese Ohrringe ausgeborgt hat, muss es zwischen ihr und Atlas was Ernstes sein.«

»Keine Ahnung. Und es ist mir auch egal.« Avery knirschte unbewusst mit den Backenzähnen, was einen dumpfen Schmerz in ihrem Kiefer verursachte, und zwang sich zu einem knappen Lächeln. »Ich hole mir was zu trinken.«

Sie drehte sich abrupt um, ohne Risha einzuladen, sie zu begleiten, und bahnte sich einen Weg an die Bar. Aber Avery Fuller musste sich natürlich nicht durch die Menge drängeln wie jeder normale Mensch. Instinktiv machten die Gäste ihr Platz, als wäre ein Scheinwerfer auf sie gerichtet.

Es war immer dasselbe. Dieselben Frauen flanierten mit dem vertrauten Klackern ihrer Absatzschuhe über die Terrassen, dieselben Männer unterhielten sich leise miteinander über dieselben Themen, die sie immer diskutierten, die Augenbrauen in demselben klischeehaft geheuchelten Interesse zusammengezogen. Das alles kam Avery plötzlich so sinnlos vor, so bedeutungslos. Sie waren ans andere Ende der Welt gereist, und dennoch hingen alle in ihren beschränkten kleinen Kreisen fest – gefesselt von denselben alten, langweiligen Flirts, zu denselben Enttäuschungen verdammt.

»Avery! Ich habe dich überall gesucht!« Leda eilte auf sie zu. Ihr Gesicht war gerötet, ihre Augen funkelten wild und entschlossen.

»Hier bin ich«, sagte Avery unnötigerweise. Sie setzte das beste Lächeln auf, das sie zustande brachte, aber es wirkte trotzdem unsicher. Leda bemerkte das natürlich und musterte Avery mit zusammengekniffenen Augen, womit sie ihr zu verstehen gab, dass sie ihr nichts vormachen konnte.

»Wir müssen reden. Allein«, verlangte Leda.

Sie führte Avery durch einen riesigen vergoldeten Torbogen, der zu einer Luxuswohnanlage im dunklen Turm führte. Ein paar Partygäste schlenderten durch den leeren Ort, wo alles in diesem unbewohnten Neubauglanz makellos und perfekt war. Avery war schon in vielen Türmen ihres Vaters gewesen, während sie noch leer standen, und hatte es jedes Mal als nervtötend empfunden. Dunkle Fenster blickten ihnen aus den Apartmentfassaden entgegen wie seelenlose Augen.

»Was ist los?«, fragte sie, als Leda endlich stehen blieb. Sie waren nahe an eines der zum Verkauf stehenden Apartments herangetreten und kleine Werbeanzeigen ploppten in ihren Kontaktlinsen auf. Rasch gingen sie wieder etwas weiter in die Mitte der Straße.

»Ich muss dir etwas erzählen. Über Calliope.« Leda nahm einen tiefen Atemzug und senkte dramatisch die Stimme. »Sie ist eine Hochstaplerin.«

»Was?«

Leda setzte ein erbarmungsloses, gefährliches Lächeln auf und erklärte es Avery.

Die Geschichte, die sie erzählte, klang eher wie Fiktion und nicht wie die Realität. Es war eine Geschichte von zwei Frauen, Mutter und Tochter, die zusammenarbeiteten und sich überall auf der Welt mit gefälschten, gestohlenen Identitäten Geld erschlichen. Sie erzählte Avery, wie sie sich in teure Hotelzimmer mogelten, Restaurantbesuche und Klamotten absahnten und sich immer wieder in Luft auflösten, bevor sie irgendetwas bezahlen mussten. Sie erzählte Avery, dass Calliopes Mom schon Dutzende Male verlobt gewesen war, nur um nach der Hochzeit das gemeinsame Bankkonto leer zu räumen und zu verschwinden. Dass sie und ihre Tochter ständig von einem Ort zum nächsten umzogen, jedes Mal ihre Namen und ihre Fingerabdrücke und ihre Netzhaut änderten und immer neue Leute fanden, die sie ausnutzen konnten.

»Das kann nicht dein Ernst sein«, krächzte Avery, als Leda schließlich fertig war.

Leda holte ihr Tablet heraus und zeigte Avery die Fotobeweise – Calliope auf dutzenden Schulfotos unter verschiedenen Pseudonymen. Ihre Mutter war in Marrakesch wegen Betrugs verhaftet worden, aber unter ungewöhnlichen Umständen aus dem Gefängnis entkommen. Sie zeigte Avery auch die Aufzeichnungen über die Verlobungen von Calliopes Mom und die mit all den falschen Namen unterzeichneten Dokumente.

»Ich hab doch gesagt, dass bei diesem Mädchen etwas faul ist.« Leda klang ausgesprochen stolz auf sich. »Verstehst du denn nicht? Atlas ist ihr nächstes Opfer!«

Avery wich zurück, stolperte fast in ihren roten High Heels, und die dämlichen Immobilienwerbeanzeigen liefen wieder vor ihrem Blickfeld ab. Ärgerlich schüttelte sie den Kopf, um sie auszuschalten. »Wie hast du das alles herausgefunden, wenn sie jedes Mal ihre Netzhaut wechseln?« Sie konnte Leda immer noch nicht ganz glauben. Das alles kam ihr zu haarsträubend, zu unmöglich vor.

»Gesichtserkennung. Aber das spielt keine Rolle.« Leda winkte ab, um Averys Zweifel zu vertreiben. »Kapier doch endlich. Diese ganze Sache ist nicht Atlas' Schuld – er wurde von professionellen Trickbetrügerinnen reingelegt.«

Ein kleiner Teil von Avery war erstaunt, dass ausgerechnet Leda sie dazu ermutigen wollte, Atlas zu verzeihen. »Du verstehst das nicht. Wir haben uns getrennt, weil es so das Beste ist.«

»Wieso?«, fragte Leda.

Avery scharrte mit dem Absatz über den glänzenden neuen Karbonitstraßenbelag in der perfekten neuen Wohnanlage, die ihr Vater gebaut hatte. »Ich kann nicht mit ihm weglaufen. Nach der Unterwasserparty sind wir beide mit jemand anderem nach Hause gegangen. Es fühlt sich einfach unmöglich an. Keine Ahnung.« Sie seufzte. »Ich bin nicht mal sicher, ob unsere Beziehung überhaupt noch eine Chance hat.«

»Na ja, du wirst es auch nie erfahren, wenn du es nicht zumindest versuchst«, betonte Leda mit ihrem rücksichtslosen Pragmatismus. Sie musterte Avery neugierig. »Außerdem wirst du doch nicht zulassen, dass diese Tussi Atlas verführt und ihn beklaut, auch wenn zwischen euch nichts mehr läuft, oder? Wir müssen sie loswerden!«

Avery biss sich auf die Lippe, ein ganzes Spektrum aus Emotionen wirbelte verworren durch ihren Kopf. »Es ist nur so … unglaublich.«

»Ich weiß.« Von draußen hörten sie den Klang einer einsamen Violine. »Was wirst du tun?«, fragte Leda nach einer Weile.

»Ihr die Ohrringe meiner Mom aus den Ohren reißen«, sagte Avery, worauf Leda mit einem prustenden Lachen reagierte. »Was danach kommt, weiß ich noch nicht.«

»Was auch immer du tun wirst, lass mich wissen, ob ich dir helfen kann.« Leda lächelte vorsichtig. Und plötzlich reisten sie in der Zeit zurück, es gab nur noch sie beide in der siebten Klasse, als sie sich versprochen hatten, sich immer gegenseitig zu beschützen, denn ihnen gemeinsam gehörte die Welt.

Plötzlich umarmte Avery ihre Freundin. »Danke! Ich weiß nicht, wie du das gemacht hast, aber ich danke dir«, murmelte sie.

»Für dich tue ich alles, Avery.« Leda schien zu spüren, dass Avery etwas Zeit für sich brauchte, und zog sich zurück.

Avery blieb noch eine Weile, wanderte durch die überteuerte Geisterstadt mit der kostspieligen Außenverkleidung und den himmelhohen Dächern und privaten Torzugängen vor jedem Reihenhaus. Ihr verletzter, desorientierter Verstand musste erst aus allem schlau werden.

Calliope war also eine miese kleine Betrügerin. Atlas war von Anfang an ihr Opfer gewesen, wahrscheinlich schon seit Afrika.

Avery dachte an ihr Gespräch mit Atlas nach der Unterwasserparty zurück – als sie im kalten Licht des Tages beschlossen hatten, dass es keinen Sinn hatte, so weiterzumachen, und sie Abstand voneinander halten sollten. Sie versuchte, sich daran zu erinnern, wer von ihnen es zuerst ausgesprochen hatte, und wurde das bedrückende Gefühl nicht los, dass sie es gewesen war.

Und überhaupt, hatte sie ihrer Beziehung nicht den ersten Todesstoß gegeben, als sie Atlas erklärt hatte, dass sie nicht weglaufen könnte, ohne ihm den Grund dafür zu nennen? Rückblickend betrachtet hatte Avery das Gefühl, dass sie sich nach Eris' Tod Atlas gegenüber ziemlich unfair verhalten hatte. Sie hatte von ihm immer nur gefordert und gefordert, ohne ihn auch nur einmal zu fragen, wie er sich fühlte. All das und die Geheimnistuerei – die Tatsache, dass sie ständig Angst haben mussten, von ihren Eltern erwischt zu werden – waren mehr, als jede Beziehung aushalten konnte.

Und dann kam Calliope – oder wie auch immer ihr richtiger Name war – mit ihrem leeren Lächeln und den leeren Worten und warf ein Auge auf Atlas. Dachte sie tatsächlich, sie könnte sich einfach in ihr Leben einschleichen, sich nehmen, was sie wollte, und dann wieder verschwinden? Diese Schlampe würde ihr blaues Wunder erleben.

Avery vermisste Atlas so heftig, dass es ihr die Brust zusammenschnürte. Mit einer groben Bewegung wischte sie die Tränen weg. Ihr war nicht mal bewusst gewesen, dass sie weinte.

Der Tag, an dem Atlas ihr seine Liebe gestanden hatte, war der glücklichste Tag in Averys Leben gewesen. Es war der erste Tag, an dem sie sich wirklich lebendig gefühlt hatte. Als hätte die Welt bis zu diesem Moment nur aus schwarzen und weißen Schatten bestanden, genau wie diese lächerliche Party, und war dann in einem Farbenspiel explodiert.

Sie liebte Atlas und das würde immer so bleiben. Ihn zu lieben war nichts, was sie sich einfach ausgesucht hatte. Es war in ihrer DNA verankert. Und Avery wusste tief in ihrem Inneren, dass es die einzige Liebe war, zu der ihr Herz jemals fähig sein würde, ihr ganzes Leben lang.

Entschlossen drehte sie sich um und ging zur Party zurück. Sie durfte keine Zeit mehr verlieren.

Calliope

Calliope folgte ihrer Mom brav über die Terrasse zu einer freien Fläche mit ein paar vereinzelten Stühlen und einer einsamen Gestalt, die am Geländer lehnte.

»Was ist los?«, fragte sie und versuchte gleichzeitig, ein paar lose Haarsträhnen nach vorn zu zupfen, um ihre Ohren zu verdecken. Ihre Mom schien Mrs Fullers Ohrringe noch nicht bemerkt zu haben, was ziemlich untypisch für sie war. Elise hatte ein zwanghaftes, fast fotografisches Gedächtnis von allen Dingen, die sie und Calliope besaßen. Die Tatsache, dass Calliope diese großen rosafarbenen Diamanten trug, ohne das Elise sie entdeckt hatte, war ein deutliches Zeichen dafür, dass etwas Großes im Gange war.

Calliope hatte ihre Mom vor kaum einer Stunde bereits begrüßt, sie waren sich auf einer der tiefer gelegenen Terrassen über den Weg gelaufen und hatten sich kurz über ihre Fortschritte ausgetauscht. Calliope hatte nicht erwartet, ihr so schnell wieder zu begegnen.

Dann hatten sie den Tisch erreicht, und die Person, die dort stand, entpuppte sich als Nadav Mizrahi.

»Hi, Mr Mizrahi.« Calliope warf ihrer Mom einen neugierigen Blick zu, versuchte, ihr die Führung zu geben, aber Elise lächelte nur, ihre Augen glänzten tränenfeucht. Calliope war nie so gut darin gewesen wie Elise, auf Kommando zu weinen.

»Du konntest Livya nicht finden?«, hörte Calliope ihre Mom fragen, und ihr wurde ein wenig schwer ums Herz, weil ihr jetzt klar wurde, was vor sich ging. Calliope hatte genügend Heiratsanträge ihrer Mom miterlebt, um so etwas auf eine Meile Entfernung zu erkennen.

Nadav schüttelte den Kopf. »Ich wollte sie eigentlich gern dabeihaben, aber das ist schon okay. Ich kann nicht länger warten.«

Kaum überraschend sank Nadav auf ein Knie. Er tastete in seiner Jackettasche herum – das war so süß, er liebte Calliopes Mom wirklich, der arme Trottel – und holte schließlich eine kleine Samtschachtel heraus. Auf seiner Stirn lag ein feiner Schweißschimmer.

»Elise«, begann er leidenschaftlich. »Ich kenne dich erst seit ein paar Wochen, aber es fühlt sich wie ein ganzes Leben an. Und ich möchte, dass es für den Rest unseres Lebens so bleibt. Willst du mich heiraten?«

»Ja«, antwortete Elise atemlos wie ein Schulmädchen und streckte ihm die Hand hin, damit er ihr den Ring an den Finger stecken konnte.

Es war ein ziemlich guter Antrag, dachte Calliope mit unbewegter Miene, auch wenn es ein wenig fantasielos war, sich auf einer Party zu verloben, die jemand anderes ausgerichtet hatte. Aber zumindest hatte Nadav nicht allzu lange um den heißen Brei herumgeredet oder irgendetwas Schmalziges vom Stapel gelassen. Etwas verspätet fiel ihr ein, zu klatschen und den Verlobten ihrer Mom anzulächeln – ihr vierzehnter, wenn sie sich recht erinnerte.

»Herzlichen Glückwunsch! Ich freue mich so für euch beide«, sagte sie mit einer angemessenen Mischung aus Überraschung und Begeisterung. Das war's also, dachte sie traurig, das Ende ihrer Zeit in New York. Und danach würde alles wieder von vorn beginnen.

Sie beugte sich vor, um den Ring zu begutachten, und sie hielt unwillkürlich den Atem an. Elises Verlobungsringe waren meistens kitschig und geschmacklos, weil alle Typen, die dämlich genug waren, auf ihre Tricks hereinzufallen, normalerweise einen schrecklichen Geschmack hatten. Aber dieser Ring war überraschend entzückend, ein schlichter Diamant in einer hübschen Pavé-Fassung. Calliope spürte einen Anflug von Bedauern, dass sie ihn in Einzelteile zerlegen und auf dem Schwarzmarkt verkaufen mussten.

»Calliope, Livya und ich freuen uns schon darauf, dich besser kennenzulernen. Ich bin schon ganz aufgeregt, dass sich unsere Familien endlich vereinen.« Nadav begann, all seine zum Untergang geweihten Pläne zu beschreiben. Er dachte, dass er und Elise im Naturkundemuseum heiraten könnten, weil sie beide so fasziniert davon waren – Calliope hätte bei der Vorstellung fast losgelacht, dass Elise sich darüber freuen würde, sich zwischen verstaubten alten, ausgestopften Tieren das Jawort zu geben. Und er fragte sie, was sie davon halten würden, wenn sie im nächsten Monat Tel Aviv besuchten, damit sie und Elise den Rest seiner Familie kennenlernen konnten.

»Ihr solltet beide gleich bei mir einziehen. Es gibt keinen Grund dafür, dass ihr weiter im Nuage wohnt«, fügte er hinzu. »Natürlich müssen wir uns dann auch nach einem neuen Apartment umsehen, das groß genug ist für uns alle.«

Für einen flüchtigen Moment stellte sich Calliope vor, wie es wäre, eine Kostprobe von einem normalen, stetigen Leben zu bekommen. In einem *Zuhause* zu wohnen, an einem Ort, der ihr gehörte, mit einer eigenen, persönlichen Note – anstatt in einem glamourösen und völlig anonymen Hotel. Wie es wäre, tatsächlich Livyas Stiefschwester zu sein. Keine unschuldigen Leute mehr zu betrügen und sie dann einfach zu verlassen, nicht mehr in einem ständigen Wirbel sinnloser Verschwendung zu leben.

Es wäre merkwürdig, Nadavs Vorschlag tatsächlich anzunehmen und mit diesen beiden Fremden zusammenzuleben.

»Oh … es ist Livya«, murmelte Nadav und neigte den Kopf, um den Anruf anzunehmen. »Ich werde sie holen, damit sie die guten Neuigkeiten erfährt.« Er drückte Elise einen Kuss auf die Lippen und drängte sich durch die Menge davon.

»Also, was denkst du?«, fragte Elise mit gesenkter Stimme, sowie er außer Hörweite war.

»Ein toller Ring, Mom. Ich bin sicher, dass du dafür mindestens eine halbe Million bekommst. Gute Arbeit.«

»Nein, ich meinte, was hältst du von Nadavs Plänen?«

Calliope wurde seltsam flau im Magen. »Was willst du damit sagen?«

»Ich will damit sagen, was hältst du davon, in New York zu bleiben?« Elise lächelte und nahm die Hand ihrer Tochter.

Calliope konnte nicht antworten. Sie fühlte sich plötzlich ganz aufgeregt und nervös und war nicht in der Lage, klar zu denken. »Für wie lange?«

»Wir *bleiben*, Liebling«, erwiderte Elise. »Das heißt, wenn du es möchtest.«

Calliope ließ sich wortlos auf einen der Plexiglasstühle fallen und starrte in die Nacht hinaus. Es war so dunkel. Die Fackeln flackerten im auffrischenden Wind, also mussten es echte Flammen sein und keine Hologramme. Ein Teil von ihr wollte hinübergehen und die Flammen berühren, nur um wirklich sicher zu sein.

»Ich habe darüber nachgedacht, was du letzte Woche gesagt hast, dass du dir wünschst, wir könnten nur ein einziges Mal irgendwo bleiben.« Ein seltsamer Unterton schwang in ihrer Stimme mit. Das war für sie beide absolutes Neuland. Calliope blieb ganz still.

»Ich fürchte, ich war nicht immer eine besonders gute Mutter für dich, nicht das beste Vorbild.« Elise senkte den Blick auf ihre verschränkten Hände und fummelte an ihrem neuen Verlobungsring herum. »Ich habe in letzter Zeit oft an den Tag gedacht, an dem wir London verlassen haben.«

Ich auch, dachte Calliope, aber sie war nicht sicher, wie sie das zum Ausdruck bringen sollte.

»Ich glaube, dass es zu diesem Zeitpunkt das Richtige war«, fuhr Elise zögernd fort. »Als diese Frau dich geschlagen hat, hätte ich am liebsten … Und all die Jahre, in denen ich unter ihr gelitten habe. Es schien nur fair, ihr etwas wegzunehmen und dann zu verschwinden.«

»Ist schon gut, Mom.« Calliope hörte das Rauschen des Kanals tief unter ihnen wie das Echo ihrer eigenen aufgewühlten, verwirrenden Gedanken. Sie hatte keine Ahnung gehabt, dass ihre Mom sich so hin- und hergerissen fühlte, dass sie ihr Leben ebenfalls infrage stellte, denn es hatte all die Jahre so ausgesehen, als würde sie unbekümmert und glücklich immer weitersegeln.

Ihre Mom seufzte. »Nein, ist es nicht. Ich habe dich auf diesen Weg geführt ohne einen wirklich Plan. Ich konnte als Teenager normale Erfahrungen sammeln, in der Schule, mit Freunden und Beziehungen, aber du …«

»Ich habe mit diesen Dingen doch auch Erfahrungen gemacht«, hielt Calliope dagegen, aber Elise winkte ab.

»Ich weiß nicht, wo die Zeit geblieben ist. Wenn ich dich ansehe, habe ich das Gefühl, als sei es erst gestern gewesen, dass wir aus dem Haus der Houghtons weggelaufen sind, und nicht schon vor sieben Jahren. Ich hätte das nie so lange durchziehen dürfen.« Sie hob den Blick und Calliope sah, dass in ihren Augen schon wieder Tränen schimmerten. »Ich habe dich der Chance beraubt, dein Leben zu leben, ein *reales* Leben, und das war nicht fair von mir. Wo zum Teufel soll das für dich enden, wenn das alles vorbei ist?«

Weit entfernt erhob sich ein Chor aus Jubelrufen, als eine riesige Torte auf einer glänzenden schwarzen Servierplatte aus dem Servicebereich heranschwebte. Die Buttercremeglasur war mit mikroskopisch kleinen essbaren LED-Chips gespickt, sodass sich die gesamte Torte wie eine Fackel zu entzünden schien.

Calliope antwortete ihrer Mom nicht. Sie hatte nie so weit in die Zukunft gedacht, wahrscheinlich weil sie Angst davor hatte.

»Ich habe mir überlegt«, fuhr Elise mit etwas mehr Selbstbeherrschung fort, »dass wir den Betrug diesmal etwas ausweiten könnten, unseren längsten daraus machen. Wir könnten dich in der Schule anmelden, sodass du dein Abschlussjahr in New York verbringst. Wenn du das nicht willst, können wir jederzeit abbrechen und die nächste Hyperloop aus der Stadt nehmen. Aber wir können auch erst ausprobieren, wie es uns damit geht, hierzubleiben.« Sie riskierte ein Lächeln. »Es könnte ein Abenteuer werden.«

»Das würdest du tun?« Calliope wünschte sich so sehr, was ihre Mom da vorschlug. Aber sie wusste auch, was das bedeutete: dass Elise ihre Unabhängigkeit aufgeben und mit einem Mann zusammenleben müsste, den sie nicht liebte, egal wie nett er auch war.

»Es gibt nichts, was ich nicht für dich tun würde«, sagte Elise nur, als würde das alle Fragen beantworten. »Ich hoffe, du weißt das.«

»Seht, wen ich gefunden habe!« Nadav betrat die Terrasse mit Livya im Schlepptau.

Calliope trat vor und umarmte Livya aus einem Impuls heraus. »Du siehst heute Abend wunderschön aus«, sprudelte es in einem Anfall großzügiger Zuneigung aus ihr heraus. Und es stimmte, Livyas Makeup ließ ihre blassen, wässrigen Züge interessant wirken und ihr elfenbeinfarbenes Kleid mit dem Tellerrock gab ihrer mageren Figur die nötige Form.

»Danke«, erwiderte Livya steif und befreite sich rasch aus Calliopes Armen, ohne das Kompliment zurückzugeben.

»Ein Hoch auf unsere neue Familie!«, rief Nadav und schwenkte eine kalte Flasche Champagner wie eine Waffe, während er den Korken knallen ließ. Das Geräusch hallte laut über den Partylärm hinweg und zog ein paar Blicke auf sie, aber das war Calliope egal.

Sie bemerkte, dass Livya nur einen winzigen, kaum merklichen Schluck von ihrem Champagner nahm, bevor sie das Glas mit gespitzten Lippen abstellte. Offenbar war sie über die Entwicklung der Ereignisse nicht so erfreut wie Calliope.

Tja, man kann nicht jeden zufriedenstellen, dachte Calliope wehmütig.

Sie wollten mit dem Betrügen aufhören. Sie würden nicht mehr das Vertrauen anderer missbrauchen, Menschen ausnutzen oder hintergehen, keine falschen Namen oder Couture-Kleider mehr tragen und den ganzen fiesen Kreislauf dann von vorn beginnen. Die ganze Welt kam ihr plötzlich heller und leichter vor, voll von unendlich vielen Möglichkeiten.

Sie würde in New York wohnen, ganz real – wirklich sie selbst sein, nicht irgendeine Rolle spielen, die ihre Mom ihr vorgab. Sie würde zur Schule gehen und Freundschaften schließen und endlich jemand *werden*.

Sie konnte es kaum erwarten herauszufinden, wer diese New Yorker Calliope Brown wirklich war.

»Schatz«, zischte ihre Mom ihr mit einem Seitenblick zu, als Nadav ihnen Champagner nachschenkte. »Sind diese Ohrringe neu? Sie sehen verblüffend echt aus.«

Calliope versuchte verzweifelt, sich das Lachen zu verkneifen, aber ihre Mundwinkel verzogen sich trotzdem zu einem Lächeln. »Die sind natürlich nicht echt. Aber sie sind wunderschön, stimmt's?«

Elises ungewohnter neuer Diamantring funkelte im Mondlicht, als sie Calliope zuprostete. »Auf einen Neuanfang!«

»Auf einen Neuanfang«, wiederholte Calliope, und nur ihre Mutter hörte den hoffnungsvollen, aufgeregten Unterton in diesem Satz, den sie schon so oft ausgesprochen hatte.

Rylin

Rylin stand am Rand der Tanzfläche, von wo aus sie den vollen Spiegeleffekt der Mirrors bewundern konnte. Drei Steinbrücken, gesäumt von Laternen, spannten sich über den Kanal. Auf jeder von ihnen drängten sich so viele Menschen, dass sie sich kaum darüber bewegen konnten. Über ihr blitzten Etherium-Brücken wie Lichtstrahlen auf und verglühten kurz darauf wieder. Sie erinnerten Rylin an die Flugzeuge, die sie und Chrissa früher immer von der Monorail-Station aus beobachtet hatten. Von so weit unten hatten die Flugzeuge wie Blitze ausgesehen, die sofort wieder vom Himmel verschwanden, wenn Rylin sie gerade erblickt hatte.

Was für ein unerwarteter Tag das gewesen war. Erst gestern Abend hatte Rylin Leda von der ViewBox aus angerufen. Sie hatte fast erwartet, dass Leda nicht reagieren würde, aber sie hatte den Anruf sofort angenommen. »Was gibt's?«, hatte sie lebhaft gefragt, als wäre es überhaupt nicht merkwürdig, dass Rylin Myers sie an einem Freitagabend anrief.

»Ich würde gern mit nach Dubai kommen«, hatte Rylin erklärt und von dem Moment an war alles ganz schnell gegangen. Sie hatte sich ein neues Kleid gekauft, war im Privatflugzeug der Fullers mitgeflogen und nun war sie hier.

Sie hatte Cord bis jetzt noch nicht gesehen, aber der Abend war noch jung. Die Aufregung, die seine Worte letzte Woche bei ihr ausgelöst hatten – dass er nie aufgehört hatte, sich Gedanken um sie zu machen –, schwirrte warm und angenehm in ihrer Brust. Sie war entschlossen, heute Abend mit ihm zu reden und herauszufinden, was das zu bedeuten hatte.

Ihr Tablet meldete eine eingehende Nachricht. Neugierig sah Rylin nach – und war so erschrocken, dass sie gleich den ganzen Text las.

Von: Xiayne Radimajdi
Kein Betreff

Rylin, ich habe dich gestern im Unterricht vermisst. Und ich habe gerade eine Benachrichtigung von deiner Studienberaterin erhalten, dass du in den Holografie-Einführungskurs gewechselt bist. Ich hoffe, das ist nicht wahr, aber wenn es so ist, kann ich es verstehen.

Bitte, ich möchte mich für mein Verhalten am Abend der Dreh-Abschlussparty bei dir entschuldigen. Es ist allein meine Schuld, denn nur ich habe eine Grenze übertreten. Und du sollst auch wissen, wie dankbar ich für all deine Hilfe während der Dreharbeiten war.

Du bist unglaublich talentiert, Rylin. Die Art, wie du die Welt siehst, ist ein Geschenk. Es tut mir unendlich leid, dass ich dich aus meinem Kurs verloren habe. Wenn du deine Meinung änderst, würde ich mich geehrt fühlen, dich jederzeit wieder aufnehmen zu dürfen.

Ich freue mich schon darauf, deine Holografie-Karriere weiter zu verfolgen.

Xiayne

Rylin hatte das Gefühl, als bekäme sie keine Luft mehr. Sie würde etwas Zeit brauchen, um darüber nachzudenken und ihre gemischten Gefühle zu sortieren, bevor sie eine Entscheidung treffen konnte. Doch schon allein beim Lesen dieser E-Mail fühlte sie sich besser. Sie lehnte sich gegen den gehämmerten Metalltisch, der ein schwarz-weiß kariertes Muster hatte. Vielleicht würde sie am Ende doch wieder den Kurs besuchen. Vielleicht.

»Da bist du!« Leda schlängelte sich zu ihr durch, wobei sie den Rock ihres ausladenden, weißen Kleides mit beiden Händen festhielt, damit sie sich besser bewegen konnte. Sie lächelte, was ihr Gesicht deutlich veränderte: Ihre kantigen Züge wurden weicher, ihre Augen wirkten lebendiger. Sie sah überhaupt nicht mehr wie das wütende, unter Drogen stehende Mädchen aus, das Rylin in der Nacht auf dem Dach bedroht hatte. Jetzt sah sie sogar irgendwie … glücklich aus.

»Hi, Leda«, begrüßte Rylin sie.

Leda stellte sich neben sie an die Brüstung und folgte Rylins Blick über die flimmernde Menge, die von den sprühenden Funken der Feuerspringbrunnen beleuchtet wurde. Auf einer der anderen Terrassen sang ein Chor. Die Stimmen entfalteten sich wie verwobene Bänder in der Nacht.

»Und«, fragte Leda nach einer Weile, »wie gefällt dir deine erste Party?«

»Das ist nicht meine erste Party.« Rylin verdrehte amüsiert und ungläubig die Augen.

»Was du nicht sagst«, erwiderte Leda. »Du bist den ganzen weiten Weg nach Dubai gekommen und jetzt stehst du hier allein rum und redest mit niemandem? Komm schon, Rylin, du gehst mit vielen hier auf eine Schule. Du könntest wenigstens einigen von ihnen Hallo sagen.«

Rylin wurde rot. Leda hatte recht. »Nur weil ich mit ihnen in eine Schule gehe, bedeutet das noch lange nicht, dass ich sie auch leiden kann«, wehrte sie ab.

»Ich sehe da kein Problem. Du musst doch niemanden mögen, nur um dich mit ihm zu *unterhalten*. Mich kannst du doch auch nicht ausstehen und du redest trotzdem mit mir.«

Zu Rylins Überraschung wurde ihr in diesem Moment bewusst, dass das gar nicht mehr stimmte. »Ich verstehe dich nicht«, sagte sie leise. »Vor ein paar Monaten hast du gedroht, mich zu vernichten. Jetzt nimmst du mich mit zu Partys und hilfst mir, einen Kurs zu wechseln. Was hat sich verändert?«

»*Ich* habe mich verändert.« Leda stieß einen tiefen Atemzug aus, ohne Rylin aus den Augen zu lassen. »Und nur für's Protokoll, das trifft auch auf dich zu. Du bist nicht mehr dasselbe Mädchen, das ich am ersten Tag in der Schule beim Mittagessen einschüchtern wollte.«

Ein neuer Song dröhnte aus den Lautsprechern, aber Rylin hatte trotzdem jedes Wort verstanden.

»Du hast recht«, sagte sie, ein Lächeln stahl sich in ihr Gesicht. »Inzwischen bin ich viel zu tough, um mich von dir herumkommandieren zu lassen.«

»Du warst schon immer tough«, erwiderte Leda mit einem belustigten Blick. »Aber jetzt bist du auch schlauer und aufmerksamer und … ich glaube … auch nicht mehr so empfindlich. Abgesehen davon«, fügte sie hinzu und lächelte dabei, »muss ich dich auch gar nicht mehr herumkommandieren. Ich habe kürzlich ein paar andere Opfer gefunden.«

Rylin hatte keine Ahnung, ob Leda das ernst meinte oder nur Witze machte. Vielleicht ein bisschen von beidem.

Eine ungebetene Erinnerung kam ihr in den Sinn, von dem Tag im

Filmlabor, als Xiayne ihr erklärt hatte, dass es bei der Holografie immer um die Perspektive ging. Unterschiedliche Menschen sahen die Welt auf unterschiedliche Weise. Rylin wusste, dass sie vielen Menschen Unrecht getan hatte – und umgekehrt genauso: Hiral, Leda, Xiayne und vor allem Cord. Aber vielleicht musste sie alles nur aus einem anderen Blickwinkel betrachten.

»Mann, Rylin! Das ist eine Party, und du siehst aus, als wolltest du die Geheimnisse des Universums lüften.« Leda schnappte sich ein Glas und reichte es ihr. »Entspann dich und versuch zu lächeln, okay?«

Rylin nahm einen Schluck aus dem weiß mattierten Glas. Das Getränk schmeckte bitter und war viel zu stark. »Das kann ich nicht auf leeren Magen trinken«, protestierte sie.

»Ich weiß, ich bin auch am Verhungern. Hast du die Risottobällchen gesehen? Die sehen köstlich aus.« Ohne ein weiteres Wort hakte sich Leda bei Rylin unter und zog sie mit sich zu einem der Büfetts. Für einen Moment zögerte Rylin – sie wollte immer noch Cord finden –, doch diese Party würde noch Stunden dauern. Und sie hatte Hunger. Und es war irgendwie schön, dass Leda sie nicht mehr hasste.

Der Lauf der Dinge war schon manchmal seltsam, was besonders deutlich wurde, als Rylin Myers und Leda Cole sich gemeinsam auf die Suche nach Risottobällchen machten und eine bizarre Art Frieden unter dem sanft glitzernden Himmel schlossen.

Calliope

Calliope stand allein neben einem Gesteck Stimmungsblumen, die im Moment in einem sanften, zufriedenen Gold leuchteten, das perfekt zu ihrem Glücksgefühl passte. Das sogenannte Emotionserkennungssystem der Blüten war ziemlich fadenscheinig – es basierte auf Pulsfrequenz, Körpertemperatur und angeblich Pheromonen –, aber diesmal hatte es voll ins Schwarze getroffen, fand Calliope.

Sie hatte sich auf diese Seite der Terrasse zurückgezogen, um kurz durchzuatmen und darauf zu warten, dass Atlas nach ihr suchte. Und genau in diesem Moment hörte sie Schritte hinter sich. Sie drehte sich lächelnd um, doch es war nicht Atlas, sondern seine Schwester.

Avery sah wie eine Wilde aus. Sie trug ein schimmerndes, weißes Kleid mit einem durchsichtigen Ausschnitt, der mit zarter Spitze und feinsten Perlen durchsetzt war. Der Rock war direkt über den Knien abgeschnitten, nicht grade, sondern völlig zerrupft, als wäre der Stoff mit einem Messer abgesäbelt worden. Lose Haarsträhnen fielen aus ihrer Hochsteckfrisur und umrahmten ihr Gesicht wie eine wirre, goldene Wolke.

»Ich habe nach dir gesucht«, erklärte Avery mit einem unheilvollen Unterton in der Stimme.

»Hi, Avery.« Calliope hob neugierig eine Augenbraue. Sie musste einfach fragen. »Ist das ein Brautkleid?«

»Es war eins, bevor ich es zu einem Partykleid gemacht habe.«

Na ja, zumindest war es ein Hingucker. »Was kann ich für dich tun?«

»Das ist eigentlich ganz einfach. Ich will, dass du verdammt noch mal aus New York verschwindest.« Avery sprach mit deutlichen Pausen zwischen den Worten, als wollte sie sichergehen, dass Calliope auch die volle Bedeutung jeder einzelnen Silbe verstand.

»Wie bitte?«, hakte Calliope nach, doch sie hatte das plötzliche, Übelkeit erregende Gefühl, dass Avery *Bescheid wusste*.

Avery trat einen drohenden Schritt auf sie zu. »Ich kenne die Wahrheit über dich und deine Mutter. Also werdet ihr beide New York sofort verlassen und du wirst nie mehr ein Wort mit Atlas reden, denn du hast ihm die ganze Zeit nur etwas vorgemacht – wegen seines *Geldes*. Das war alles nur ein Spiel für dich.«

Angst wirbelte in immer größer werdenden Spiralen über Calliopes Haut. Sie schnappte vorsichtig nach Luft. »So ist es nicht, okay?«

»Was hattest du denn heute Abend vor? Wolltest du mit den Ohrringen meiner Mom abhauen?«

Bei diesem Vorwurf meldete sich sofort das schlechte Gewissen bei Calliope zurück. Sie hatte zumindest darüber nachgedacht, oder nicht? Und es war noch gar nicht so lange her, da hätte sie es auch getan. Aber heute Abend hatte sie etwas zurückgehalten. Sie wollte die Fullers nicht auf diese Art hintergehen. Sie wollte *niemanden* mehr hintergehen.

Vielleicht entwickelte sie gerade etwas, das die Leute Gewissen nannten.

Sie wollte etwas sagen, aber sie hatte zu lange geschwiegen, und Avery schüttelte den Kopf. Ihre perfekten Gesichtszüge verzogen sich vor Verachtung.

Schweigend und mit der größten Würde, die sie aufbringen konnte, griff Calliope nach den prachtvollen rosafarbenen Diamanten, die immer noch in ihren Ohren steckten. Sie hielt sie Avery hin, die sie ihr sofort aus der Hand schnappte.

»Du hast keine Ahnung, wovon du redest«, wehrte sie sich, während sie dabei zusah, wie Avery ihre eigenen Ohrringe mit den Diamanten tauschte. »Du *kennst* mich nicht einmal.«

Avery blickte zu ihr auf, ihre blauen Augen wirkten völlig kalt. »Ich weiß bereits mehr über dich, als mir lieb ist.«

»Wie hast du es erfahren? Durch Brice?« Calliope machte vor allem die Tatsache unendlich traurig, dass sie und ihre Mom New York nun doch verlassen mussten. Nach all der harten Arbeit ihrer Mutter – nachdem sie Nadavs Antrag angenommen und die Entscheidung getroffen hatte, zu bleiben – waren sie erneut gezwungen, die Flucht zu ergreifen. Sie mussten sich eine neue Netzhaut zulegen, neue Identitäten, und wieder irgendwelche ahnungslosen Leute reinlegen. Und sie würde nie wieder Calliope Brown sein, das stand fest. Bei diesem Gedanken fühlte sie eine schreckliche Leere in ihrem Inneren.

Avery sah sie überrascht an. »Was hat Brice damit zu tun? Ist er auch in die Sache verwickelt?«

»Vergiss es.«

»*Zehn, neun, acht …*« Um sie herum begannen die Gäste plötzlich den Countdown bis Mitternacht herunterzuzählen. Das erste Feuerwerk würde gleich losgehen – und sich dann zu jeder vollen Stunde wiederholen. Calliope war verwirrt, weil es noch so früh war, während im Laufe eines einzigen Abends ihre ganze Welt so radikal auf den Kopf gestellt worden war. Und das gleich zweimal.

Sie hielt den Blick auf Avery gerichtet und versuchte, das Gefühlschaos in ihrem Gesicht zu interpretieren. Sie hatte in ihrem Leben schon so viele Menschen durchschaut und ihr Verhalten vorausgesehen, nun schien ihr Instinkt zum ersten Mal zu versagen.

Dann dachte Calliope an etwas, das ihre Mom ihr einmal gesagt hatte: Wenn sie jemals in einer prekären Situation erwischt wurde – wenn ihre Lügen nicht mehr funktionierten, wenn alles schiefgelaufen war –, gab es manchmal nur noch einen Ausweg: die Wahrheit zu sagen.

Sie hatte ihren echten Namen nie laut ausgesprochen. *Verrate ihn niemandem*, hatte ihre Mom ihr eingebläut, seit sie London verlassen hatten. *Es ist zu gefährlich, denn es gibt anderen Macht über dich. Denk dir einfach einen Namen aus, einen lustigen, irgendeinen, der dir gefällt.* Und dieses Spiel hatte sie – ziemlich geschickt – viele Jahre lang gespielt. Sie hatte so viele Namen getragen, so viele Menschen betrogen. Doch mit jeder Lüge hatte sie ein Stück von sich selbst weggegeben, und jetzt hatte sie keine Ahnung, was noch von ihr übrig geblieben war.

»Calliope ist nicht mein richtiger Name«, sagte sie so leise, dass Avery sich vorbeugen musste, um sie zu verstehen. »Ich heiße Beth.«

Averys Wut schien schwächer zu werden, als hätte dieses winzige Körnchen Wahrheit sie etwas beschwichtigt. »Für eine Beth hätte ich dich nicht gehalten«, sagte sie, was eine ziemlich merkwürdige Feststellung war. In diesem Moment stieg das Feuerwerk über ihren Köpfen auf und brach den vorübergehenden Bann. »Wie auch immer du heißt, es ist mir egal. Du wirst verschwinden, bevor wir nach New York zurückkehren. Sollte ich dich jemals im Tower wiedersehen, wirst du es bitter bereuen. Hast du mich verstanden?«

Calliope biss die Zähne zusammen und starrte Avery an, ohne zu blinzeln. Ihr alter Trotz keimte in ihr auf. »Vertrau mir, du hast dich deutlich genug ausgedrückt«, gab sie schnippisch zurück.

Ohne ein weiteres Wort ging Avery davon.

Und so endete alles wieder einmal. Calliope erlaubte sich ein paar Minuten Melancholie – blickte über das Wasser, wünschte, die Dinge wären anders gelaufen und sie hätte ihre Karten mit mehr Geschick ausgespielt. Dann drehte sie sich mit einem niedergeschlagenen Seufzen um und ging zurück zur Party.

Sie nahm sich vor, den Rest der Nacht zu genießen. Nicht mit Atlas, denn Avery würde ihn bestimmt im Auge behalten, sondern mit irgendwem oder auch allein, es spielte keine Rolle. Nichts davon spielte noch eine Rolle. Morgen früh würde sie ihrer Mom alles erzählen und sie würden die Stadt so schnell wie möglich verlassen müssen.

Um die Details machte sich Calliope nicht wirklich Sorgen. Sie waren schon von vielen Orten geflohen und sogar unter schlimmeren Umständen als jetzt. Sie wusste, dass sie heil davonkommen würden. Aber nach dem Vorschlag ihrer Mom hoffte sie insgeheim, dass es diesmal vielleicht doch anders sein könnte. Sie fühlte sich hilflos in der Luft treibend, als wäre ihr etwas ganz Wundervolles angeboten und gleich wieder entrissen worden.

Bei dem Gedanken, wieder in eine neue Stadt zu müssen – zuerst alles auszukundschaften, um dann den nächsten Betrug einzufädeln und den nächsten gutgläubigen, unglücklichen Menschen zu bestehlen –, tat ihr ganzer Körper weh. Sie fühlte sich erschöpft und traurig und einsam.

Für einen Moment glaubte sie, ein Geräusch in der Ferne zu hören, als hätte jemand geschrien, wie das Echo ihres schwermütig klagenden Herzens. Aber als sie noch einmal lauschte, war das Geräusch verschwunden.

Sie drehte sich langsam um, der elegante Schwalbenschwanz an ihrem Kleid rauschte hinter ihr her. Für eine letzte Nacht wollte sie Calliope Brown sein. Scheiß auf die Konsequenzen.

Watt

Watt legte die Arme von hinten um Leda. »Wohin warst du verschwunden?«, murmelte er in ihr Haar, das zart nach Rosen roch, ein Duft, an den er sich während der letzten Wochen ziemlich gewöhnt hatte.

»Ich war unterwegs, um mich mal wieder einzumischen«, erwiderte Leda verschmitzt.

»Tatsächlich?« Watt ließ die Arme sinken, um sie zu sich umzudrehen. Sie strahlte förmlich, ihr Gesicht schien von innen zu leuchten, ihr ganzes Wesen schwebte regelrecht über der Terrasse, auf der sie standen.

»Ich versuche, Rylin wieder mit Cord zu verkuppeln. Aber das könnte eine Weile dauern. Die beiden sind ganz schön stur.«

»Vor ein paar Monaten hast du Rylin noch gedroht und jetzt spielst du Emma Woodhouse für sie?«, fragte Watt belustigt.

Leda hob den Kopf. »Liege ich da falsch oder hast du gerade auf Jane Austen angespielt? Es geschehen immer noch Wunder.«

»Hey, ich kann lesen!«, protestierte Watt, obwohl er diese Bemerkung eigentlich Nadia zu verdanken hatte. Er beschloss, das Thema zu wechseln. »Warum glaubst du überhaupt, dass du darüber entscheiden kannst, ob Cord und Rylin zusammen sind?«

»Weil ich es am besten weiß«, erklärte Leda, als wäre das ganz selbstverständlich.

»Weil du es genießt, der Marionettenspieler im Leben anderer zu sein.«

»Oh, bitte, als würdest du das nicht auch machen.«

»Nur weil ich die Leute immer ausspionieren *könnte*, bedeutet das noch lange nicht, dass ich das auch tue. Normalerweise überlasse ich Nadia die Kontrolle. Du wärst überrascht, wie langweilig das sein kann.«

»Natürlich abgesehen von der Überwachung meiner Wenigkeit«, witzelte Leda.

»Stimmt, natürlich.« Watt unterdrückte ein Grinsen.

Nadia wies ihn auf einen Garten am anderen Ende der Terrasse hin. Dort sah es nett aus, also nahm Watt Leda an die Hand, führte sie hinüber und dann einen Pfad entlang, der von Bäumen und riesigen Blüten gesäumt war.

Bring Eris zur Sprache, drängte Nadia. *Jetzt ist der richtige Zeitpunkt.*

Nicht sofort, Nadia. Okay?

Das ist deine Chance, beharrte Nadia. *Willst du Leda nicht endlich loswerden?*

Leda drückte seine Hand, die immer noch in seiner lag, und Watt war sich überhaupt nicht mehr sicher, was er wollte.

Er warf einen Seitenblick auf Leda, betrachtete ihr elegantes Profil, nahm die impulsive Art ihrer Bewegungen in ihrem fließenden weißen Kleid in sich auf. Alles an ihr – ihre Augen, ihre Hände, ihre Lippen – wirkte sanfter im Halbdunkel. Er dachte an all die verschiedenen Seiten von Leda, die er kennengelernt hatte. Ihre Rücksichtslosigkeit, ihre erbitterte Entschlossenheit, ihre Albträume, ihr unglaublicher Scharfsinn. Nur eins war Leda Cole nicht: unsicher.

»Du glaubst wirklich, dass du es immer am besten weißt, oder?«, überlegte er laut.

»Ich weiß, dass es so ist«, konterte sie.

»Tja, wenn das so ist, was sollte ich anders machen?« Er ließ die Frage wie einen Scherz klingen, aber plötzlich war er wirklich neugierig auf ihre Antwort.

»Wo soll ich anfangen? Zunächst einmal solltest du dich von diesem schrecklichen Nerd-Nation-T-Shirt trennen, das du immer trägst.«

»Das habe ich auf einer Wissenschaftsmesse gewonnen –«, begann Watt, aber Leda ignorierte seinen Einwand und redete einfach weiter.

»Du könntest deiner Familie ein wenig mehr Aufmerksamkeit schenken.« Ihre Miene wurde ernst. »Du bedeutest ihnen wirklich viel, Watt. Das weiß ich. Und anders als in meiner Familie würden sie dich nie belügen.«

Die letzte Bemerkung machte ihn auf unerklärliche Weise traurig, aber bevor er weiter nachhaken konnte, hatte Leda den Gedanken schon abgeschüttelt. Watt beschloss, den Moment verstreichen zu lassen.

»Und im Moment könntest du mich endlich küssen«, fügte sie abschließend hinzu.

Einen direkten Befehl sollte man nicht missachten, dachte er.

Nachdem sie sich voneinander gelöst hatten, zogen sie sich noch weiter in den Garten zurück. Alles war ganz still. Watt kam es vor, als wären sie die einzigen Menschen auf der Welt. Leda schien auch ohne Worte glücklich zu sein, sie hob nur den Kopf zum Himmel empor und atmete tief durch.

»Ich habe gelogen«, sagte sie plötzlich, und ihre Stimme klang ganz leise. Watt sah sie verwirrt an. »Ich weiß nicht immer alles am besten. Besonders wenn es um mich selbst geht. Es gibt so viele Dinge, die ich anders hätte machen sollen.«

»Leda, wir machen alle Fehler«, sagte Watt.

Sie trat einen Schritt zurück und schüttelte den Kopf. Watt merkte, dass sich seine Hand ohne ihre darin ganz kalt anfühlte. Erschrocken sah er, wie sich Tränen in ihren Augen sammelten und über ihre Wangen liefen.

»Du hast gesehen, was ich getan habe, Watt. Du weißt, dass ich den schlimmsten aller Fehler gemacht habe. Ich wünschte nur ...«

Das ist es, sagte Nadia erwartungsvoll, während Watt Leda an sich zog und in die Arme schloss. Er fühlte sich seltsam nervös und gleichzeitig erleichtert, dass Leda nach all der Zeit endlich über diese Nacht sprach.

»Schhh, ist schon okay«, murmelte er und streichelte sanft ihren Rücken. »Es wird alles gut, keine Sorge.«

»Ich wollte das nicht. Das weißt du«, sagte Leda so leise, dass er nicht sicher war, was er gehört hatte. Sein Herz setzte einen Schlag aus.

Bring sie dazu, dass sie deutlicher wird, drängte Nadia. *Das reicht nicht als Beweis. Sie muss es direkt sagen.*

»Was wolltest du nicht?«, fragte Watt. Er hasste sich dafür, aber er sprach die Frage trotzdem aus, denn die Worte standen direkt vor seinen Augen geschrieben, von Nadia vorgegeben, und er war im Moment zu schockiert, um eigene Gedanken zu formulieren.

Leda sah mit großen vertrauensvollen und tränenerfüllten Augen zu ihm auf. »Eris«, sagte sie nur. »Du weißt, dass ich sie nicht hinunterstoßen wollte. Ich wollte nur, dass sie sich von mir fernhält ... Aber sie hat weiter versucht, mich in den Arm zu nehmen, und nach allem, was sie mir angetan hat ... Ich wollte nur, dass sie mich in Ruhe lässt.« Sie umklammerte seine Hand so fest, dass er das Gefühl hatte, sie würde ihm gleich das Blut abschneiden. »Es war ein Unfall. Ich wollte nicht, dass sie stürzt. Das hätte ich *niemals* gewollt.«

Ich hab's, erklärte Nadia offensichtlich zufrieden.

Aber Watts menschlicher Verstand hakte sich an Ledas Worten fest. »Was meinst du damit, nach allem, was sie dir angetan hat?«

»Das weißt du nicht?«, fragte Leda.

Watt schüttelte stumm den Kopf.

»Ich dachte, du weißt alles.« Diesmal klangen ihre Worte nicht ein bisschen sarkastisch.

»Ich habe mich nie groß für Eris interessiert«, sagte er, was auch stimmte. Seine ganze Aufmerksamkeit war stets auf Avery gerichtet gewesen.

Leda nickte, als leuchtete ihr das ein. »Eris hatte eine Affäre mit meinem Dad, bevor sie starb.«

»Was?« *Nadia, wie konnten wir das übersehen?*

Watt hatte das unerträgliche Gefühl, in eine Sache hineingetappt zu sein, die viel zu groß für ihn war. Er war zu tief gefallen, lag jetzt am Boden eines tiefen, schwarzen Lochs und kam nicht mehr hoch, um Luft zu holen.

Aber am allermeisten spürte er ein überwältigendes Gefühl der Selbstverachtung. Er hatte Leda reingelegt, damit sie ihm ihre intimste, verwundbarste Seite offenbarte – und das nur, damit er sie vernichten konnte.

Leda griff nach seiner Hand und stieß einen schaudernden Atemzug aus. »Ich weiß nicht, warum ich davon angefangen habe. Lass uns zurück zur Party gehen.«

»Es tut mir leid, aber ich …« Watt zog seine Hand weg und ignorierte Ledas erschrockenen Blick.

Du schickst diese Aufnahme an niemanden, Nadia. Verdammt, du tust überhaupt nichts, was Leda betrifft, ohne meine Genehmigung, okay?

»Watt? Was ist los?« Leda runzelte die Stirn und klang verwirrt, sogar *besorgt* um ihn. Es brachte ihn fast um, dass sie an ihn dachte, nach allem, was er ihr gerade angetan hatte.

Er trat einen Schritt zurück und fuhr sich mit der Hand durch die Haare. Er konnte nicht denken, nicht solange Leda in seiner Nähe war und ihn mit diesen weit aufgerissenen Augen so verletzt ansah. Er fühlte sich ganz benommen und wacklig auf den Beinen.

Was war los mit ihm? Wann war er zu jemandem geworden, der andere Menschen täuschte, damit sie ihm ihre dunkelsten Geheimnisse anvertrauten?

»Ich kann jetzt nicht. Ich brauche einfach … Es tut mir leid«, murmelte er und rannte davon, drückte sich vor dem schmerzvollen Ausdruck, der in Ledas Gesicht aufflammte.

Leda

Leda blieb schockiert zurück, während Watts Gestalt in der Dunkelheit verschwand.

Was zur Hölle war gerade passiert? Sie hatte ihm ihre tiefsten und dunkelsten Wahrheiten gebeichtet – ihm etwas so Hässliches über ihre Familie und sich selbst anvertraut – und er drehte sich einfach um und rannte weg.

Sie sank auf eine der schwebenden Bänke und stieß sie mit den Absätzen an, bis sie langsam vor und zurück schaukelte. Sie war jetzt weit vom Partygetümmel entfernt in einer Art mehrstufigem botanischen Garten. Hinter einer Ecke hörte sie gedämpfte Stimmen von Pärchen, die auf den schattigen Wegen spazieren gingen und verstohlene Küsse tauschten. Farbige Laternen wippten hinter ihnen her. Leda fühlte sich von all dem weit entfernt.

War Watt wegen dem gegangen, was sie Eris angetan hatte? Aber er hatte doch darüber Bescheid gewusst. Genau aus diesem Grund war es ja so angenehm, mit Watt zusammen zu sein. Sie wussten genau, wer sie waren, kannten sich mit all ihren Geheimnissen.

Vielleicht hatte Watt das bis jetzt nicht genug gewürdigt. Vielleicht war ihm klar geworden, dass er doch kein Teil davon sein wollte, nachdem sie ihm ihre Seele offenbart und er die Dunkelheit darin erkannt hatte.

Leda biss sich auf die Lippe und ließ das Gespräch in Gedanken noch einmal Revue passieren, um herauszufinden, was sie falsch gemacht hatte. Sie fühlte sich seltsam nervös. Was hatte Watt an sich, das so an ihr nagte? War da nicht ein seltsamer Ausdruck in seinem Gesicht gewesen, in seinen Augen ...?

Er hatte nicht geblinzelt. Diese Erkenntnis traf sie plötzlich mit einer absoluten Gewissheit. Er hatte sie die ganze Zeit gemustert, ohne ein einziges Mal zu blinzeln, als wäre er eine Katze, die geduldig auf eine Maus lauert.

Hatte Watt ihre Unterhaltung etwa *gefilmt*?, dachte sie aufgebracht. Bestimmt nicht, beeilte sich ihr rationaler Verstand zu versichern. Sie hätte es gemerkt, wenn Watt »Videoaufnahme« gesagt hätte, nur so funktionierten die Kontaktlinsen schließlich. Sie schloss etwas beruhigter die Augen.

Nur dass Nadia in seinem Kopf war.

Es war Leda so leichtgefallen, Nadias Gegenwart zu vergessen und sich in der Aufregung zu verlieren, dass sie mit Watt auf dieser Party war – aber natürlich war Nadia die ganze Zeit dabei gewesen, hatte mitgehört und gefilmt und übertragen und wer weiß was noch alles. Leda hatte keine Ahnung, wozu Watt mit Nadia in seinem Hirn in der Lage war.

Sie ballte eine Hand zur Faust, so fest, dass ihre Fingernägel sich tief in das Fleisch ihrer Handfläche bohrten, aber der Schmerz tat gut, so blieb sie konzentriert.

Sie dachte an all die Begebenheiten, in denen Watt sie ein wenig zu genau betrachtet hatte, wann immer jemand Eris erwähnt hatte. Und er hatte sofort zugestimmt, sie zu der Unterwasserparty oder in die Entzugsklinik zu begleiten. Zu dieser Zeit hatte sie nicht darüber nachgedacht, aber es war schon seltsam, dass er nicht einmal versucht hatte, sich dagegen zu wehren. Hatte er sie etwa die ganze Zeit nur benutzt? War er ihr nur nahegekommen in der Hoffnung, dass so etwas wie eben passieren würde, dass sie irgendwann betrunken und vertrauensselig genug war, um die Wahrheit zuzugeben?

Leda wischte sich die Tränen weg. Eigentlich sollte sie gar nicht überrascht sein. Aber es tat mehr weh, als sie sich hätte vorstellen können, denn ihr wurde klar, dass die ganze Zeit, die sie zusammen verbracht hatten, nur eine große Lüge gewesen war.

Wie dumm von ihr zu glauben, dass sie Watt tatsächlich etwas bedeutete. Sie konnte es ihm nicht mal übel nehmen, dass er sich hatte rächen wollen. Sie hätte dasselbe gemacht, wenn sie an seiner Stelle gewesen wäre. Hatte sie nicht mehr als einmal gesagt, dass sie und Watt aus demselben Holz geschnitzt waren?

Ein alter, vertrauter Selbsterhaltungstrieb erwachte und drängte sie, Gleiches mit Gleichem zu vergelten – jede Waffe zu benutzen, die sie auf Lager hatte, um Watt zu vernichten, bevor er sie vernichten konnte – aber Leda stellte fest, dass sie dazu nicht das Herz hatte. Außerdem hatte er mithilfe des Quants in seinem Kopf das Geständnis bestimmt schon längst an die Polizei weitergeleitet. Vielleicht waren sie schon auf dem Weg hierher.

Leda spürte, wie sich eine lähmende Trägheit über sie legte, die ihren ganzen Körper schwer wie Blei werden ließ. Vielleicht war es auch Resignation. Oder Verzweiflung. Leda Cole hatte vorher noch nie aufgegeben, andererseits hatte sie auch noch nie jemanden kennengelernt, der ihr das Wasser reichen konnte, außer Watt.

Sie hatte den einzigen Jungen auf der Welt gefunden, der ihr ebenbürtig war, und sich in ihn verliebt, aber nach typischer Leda-Cole-Manier hatte sie es geschafft, ihn zu ihrem Todfeind zu machen.

Sie stand auf und schleppte sich zur nächsten Bar – ein einsamer

Tisch, der zwischen Zitronenbäumen am Rand des Gartenwegs stand. Er lag so weit ab von der Party, dass es ihr vorkam, als hätte ihn jemand – war es Schicksal oder Vorsehung? – in ihrer Stunde der Not extra hier aufgebaut. Vielleicht kam sie morgen ins Gefängnis, dann konnte sie die letzten Stunden auf freiem Fuß auch noch genießen.

»Whiskey Soda«, sagte sie automatisch, als sie näher kam. »Und danach gleich noch einen.«

Die Barkeeperin sah zu ihr auf und aus irgendeinem Grund löste das in ihrem Hirn eine Art Wiedererkennungseffekt aus. »Haben wir uns schon mal gesehen?«, fragte Leda.

Das junge Mädchen zuckte mit den Schultern. »Ich arbeite im Altitude. Mein Name ist Mariel.« Mit schnellen, geübten Handgriffen begann sie, das Getränk zu mixen.

»Und jetzt arbeitest du hier?« Leda war immer noch verwirrt.

»Die Fullers haben einen Teil des Personals aus dem Altitude hergeschleppt, um auf der Party auszuhelfen. Ziemlich übertrieben, was?«

»Oh.« Leda hatte davon zwar nichts gehört, aber das klang ganz nach den Fullers.

»Bist du allein hier?« Das Mädchen schob das Glas über den Tisch und zog eine Augenbraue hoch.

»Im Moment ja.« Leda betrachtete das Glas mit gerunzelter Stirn, denn es war undurchsichtig schwarz. »Das ist ganz schön makaber«, stellte sie fest. Es sah aus wie ein Kelch, aus dem die verlorenen Seelen der Hölle tranken. So dunkel wie all ihre Geheimnisse, dachte sie und nahm einen Schluck. Der Whiskey hatte einen beißenden Nachgeschmack, den sie nicht kannte.

»Sorry, aber es gibt heute nur schwarze und weiße Gläser.« Mariel holte ein weißes Glas hervor, aber Leda schüttelte den Kopf. Den Aufwand war es nicht wert.

»Aber Leda, niemand sollte auf so einer Party allein trinken«, beharrte Mariel und machte sich auch einen Drink.

Hatte sie diesem Mädchen ihren Namen gesagt?, wunderte sich Leda leicht benommen. Der Whiskey wirkte schneller, als sie gedacht hätte. Sie hatte ein wenig das Gefühl, als würde ihr schlecht werden, aber sie wusste nicht genau, ob das an dem Getränk oder an der Vorstellung lag, wie ihr Video-Geständnis auf allen globalen Newsfeeds lief.

Für einen Moment dachte Leda, sie hätte einen ungeduldigen und angespannten Blick in Mariels Gesicht aufblitzen sehen. Das verwirrte sie noch mehr. Sie stellte ihr halb leeres Glas ab und blickte zum Himmel empor, an dem unzählige Sterne glitzerten, verstreut wie winzige Nadelstiche eines sehnlichen und leuchtenden Gefühls. Hoffnung vielleicht.

Aber Leda wusste, dass es keine Hoffnung für sie gab. Sie nahm den schwarzen Kelch und zwang sich, noch einen Schluck von diesem beißenden Whiskey zu trinken, um den Schmerz auszulöschen, den Watt ihr zugefügt hatte.

Avery

Avery eilte atemlos auf den pulsierenden Stern in ihrem Blickfeld zu, der sie zu Atlas führte. Zum Glück teilte er nach allem, was sie zueinander gesagt hatten, immer noch seinen Aufenthaltsort mit ihr. Sie bahnte sich einen Weg durch die Gäste, die alle in Schwarz und Weiß gekleidet waren. Die einzigen Farbtupfer waren ihre Gesichter, verschwommene Flecken in der Dunkelheit. Avery drängte sich an allen vorbei, immer dem pulsierenden Licht entgegen, als wäre es ihr persönlicher Polarstern, der sie nach Hause führte.

Sie bog um eine Ecke und sah erleichtert, dass Atlas tatsächlich dort war, genau unter dem leuchtenden gelben Stern auf ihren Kontaktlinsen. Er hatte leicht die Stirn gerunzelt und war in ein Gespräch mit ihrem Vater und ein paar Investoren vertieft. Avery strich ihre Haare glatt und richtete den Spitzenstoff an ihrem Ausschnitt, bevor sie sich auf die Gruppe zu wagte.

»Atlas, ich muss mit dir reden.« Sie sah, wie ihr Vater bei dieser Bitte kaum merklich zusammenzuckte, aber das war ihr egal. Ihr war alles egal, solange sie und Atlas zusammen waren.

Sein Blick huschte kurz zu ihr, dann wieder weg. »Wir sind gerade ziemlich beschäftigt.«

Die Ablehnung tat weh, aber sie achtete nicht darauf. »Bitte.«

Atlas zögerte einen Moment, dann entschuldigte er sich bei den anderen und folgte ihr ein Stück. »Was ist los?«, zischte er, aber sie antwortete nicht, sondern führte ihn einfach entschlossen weiter, von einer tiefer gelegenen Terrasse zur nächsten, bis sie an einem Tor mit der Aufschrift *Kein Zutritt* angekommen waren. Sie drückte es auf und zog Atlas auf den kleinen, düsteren Balkon dahinter, der voller Geräte war und direkt über den Kanal hinausragte. Das Wasser unter ihnen rauschte laut in ihren Ohren.

»Sind wir jetzt weit genug weg?«, fragte Atlas sarkastisch.

Sie hasste es, wie feindselig er klang – überhaupt nicht wie Atlas, sondern wie ein Fremder, der in seinem Körper steckte. Ohne auf die Frage einzugehen, griff Avery nach dem Kragen an seinem Hemd, zog ihn grob zu sich und küsste ihn.

Er war immer noch ihr Atlas, stellte sie mit Erleichterung fest: derselbe Mund, dieselben Hände, dieselben Schultern. Sie ließ die Hände über diese Schultern gleiten, vergrub sie in seinen Haaren, die sich am Nacken ganz leicht zu Locken kräuselten. Ich liebe dich so sehr und es tut mir leid, wiederholte sie immer und immer wieder in Gedanken.

Atlas löste sich von ihr und schüttelte den Kopf. »Das ist nicht fair«, sagte er mit leicht zitternder Stimme. »Du kannst nicht wochenlang sauer auf mich sein und dann einfach beschließen, mich hier zu küssen, auf der meistbesuchten Party unsers Lebens.«

»Es tut mir leid«, wisperte sie.

»Was ist los mit dir, Avery? Was ist passiert, um … *das* auszulösen?« Atlas machte eine ungeduldige Geste, betrachtete ihr verstümmeltes Kleid und ihr zerzaustes Haar. Und dann war da auch noch der Kuss.

Sie redete sich ein, nicht in Panik zu verfallen, weil er sie Avery und nicht Aves genannt hatte. »Es gibt etwas, das du über Calliope wissen solltest. Sie ist nicht die, die sie vorgibt zu sein.« Das klang ein wenig theatralisch, also startete sie einen neuen Versuch. »Sie ist eine Betrügerin, Atlas – sie hat dich die ganze Zeit angelogen, dir etwas vorgemacht. Sie *mag* dich nicht einmal.«

»Wovon redest du?«

»Sie und ihre Mom sind …« Sie suchte nach den richtigen Worten. *Trickbetrüger* klang wie aus einem Holo. »Professionelle Lügner. Sie benutzen Leute, um an ihr Geld zu kommen, dann suchen sie sich einen anderen Ort und nehmen eine neue Identität an.«

Zögernd und vorsichtig erklärte Avery ihm die ganze Sache. Sie erzählte ihm von Calliopes diversen Pseudonymen, der Verhaftung ihrer Mutter, sie schickte ihm die Fotos von all ihren Identitäten, die Leda gefunden hatte. Die ganze Zeit nickte er nur schweigend und zuckte kaum mit der Wimper.

»Scheiße«, stieß er aus, als sie fertig war. Er schüttelte ungläubig den Kopf, seine braunen Augen wirkten glasig.

»Ich weiß, es tut mir leid.« Aber das stimmte nicht wirklich. Sie wollte Calliope loswerden, sie wollte Atlas zurückhaben und die Welt wieder in die richtigen Bahnen bringen.

»Woher weißt du das alles?«

Avery griff nach seiner Hand und verschränkte die Finger mit seinen. »Ich weiß es einfach. Ich kann es dir nicht erklären, aber ich schwöre, dass alles wahr ist.«

Murmelnde Rufe aus der Menge über ihnen wurden laut, als das nächste Feuerwerk losging. Doch Avery wandte den Blick nicht von Atlas' Gesicht. Er war sehr still und dachte über alles nach. Er wirkte verloren in einer Welt, die er selbst erschaffen hatte.

»Keine Sorge«, sagte sie sanft, denn sie war ein wenig verunsichert wegen seines Schweigens. »Ich habe ihr schon gesagt, dass sie verschwinden soll. Und wenn sie das nicht freiwillig tut, werden wir dafür sorgen. Gemeinsam können wir alles schaffen.«

Mit einer ruckartigen Bewegung riss Atlas seine Hand von ihr los.

»*Wir* werden gar nichts tun. Ich kümmere mich selbst darum.«

»Atlas –«

»Bitte tu das nicht. Es ist schon so schwer genug.« Er sah stur auf das Wasser, was sie noch mehr entmutigte, weil er es offenbar nicht ertragen konnte, ihr in die Augen zu sehen. Das Feuerwerk explodierte in riesigen schwarz-weißen Fontänen über ihnen und erzeugte Schatten wie aus dem Jenseits, die über sein Gesicht tanzten.

»Ich bin ziemlich fassungslos, um ehrlich zu sein. Und sauer. Nicht dass zwischen mir und Calliope etwas gelaufen wäre«, fügte Atlas hinzu, sodass Averys Herz einen erwartungsvollen Sprung machte. »Aber das alles macht mich fertig«, fuhr er mit harten Worten fort. »Ich halte das nicht länger aus. Ich muss hier weg.«

»Genau. Wir sollten zusammen weggehen, du und ich, wie wir es immer vorhatten!«, rief Avery. Jetzt, wo sie Leda wieder auf ihrer Seite hatte und sie ihr sogar helfen wollte, gab es nichts mehr, was zwischen ihnen stand.

Doch Atlas schüttelte den Kopf. »Es war richtig, dass wir die Sache beendet haben. Wir haben es versucht, aber egal wie sehr wir uns bemüht haben, es hat nicht funktioniert.« Er warf Avery einen Blick zu, der sie entsetzte. »Weißt du, wie Dad das Hotel im dunklen Turm genannt hat?«

»Fanaa.« Eine plötzliche Panik kroch über ihre Haut.

»Das bedeutet ›Zerstöre dich selbst für diejenigen, die du liebst‹«, erklärte Atlas eindringlich. »Damit sind *wir* gemeint, Avery. Verstehst du denn nicht? Wir zerstören einander buchstäblich. Es ist zu kompliziert und es gibt zu viele Menschen, die verletzt werden könnten. Ganz besonders du und ich.«

»Also liebst du mich nicht mehr.« Das war die einzige Erklärung, die für Avery einen Sinn ergab. Wie sollte er sie lieben und nicht mit ihr zusammen sein wollen?

»Natürlich liebe ich dich«, erwiderte Atlas sanft. »Ich werde dich immer lieben. Aber Liebe allein reicht nicht aus. Man kann darauf kein Leben aufbauen.«

»Doch, das kann man!«, stieß Avery aus, ihre Stimme überschlug sich regelrecht.

»Ich versuche nur, realistisch zu sein«, sagte Atlas. Er redete so vernünftig, dass Avery ihn am liebsten an den Schultern geschüttelt und angeschrien hätte. »Was genau sollen wir denn tun, abhauen und auf dieser abgelegenen Insel leben, nur wir zwei?«

»Ja, ganz genau!«

»Und was passiert, wenn du die Nase voll davon hast – wenn es dir nicht mehr ausreicht, auf der Insel spazieren zu gehen und Bücher zu lesen und Fisch zu essen?«, fragte er ruhig.

»Ich habe doch dich. Du wirst mir immer genug sein.«

»Ich bin nicht sicher, ob das wirklich so ist.« Atlas versagte die Stimme, aber sie tat so, als hätte sie das nicht bemerkt. »Wenn ich ehrlich bin, habe ich Angst. Angst, dich zu verlieren. Aber ich habe noch mehr Angst davor, dir einen Weg aufzuzwingen, den du eigentlich nicht gehen willst.«

»Du zwingst mir überhaupt nichts auf!«, protestierte Avery, aber es war, als hätte er sie gar nicht gehört.

»Du bist unglaublich, Aves«, sagte Atlas. »Du bist viel zu intelligent und talentiert, zu außergewöhnlich, um dein Leben vom Rest der Welt abgeschnitten zu verbringen. Du gehörst hierher, du sollst lachen und reisen, Freunde haben. Du verdienst es, dir alles anzusehen, was die Welt dir zu bieten hat, und ich kann dir nichts davon geben.«

»Du und ich, wir können all diese Dinge haben. Wir werden

Freunde finden und reisen«, begann Avery, aber er schüttelte den Kopf.

»Und die ganze Zeit schauen wir über die Schulter, ob uns nicht doch jemand erkennt, leben in der ständigen Angst, erwischt zu werden? Nein, unser Trip nach Vermont hat mir gezeigt, dass das so gut wie unmöglich ist.«

Averys Stimme war nur noch ein Flüstern. »Das ist mir egal. Ich würde das alles auf mich nehmen, um mit dir zusammen zu sein.«

Atlas überraschte sie, indem er ihre Hände nahm, sie zusammenlegte und mit seinen eigenen Händen umschloss. »Ich weiß, dass du es jetzt so meinst, wie du es sagst. Aber mir graut vor dem Moment in fünf Jahren, wenn du deine Entscheidung bereust. Dann wird es für dich vielleicht zu spät sein, wieder umzukehren.«

Atlas' Atem ging stoßweiße. Er war den Tränen nahe. Instinktiv wusste Avery, dass sie es ihm zuliebe nicht zulassen durfte, dass er vor ihr weinte. Sie trat einen Schritt zurück, ihre Augen füllten sich ebenfalls mit kummervollen Tränen, und wartete.

»Verstehst du, das mit uns kann nie funktionieren. Ich erspare uns nur noch mehr Leid«, sagte Atlas schließlich.

Das war's, dachte Avery mit schrecklicher Gewissheit. Das war wirklich und wahrhaftig das Ende.

Sie hielt es nicht mehr aus. Sie schlag die Arme um Atlas und küsste ihn, immer wieder, und diesmal erwiderte Atlas ihre Küsse, wild und leidenschaftlich. Avery brach dabei das Herz, denn tief in ihrem Inneren wusste sie, dass sie sich zum Abschied küssten. Sie klammerte sich fester an ihn, drückte ihren Körper gegen seinen, als könnte sie ihn mit ihrer puren Willenskraft an sich binden. Sie wünschte, sie könnte die Küsse auffangen und festhalten und irgendwo sicher verwahren, denn jeder Kuss war ein Kuss näher am letzten von allen.

Als sie sich schließlich voneinander lösten, sprach keiner von ihnen ein Wort. Die Partygeräusche, die zu ihnen herunterströmten, klangen wie aus einer anderen Welt.

»Also dann«, sagt sie leise, weil sie das Gefühl hatte, dass einer von ihnen etwas sagen sollte.

»Also dann«, wiederholte Atlas.

Tränen stiegen Avery in die Augen, aber sie schluckte den Kloß in ihrem Hals herunter. Sie musste jetzt stark sein, Atlas zuliebe. Also hielt sie die Tränen zurück und nickte zittrig, obwohl sie das mehr Überwindung kostete, als Atlas je erfahren würde, obwohl sie sich fühlte, als würde ihr jemand mit einer Rasierklinge Millionen kleine Schnitte auf ihrer Haut zufügen.

Atlas drehte sich um, hielt aber noch einmal inne, als hätte er es sich anders überlegt. Ein letztes Mal streckte er den Arm nach Avery aus. Er strich ihr eine Haarsträhne hinters Ohr, fuhr an ihrem Kinn entlang, berührte sanft mit dem Finger ihre Unterlippe. Als wäre er blind und wollte sie nur mit den Fingerspitzen erkunden.

Avery schloss die Augen. Sie konzentrierte sich darauf, sich seine Berührung einzuprägen, wollte die Zeit anhalten, den Lauf der Welt, und diesen Moment für immer festhalten. Denn solange ihre Augen geschlossen waren, konnte sie sich dem Gedanken hingeben, dass Atlas immer noch bei ihr war. Immer noch zu ihr gehörte.

»Es tut mir leid, Aves, aber es ist besser so«, sagte er und ging.

Avery blieb eine Weile stehen, die Augen immer noch fest geschlossen – nur sie und ihre Geheimnisse und ihr gebrochenes Herz allein in der Dunkelheit.

Calliope

Calliope hatte ein paar Stunden mit einer fast verzweifelten Heftigkeit getanzt und gelacht. Sie hatte die Augen nach den Fuller-Geschwistern offen gehalten, aber seit einer Weile keinen der beiden gesehen. Gelegentlich nippte sie an einem Glas Champagner, der sauer in ihrem Mund prickelte.

Viel zu bald wäre die Nacht vorbei und Calliope musste ihrer Mom die Wahrheit beichten: dass sie alles vermasselt hatte und sie verschwinden mussten, weil Avery Fuller über sie Bescheid wusste. Trotzdem wanderte sie weiter durch die Partymeute, die Lippen zu einem starren Lächeln verzogen.

Sie wusste, dass sie sich dem Unvermeidlichen irgendwann stellen musste, aber sie wollte das Gespräch mit ihrer Mom so lange wie möglich hinauszögern. Denn wenn sie es ihr erst mal gesagt hatte – wenn sie die Worte laut ausgesprochen hatte –, wäre Calliope Brown gestorben. *Hier ruht Calliope Brown, genauso schön wie bösartig. Sie starb, ohne dass jemand sie wirklich kannte,* dachte sie bitter.

Zum ersten Mal war die Grabinschrift für eins ihrer verlorenen Pseudonyme nicht besonders lustig.

Sie drehte eine große Runde um die Tanzfläche und fragte sich, ob Elise vielleicht schon schlief, als sie tief unter sich ein Pärchen auf einem Balkon stehen sah. Etwas an den beiden kam ihr bekannt vor, aber sie waren zu weit weg, sodass Calliope sich nicht ganz sicher war.

Sie hatten sich hinter ein Absperrschild zurückgezogen, weil sie wahrscheinlich glaubten, dort völlig ungestört und unter sich zu sein – und das waren sie auch, nur nicht für Calliope. Sonst sah niemand in diese Richtung.

Weil sie nichts anderes zu tun hatte, reckte Calliope den Hals und zoomte die beiden mithilfe ihrer Kontaktlinsen heran. Sie staunte, als sie erkannte, dass es sich um Avery und Atlas Fuller handelte.

Avery hatte den Kopf gehoben und redete eindringlich auf Atlas ein. Wahrscheinlich erzählte sie ihm gerade die Wahrheit über Calliope.

Von einer morbiden Neugier ergriffen, zoomte Calliope noch näher heran – und bemerkte etwas deutlich Befremdliches zwischen den Geschwistern. Als sie den Ausdruck in ihren Gesichtern sah, die besitzergreifende Art, mit der Avery auf ihn zutrat, stellten sich bei Calliope die Nackenhaare auf.

Und dann sah Calliope schockiert mit an, wie sie sich einander in die Arme warfen und sich küssten.

Zuerst dachte Calliope, sie hätte sich verguckt. Aber je weiter sie heranzoomte, desto sicherer war sie, dass es sich tatsächlich um Avery und Atlas handelte. Mit fasziniertem Entsetzen beobachtete sie den nicht enden wollenden Kuss, wie Avery sich auf die Zehenspitzen stellte und die Hände in Atlas' Haaren vergrub.

Calliope blinzelte zu ihrer normalen Sehstärke zurück und wandte den Blick ab. Sie atmete ein paarmal tief durch, ein dumpfes Dröhnen hallte in ihrem ausgebrannten Hirn wider. Alles ergab plötzlich einen schrecklich verdrehten Sinn.

Sie dachte daran, wie Atlas ihr erzählt hatte, dass er nach Afrika abgehauen sei, weil sein Leben ein »ziemliches Chaos« gewesen war. Sie dachte an die bittere Feindseligkeit, mit der Avery ihr an dem Morgen nach der Unterwasserparty begegnet war, nachdem Calliope bei Atlas übernachtet hatte. Selbst die Art, wie Avery und Atlas miteinander redeten, wie sie immer ein Gespür dafür zu haben schienen, was der andere gerade dachte … Calliope war davon ausgegangen, dass es sich nur um eine übertriebene Geschwisterliebe handelte, aber offenbar steckte viel mehr dahinter. Alle Puzzleteile fügten sich zu einer Wahrheit zusammen wie die Scherben eines verzerrten, zerbrochenen Spiegels, der unmöglich die Realität abbilden konnte. Nur dass es eben doch die Realität war.

Sie blieb eine Weile dort stehen, lauschte dem Wind, der um die Ecken dieses extravaganten Towers pfiff – obwohl man ihn durch die Musik, die Stimmen und das Lachen kaum hören konnte, aber er war da. Calliope stellte sich vor, dass der Wind wütend war, weil er ignoriert wurde. Sie konnte das Gefühl verstehen.

Sie lehnte sich an der Brüstung vor, dachte an Avery und all ihre Drohungen, die sie ihr vorhin an den Kopf geworfen hatte, und lächelte. Es lag nichts Sanftes in dieser Miene, es war ein kaltes, berechnendes Lächeln, ein Siegerlächeln. Denn ab sofort würde sich Calliope nicht mehr von den Fullers herumschubsen lassen.

Avery wollte ein Spiel spielen? Tja, auch Calliope war eine gute Spielerin. Sie hatte mit den Besten auf der ganzen Welt gespielt und sie hatte nicht die Absicht, zu verlieren, jetzt, da sie etwas gegen Avery in der Hand hatte – etwas genauso Vernichtendes wie das, was Avery gegen sie in der Hand hatte. Sie wusste, was sie gesehen hatte und wie sie es zu ihrem Vorteil nutzen konnte.

Avery konnte sich aufplustern wie sie wollte, Calliope würde nirgendwohin gehen. Sie würde in New York bleiben.

Leda

Heilige Scheiße, dachte Leda völlig benommen. Was war passiert? Sie ging neben dieser Kellnerin aus dem Altitude – Miriam ... Mariane ... nein, Mariel, das war ihr Name. Mariel hatte einen Arm um Ledas Taille gelegt, die andere Hand hielt ihren Unterarm fest umklammert wie ein Schraubstock. Sie hatten sich über irgendeine Anliegerstraße weit von den Mirrors entfernt und waren jetzt unten am Meer. Das dunkle Wasser des Persischen Golfs lag zu ihrer Rechten und wirkte kalt und unerbittlich. Leda sah sich in alle Richtungen um, aber nirgends war jemand zu sehen.

»Ich will zurück zur Party.« Sie versuchte, sich von Mariel zu befreien, aber die zog sie hartnäckig weiter. Leda blickte auf ihre Füße und sah, dass sie barfuß war. »Was ist mit meinen Schuhen passiert?«

»Wir haben sie ausgezogen, weil du darin nicht durch den Sand laufen konntest«, sagte Mariel geduldig.

»Aber ich will gar nicht durch den Sand laufen. Ich will zurück zur Party.«

»Komm, wir setzen uns für eine Minute hin«, schlug Mariel mit gesenkter, beruhigender Stimme vor. »Du bist viel zu betrunken, um zurückzugehen.«

Das stimmte. Leda fühlte sich schläfrig und orientierungslos, ihre Neuronen feuerten nur noch in einem Viertel ihrer normalen Geschwindigkeit. Ihre Füße stolperten unsicher über den Strand in Richtung Wasser. Der Wind peitschte um sie herum, griff nach Ledas Haar, riss an ihren Locken, aber das bekam sie kaum mit. Wieso war sie so betrunken? Sie erinnerte sich noch daran, dass Mariel ihr einen Drink gemixt hatte … Bestimmt hatte sie mehr als ein Glas getrunken, denn sonst würde sie sich nicht so fühlen …

»Hier.« Mariel führte Leda einen kurzen Pfad entlang den Steilhang zur Küste hinunter. Leda schüttelte in stummem Protest den Kopf. Sie wollte nicht so nah ans Wasser. Die schwarze Oberfläche – glänzend und undurchsichtig – fing das Mondlicht ein und reflektierte es, sodass es unmöglich war, die Tiefe abzuschätzen.

»Komm schon, Leda«, beharrte Mariel, ihr Tonfall ließ keinen Widerspruch zu und sie kniff Leda durch ihr hauchdünnes Kleid in die Seite.

»Hey«, schimpfte Leda. Halb rutschte sie, halb fiel sie die Sanddüne hinunter und landete auf der Seite. Sie versuchte aufzustehen, hatte aber nicht genügend Kraft. Mit zusammengebissenen Zähnen schaffte sie es, sich zumindest aufzusetzen.

Ein paar Gebäude ragten in der Dunkelheit auf wie Monster aus der Urzeit, voll mit zornig wirkenden Geräten und Hydrojets. Leda sehnte sich nach der pulsierenden Enge und dem Gelächter der Party. Sie wollte nicht am Strand sein. Wo war Watt? Wusste er, dass sie hier war?

»Da lang«, sagte Mariel und versuchte, Leda noch näher ans Wasser zu zerren. Leda zuckte ängstlich zurück, aber Mariel war stärker als sie. Ledas nackte Zehen wurden von einer Welle getroffen und sie stieß einen Schrei aus. Das Wasser war eiskalt. War das nicht der tropische Atlantik? Oder war sie so sturzbetrunken, dass sie gar nichts mehr richtig fühlen konnte?

»Wir müssen reden. Es geht um Eris.« Mariels Blick bohrte sich in Ledas Augen.

Hier stimmte etwas nicht. All ihre Instinkte riefen Leda zu, wegzurennen, abzuhauen, aber sie konnte sich nicht rühren, sie war gefangen an diesem unbekannten Ort, während Mariel sich neben sie hockte.

»Woher kennst du Eris?«, fragte Leda.

Mariels Augen funkelten bedrohlich. »Sie war meine Freundin«, sagte sie langsam.

»Meine auch«, lallte Leda. Es fiel ihr schwer, die Worte mit den Lippen zu formen.

»Was ist in der Nacht passiert, als sie starb?«, drängte Mariel weiter. »Ich weiß, dass sie nicht einfach gestürzt ist. Sie hatte nicht mal was getrunken. Was ist passiert, was du mir nicht erzählen willst?«

Leda brach in Tränen aus – wütende, hässliche Schluchzer schüttelten ihren Körper. Sie staunte über die Klarheit ihrer Emotionen. Was war los mit ihr? Sie war weit mehr als betrunken, vielleicht war sie high, aber es war anders als bei allen Drogen, die sie jemals genommen hatte. Es kam ihr vor, als wäre sie von ihrem Körper getrennt und würde über ihm schweben. Plötzlich verspürte sie eine unbändige Angst. Watts Gesicht tauchte immer wieder in ihrem Unterbewusstsein auf, seine gespenstische Miene, als er sich ihr Geständnis angehört hatte, ohne auch nur ein einziges Mal zu blinzeln. Er hatte nicht gezögert, sie zu verletzen. Sie bedeutete ihm nichts. Sie bedeutete niemandem etwas. Sie verdiente es nicht.

»Ist schon gut, Leda. Ich bin hier«, sagte Mariel immer wieder, die Wiederholung beruhigte sie etwas. »Ich höre dir zu. Alles ist gut.«

»Ich will zu meiner Mom«, hörte sich Leda sagen. Sie wollte sich in Ilaras Arme kuscheln, wie sie es als Kind immer getan hatte, und ihr beichten, was sie getan hatte. *Meine süße Leda,* hatte ihre Mom immer gesagt und ihr die Haare hinter die Ohren gestrichen. *Du bist viel zu dickköpfig. Verstehst du denn nicht, dass es nicht immer nach deinem Willen gehen kann?* Und dann hatte ihre Mom sie bestraft, aber Leda hatte es immer hingenommen, weil sie wusste, dass Liebe hinter dieser Strafe steckte.

»Es war nicht meine Schuld«, wisperte sie jetzt, als wäre ihre Mom hier und würde ihr zuhören. Ihre Augen waren geschlossen.

»Was meinst du?«

»Sie waren alle dabei. Watt, Avery, Rylin. Sie wussten, wie gefährlich es war. Sie hätten mich vom Rand wegziehen müssen, hätten nicht zulassen dürfen, dass Eris mir so nah kommt. Ich wollte sie nicht wegschubsen!«

»Du hast Eris vom Dach gestoßen?«

»Ich habe doch schon gesagt, es war ein *Unfall!*«, schrie Leda krächzend auf. In ihrem Kopf schien sich ein Feuer zu entfachen, Flammen leckten an ihrem Gehirn, wo Watt seinen Computer hatte. Sie stellte sich vor, wie das Feuer alles verbrannte und nichts zurückließ als ein Häufchen Asche.

»Wie hast du die anderen dazu gebracht, nicht zur Polizei zu gehen, wenn sie auch dort oben waren?« Mariel zitterte vor Abscheu.

»Ich weiß Dinge über sie. Ich habe gedroht, ihre Geheimnisse zu verraten, wenn sie meins nicht für sich behalten.« Voller Entsetzen hörte sich Leda dabei zu, wie sie Mariel alles erzählte. Über Avery und Atlas. Über Rylin, die Cord beklaut hatte. Und, was am schlimmsten war, über Watt und dass er einen illegalen Quantencomputer in seinem Kopf hatte.

Ein benommener Teil von Leda wusste, dass sie nicht über diese Dinge reden sollte, aber sie konnte nicht anders. Es war, als würde jemand anderes die Worte aussprechen, als würden sie ohne ihren Willen aus ihr herausgepresst.

»Ihr seid noch schlimmer, als ich dachte«, sagte Mariel schließlich.

»Ja«, ächzte Leda. Sie wusste, dass sie das verdiente.

»Du hättest Eris nie in diese Lage bringen dürfen. Das war nicht fair«, fauchte Mariel und Leda hörte den puren Hass in ihrer Stimme. Mariel verachtete sie abgrundtief.

Eine verletzte Sturheit drängte sich in Ledas Verstand nach vorn.

»Ja, aber Eris hatte auch ihren Anteil daran«, protestierte sie. »Schließlich hat sie meinen Dad gefickt.«

Mariel blieb totenstill.

Leda versuchte, auf die Füße zu kommen, aber ihr Körper spielte nicht richtig mit und sie fiel schmerzhaft hin. Ihre Beine waren in einem unangenehmen Winkel unter ihr eingeknickt. Der Sand fühlte sich rau und grobkörnig an. Sie zuckte vor Schmerzen zusammen und schloss kurz die Augen. Tränen verschleierten ihren Blick, aber sie hatte auch vorher schon nicht mehr klar sehen können.

»Bitte, hilf mir, zurückzukommen«, krächzte sie. Sie kapierte immer noch nicht, wieso sie so betrunken war. »Wie viele Drinks hatte ich eigentlich?«

Mariel beugte sich über sie. Ihr Gesicht war so verschlossen und starr, als wäre es aus Stein gemeißelt. »Nur den einen. Aber ich habe Drogen reingemischt.«

Was? Wieso?, wollte Leda wissen, schob die Frage jedoch beiseite, denn sie hatte ein dringenderes Problem. »Bitte, hilf mir, zurückzukommen.«

Das Wasser war so nah, die Flut hatte eingesetzt und kroch mit eiskalten Fingern auf sie zu. Sie sah es wie einen gefährlichen, schwarzen Spiegel voller Geheimnisse, genau wie ihr eigenes dunkles Herz.

Nein, dachte sie, sie hatte jetzt keine Geheimnisse mehr, sie hatte alle weggegeben. Selbst die Geheimnisse, die nicht ihr gehörten.

Mariel lachte, ein spitzes Lachen ohne jede Freude darin. Der Klang traf Leda wie Millionen kleine Schläge ins Gesicht. »Leda Cole, glaubst du wirklich, ich helfe dir, zur Party zurückzukehren, damit du weiter auf dem Leben anderer Menschen herumtrampeln kannst? Du hast das Mädchen *umgebracht*, das ich geliebt habe!«

»Ich wollte das nicht …«, versuchte Leda, sich zu verteidigen, aber sie war nicht sicher, ob sie die Worte tatsächlich ausgesprochen oder nur gedacht hatte. Ihre Lider waren zu schwer, um sie offen zu halten. Ihre Hand berührte schon das Wasser, aber sie konnte sie nicht wegziehen. Sie spürte einen fernen Hauch von Panik, bildete sich ein, wie das Wasser langsam über ihren Körper floss, wie seine Dunkelheit von der gleichen Dunkelheit in ihrem Inneren angezogen wurde.

»Bevor ich gehe, sollst du noch etwas erfahren. Eris hatte keine Affäre mit deinem Dad.« Mariel sprach langsam, in jedem Wort schwang eine eisige Klarheit mit. »Sie hat Zeit mit ihm verbracht, ja, aber nicht aus dem Grund, den du dir zusammengereimt hast. Das zeigt nur noch mehr, was für ein niederträchtiger Mensch du bist. Du denkst immer nur das Schlechteste von anderen.«

Die Worte schienen aus weiter Ferne zu kommen und Leda fiel ins Bodenlose, doch mit der letzten Kraft ihres Bewusstseins zwang sie sich zuzuhören, versuchte, sich aufzurichten, um Mariel besser zu verstehen. Es machte ihr Angst und hinter dem Hass hörte sie die Wahrheit, die mit der Stärke eines Paukenschlags ertönte.

»Dein Dad war auch Eris' Dad. Du hast deine Schwester getötet, Leda!«, spie Mariel aus.

Und dann stürzte Leda in die endlose Finsternis.

Watt

Watt suchte jetzt schon seit einer Stunde nach Leda. Er war mindestens dreimal durch die ganze Party gelaufen, hatte sich unbeholfen auf die volle Tanzfläche gedrängt, die Gärten am Rand des Towers abgesucht. Er war nach oben gegangen, um im Hotelzimmer nachzusehen, aber es war leer. In seiner Verzweiflung hatte er sogar Avery eine Flickernachricht geschickt, um sie zu fragen, ob sie Leda gesehen hatte, aber Avery hatte nicht geantwortet.

Normalerweise hätte er Nadia einfach beauftragt, Ledas Kontaktlinsen zu hacken, um ihren Aufenthaltsort auf diese Weise herauszubekommen. Aber ihr Kontaktlinsenfeed war leer, was bedeutete, wo auch immer Leda war, sie schlief oder musste ohnmächtig sein.

Oder sie ist tot, flüsterte eine grausame innere Stimme, die er jedoch bewusst ignorierte.

Irgendwelche Neuigkeiten, Nadia? Sie durchsuchte beharrlich die Feeds der anderen Partygäste und hielt nach der kleinsten Spur von Leda Ausschau.

Das war alles seine Schuld. Wenn er nicht einfach weggerannt wäre, nachdem sie sich ihm anvertraut hatte, wäre nichts davon passiert. Er konnte sich kaum vorstellen, wie zurückgewiesen sie sich gefühlt haben musste – sie hatte ihm ihr Herz ausgeschüttet und er hatte sich einfach umgedreht und war abgehauen.

Ich hätte da tatsächlich was, erwiderte Nadia.

Watt horchte alarmiert auf.

Ich bin nicht sicher, ob es Leda ist, beeilte sich Nadia klarzustellen. *Aber da liegt ein ohnmächtiges Mädchen am Strand, ein paar Kilometer nördlich von hier. Jemand hat gerade eine anonyme Meldung an den Sicherheitsdienst durchgegeben und behauptet, die Person stelle eine Gefahr dar.*

Eine Gefahr? Wer würde so etwas über Leda melden? Watt rannte bereits auf den Nordausgang zu. *Wann ist der Sicherheitsdienst vor Ort?*

Es wurde noch niemand losgeschickt. Ich habe die Meldung abgefangen, bevor sie auf den Bildschirmen der Sicherheits-Bots auftauchen konnte. Soll ich sie aus dem Protokoll löschen?

Watt kniff gegen den Wind die Augen zu, kalter Schweiß stand ihm auf der Stirn. Er hatte das ungute Gefühl, dass etwas passiert war, etwas Schreckliches, und Leda würde bestimmt nicht wollen, dass der Sicherheitsdienst etwas davon mitbekam. Er dachte an ihren Besuch in der Entzugsklinik zurück und wie gut sie sich von ihrer Sucht erholt hatte. Wenn sie jetzt Drogen genommen hatte und die Sicherheitsleute sie zurückbrachten, würden ihre Eltern sie bestimmt wieder zur Entziehungskur schicken – und diesmal wahrscheinlich an einen heftigeren Ort, wo Watt sie nie zu Gesicht kriegen würde.

Und wenn sie tatsächlich etwas Gefährliches getan hatte, würde sie seine Hilfe brauchen.

Plötzlich kam er sich ganz egoistisch vor. Was, wenn Leda in echter Gefahr schwebte und er ihr Leben riskierte, weil er die Sicherheits-Bots zurückhielt?

Watt?, drängte Nadia.

Halt die Meldung erst mal weiter zurück, erwiderte er und hoffte,

470

dass er diese Entscheidung nicht bereuen würde. *Wie komme ich am schnellsten dorthin?*

Nadia lenkte seinen Blick auf ein herrenloses Hoverboard, das umgestürzt war. Watt hatte so ein Ding noch nie benutzt – Hoverboards waren teure Spielzeuge für Highlier –, aber wie schwer konnte das schon sein? Er schnappte sich das Board, doch es piepte sofort protestierend auf, denn es war mit einem Daumenabdruck-Scan und einer Stimmen-ID gesichert. Aber Nadia hatte sich schnell in das System gehackt und schon erwachten die winzigen Mikromotoren zum Leben. Geisterhafte Pfeile tauchten vor seinem Sichtfeld auf wie bei einem Real-Life-Videogame.

Watt verlagerte sein Gewicht auf die Zehen und das Board machte einen Satz nach vorn. Er versuchte, schneller zu werden, aber es bäumte sich nur auf. Er fluchte vor sich hin.

Nadia, kannst du fahren? Nadia übernahm gehorsam das Lenksystem des Hoverboards und brachte es auf Höchstgeschwindigkeit, nur wenige Zentimeter über dem unebenen Boden.

Der Wind riss an seinen Haaren und am Stoff seines Smokings, brannte so heftig in seinen Augen, dass er sie zukneifen und voll auf Nadia vertrauen musste, aber er war ja nicht zum ersten Mal in so einer Situation. Er hielt den Atem an, ging noch tiefer in die Hocke und ließ die Finger blind über die aerodynamische Oberfläche wandern.

Schließlich kam das Board mit einem Ruck zum Stehen, sodass Watt fast heruntergestolpert wäre. Und da war sie – Leda. Sie sah aus wie eine seltsame Version ihrer selbst, unnatürlich im Sand zusammengekrümmt. Ihr weißes Kleid war um sie herum ausgebreitet wie Engelsflügel, ein scharfer Kontrast zu ihrer glatten, dunklen Haut. Ihre Beine waren schon teilweise von der steigenden Flut des Meeres überspült.

O Gott, o Gott, dachte Watt und kletterte nach unten, um sie in die Arme zu schließen. Und dann machte sein Herz vor Freude einen Sprung, denn sie zitterte, und das bedeutete, dass sie zumindest am Leben war.

»Warum friert sie so?«, fragte er und rieb mit den Händen über Ledas nackte Schultern, um sie durch die Reibung etwas zu wärmen, aber ihr Kopf kippte alarmierend nach hinten, sodass er gezwungen war, ihn mit einer Hand abzustützen. »Liegt es am Meer?« Er hielt eine Hand ins Wasser, aber es hatte eine angenehme Temperatur, es war tropisch lauwarm, wie er es erwartet hatte.

Ich glaube, sie hat irgendwelche Drogen genommen, antwortete Nadia. *Ich bräuchte einen Med-Bot, um ein großes Blutbild anzufertigen, aber welche Wirkstoffe es auch sind, sie haben für eine gravierende Verengung der Arterien gesorgt. Es fließt kein Blut mehr in ihre Extremitäten.*

Watt warf seine Smokingjacke ab und wickelte Leda darin ein wie in einen Kokon. Er wiegte sie in seinen Armen und trug sie dann zum Hoverboard, ein Arm stützte behutsam ihren Nacken, den anderen hatte er unter ihre Kniekehle geschoben. Er schaffte es, sie irgendwie auf dem Hoverborad abzulegen, drehte sie auf die Seite und schnallte sie dann mit einem Notfallsicherheitsgurt fest.

»Nadia«, sagte er mit heiserer Stimme, »wie bringen wir sie jetzt zurück?«

Wir schmuggeln sie auf dem Board ins Hotel. Überlass das nur mir.

Watt wurde plötzlich klar, dass er und Nadia völlig falsch gelegen hatten. Er hatte sich darauf versteift, Leda dazu zu bringen, ihre Meinung über ihn zu ändern, aber am Ende hatte *er* seine Meinung über *sie* geändert.

Was hatte sie vor ein paar Wochen zu ihm gesagt? »Wir sind uns verdammt ähnlich, Watt, du und ich.« Und sie hatte recht gehabt. Er *kannte* Leda, nicht nur körperlich, sondern auch mental, emotional – Gott, er kannte sie vielleicht sogar besser als sonst irgendjemanden in seinem Leben. Sie war manchmal unerträglich und dickköpfig, sie manipulierte andere und hatte viele Fehler, aber das traf auch auf ihn zu. Vielleicht war es nicht am wichtigsten, jemanden ohne Fehler zu finden, sondern jemanden, dessen Fehler zu seinen eigenen passten.

Das Hoverboard machte sich auf den Weg zum Hotel, diesmal jedoch etwas langsamer, damit Leda nicht herunterfiel. Watt rannte im Windschatten hinterher.

Du machst dir ernsthafte Sorgen um sie, oder?, fragte Nadia seltsam kleinlaut.

Ja. Watt konnte kaum glauben, dass ihm erst durch eine Situation, in der es um Leben und Tod ging, bewusst geworden war, wie viel Leda ihm bedeutete.

Avery

Avery hatte die Party verlassen und war ins Hotel zurückgekehrt. Doch in dem Moment, als sie die riesige Eingangshalle aus gewölbtem, gemeißeltem Stein und glänzenden Fliesen betrat, stellte sie fest, dass sie noch gar nicht bereit war, nach oben zu gehen. Sie wollte nicht ihrem kalten, einsamen Bett gegenüberstehen, ein Bett, in dem Atlas niemals liegen würde. Die Aussicht auf ein Leben ohne Atlas breitete sich vor ihr aus – leer, trostlos, unmöglich zu ertragen und quälend lang.

Sie ging zu einem der spektakulären Fenster der Hotellobby hinüber, blieb dort eine Weile stehen und blickte in den endlos schwarzen Nachthimmel hinaus. Die Sterne funkelten unglaublich hell. Wann wohl das nächste Feuerwerk begann?, fragte sie sich.

Ein Strauß Stimmungsblumen auf einem Tisch in ihrer Nähe begannen zu leuchten. Sinnlose Dinge funktionierten nie, dachte Avery, denn die Blüten leuchteten in einem heißblütigen wütenden Rot, obwohl sie nichts als eine tiefe Leere in sich spürte. Hinter ihr waren gelegentlich Stimmen zu hören und das Klackern von Absätzen auf dem polierten Boden, wenn Gäste die Lobby auf dem Weg zu ihren Zimmern durchquerten.

Alles, was heute Abend vorgefallen war – dass sie die Wahrheit über Calliope erfahren und sie zur Rede gestellt hatte und dass Atlas sich endgültig von ihr verabschiedet hatte, was am allerschlimmsten war –, hatte Avery seltsam ausgehöhlt zurückgelassen. Ihr Verstand war zu einem wirbelnden, aufgewühlten, bodenlosen Strudel geworden. Sie nahm noch einen Schluck aus ihrem Glas in der Hoffnung, sie könnte damit die Leere füllen, die ihr Herz zu zerreißen drohte.

»Avery?«

»Hey«, sagte sie beim Klang von Cords Stimme, ohne sich umzudrehen. Sie sah wieder auf die dunkle Wasseroberfläche unter ihnen und die mit Lichtern besprenkelten Brücken, die sich darüber spannten. Partygäste liefen wie vereinzelte tanzende Schatten in beiden Richtungen hinüber. Sie fragte sich, wie viele von ihnen heute Nacht bei dem Menschen waren, den sie liebten – und wie viele von ihnen allein waren, genau wie sie.

»Was machst du hier?«, fragte er. Sie wusste, was er meinte. Was machte sie hier so allein im trüben Licht des Fensters?

»Wo warst du denn den ganzen Abend?«, fragte sie zurück, denn sie hatte ihn nicht gesehen.

Cord zuckte mit den Schultern. »Ich bin gerade erst angekommen. Bin vermutlich etwas zu spät dran für die Party. Ist eine lange Geschichte«, fügte er hinzu, als er ihren fragenden Blick sah. »Aber ich war bei Brice.«

Avery nickte. Sie schwiegen eine Weile. Die einzigen Geräusche kamen von dem gelegentlichen Stimmengemurmel der Hotelgäste und den fernen Klängen der Musik.

Sie konnte nicht aufhören, an Atlas zu denken, an seinen Gesichtsausdruck, als er ihr gesagt hatte, dass es vorbei war. Sie wollte diese Erinnerung loswerden, der Vergessenheit überlassen, bis nichts mehr davon übrig war. Sie hatte gedacht, der Alkohol würde ihr dabei helfen, aber er hatte nur dazu geführt, ihre Melancholie zu verstärken. Würde sie jemals in der Lage sein, Atlas zu vergessen?

475

»Avery, ist alles in Ordnung?«, fragte Cord.

Überrascht drehte sie sich um und sah Cord an – sah ihn *wirklich* an.

Aus einem unbekannten Impuls heraus stellte sie sich auf die Zehenspitzen und küsste ihn.

Für einen Augenblick erstarrte Cord völlig überrumpelt und küsste sie nicht zurück. Dann strich er zärtlich mit einer Hand über ihre Haare und legte die andere um ihre Taille. Sie fühlte sich glühend warm und gut auf ihrer tauben, kalten Haut an. Der Kuss war stürmisch und verlangend und ein wenig verzweifelt.

»Avery, was soll das?«, fragte Cord schließlich und trat zurück.

»Entschuldige …« Avery versuchte, nicht in Panik auszubrechen, aber in dem Moment, als Cords Lippen sich von ihren lösten, kam die Dunkelheit wieder zurück, schlimmer als vorher – zerrte erbarmungslos an ihrer Seele, zog sie mit sich in die schrecklichen, endlosen Tiefen.

Sie war nicht sicher, warum sie Cord geküsst hatte. Ihr logischer Verstand wusste, dass es unzählige Gründe gab, sich besser von ihm fernzuhalten. Er war ihr Freund und das würde ihre Freundschaft zerstören. Und natürlich war der hauptsächliche Grund, dass sie Atlas liebte. Aber Atlas wollte sie nicht mehr und nur deshalb stand sie hier mit Cord, anstatt in Atlas' Armen zu liegen.

Egal was sie als Nächstes tun würde, Atlas wäre immer noch fort.

Sie beugte sich erneut vor, obwohl sie wusste, dass sie es vielleicht bereuen würde, obwohl sie wusste, dass sie mit dem Feuer spielte, als eine Nachricht von Leda vor ihren geschlossenen Augenlidern aufleuchtete. Wo bist du?

Avery zögerte. Sie wusste nicht, wieso Leda diese Nachricht schickte, aber sie brachte Avery dazu, zurückzutreten – als wäre es eine kosmische Fügung des Schicksals, die sie davor bewahrte, etwas mit Cord zu tun, was sie nicht mehr rückgängig machen konnte.

Cord sah sie verwundert an. Er kannte sie so gut. Avery fragte sich, ob er gerade ihre Gedanken las, ob er merkte, wie verletzt sie war, wie kurz davor sie gewesen war, ihn ein zweites Mal zu küssen.

»Es tut mir leid, aber ich muss gehen«, wisperte sie und rannte zu den Fahrstühlen, ohne sich noch einmal umzudrehen.

Rylin

Was für ein fantastischer Abend das gewesen war, dachte Rylin, als sie durch die riesige Hotellobby ging. Sie konnte nicht mal genau sagen, was ihr am besten gefallen hatte. Sie hatte eine Weile der Musik zugehört und war über die wunderschönen Brücken geschlendert. Sie hatte sich mit Leda an einen Tisch gesetzt und drei volle Martinigläser mit Risottobällchen gegessen. Sie hatte sogar mit ein paar Klassenkameradinnen getanzt, Mädchen aus ihrem Englischkurs, mit denen sie manchmal zusammen Mittag aß. Der ganze Abend war einfach perfekt gewesen, bis auf die Tatsache, dass sie Cord nirgends entdeckt hatte. Ob er aus irgendeinem Grund am Ende doch nicht gekommen war?, fragte sie sich.

Aber Rylin war darüber nicht allzu enttäuscht. Sie würden sich sowieso bald wiedersehen, wenn sie wieder zurück im Tower in New York war.

Sie ging zu den Privatfahrstühlen des Hotels, als ein Schatten am Rand ihres Blickfeldes auftauchte und sie innehalten ließ.

Es war Cord. Er stand mit Avery Fuller an einem der Fenster – die beiden ganz allein im gedämpften Licht der menschenleeren Lobby. Natürlich entdeckte sie Cord ausgerechnet dann, wenn sie es am wenigsten erwartete. Rylin zögerte und überlegte, ob sie hinübergehen und Hallo sagen sollte – doch mit einem Mal wurde ihr ganz kalt.

Avery hatte sich auf die Zehenspitzen gestellt.

Und dann küsste sie Cord.

Die beiden standen da, hatten die Gesichter aneinandergepresst und umklammerten sich. Rylin wollte den Blick verzweifelt abwenden, aber sie konnte nicht. Ein grausamer masochistischer Instinkt zwang sie, weiter zuzusehen. Ihr Blut rauschte nah unter ihrer Haut durch ihren Körper wie flüssiges Feuer. Oder eher wie flüssiger Schmerz.

Dann wurde Rylin bewusst, was für ein jämmerliches Bild sie abgeben musste, während sie Cord und Avery wie ein Vollidiot anglotzte. Was, wenn die beiden sie entdeckten? Zum Glück besaß sie noch die Geistesgegenwart, das letzte Stück zu den Fahrstühlen zu huschen, wo sie blindwütig auf die Knöpfe schlug und gegen die Tränen ankämpfte.

Wie komisch Herzen manchmal waren, dachte Rylin. Obwohl sie nicht mehr mit Cord zusammen war – keinen Anspruch auf ihn hatte –, tat es noch genauso weh. Jetzt sogar noch mehr, wo sie wusste, welches Mädchen er ihr vorgezogen hatte.

Wie dumm sie gewesen war, zu glauben, dass sie jemals zu seiner Highlier-Welt gehören könnte. Klar, sie durfte deren Schule besuchen, auf ihre Partys gehen, aber sie war trotzdem keine von ihnen. Mit einer überraschenden Klarheit wurde Rylin bewusst, dass sie nie eine von ihnen sein würde. Egal, wie sehr sie sich anstrengte.

Warum sollte ein Junge wie Cord sich auch für ein Mädchen wie sie entscheiden, wenn er Avery Fuller haben konnte?

Leda

Leda rannte schreiend den Flur entlang, der sich weiter und immer weiter vor ihr erstreckte. Es gab weder Türen noch war ein Ende in Sicht, es gab nur den schroffen Boden unter ihr und die Schatten, die sie jagten und ihre großen, staubigen Flügel über ihrem Gesicht zusammenschlugen. Sie sahen aus wie Hyänen, griffen mit ihren Klauen nach ihr, krakelten boshaft. Leda wusste, was sie wirklich waren.

Es waren all ihre Geheimnisse.

Die Gemeinheiten Avery gegenüber, die Bitterkeit ihrem Vater gegenüber, die Dinge, die sie Watt angetan hatte … jedes einzelne ihrer Vergehen, das jahrelange Einmischen und Ausspionieren und Manipulieren, das alles rächte sich jetzt an ihr … und allen voran verfolgte sie ihre schrecklichste Tat, dass sie für Eris' Tod verantwortlich war.

Die Hyänen kamen näher, zerkratzten ihr Gesicht. Sie lechzten nach Blut. Leda fiel auf die Knie, heulte, warf die Hände in die Höhe –

Eine plötzliche Nässe in ihrem Gesicht holte sie aus dem Schlaf. Sie rieb sich die brennenden Augen. Dann tastete sie mit den Händen unter sich, fühlte eine unbekannte, unebene Oberfläche. Sie musste irgendwo auf einer Couch liegen.

»Leda! Du bist wach!«

Watts Gesicht tauchte vor ihr auf, sein markantes Kinn hatte einen leichten Bartschatten. »Du warst stundenlang weggetreten. Was ist passiert? Nadia hat einen Med-Bot gehackt, damit er uns Adrenalin bringt, was wir dir in kleinen Dosen eingeflößt haben. Sie war der Meinung, dass du jetzt kurz vor dem Aufwachen sein könntest, deshalb habe ich dir Wasser ins Gesicht gespritzt –«

Armer Watt, dachte Leda schläfrig, er faselte immer wild herum, wenn er besorgt war. Das war so süß.

Und dann versetzte sie ihr Verstand plötzlich in einen gewaltsamen Alarmzustand, als ihr alles wieder einfiel. Sie durfte Watt nicht vertrauen – Watt war der Feind.

»Lass mich gehen!«, schrie sie, doch es klang nur wie ein abgehacktes Krächzen. Sie wollte aufstehen, kam aber ins Straucheln und fiel. Watt stürzte zu ihr und fing sie auf.

»Schhh, Leda, ist schon gut«, murmelte er und drückte sie wieder auf das Sofakissen zurück, aber vorher sah sie sich noch rasch um. Sie waren in ihrem Hotelzimmer im Moon Tower. Sie bereute es, dass sie Watt kein extra Zimmer gebucht hatte wie an dem Wochenende in der Entzugsklinik. Wohin sollte sie jetzt fliehen?

»Was ist passiert?«, fragte er erneut.

Leda horchte tief in sich hinein und sammelte ihre letzten Kraftreserven zusammen. Es war nicht viel, denn sie fühlte sich, als wäre sie unter dem Gewicht des Towers zermalmt worden. Aber sie schaffte es, sich mit halb geschlossenen Augen zurückzulehnen, um dann mit einer schnellen, ruckartigen Bewegung ihre Faust gegen Watts Kopf zu schmettern.

Sie traf seinen Schädel mit einem befriedigenden, krachenden Geräusch genau an der Stelle, auf die sie gezielt hatte – dort, wo Nadia implantiert war.

Watt schrie auf, vorübergehend blind vor Schmerzen. Leda nutzte das Überraschungsmoment, drückte sich hoch und versuchte wegzurennen – sie taumelte ein paar Schritte vorwärts, doch dann drehte sich alles um sie, der Boden ragte gefährlich über ihr auf und sie fiel schwer auf den Teppich.

»Was soll das, Leda? Du hättest mit dem Kopf auf den Tisch knallen können!«

Diesmal hielt Watt Abstand. Er kauerte ein paar Meter von der Stelle entfernt, wo sie auf der Seite lag. Er hütete sich davor, ihr noch einmal helfen zu wollen.

Langsam setzte sich Leda auf. Ihr Kopf dröhnte und ihr Mund fühlte sich ganz trocken an. Das Licht blendete sie schmerzhaft und sie hob eine Hand, um ihre Augen abzuschirmen, aber es wurde schon etwas dunkler im Zimmer. Sie warf Watt einen spitzen Blick zu – sie hatte nicht mitbekommen, dass er irgendeine Bewegung zum Raumcomputer gemacht hätte –, doch dann wurde ihr klar, dass sein verdammter Supercomputer das übernommen hatte.

»Ich hasse dich«, presste sie durch ihren Schmerz und ihre Wut und ihre zerfleischende Trauer hervor. »Fahr zur Hölle, Watt.«

»Was auch immer dir passiert ist, ich habe nichts damit zu tun. Woran erinnerst du dich noch?«, fragte er eindringlich.

Leda zog die Knie an ihre Brust. Es war ihr egal, dass ihr hinreißendes weißes Kleid ruiniert war, am Saum zerrissen, mit Dreck und Blut beschmiert. Es spielte keine Rolle. Alles, was zählte, war, dass sie hier war, immer noch atmete, immer noch am Leben. Diese Schlampe hatte sie zum Sterben zurückgelassen – wollte, dass sie im Meer ertrank –, aber sie hatte trotzdem überlebt.

»Hast du mich schon an die Polizei verraten oder wolltest du warten, bis ich wieder zu mir gekommen bin?«, schnappte sie. »Lüg mich nicht an, Watt. Ich weiß, dass dein Computer in deinem Kopf ist. Du hast mich gefilmt, als ich über Eris gesprochen habe. Hab ich recht?«

Watt starrte sie völlig schockiert an, alle Farbe war aus seinem Gesicht gewichen. Mit einer unbewussten Bewegung griff er sich genau an dieser Stelle an den Kopf, als wollte er sichergehen, dass Nadia noch da war. »Woher weißt du das?«

»Also streitest du es nicht ab?«

»Nein, ich meine, ja, ich *habe* alles aufgenommen«, stammelte er. »Aber ich will dich nicht ins Gefängnis bringen. Das würde ich dir nicht antun.«

»Warum zum Teufel soll ich dir glauben, nachdem du mir die ganze Zeit vorgespielt hast, ich würde dir etwas bedeuten?«

»Weil du mir wirklich etwas bedeutest«, sagte er sanft.

Sie verengte nicht überzeugt die Augen.

»Leda, sind das deine?«, fuhr er fort und griff nach etwas, das auf dem Tisch hinter ihm lag. Dann hielt er ihr eine Handvoll billige Injektionsfläschchen hin, die Art von Drogen, die sich die Leute mit einer Nadel direkt in die Venen spritzten.

Leda schüttelte den Kopf. »So etwas habe ich noch nie genommen.«

»Die waren in deiner Tasche, als wir dich gefunden haben«, sagte Watt langsam. Ihr fiel das *Wir* auf und ihr wurde klar, dass er damit sich und Nadia meinte. Sofort flammte ihre Wut wieder auf.

»Wenn es das nicht war, was hast du dann genommen?«

»Ich *wollte* überhaupt nichts nehmen«, verteidigte sich Leda. »Das war diese Mariel. Sie hat mich unter Drogen gesetzt ...«

Sie erinnerte sich daran, wie Mariel damit geprahlt hatte, dass sie ihr etwas in den Drink gemixt hatte. Es musste dieses Wahrheitsserum gewesen sein, diese hemmungslösende »Plapper-Droge«, die Leda auch bei Watt benutzt hatte, um ihn dazu zu bringen, ihr von Avery und Atlas zu erzählen, was sich inzwischen wie eine Ewigkeit her anfühlte. Gott, das war die Gerechtigkeit des Schicksals. Leda hatte

Mariel all ihre Geheimnisse verraten, die sie so lange so sorgsam verwahrt und nun so beiläufig preisgegeben hatte, als würde sie über das Wetter reden. Sie schauderte bei dem Gedanken an Mariels Blick, als sie Leda zum Sterben zurückgelassen hatte. Und bei der Erinnerung an Mariels letzte Worte über Eris – dass Eris Ledas Halbschwester war. Konnte das wahr sein?

Leda wollte Watt alles erklären, doch stattdessen fing sie an zu weinen. Sie legte die Arme um sich, versuchte, sich ganz klein zu machen, um diesen lauten, grässlichen Kummer einzudämmen.

Sie betrauerte alles, was sie getan hatte, alles, was sie verloren hatte. Sie betrauerte die Leda, die sie vor langer Zeit gewesen war, vor den Drogen und Atlas und Eris' Tod. Sie wollte in der Zeit zurückreisen – die frühere Leda zur Vernunft bringen, sie *warnen* – aber diese Leda gab es längst nicht mehr.

Watts Arme legten sich um sie und er zog sie nah zu sich heran, sein Kopf ruhte auf ihrer Schulter. »Ist schon gut, wir finden das schon heraus«, tröstete er sie.

Leda schloss die Augen, genoss das Gefühl der Geborgenheit, auch wenn es nur vorübergehend war. »Du schickst mich nicht ins Gefängnis?«, fragte sie mit gepresster Stimme.

»Leda, ich meine, was ich sage. Das würde ich nie tun. Ich habe …« Watt schluckte. »Ich habe mich in dich verliebt.«

»Ich habe mich auch in dich verliebt«, sagte Leda leise.

Watt beugte sich vor – vorsichtig, als wäre er immer noch nicht sicher, ob sie ihn vielleicht doch noch einmal schlagen würde – und küsste sie.

Als sie sich voneinander lösten, hatte sich der Eissturm, der durch Ledas Verstand fegte, in eine klare, kalte Erkenntnis verwandelt. Sie wusste, was sie zu tun hatte.

»Wir brauchen Rylin und Avery«, sagte sie.

»Ich habe Nadia bereits aufgetragen, Avery eine Nachricht von dir zu schicken, als ich richtig Angst um dich hatte«, sagte Watt und klang dabei etwas verlegen, weil er schon wieder ihre Kontaktlinsen gehackt hatte. »Sie ist nicht aufgetaucht.«

»Dann war die Nachricht offenbar nicht deutlich genug.« Leda nickte und sprach die Worte laut aus, die sie flickern wollte. »An Avery und Rylin. SOS. Zimmer 175.«

Dann sah sie wieder Watt an. »Wir müssen ihnen erzählen, was passiert ist. Mariel weiß Bescheid.«

»Was genau weiß sie denn?«, fragte Watt leise.

Leda hasste sich für das, was sie als Nächstes sagen musste: »Alles.«

Watt

Watt sah sich im Wohnzimmer ihrer Hotelsuite um. Sie war voller makellos weißer Möbelstücke, flauschiger weißer Teppiche, zierlicher weißer Beistelltische und blendend weißer Sofas, auf denen zu sitzen Watt ganz nervös machte. Im Moment war Leda in die Ecke einer Couch gekuschelt. Sie trug ein zu großes Sweatshirt, ihre nackten Füße waren auf ein paar Kissen hochgelegt. Nadia behielt immer noch ihre lebenswichtigen Organe im Auge, kontrollierte ihren Puls an ihrer Halsbeuge und ihre Körpertemperatur, die von ihrem geschwächten Körper ausging.

Eben hatte Watt zugesehen, wie Leda die SOS-Nachricht an Avery und Rylin geschickt hatte. »Was ist los?«, hatte er gefragt, aber sie hatte nur den Kopf geschüttelt und darauf bestanden, auf die beiden zu warten.

»Sie müssen das auch hören. Es betrifft sie genauso, ob es ihnen gefällt oder nicht.«

Nadia schickte ihm eine Nachricht auf seine Kontaktlinsen und Watt sah zu Leda auf. »Nadia sagt, du kannst nachher eine Schlaftablette nehmen, wenn du möchtest. Deine Herzfrequenz hat sich beruhigt, sodass es sicher sein müsste.«

»Ich nehme keine Pillen mehr. Seit dieser Nacht habe ich keine einzige angerührt«, erwiderte Leda und drückte ein weißes Fransen-Kissen an ihre Brust. Sie betrachtete die Stelle über Watts Ohr, wo Nadia implantiert war. »Nadia, du kannst auch direkt mit mir sprechen. Du musst keinen Umweg über Watt nehmen.«

»Sehr gern«, sagte Nadia durch das Zimmerlautsprechersystem, was Watt leicht zusammenfahren ließ.

Leda bemerkte seine Reaktion und zuckte entschuldigend mit den Schultern. »Sorry, aber ich finde es besser, wenn Nadia laut redet, während ich hier bin. Wenn das okay ist. Ich weiß inzwischen, dass Nadia immer dabei sein wird, wenn ich mit dir zusammen bin.«

Zusammen, grübelte Watt und probierte das Wort aus, um zu sehen ob es passte. Er war noch nie mit jemandem *zusammen* gewesen. Er wusste nicht mal, wie man das richtig anstellte. Hoffentlich würde Leda genau wie er auch eine Lernphase brauchen.

Bevor er etwas sagen konnte, klingelte es an der Tür. Leda nickte und der Raumcomputer ließ die Tür aufgehen.

»Was ist passiert, Leda?«, fragte Rylin zur Begrüßung. Sie trug ein schlichtes, schwarzes Kleid und wirkte sehr angespannt und blass.

»Ist eine lange Geschichte. Ich erzähle sie, wenn Avery auch da ist«, versprach Leda und setzte sich ein wenig aufrechter hin.

»Das kann noch eine Weile dauern.« Rylin ließ sich in einen Sessel in der Ecke fallen, hockte sich aber nur an den Rand der Sitzfläche, als könnte sie jeden Moment ihre Meinung ändern und weglaufen.

Es war so spät, dass es fast schon wieder Morgen war. Der Himmel, der durch das gebogene Flexiglasfenster hereinschaute, war zwar noch dunkel, doch am fernen Horizont konnte Watt bereits den ersten zögernden Dämmerungsschimmer ausmachen, quarzfarben und rosa und sanft golden wie ein alter Champagner.

Es klingelte erneut. Watt wollte öffnen gehen, aber Leda nickte wieder, die Tür ging automatisch auf und Avery eilte ins Zimmer. Ihr Haar fiel wirr über ihre Schultern und sie ging barfuß über den weißen Teppich, ihre zarten, perlenbesetzten Schuhe hatte sie in der Hand. Sie wirkte orientierungslos.

Watt sah, wie Rylin Avery einen Blick zuwarf, der regelrecht glühte vor Feindseligkeit, aber Avery nahm das gar nicht wahr. Sie rannte direkt auf Leda zu und nahm ihre Freundin in die Arme. »O mein Gott, was ist passiert? Alles okay mit dir?«

»Ja, mir geht's gut, Avery«, versicherte ihr Leda und schüttelte sanft Averys Arme ab. »Dank Watt. Er hat mich gerettet.«

Avery richtete ihre klaren blauen Augen überrascht auf Watt und lächelte zögernd.

Ich habe sie nicht für dich gerettet, dachte Watt, aber er war nicht mehr böse auf Avery, also nickte er ihr versöhnlich zu. Schließlich war Leda ihnen beiden wichtig.

Rylin starrte Avery immer noch unverhohlen an, in ihrem Gesicht spiegelten sich Schmerz und verletzter Stolz. Watt fragte sich, was zwischen den beiden vorgefallen war.

»Entschuldigt, dass ich euch so spät in der Nacht noch hergebeten habe. Aber ihr müsst wissen, was passiert ist, und das kann nicht warten«, begann Leda. Das Kissen lag immer noch in ihrem Schoß und sie zupfte an den Fransen herum, bis sich ein Faden löste. »Ich bin heute Nacht einem Mädchen namens Mariel begegnet. Sie ist hier, weil sie hinter uns her ist. Hinter jedem von uns.«

»Wer ist sie?« Averys makellose Züge verzogen sich zu einem finsteren Blick.

Leda zuckte zusammen, als sie weitersprach. »Ich glaube, sie war mit Eris zusammen. Sie arbeitet als Kellnerin im Altitude Club und ist hier als Teil des Servicepersonals. Offenbar ist sie auf einer Art Rachefeldzug und will herausfinden, was in der Nacht passiert ist, als Eris starb. Und ich habe ihr genau das gegeben, was sie wollte.«

Nadia arbeitete bereits auf Hochtouren und versuchte, die ganzen Puzzleteile in einer Datei für Watt zusammenzusetzen. *Bring sie dazu, dass sie alles erzählt.* Im Detail, forderte sie Watt auf. Jetzt, wo die anderen dabei waren, sprach sie in Gedanken mit ihm.

Watt nickte.

»Erzähl uns alles von Anfang an«, bat er Leda. »Alles, woran du dich erinnern kannst.«

Langsam erklärte Leda, wie sie Mariel getroffen hatte, die hinter einer Bar arbeitete, als Leda gerade am Boden zerstört und allein gewesen war. Watt kannte den Grund – weil er einfach weggerannt war – und bei dieser Vorstellung fühlte er sich noch schlechter.

Leda erzählte ihnen, dass sie nur einen Drink gehabt hatte, sich als Nächstes aber nur noch daran erinnern könnte, wie sie plötzlich mit Mariel am Strand gewesen war, wo Mariel sie mit Fragen über Eris gelöchert hatte.

Hab sie gefunden, sagte Nadia. Ein Foto von Mariel – das offizielle von ihrem ID-Ring – erschien auf den Innenseiten seiner Augenlider.

Irgendwie kam sie Watt bekannt vor, aber er konnte sie nicht einordnen. *Nadia, haben wir das Mädchen schon mal gesehen?*

Du hast auf der Hudson-Naturschutzgala Getränke bei ihr bestellt, erinnerte Nadia ihn.

Zum Glück hatte Nadia ein fotografisches Gedächtnis. *Vielleicht hat sie uns da auch schon ausspioniert.*

»Ist sie das?« Watt tat so vor Avery und Rylin, als würde er seine Kontaktlinsen benutzen, um Leda das Foto zu schicken.

Ledas Kiefer spannte sich, als sie Mariel erkannte. »Ja, das ist sie.«

Sie machte eine rasche Handbewegung und das Bild wurde auf eine der Bildschirmwände projiziert.

Avery schnappte nach Luft. »Ich habe sie an Eris' Grab gesehen! Sie hat mich angestarrt, als würde sie mich hassen.«

Leda senkte den Blick. »Nachdem Mariel mich unter Drogen gesetzt und entführt hatte, wollte sie wissen, wie ich euch dazu gebracht habe, die Wahrheit zu verschweigen … Ich habe ihr eure Geheimnisse verraten.« Ihre Stimme zitterte, aber sie fuhr tapfer fort. »Ich habe ihr erzählt, was du mit Cord gemacht hast, Rylin. Und Avery, es tut mir so leid, aber ich habe auch dein Geheimnis ausgeplaudert.« Watt sah zu Avery und erwartete einen gequälten Gesichtsausdruck, aber sie spitzte nur die Lippen und sagte nichts.

Als Letztes wandte sich Leda an ihn. »Watt, ich habe ihr von Nadia erzählt …«

Ist schon okay, beeilte sich Watt Nadia zu beruhigen, *dafür finden wir schon eine Lösung –*

»… und ihr auch gesagt, wo Nadia ist«, beendete Leda den Satz.

Watt schluckte tapfer das Entsetzen hinunter, das seine Brust zusammenschnürte. Wenn Mariel irgendjemandem verriet, dass Nadia in seinem Kopf saß, war das ihr beider Ende. »Es war nicht deine Schuld, Leda«, versicherte er ihr.

Leda sah sich im Zimmer um. Sie wartete offensichtlich darauf, dass die anderen auf sie losgingen und ihr Vorwürfe machten – aber weder Avery noch Rylin sagten ein Wort. Watt war überrascht und froh. Vielleicht war er nicht der Einzige, mit dem Leda seit Kurzem Frieden geschlossen hatte.

Leda atmete zitternd ein. »Jetzt glaubt Mariel, dass es jeder von euch verdient hat, für Eris' Tod zu bezahlen, weil ihr geholfen habt, die wahren Umstände zu vertuschen. Ich wollte euch warnen, denn sie ist auf Rache aus und sie wird vor nichts zurückschrecken. Sie hat mich zum *Sterben* zurückgelassen.«

»Lass mich das zusammenfassen«, warf Rylin ein. »Diese Mariel glaubt, dass wir in den Tod ihrer Ex-Freundin verwickelt sind, sie kennt unsere Geheimnisse und sie ist da draußen, um uns dafür bezahlen zu lassen?«

Bei diesen Worten erfasste Watt eine schreckliche Verzweiflung. Es fühlte sich beinahe so an, als durchlebte er die furchtbare Nacht auf dem Dach noch einmal, als hätte sich in den letzten paar Monaten rein gar nichts geändert. Aber das stimmte natürlich nicht. Alles hatte sich verändert. Diesmal arbeiteten sie zusammen, anstatt sich gegenseitig zu attackieren.

Alle warfen sich mit weit aufgerissenen Augen erschrockene Blicke zu. Watt hoffte weiterhin, dass Nadia sich mit Vorschlägen einschaltete, aber sie war beängstigend still. Kein gutes Zeichen.

»Wir müssen etwas unternehmen«, brach Leda schließlich das Schweigen. »Wir müssen sie irgendwie loswerden.«

»Sie loswerden? Du meinst, sie *umbringen*?«, brauste Rylin auf.

»Das meint Leda natürlich nicht«, mischte sich Avery ein und warf Leda einen zögernden Blick zu. »Richtig?«

»Ich habe gesehen, was Mariel Leda angetan hat«, sagte Watt. »Ich weiß, wozu sie fähig ist. Wir müssen etwas tun, bevor sie etwas gegen uns unternimmt. Wir müssen sie davon abhalten, unser Leben zu zerstören.«

Die vier sahen sich an, während ihnen die Bedeutung dieser Worte bewusst wurde. Durch das Fenster sah Watt das Feuerwerk aufsteigen, die letzten Fontänen vor der Morgendämmerung, die in einem sengenden, teuflischen Rot am schwarzen Himmel aufleuchtete.

Nadia?, fragte er, aber sie reagierte nicht. Und mit einem bedrückenden Gefühl wusste er, was das bedeutete.

Zum ersten Mal in seinem Leben hatte er Nadia mit einem Problem konfrontiert, das sie nicht lösen konnte.

Mariel

Mariel legte die Arme noch fester um sich und senkte den Kopf gegen den schneidenden Wind, während sie beharrlich von der Party ihres Cousins José nach Hause lief. Eigentlich hätte sie heute Abend gar nicht weggehen sollen. Sie hätte wissen müssen, dass das nur die Erinnerungen an Eris wieder aufwühlen würde. Zärtliche Erinnerungen, die wie ein Bluterguss wehtaten, auf den sie aber trotzdem unaufhörlich draufdrückte, weil es besser war, den Schmerz zu ertragen, als gar nichts zu spüren.

Sie hätte die Monorail nehmen können, aber sie mochte diesen Weg am East River entlang, ganz besonders, wenn das Wasser in die flüssigen, tiefschwarzen Schatten der Nacht gehüllt war. Es war schön, einen Moment für sich zu haben und in der Dunkelheit mit den Gedanken allein zu sein.

Sie verstand immer noch nicht, was in Dubai schiefgegangen war. Seit sie wusste, dass Leda Eris umgebracht hatte, wünschte sie sich nichts mehr, als Ledas Leben in Fetzen zu reißen. Der Tod war zu gut für Leda – sie wollte zusehen, wie Ledas ganze Welt zusammenbrach, wie sie die Menschen verlor, die sie liebte, und an irgendeinem finsteren, höllenartigen und einsamen Ort weggesperrt wurde.

Mariel hatte Leda Drogen untergeschoben und sie am Strand zurückgelassen, an einer Stelle, die nur Wartungsarbeiter und berüchtigte

Drogengangs kannten, die dort immer mit einer Fähre übersetzten. Dann hatte sie dem Sicherheitsdienst einen anonymen Tipp gegeben und war sich absolut sicher gewesen, dass Leda wegen Drogenbesitz ins Gefängnis kommen würde – oder zumindest in eine Entzugseinrichtung, die fast genauso schlimm wie ein Gefängnis war. Es hatte sie völlig umgehauen, als Leda wieder in New York aufgetaucht und ihr altes Leben weitergeführt hatte, als wäre nichts gewesen.

Wieder einmal hatte die Welt der Highlier eine unsichtbare, undurchdringliche Wand errichtet, die Menschen wie Mariel von ihnen fernhielt – und ihre eigenen Leute beschützte.

Nur Eris hatte sie nicht beschützt, dachte Mariel verbittert. Eris' Todesumstände waren unter den Teppich gekehrt worden, genau wie die Tatsache, dass Leda im Drogenrausch am Strand von Dubai ohnmächtig gewesen war.

Der auffrischende Wind klang geradezu hohl und trauervoll, als er über das Wasser jagte und nutzlos gegen den Tower schlug. Es begann zu regnen. Mariel hatte gar nicht mitbekommen, dass heute ein Regentag war. Sie checkte die Feeds kaum noch, außer wenn sie Leda oder den anderen nachspionierte. Sie zog den Verschluss an ihrer Jacke bis zum Hals zu und hielt den Kopf weiter gesenkt, aber schon nach wenigen Minuten war sie nass bis auf die Haut.

Während sie weiter über die Straße stolperte, drehten sich die Gedanken in ihrem Kopf und ließen das Gespräch mit Leda noch einmal lebendig werden. Mariel wünschte, sie hätte es aufgenommen, obwohl sie es bestimmt nie vergessen würde. Der Schock war für immer in ihr Gedächtnis eingebrannt. Leda war davon ausgegangen, dass Eris eine Affäre mit ihrem Vater hatte? Wie konnte sie so blind für die Wahrheit sein?

Mariel war fassungslos, was diese Highlier einander antaten. Ihre

Welt war wie ein leuchtender, blendender Wirbelsturm, aber unter der strahlenden Fassade verbarg sich eine brutale und gnadenlose Welt aus Heuchelei, Gefühllosigkeit und kaltherziger Gier.

Ohne Fragen zu stellen, hatte Leda das Schlechteste von Eris gedacht.

Und dann hatte sie sie *geschubst*, Unfall hin oder her, und die anderen hatten danebengestanden und nichts getan.

Mariel fühlte sich bestätigt, seit sie endlich die Wahrheit über diese Nacht kannte. Sie war vor Trauer fast verrückt geworden, war wild von einer Verschwörungstheorie zur nächsten gesprungen, hatte verzweifelt versucht, die Puzzleteile zu einer Geschichte zusammenzusetzen, die irgendeinen Sinn ergab.

Als sie Watt und Leda auf der Unterwasserparty gesehen hatte, hatte sie gehört, wie Watt »jene Nacht« auf dem Dach erwähnte. Und da wurde ihr klar, dass sie etwas verheimlichten. Kurz entschlossen hatte sie den Catering-Job in Dubai angenommen und Drogen sowie dieses teure Wahrheitsserum dorthin geschmuggelt, nur um zu beweisen, dass sie auch richtiglag.

Sie hatte zwar ihre Rache noch nicht bekommen, aber zumindest hatte sie die Wahrheit erfahren. Jetzt wusste sie genau, wem sie die Schuld geben konnte.

Ich werde nicht noch einmal versagen, Eris, versprach sie. In Dubai hatte sie sich einen Fehler erlaubt. Aber das spielte keine Rolle. Mariel war hartnäckig und zielstrebig. Natürlich musste sie jetzt vorsichtiger sein, weil Leda sie erkennen würde. Sie hatte bereits ihren Job im Altitude gekündigt und war dabei, einen neuen Plan zu schmieden.

Sie würde alle vier bezahlen lassen, einen nach dem anderen, egal wie lange es dauerte.

Ein Lichtstrahl explodierte am Himmel und Mariel blieb erschrocken stehen. Ein Blitz? Das war nicht nur ein Regentag, das war ein Gewitter. Der Regen wurde jetzt noch stärker, als würde jeder Tropfen mit brutaler Absicht auf Mariel geschleudert. Sie zerplatzten auf dem Gehweg, und wo sie ihren Körper trafen, fühlten sie sich durch ihre dünne Jacke wie scharfkantige Steinchen an.

Nah am Wasser stand ein Schuppen, ein winziger Lichtstrahl fiel hartnäckig durch das kleine Fenster. Mariel dachte, sie hätte sogar eine Stimme aus dem Innern gehört. Wer auch immer da drin war, hatte sicher nichts dagegen, wenn sie dort vor dem Gewitter Schutz suchte.

Sie ging auf den Schuppen zu und wischte sich den Regen aus den Augen, als ein höllisches Donnergrollen über ihr krachte.

»Hallo?«, wollte Mariel rufen, aber der Donner tobte wütend weiter und versetzte sie in Todesnagst. Sie war schon fast am Schuppen – da traf Mariel etwas mit voller Wucht von hinten am Kopf.

Ihre Knie knickten ein, nah am Ufer des Flusses stolperte sie über den Gehweg. Sterne explodierten vor ihren Augen, ein Schrei löste sich aus ihrer Kehle. Aber wer oder was auch immer sie getroffen hatte, schlug noch einmal unbarmherzig zu. Sie kam ins Wanken, wollte sich irgendwo festhalten, aber da war nichts – und sie stürzte ins Wasser. Eine bittere Kälte umfing sie.

Mariel konnte nicht schwimmen.

Sie strampelte nach einem Halt unter den Füßen, aber die Meerenge war zu tief. Der Regen prasselte weiter auf sie ein, peitschte wütend über die aufgewühlte Wasseroberfläche und sie versank in der gespiegelten Finsternis. Der Himmel war feucht und dunkel, das Wasser war feucht und dunkel, und es war unmöglich zu sagen, wo oben und wo unten war.

Mariel versuchte noch einmal zu schreien, aber sie brachte keinen Ton heraus. Das Wasser zog sie nach unten, seine kalten, tödlichen Klauen ließen sie nicht mehr los.

Und dann war da nichts mehr.

Danksagung

Obwohl ich etwas anderes erwartete hatte, war das Schreiben meines zweiten Romans nicht weniger furchterregend, wundervoll, nervenaufreibend und aufregend als beim ersten Mal. Und ich bin dankbar für die vielen unglaublichen Menschen, die dieses Buch durch ihre Unterstützung und Beratung möglich gemacht haben.

Ich hätte mir kein besseres Verlagsteam als das bei HarperCollins wünschen können. Emilia Rhodes, meine unerschrockene Lektorin – danke für deine treffenden und durchdachten Anmerkungen, für deine Geduld und dass du immer an diese Reihe geglaubt hast. Jen Klonsky, dein konsequenter Enthusiasmus inspiriert mich. Danke, dass du der größte Cheerleader des Buches bist. Alice Jerman, ich weiß deine redaktionelle Betreuung sehr zu schätzen.

Jenna Stempel, du hast erneut ein absolut perfektes Cover gestaltet. Danke, danke, dass du dieses Buch so atemberaubend schön gemacht hast. Gina Rizzo, ehrfürchtig ziehe ich meinen Hut vor deiner genialen Öffentlichkeitsarbeit und deiner Fähigkeit, auch im größten Chaos den Überblick zu behalten. Danke, dass du es mir ermöglicht hast, so vielen Lesern zu begegnen, und danke für all deine kreativen Ideen, mit denen du die Reihe auch international bekannt gemacht hast. Elizabeth Ward, du bist absolut umwerfend. Ich danke dir für deine grenzenlose Energie und deine brillanten Marketingstrategien. (Es tut mir wirklich leid, dass ich deine Lieblingsfigur streichen musste – ich verspreche dir, dass ich das irgendwie wiedergutmache!) Ein großes Dankeschön geht auch an Kate Jackson, Suzanne Murphy, Sabrina Abballe, Margot Wood und Maggie Searcy.

Ein weiterer großer Dank gebührt dem gesamten Team von Alloy Entertainment. Joelle Hobeika, ohne deine Herzlichkeit, deinen Enthusiasmus und deine leidenschaftlichen redaktionellen Fähigkeiten wäre ich nicht so weit gekommen. Danke, dass du mich auf jedem Schritt dieser Reise begleitest. Josh Bank, ich bin so dankbar für deine Einblicke, deine Ehrlichkeit und deinen Sinn für Humor. Die besten Stellen in dem Buch sind beim Lachen während der Plot-Treffen mit dir entstanden. Sara Shandler, du bist wie immer die unangefochtene Königin der romantischen Szenen. Danke, dass du mir geholfen hast, alle Beziehungen auf diesen Seiten zu vertiefen. Les Morgenstein und Gina Girolamo, danke für all eure Bemühungen, *Beautiful Liars* zu einer Fernsehserie zu machen. Romy Golan, ohne deine umsichtigen Nachrichten und deine magischen Planungsfähigkeiten wären wir alle verloren. Mein Dank geht auch an Stephanie Abrams für die finanzielle Abwicklung, Matt Bloomgarden für sein juristisches Fachwissen und Laura Barbiea, die das alles möglich gemacht hat.

An das Lizenzteam – Alexandra Devlin, Allison Hellegers, Caroline Hill-Trevor, Rachel Richardson, Alex Webb, Harim Yim und Charles Nettleton – danke, dass ihr euch unaufhörlich auf der ganzen Welt für *Beautiful Liars* einsetzt. An all die ausländischen Verlage – danke, dass ihr an diese Reihe glaubt und sie in so vielen Sprachen mit so vielen Lesern teilt. Damit wird ein Traum für mich wahr.

Außerdem danke ich meinem Cousin Chris Baily für mein Autorenporträt, Oka Tai-Lee und Zachary Fetters für den Aufbau einer atemberaubenden Website und Alyssa Sheedy für die großartigen Entwürfe.

Ich danke meinen Freunden und meiner Familie für alles, was sie getan haben, um diese Reihe zu unterstützen. Mom und Dad, ich weiß, dass es kein einfaches Jahr war – mit den Hochzeitsvorbereitungen, meinem Studienabschluss und gleichzeitig ein Buch zu schreiben. Ohne eure Hilfe hätte ich das alles nicht geschafft. Danke für eure unerschütterliche Unterstützung, sowohl organisatorisch als auch emotional. Lizzy und John Ed, danke dass ihr nach wie vor meine größten Weltmeister und ersten Leser seid. Und ganz besonders Alex – danke für die zahllosen Smoothies, für die Aufheiterung und für deine Hilfe, mich aus verschiedenen Handlungssackgassen herauszuschreiben. Irgendwie hast du mich während des Schreibens (meistens) im Zeitplan gehalten und (meistens) wieder auf den Boden geholt. Und wir haben es trotzdem hinbekommen, zu heiraten!

Und zum Schluss an all die Leser der *Beautiful Liars*-Reihe – ich bin so dankbar für eure Begeisterung, eure Ideen und eure Leidenschaft für die Geschichte. Erst dank euch werden die Bücher lebendig.

Je höher du steigst, desto tiefer wirst du fallen!

Beautiful Liars

AVERY hat einen neuen Freund. Doch ihr Herz schlägt für einen anderen.

LEDA kämpft mit ihrer Vergangenheit und muss einen endgültigen Schlussstrich ziehen.

WATT versucht, das Mädchen zu vergessen, das sein tiefstes Inneres berührt hat.

RYLIN wendet sich einer alten Liebe zu, doch das Schicksal macht ihr einen Strich durch die Rechnung.

Und **CALLIOPE** muss die perfekte Tochter spielen, damit ihre Geheimnisse nicht ans Licht kommen.

Keiner von ihnen ahnt, dass schon bald wieder ein Mädchen auf dem Dach des Towers stehen wird. Ein Mädchen, das einen tödlichen Entschluss gefasst hat.

Der phänomenale Abschluss der Trilogie erscheint im Frühjahr 2019 im Ravensburger Buchverlag

Ravensburger Bücher

AUCH EIS KANN DICH VERBRENNEN

Elly Blake

Fire & Frost, Band 1: Vom Eis berührt

Ruby lebt in ständiger Gefahr, denn sie besitzt die Gabe, mit Feuer zu heilen und zu zerstören. Firebloods wie sie werden von der Frostblood-Elite des Königreichs gnadenlos gejagt. Als die königlichen Soldaten Ruby aufspüren, wird sie ausgerechnet von dem jungen Frostblood-Krieger Arcus gerettet. Kälte und Eis sind seine Waffen, doch er braucht Rubys Feuer, um eine Rebellion gegen den verhassten König anzuzetteln. Ruby ahnt nicht, welch dunkles Geheimnis sich hinter seiner eisigen Fassade verbirgt ...

ISBN 978-3-473-**40157**-4

www.ravensburger.de

Ravensburger

LESEPROBE

„Fire & Frost, Band 1: Vom Eis berührt"
von Elly Blake
ISBN 978-3-473-40157-4

Ich bot dem Feuer meine Hand.

Funken sprangen aus der Feuerstelle auf meine Finger über, Hitze, die von Hitze angezogen wurde, und glitzerten wie flüssige Edelsteine auf meiner Haut. Mit der freien Hand zog ich einen Eimer mit schmelzendem Schnee heran und rutschte auf Knien ein Stück näher, bereit, mich damit abzulöschen, falls die Funken zu etwas Größerem aufflammen sollten.

Was genau meine Absicht war.

Die Wintersonnenwende war zwar noch sechs Wochen entfernt, doch mein Dorf, das sich hoch in den Bergen befand, lag schon lange unter einer dicken Schneedecke verborgen. Die Gabe einer Fireblood könne man nur in der Kälte wirklich prüfen, hatte Großmutter immer gesagt. Aber dann war sie gestorben, ohne mir mehr als die Grundlagen ihres Könnens beizubringen. Und Mutter hatte mir das Versprechen abgenommen, selbst dieses geringe Wissen niemals, niemals anzuwenden.

Es war ein Versprechen, das ich nicht halten konnte. Falls die Soldaten des Königs mich entdeckten, war es da nicht besser, wenn ich mit meiner Hitze umzugehen wusste?

Ich schloss die Augen und konzentrierte mich auf meinen Herz-schlag, zwang die aufkeimende Wärme nach oben und hinaus, so wie Großmutter es mir gezeigt hatte. Wenn ich es richtig machte, würden die grellen Funken auf meiner Hand sich in winzige Flammen verwandeln.

Komm schon, glühe, glühe …

So viele Jahre hatte man mir eingebläut, mein Feuer zu unterdrücken, es geheim zu halten, es unsichtbar zu machen, sodass ich jetzt jedes Mal Mühe hatte, es in mir zu finden. Aber da war es, ein kleiner, wirbelnder Feuerfaden. Ich drängte ihn voran, zunächst widerstand er, aber dann wuchs er doch, ein bisschen und noch ein bisschen.

Das ist es. Ich hielt den Atem an aus Angst, den Bann zu brechen.

Ein eisiger Windhauch peitschte mir die Haare ins Gesicht. Die Funken auf meiner Hand erstarben, eilig flüchtete sich das Flämmchen zurück in mein Herz.

Mutter schlug die Tür zu und stopfte die Quiltdecke wieder in den Spalt darunter, wobei ihre zartgliedrige Gestalt unter dem Umhang erschauerte. »Furchtbar frostig da draußen. Ich bin bis auf die Knochen durchgefroren.«

Angesichts ihres Zitterns rutschte ich beiseite und gab den Blick auf das flackernde Feuer frei. »Ich dachte, du solltest einem Kind auf die Welt helfen.«

»Die Zeit war noch nicht reif.« Beim Anblick der hohen Flammen riss sie die Augen auf, dann kniff sie sie gleich wieder zu schmalen Schlitzen zusammen.

»Es war so kalt«, sagte ich mit einem entschuldigenden Achselzucken, und meine Freude schmolz dahin.

»Ruby, du hast *doch* geübt.« Ich kannte diesen enttäuschten Unterton in ihrer Stimme. »Wenn jemand beobachtet, was du da tust, wenn auch nur ein einziger Mensch das sieht … Die hetzen dir die Soldaten des Königs auf den Hals. Der verregnete Sommer, die magere Ernte … Die Menschen hungern und würden alles tun, um zu überleben – auch eine Belohnung kassieren, indem sie jemanden wie dich ausliefern.«

»Ich weiß, ich weiß. Du musst es mir nicht immer wieder sagen.«

»Warum tust du es dann immer wieder? Wir haben es schon schwer genug, auch ohne dass du ständig versuchst, deine Gabe einzusetzen.« Sie deutete auf einen Haufen halb verbrannter Fetzen. Auf dem Boden waren immer noch mehrere Brandflecken zu sehen.

Meine Wangen glühten. »Tut mir leid, dass ich neulich mal wieder die Beherrschung verloren habe. Aber Mutter – heute hab ich es fast geschafft, die Flamme unter Kontrolle zu halten!«

Sie schüttelte den Kopf so heftig, dass ich wusste, es hatte keinen Sinn, sie überzeugen zu wollen. Ich schlang mir die Arme um den Oberkörper und wippte beruhigend vor und zurück. Irgendwann streckte Mutter eine Hand aus und strich mir langsam eine Haarsträhne aus dem Gesicht. *Sei froh, dass du schwarze Haare hast und nicht die roten Flammen einiger anderer Firebloods*, sagte sie immer. Meine Haut mochte für ein Kind des Nordens einen Tick zu sonnengebräunt sein, aber hier, in diesem verschlafenen Nest, in dem niemand über besondere Kräfte verfügte, weder über das Eis noch über das Feuer, hier sah keiner so genau hin.

»Ich weiß, dass deine Gabe ein Teil von dir ist«, sagte Mutter sanft. »Aber ich liege jede Nacht wach und mache mir Sorgen. Wie sollen wir dein Geheimnis wahren, wenn du dein Feuer immer wieder entfesselst, obwohl du weißt, wie schnell es sich verselbstständigen könnte?«

Diese Frage stellte sie mir immer und immer wieder, seit Monaten, seit ich entschieden hatte, mit dem Üben anzufangen. Und ich hielt darauf immer dieselbe Antwort parat. »Wie soll ich lernen, das Feuer zu beherrschen, wenn ich es nie entfessle? Und wenn wir hier nicht sicher sind, warum können wir dann nicht an einen anderen, sicheren Ort ziehen?«

»Fang nicht wieder damit an. Du weißt doch, dass wir es nicht einmal bis zur Grenze schaffen würden. Und selbst wenn, wären wir dort nur zwischen den Fronten.«

»Die Küste …«

»Wird inzwischen schwer bewacht.«

»Wir hätten schon vor Jahren aufbrechen sollen«, sagte ich verbittert. »Wir hätten nach Sudesien gehen sollen.«

Mutter wich meinem Blick aus. »Aber wir sind nun mal geblieben, und es hat keinen Sinn, mit der Vergangenheit zu hadern.« Sie seufzte, als sie den dezimierten Haufen Kienspäne sah. »Ruby, war es wirklich nötig, die Hälfte unseres Holzvorrats aufzubrauchen?«

Ich schluckte mein schlechtes Gewissen herunter. »Ich lege jetzt nichts mehr nach, ja?«

»Dann werden wir frieren, sobald das Scheit abgebrannt ist.«

»Ich halte dich warm. Hier, du kannst neben mir schlafen.« Ich klopfte auf meine Matratze, die ich näher ans Feuer gezogen hatte, gerade mal außerhalb der Reichweite fliegender Funken.

Mutters Blick wurde weicher und ein Lächeln umspielte ihre Lippen. »Du bist besser als jedes Feuer. An dir verbrenne ich mich nicht, egal wie nahe ich heranrutsche.«

»Genau. Eine Fireblood-Tochter zu haben kann nämlich sehr nützlich sein.«

Sie lachte auf, und mein Herz hüpfte vor Freude.

»Dafür bin ich auch sehr dankbar, glaub mir.« Sie zog mich an sich heran und keuchte lachend auf, als sie die Hitze spürte, die in Wellen aus mir herausströmte. »Als würde man ein gekochtes Hähnchen umarmen. Du solltest einen Spaziergang machen, um dich etwas abzukühlen. Vielleicht kannst du ja ein paar Zweige auftreiben, um unseren Holzvorrat wieder aufzustocken.«

Ich schob mich zwischen Schneewehen hindurch, und der Schnee zischte, wenn er oberhalb meiner Stiefel an meinen Schienbeinen zerschmolz. Von Südwesten her heulte der Wind, zerrte mir die Kapuze vom Kopf und zerzauste mir mit nach Kiefernadeln duftenden Fingern die Haare. Die Luft war bitterkalt, aber meine Haut war immer noch wesentlich heißer als sonst nach einer Übungsstunde. Mutter hatte mir zwar aufgetragen, Holz zu suchen, aber der Hauptzweck dieses Spaziergangs lag darin, mich abzukühlen – hier und jetzt, in der Sicherheit der dunklen Winternacht.

Es war nicht das erste Mal, dass ich mich so spät in den menschenleeren, schneeverhangenen Wald hinausschlich, um meine Hände in ein hastig zusammengeschustertes Feuer zu rammen im verzweifelten Versuch, über die Flammen zu herrschen. Aber mehr als mir den Mantelsaum zu versengen war mir bisher nie gelungen.

Ich sammelte eine Handvoll kleiner Zweige und fasste sie locker zusammen. Der Wald hielt den Atem an, nur das Rauschen des Windes in den Baumwipfeln zerschnitt die gespenstische Stille. Normalerweise kam nie jemand hierher, aber ich sah mich trotzdem hastig nach allen Seiten um, und in meinen Ohren rauschte mein Herzschlag. Dann schloss ich die Augen und hielt in meinem Inneren Ausschau nach dem winzigen Feuerfaden, den ich vorhin schon einmal gespürt hatte. In meinen Händen wurden die Zweiglein warm.

Der Wind wechselte die Richtung, rollte von Norden heran, die Überreste eines nasskalten Wintersturms im Schlepptau. Fröstelnd umklammerte ich die Zweige fester, kämpfte gegen die Kälte an, die durch meine Poren hereinsickerte und mir die Hitze aus dem Leib zog.

Plötzlich dröhnten aus der Ferne Schritte durch den Wald.

Ich ließ die Zweige fallen und kletterte auf einen Felsen, wobei schwere Schneeklumpen nach allen Seiten herunterklatschten. Nach Nordwesten hin verwandelte sich der Pfad in einen Hohlweg, der vor Schnee-Einfall geschützt war. Nur noch wenige Augenblicke, dann würde ich sehen, wer sich da näherte, ohne meinerseits gesehen zu werden.

Als Erstes kam eine Kapuze in Sicht, dann blitzte ein Metallhelm zwischen den vom stählernen Himmel grau gewaschenen Baumstämmen auf. Blaue Tuniken erschienen im grellen Weiß der Waldlandschaft.

Soldaten! Sie zerschnitten die Stille mit ihren schweren krachenden Schritten und ihren durchdringenden Stimmen.

Das Blut rauschte in meinen Adern, meine Angst erblühte als Hitze, die mich von oben bis unten durchströmte.

Tausendmal hatte man mich vor den Soldaten des Königs schon gewarnt, aber ich hatte mich immer damit beruhigt, dass unser Dorf zu unbedeutend war und zu weit oben in den Bergen lag, um nach Firebloods durchsucht zu werden. Vielleicht waren die Männer ja nur auf dem Rückweg von einer Reise in den unwirtlichen Norden. Aber unsere Hütte lag genau an dem Pfad, auf dem sie unterwegs waren. Es würde ein Leichtes für sie sein, dort haltzumachen, um unsere Vorräte zu plündern oder die Nacht zu verbringen. Und wir konnten es nicht riskieren, sie so in meine Nähe zu lassen, dass sie die Hitze spürten, die von meiner Haut ausging.

Ich glitt vom Felsen herunter und stürmte nach Hause. Mit pfeifendem Atem schoss ich an Bäumen und Sträuchern vorbei, nutzte das dichte Unterholz und meine Kenntnis von der Landschaft, um unbemerkt heimzukommen.

Als ich ins Haus kam, saß Mutter am Feuer. Ihr langer Zopf hing über die Lehne des aus Baumrinde geflochtenen Stuhls herab.

»Soldaten!«, keuchte ich, griff nach ihrem dicken Mantel, der immer noch am Feuer trocknete, und warf ihn ihr zu. »Im Wald. Wenn sie hier haltmachen …«

Mutter starrte mich nur eine Sekunde sprachlos an, bevor sie sich in Bewegung setzte. Sie schnappte sich einen Tuchfetzen, packte etwas trockenen Käse und Brot hinein, dann taumelte sie zu dem narbenübersäten Holztisch, auf dem Heilkräuter in der Wärme der Glut trockneten. Viele Stunden hatten wir damit verbracht, die kostbaren Heilpflanzen zu sammeln, und weder Mutter noch ich brachten es über uns, sie hier zurückzulassen. Hastig wickelten wir sie in kleine Stoffreste und steckten sie ein.

Aber wir waren noch nicht fertig damit, als die Tür krachend aufflog und ein Luftzug die restlichen Kräuter vom Tisch fegte. Zwei Männer tauchten in der verschneiten Dunkelheit auf. Ein weißer Pfeil zierte ihre blauen Tuniken.

»Wer von euch ist die Fireblood?« Die zusammengekniffenen Augen des Soldaten wanderten zwischen Mutter und mir hin und her.

»Wir sind beide Heilerinnen.« In Mutters Stimme lag Angst.

Einer der Männer stapfte mit ein paar großen Schritten auf mich zu und packte mich bei den Armen. Mein Magen rebellierte wegen der widerlichen Mischung aus altem Schweiß und fauligem Atem. Der Soldat ließ eine kalte Hand in meinen Nacken gleiten. Ich hätte ihn am liebsten gebissen, geschlagen, getreten, mit den Fingernägeln aufgeschlitzt, alles, nur um seine Hand loszuwerden, aber das Schwert an seinem Gürtel zwang mich stillzuhalten.

»Ihre Haut ist brennend heiß«, sagte er und kräuselte die Oberlippe.

»Sie hat Fieber«, erwiderte Mutter verzweifelt.

Ich holte bebend Luft. *Versteck deine Hitze. Unterdrücke sie. Beruhige dich.*

»Du wirst dich anstecken«, sagte ich und versuchte, das Zittern in meiner Stimme zu verbergen.

»Mit dem, was du hast, kann ich mich nicht anstecken.« Der Mann umklammerte mit einer Hand meinen Arm und zerrte mich zur Tür. Ich wand mich in seinem Griff, trat um mich und kippte dabei einen Eimer mit roten Beeren um, die ich noch kurz vor dem Schnee-Einbruch gesammelt hatte. Wie Blutstropfen rollten sie über den Boden und wurden unter den Stiefeln des Soldaten zerquetscht, als er mich ins Mondlicht hinausschleifte.

In meiner Brust stieg der Druck an. Es war, als wäre das Feuer aus dem Kamin unter meine Rippen gekrochen und drängte jetzt nach draußen. Großmutter hatte mir das Gefühl einmal beschrieben, aber bisher hatte ich es noch nie selbst erlebt. Es stach und brannte und presste von innen so heftig gegen meinen Brustkorb, dass ich mir am liebsten die Haut heruntergerissen hätte, um es freizusetzen.

Der Schmerz wuchs immer weiter an, bis ich schon dachte, er würde mich umbringen. Ich schrie auf – und ein Schwall brennend heißer Luft umschloss plötzlich meinen Angreifer. Er ließ mich los und stürzte unter Schmerzensschreien zu Boden.

Ich stolperte in unsere Hütte hinein, wo Mutter sich gegen den zweiten Soldaten wehrte, der sie zur Tür zu zerren versuchte. Ich griff nach einem Holzscheit vom Stapel und ließ ihn mit Wucht auf den Hinterkopf des Mannes krachen. Er kippte zur Seite und blieb reglos liegen.

Ich nahm Mutter bei der Hand, und gemeinsam stürzten wir in die

Nacht hinaus. Der Soldat, den ich verbrannt hatte, kauerte immer noch auf allen vieren am Boden und drückte sich Schnee ins Gesicht.

Wir schoben uns so schnell wie möglich durch das dichte Unterholz, weg von unserem Häuschen, weg von dem einzigen Ort, der uns Wärme und Sicherheit geboten hatte, und mit jedem Schritt umwölkten die Angst und die Ratlosigkeit meine Gedanken und machten meinen Kopf so taub wie meine Finger. Ich musste Mutter von hier wegbringen, irgendwohin, in Sicherheit. An einer Weggabelung zog ich sie nach rechts zum Wald hin, wo wir uns zwischen den Kiefern verstecken konnten, die dort so dicht wuchsen, dass nicht einmal der Schnee zum Boden gelangte.

»Zu kalt«, protestierte Mutter keuchend und zerrte an meiner Hand. »Kein Schutz. Ins Dorf.«

Wir stürmten an Höfen und Häusern vorbei, duckten uns in den Schatten, bis Mutters Schritte immer langsamer wurden. Durch die Schneewehen, die sich wie eisige Wellen über den Pfad ergossen hatten, musste ich sie regelrecht hindurchschieben. Als wir uns in den Schatten neben der Schmiede zwängten, sah ich mehrere orangerote Lichter, die auf dem Dorfplatz auf und ab wippten.

»Fackeln«, raunte ich und brachte Mutter mit einem Zug am Arm zum Stehen.

Alles kam mir auf einmal so unwirklich vor. Seit ich zurückdenken konnte, war ich mindestens einmal in der Woche ins Dorf gekommen, nicht nur um Essen und Vorräte zu kaufen, sondern um auch mal der Einsamkeit unserer abgelegenen, winzigen Hütte zu entkommen, um mit anderen Menschen ein Lächeln oder Kopfnicken zu wechseln, um frisch gebackenes Brot zu riechen und manchmal sogar einen Hauch von dem Rosenwasser, das einige der Ehefrauen und Töchter der Ladenbesitzer trugen. Zwar konnte ich im Dorf niemanden wirklich als

Freund bezeichnen, doch gab es durchaus einige, die meinen Gruß erwiderten oder die gern ein Fläschchen Stärkungsmittel von meiner Mutter in Empfang nahmen, weil ihr Vater, ihr Kind, ihre Schwester krank geworden war.

Nun war meine heile Welt in tausend Scherben zersprungen, wie ein Glas, das auf dem Steinfußboden zerschellte, und alles Vertraute war unwiederbringlich verloren. Vom Dorfplatz schlug uns ein fremder, falscher Geruch entgegen nach säuerlichem Fackelrauch und den Ausdünstungen zu vieler kaputt gerittener Pferde samt ihren ungewaschenen Reitern.

Wir wirbelten herum und wollten uns durch den schmalen Spalt zwischen zwei Häusern hindurchquetschen, doch schon tauchten drei Soldaten wie Schreckgespenster aus der Finsternis auf und fingen uns ein, bevor wir recht wussten, wie uns geschah. Wortlos wurden wir zum Dorfplatz gezerrt, wo die Leute sich in Grüppchen versammelt hatten, mit vor Angst und Bestürzung verzerrten Gesichtern, als wären sie eben erst aus ihren Betten gescheucht worden. Ich wehrte mich, suchte verzweifelt nach einem Ausweg, aber selbst wenn mir die Flucht gelungen wäre, wie hätte ich Mutter allein zurücklassen können? Reglos und stumm stand sie neben mir.

»Ist dies das Fireblood-Mädchen?« Der Mann war groß gewachsen, mit scharfen Wangenknochen und einem sandfarbenen Bart, und ein harter Befehlston schwang in seiner Stimme mit. Blank polierte Knöpfe glänzten an seinem Mantel.